U0065206

卷　八

釋第六勝義菩提心之五

གཉིས་པ་སེམས་ཙམ་པའི་ལུགས་བྱེ་བྲག་ཏུ་དགག་པ་ལ་གསུམ། ཕྱི་རོལ་མེད་པའི་ཤེས་པ་རང་བཞིན་གྱིས་གྲུབ་པ་དགག །གཞན་དབང་རང་བཞིན་གྱིས་གྲུབ་པའི་སྒྲུབ་བྱེད་ཚད་མ་དགག །སེམས་ཙམ་དུ་གསུངས་པའི་ཙམ་གྱི་སྒྲས་ཕྱི་དོན་འགོག་པ་མིན་པར་བསྟན་པའོ། །

辰二、別破唯識宗分三：巳一、破離外境識有自性，巳二、破成立依他起有自性之量，巳三、明說唯心非破外境。

དང་པོ་ལ་གཉིས། གཞན་ལུགས་བརྗོད་པ་དང་། ལུགས་དེ་དགག་པའོ། །

初中分二：午一、敘計，午二、破執。

དང་པོ་ནི། རྣམ་པར་ཤེས་པ་དབུ་མ་པའི་ལུགས་ཇི་སྐད་བསྟན་པ་མི་བཟོད་ཅིང་། རྒྱལ་བའི་དགོངས་པ་མིན་པས། རང་གི་རྣམ་རྟོག་གིས་སྤྲུར་བའི་ལུགས་བརྗོད་པའི་སྒོ་ནས་དོན་འཛུག་པར་བྱེད་པ་རྣམས་ཀྱིས། རང་གི་གཞུང་ལས་ཇི་སྐད་དུ་བཤད་པའི་ལུགས་གསལ་བར་བྱ་བའི་ཕྱིར་ཕྱོགས་སྔ་མ་སྨྲས་པ།

今初，諸唯識師於上述中觀宗心不忍可，不依佛意，唯隨自分別建立宗義，欲顯自教所說宗旨。頌曰：

གཟུང་བ་མེད་པར་འཛིན་པ་མ་མཐོང་ཞིང་། །སྲིད་གསུམ་རྣམ་ཤེས་ཙམ་དུ་རབ་རྟོགས་པས། །
ཤེས་རབ་ལ་གནས་བྱང་ཆུབ་སེམས་དཔའ་དེས། །རྣམ་ཤེས་ཙམ་དུ་དེ་ཉིད་རྟོགས་པར་འགྱུར། །

不見能取離所取，通達三有唯是識，
故此菩薩住般若，通達唯識真實性。

ཤེས་རབ་ཀྱི་ཕ་རོལ་ཏུ་ཕྱིན་པ་ལྷག་པ་ལ་གནས་པ་སྟེ་བཞུགས་ནས་དེ་ཉིད་སྒོམ་པར་བྱེད་པའི་བྱང་ཆུབ་སེམས་དཔའ་ས་དྲུག་པ་བ་དེས། རིགས་པ་གང་གིས་དེ་ཁོ་ན་ཉིད་ཕྱིན་ཅི་མ་ལོག་པ་དང་། གཟུང་འཛིན་རྫས་ཐ་དད་དུ་ལྷག་པར་སྒྲོ་མ་བཏགས་པར་རྟོགས་པ་དང་མཐོང་བ་དང་། ཁོང་དུ་ཆུད་པ་ནི་དེ་ཉིད་རྟོགས་པ་སྟེ། རྣམ་པར་ཤེས་པ་ཙམ་དུ་དེ་ཁོ་ན་ཉིད་རྟོགས་པར་འགྱུར་ཞེས་རྣམ་པར་སྨྲར་རོ། །

安住增勝般若波羅蜜多，勤修真實義之六地菩薩，由何正理能不增益異體二取，無倒通達，見悟真實，是爲通達唯識真實性。

དེ་ཡང་ཕྱི་རོལ་གྱི་གཟུགས་མེད་པས་སེམས་དང་སེམས་བྱུང་རྣམས་ཀྱང་ཕྱི་རོལ་གྱི་གཟུགས་ཏེ་དོན་མེད་པར་རྟེན་འབྱུང་གི་དངོས་པོ་ཙམ་དུ་རྟོགས་པའི་ཕྱིར། རྣམ་ཤེས་ཙམ་དུ་དེ་ཁོ་ན་ཉིད་རྟོགས་པ་ཞེས་བྱའོ།།

謂由了達都無外色，諸心、心所，唯緣起性，故名通達唯識實性。

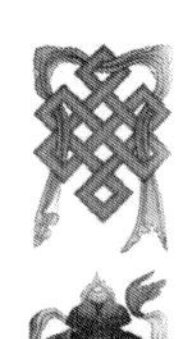

ཡང་ཇི་ལྟར་བྱང་སེམས་འདིས་དེ་ཁོ་ན་ཉིད་དེ་ལྟར་རྟོགས་པར་འགྱུར་ཞེ་ན། གང་གི་ཕྱིར་བྱང་སེམས་འདིས་ནང་གི་བག་ཆགས་སྨིན་པ་ལས་གཟུགས་སོགས་འབྱུང་བར་འཆད་པར་འགྱུར་བའི་རིགས་པས་སེམས་ལ་རང་ལས་རྫས་གཞན་གྱི་གཟུང་བ་མེད་པར་དེ་ལས་དོན་གཞན་པའི་དེ་འཛིན་པར་བྱེད་པ་མ་མཐོང་ཞིང་། སྲིད་པ་ཁམས་གསུམ་པོ་ནི་རྣམ་པར་ཤེས་པ་ཙམ་མོ་ཞེས་རབ་ཏུ་རྟོགས་པས་ཏེ་ནས། གཉིས་སྟོང་གི་དེ་ཁོ་ན་ཉིད་ལ་ཡུན་རིང་པོར་གོམས་པར་བྱེད་ལ། དེ་གོམས་པ་ལས་ཀྱང་སླར་དེ་ཁོ་ན་ཉིད་དུ་བརྗོད་དུ་མེད་པའི་དངོས་པོ་སྟེ་གཉིས་སྟོང་གི་ངོ་བོ་ཙམ་ཞིག་རང་རིག་པས་མངོན་སུམ་དུ་མཐོང་སྟེ། དེའི་ཕྱིར་སྔོན་དུ་གོམས་པའི་རིམ་པ་འདིས་ས་དྲུག་པ་པས་རྣམ་ཤེས་ཙམ་དུ་དེ་ཁོ་ན་ཉིད་རྟོགས་པར་འགྱུར་རོ།།

又此菩薩如何通達唯識實性，謂此菩薩以下所說，從內習氣成熟而生色等之理，於自心上，由無異體所取，亦不見有能緣異體境之能取，即便了知三界唯識。善了知已，復長修習二空真實，由久修習，乃以內智現見真實不可言說二空自性。六地菩薩由先如是次第修習，故得通達唯識實性。

གལ་ཏེ་འདི་དག་ཕྱི་རོལ་མེད་པའི་རྣམ་པར་རིག་པ་ཙམ་ཡིན་ན། འོ་ན་འདིར་ཕྱི་རོལ་མེད་པར་དེའི་རྣམ་པ་ཅན་གྱི་སེམས་ཙམ་ཇི་ལྟར་སྐྱེ་བར་འགྱུར་ཞེ་ན།

若無外境唯有識者，既無外境，帶境相之唯心云何生起？頌曰：

ཇི་ལྟར་རླུང་གིས་བསྐྱོད་བས་རྒྱ་མཚོ་ནི། །ཆེ་ལས་ཆུ་རླབས་འབྱུང་བ་དེ་བཞིན་དུ། །
ཀུན་གྱི་ས་བོན་ཀུན་གཞི་ཞེས་བྱ་ལས། །རང་གི་ནུས་པས་རྣམ་ཤེས་ཙམ་ཞིག་འབྱུང་། །
猶如因風鼓大海，便有無量波濤生，
從一切種阿賴耶，以自功力①生唯識。

སླས་པ་ཇི་ལྟར་ཏེ་དཔེར་ན་རླབས་ཀྱི་རྟེན་དུ་གྱུར་པའི་རྒྱ་མཚོ་ཆེན་པོ་ནི། རླུང་གིས་བསྐྱོད་པ་སྟེ་ཀུན་ནས་

①「力」，頌作「能」。

བསྐྱོད་པ་ལས། སྔར་གཉིད་ལོག་པ་ལྟ་བུའི་མི་གཡོ་བར་གནས་པ་ལས་ཆུའི་རླབས་རྣམས་འབྲན་པའི་སྒྲོ་ནས་བདག་གི་ལུས་རྙེད་པ་ལྟར། ཡོངས་སུ་རྒྱུག་པར་རྟོགས་པ་དེ་བཞིན་དུ་ཕྱི་ནང་གི་དངོས་པོ་ཀུན་གྱི་ས་བོན་ཀུན་གཞི་རྣམ་ཤེས་ཞེས་བྱ་བ་ལས། ཆགས་སོགས་དང་དད་སོགས་འགག་བཞིན་པས་རང་དང་རྗེས་སུ་མཐུན་པའི་ནུས་པ་ཀུན་གཞི་ལ་བཞག་པའི་བག་ཆགས་སྨིན་པ་བས་མ་དག་པའི་གཞན་དབང་རྣམ་ཤེས་ཙམ་ཞིག་འབྱུང་བ་དེ་ཉིད་ལ། བྱིས་པ་རྣམས་གཟུང་བ་དང་འཛིན་པ་ཕྱི་ནང་དུ་རྒྱངས་ཆད་པར་འཛིན་པའི་ཚུལ་གྱིས་རྟོག་པར་བྱེད་ཀྱི་རྣམ་ཤེས་ལས་རྫས་ཐ་དད་པའི་གཟུང་བ་ནི་ཅུང་ཟད་ཀྱང་ཡོད་པ་མིན་ནོ། །

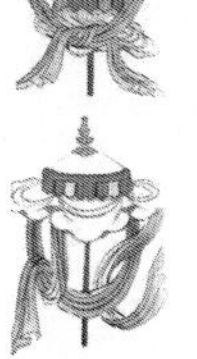

譬如波濤所依大海，因風鼓蕩，原如睡眠安穩不動之波濤，互相競起，奔馳不息。如是內外一切法種子阿賴耶識，與貪等信等俱生俱滅，各將自隨順功能熏習阿賴耶識。由此習氣成熟之力，便有不淨依他起性之唯識生，愚夫於此執爲內外分離之能取所取。然離內識，實無少分異體所取。

འདི་ནི་དཔེར་ན་དབང་ཕྱུག་ལ་སོགས་པ་རྒྱུར་སྨྲ་པ་རྣམས། བ་ནི་བ་སྲི་རྣམས་ཀྱི་རྒྱུ། །ཆུ་ཤེལ་ཆུ་རྣམས་ཀྱི་བཞིན་དང་། །ལྕག་ཤ་ཡལ་ག་རྣམས་ཀྱི་ལྟར། །དེ་ནི་ལུས་ཅན་ཀུན་གྱི་རྒྱུ། །ཞེས་དབང་ཕྱུག་ལ་སོགས་པ་འགྲོ་བའི་བྱེད་པ་པོར་སྨྲ་བ་བཞིན་དུ། ཀུན་གཞི་རྣམ་ཤེས་སྨྲ་བ་རྣམས་ཀྱང་རྣམ་ཤེས་དམིགས་པའི་དངོས་པོ་མཐའ་དག་གི་རྟེན་ཉིད་ཀྱིས་ས་བོན་ཐམས་ཅད་པ་སྨྲ་བར་བྱེད་དོ། །

此如說大自在天等爲因者云：「蛛爲蛛網因，水晶水亦爾，根爲枝末本，此是衆生因。」說大自在天等爲衆生之作者。如是說有阿賴耶識者，說彼識是一切法之種子依，名一切種子。

གང་དབང་ཕྱུག་རྟག་ལ་ཀུན་གཞི་རྣམ་ཤེས་མི་རྟག་གོ་ཞེས་བྱ་བ་འདི་ནི་ཁྱད་པར་རོ། །

唯大自在常住，阿賴耶識無常，是其差別。

དེའི་ཕྱིར་ཚེ་རབས་གཞན་མང་པོར་མུ་སྟེགས་ཀྱི་ལྟ་བ་གོམས་པ་རྣམས་ནི་ཀུན་གཞི་བཤད་པས་འདུལ་བ་ཡིན་ནོ། །

以是多生習外道見者，要說有阿賴耶識方能調伏也。

འོ་ན་འགྲེལ་བར་སེམས་ཙམ་པའི་འདོད་པ་བརྗོད་པ་ན། ཕྱི་རོལ་མེད་ཅེས་པ་མང་དུ་གསུངས་ཤིང་། རྣམ་པར་ཤེས་པ་ལས་ཐ་དད་པར་གྱུར་པའི་གཟུང་བ་ནི་ཅུང་ཟད་ཀྱང་ཡོད་པ་མིན་ཞེས། གཟུགས་སོགས་ཀྱི་གཟུང་བ་མེད་པ་ལ་རྣམ་ཤེས་ལས་ཐ་དད་པའི་ཞེས་ཁྱད་པར་སྨོས་པ་དང་། དབང་པོ་གཟུགས་ཅན་མིག་ཅེས་བྱ་བར་རྟོགས་ཞེས་པའི་འགྲེལ་པ་ལས། རྣམ་པར་ཤེས་པ་ལས་ཐ་དད་པའི་མིག་གི་དབང་པོ་ནི་ཡོད་པ་མ་ཡིན་ནོ། །

若爾，釋論敘唯識宗時，多云：無外境。又云：離識實無少分異體所取。此於所無之色等所取上，加離識異體之簡別。又「妄執名爲色根眼」句之釋云：「實無離識之眼根。」

ཞེས་དགག་བྱ་ལ་ཁྱད་པར་སྔར་ལྟར་སྦྱར་བ་བཞིན་སེམས་ཙམ་གྱི་སྐབས་སུ་འདོད་རྒྱུ་ཡིན་ནམ། འོན་ཏེ་གཟུགས་སོགས་ལྔ་དང་དབང་པོ་གཟུགས་ཅན་ལྔ་མེད་ཅེས་ཁྱད་པར་མ་སྦྱར་བར་ཁས་བླང་རྒྱུ་ཡིན་སྙམ་ན།

爲於所破加如上簡別，是唯識宗所許耶？爲不加簡別，直云：無色等五境及五色根，是彼所許耶？

འགྲེལ་པ་འདིར་ཁྱད་པར་སྦྱར་མ་སྦྱར་གཉིས་ཀ་འདུག་ཀྱང་། སྐྱེ་བ་འགོག་པ་ལ་དགག་བྱ་ལ་ཁྱད་པར་སྦྱར་བ་མང་དུ་བྱུང་ན། མ་བྱུང་བའི་སྐབས་ཐམས་ཅད་དུ་ཡང་དེ་འཕྱེར་བ་བཞིན་དུ། འདིར་ཡང་དེ་ལྟར་བྱ་སྟེ།

曰：此釋論中實有加不加簡別之二類。如破生時多於所破加簡別語，其未加時亦皆例加，此亦應爾。

འདིར་ཕྱོགས་སྔ་མ་བརྗོད་པའི་གཞུང་ཐེག་བསྡུས་སུ། ཅིའི་ཕྱིར་ལེན་པའི་རྣམ་པར་ཤེས་པ་ཞེས་བྱ་ཞེ་ན། དབང་པོ་གཟུགས་ཅན་ཐམས་ཅད་ཀྱི་རྒྱུ་ཡིན་པ་དང་། ལུས་ཐམས་ཅད་ཉེ་བར་ལེན་པའི་གནས་སུ་གྱུར་པའི་ཕྱིར་ཏེ། འདི་ལྟར་ཚེ་ཇི་སྲིད་པར་རྗེས་སུ་འཇུག་གི་བར་དུ་དེས་དབང་པོ་གཟུགས་ཅན་ལྔ་པོ་དག་མ་ཞིག་པར་ཉེ་བར་བཟུང་བ་དང་། ཞེས་དང་།

卷八

敵宗所依，《攝大乘論》云：「何緣此識亦復說名阿陀那識？執受一切有色根故。一切自體取所依故。所以者何？有色諸根，由此執受無有失壞，盡壽隨轉。」

ཐུན་མོང་ནི་སྣོད་ཀྱི་འཇིག་རྟེན་གྱི་ས་བོན་གང་ཡིན་པའོ། །ཐུན་མོང་མ་ཡིན་པ་དེ་ནི་སོ་སོ་རང་གི་སྐྱེ་མཆེད་ཀྱི་ས་བོན་གང་ཡིན་པའོ། །ཐུན་མོང་གང་ཡིན་པ་དེ་ནི་ཚོར་བ་མེད་པ་འབྱུང་བའི་ས་བོན་ནོ། །ཞེས་ཀུན་གཞིའི་སྟེང་གི་སྣོད་ཀྱི་འཇིག་རྟེན་གྱི་ས་བོན་ཚོར་བ་མེད་པའི་དངོས་པོའི་ས་བོན་དུ་གསུངས་པ་དང་།

又云：「共相者，謂器世間種子。不共相者，謂各別內處種子。共相即是無受生種子。」此說阿賴耶識上器世間種子，即是無受法之種子。

བསྡུ་བ་ལས་ཀྱང་དེ་བཞིན་དུ་གསུངས་ཤིང་རྟེན་འབྲེལ་མདོ་འགྲེལ་དུ། ཀུན་གཞི་རྣམས་ཀྱི་རྐྱེན་གྱིས་མིང་གཟུགས་འགྲུབ་པར་བཤད་པའི་མིང་ཕུང་པོ་ལྷག་མ་བཞི་དང་། གཟུགས་འབྱུང་བ་འབྱུང་འགྱུར་གྱི་གཟུགས་ལ་འཆད་ཅིང་། དེ་འདྲ་དེ་གཟུགས་མེད་ན་མེད་ཀྱང་ཁམས་གཞན་གཉིས་ན་ཡོད་པར་བཤད་པ་སོགས་སེམས་ཙམ་གྱི་

ལུགས་ལ་གཟུགས་ཁས་ལེན་པ་མཐའ་ཡས་པ་ཅིག་སྣང་ངོ། །

攝抉擇分亦如是說。《緣起經釋》說由阿賴耶識爲緣，成就名色。說名爲餘四蘊，說色爲大種及大種所造色。又說彼色，無色界無，下二界有。故唯識宗許有色者無量無邊。

དེ་ལྟ་མ་ཡིན་ན་སེམས་ཙམ་གྱི་སྐབས་སུ་གཟུགས་ཕུང་གི་སྟེང་ནས། དེ་ལྟར་གཟུགས་སྒྲ་སོགས་ཐ་སྙད་མཛད་པ་ཐམས་ཅད་ལ། གསར་དུ་མ་བཅོས་པ་ཐ་སྙད་བཏགས་པ་དེ་ཉིད་ཀྱིས་ཐ་སྙད་བྱེད་དུ་མི་རུང་བ་ཁོ་ནར་འགྱུར་བར་སྣང་ལ། དེ་འདྲ་བའི་ཐ་སྙད་བྱར་མི་རུང་བར་མཐོང་ཡང་ད་དུང་གྲུབ་མཐའ་འདི་ལེགས་སོ་ཞེས་པ་ནི་འཕགས་ཡུལ་གྱི་སངས་རྒྱས་པ་སུ་ལ་ཡང་མི་སྣང་ངོ། །

若不爾者，則唯識宗色蘊上所有色聲等名，不加修改皆不可用。已見彼名皆不可用，猶稱彼宗爲善者，印度佛徒曾無是事。

ཤེས་བྱ་ནང་གིར་སྨྲ་བ་ཞེས་པའི་མིང་དོན་ཀྱང་ཤེས་བྱ་ནི་གཟུགས་སྒྲ་སོགས་ཡིན་ལ། དེ་ཕྱི་རོལ་ཏུ་མི་འདོད་ཀྱི་ནང་ཤེས་པའི་དངོས་པོར་སྨྲ་བ་ལ་ཟེར་བ་ཡིན་ནོ། །

又彼宗亦名所知屬內宗。義爲不許色聲等所知爲外事，說是內識事。

གལ་ཏེ་སེམས་ཙམ་པས་གཟུགས་སྒྲ་སོགས་ཁས་ལེན་ན། དེ་ཕྱི་རོལ་ཡིན་པ་འགོག་པ་མིང་ཙམ་ལ་རྩོད་པར་འགྱུར་ཏེ། ཕྱི་རོལ་ཏུ་སྣང་བའི་གཟུགས་སོགས་འདི་ཉིད་ལ་ཕྱི་རོལ་ཏུ་འཛོག་པའི་ཕྱིར་རོ་ཞེ་ན།

設作是念，若唯識宗亦許色聲等者，則破外境僅是名字之諍。以現爲外境之色等①，即立爲外境故。

འདི་དང་དབུ་མ་པས་གཟུགས་སོགས་རང་གི་མཚན་ཉིད་ཀྱིས་གྲུབ་པ་བཀག་ནས་གཟུགས་སོགས་འཛོག་པ་ལ། རང་མཚན་གྱིས་གྲུབ་པར་སྣང་བའི་གཟུགས་སོགས་འདི་ཉིད་རང་གི་མཚན་ཉིད་ཀྱིས་གྲུབ་པར་འཛོག་པའི་ཕྱིར། དེ་ཡོད་མེད་ལ་རྩོད་པ་མིང་ལ་རྩོད་པའོ་ཞེས་པ་དང་འདྲ་སྟེ།

此與說：「中觀師破有自相之色而安立色者，既現爲有自相之② 色，即立爲有自相。故辯自相有無僅名字之諍」者，全無差別。

གྲུབ་མཐའ་གཉིས་ཀའི་དཀའ་གནས་ཆེན་པོར་སྣང་བས། དབུ་མའི་ཚུལ་དཀའ་བར་མ་ཟད་སེམས་ཙམ་པའི་ལུགས་འདི་ལ་ཡང་། ཕྱི་རོལ་བཀག་ན་གཟུགས་སོགས་ཀྱང་མེད་པར་འགྲོ་ཞིང་། གཟུགས་སོགས་བཞག་ན་ཕྱི་རོལ་

① 「等」，民族本作「有」。
② 「之」，民族本作「等」。「等」字不通。

ཡང་བཞག་དགོས་པར་མཐོང་བར་འདུག་པའི་ཕྱིར་རོ། །འདི་དག་དཀའ་མོད་ཀྱང་མངས་བས་འཇིགས་ནས་མ་བྲིས་སོ། །

實是兩宗最難了解之處。不但中觀道理難知，即於唯識宗此義，亦覺若破外境，則色等非有，若立色等亦應安立外境故。此等難處雖應解釋，恐繁不述。

གང་གི་ཕྱིར་གསུང་རབ་ཀྱི་རྣམ་པར་བཞག་པ་ནི་སྔར་བཤད་པ་འདི་ཡིན་པར་གྲགས་པ་

聖教建立，作如是說，頌曰：

དེ་ཕྱིར་གཞན་གྱི་དབང་གི་ངོ་བོ་གང་། །དངོས་པོ་བཏགས་པར་ཡོད་པའི་རྒྱུར་འགྱུར་ཞིང་། །
ཕྱི་རོལ་གཟུང་བ་མེད་པར་འབྱུང་འགྱུར་ལ། །ཡོད་དང་སྤྲོས་ཀུན་ཡུལ་མིན་རང་བཞིན་ཡོད། །

是故依他起自性，是假有法所依因，
無外所取而生起，實有及非戲論境。

དེའི་ཕྱིར་གཞན་གྱི་དབང་རང་བཞིན་གྱིས་གྲུབ་པའི་ངོ་བོ་གང་ཡིན་པ་འདི་ནི་གདོན་མི་ཟ་བར་ཁས་བླང་བར་བྱ་སྟེ། གང་གི་ཕྱིར་གཟུང་འཛིན་གྱི་དངོས་པོ་བཏགས་པར་ཡོད་པ་སྟེ། རྫས་ཐ་དད་དུ་ཡོད་པར་འཛིན་པ་སོགས་ཀྱི་རྟོག་པའི་དྲ་བ་མ་ལུས་པའི་རྒྱུ་སྟེ་གཞིར་འགྱུར་བར་འདོད་པའི་ཕྱིར་རོ། །

此依他起性，定應許是有自性，以是執有異體能取所取假有法等，一切分別網之因故。

ཐག་པའི་རྒྱུ་མཚན་ཅན་གྱི་སྦྲུལ་དུ་འཁྲུལ་བ་ནི་ཐག་པ་མེད་པའི་གཞིར་མི་སྐྱེ་ལ། བུམ་པ་ལ་སོགས་པའི་རྒྱུ་མཚན་ཅན་གྱི་འཁྲུལ་བ་ནི་ས་ལ་སོགས་པ་མེད་པའི་ནམ་མཁའི་ཕྱོགས་སུ་སྐྱེ་བར་མི་འགྱུར་བ་བཞིན་དུ།

如以繩因緣誤以爲蛇，無繩爲依，則必不生。及以地等因緣誤以爲瓶等，無地等爲依，於虛空中亦必不生。

ཕྱི་རོལ་གྱི་དོན་མེད་ན་སྔོན་པོ་ལ་སོགས་པ་ཕྱི་རོལ་ཏུ་འཁྲུལ་བའི་རྟོག་པ་འཁྲུལ་གཞི་ཇི་འདྲ་བ་ཞིག་གི་རྒྱུ་ཅན་དུ་འགྱུར། དེའི་ཕྱིར་གདོན་མི་ཟ་བར་ཕྱི་རོལ་ཏུ་འཁྲུལ་བའི་རྟོག་པའི་རྒྱུ་གཟུང་འཛིན་རྫས་ཐ་དད་པ་གཉིས་སུ་སྣང་བའི་མ་དག་གཞན་དབང་ཁས་བླང་དགོས་ཏེ། སྣང་གཞི་དེ་ཉིད་ཀུན་བྱང་གི་འཆིང་གྲོལ་གཉིས་ཀའི་རྒྱུ་ཡིན་པའི་ཕྱིར་རོ། །

如是既無外境，誤認青等爲外境之分別，爲以何等亂事爲因。故定應許現似異體二取之不淨依他起，為誤認外境分別之因。以彼所依是雜染清淨繫縛解脫之因故。

དབུ་སེམས་གང་གི་ལུགས་ཀྱིས་ཀྱང་དེ་ལྟ་སེམས་ཅན་རྣམས་ལ་སྣང་ཞིང་། སྣང་བ་ལྟར་དུ་བདེན་པར་ཞེན་པའི་ཞེ་ན་གཞི་དེ། ཞེན་ཡུལ་དེས་སྟོང་པར་བསྟན་པ་ཅིག་ཡོད་ན། སྟོང་ཉིད་དེ་རྟོགས་པ་ལམ་དུ་འགྲོ་བ་ཡིན་གྱི།

中觀、唯識任於何宗，如諸有情現所見境，若能顯示如彼所見執為實有之所依，由彼所著境而空者，即說通達此空是為正道。

སེམས་ཅན་རང་དགའ་བ་རྣམས་ཀྱིས་བདེན་པར་ཞེན་པའི་ཞེན་ཡུལ་སུན་ཕྱུང་བའི་སྟོང་ཉིད་རྟོགས་པ་ལམ་དུ་མི་བྱེད་པར་སྟོང་པ་གཞན་ཞིག་བདེན་པར་སྒྲུབ་པ་ནི། ཐོག་མ་མེད་པ་ནས་ཞུགས་པའི་བདེན་ཞེན་ཕྲ་རགས་གང་གི་ཡང་གཉེན་པོར་མི་འགྲོ་བས་ངལ་བ་འབྲས་མེད་དོ། །

若不以通達能破一般有情實執境之空性為道，而別立一實有空性，則於無始傳來粗細實執，俱不能對治，徒勞無果。

དེ་ལྟར་ན་གཉིས་སུ་སྣང་བའི་གཞན་དབང་གང་ལ་གཟུང་འཛིན་རྫས་ཐ་དད་པ་སྣང་བ་བཞིན་དུ་ཡོད་པར་འཛིན་པའི་ཞེན་ཡུལ་གྱི་ཀུན་བཏགས་གང་མེད་པ་དེ་ནི། གཞི་དེ་དགག་བྱ་དེས་སྟོང་པར་ཡང་དག་པར་རྗེས་སུ་མཐོང་ལ།

於是當知，此現似二取之依他起，雖現似有異體能取所取，而執有彼之遍計所執境實無所有。即正觀此所依由彼所破為空。

སྟོང་གཞི་དང་སྟོང་པ་གང་ཞིག་འདིར་ལྷག་མར་ལུས་པར་གྱུར་པ་དེ། འདི་ན་བདེན་པར་ཡོད་པ་ཡིན་ནོ། །ཞེས་ཡང་དག་པ་ཇི་ལྟ་བ་བཞིན་དུ་རབ་ཏུ་ཤེས་པས་འདི་ནི་སྟོང་པ་ཉིད་ཀྱི་དོན་ཀྱང་ལེགས་པར་གཟུང་བར་འགྱུར་རོ། །

又空所依及此空性，即是所餘，即正知此是真實有，如是名為善取空義。

འདིར་ཕྱོགས་སྔར་མཛད་པ་ནི་བྱང་ས་དང་དབུས་མཐའི་འགྲེལ་བ་ལས། གང་ལ་གང་མེད་པ་ཞེས་སོགས་ཀྱི་དོན་སྔར་ལྟར་བཤད་པ་དེ་ཡིན་ལ།

此中敵宗，即是《菩薩地》及《辨中邊論釋》中「謂由於此彼無所有」等義。

རྒྱུད་བླ་མའི་འགྲེལ་བར་གང་ཞིག་གང་ན་མེད་པ་དེ་ནི་ཞེས་སོགས་ཀྱི་དོན་བཀྲལ་བ་ནི། སྔ་མ་གཉིས་དང་གཏན་མི་འདྲ་བར་དབུ་མའི་འགྲེལ་ཚུལ་དུ་ཡོད་དེ་མངས་པས་འཇིགས་ནས་མ་བྲིས་སོ། །

《寶性論釋》解「若此於彼無」等義時，作中觀理解，與上二論全不相同，恐繁不述。

གཞན་དབང་དེ་ནི་ཕྱི་རོལ་གྱི་གཟུང་བ་མེད་པར་རང་གི་བག་ཆགས་ཁོ་ན་ལས་འབྱུང་བར་འགྱུར་ལ། རང་བཞིན་གྱིས་ཡོད་པ་དང་འདིའི་ལུགས་ཀྱི་དོན་དམ་པར་སྒྲ་རྟོག་གི་སྤྲོས་པ་ཀུན་ཏེ་ཐམས་ཅད་ཀྱི་ཡུལ་མིན་པའི་རང་བཞིན་ཅན་དུ་ཡོད་དེ། ཕྱི་ནང་གི་མངོན་པར་བརྗོད་པ་ནི་དངོས་སུ་མ་བརྟགས་པའི་རྣམ་པ་འཛིན་པའི་ཕྱིར་རོ། །

又此依他起，無外所取，唯由自內習氣而生，是自性有。此宗勝義，全非一切言說分別戲論之境。以內外名言皆不取實相故。

མདོར་ན་གཞན་དབང་ལ་ཁྱད་པར་གསུམ་ཡོད་དེ། ཕྱི་རོལ་མེད་པར་འབྱུང་བ་དང་རང་བཞིན་གྱིས་ཡོད་པ་དང་། དོན་དམ་པར་སྤྲོས་པ་ཡིན་ནོ་ཅོག་གི་ཡུལ་མ་ཡིན་པའོ། །

總之依他起性有三差別，一、無外境而生，二、是自性有，三、於勝義中非一切戲論之境。

བཏགས་པར་ཡོད་པའི་རྒྱུ་ནི་རང་བཞིན་གྱིས་ཡོད་པའི་དངོས་པོའི་ཁོངས་སུ་འདུ་བས་དེ་ནི་ཁྱད་པར་གསུམ་པོ་ལས་ཐ་མི་དད་དོ། །

是假有法之因義，亦攝在自性有法之中，不異三差別。

གཞན་དབང་ཡོད་ཅེས་པ་ནི་ཡོད་ཙམ་མིན་གྱི་ཡོད་པ་ཁྱད་པར་བ་ཡིན་ཏེ། སློབ་དཔོན་བློ་བརྟན་གྱིས། ཡང་དག་མ་ཡིན་ཀུན་རྟོག་ཡོད། །ཅེས་བྱ་བ་གསུངས་ཏེ། རང་བཞིན་གྱིས་ཞེས་བྱ་བ་ཚིག་གི་ལྷག་མའོ། །

ཞེས་གསུངས་པ་ལྟར་ཡིན་པས། ཁྱད་པར་འདི་རེས་པ་འོག་ཏུ་གལ་ཆེའོ། །

言依他起有者，非泛說有，是特殊有。如安慧論師云：「虛妄分別有，謂由自性是語之餘。」此簡別，於後文至爲切要。

卷八

གཉིས་པ་ལ་གཉིས། དགག་པ་རྒྱས་པར་བརྗོད་པ་དང་། དེ་ལྟར་བཀག་པའི་མཇུག་བསྡུ་བའོ། །

午二、破執分二：未一、廣破，未二、結破。

དང་པོ་ལ་གསུམ། ཕྱི་རོལ་མེད་པའི་ཤེས་པ་རང་བཞིན་གྱིས་གྲུབ་པའི་དཔེ་དགག །བག་ཆགས་ཀྱི་ནུས་པ་ལས་དོན་གྱིས་སྟོང་བའི་ཤེས་པ་སྐྱེ་བའི་དོན་དགག །དེ་ལྟར་བཀག་པ་དང་མི་སྡུག་པ་སྒོམ་པ་གཉིས་མི་འགལ་བར་བསྟན་པའོ། །

初又分三：申一、破無外境識有自性之喻，申二、破由習氣功能出生境空之識，申三、明如是破與修不淨觀不相違。

དང་པོ་ལ་གཉིས། རྨི་ལམ་གྱི་དཔེ་དགག་པ། སྐྲ་ཤད་མཐོང་བའི་དཔེ་དགག་པའོ། །

初又分二：酉一、破夢喻，酉二、破毛髮喻。

དང་པོ་ལ་གསུམ། རྨི་ལམ་གྱི་དཔེས་ཤེས་པ་རང་བཞིན་གྱིས་ཡོད་པ་མི་འགྲུབ་པ། རྨི་ལམ་གྱི་དཔེས་སད་དུས་སུ་ཕྱི་རོལ་མེད་པ་མི་འགྲུབ་པ། རྨི་ལམ་གྱི་དཔེས་དངོས་པོ་ཐམས་ཅད་བརྫུན་པར་འགྲུབ་པའོ། །དང་པོ་ནི།

初又分三：戊一、夢喻不能成立識有自性，戊二、夢喻不能成立覺時無外境，戊三、夢喻成立一切法虛妄。今初，頌曰：

ཕྱི་རོལ་མེད་སེམས་དཔེ་ནི་གང་དུ་ཡོད། །

無外境心有何喻。

སེམས་ཙམ་པ་ཁྱེད་ཕྱི་རོལ་མེད་ལ། རང་གི་མཚན་ཉིད་ཀྱིས་གྲུབ་པའི་སེམས་ཡོད་པར་འདོད་ན། དཔེར་ན་འདི་བཞིན་ཞེས་འདིའི་དཔེ་ནི་གང་དུ་ཡོད་ཅེས་འདི་ཉིད་དཔྱད་པར་བྱའོ། །སེམས་ཙམ་པས་སྨྲས་པ།

汝唯識師說無外境，心有自相。當先推察有何譬喻而相比況？若唯識師曰：

རྨི་ལམ་ཇི་བཞིན་ཞེ་ན་དེ་བསམ་བྱ། །

若謂如夢當思擇。

དཔེར་ན་ཁང་མིག་ཤིན་ཏུ་ཆུང་ངུའི་ནང་དུ་ཉལ་ཞིང་། གཉིད་ཀྱིས་ལོག་པས་གླང་པོ་ཆེ་མྱོས་པའི་ཁྱུ་རྨིས་པའི་གླང་པོ་ཆེ་ནི། ཁང་མིག་དེར་ཇི་ལྟར་ཡང་ཡོད་པ་མིན་ཏེ།

譬如有人眠極小房中，夢見狂象群，然彼房中決定不能有狂象群。

དེའི་ཕྱིར་རྨི་ལམ་ཇི་ལྟ་བ་བཞིན་དུ་ཕྱི་རོལ་གྱི་ཡུལ་མེད་བཞིན་དུ། རྣམ་ཤེས་རང་བཞིན་གྱིས་གྲུབ་པ་འདི་ངེས་པར་ཁས་བླང་བར་བྱའོ་ཞེ་ན།

故如彼夢，雖無外境，定應許此有自性識。

འདི་ཡང་སྙིང་པོ་མེད་པ་ཉིད་དུ་བསྟན་པའི་ཕྱིར་བཤད་པ། དཔེ་དེ་ཉིད་འདིར་བསམ་པ་སྟེ་དཔྱད་པར་བྱའོ། །

為顯此說無心要故。汝此譬喻當更思擇也。

ཡང་དཔྱད་པར་བྱ་བ་དེ་ཅི་ཞིག་ཅེ་ན།

云何思擇？頌曰：

གང་ཚེ་ང་ལ་རྨི་ལམ་ན་ཡང་སེམས། །ཡོད་མིན་དེ་ཚེ་ཁྱོད་ཀྱི་དཔེ་ཡོད་མིན། །

若時我說夢無心，爾時汝喻即非有。

གང་གི་ཚེ་རྨི་ལམ་ན་ཡང་བ་ལང་སྨྱོས་པའི་ཁྱུའི་རྣམ་པ་ཅན་གྱི་སེམས་རང་གི་མཚན་ཉིད་ཀྱིས་གྲུབ་པ་དེ་ནི། ཡུལ་གླང་པོ་ཆེ་མེད་པ་ལྟར་ངའི་ལུགས་ལ་ཡོད་པ་མིན་ཏེ། མ་སྐྱེས་པའི་ཕྱིར་རོ། །

若時我宗說，如夢中象境非有，則見狂象群之有自性心亦非是有，以不生故。

རྣམ་ཤེས་རང་གི་མཚན་ཉིད་ཀྱིས་གྲུབ་པ་མེད་ན། དེའི་ཚེ་གཉིས་ཀ་ལ་གྲུབ་པའི་ཁྱོད་ཀྱི་དཔེ་ཡོད་པ་མིན་པས། ཕྱི་རོལ་མེད་པར་རྣམ་པར་ཤེས་པ་ཡོད་པ་མིན་ནོ། །

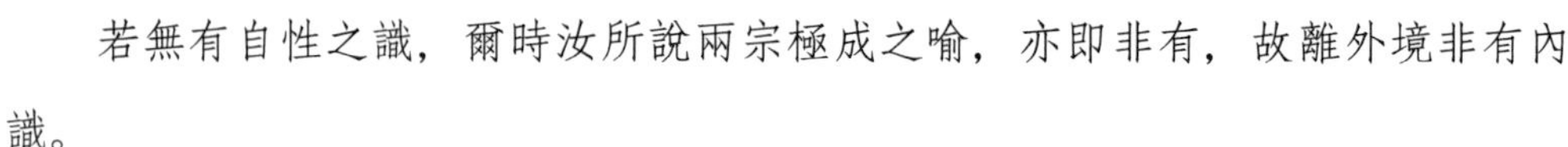

若無有自性之識，爾時汝所說兩宗極成之喻，亦即非有，故離外境非有內識。

འདིར་རྨི་ལམ་ན་སྣང་བའི་གླང་པོ་ཆེ་མེད་པ་བཞིན་དུ་ཡུལ་ཅན་ཤེས་པ་ཡང་མེད་པར་སྟོན་པ་ནི་མིན་གྱི་རང་བཞིན་གྱིས་གྲུབ་པའི་ཤེས་པ་མེད་པར་སྟོན་པ་ལ་ངེས་པར་འདོད་དགོས་ཏེ། སྔར་བཤད་པ་ལྟར་སེམས་ཙམ་པས་ཕྱི་རོལ་མེད་པའི་གཞན་དབང་ཁས་བླངས་པ་ནི། གཞན་དབང་རང་བཞིན་གྱིས་གྲུབ་པ་ཡིན་པའི་ཕྱིར་དང་།

此非是說如夢中無所見之象，亦無內識，是說無有自性之識。以前說唯識宗許無外境之依他起，是許有自性之依他起故。

དགག་པ་འདི་རྣམས་ཀྱིས་དོན་བསྡུས། མདོར་ན་ཇི་ལྟར་ཤེས་བྱ་མེད་དེ་བཞིན། །བློ་ཡང་མེད། ཅེས་པའི་འགྲེལ་པར་ཤེས་བྱའི་རྣམ་པ་ཅན་གྱི་བློ་ཡང་རང་གི་བདག་ཉིད་ཀྱིས་མ་སྐྱེས་པར་རིག་པར་བྱའོ། །ཞེས་གསལ་བར་གསུངས་ཤིང་།

又此破總結時：「總如所知非有故，應知內識亦非有」，釋論明說：「當知帶所知相之內識，亦不自性生。」

གཞན་ཡང་རྩ་འགྲེལ་གཉིས་སུ་འདི་འདྲའི་རིགས་འགོག་པའི་ཚེ། དགག་བྱ་ལ་ཁྱད་པར་སྦྱར་བ་དུ་མ་ཞིག་ཡོད་པའི་ཕྱིར་དང་།

又本論釋論此等破時，多於所破加簡別故。

སླར་ཡང་དེ་ལས་བདག་ཉིད་ཆེན་པོས་སེམས། །མ་རིག་ལས་ལས་སྐྱེས་པར་ཅི་ཕྱིར་གསུངས། ཞེས་མ་རིག་པས་འདུ་བྱེད་འདུ་བྱེད་ཀྱིས་རྣམ་ཤེས་སྐྱེད་པར་གསུངས་པ་རང་གི་འདང་ལུགས་ཡིན་པའི་ཕྱིར་ན། རྣམ་ཤེས་མེད་པ་འདིའི་ལུགས་སུ་སྨྲ་བ་ལ་ནི་རྟོག་ལྡན་ལ་དོགས་པའི་གནས་མེད་དོ། །

又云：「何故如來於彼經，說心從無明業生」說無明生行，以行生識，是自宗故。故有智者，不致疑此宗是說無識。

དེའི་ཕྱིར་ཤེས་བྱ་དང་ཤེས་པ་ལ་ཡོད་མེད་མགོ་མཚུངས་མཛད་པ་ཐམས་ཅད་ནི་དགག་བྱའི་ཁྱད་པར་གྱི་སྟེང་ནས་ཤེས་པར་བྱའོ། །

以是當知凡說所知能知有無相等者，皆是依所破差別而說。

ཅི་སྟེ་རྨི་ལམ་ན་རྣམ་པར་ཤེས་པ་འཁྲུལ་པ་མེད་ན། དེའི་སད་པས་རྨི་ལམ་གྱི་དུས་ཀྱི་ཉམས་སུ་མྱོང་བ་ཕྱིས་དྲན་པར་མི་འགྱུར་རོ་སྙམ་ན། འདི་ནི་ཤེས་པ་རང་གི་ངོ་བོ་ཉིད་ཀྱིས་གྲུབ་པ་མེད་ན། ཤེས་པ་ཡེ་མེད་པར་བསམས་པའི་རྩོད་པའོ། །

設作是念，若謂夢中無亂識者，則彼覺後中不應憶念夢中所受。此是以為識無自性，識便全無而難。

དེ་ལྟར་རྩོད་པ་འདི་ཡང་མི་རུང་སྟེ།

此難非理，頌曰：

གལ་ཏེ་སད་ཚེ་རྨི་ལམ་དྲན་ལས་ཡིད། །ཡོད་ན་ཕྱི་རོལ་ཡུལ་ཡང་དེ་བཞིན་འགྱུར། །

若以覺時憶念夢，證有意者境亦爾。

གལ་ཏེ་གཉིད་སད་པའི་ཚེ་རྨི་ལམ་གྱི་ཉམས་སུ་མྱོང་བ་དྲན་པ་ལས། རྨི་ལམ་གྱི་ཡིད་རང་བཞིན་གྱིས་གྲུབ་པ་ཡོད་ན། རྨི་ལམ་གྱི་གླང་པོ་ཆེ་ལ་སོགས་པ་ཕྱི་རོལ་ཏུ་སྣང་བའི་ཡུལ་ཡང་ཡིད་དེ་བཞིན་དུ་ཡོད་པར་འགྱུར་ཏེ། ཅིའི་ཕྱིར་ཞེ་ན།

若以睡覺之時，猶能憶念夢中領受，便謂夢中意識有自性者，則夢中所見象等外境，如彼意識，亦應是有。何以故？頌曰：

ཇི་ལྟར་ཁྱོད་ཀྱི་ངས་མཐོང་སྙམ་དྲན་པ། །དེ་འདྲ་ཕྱི་རོལ་ལ་ཡང་ཡོད་པ་ཡིན། །

如汝憶念是我見，如是外境亦應有。

ཇི་ལྟར་ཁྱོད་ཀྱི་སད་པའི་ཚེ་ངས་རྨི་ལམ་གྱི་དུས་སུ་མཐོང་སྙམ་པའི་ཡུལ་ཅན་གྱི་དྲན་པ་ཡོད་པ་ལས་ཡིད་ཡོད་པ་དེ་བཞིན་དུ། རྨི་ལམ་གྱི་ཚེ་ཡུལ་འདི་མཐོང་སྙམ་པའི་ཡུལ་སྤྱོད་དེ་འདྲ་བ་ཕྱི་རོལ་ཏེ་ཡུལ་ལ་ཡང་དྲན་པ་ཡོད་པས། ཡུལ་ཡང་ཡོད་པའམ་ཡང་ན་རྣམ་ཤེས་ཀྱང་ཡོད་པ་མིན་ནོ་ཞེས་ཁས་བླང་བར་བྱའོ། །

如汝以睡覺時，追憶我於夢中見，有憶能緣之念，便證有意識者，如是追憶，夢中見此境亦有憶外境之念，則外境亦應有，或識亦應無也。

འོ་ན་རྨི་ལམ་གྱི་ཡུལ་དང་ཡུལ་ཅན་དྲན་པ་རང་ལུགས་ལ་ཡང་ཡོད་པས། དེ་གཉིས་ཡོད་མེད་ཇི་ལྟར་བྱ་ཞེ་ན།

若爾，自宗亦許憶念夢中之心境，彼二有無如何許耶?

འདིར་འགྲེལ་བར་རྨི་ལམ་གྱི་མྱོང་བ་དྲན་པ་དང་། རྨི་ལམ་གྱི་ཡུལ་ཉམས་སུ་མྱོང་བ་དྲན་པ་གཉིས་བཤད་པས། རྨི་ལམ་གྱི་སྐབས་སུ་གླང་པོ་ཆེ་ལ་སོགས་པ་སྣང་བ་ན།

曰：釋論說有憶念夢中領受，及憶念夢中領受境。以是當知夢中見象等時，

དཔེར་ན་བྱད་བཞིན་གྱི་གཟུགས་བརྙན་མཐོང་བ་ན་དེ་སྣང་བའི་མིག་ཤེས་ཀྱིས་བྱད་བཞིན་མྱོང་བ་མིན་ཀྱང་། གཟུགས་བརྙན་ལ་ལྟོས་པའི་ཡུལ་མྱོང་ཡོད་པ་བཞིན་དུ་རྨི་ལམ་གྱི་ཚེ་ཡང་གླང་པོ་ཆེ་མྱོང་བའི་ཡུལ་མྱོང་མེད་ཀྱང་། དེར་སྣང་བའི་ཡུལ་མྱོང་ཡོད་པས་ཡུལ་དྲན་ཟེར་ཡང་ཡུལ་དེ་མྱོང་བ་དྲན་པའོ། །

如醒位見本質之影像。其見彼影像之眼識，雖非領受本質境，然可說是領受影像境。如是夢中雖無所領受象境，然有所領受現似爲象之境。故雖云「念境」，實是憶念領受彼境。

དམིགས་མྱོང་སོ་སོར་འབྱེད་པ་ནི་སྐབས་འགའ་ཞིག་མ་གཏོགས་པ་འདི་འདྲ་བ་མང་པོ་ཞིག་ལ་མི་དགོས་སོ། །

所緣與領受，除一二處外，多不須如是分別也。

དེ་ལྟར་ན་ཕྱི་རོལ་གྱིས་སྟོང་པའི་གཞན་དབང་རང་གི་མཚན་ཉིད་ཀྱིས་གྲུབ་པ་ནི་འཇོག་པར་མི་ནུས་ཏེ། དངོས་ཀྱི་དཔེ་ཡང་མི་སྲིད་ལ་སྐྱེ་བ་སྔ་ཕྱི་ཡོད་པར་སྒྲུབ་པ་ལྟ་བུ་ལ་དངོས་ཀྱི་དཔེ་མེད་ཀྱང་། སྦྱོར་བའི་འགོད་ཚུལ་གཞན་གྱིས་སྒྲུབ་པ་ལྟ་བུའི་དཔེ་ཡང་འདི་ལ་མེད་པས། སེམས་ཙམ་པ་འགོག་པ་ནི་རིགས་པ་ཤིན་ཏུ་སྟོབས་ཆེ་བར་ཤེས་པར་བྱའོ། །

由是決不能安立外境所空有自相之依他起。既無親喻。如成立前世後世，雖無親喻，而有以餘因明式成立之疏喻。此中亦無故。當知此是破唯識宗最有力之正理。

གཉིས་པ་ནི། གལ་ཏེ་གླང་པོ་ཆེ་ལ་སོགས་པའི་གཟུགས་རྨི་ལམ་ན་ཡོད་ན། དེ་འཛིན་པའི་མིག་ཤེས་ཀྱང་རྨི་ལམ་ན་ཡོད་པར་འགྱུར་ན་དེ་ནི་མི་རིགས་ཏེ།

戊二、夢喻不能成立覺時無外境。設曰：若睡夢中有象等色，則亦應有緣彼之眼識，此不應理。頌曰：

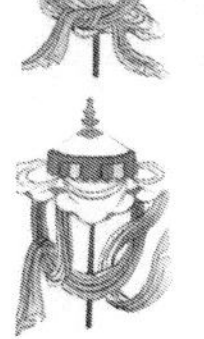

གལ་ཏེ་གཉིད་ནང་མིག་བློ་མི་སྲིད་པས། །ཡོད་མིན་ཡིད་ཀྱི་ཤེས་པ་ཁོ་ན་ཡོད། །

དེ་ཡི་རྣམ་པ་ཕྱི་རོལ་ཉིད་དུ་ཞེན། །རྨི་ལམ་ཇི་ལྟ་དེ་བཞིན་འདིར་འདོད་ན། །

設曰睡中無眼識，故色非有唯意識，

執彼行相以爲外，如於夢中此亦爾。

གཉིད་ལོག་པ་ན་གཉིད་ཀྱིས་དཀྲུགས་པ་ལ་མིག་གི་བློ་སྟེ་ཤེས་པ་མི་སྲིད་པས། གླང་པོ་ཆེ་ལ་སོགས་པའི་གཟུགས་མིག་གི་སྐྱེ་མཆེད་ཀྱིས་གཟུང་བར་བྱ་བ་ཡོད་པ་མིན་ལ། ཡིད་ཀྱི་ཤེས་པ་ཁོ་ན་ཡོད་དོ། །

由睡夢中，睡眠昏亂無眼識故，眼處所取象等色境決定非有，唯有意識。

དེའི་ཕྱིར་ཕྱི་རོལ་གྱི་གཟུགས་ཀྱི་སྐྱེ་མཆེད་མེད་པ་ཁོ་ན་ཡིན་ཞིང་། ཡིད་ཀྱི་རྣམ་པར་ཤེས་པ་ལ་ཕྱི་རོལ་དེའི་རྣམ་པ་སྣང་བ་ཙམ་ལ་ཕྱི་རོལ་ཉིད་དུ་མངོན་པར་ཞེན་པ་ནི་བཟློག་ཏུ་མེད་པར་འབྱུང་ངོ། །

雖無外色處，然由意識現似外相，即執彼相以爲外境。

རྨི་ལམ་དུ་ཕྱི་རོལ་མེད་པར་རྣམ་པར་ཤེས་པ་ཙམ་འབྱུང་བ་ཇི་ལྟ་བ་དེ་བཞིན་དུ། སད་པའི་སྐབས་འདིར་འདོད་དོ་ཞེ་ན། འདི་ནི་སྔར་གྱི་དཔེ་དེ་མ་གྲུབ་ཏུ་ཆུག་ཀྱང་རྨི་ལམ་གྱི་དཔེས་སད་པའི་སྐབས་སུ་ཕྱི་རོལ་མེད་པའི་རྣམ་ཤེས་འགྲུབ་པོ་སྙམ་པའོ། །

如睡夢中全無外境唯有識生，如是覺時應知亦爾。此謂前喻縱不能成立識有自性，然以夢喻必能成立覺時無有外境唯有內識也。

དེ་ནི་མ་ཡིན་ཏེ་རྨི་ལམ་དུ་ཡིད་ཀྱི་རྣམ་ཤེས་འབྱུང་བ་མི་སྲིད་པའི་ཕྱིར་རོ། །ཞེས་གསུངས་པ་ནི།

破曰：不然，夢中意識亦不生故。

རྨི་ལམ་དུ་གཟུགས་ཀྱི་སྐྱེ་མཆེད་མེད་དུ་ཆུག་ཀྱང་། དེ་མེད་པའི་ཡིད་ཀྱི་རྣམ་ཤེས་རང་བཞིན་གྱིས་གྲུབ་པ་རྨི་ལམ་ནའང་མི་སྲིད་པས། ཕྱི་རོལ་མེད་པ་དང་ཡིད་ཤེས་རང་བཞིན་གྱིས་ཡོད་པ་གཉིས་ཚོགས་པ་དེ་དཔེར་མི་རུང་ཞེས་པའོ། །

此謂夢中無色處，其無色處之有自性意識，夢中亦非有，故彼夢喻亦不能成立全無外境而有有自性之意識。頌曰：

ཇི་ལྟར་ཁྱོད་ཀྱི་ཕྱི་ཡུལ་རྨི་ལམ་དུ། །མ་སྐྱེས་དེ་བཞིན་ཡིད་ཀྱང་སྐྱེས་མ་ཡིན། །
མིག་དང་མིག་གི་ཡུལ་དང་དེས་སྐྱེད་སེམས། །གསུམ་པོ་ཐམས་ཅད་ཀྱང་ནི་བརྫུན་པ་ཡིན། །
如汝外境夢不生，如是意識亦不生，
眼與眼境此生心①，三法一切皆虛妄。

འདི་ལྟར་ཇི་ལྟར་ཁྱོད་ཀྱི་ལྟར་ན་ཕྱི་རོལ་གྱི་ཡུལ་དེ་དོན་རྨི་ལམ་དུ་མ་སྐྱེས་པ་དེ་བཞིན་དུ། ཡིད་ཀྱི་རྣམ་ཤེས་ཀྱང་རང་བཞིན་གྱིས་སྐྱེས་པ་མ་ཡིན་ནོ། །

如汝所說外境夢不生，如是意識亦自性不生。

དེའི་ཕྱིར་ཇི་ལྟར་སད་པའི་ཚེ་གཟུགས་མཐོང་བ་ན། མིག་དང་གཟུགས་དང་ཡིད་གསུམ་པོ་འདུས་པ་དེ་བཞིན་དུ། རྨི་ལམ་དུ་ཡང་ཡུལ་ཡོངས་སུ་གཅོད་པ་ན་གསུམ་འདུས་པར་བློས་དམིགས་པ་ཡིན་ནོ། །

如醒覺位見色時，有眼色意三法和合，如是夢中了別境時，心亦見有三法和合。

ཇི་ལྟར་རྨི་ལམ་དེར་མིག་དང་མིག་གི་ཡུལ་གཟུགས་གཉིས་མེད་པ་དེ་བཞིན་དུ། དེ་གཉིས་ཀྱིས་བསྐྱེད་པའི་སེམས་མིག་གི་རྣམ་ཤེས་ཀྱང་ཡོད་པ་ཡང་མ་ཡིན་པས། རྨི་ལམ་གྱི་མིག་གཟུགས་ཡིད་གསུམ་པོ་ཐམས་ཅད་ཀྱང་ནི་བརྫུན་པ་ཡིན་ནོ། །

如夢中眼與眼之色境二俱非有，如是此二所生之眼識亦定非有。故夢中之眼色意三法一切皆是虛妄。又頌曰：

རྣ་སོགས་ལྷག་མ་གསུམ་པོའང་སྐྱེ་བ་མེད། །
餘耳等三亦不生。

གསུམ་པོ་དེ་བཞིན་དུ་རྣ་བ་སོགས་མིག་གི་གསུམ་གྱི་ལྷག་མ་གསུམ་པོའང་རང་བཞིན་གྱིས་སྐྱེ་བ་མེད་དོ། །

① 「此生心」，頌作「生眼識」。

如眼等三法，其餘耳等三法亦無自性生。

འདིར་སོགས་པའི་སྒྲས་ནི་སྒྲ་དང་རྣ་བའི་རྣམ་པར་ཤེས་པ་ནས་ཡིད་དང་ཆོས་ཀྱི་ཁམས་དང་ཡིད་ཀྱི་རྣམ་པར་ཤེས་པའི་བར་བསྡུའོ། །ཞེས་གསུངས་པའི་རྣ་བའི་དབང་པོ་ནས་ལུས་དབང་གི་བར་བཞི་དང་།

此中等字，等取聲及耳識，乃至意及法處意識。此謂耳根至身根之四根。

སྒྲའི་ནས་རེག་བྱའི་སྐྱེ་མཆེད་ཀྱི་བར་བཞི་དང་། རྣ་བའི་རྣམ་ཤེས་སོགས་བཞི་ནི་སྔར་མིག་གི་གསུམ་ལ་བཤད་པ་བཞིན་དུ། རྨི་ལམ་ན་དེ་དག་མེད་ཀྱང་དེ་དག་གི་རྣམ་པར་སྣང་བས་བརྫུན་པ་དང་། ཡིད་ཀྱི་གསུམ་ནི་རྨི་ལམ་ན་ཡོད་ཀྱང་རང་བཞིན་གྱིས་མེད་བཞིན་དུ་དེར་སྣང་བས་བརྫུན་པའོ། །

聲塵至觸塵之四塵，耳識等四識。如前所說眼等三法，夢中雖無彼體而現彼相，故是虛妄。其意等三法，則謂夢中雖有，然無自性現有自性，故是虛妄。

དེའི་ཕྱིར་རྨི་ལམ་ན་དབང་ཤེས་ཡོད་པ་སློབ་དཔོན་འདིའི་ལུགས་སུ་བྱས་ནས་དེ་ལ་དགག་པ་བྱེད་པ་ནི། བློ་གྲོས་ཀྱི་འཇུག་པ་ཤིན་ཏུ་རྩིང་བས། ཕྱོགས་སྔའི་ནམ་མ་ལངས་པ་ལ་དགག་པའི་ཉི་མ་ཤར་བ་ཡིན་ཞེས་གྲགས་པ་བཞིན་ཡིན་པས། རྒྱང་རིང་དུ་དོར་བར་བྱ་སྟེ་བོད་ཀྱི་མཁས་པར་རློམ་པ་འགའ་ཞིག་ལ། འདི་འདྲ་བའི་གྲུབ་མཐའ་ལ་མཁས་པའི་དབང་པོ་སེམས་དཔའ་ཆེན་པོ་ཡིན། ངོ་ཤེས་པ་རྣམས་ཀྱི་ལུགས་རགས་པའང་མ་གོ་བར། དེ་རྣམས་བསོད་ནམས་མ་ཡིན་པ་རྒྱུན་ལྡན་དུ་གསོག་པའི་ཞིང་དུ་བཟུང་ནས། སེམས་ཅན་དུ་མ་ཞིག་བསོད་ནམས་མ་ཡིན་པ་ལ་སྦྱོར་བར་སྣང་བས་བག་ཡོད་པར་གྱིས་ཤིག།

以是當知，彼以爲此師許夢中有根識，而相攻難。如云：敵者之天未曉，難者之日已出，慧太粗陋故應棄捨。藏中亦有自矜智者，於此善巧宗義尚未知其粗分，便謗爲非福之田，令諸眾生多造非福，尤應慎焉。

འདིར་སེམས་ཙམ་པས་གལ་ཏེ་གཉིད་ནང་ཞེས་སོགས་ཀྱིས་བཤད་པ་བཞིན་དུ་རང་ལུགས་བཞག་པ་ལ། སློབ་དཔོན་ལེགས་ལྡན་གྱིས་ཀྱང་དཔེ་མ་གྲུབ་པའི་ལན་མཛད་པ་ན། ཆོས་ཀྱི་སྐྱེ་མཆེད་དུ་གཏོགས་པའི་གཟུགས་ཡིད་ཀྱི་ཤེས་པས་གཟུང་བར་བྱ་བ་ཞིག །རྨི་ལམ་ན་ཡོད་པས་རྣམ་པར་ཤེས་པ་ནི་ཡུལ་མེད་པར་འགར་ཡང་ཡོད་པ་མ་ཡིན་ནོ་ཞེས་སྨྲའོ། །

若此：「設曰睡中」等，作爲唯識宗義。清辨論師爲出喻不成過云：「意識所取法處所攝色，夢中亦有。故離外境全無內識。」

འདི་ལ་དེ་ཡང་རིགས་པ་མ་ཡིན་ཏེ། རྨི་ལམ་ན་རྣམ་པ་ཐམས་ཅད་དུ་གསུམ་པོ་མི་སྲིད་པའི་ཕྱིར་རོ། །

此亦不應理，夢中三法畢竟非有故。

ཅི་སྟེ་གཞན་གྱི་གཞུང་ལུགས་བསལ་བར་བྱ་བའི་ཕྱིར་དེ་ལྟར་ཁས་ལེན་ན་ནི། དེའི་ཚེ་རྨི་ལམ་གྱི་དཔེ་དོན་མེད་པ་ཉིད་དུ་འགྱུར་ཏེ། དེ་བརྫུན་པ་མ་ཡིན་པའི་དོན་ཅན་ཡིན་པ་ཉིད་ཀྱིས་དཔེ་ལས་བྱུང་བ་དངོས་ཀྱི་དོན་བརྫུན་པའི་དོན་ཉིད་དུ་བསྟན་པ་མི་སྲིད་པའི་ཕྱིར་རོ། །

若謂爲破他宗故如是許者，是則夢喻應全無用，以夢非虛妄，不能顯示所喻之法爲虛妄故。

ཞེས་གསུངས་པའི་དོན་ནི་ཡུལ་དབང་རྣམ་ཤེས་གསུམ་རང་བཞིན་གྱིས་གྲུབ་པ་ནི་རྨི་ལམ་ན་ཡང་རྣམ་པ་ཐམས་ཅད་དུ་མི་སྲིད་པའི་ཕྱིར།

此謂有自性之根境識三法，夢中亦畢竟非有。

ཆོས་ཀྱི་སྐྱེ་མཆེད་ཀྱི་གཟུགས་ཤེས་པ་ལས་དོན་གཞན་རྨི་ལམ་ན་ཡོད་པ་མི་རིགས་ཞེས་བཤད་ཀྱང་ཡིན་ལ། དེའི་ཚེ་གཟུགས་དེ་རང་གིས་ཀྱང་བཞེད་དགོས་ལ། དེ་རྨི་ལམ་ན་ཡང་ཡོད་པ་མི་འགལ་བས། གཟུགས་དེ་ལེགས་ལྡན་གྱིས་རང་གི་མཚན་ཉིད་ཀྱིས་གྲུབ་པར་ཞལ་གྱིས་བཞེས་པར་གསལ་བས་དེ་མེད་པའི་རྒྱུ་མཚན་དུ་བྱའོ། །

故說法處所攝色，於夢中離識實有，不應道理。然自宗亦許有彼色，且許夢中有彼亦不相違。故知說夢無彼色者，是因清辨論師許彼色有自相也。

ཅི་སྟེ་སེམས་ཙམ་པའི་ལུགས་ཕྱིའི་སྐྱེ་མཆེད་དུ་གཏོགས་པའི་གཟུགས་དོན་གཞན་མེད་པ་ལ། རྨི་ལམ་དཔེར་འཇོག་པ་དེས་སེལ་ནུས་པས། དེ་བསལ་བའི་ཕྱིར་གཟུགས་དེ་རང་མཚན་གྱིས་གྲུབ་པར་ཁས་ལེན་ན་ནི། དེའི་ཚེ་དབུ་མ་པས་བདེན་མེད་སྒྲུབ་པ་ལ་རྨི་ལམ་གྱི་དཔེ་བཀོད་པ་དོན་མེད་དོ། །

若謂因唯識宗，說無外處所攝色時，以夢喻而破。今爲破彼宗故許色有自相者，則中觀師成立無實立如夢喻，應成無用。

རྨི་ལམ་དེ་བརྫུན་པ་མ་ཡིན་པའི་དོན་ཅན་ཏེ། རང་གི་མཚན་ཉིད་ཀྱིས་གྲུབ་པ་ཉིད་ཀྱིས་དཔེ་ལས་བྱུང་བ་སྟེ། དེས་མཚོན་པའི་དངོས་ཀྱི་དོན་བརྫུན་པ་ཉིད་དུ་གྲུབ་པ་མི་སྲིད་པའི་ཕྱིར་ཏེ། རང་བཞིན་གྱིས་གྲུབ་པ་མ་བཀག་བར་དུ། བདེན་མེད་སྒྲུབ་པའི་རྟགས་ཆོས་དཔེ་དེ་ལ་རྗེས་སུ་འགྲོ་བ་མེད་པའི་ཕྱིར་རོ། །

以夢非虛妄是有自相，不能成立彼所喻之法爲虛妄故。以未破有自性以來，成立無實之因法，皆不隨彼喻轉故。

དེས་ན་སྔར་རང་གི་ལུགས་ཀྱི་རྨི་ལམ་ན་གང་སྣང་ཐམས་ཅད་རང་བཞིན་གྱིས་མ་གྲུབ་པའི་ལན་བཏབ་པ་ཆེས་ལེགས་སོ། །

以是自宗前說，夢中所見一切皆無自性，最爲善哉。

འོ་ན་རང་ལུགས་ཀྱིས་རྨི་ལམ་གྱི་གཟུགས་གསལ་བར་སྣང་བ་རྣམས་ཆོས་ཀྱི་སྐྱེ་མཆེད་པའི་གཟུགས་སུ་འདོད་དམ་མི་འདོད་ཅེ་ན། རྨི་ལམ་ན་དབང་ཤེས་མེད་པས་ཡུལ་ལྔར་སྣང་བ་རྣམས་ནི་ཡིད་ཤེས་ཁོ་ན་ལ་སྣང་བས་ན། དེ་ལ་གཟུགས་ཀྱི་སྐྱེ་མཆེད་སོགས་ལྔ་བཞག་ཏུ་མེད་ཀྱང་། ཡིད་ཙམ་གྱི་ངོར་ཀེང་རུས་གསལ་བར་སྣང་བ་ལྟ་བུ་ཆོས་ཀྱི་སྐྱེ་མཆེད་དུ་འཇོག་པ་དང་འདྲ་བས། ཆོས་ཀྱི་སྐྱེ་མཆེད་ཀྱི་གཟུགས་ཡིན་ལ། དེ་ཡང་དེའི་གཟུགས་ལྔ་ལས་ཀུན་བཏགས་པའི་གཟུགས་ཡིན་ནོ། །འདིས་ནི་འདི་འདྲ་བ་མང་པོ་ཞིག་ཤེས་པར་བྱའོ། །

若爾夢中所見色，自宗許是法處所攝色不？曰：以夢中無根識，故夢中所見五境，唯是意識所現，夢中雖不可安立色等五處，然可立爲法處所攝色。如意識所見之骨鎖，立爲法處故。此復是法處五色中，遍計所執色。由此道理，如斯多處皆當了知。

གསུམ་པ་ནི། གང་གི་ཕྱིར་རྨི་ལམ་ན་ཡུལ་དབང་རྣམ་ཤེས་སུ་སྣང་བ་གསུམ་ཆར་ཡང་མི་བདེན་པ་དེའི་ཕྱིར། རྨི་ལམ་བདེན་མེད་དུ་རབ་ཏུ་གྲུབ་པའི་སྒོ་ནས་ཆོས་གཞན་བདེན་མེད་དུ་མ་གྲུབ་པ་རྣམས་བསྒྲུབ་པའི་ཕྱིར། སད་པའི་ཚེ་ན་ཡང་ཆོས་ཐམས་ཅད་རང་བཞིན་མེད་པ་ཉིད་དུ་བསྒྲུབས་པར་འགྱུར་རོ་ཞེས་བཤད་པ།

戊三、夢喻成立一切法虛妄。由夢中所見根境識三皆非實有，則以極成不實之夢，成立其餘未極成法亦非實有，故能成立醒覺位中一切諸法皆無自性。頌曰：

རྨི་ལམ་ཇི་ལྟ་དེ་བཞིན་སད་འདིར་ཡང་། །དངོས་རྣམས་བརྫུན་ཡིན་སེམས་དེ་ཡོད་མ་ཡིན། །
སྤྱོད་ཡུལ་མེད་ཅིང་དབང་པོ་རྣམས་ཀྱང་མེད། །

如於夢中覺亦爾，諸法皆妄心非有，行境無故根亦無。

ཇི་ལྟར་རྨི་ལམ་གྱི་ཡུལ་དང་དབང་པོ་དང་རྣམ་པར་ཤེས་པ་རྣམས་བརྫུན་པ་དེ་བཞིན་དུ། སད་པའི་སྐབས་འདིར་ཡང་དངོས་པོ་རྣམས་བརྫུན་པ་ཡིན་པས། སེམས་དེ་རང་བཞིན་གྱིས་ཡོད་པ་མ་ཡིན་ལ། དེ་བཞིན་དུ་དབང་པོའི་སྤྱོད་ཡུལ་གཟུགས་ལ་སོགས་པ་རྣམས་མེད་ཅིང་། དབང་པོ་རྣམས་ཀྱང་རང་བཞིན་གྱིས་སྐྱེ་བ་མེད་དོ། །

如夢中之根境識等皆是虛妄，如是醒覺位諸法亦皆是妄，故彼內心非自性有。如是諸根所行之色等境亦皆非有，諸根亦皆無自性生。

དེའི་ཕྱིར་མདོ་ལས། ཇི་ལྟར་སྒྱུ་མའི་སེམས་ཅན་དམིགས་པ་ལྟར། །སྣང་ཡང་དེ་ཉིད་དུ་ན་ཡང་དག་མིན། །སྒྱུ་མ་ལྟ་བུ་རྨི་ལམ་དང་འདྲ་བ། །དེ་ལྟའི་ཆོས་ནི་བདེ་བར་གཤེགས་པས་བསྟན། ཞེས་དང་།

是故經云：「猶如所見幻有情，雖現而非真實有，如是佛說一切法，如同幻事亦如夢。」

སྲིད་པའི་འགྲོ་བ་རྨི་ལམ་ལྟ་བུ་སྟེ། །འདི་ལ་མི་སྐྱེ་སུ་ཡང་འཆི་བ་མེད། །སེམས་ཅན་མི་དང་སྲོག་ཀྱང་མི་རྙེད་དེ། །ཆོས་འདི་རྣམས་ནི་དབུ་བ་ཆུ་ཤིང་འདྲ། །ཞེས་བྱ་བ་ལ་སོགས་པ་ཡང་ལེགས་པར་བཤད་པར་འགྱུར་རོ་ཞེས་གསུངས་ལ། སུ་ཡང་མི་སྐྱེ་སོགས་ནི། དེ་ཉིད་དུ་ན་ཡང་དག་མིན། །ཞེས་དགག་བྱ་ལ་ཁྱད་པར་མཛད་པ་ལྟར་སྦྱར་རོ། །

又云：「三有衆生皆如夢，此中不生亦不死，有情人命不可得，諸法如沫如芭蕉。」皆成善說。言不生等，當如前云：「非真實有」於所破上加簡別言。

མདོ་དེ་དག་གིས་རྨི་ལམ་གྱི་དཔེས་ཆོས་ཐམས་ཅད་དེ་ཁོ་ནར་མ་གྲུབ་པར་བཤད་པ་དེ་དབུ་མ་ལ་འགྲིག་གི། སེམས་ཙམ་ལ་མི་འགྲིགས་པས་ལེགས་པར་བཤད་པར་འགྱུར་ཞེས་གསུངས་སོ། །

此等經典皆以夢喻詮一切法非真實有，於中觀宗極爲應理，於唯識宗則不應理，故云善說。頌曰：

འདི་ན་ཇི་ལྟར་སད་བཞིན་ཇི་སྲིད་དུ། །མི་སད་དེ་སྲིད་དེ་ལ་གསུམ་པོ་ཡོད། །

此中猶如已覺位，及至①未覺三皆有。

卷八

དེའི་ཕྱིར་འཇིག་རྟེན་འདི་ན་ཇི་ལྟར་མི་ཤེས་པའི་གཉིད་ཡོད་ཀྱང་། དེ་ལས་ཐ་དད་པའི་ཐ་མལ་པའི་གཉིད་དང་བྲལ་བས་སད་པ་འགའ་ཞིག་ལ། རང་གི་བདག་ཉིད་ཀྱིས་མ་སྐྱེས་ཀྱང་མ་རིག་པའི་གཉིད་ཀྱིས་རྨི་ལམ་རྨི་བཞིན་པས་དམིགས་པའི་ངོར། །གསུམ་ཆར་ཡང་ཡོད་པ་དེ་བཞིན་དུ་ཇི་སྲིད་དུ་གཉིད་དང་མ་བྲལ་བ་མ་སད་པ་རྣམས་ལ་ཡང་། དེ་སྲིད་དུ་དེ་ལ་ལྟོ་དེའི་ངོར་ཡུལ་དབང་རྣམ་ཤེས་གསུམ་པོ་ཡང་ཡོད་པ་ཡིན་ནོ། །

此世間固有無知睡眠，又由暫離通常睡眠名曰醒覺，如此醒位諸法，雖本無自性生，然以無明睡眠正作夢故，見三法有。如是乃至未離睡眠未醒覺位，根境識三就彼心前皆可云有。頌曰：

①「及至」，頌作「乃至」。

སད་པར་གྱུར་ན་གསུམ་ཆར་ཡོད་མིན་ལྟར། །གཏི་མུག་གཉིད་ཟད་ལས་དེ་དེ་བཞིན་ནོ། །

如已①覺後三非有，癡睡盡後亦如是。

གཉིད་སད་པར་གྱུར་པ་ན། རྨི་ལམ་གྱི་གསུམ་ཆར་ཡོད་པ་མིན་པ་ལྟར། གཏི་མུག་གི་གཉིད་ཟད་པ་སྟེ་མ་ལུས་པར་དྲུངས་ཕྱུང་བ་ལས། ཆོས་ཀྱི་དབྱིངས་མངོན་སུམ་དུ་མཛད་པའི་སངས་རྒྱས་རྣམས་ལ་ནི། གསུམ་ཆར་ཡང་ཡོད་པ་མ་ཡིན་པས་ཕྱི་རོལ་མེད་པའི་རྣམ་པར་ཤེས་པ་མེད་དོ། །

如睡覺後，夢中三法皆非是有。如是諸佛斷盡愚癡睡眠，親證法界，則彼三法亦皆非有。故無離外境之內識也。

དེ་ཡང་ཇི་ལྟར་གཟིགས་པའི་ངོར་ནི་གསུམ་པོ་མི་སྣང་ལ། ཇི་སྙེད་པ་གཟིགས་པའི་ངོར་ནི་ཡུལ་ཅན་རང་ཉིད་མ་རིག་པའི་བག་ཆགས་ཀྱིས་བསྐྱེད་པའི་དབང་གིས་སྣང་བ་མེད་ཀྱང་། གང་ཟག་གཞན་གྱི་ཤེས་པ་བསྐྱེད་པའི་དབང་གིས་སྣང་བ་རྣམས། དེ་ལ་སྣང་བའི་སྒོ་ནས་སངས་རྒྱས་ལ་སྣང་ནས་མཁྱེན་པ་ཡིན་ནོ། །

此復應知，如所有智前，三法皆不現。盡所有智前，雖不由內心無明習氣之力而現三法，然因他有情識以彼染力所現者，諸佛亦顯現了知也。

གཉིས་པ་ནི། འོ་ན་རབ་རིབ་ཅན་གྱིས་ཡོད་པ་མ་ཡིན་པའི་སྐྲ་ཤད་ལ་སོགས་པ་དམིགས་པའི་ཕྱིར། ཕྱི་རོལ་མེད་ཀྱང་རྣམ་པར་ཤེས་པ་རང་བཞིན་གྱིས་ཡོད་པ་ཡིན་ནོ་ཞེ་ན་དེ་ཡང་མི་འཐད་དོ། །

酉二、破毛髮喻。他曰：有翳之眼，毛髮非有而有可見，故雖無外境而識有自性。此亦不然。頌曰：

དབང་པོ་རབ་རིབ་བཅས་པ་བློ་གང་གིས། །རབ་རིབ་མཐུ་ལས་སྐྲ་རྣམས་གང་མཐོང་བ། །
དེ་བློ་ལ་ལྟོས་གཉིས་ཆར་བདེན་པ་སྟེ། །དོན་གསལ་མཐོང་ལ་གཉིས་ཀའང་བརྫུན་པ་ཡིན། །
由有翳根所生識，由翳力故見毛等，
觀待彼識二俱實，待明見境二俱妄。

ཅིའི་ཕྱིར་ཞེ་ན། མིག་གི་དབང་པོ་རབ་རིབ་དང་བཅས་པ་ལ་བློ་གང་གིས་རབ་རིབ་ཀྱི་མཐུ་ལས་སྐྲ་ཤད་

---

①「已」，校正本及頌作「已」。

རྣམས་གང་མཐོང་བ་ན། གང་ཟག་དེའི་བློ་ཡི་མཐོང་བ་ལ་ལྟོས་ན་ནི། མིག་ཤེས་དང་སྐྲ་ཤད་ཀྱི་རྣམ་པ་སྟེ་སྐྲ་ཤད་དུ་སྣང་བའི་ཡུལ་གཉིས་ཆར་ཡང་ཡོད་པ་ཡིན་ལ།

有翳眼根所生眼識，由彼翳力見毛髮時，若觀待彼人內識所見，眼識與毛髮行相之境，二俱是有。

དོན་གསལ་མཐོང་བ་སྟེ་རབ་རིབ་མེད་པའི་མིག་གིས་མཐོང་བ་ལ་ལྟོས་ན་ནི་སྐྲ་ཤད་དུ་སྣང་བ་དང་། དེ་སྣང་བའི་ཤེས་པ་གཉིས་ཀའང་བརྫུན་པ་སྟེ་མ་སྐྱེས་པ་ཡིན་ཏེ། སྣང་བ་ཙམ་གྱི་ཡུལ་ཡང་མེད་པར་ཤེས་པ་ཡོད་པ་ངེས་པར་དཀའ་བའི་ཕྱིར་རོ། །འདི་ནི་གདོན་མི་ཟ་བར་དེ་ལྟར་ངེས་པར་འདོད་དགོས་སོ། །

若觀待明見境義無翳眼之所見，則所現毛髮與見彼之識，二俱虛妄不生。無所現境說有彼識，極難知故。此義定應如是許。

དེ་ལྟར་མ་ཡིན་ཏེ་

不爾者，頌曰：

གལ་ཏེ་ཤེས་བྱ་མེད་པར་བློ་ཡོད་ན། །སྐྲ་དེའི་ཡུལ་དང་མིག་ནི་རྗེས་འབྲེལ་བའི། །
རབ་རིབ་མེད་ལའང་སྐྲ་ཤད་བློར་འགྱུར་ན། །དེ་ལྟ་མ་ཡིན་དེ་ཕྱིར་དེ་ཡོད་མིན། །

若無所知而有心，則於髮處眼相隨，
無翳亦應起發心，然不如是故非有。

卷八

གལ་ཏེ་རབ་རིབ་ཅན་ལ་ཤེས་བྱ་སྐྲ་ཤད་མེད་པར་སྐྲ་ཤད་ཀྱི་རྣམ་པ་ཅན་གྱི་རང་བཞིན་གྱིས་གྲུབ་པའི་བློ་སྐྱེ་བ་ཡོད་ན་གང་དུ་རབ་རིབ་ཅན་གྱིས་སྐྲ་ཤད་དེ་མཐོང་བའི་ཡུལ་དེར་མིག་ནི་རྗེས་སུ་འབྲེལ་བ་སྟེ་གཏད་པའི་རབ་རིབ་མེད་པ་ལའང་རབ་རིབ་ཅན་དང་འདྲ་བར་སྐྲ་ཤད་མཐོང་བའི་བློ་སྐྱེ་བར་འགྱུར་ཏེ། ཡུལ་མེད་པར་མཚུངས་པའི་ཕྱིར་རོ། །

若謂有翳人，雖於無所知毛髮而能生見毛髮行相有自性之心者，則有翳人隨於何處見有毛髮，若無翳人亦相隨逐審視其處，亦應生見毛髮之心如有翳人，無境相同故。

འདི་ནི་རང་བཞིན་གྱིས་གྲུབ་པའི་གཞན་ལས་སྐྱེ་ན། གཞན་ཡིན་ཚད་ཐམས་ཅད་ལས་སྐྱེ་བར་འཐེན་པ་བཞིན་དུ་རང་བཞིན་གྱིས་གྲུབ་པའི་ཤེས་པ་ཞིག་སྐྱེ་ན། ཡུལ་སྐྲ་ཤད་མེད་པར་མཚུངས་པ་ལ། རབ་རིབ་ཅན་ལ་དེ་མཐོང་བ་སྐྱེ་ལ། རབ་རིབ་མེད་པ་ལ་དེ་མཐོང་བ་མི་སྐྱེ་བ་མི་འཐད་དེ། ཤེས་པ་དེ་རབ་རིབ་ལ་མི་ལྟོས་པར་འཕྱུལ་

ནུས་པས་འབྲེལ་མེད་དུ་འགྱུར་བའི་ཕྱིར་རོ། །

如從有自性之他生，則應從一切他生。如是若有一有自性之識生，以無毛髮之境相同，有翳眼既生見彼之心，無翳眼不生見彼之心，則不應理。能難彼心不待有翳，以全不相關故。

རབ་རིབ་མེད་པ་ལ་སྐྲ་ཤད་དུ་སྣང་བའི་བློ་སྐྱེ་བ་དེ་ལྟ་མ་ཡིན་པ་དེའི་ཕྱིར་ཕྱི་རོལ་མེད་པར་རང་བཞིན་གྱིས་གྲུབ་པའི་ཤེས་པ་དེ་ཡོད་པ་མིན་ནོ། །

然無翳眼不生見毛髮之心，故離外境有自性之識，決定非有。

གཉིས་པ་ལ་གསུམ། བག་ཆགས་སྨིན་མ་སྨིན་ཉིད་ལས་དོན་སྣང་གི་རྣམ་ཤེས་སྐྱེ་བ་དང་མི་སྐྱེ་བ་དགག་པ། སླར་ཡང་ཕྱི་རོལ་མེད་པར་རྣམ་ཤེས་ཡོད་ཚུལ་བརྗོད་པ་དགག་པ། སེམས་ཙམ་གྱི་ལུགས་བཀག་པ་ལ་ལུང་གི་གནོད་པ་མེད་པར་བསྟན་པའོ། །

申二、破由習氣功能出生境空之識分三：酉一、破說由習氣成未成熟生不生見境之識，酉二、重破說無外境而有內識，酉三、明破唯識宗不違聖教。

དང་པོ་ལ་གཉིས། གཞན་ལུགས་བརྗོད་པ་དང་། ལུགས་དེ་དགག་པའོ། །

初又分二：戌一、敘計，戌二、破執。

དང་པོ་ནི། གལ་ཏེ་སྐྲ་ཤད་དུ་སྣང་བའི་སྐྲ་ཤད་ལྟ་བུའི་ཡུལ་གྱི་ཡོད་པ་ཉིད་རྣམ་ཤེས་སྐྱེ་བའི་རྒྱུ་ཡིན་ན། རབ་རིབ་མེད་པ་ལ་ཡང་སྐྲ་ཤད་སྣང་བར་འགྱུར་བ་ཞིག་ན་དེ་ནི་མིན་ནོ། །

今初，設作是念，「若以現似毛髮之境，爲生識之因者，則無翳者亦應生見毛髮識。然今不爾。

འོ་ན་ཅི་ཞེ་ན། རྣམ་ཤེས་སྐྱེ་བའི་བག་ཆགས་སྔར་བཞག་པ་དེ་སྨིན་པ་དང་མ་སྨིན་པ་དེ་དག་རྣམ་པར་ཤེས་པ་སྐྱེ་བ་དང་མི་སྐྱེ་བའི་རྒྱུ་ཡིན་ཏེ། དེའི་ཕྱིར་གང་ཟག་གང་ལ་སྐྲའི་རྣམ་པ་ཅན་གྱི་ཤེས་པ་སྔ་མ་གཞན་གྱིས་བཞག་པའི་བག་ཆགས་སྨིན་པ་ཡོད་པ་དེ་ཁོ་ན་ལ། སྐྲ་ཤད་ཀྱི་རྣམ་པ་ཅན་གྱི་ཤེས་པ་འབྱུང་གི །

是由往昔所熏能生識之習氣成未成熟，爲生不生識之因。若有往昔見毛相識所熏習氣，由此成熟乃生見毛相之識。

གང་གི་ཕྱིར་རབ་རིབ་མེད་པར་ཡུལ་མཐོང་བ་དག་ལ་སྐྲ་ཤད་དུ་སྣང་བའི་བློ་ཡི་ནུས་པ་བག་ཆགས་ནི་སྨིན་པ་མེད་པ་དེའི་ཕྱིར་རབ་རིབ་མེད་པ་དེ་ལ་སྐྲ་ཤད་མཐོང་བའི་བློ་སྐྱེ་བར་མི་འགྱུར་བ་ཡིན་གྱི། ཤེས་བྱ་སྐྲ་ཤད་དུ

ཡོད་པའི་དངོས་པོ་དང་བྲལ་བས་བློ་དེ་མི་སྐྱེ་བ་མིན་ནོ་ཞེ་ན།

其無翳障清淨見境者，由彼無有見毛相識之功能習氣成熟，故無翳者不生見毛髮之識。非由離所知毛髮境故不生彼識也。」

གཉིས་པ་ལ་གསུམ། ད་ལྟར་བ་ལ་ནུས་པ་རང་བཞིན་གྱིས་གྲུབ་པ་དགག །མ་འོངས་པའི་ནུས་པ་རང་བཞིན་གྱིས་གྲུབ་པ་དགག །འདས་པ་ལ་ནུས་པ་རང་བཞིན་གྱིས་གྲུབ་པ་དགག་པའོ། །དང་པོ་ནི།

戊二、破執分三：亥一、破現在識有自性功能，亥二、破未來識有自性功能，亥三、破過去識有自性功能。今初，頌曰：

གང་ཕྱིར་མཐོང་བ་དག་ལ་བློ་ནུས་ནི། །སྨིན་མེད་དེ་ཕྱིར་དེ་ལ་བློ་མི་འབྱུར། །

ཤེས་བྱ་ཡོད་དངོས་བྲལ་བས་མིན་ཞེ་ན། །ནུས་དེ་མེད་པས་འདི་ནི་འགྲུབ་མ་ཡིན། །

若謂淨見識功能，未成熟故識不生，

非是由離所知法，彼能非有此不成。

གལ་ཏེ་ནུས་པ་ཞེས་པ་རང་བཞིན་གྱིས་གྲུབ་པ་ཞིག་ཡོད་ན་ནི། དེའི་ཚེ་ནུས་པ་དེ་སྨིན་མ་སྨིན་ལས་རྣམ་ཤེས་འབྱུང་མི་འབྱུང་ཡོད་དུ་རུག་ན་ཡང་། ནུས་པ་ངོ་བོ་ཉིད་ཀྱིས་གྲུབ་པ་དེ་མེད་པས། འདི་ནི་འགྲུབ་པ་མ་ཡིན་ནོ། །

若有所說自性功能，方可說由彼功能成未成熟，生不生識。若實無有自性之功能，則此義不能成立。

ཇི་ལྟར་མི་འགྲུབ་ཅེ་ན།

如何不成？頌曰：

སྐྱེས་ལ་ནུས་པ་སྲིད་པ་ཡོད་མ་ཡིན། །མ་སྐྱེས་ངོ་བོ་ལ་ཡང་ནུས་ཡོད་མིན། །

已生功能則非有，未生體中亦無能。

ནུས་པ་འདི་རྟོག་པ་ན་རྣམ་ཤེས་ད་ལྟར་བའི་འབྲེལ་པ་ཅན་ཞིག་གམ། རྣམ་ཤེས་འདས་པ་དང་མ་འོངས་པའི་འབྲེལ་པ་ཅན་ཞིག་ཏུ་འགྱུར་གྲང་། དེ་ལ་རེ་ཞིག་སྐྱེས་པ་སྟེ་ད་ལྟར་བ་ལ་ནུས་པ་ངོ་བོ་ཉིད་ཀྱིས་གྲུབ་པ་སྲིད་པ

ཉིད་ཡོད་པ་མ་ཡིན་ལ། མ་སྐྱེས་པ་མ་འོངས་པའི་ངོ་བོ་ལ་ཡང་ནུས་པ་ཡོད་པ་མ་ཡིན་ནོ། །

若計有功能，爲屬現在識，爲屬過去識，爲屬未來識？且現在已生識中定無自性之功能，未來未生體中亦無彼功能。

དེ་ལ་རེ་ཞིག་རྣམ་ཤེས་ད་ལྟར་བ་ལ་ནུས་པ་འདོད་པ་ན། རྣམ་ཤེས་དང་ནུས་པ་གཉིས་ཀ་དུས་མཚུངས་སུ་འགྱུར་ལ། དེའི་ཚེ་ནུས་པ་དང་ནུས་པ་ཅན་གཉིས་ལ་ནུས་པའི་རྣམ་ཤེས་ཞེས་རྣམ་དབྱེ་དྲུག་པ་ཡིན་པ་དེའི་ཚེ། དེ་གཉིས་དོན་གཞན་དུ་མི་རིགས་པས་ནུས་པའི་རྣམ་ཤེས་ནི་ནུས་པ་ཉིད་དུ་ཡོད་པ་མི་རིགས་ཏེ། ཡོད་ན་ནི་འབྲས་བུ་ལ་རང་ལས་གཞན་པའི་རྒྱུ་མེད་པ་ཅན་དུ་འགྱུར་ཞིང་། མྱུ་གུ་སྐྱེས་པ་ན་ཡང་ས་བོན་མི་འཇིག་པར་འགྱུར་རོ། །

若計現在識有彼功能，識與功能應同時有。若於功能與有功能，作六囀聲名「功能之識」，則說彼二法無別體故，功能之識即彼功能，不應道理。若不爾者，則離果外應無別因，芽已生時種應不壞。

གང་གི་ཚེ་ནུས་པ་དང་ནུས་པ་ཅན་གཉིས་ལ་ནུས་པ་ལས་རྣམ་ཤེས་ཞེས་རྣམ་དབྱེ་ལྔ་པ་ཡིན་པ་དེའི་ཚེ་ནི། རྣམ་པར་ཤེས་པ་སྐྱེས་པ་དུས་མཉམ་པའི་ནུས་པ་ལས་འབྱུང་བར་མི་རིགས་ཏེ། རྒྱུའི་དུས་ན་འབྲས་བུ་ཡང་ཡོད་པའི་ཕྱིར་རོ། །དེ་ལྟར་ན་རེ་ཞིག་རྣམ་ཤེས་ད་ལྟར་བ་ལ་དེའི་རྒྱུའི་ནུས་པ་ཡོད་པ་མ་ཡིན་ནོ། །

若於功能與有功能，作五囀聲名「從功能識。」則彼識生是從同時之功能中生，不應道理。以於因位果已有故。故現在識中功能非有。

གཉིས་པ་ནི་རྣམ་ཤེས་མ་སྐྱེས་པ་ལ་ནུས་པ་ཡོད་ན་ནི།

亥二、破未來識有自性功能。若謂未生識有彼功能者，頌曰：

ཁྱད་པར་མེད་པར་ཁྱད་པར་ཅན་ཡོད་མིན། །མོ་གཤམ་བུ་ལའང་དེ་ནི་ཡོད་པར་ཐལ། །

非離能別有所別，或石女兒亦有彼。

རྣམ་པར་ཤེས་པའི་ནུས་པ་ཞེས་སྨྲར་བ་ན། ནུས་པ་ཁྱད་པར་གྱི་གཞི་དང་རྣམ་ཤེས་ཁྱད་པར་གྱི་ཆོས་ཡིན་ནོ། །

若云「識之功能」，功能是所別事，識是能別法。

དེ་ལ་རྣམ་ཤེས་མ་སྐྱེས་པ་མ་འོངས་པ་ནི། རྣམ་པར་ཤེས་པའོ་ཞེས་སྒྲུབ་པའི་ངོ་བོར་བསྟན་པར་མི་ནུས་ལ། རྣམ་པར་ཤེས་པ་མ་ཡིན་ཞེས་རང་བཞིན་གྱིས་གྲུབ་པའི་དགག་པའི་ངོ་བོར་བསྟན་པར་མི་ནུས་སོ། །

其未來未生識，不能表示其所立體性，云是識，亦不能表示其所破體性，云非識。

གང་གི་ཚེ་རྣམ་ཤེས་མ་འོངས་པ་ད་ལྟར་རྣམ་ཤེས་སུ་མེད་པ་དེའི་ཚེ། ནུས་པ་འདི་ནི་རྣམ་ཤེས་འདིའི་ནུས་པའོ་ཞེས་བྱ་བར་གང་གིས་ནུས་པ་ཁྱད་པར་དུ་བྱེད་པར་འགྱུར་ཏེ་མི་འགྱུར་རོ། །

其未來識，現在尚無識體，以何法簡別功能，云此功能是彼識之功能耶。

དེ་ལྟར་ན་ཁྱད་པར་རྣམ་ཤེས་མེད་པར་དེས་ཁྱད་པར་དུ་བྱས་པ་ཅན་གྱི་ནུས་པ་ཡོད་པ་མ་ཡིན་ཏེ། དེ་ལྟ་མ་ཡིན་ན་མོ་གཤམ་གྱི་བུ་ལའང་དེའི་ནུས་པ་ནི་ཡོད་པར་ཐལ་བར་འགྱུར་རོ། །

如是既無能別之識，則以彼所別之功能，亦定非有。若不爾者，則石女兒亦應有彼功能也。

གལ་ཏེ་རྣམ་ཤེས་གང་ཞིག་ནུས་པ་ལས་སྐྱེ་འགྱུར་དེ་སྙིང་ལ་བསམས་ནས། རྣམ་ཤེས་འདི་ཡི་ནུས་པ་འདི་ཡིན་ཞིང་ནུས་པ་འདི་ལས་རྣམ་ཤེས་འདི་འབྱུང་བར་འགྱུར་རོ། །ཞེས་དེ་ལྟར་ཁྱད་པར་དང་ཁྱད་གཞིའི་དངོས་པོར་འགྱུར་ཏེ།

若謂心想某識當從功能生，便云：此是彼識之功能，從此功能出生彼識。於是即成能別所別。

འཇིག་རྟེན་ན་འབྲས་ཆན་ཚོས་ཤིག་ཅེས་པ་དང་། སྐུད་མ་འདི་ལ་རས་ཡུག་ཐོགས་ཤིག་ཅེས་འབྱུང་འགྱུར་གྱི་འབྲས་ཆན་དང་། སྣམ་བུ་ལ་བསམས་ནས་དེ་སྐད་སྨྲས་པ་དང་།

世人亦云「煮飯」，及云「此線織布」，心想當來之飯布，作如是說。

མཛོད་ལས་ཀྱང་། མངལ་དུ་འཇུག་པ་གསུམ་དག་སྟེ། །འཁོར་ལོ་སྒྱུར་དང་རང་བྱུང་གཉིས། །ཞེས་འཁོར་སྒྱུར་སོགས་སུ་འགྱུར་རྒྱུ་ཞིག་མངལ་དུ་འཇུག་པ་ལ། དེ་དག་མངལ་དུ་འཇུག་པར་བཤད་པ་བཞིན་འབྱུང་བར་འགྱུར་བའི་རྣམ་ཤེས་ལ་བསམས་ནས་རྣམ་ཤེས་ཀྱི་ནུས་པ་ཞེས་བསྙད་པར་འདོད་དོ་ཞེ་ན།

《俱舍》亦云：「前三種入胎，謂輪王二佛。」是於當來之輪王等入胎，說名彼等入胎，如是心想當生之識，說名識之功能。

དེ་ཡང་སྙིང་པོ་མེད་དོ།

此亦全無心要。頌曰：

གལ་ཏེ་འབྱུང་བར་འགྱུར་བས་བསྙད་འདོད་ན། །ནུས་པ་མེད་པར་འདི་ཡི་འབྱུང་འགྱུར་མེད། །

若想當生而說者，既無功能無當生。

རེས་འགའ་ཞིག་ཏུ་ཡོད་པར་འགྱུར་ན་ནི། འབྲས་བུ་དེ་ད་གཟོད་འབྱུང་བར་འགྱུར་གྱི། རྟག་ཏུ་དུས་ནམ་གྱི་ཚེ་ཡང་མི་འབྱུང་བར་ངེས་པ་མོ་གཤམ་གྱི་བུ་ལ་སོགས་པ་དང་། འདུས་མ་བྱས་ཀྱི་ནམ་མཁའ་ལ་སོགས་པ་ནི། ད་ལྟ་དང་དུས་ཕྱིས་གང་དུ་ཡང་མི་འབྱུང་ངོ་། །

若法有時生者，乃可說當生彼果。其恆時決定不生者。如石女兒等及無爲虛空等，則現在後時皆定不生。

དེའི་ཕྱིར་གལ་ཏེ་རང་བཞིན་གྱིས་གྲུབ་པའི་ནུས་པ་ཡོད་ན་རྣམ་ཤེས་འབྱུང་དུ་རུག་ཀྱང་། གང་གི་ཚེ་ད་ལྟ་མ་འོངས་པའི་རྣམ་ཤེས་རང་བཞིན་གྱིས་གྲུབ་པ་ནི་དུས་ནམ་ཡང་མེད་པས། དེ་སྐྱེད་པའི་ནུས་པ་གཏན་མེད་པ་དེའི་ཚེ། མོ་གཤམ་གྱི་བུ་ལ་སོགས་པ་བཞིན་དུ་རང་བཞིན་གྱིས་གྲུབ་པའི་རྣམ་ཤེས་སྐྱེད་པའི་ནུས་པ་མེད་པར་རང་བཞིན་གྱིས་གྲུབ་པའི་རྣམ་ཤེས་འདི་ཡི་འབྱུང་བར་འགྱུར་བ་མེད་དོ། །

若自性之功能是有者，乃能生識，若現在未來皆無有自性之識者，則定無生彼識之功能。既無生自性識之功能，則自性識之當生亦定非有。如石女兒等。

དབུ་མ་པས་མྱུ་གུ་སྐྱེ་བ་རང་གི་མཚན་ཉིད་ཀྱིས་གྲུབ་པ་འགོག་པའི་སྐབས་མང་པོར། མྱུ་གུ་ས་བོན་གྱི་དུས་སུ་མེད་ཀྱང་སྐྱེ་ན། རི་བོང་གི་རྭ་ལ་སོགས་པ་ཡང་སྐྱེ་བར་འགྱུར་རོ། །ཞེས་ཏ་ཅང་ཐལ་བ་འཕེན་པའི་གནད་ནི་རང་མཚན་གྱིས་གྲུབ་པའི་མྱུ་གུ་ནི་སྐབས་གཅིག་ཏུ་མེད་ན་དུས་ནམ་ཡང་མེད་དགོས་པས། གཞི་མ་གྲུབ་དང་ཁྱད་མེད་དུ་འགྲོ་བའི་རྒྱུ་མཚན་གྱིས་ཡིན་གྱི། སྤྱིར་མྱུ་གུ་ས་བོན་གྱི་དུས་ན་མེད་ཀྱང་སྐྱེ་ན། རི་བོང་གི་རྭ་ཡང་སྐྱེ་བར་ཐལ་ཞེས་འགོག་པ་གཏན་མིན་ནོ། །

中觀師破芽自相生時，多出難云：若種時無芽而生芽者，亦應生兔角等。此中關要，是因自相之芽，一是無有，則終非有，便與無法無別。非總破種時無芽而有芽生，便云應生兔角等。

རིགས་པ་འདིས་ནི་འབྲས་ཆན་ལ་སོགས་པ་ཡང་བཤད་པ་ཡིན་ཏེ། རང་བཞིན་གྱིས་སྐྱེ་བ་ལྟར་ན། འབྲས་ཆེན་སོགས་འབྱུང་འགྱུར་ཡང་གཏན་མེད་དགོས་པའི་ཕྱིར་རོ། །

此理亦釋煮飯等喻，以若如自性生者，則飯等亦無當生故。

གཞན་ཡང་

復次，頌曰：

ཕན་ཚུན་དོན་ལ་བརྟེན་པའི་འགྲུབ་པ་ནི། །གྲུབ་མིན་ཉིད་ཅེས་དམ་པ་རྣམས་ཀྱིས་གསུངས། །

若互相依而成者，諸善士說即不成。

རྣམ་ཤེས་འབྱུང་འགྱུར་ཡོད་པ་ལ་ལྟོས་ནས་དེའི་ནུས་པ་འཇོག་ལ། ནུས་པ་ལས་རྣམ་ཤེས་འབྱུང་ངོ་ཞེས་ནུས་པ་ལ་ལྟོས་ནས་རྣམ་ཤེས་འཇོག་ན། ཕན་ཚུན་གྱི་དོན་ལ་བརྟེན་པའི་འགྲུབ་པར་འགྱུར་རོ། །

若觀待當生之識，立彼識之功能，觀待識所從生之功能，而立識者，則是互相依待而成也。

དེ་འདོད་དོ་ཞེ་ན། དེ་ལྟར་ན་རྣམ་ཤེས་རང་བཞིན་གྱིས་གྲུབ་པ་མིན་པར་ཉིད་ཅེས་དམ་པ་མཁྱེན་རབ་མངའ་བ་རྣམས་ཀྱིས་གསུང་སོ། །

若許此者，諸善智者皆說，有自性之識即不成立矣。

འགྲེལ་བར་རིང་ཐུང་དང་ཕ་རོལ་ཚུ་རོལ་ལྟ་བུའི་ལྟོས་འགྲུབ་རྣམས་ནི་བཏགས་པར་ཡོད་པར་འགྱུར་གྱི། གྲུབ་པ་རང་བཞིན་པ་མེད་པར་གསུངས་པས་དེ་དག་ལ་གྲུབ་པ་སྤྱིར་འགོག་པ་མིན་གྱིས་རང་བཞིན་གྱིས་གྲུབ་པ་འགོག་པའི་ཁྱད་པར་རྣམས་ཤེས་པར་བྱའོ། །

釋論復說：如長短，彼此觀待成者，皆是假有，無自性成。故非泛破彼等成立，當知是別破自性成立也。

དེ་ལྟར་སྨྲ་ན་ནི་ཁོ་བོ་ཅག་གི་སྨྲ་བའི་རྗེས་སུ་འབྲང་བར་འགྱུར་རོ། །དེ་ལྟར་ན་རྣམ་ཤེས་མ་འོངས་པ་ལ་ཡང་ནུས་པ་མེད་དོ། །

若如是許，則當隨順吾等而說。故未來識亦無功能。

གསུམ་པ་ནི། ད་ནི་འདས་པ་ལ་ཡང་ནུས་པ་མེད་དོ་ཞེས་བསྟན་པའི་ཕྱིར་བཤད་པ།

亥三、破過去識有自性功能。今當明過去識亦無功能，頌曰：

གལ་ཏེ་འགགས་པའི་ནུས་སྨིན་ལས་འགྱུར་ན། །གཞན་གྱི་ནུས་པ་ལས་གཞན་འབྱུང་བར་འགྱུར། །

若滅功能成熟生，從他功能應①生他。

①「應」，頌作「亦」。

གལ་ཏེ་སྐྱེས་ནས་འགག་བཞིན་པའི་རྣམ་ཤེས་ཀྱིས་རང་དང་མཐུན་པའི་འབྲས་བུའི་དོན་དུ། ཀུན་གཞི་རྣམ་ཤེས་ལ་བག་ཆགས་ཀྱི་ནུས་པའི་ཁྱད་པར་བཞག་པ། རྣམ་པར་ཤེས་པ་འགགས་པའི་ནུས་པ་སྨིན་པ་ལས་འབྱུང་འགྱུར་གྱི་རྣམ་ཤེས་འབྱུང་བར་འགྱུར་ན་ནི། རང་བཞིན་གྱིས་གྲུབ་པའི་གཞན་གྱི་ནུས་པ་ལས་འབྲས་བུའི་རྣམ་ཤེས་གཞན་འབྱུང་བར་འགྱུར་རོ། །

若謂已生正滅之識，爲生自類果故，於阿賴耶識熏成習氣功能差別，從已滅識之功能，成熟力故，出生當生之識者，則從他自性功能，應生其他果識。

ཅིའི་ཕྱིར་ཞེ་ན།

何以故？頌曰：

རྒྱུན་ཅན་རྣམས་དེར་ཕན་ཚུན་ཐ་དད་ཡོད། །

諸有相續互異故。

གང་གི་ཕྱིར་རྒྱུན་ཅན་སྐད་ཅིག་མ་རྣམས་རིམ་ཅན་དུ་འབྱུང་བ་དེར། ཁྱོད་ལྟར་ན་སྔ་ཕྱི་ཕན་ཚུན་ངོ་བོ་ཉིད་ཀྱིས་ཐ་དད་པ་ཡོད་པའི་ཕྱིར་རོ། །

由有相續諸剎那法次第生者，如汝所許，前後體性互相異故。

དེ་ཡང་རྒྱུན་གྱི་བྱིངས་ལས་ཏ་ནུ་ནི་རྒྱས་པ་ལའོ་ཞེས་པ་ལ་རྐྱེན་བྱིན་པས་བརྒྱུད་པས་ན་རྒྱུན་ནོ། །ཞེས་པར་འགྱུར་ཏེ། ཆུ་ཀླུང་གི་རྒྱུན་ལྟར་རྒྱུན་ཆགས་པར་རྒྱུ་དང་འབྲས་བུ་འབྲེལ་པར་འཇུག་པ་ན། སྐྱེ་འཆི་བརྒྱུད་པས་བར་སྟོང་མེད་པར་རྣམ་པར་མ་ཆད་པར་གནས་པ། འདུ་བྱེད་ཀྱི་སྐད་ཅིག་དུས་གསུམ་པའི་ཉེ་བར་ལེན་པ་ཅན་ལ་བྱ་སྟེ། སྐད་ཅིག་མ་རྣམས་གང་གི་ཆ་ཤས་ཡིན་པའི་ཆ་ཅན་ཡིན་གྱི་སྔ་ཕྱི་བར་མ་ཆད་པ་ཙམ་མིན་ནོ། །

相續之字界云：「達努謂增廣。」施以字緣成輾轉義，名曰相續。猶如河流相續不斷。因果相續轉時，由於生死輾轉無間無斷，是三世諸行剎那之能取。此說是諸剎那分之有分，非僅說前後無間也。

དེ་ནི་རྒྱུན་ཀྱི་ཆ་ཤས་རྫས་ཀྱི་སྐད་ཅིག་མ་རྣམས་ལ་ཡོད་པས་ན། རྒྱུན་གྱི་ཡན་ལག་རྫས་ཀྱི་སྐད་ཅིག་མ་རྣམས་ལ་རྒྱུན་ཅན་ཞེས་བརྗོད་དེ། རྒྱུན་གྱི་ཆ་ཤས་དང་ཡན་ལག་རྣམས་ཆ་ཅན་གྱི་རྒྱུན་དེའི་ཡིན་པས་རྒྱུན་ལ་དེའི་ཉེ་བར་ལེན་པ་ཞེས་བརྗོད་དེ། དཔེར་ན་བུམ་པ་ནི་བུམ་པའི་མཆུ་དང་མཁྲིན་པ་ལ་སོགས་པའི་ཉེ་བར་ལེན་པ་ཡིན་པ་བཞིན་ནོ། །

由此遍於諸相續分剎那中有，故相續支分之諸剎那，名有相續。由諸支分，是有分相續之支分，故說相續是彼之能取。如瓶是瓶嘴瓶項等之能取也。

སྐད་ཅིག་སྔ་ཕྱི་དེ་དག་ཕན་ཚུན་གཞན་དང་གཞན་དུ་ཐ་དད་ཅིང་། རང་གི་མཚན་ཉིད་ཀྱིས་གྲུབ་པའི་གཞན་ཉིད་དུ་ཕ་རོལ་པོས་ཁས་བླངས་པ་ཡིན་ནོ།།

此前後諸剎那，更互相異爲自相之他。是敵者所許。

དེ་ལྟར་ན་རང་བཞིན་གྱིས་གྲུབ་པའི་གཞན་གྱི་ནུས་པ་ལས་གཞན་འབྱུང་བར་འགྱུར་རོ།།

故應是從有自性之他功能，而生他識也。

གལ་ཏེ་དེ་ནི་འདོད་པའི་ཕྱིར་སྐྱོན་མ་ཡིན་ནོ་སྙམ་ན།

若謂許者。頌曰：

དེ་ཕྱིར་ཐམས་ཅད་ཀུན་ལས་འབྱུང་བར་འགྱུར།།

一切應從一切生。

དེའི་ཕྱིར་དངོས་པོ་ཐམས་ཅད་རང་ལས་གཞན་པའི་དངོས་པོ་ཀུན་ལས་འབྱུང་བར་འགྱུར་རོ།།

是則一切法應從一切法生也。頌曰：

卷八

གལ་ཏེ་དེར་ནི་རྒྱུན་ཅན་ཐ་དད་ཀྱི། །དེ་དག་ལ་རྒྱུན་ཐ་དད་མེད་དེའི་ཕྱིར།།
ཉེས་མེད་ཅེ་ན་འདི་ནི་བསྒྲུབ་བྱ་ཞིག།ཐ་མི་དད་རྒྱུན་སྐབས་མི་རིགས་ཕྱིར་རོ།།

彼諸剎那雖互異，相續無異故無過，
此待成立仍不成，相續不異非理故。

གལ་ཏེ་ཡང་སྐད་ཅིག་སྔ་ཕྱི་རིམ་གྱིས་འཇུག་པ་དེར་ནི་རྒྱུན་ཅན་རྫས་ཀྱི་སྐད་ཅིག་མ་རྣམས་ཕན་ཚུན་ངོ་བོ་ཉིད་ཀྱིས་གྲུབ་པའི་ཐ་དད་དེ་གཞན་ཉིད་ཡོད་མོད་ཀྱི། དེ་ལྟ་ནའང་སྐད་ཅིག་སྔ་ཕྱི་བ། དེ་དག་ལ་རྒྱུན་ནི་ཐ་དད་པ་མེད་པ་སྟེ་གཅིག་པ་ཁོ་ན་ཡིན་པ་དེའི་ཕྱིར།

設作是念：彼前後剎那次第轉時，其有相續諸剎那法，自性互異雖有他性，然遍於①彼前後剎那上之相續，則唯一無異，

①「於」，校正本作「及」。

ཐམས་ཅད་ཐམས་ཅད་ལས་སྐྱེ་བར་ཐལ་བའི་ཉེས་པ་མེད་དོ་ཞེ་ན་སྔ་ཕྱི་རྒྱུད་གཅིག་ཡིན་པ་འདི་ནི་གཞན་སྐྱེ་ལ་ཧ་ཅང་ཐལ་བ་སྤོང་བའི་ལན་དངོས་གཞིའོ། །

故所說應一切法從一切生，此過非有。此說前後相續是一者，即答他生太過之根本釋難。

སྔ་ཕྱི་ངོ་བོ་ཉིད་ཀྱིས་གྲུབ་པའི་སོ་སོ་བ་ལ་རྒྱུད་གཅིག་གྲུབ་ན། སྐྱོན་མེད་དུ་ཆུག་ཀྱང་རྒྱུད་གཅིག་པ་འདི་མ་གྲུབ་པས་ན་རྒྱུད་གཅིག་པ་འདི་ནི་བསྒྲུབ་པར་བྱ་བ་ཞིག་གོ །

若前後自性異法同一相續，已極成者，可容無過。然相續是一尚未極成。故一相續，仍是所立之法也。

ཅིའི་ཕྱིར་ཞེ་ན། སྔ་ཕྱི་ངོ་བོ་ཉིད་ཀྱིས་གྲུབ་པའི་ཐ་དད་རྣམས་ལ་ཐ་མི་དད་པའི་རྒྱུན་ཏེ་རྒྱུད་གཅིག་པའི་གོ་སྐབས་མི་རིགས་པའི་ཕྱིར་ཏེ།

所以者何？以前後自性各異諸法，是一相續不應理故。頌曰：

བྱམས་པ་ཉེར་སྦས་ལ་བརྟེན་ཆོས་རྣམས་ནི། །གཞན་ཉིད་ཕྱིར་ན་རྒྱུད་གཅིག་གཏོགས་མིན་ཏེ། །
གང་དག་རང་མཚན་ཉིད་ཀྱིས་སོ་སོ་བ། །དེ་དག་རྒྱུད་གཅིག་གཏོགས་པ་རིགས་མ་ཡིན། །

如依慈氏近密法，由是他故非一續，
所有自相各依①法，是一相續不應理。

དཔེར་ན་བྱམས་པ་དང་ཉེར་སྦས་ལ་བརྟེན་པ་སྟེ་རྒྱུད་དུ་གཏོགས་པ་ནི། གང་ཟག་སོ་སོའི་གཞན་ཉིད་ཡིན་པའི་ཕྱིར་ན། རྒྱུད་གཅིག་ཏུ་གཏོགས་པ་མིན་པ་དེ་བཞིན་དུ། སྔ་ཕྱི་བ་གང་དག་རང་གི་མཚན་ཉིད་ཀྱིས་གྲུབ་པའི་སོ་སོ་བ་དེ་དག་ནི། རྒྱུད་གཅིག་ཏུ་གཏོགས་པ་སྟེ་གཅིག་པ་ཉིད་རིགས་པ་དང་ལྡན་པ་མ་ཡིན་នོ། །

喻如慈氏與近密身中所攝諸法，由補特伽羅是各別他故，非一相續所攝。如是自相各別前後刹那，說是一相續攝，亦不應道理。

དེ་ལྟར་ན་གཞན་སྐྱེ་ལ་ཧ་ཅང་ཐལ་བ་འཕངས་པའི་སྐྱོན་སྤོང་ལ། ས་ལུའི་ས་སྨྱུག་རྒྱུད་གཅིག་ཡིན་ལ་ནས་ཀྱི་ས་སྨྱུག་དང་རྒྱུད་མི་གཅིག་པས་ཐམས་ཅད་ལས་ཐམས་ཅད་མི་སྐྱེ་ཞེས་ཟེར་བས། །

如是於他生出太過時，他宗答曰：稻之種芽是一相續，彼與麥之種芽非一

① 「依」，頌作「異」。

相續，故非一切從一切生。

སྐྱོན་སྤོང་མི་ནུས་པའི་གནད་ཕ་རོལ་པོས། རང་མཚན་གྱིས་གྲུབ་པའི་གཞན་ཁས་བླངས་པ་ལ་ཐུག་པར་བསྟན་པས། གཞན་ཙམ་ལ་འཕེན་པ་མིན་པར་ཤིན་ཏུ་གསལ་བ་ལ་ལྟོག་པ་གཅིག་པའི་དཔྱད་འཕྲུལ་སོགས་བྱེད་པ་དང་། རང་མཚན་གྱིས་གྲུབ་པའི་གཞན་ཅེས་གསུངས་པ་དགག་བྱའི་ཁྱད་པར་སྦྱར་བ་མ་གོ་བས།

破他此答不能釋難之關要，是因他宗，許有自相之他，非凡許他即為出難，極為明顯。以是有人或作同類攻難而破，或由未知所破之簡別是自相他。

དཔལ་ལྡན་ཟླ་བ་ཉིད་ཀྱིས་སྐྱོན་སྤོང་མི་ནུས་པར་གསུངས་པའི་རྒྱུ་མཚན་བཞག་ནས་མ་གསུངས་པའི་རྟོག་བཟོ་བྱེད་པ་ནི་ཡང་དག་པའི་གྲུབ་མཐའ་སློད་པའོ། །

棄捨月稱論師所說他宗不能釋難之理由，臆說所未說之理由，實是正宗之污垢也。

གཉིས་པ་ལ་གཉིས། གཞན་གྱི་ལུགས་བརྗོད་པ་དང་། ལུགས་དེ་དགག་པའོ། །

酉二、重破說無外境而有內識分二：戊一、敘計，戊二、破執。

དང་པོ་ནི། དེ་སྐད་བསྟན་པ་ཡིན་དང་སླར་ཡང་སེམས་ཙམ་པས་རང་གི་ལུགས་བརྗོད་པ་གཙོ་བོར་བྱས་པ་ཉིད་ཀྱིས་རང་གི་འདོད་དོན་འགྲུབ་པར་བསམས་ཤིང་སྨྲས་པ།

卷八

今初，如是說已。諸唯識師，復欲申述自宗，成所樂義。頌曰：

མིག་བློ་སྐྱེ་བ་རང་ནུས་གང་ཞིག་ལས། །དེ་མ་ཐག་ཏུ་ཀུན་ནས་སྐྱེ་འགྱུར་ཞིང་། །
རང་གི་རྣམ་ཤེས་རྟེན་གྱི་ནུས་དེ་ལ། །དབང་པོ་གཟུགས་ཅན་མིག་གཅེས་བྱ་བར་རྟོགས། །

能生眼識自功能，從此無間有識生，
即此內識依功能，妄執名為色根眼。

མིག་གི་བློ་སྟེ་རྣམ་པར་ཤེས་པ་སྐྱེ་བའི་རང་གི་ནུས་པ་བག་ཆགས་གང་ཞིག་ཀུན་གཞི་ལ། རྣམ་ཤེས་གཞན་གྱིས་རང་འགག་བཞིན་པ་ན། དེ་མ་ཐག་ཏུ་འཇོག་པར་བྱེད་ལ། དེ་སྨིན་པ་ལས་དུས་ཕྱིས་སྔ་མ་དེའི་རྣམ་པའི་རྗེས་སུ་བྱེད་པའི་མིག་གི་རྣམ་ཤེས་སྐྱེ་བར་འགྱུར་ཞིང་། རང་གི་སྟེ་མིག་གི་རྣམ་ཤེས་དེ་ནུས་པའི་སྐད་ཅིག་བར་མེད་པ་གང་ཞིག་ལས་སྐྱེ་བའི་ནུས་པའི་སྐད་ཅིག་པར་མེད་པ་རྟེན་དུ་གྱུར་པ་དེ་ལ། གཏི་མུག་གིས་འཇིག་རྟེན་རྣམས་དབང་

པོ་གཟུགས་ཅན་མིག་ཡིན་ནོ་སྙམ་དུ་རྟོགས་ཀྱི། རྣམ་ཤེས་ལས་ཐ་དད་པའི་མིག་དབང་ནི་ཡོད་པ་མིན་ནོ། །

由前眼識正滅時，於阿賴耶識中無間熏成，能生眼識之功能習氣，從此習氣成熟，便於後時有前識行相之眼識生起，眼識無間所從生之功能剎那，是眼識之所依。世間愚人，即執彼功能名有色根之眼。實離內識眼根非有。

དེ་བཞིན་དུ་དབང་པོ་གཟུགས་ཅན་ལྷག་མ་ལ་ཡང་སྦྱར་བར་བྱའོ། །

餘有色根應知亦爾。

དེ་ལ་མིག་ཤེས་སྐྱེ་བའི་རྒྱུ་བག་ཆགས་ནི་དེའི་རྒྱུའི་རྐྱེན་ཡིན་ལ། མིག་གི་དབང་པོ་ནི་མིག་ཤེས་ཀྱི་བདག་པོའི་རྐྱེན་ནོ། །

其能生眼識之習氣因，是因緣。眼根是眼識之增上緣。

འདིར་མིག་དབང་མིག་ཤེས་ཀྱི་དངོས་རྒྱུར་བསྟན་པ་ནི། མིག་ཤེས་སྐྱེ་བའི་བག་ཆགས་སྨིན་པའི་སྐབས་ལ་དགོངས་ཀྱི་མིག་དབང་གང་ཡིན་ལ་མིན་ནོ། །

此中說眼根是眼識之親因者，意說能生眼識之習氣已成熟位。非說眼根皆爾。

དེ་ཡང་དབུས་མཐའ་ལས། དོན་དང་སེམས་ཅན་བདག་རྣམ་རིག །སྣང་བའི་རྣམ་པར་ཤེས་པ་ནི། །རབ་ཏུ་སྐྱེ་དེ་དོན་མེད། །ཅེས་དོན་གཟུགས་སོགས་དང་། སེམས་ཅན་དབང་པོ་ལྔར་སྣང་བའི་རྣམ་ཤེས་སྐྱེའོ། ཞེས་གསུངས་པ་ནི་ཀུན་གཞི་རྣམ་ཤེས་ཡིན་ལ་སློབ་དཔོན་བློ་བརྟན་གྱིས་ཀྱང་དབང་པོ་གཟུགས་ཅན་རྣམས་ཀུན་གཞིའི་དམིགས་པར་བཤད་པས།

如《辨中邊論》云：「識生變似義，有情我及了，此境實非有。」說變似色等義與有情五根之識生，是阿賴耶識。安慧論師亦說諸有色根是阿賴耶識之所緣。

སེམས་ཙམ་པ་ཀུན་གཞི་ཁས་ལེན་པ་རྣམས་ཀྱིས་ཀུན་གཞི་ལ་དབང་པོ་གཟུགས་ཅན་དུ་སྣང་བ་མིག་དབང་སོགས་སུ་འདོད་དོ། །

故許阿賴耶識之唯識師，是說阿賴耶識變似之有色根，為眼根等。

རྣམ་ཤེས་ལས་ཐ་དད་པའི་མིག་དབང་སོགས་མེད་པར་བསྟན་ནས། གཟུགས་ཀྱང་རྣམ་པར་ཤེས་པ་ལས་དོན་གཞན་པ་མེད་པར་བསྟན་པའི་ཕྱིར་སྨྲས་པ།

已說無有離識之眼根等，當說色等亦不離識。頌曰：

འདི་ན་དབང་པོ་ལས་བྱུང་རྣམ་པར་རིག །ཕྱི་གཟུང་མེད་པར་རང་གི་ས་བོན་ལས། །
སྔོ་སོགས་སྣང་ཉིད་འབྱུང་བར་མ་རྟོགས་ནས། །སྐྱེ་བོས་ཕྱི་རོལ་བཟུང་བར་སེམས་ཁས་ལེན། །
此中從根所生識，無外所取由自種，
變似青等愚不了，凡夫執爲外所取。

འཇིག་རྟེན་འདི་ན་དབང་པོ་ལྔ་ལས་བྱུང་བའི་རྣམ་པར་རིག་པ་ལྔ། སྔོན་པོ་ལ་སོགས་པའི་ཕྱི་རོལ་གྱི་གཟུང་བ་མེད་པར་རྣམ་ཤེས་རང་གི་ས་བོན་ཀུན་གཞི་ལ་བཞག་པ་སྨིན་པ་ལས། སྔོ་སོགས་སུ་སྣང་བ་ཉིད་འབྱུང་བར་མ་རྟོགས་ནས། སྐྱེ་བོས་སེམས་སྔོ་སོགས་སུ་སྣང་བ་ལ་ཕྱི་རོལ་གྱི་གཟུང་བར་ཁས་ལེན་པ་སྟེ་མངོན་པར་ཞེན་ཏོ། །དེའི་ཕྱིར་རྣམ་ཤེས་ལས་དོན་གཞན་པའི་ཕྱི་རོལ་མེད་དོ། །

於此世間從五根所生之五識，實無所取青等外境，是由前識於阿賴耶識中熏成自種，由此種成熟，變似青色等相。由彼凡愚不了此義，遂於內心所變之青等相，執爲所取外境。故離內識別無外境。

བཤད་པའི་རྣམ་པ་གཅིག་ཏུ་ན།
更有異說。頌曰：

རྨི་ལམ་ན་ནི་གཟུགས་དོན་གཞན་མེད་པར། །རང་ནུས་སྨིན་ལས་དེ་ཡི་རྣམ་ཅན་སེམས། །
འབྱུང་བ་ཇི་ལྟ་དེ་བཞིན་སད་ལའང་འདིར། །ཕྱིར་རོལ་མེད་པར་ཡིད་ནི་ཡོད་ཅེ་ན། །
如夢實無餘外色，由功能熟生彼心，
如是於此醒覺位，雖無外境意得有。

རྨི་ལམ་ན་ནི་གཟུགས་དོན་གཞན་དུ་གྱུར་པ་མེད་པར་རང་གི་བག་ཆགས་ཀྱི་ནུས་པ་སྨིན་པ་ལས།
གཟུགས་སྒྲ་སོགས་དེའི་རྣམ་པ་ཅན་གྱི་སེམས་འབྱུང་བ་ཇི་ལྟ་བ་དེ་བཞིན་དུ། སད་པའི་སྐབས་ལའང་འདིར་ཕྱི་རོལ་གྱི་དོན་མེད་པར་ཡིད་ནི་ཡོད་དོ་ཞེ་ན།

喻如夢中無餘色等，唯由自心習氣功能成熟之力，而生帶彼色聲等行相之心。如是此醒覺位中，亦無外境而有意生也。

གཉིས་པ་ནི།

戊二、破執

དེ་ནི་མི་རིགས་ཏེ།

此皆不然，頌曰：

ཇི་ལྟར་མིག་མེད་པར་ནི་རྨི་ལམ་དུ། །སྔོ་སོགས་སྣང་བའི་ཡིད་སེམས་འབྱུང་དེ་ལྟར། །
མིག་དབང་མེད་པར་རང་གི་ས་བོན་ནི། །སྨིན་ལས་ལོང་བ་ལ་འདིར་ཅིས་མི་སྐྱེ། །

如於夢中無眼根，有似青等意心生，
無眼唯由自種熟，此間盲人何不生。

ཇི་ལྟར་མིག་དབང་མེད་པར་རྨི་ལམ་དུ་སྔོ་སོགས་སྣང་བའི་ཡིད་ཤེས་ཀྱི་སེམས་འབྱུང་བ་དེ་ལྟར་དུ། མིག་དབང་མེད་པར་རྣམ་ཤེས་རང་གི་ས་བོན་བག་ཆགས་ནི་སྨིན་པ་ལས། སད་པའི་ལོང་བ་ལ་ཡང་མ་ལོང་བ་ལྟ་བུའི་གཟུགས་མཐོང་བ་སོགས་ཅིའི་ཕྱིར་མི་སྐྱེ་སྟེ་རྨི་ལམ་དང་སད་པ་གཉིས་ཀར་ཡང་མིག་དབང་མེད་པར་མཚུངས་པའི་ཕྱིར་རོ། །

如夢中無眼根，有變似青等意識之心生。如是無眼根唯由自識種子成熟而生，則此醒覺盲人，何不生見色等之意識，如不盲者。以夢覺二位無眼根相同故。

འདི་ཡང་ཕྱིའི་གཟུགས་སོགས་མེད་པར་རྣམ་ཤེས་རང་བཞིན་གྱིས་གྲུབ་པ་སྐྱེ་ན། རྨི་ལམ་དང་སད་པ་གཉིས་ཀ་ལ་ཁྱད་མེད་པའི་གནད་ཀྱིས་ཡིན་ནོ། །

此亦是因無外色等而有自性識生，則夢醒二位都無差別也。

ཅི་སྟེ་སད་པའི་ལོང་པ་ལ་ཡིད་ཀྱི་ཤེས་པ་གཟུགས་སོགས་གསལ་བར་སྣང་བ་རྨི་ལམ་གྱི་དེ་ལྟ་བུ་མི་འབྱུང་བའི་རྒྱུ་ནི། མིག་མེད་པ་མ་ཡིན་གྱི་འོ་ན་ཅི་ཞེ་ན། དེ་འདྲ་བའི་ཡིད་ཀྱི་ཤེས་པ་འབྱུང་བའི་ནུས་པ་མ་སྨིན་པ་ཡིན་ནོ། །

若作是念：盲人醒覺時，不生明見色等之意識，如夢中者。其原因非由無眼根，是因無有生如是意識之功能成熟。

དེའི་ཕྱིར་ནུས་པ་སྨིན་པ་ཡོད་པ་དེར་དེ་འདྲ་བའི་ཡིད་ཤེས་འབྱུང་བ་ཡིན་ལ་དེ་ཡང་གཉིད་ཀྱི་རྐྱེན་གྱིས་རྨི་ལམ་ཁོ་ན་ན་ཡོད་ཀྱི་སད་པ་ལ་ནི་མ་ཡིན་ནོ་སྙམ་ན།

故唯有功能成熟者，乃有如是意識生。此復是以睡眠爲緣，故唯夢中乃有，覺時則無也。

དེ་ནི་མི་རིགས་ཏེ།

此不應理，頌曰：

གལ་ཏེ་ཁྱོད་ལྟར་རྨི་ལམ་དྲུག་པ་ཡི། །ནུས་པ་སྨིན་ཡོད་སད་པར་མེད་གྱུར་ན། །
དྲུག་པའི་ནུས་སྨིན་ཇི་ལྟ་འདིར་མེད་པ། །དེ་ལྟར་རྨི་ཚེ་མེད་ཅེས་ཅིས་མི་རིགས། །

若如汝說夢乃有，第六能熟醒非有，
如此無第六成熟，說夢亦無何非理。

གལ་ཏེ་ཁྱོད་ལྟར་རྨི་ལམ་ན་དྲུག་པ་ཡིད་ཤེས་ཀྱི་ནུས་པ་སྨིན་པ་ཡོད་ལ། སད་པ་ལ་མེད་པར་གྱུར་ན་དྲུག་པ་ཡིད་ཤེས་གཟུགས་སོགས་སུ་གསལ་བར་སྣང་བའི་ནུས་པ་སྨིན་པ་སད་པའི་སྐབས་འདིར་ལོང་བ་ལ་མེད་པ་ཇི་ལྟ་བ་དེ་ལྟར་རྨི་ལམ་གྱི་ཚེ་མེད་ཅེས་ཅིས་མི་རིགས་ཏེ་རིགས་སོ། །འདི་ཡང་དགག་བྱ་ལ་གཏུགས་པའི་ལུགས་སོ། །

若如汝說夢中乃有第六意識之功能成熟，醒覺時非有，則說如此醒覺時盲人，無有第六意識明見色等之功能成熟，如是夢時亦無，云何非理。

卷八

གལ་ཏེ་རིགས་པ་མེད་པར་ཚིག་ཙམ་གྱིས་དེ་སྐད་སྨྲ་ན། ཁོ་བོ་ཅག་གིས་ཀྱང་སྔར་ལྟར་སྨྲས་པས་ཆོག་གོ །

若汝全無正理，僅憑口說，吾等亦可如上說也。頌曰：

ཇི་ལྟར་མིག་མེད་འདི་ཡི་རྒྱུ་མིན་ལྟར། །རྨི་ལམ་དུ་ཡང་གཉིད་ནི་རྒྱུ་མ་ཡིན། །

如說無眼非此因，亦說夢中睡非因。

རྨི་ལམ་མཐོང་བ་ལ་ནི་སད་པའི་སྐབས་ཀྱི་ལོང་བ་ལྟར་རྣམ་ཤེས་ཀྱི་རྟེན་དབང་པོ་བྱེད་པ་དང་བྲལ་བའི་ཕྱིར། ནུས་པའི་མིང་ཅན་གྱི་མིག་གི་དབང་པོ་ལ་རྣམ་ཤེས་བརྟེན་པའི་རྣམ་པའི་རྗེས་སུ་བྱེད་པ། ཡིད་ཤེས་ཀྱི་ནུས་པ་སྨིན་པ་ཡོངས་སུ་འགྱུར་བ་ལས་བྱུང་བའི་ཡིད་ཀྱི་རྣམ་ཤེས་ཅན་མ་ཡིན་ནོ། །

夢中見境，應無眼識行相相順意識功能，成熟所起之意識，由識所依根無作用故，如醒時之盲人。

དེའི་ཕྱིར་མིག་མེད་པ་སད་པའི་ལོང་བ་འདི་ལ་དོན་སྣང་གི་བག་ཆགས་སྨིན་པ་རྒྱུ་མིན་པ་ཇི་ལྟ་བ་དེ་ལྟར་རྨི་ལམ་དུ་ཡང་གཉིད་ནི་དོན་སྣང་གི་བག་ཆགས་སྨིན་པའི་རྒྱུ་མ་ཡིན་ཏེ། ཕྱི་རོལ་མེད་པར་ཤེས་པ་རང་བཞིན་གྱིས་གྲུབ་པ་སྐྱེ་ན་བག་ཆགས་སྨིན་པ་ལ་མི་ལྟོས་པའི་ཕྱིར་རོ། །

如說無根，非醒時盲人，見境習氣成熟之因，如是睡眠亦非夢中見境習氣成熟之因。以無外境識能自性生者，不須觀待習氣成熟也。頌曰：

དེ་ཕྱིར་རྨི་ལམ་དུ་ཡང་དེ་དངོས་མིག།བརྫུན་པའི་ཡུལ་ཅན་རྟོགས་པའི་རྒྱུར་ཁས་བླང་།།

是故夢中亦應許，彼法眼爲妄識因。

གང་གི་ཕྱིར་བག་ཆགས་བརྫུན་པ་ལས་རྨི་ལམ་གྱི་དོན་སྣང་གི་ཤེས་པ་བརྫུན་པ་སྐྱེ་བ་དེའི་ཕྱིར། རྨི་ལམ་དུ་ཡང་སད་པའི་སྐབས་དེ་ལྟ་བུའི་ཡུལ་གྱི་དངོས་པོ་གཟུགས་སོགས་སུ་སྣང་བའི་རྣམ་པར་ཤེས་པ་བརྫུན་པ་དང་། རྨི་ལམ་གྱི་མིག་རྟོགས་པ་སྟེ་རྣམ་པར་ཤེས་པའི་རྒྱུ་སྟེ་རྟེན་དུ་གྱུར་པ་ཁས་བླང་བར་བྱའོ། །

由虛妄習氣，生夢中見境之虛妄識，故夢中亦應許如醒覺位見如是色等境法之識是虛妄，及夢中眼爲彼識之所依因。

འདི་ནི་འགྲེལ་བར་རྨི་ལམ་ན་ཡུལ་ཡོངས་སུ་གཅོད་པ་ན་གསུམ་འདུས་པར་དམིགས་པ་ཡིན་ནོ། །ཞེས་གསུངས་ཤིང་།

如釋論云：「夢中所見境，亦有三法和合可得。」

ཡང་རྨི་ལམ་ན་གཟུགས་ཀྱི་སྐྱེ་མཆེད་དང་མིག་དང་། དེ་གཉིས་ཀྱིས་བསྐྱེད་པའི་མིག་གི་རྣམ་ཤེས་མེད་པར་ཡང་གསུངས་པ་བཞིན་དུ། རྨི་ལམ་ན་མིག་ཤེས་སོགས་ལྔའི་ཡུལ་དབང་རྣམ་ཤེས་གསུམ་མེད་ཀྱང་། རྨི་ལམ་རྨི་བཞིན་པའི་གང་ཟག་གི་ངོར་དེ་གསུམ་དུ་དམིགས་པ་ཡོད་པས་རྨི་ལམ་གྱི་མིག་དང་། རྨི་ལམ་གྱི་མིག་ཤེས་དང་། རྨི་ལམ་གྱི་གཟུགས་གསུམ་པོ་ཁས་བླང་བར་སྟོན་གྱི།

又云：「夢中無色處，眼根，並彼二所發之識」，當知是說，夢中雖無眼識等前五之根境識，然就夢人前，有彼三法可得，故應許有夢中眼，夢中眼識，及夢中色。

དེ་གསུམ་མིག་སོགས་སུ་གྲུབ་པར་འདོད་པ་མིན་ཏེ། སྒྱུ་མའི་རྟ་གླང་དང་སྒྱུ་མའི་མི་ཁས་ལེན་ཀྱང་། དེ་དག་རྟ་གླང་དང་མིར་འདོད་མི་དགོས་པ་བཞིན་ནོ། །

非許彼三是真眼等。如許有幻象馬及幻人，不必許彼是真象馬及真人也。頌曰：

འདི་ཡིས་ལན་ནི་གང་དང་གང་བཏབ་པ། །དེ་དང་དེ་ནི་དམ་བཅའ་མཚུངས་མཐོང་བས། །
རྩོད་འདི་སེལ་བྱེད་སངས་རྒྱས་རྣམས་ཀྱིས་ནི། །

隨此如如而答辯，即見彼彼等同宗，如是能除此妄諍。

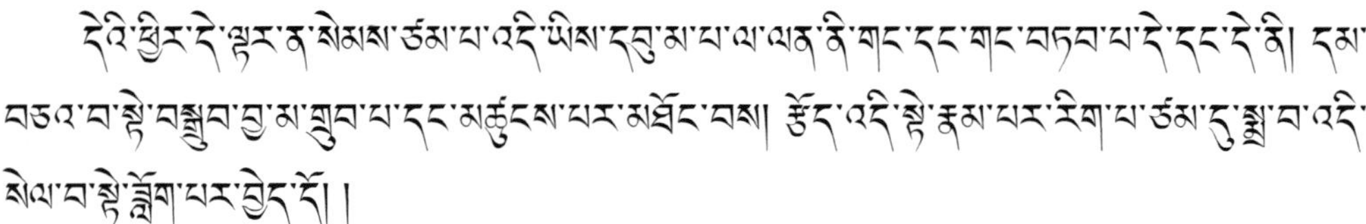

དེའི་ཕྱིར་དེ་ལྟར་ན་སེམས་ཙམ་པ་འདི་ཡིས་དབུ་མ་པ་ལ་ལན་ནི་གང་དང་གང་བཏབ་པ་དེ་དང་དེ་ནི། དམ་བཅའ་བ་སྟེ་བསྒྲུབ་བྱ་མ་གྲུབ་པ་དང་མཚུངས་པར་མཐོང་བས། རྩོད་འདི་སྟེ་རྣམ་པར་རིག་པ་ཙམ་དུ་སྨྲ་བ་འདི་སེལ་བ་སྟེ་ཟློག་པར་བྱེད་དོ། །

如是隨此唯識師，對中觀師作如何如何之答辯。即見彼彼所答，等同所立不極成宗。如是即能除遣此唯識師之妄諍也。

དེ་དག་དཔེར་བརྗོད་ན་དབུ་མ་པས་སད་པའི་སྐབས་ཀྱི་ཡུལ་དབང་རྣམ་ཤེས་གསུམ་རང་བཞིན་གྱིས་གྲུབ་པས་སྟོང་པ་ཡིན་ཏེ། དམིགས་པ་ཡིན་པའི་ཕྱིར་རྨི་ལམ་བཞིན་ནོ། །ཞེས་བཀོད་པ་ན་སེམས་ཙམ་པས་སད་པའི་རྣམ་ཤེས་ནི་ཕྱི་རོལ་གྱི་དོན་གྱིས་སྟོང་སྟེ། རྣམ་ཤེས་ཡིན་པའི་ཕྱིར་རྨི་ལམ་གྱི་རྣམ་ཤེས་བཞིན་ནོ། །ཞེས་དང་།

如中觀師說，醒時之根境識三皆自性空，是所緣故，如夢。唯識師則云：醒時內識由外境空，是識性故，如夢中識。

སད་པའི་སྐབས་སུ་དམིགས་པའི་ཡུལ་ནི་བརྫུན་པ་ཡིན་ཏེ། ཡུལ་ཡིན་པའི་ཕྱིར་རྨི་ལམ་གྱི་ཡུལ་བཞིན་ནོ། །ཞེས་དང་།

又云：醒時所緣境，是虛妄性，以是境故，如夢中境。

དེ་བཞིན་དུ་ཀུན་བྱང་གི་གཞི་གཞན་དབང་མེད་ན་ཀུན་བྱང་མེད་པ་ཡིན་ཏེ། རྟེན་མེད་པའི་ཕྱིར།
རུས་སྦལ་གྱི་སྤུའི་གོས་བཞིན་ནོ། །ཞེས་སྨྲའོ། །དེ་བཞིན་དུ་རབ་རིབ་ཀྱི་དཔེས་ཀྱང་བརྗོད་པར་བྱའོ། །ཞེས་པ་རྣམས་སོ། །

如是更云：若無染淨所依之依他起性，應無染淨，無所依故，如龜毛衣。翳喻亦如是說。

དེ་ལ་སྒྲོར་བ་དང་པོ་གཉིས་ནི། དཔེ་མ་གྲུབ་པས་སྒྲུབ་བྱེད་བསྒྲུབ་བྱ་དང་མཚུངས་པ་ཡིན་ཏེ། རྨི་ལམ་ན་ཡིད་ཀྱི་ཤེས་པ་ལས་ངོ་བོ་ཐ་དད་པའི་ཆོས་ཀྱི་སྐྱེ་མཆེད་ཀྱི་གཟུགས་ཡོད་པའི་ཕྱིར་རོ། །

其中前二比量，喻不極成，犯能立等同所立過，夢中亦有離意識之法處所攝色故。

སྦྱོར་བ་གསུམ་པ་ནི། ཀུན་བྱང་གི་རྟེན་རང་མཚན་གྱིས་གྲུབ་པ་ཅིག་སྒྲུབ་འདོད་པ་ཡིན་པས་དེ་ལ་ནི། རྟེན་ཅམ་མེད་པ་མ་གྲུབ་པ་ཡིན་ལ། རང་གི་མཚན་ཉིད་ཀྱིས་གྲུབ་པ་ལ་བསམས་ན་ནི་མ་ངེས་པའོ། །

第三比量，是欲成立染淨法有自相所依，其「無所依」因，犯不成過。若謂無自相所依，則犯不定過。

གསུམ་པ་ནི། དེ་ལྟར་སེམས་ཙམ་པའི་ལུགས་བཀག་པ་ལ་རིགས་པས་མི་གནོད་པར་མ་ཟད། ལུང་གིས་གནོད་པ་སྲིད་པ་མ་ཡིན་ཏེ།

酉三、明破唯識宗不違聖教。如是破唯識宗，非但不違正理，亦不違聖教。頌曰：

འགར་ཡང་དངོས་པོ་ཡོད་ཅེས་མ་བསྟན་ཏོ། །

諸佛未說有實法。

གང་གི་ཕྱིར་ཡང་དག་པར་རྫོགས་པའི་སངས་རྒྱས་རྣམས་ཀྱིས་ནི། རང་གི་ལུགས་ལ་གསུང་རབ་འགར་ཡང་དངོས་པོ་བདེན་པར་ཡོད་ཅེས་མ་བསྟན་པའི་ཕྱིར་རོ། །

諸正等覺，於自宗經中不曾說有實法故。

དེ་ཡང་ལང་ཀར་གཤེགས་པ་ལས། སྲིད་པ་གསུམ་ནི་བཏགས་པ་ཙམ། །ངོ་བོ་ཉིད་ཀྱིས་དངོས་པོ་མེད། །

བཏགས་པ་དངོས་པོའི་ངོ་བོར་ནི། །རྟོག་གེ་བ་དག་རྟོག་པར་འགྱུར། །རང་བཞིན་མེད་ཅིང་རྣམ་རིག་མེད། །ཀུན་གཞི་མེད་ཅིང་དངོས་མེད་ན། །བྱིས་པ་ངན་པ་རྟོག་གེ་བ། །རོ་དང་འདྲ་བས་འདི་དག་བརྟགས། །ཞེས་གསུངས་སོ། །

如《楞伽經》云：「三有唯假立，全無自性法，於假立分別，執爲法自性。無體無了别，無賴耶無事，凡愚惡分別，如屍妄計度。」

རྐང་པ་དང་པོས་སྲིད་གསུམ་བློས་བཏགས་པ་ཙམ་དུ་ཡོད་པར་བསྟན་ལ། རྐང་པ་གཉིས་པས་ནི་དེའི་དོན་བསྟན་ཏེ། དེ་ཡང་ངོ་བོ་ཉིད་ཀྱིས་གྲུབ་པའི་དངོས་པོ་མེད་པར་བསྟན་པས། ངོ་བོ་ཉིད་ཀྱིས་གྲུབ་པ་མེད་པ་ཡིན་གྱི་དངོས་པོ་ཡེ་མེད་མིན་ཞེས་པའོ། །

初句明三有唯由心假立。第二句明假立義，謂無自性法。是說無自性，非說法全無。

དེ་ལྟར་བློས་བཏགས་པ་ཙམ་ལ་ངོ་བོ་ཉིད་ཀྱིས་གྲུབ་པའི་དངོས་པོར་དེ་ཁོ་ན་ཉིད་ཀྱི་དོན་མ་རྙེད་པའི་རྟོག་གེ་པས་འདོད་དོ་ཞེས་པ་ནི། བཏགས་པ་ཞེས་པ་གཉིས་ཀྱིས་སྟོན་ནོ། །

後二句明未通達真實義之惡分別者，於如是唯心假立法，計爲有自性之法。

ངོ་བོ་ཉིད་ཀྱིས་གྲུབ་པ་མེད་པར་སྤྱིར་བསྟན་པ་སྟེ། བྱེ་བྲག་ཏུ་ཕྱེ་སྟེ་སྟོན་པ་ནི། རཱུ་པ་ཞེས་པ་རང་བཞིན་དང་གཟུགས་གཉིས་ཀ་ལ་འཇུག་པ་ལས་འདིར་གཟུགས་ཅན་ལ་བྱ་སྟེ། རྣམ་རིག་ཅེས་པའི་ཟླ་སྡོབས་ཀྱིས་སོ། །

初頌總明無自性，次頌別釋。梵語：「茹巴」，通自體與色二義，此處當作色解，以與了別相對故。

དངོས་མེད་ཅེས་པའི་དངོས་པོ་ནི་ཤེས་པ་དང་གཟུགས་ཅན་གྱི་དངོས་པོ་མེད་པར་བསྟན་ཟིན་པས། འདིར་ངོ་བོ་ལ་ཡིན་ལ་དེ་ཡང་དངོས་པོ་བདེན་པ་བཀག་པའི་ངོ་བོ་དང་། དངོས་པོར་མེད་པ་གཞན་རྣམས་ལ་བྱའོ། །

無事句之事字，上句已說無色事心事，故此處當作餘自性事解，是無破實有時所說之自性事。

如死屍之理，謂無觀察真實義之心力。

རོ་དང་འདྲ་ཚུལ་ནི་དེ་ཁོ་ན་ཉིད་དཔྱོད་ནུས་པའི་སེམས་མེད་པའོ། །

此經即破計三界依他起爲有自性也。

ལུང་དེས་ནི་ཁམས་གསུམ་གྱི་གཞན་དབང་རང་བཞིན་གྱིས་ཡོད་པར་འདོད་པ་བཀག་གོ །གལ་ཏེ་ལུང་དེ་དག་གིས་གཅིག་གཞན་དབང་ལ་ཅིག་ཤོས་ཀུན་བཏགས་གཟུང་འཛིན་རྫས་ཐ་དད་ཀྱི་ངོ་བོ་ཉིད་ཀྱིས་སྟོང་པ་བསྟན་པས་མི་གནོད་དོ་སྙམ་ན། དེ་འདྲ་དེ་ནི་ཡང་དག་པའི་སྟོང་ཉིད་དུ་རིགས་པ་མ་ཡིན་ཏེ།

若謂此經是說，依他起性由異體二取之遍計執自性空，故無[1]過失。計此是真空，不應道理。

བློ་གྲོས་ཆེན་པོ་གཅིག་ལ་གཅིག་མེད་པའི་སྟོང་པ་ཉིད་ནི་སྟོང་པ་ཉིད་ཐམས་ཅད་ཀྱི་ཐ་ཤལ་ཡིན་ནོ་ཞེས་ལང་ཀར་གཤེགས་པ་ལས་གསུངས་པའི་ཕྱིར་རོ། །

《楞伽經》說：「大慧，於一法無一法之空性，是一切空之性最下者。」

① 「故無」，民族本、上海本、PDF作「無故」。

བ་ལང་ནི་རྟ་ཡིན་པས་སྟོང་པའི་ཕྱིར་ཡོད་པ་མིན་ནོ་ཞེས་བརྗོད་པ་ནི་རིགས་པ་ཡང་མ་ཡིན་ཏེ། རང་གི་བདག་ཉིད་ཀྱིས་ཡོད་པའི་ཕྱིར། །ཞེས་བྱ་བ་ལ་སོགས་པ་བརྗོད་པར་བྱའོ་ཞེས་འགྲེལ་བར་གསུངས་སོ། །

釋論云：「由牛非馬，故說牛非有，不應道理，自體有故。」

བདག་ཉིད་ཀྱིས་ཞེས་པ་ལ་ནག་ཚོས་རང་གི་བདག་ཉིད་ཡོད་པའི་ཕྱིར་རོ་ཞེས་བསྒྱུར་བ་ལེགས་སོ། །

གཅིག་ལ་ཅིག་ཤོས་མེད་པའི་སྟོང་པ་འདི་དཔེར་བརྗོད་དེ་དང་འདྲ་བར་འགྱུར་ཚུལ་ནི། བཅོམ་ལྡན་འདས་ཀྱི་རང་བཞིན་གྱིས་དབེན་པའི་སྟོང་ཉིད་གསུངས་པ་ནི་སེམས་ཅན་རྣམས་ཐོག་མ་མེད་པ་ནས་གཟུགས་སོགས་ཀྱི་དངོས་པོ་ལ་བདེན་པར་གྲུབ་པར་འཛིན་པའི་མངོན་ཞེན་བཟློག་པའི་ཕྱིར་དུ་ཡིན་པ་ལ། དེ་ལ་གཟུགས་སོགས་སུ་སྣང་བའི་གཞན་དབང་འདི་ཉིད་བདེན་པར་མ་གྲུབ་པར་བསྟན་དགོས་པ་ལ།

於此一法無彼一法之空與此喻相同之理，謂世尊宣說，離自性之空性者，是因眾生無始以來於色等法執爲實有，爲破此實執而說，對彼當說所見之色等依他起非是實有。

དེ་ལྟར་མི་སྟོན་པར་གཞན་དབང་འདི་གཟུང་འཛིན་རྫས་ཐ་དད་པར་མི་བདེན་ནོ་ཞེས་བསྟན་པ་ན། བ་ལང་མེད་པའི་རྒྱུ་མཚན་དུ་བ་ལང་ལྟར་མེད་ཅེས་ཟེར་བ་དང་འདྲའོ། །

若不作是說，而說此依他起，異體二取非是實有，則與無牛之理由，云「牛非馬故」相同也。

དེས་ན་དབུ་སེམས་སུ་ཡི་ལུགས་ལ་ཡང་སེམས་ཅན་རྣམས་གང་ལ་མངོན་པར་ཞེན་པའི་གཞི། ཕྱི་ནང་གི་ཆོས་སུ་སྣང་བ་འདི་དག་ལ་བྱེད་པ་ལ་ནི་མི་འདྲ་བ་མེད་ལ། དེ་རྣམས་སྟོང་པར་སྟོན་པ་ནི་གཞི་དེ་ལ་མངོན་ཞེན་བཟློག་པའི་ཕྱིར་དུ་ཡིན་པ་ཡང་འདྲ་མོད་ཀྱང་།

以是當知，中觀唯識無論何宗，說眾生執著之所依，即此所見內外諸法。無所不同。明彼空者，是遣除於所依上所生之執著，亦無不同。

ཞེན་ཚུལ་ལ་མི་མཐུན་ཏེ་སེམས་ཙམ་པས་ནི་གཟུང་འཛིན་གཉིས་ཕྱི་ནང་དུ་རྒྱངས་ཆད་དུ་སྣང་བ་ལ་སྣང་བ་ལྟར་དུ། གཟུང་འཛིན་རྫས་ཐ་དད་དུ་ཞེན་པ་ཡིན་ལ།

所不同者，謂執著之相。唯識師說：現見二取內外分離，若如所見執爲二取異體，是此執著相。

དེའི་གཉེན་པོར་སྣང་བ་གཞན་དབང་པའི་ཆོས་ཅན་དུ་བཟུང་ནས། གཟུང་འཛིན་རྫས་ཐ་དད་དུ་ཡོད་པ་འགོག་པ་ཡིན་པས་དགག་གཞི་དེ་དགག་བྱ་དེ་ཡིན་པ་འགོག་པ་ཡིན་ནོ། །

其能對治，謂以此現見之依他起爲有法，破除二取有異體，故是破彼所依事是此所破性也。

དབུ་མ་པ་ལྟར་ན་ཞེན་ཚུལ་ནི་སྣང་བ་ལ་ཐ་སྙད་པའི་བློས་བཞག་པ་མིན་པའི་བདེན་གྲུབ་ཏུ་ཞེན་པ་ཡིན་ལ། དེའི་གཉེན་པོར་སྣང་བ་འདི་ཆོས་ཅན་དུ་བཟུང་ནས། དེ་འདྲ་བའི་བདེན་པར་མེད་ཅེས་འགོག་སྟེ། དེ་ཡང་དགག་གཞི་དེ་དགག་བྱ་ཡིན་པ་འགོག་པ་ཡིན་ཏེ།

中觀師說：若執現見法，非由名言心安立，是實有者，即此執著相。其能對治，謂以此現見法爲有法，破無斯實有，故亦是破彼所依事是此所破性。

སེམས་ཅན་གྱིས་ཞེན་པ་ན་གཞི་དེ་ལ་དགག་བྱ་དེ་དོན་གཞན་དུ་ཡོད་པར་འཛིན་པ་མིན་པར། གཞི་དེ་དགག་བྱ་དེའི་ངོ་བོར་ཞེན་པའི་ཕྱིར་དང་། སྟོང་པ་ཡང་ཇི་ལྟར་ཞེན་པ་དེ་ལྟར་དུ་ཡོད་པས་སྟོང་པར་བསྟན་དགོས་པའི་ཕྱིར་རོ། །

以有情之執著，非於彼所依事執有異體之所破性，是執彼所依事即是彼所破性故。宣說空性，亦須如彼所執，即明如是空故。

དེའི་ཕྱིར་ད་ལྟར་གྱི་སྣང་གཞི་རྣམས་བདེན་པས་སྟོང་པ་ཆད་སྟོང་དུ་བྱས་ཏེ། འདི་དག་བོར་ནས་སྣང་བ་གཞན་ཅིག་ལ་སྟོང་གཞིར་བྱས་ཏེ། དགག་བྱ་དེ་ཡིན་པས་སྟོང་པར་མི་སྟོན་པར་དངོས་པོ་ཡོད་པས་སྟོང་པར་སྟོན་པ་ནི། །

故有人說：現在所見諸所依事，以實有空，爲斷滅空，棄此不用。別以餘所見法爲空所依事，亦不說「由是彼所破故空」，而說「以有事故空」。

དབུ་སེམས་སུའི་ཡང་ལུགས་མིན་ལ། སེམས་ཅན་གྱི་རྒྱུད་ཀྱི་ཐོག་མ་མེད་པའི་མངོན་ཞེན་ལ་དེ་འདྲ་བའི་དགག་བྱ་འཛིན་པའི་བློ་འདུག་མི་འདུག་ཀུང་ཁ་ནང་དུ་ལོག་ལ་རྟོགས་ཤིག །

俱非中觀唯識宗義。即衆生身中無始傳來之執著，有無執如斯所破之心，當自向內反觀。

དེ་ནས་དཔལ་ལྡན་ཆོས་ཀྱི་གྲགས་པས། འདི་ལའང་རྗེས་སུ་བརྗོད་པ་ཡོད། །དེས་ན་ངན་པའི་མུན་པས་ཁྱབ། །ཅེས་གསུངས་ཏེ། འདི་འདྲ་བ་རྣམས་ཤིན་ཏུ་བདོ་བའི་དུས་སུ་སྣང་བ་རྣམ་དཔྱོད་ཅན་གྱིས་ཤེས་པར་བྱའོ། །

法稱論師曰：「於此亦隨說，故惡暗周遍。」智者當知，現在正是此類最多之時也。

འདིར་འགྲེལ་བ་ལས། ཡབ་སྲས་མཇལ་བའི་མདོ་ལས་དབང་པོ་ཉེར་གཉིས་རང་བཞིན་མེད་པར་གཏན་ལ་ཕབ་པ་དྲངས་པ་ལས། འདི་ལྟར་མིང་དུ་གདགས་པར་བས་ཀྱི། དོན་དམ་པར་ནི་མིག་དང་དབང་པོ་མི་དམིགས་སོ། །ཞེས་པ་དང་།

釋論此處，引《父子相見經》抉擇二十二根無自性曰：「但有假名，於勝義中，眼與眼根俱不可得。」

དེ་བཞིན་དུ་ཆོས་ཐམས་ཅད་ཀྱང་ངོ་བོ་ཉིད་ཀྱིས་དམིགས་སུ་མ་མཆིས་པ་སྟེ། ཞེས་ཆོས་རྣམས་མིང་དུ་བཏགས་པ་ཙམ་དུ་ཟད་ཀྱི་དོན་དམ་པར་དང༌། ངོ་བོ་ཉིད་ཀྱིས་མ་མཆིས་པར་གསུངས་པས། དགག་བྱ་ལ་ཁྱད་པར་སྦྱོར་བ་ལ་དེ་གཉིས་རྣམ་གྲངས་པ་དང༌། རང་གི་རྣམ་གཞག་འཇོག་པའི་ཕྱོགས་ཐམས་ཅད་མིང་དུ་བཏགས་པ་ཙམ་གྱིས་བྱེད་པར་གསུངས་ཤིང༌།

又曰：「如是一切諸法，自性皆不可得。」此說諸法但有假名，於勝義無及自性非有。故於所破加簡別時，此二僅是異門。安立自宗，皆云：「但有假名。」

རྨི་ལམ་ན་དགའ་རྩེད་བྱེད་པའི་ཡུལ་དེ་རྣམས་རྨི་ལམ་ན་ཡང་དེས་དེ་དག་མ་རྙེད་ན་སད་པའི་ཚེ་ལྟ་ཅི་སྨོས་ཞེས་གསུངས་ཤིང་དེ་འདྲ་མང་བས་རྨི་ལམ་གྱི་མི་དང༌། སད་དུས་ཀྱི་མི་ལ་མི་ཡིན་མིན་ཁྱད་པར་མེད་ཅེས་སྨྲ་བ་ནི།
又說：「夢中共相娛樂之境，夢中尚不可得，況於醒時。」如此者甚多。故說夢中人與醒時人，是人非人無差別者。

ཤིན་ཏུ་མི་འཐད་དེ་དགའ་རྩེད་ཀྱི་གྲོགས་བྱེད་པའི་སེམས་ཅན་དེ་རྣམས་རྨི་ལམ་གྱི་དུས་སུ་ཡང་སེམས་ཅན་དེ་དག་ཏུ་མ་རྙེད་པར་གསུངས་ཤིང༌། སད་དུས་སུ་དེ་དག་རྙེད་པ་གཞག་དགོས་པའི་ཕྱིར་རོ། །

極不應理。以經說夢中共相娛樂之有情，夢中亦不可得，醒時有情，有可得故。

དེས་ན་རྨི་ལམ་དུ་མིག་ཤེས་ལ་སོགས་པའི་དབང་ཤེས་ཡོད་པ་འདིའི་ལུགས་སུ་སྨྲ་བ་ནི་ནོར་པ་ཆེན་པོར་ཤེས་པར་བྱའོ། །

以是當知有說此宗，許夢中有眼識等五識，實乃大錯。

དེ་ལྟར་ན་སེམས་ཙམ་པ་ངེས་དོན་མཐར་ཐུག་པ་རྟོགས་པའི་ཤེས་རབ་ཀྱི་རྩལ་མེད་པར་གྲུབ་པའི་མཐར་སྨྲ་བ་འདི་བསལ་བར་བྱ་བ་ཁོ་ནའོ། །

故唯識宗無通達究竟了義之慧力，其所立宗義，恆應破斥也。

གསུམ་པ་ནི། གལ་ཏེ་ཕྱི་ཡི་ཡུལ་མེད་པར་གཟུགས་སྒྲ་སོགས་གསལ་བར་སྣང་བའི་ཤེས་པ་རང་བཞིན་གྱིས་གྲུབ་པ་མེད་ན། བླ་མའི་མན་ངག་ལས་མི་སྟུག་པ་སྒོམ་པའི་རྣལ་འབྱོར་པ་རྣམས་ཀྱིས། ས་གཞི་ཀེང་རུས་ཀྱིས་གང་བར

མཐོང་བ་དེ་ཇི་ལྟར་འཐད་དེ། གང་རུས་ནི་མེད་ཀྱང་རང་བཞིན་གྱིས་གྲུབ་པའི་རྣམ་ཤེས་ནི་ཡོད་པའི་ཕྱིར་རོ་སྙམ་ན།

申三、明如是破與修不淨觀不相違。設作是念：若無外境，即無明見色聲等之自性識者，則依師長教授修不淨觀之瑜伽師，見有骨鎖充滿大地，云何應理。以雖無骨鎖，而有自性之識故。頌曰：

རྣལ་འབྱོར་པ་ཡིས་བླ་མའི་མན་ངག་ལས། །ཀེང་རུས་ཀྱིས་གང་ས་གཞི་མཐོང་བ་གང་། །
དེར་ཡང་གསུམ་ཆར་སྐྱེ་བ་མེད་པར་མཐོང་། །ལོག་པ་ཡིད་ལ་བྱེད་པ་བསྟན་ཕྱིར་རོ། །
諸瑜伽師依師教，所見大地骨充滿，
見彼三法亦無生，說是顛倒作意故。

མི་སྡུག་པ་སྒོམ་པའི་རྣལ་འབྱོར་པ་ཡིས་བླ་མའི་མན་ངག་ལས། གང་རུས་ཀྱིས་ས་གཞི་གང་བར་མཐོང་བ་གང་ཡིན་པ་དེར་ཡང་ཡུལ་དབང་རྣམ་ཤེས་གསུམ་ཆར་རང་བཞིན་གྱིས་སྐྱེ་བ་མེད་པར་མཐོང་སྟེ། ཏིང་ངེ་འཛིན་དེ་ནི་ལོག་པ་སྟེ་དེ་ཁོ་ན་ཉིད་མ་ཡིན་པ་ཡིད་ལ་བྱེད་པར་བསྟན་པ་སྟེ་མདོ་ལས་གསུངས་པའི་ཕྱིར་རོ། །

修不淨觀之瑜伽師，依師長教授，所見骨鎖充滿大地者，今見彼中根境識三法，亦皆無自性生。經說彼定，是顛倒不實作意故。

卷八

གང་རུས་སྣང་བའི་ཤེས་པ་རང་བཞིན་གྱིས་གྲུབ་ན། དེའི་སྣང་བ་ཡང་དེ་ལྟར་འགྱུར་བས་ཡིད་བྱེད་དེ་དེ་ཁོ་ན་ཉིད་ཀྱི་ཡུལ་ཅན་དུ་འགྱུར་རོ། །འདི་ནི་གདོན་མི་ཟ་བར་དེ་ལྟར་ཁས་བླང་བར་བྱའོ། །

若見骨鎖之心是有自性，彼心所見亦應有自性，是則彼作意應成真實境作意，故定應如是許也。

དེ་ལྟ་མ་ཡིན་ན

若不爾者，頌曰：

ཁྱོད་ཀྱི་དབང་བློའི་ཡུལ་རྣམས་ཇི་ལྟ་བ། །དེ་ལྟར་མི་སྡུག་ཡིད་ཀྱི་ཡང་འགྱུར་ན། །
དེ་བཞིན་ཡུལ་དེར་བློ་གཏད་ཅིག་ཤོས་ཀྱིས། །རྟོགས་འགྱུར་དེ་ནི་བརྫུན་པར་ཡང་མི་འགྱུར། །
如汝根識所見境，如是不淨心見境，
餘觀彼境亦應見，彼定亦應不虛妄。

ཁྱོད་ཀྱི་བློས་གར་གྱི་ལྟད་མོ་ལ་སོགས་པ་ལྟ་བ་ན་ཡུལ་དེར་མིག་གཏད་པ་རྣམས་ལས་ཇི་ལྟར་གང་ཟག་གཅིག་ལ་དབང་པོའི་བློ་མིག་གི་རྣམ་པར་ཤེས་པ་ཡུལ་དེའི་རྣམ་པ་ཅན་སྐྱེ་བ་དེ་བཞིན་དུ་སྟེ་དེ་འདྲ་བའི་རྣམ་པ་ཅན་ལྟད་མོ་བ་གཞན་རྣམས་ལ་ཡང་སྐྱེ་བ་ཇི་ལྟ་བ་དེ་ལྟར་དུ། མི་སྡུག་པའི་ཡིད་ཅན་གྱི་རྣལ་འབྱོར་པ་ལྟར་ཅིག་ཤོས་ཏེ་རྣལ་འབྱོར་པ་མ་ཡིན་པས། རྣལ་འབྱོར་པས་ཀེང་རུས་མཐོང་བའི་ཡུལ་དེར་བློ་གཏད་པ་སྟེ་ཀེང་རུས་ལ་སོགས་པའི་ཡུལ་ལ་ལྟ་འདོད་པ་རྣམས་ལ་ཡང་ཀེང་རུས་རྟོགས་པ་སྟེ་མཐོང་བ་སྐྱེ་བར་འགྱུར་ཏེ། སྔོན་པོ་སོགས་ཀྱི་རྣམ་ཤེས་བཞིན་ནོ། །

如汝觀戲劇等時，多人共觀彼境。如一人所生具彼境行相之眼識，餘觀戲者，亦皆生具彼行相之眼識。如是餘非修定者，於瑜伽師見骨鎖處，審諦觀視求其骨鎖等境，亦應生如修不淨觀瑜伽師見骨鎖之識，如緣青等之眼識。

འདིར་འགྲེལ་བ་དང་བསྟུན་ན། ཁྱོད་ཀྱི་དབང་བློའི་ཡུལ་གཏད་ཇི་ལྟ་བ། །དེ་ལྟར་མི་སྡུག་ཡིད་ཅན་དེ་བཞིན་དུ། །ཡུལ་དེར་བློ་གཏད་ཅིག་ཤོས་རྣམས་ལ་ཡང་། །སྐྱེ་འགྱུར་དེ་ནི་བརྫུན་པར་ཡང་མི་འགྱུར། །ཞེས་པའི་འགྱུར་ཅིག་ཐོབ་པར་སྣང་ངོ། །

若依釋論，似應譯為：「如汝所觀根識境，如是如修不淨心，餘觀彼境亦應生，彼定亦應不虛妄。」

ཉིད་དེ་འཛིན་འདི་བརྫུན་པར་ཏེ་ལོག་པའི་དོན་ཡིད་ལ་བྱེད་པར་ཡང་མི་འགྱུར་རོ། །

此定亦應非是虛妄顛倒義之作意也。

རྣལ་འབྱོར་པ་ཡིན་མིན་མགོ་མཚུངས་མཛད་པ་ཡང་། ཤེས་པ་རང་བཞིན་གྱིས་གྲུབ་པ་ཡིན་ན་ཀེང་རུས་ཀྱི་མན་ངག་སྒོམ་པ་ལ་ལྟོས་པ་འགོག་ནུས་པའི་གནད་ཀྱིས་ཡིན་ནོ། །

此出「是非瑜伽師，理應相等」之過者，亦因「識有自性，則不應觀待修骨鎖之教授也。」如是，頌曰：

རབ་རིབ་དང་ལྡན་དབང་པོ་ཅན་མཚུངས་ལ། །ཆུ་འབབ་ཀླུང་ལ་ཡི་དྭགས་རྣག་བློ་ཡང་། །

如同有翳諸眼根，鬼見膿河心亦爾。

དེ་བཞིན་དུ་རབ་རིབ་དང་ལྡན་པའི་དབང་པོ་ཅན་དང་མཚུངས་པའི་སྐྲ་མ་དང་གཟུགས་བརྙན་སོགས་དཔེར་འགོད་པ་ལ་ཡང་ལན་གདབ་ཚུལ་ཤེས་པར་བྱ་ལ། ཆུ་འབབ་པའི་ཀླུང་ལ་ཡི་དྭགས་རྣམས་ལ་རྣག་ཁྲག་གི་བློ་སྐྱེ་བ་ལ་ཡང་སྔ་མ་བཞིན་དུ་ཤེས་པར་བྱའོ། །

如有翳眼根，若引幻事、影像等喻，答辯之理應亦爾。又說餓鬼於江河處起膿血心，亦應知同前。

དེ་ལ་ཆོས་ཀྱི་སྐྱེ་མཆེད་ཀྱི་གཟུགས་ལྔ་ནི་དངོས་པོར་སྨྲ་བའི་གྲུབ་མཐས་བཏགས་པ་མིན་གྱི། མདོ་ལས་གསུངས་ཤིང་རང་ཉིད་ཀྱང་དེ་ལྟར་དུ་བཞེད་དོ། །

此中法處之五種色，非實事師宗假立，是經中所說，自宗亦許有。

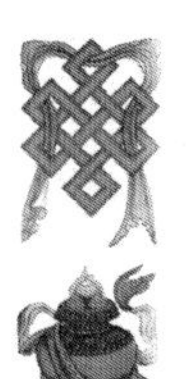

དེའི་ཕྱིར་ཀེང་རུས་མེད་ཀྱང་དེ་གསལ་བར་སྣང་བ་ནི། གཟུགས་བརྙན་དང་འདྲ་བར་གཟུགས་ཅན་དུ་འདོད་དགོས་ལ། འདི་ཡིད་ཤེས་ཁོ་ན་ལ་སྣང་བ་ཡིན་པས། གཟུགས་བརྙན་བཞིན་དུ་གཟུགས་ཀྱི་སྐྱེ་མཆེད་མིན་ལ། སྐྱེ་མཆེད་གཟུགས་ཅན་ལྷག་མ་དགུ་ཡང་མིན་པས་ཆོས་ཀྱི་སྐྱེ་མཆེད་ཀྱི་གཟུགས་ཀུན་བཏགས་པ་ཞེས་འབྱུང་བའོ། །

故雖無骨鎖而明見之骨鎖，如同影像當許爲有色。然此唯是意識所見，故非色處攝，亦非餘九有色處，故是法處之遍計所起色。

མིག་ཤེས་ལ་སྐྲ་ཤད་དུ་སྣང་བ་ནི་གཟུགས་བརྙན་བཞིན་དུ་གཟུགས་ཀྱི་སྐྱེ་མཆེད་དོ། །

眼識所見毛髮，則如影像是色處攝。

ཡི་དྭགས་ལ་ཆུ་ཀླུང་རྣག་ཁྲག་ཏུ་སྣང་བ་ནི་དེའི་མིག་ཤེས་ལ་སྣང་བ་ཡིན་པས་གཟུགས་ཀྱི་སྐྱེ་མཆེད་དུ་གཞག་དགོས་སོ། །

餓鬼見河爲膿血者，是彼眼識所見，故亦當立爲色處。

ཐེག་བསྡུས་ལས་ཀྱང་། ཡི་དྭགས་དུད་འགྲོ་མི་རྣམས་དང་། །ལྷ་རྣམས་ཇི་ལྟར་རིགས་རིགས་སུ། །དངོས་གཅིག་ཡིད་ནི་ཐ་དད་ཕྱིར། །དོན་མ་གྲུབ་པར་འདོད་པ་ཡིན། །ཞེས་གསུངས་ཤིང་།

《攝大乘論》亦云：「鬼傍生人天，各墮其所應，等事心異故，許義非真實。」

འདི་ལ་ཐེག་བསྡུས་སུ་དངོས་པོ་གཅིག་གང་ཡིན་དང་། སོ་སོར་མཐོང་ཚུལ་གསལ་བར་མ་བཤད་དོ། །

其等事爲何，及各別見之理，《攝論》中俱未明說。

དེའི་བཤད་སྦྱོར་དགེ་བསྙེན་བཙུན་པས་མཛད་པར། ཆུ་ཀླུང་གི་དངོས་པོ་ལ་རང་རང་གི་ལས་ཀྱི་རྣམ་སྨིན་གྱི་དབང་གིས་ཡི་དྭགས་ཀྱིས་རྣག་ལ་སོགས་པས་གང་བར་མཐོང་བ་དང་། དེ་ཉིད་ལ་དུད་འགྲོ་ཉ་ལ་སོགས་པས་གནས་ཀྱི་ཀློས་གནས་པར་བྱེད་པ་དང་། མི་རྣམས་ཀྱིས་ནི་མངར་བ་དང་དྭངས་པ་དང་བསིལ་བའི་ཆུར་རྟོག་ཅིང་ཁྲུས་བྱེད་དོ། །འབྱུང་པོ་ངེར་འཇུག་གོ །ནམ་མཁའ་མཐའ་ཡས་སྐྱེ་མཆེད་ལ་སྙོམས་པར་ཞུགས་པའི་ལྷ་རྣམས་ཀྱིས་ནི་ནམ་མཁར་མཐོང་སྟེ། གཟུགས་ཀྱི་འདུ་ཤེས་རྣམ་པར་ཞིག་པའི་ཕྱིར་རོ་ཞེས་བཤད་དོ། །

無性釋云：「於一河事，自業變異增上力故，餓鬼所見充滿膿血等處。魚等傍生即見宅舍游從道路。人類即見甘清冷水，沐浴飲渡。入空無邊處定諸天，即見虛空，壞色想故。」

འདི་ལ་འདི་སྙམ་དུ་འགྲོ་བ་དེ་དག་གི་མཐོང་བ་ནི་ཐ་སྙད་པའི་ཚད་མ་ཡིན་ལ། གཞི་གཅིག་མི་མཐུན་པ་དེ་དག་ཏུ་ཚད་མས་གྲུབ་ན་རྣག་ཁྲག་དང་རྣལ་ཁྲག་མ་ཡིན་པ་གཉིས་མི་འགལ་ཞིང་། ཚད་མས་གྲུབ་པ་ལ་ཡང་ཡིད་བརྟན་མེད་པར་འགྱུར་རོ་ཞེ་ན།

若作是念，此諸眾生所見是名言量，若於一事有量成立諸相違事，則膿血與非膿血應不相違，量所成立亦不可信。

འདི་ལ་གཞུང་དོན་དེ་ལྟར་གོ་བས་དེ་བཞིན་དུ་བཞག་ན་ཚད་མ་ལ་ཡིད་བརྟན་མི་འགྱུར་བར་འགྱུར་ན། དེ་ཡང་མི་རུང་བས་ཇི་ལྟར་ཡིན་ཞེས་འདྲི་ན་རྟོག་ལྡན་གྱི་དྲི་བ་ཡིན་ནོ།།

若彼論義作如是解如是安立，許量不可憑信，此實非理，當如何釋？此是智者之疑問也。

དེ་ལྟར་གོ་བ་དེའི་དོན་ཡིན་པར་བཟུང་ནས་ཚད་མས་གྲུབ་པ་ལ་ཡིད་བརྟན་མེད་དོ་ཞེས་སྨྲ་ན་ནི། དོན་འདི་ཁོ་བོས་འདི་ལྟར་རྟོགས་སོ་ཞེས་པ་གཅིག་ཀྱང་གཞག་ཏུ་མེད་ཅིང་། ཚད་མ་ཐམས་ཅད་ལ་སྐུར་པ་འདེབས་པས་ན་ཤིན་ཏུ་མི་འཐད་པའོ།།

答：若執彼解即是論義，說量所成立不可憑信者，則不可說：「吾於此義亦如是了解。」是即毀謗一切正量，極不應理。

འོ་ན་ཇི་ལྟར་ཞེ་ན་ཐོག་མར་དཔེ་བཤད་པར་བྱ་སྟེ། ལྕགས་གོང་མེས་བསྲེགས་པའི་དམར་འབར་བ་ལ་རེག་ཀྱང་མི་འཚིག་པའི་རིག་སྔགས་དང་ལྡན་པ་ཞིག་གིས། ལྕགས་གོང་དེ་ལག་ཏུ་བླངས་པ་ན་ལུས་ཤེས་ཀྱིས་ལྕགས་དེའི་རེག་བྱ་འཛིན་ཀྱང་། དེ་ལ་རེག་བྱ་དེ་ཤིན་ཏུ་ཚ་ཞིང་སྲེག་པའི་རྣམ་པ་ཅན་དུ་མི་སྐྱེ་བ་ནི། རིགས་སྔགས་བཟླས་པའི་ཆུས་ལག་པ་བཀྲུས་པ་སོགས་ཀྱི་རྐྱེན་གྱིས་ཡིན་ནོ།།

今先說喻，如有善持明咒者，雖觸熾然鐵丸而不燒手，將彼鐵丸取於手中，身識雖亦緣彼鐵觸，然不生感覺極燒熱相之識，是因用咒水洗手爲緣也。

དེ་འདྲ་བའི་རིག་སྔགས་བཟླས་པ་དང་བྲལ་བ་ལ་ནི། ལྕགས་གོང་གི་རེག་བྱ་དེ་ཤིན་ཏུ་ཚ་ཞིང་སྲེག་པའི་རྣམ་པ་ཅན་དུ་སྐྱེའོ།།

其無彼咒力者，則生覺彼鐵丸爲極燒熱相之識也。

དེ་ལྟར་ན་མི་སྲེག་པ་དང་སྲེག་པའི་རེག་བྱ་གཉིས་ཀ་ལྕགས་གོང་གཅིག་པུ་དེའི་རེག་བྱར་ནི་བྱ་དགོས་ལ། ལུས་ཤེས་ཚད་མ་གཉིས་གཅིག་གིས་གྲུབ་པའི་རེག་བྱ་ཅིག་ཤོས་ཀྱིས་གྲུབ་པ་ནི་མིན་པས་གཉིས་ཀ་ཚད་མར་ཁས་བླངས་ཀྱང་ཚད་མ་གཅིག་གིས་གྲུབ་པ་ཅིག་ཤོས་ཀྱིས་འགོག་པ་མིན་ནོ། །

如是燒觸與不燒觸，俱應許是彼一鐵丸之觸塵，二身識量，此一量所成立之觸塵，非彼一量所成立者。故雖許彼二俱是量，然非此一量之所成者，即彼一量之所破也。

དེ་བཞིན་དུ་གཞི་གང་དུ་ཆུ་ཀླུང་འབབ་པའི་གཞི་དེར་ཆུ་ཀླུང་དེའི་ཆ་ཤས་ཤིག་ཡི་དྭགས་རྣམས་ལ་སྔོན་ལས་ཀྱི་དབང་གིས་རྣག་ཁྲག་ཏུ་སྐྱེས་པ་དང་།

如是於一河處，河之一分，由鬼昔業增上力故，見爲膿血。

ཆུ་ཀླུང་གི་ཆ་ཤས་གཞན་ཞིག་མི་ལ་སྔོན་ལས་ཀྱི་དབང་གིས་རྣག་ཁྲག་ཏུ་མི་སྣང་བའི་བཏུང་བ་དང་། ཁྲུས་ཀྱི་ཆུར་སྐྱེ་བ་ན་དེ་གཉིས་ཀ་ཆུ་ཀླུང་གཅིག་གི་ཆ་ཤས་རེ་ཡིན་པས།

河餘一分，由人昔業增上力故，不現膿血，現爲可飲可浴之水。彼二俱是河之一分，

ཡི་དྭགས་ཀྱི་མིག་ཤེས་ཚད་མས་གྲུབ་པའི་དོན་དང་། མིའི་མིག་ཤེས་ཚད་མས་གྲུབ་པའི་དོན་གཉིས་ཀྱང་དངོས་པོ་སོ་སོ་བ་ཡིན་པས་དེ་གཉིས་གཅིག་གིས་གྲུབ་པའི་དོན་དེ་ཉིད། ཅིག་ཤོས་ཀྱིས་དེའི་བཟློག་ཕྱོགས་སུ་གྲུབ་པ་ག་ལ་ཡིན།

由「餓鬼眼識量所成立義與人眼識所成立義，事體各別」，故非「一量所成立義，餘量即成立爲彼相違事」，

དེ་བཞིན་དུ་བཤེས་སྤྲིངས་ལས། ཡི་དྭགས་རྣམས་ལ་སོས་ཀའི་དུས་སུ་ནི། །ཟླ་བའང་ཚ་ལ་དགུན་ནི་ཉི་མའང་གྲང་། ཞེས་གསུངས་པ་ཡང་ཡི་དྭགས་རྣམས་ལ་སྔོན་ལས་ཀྱི་དབང་གིས་སོས་ཀ་ཟླ་འོད་རེག་བྱ་ཤིན་ཏུ་ཚ་བ་དང་།

《親友書》云：「諸餓鬼趣於夏季，覺月亦熱冬日寒。」亦說餓鬼「由昔業力，夏季覺月光觸塵爲極燒熱，

དགུན་གྱི་ཚེ་ཉི་འོད་ཀྱི་རེག་བྱ་གྲང་བར་སྐྱེ་ཡང་། ཟླ་ཉིའི་འོད་ཀྱི་སྟེང་ནས་མི་ལ་གྲང་དྲོའི་རྣམ་པ་ཅན་དུ་སྐྱེ་བ་མི་འགལ་ལ། དེ་གཉིས་ནི་ཚད་མ་གཅིག་གིས་ཚ་བར་གཞལ་བའི་རེག་བྱ་ཉིད། ཅིག་ཤོས་ཀྱིས་གྲང་བར་འཇལ་བ་མིན་ཞིང་། གཉིས་ཀའང་ཟླ་ཉི་གཅིག་གི་འོད་ཀྱི་རེག་བྱར་འཇོག་པའི་ཕྱིར།

冬季覺日光觸塵亦極寒冷」，人則「覺日光爲熱相，月光爲涼相」，全不

相違。此二亦非「一量所量之熱觸，即餘量所量之寒觸」，此二亦俱可立爲日月光之觸故。

དངོས་པོ་གཅིག་ཅེས་ཀྱང་གསུངས་པས་གཞུང་དོན་ཞིབ་ཏུ་མ་དཔྱད་པར་གོ་བ་རགས་པ་རེ་ཤར་བ་ན་དེས་ཆོག་པའི་ཐག་གཅོད་མ་སྣ་ཞིག །

論中亦云：「等事」故不應不審觀論義，略得粗解便以爲足也。

གཉིས་པ་ནི།

未二、結破

མདོར་ན་ཇི་ལྟར་ཤེས་བྱ་མེད་དེ་བཞིན། །བློ་ཡང་མེད་ཅེས་དོན་འདི་ཤེས་པར་གྱིས། །

總如所知非有故，應知內識亦非有。

སྔར་རྒྱས་པར་བཤད་པ་རྣམས་ཀྱི་དོན་མདོར་བསྡུ་ན་ཤེས་བྱ་རང་བཞིན་གྱིས་གྲུབ་པ་མེད་པ་ཇི་ལྟ་བ་དེ་བཞིན་དུ་ཤེས་བྱའི་རྣམ་པ་ཅན་གྱི་བློ་ཡང་རང་གི་བདག་ཉིད་ཀྱིས་སྐྱེ་བ་མེད་ཅེས་དོན་འདི་ཤེས་པར་གྱིས་ཤིང་གཅེས་གསུངས་པས།

總結上來廣說諸義，謂如所知自性非有，如是應知具所知行相之內識亦無自性生。

ཤེས་བྱ་དང་ཤེས་པ་ལ་རང་བཞིན་གྱིས་ཡོད་མེད་ཀྱི་ཁྱད་པར་མེད་པར་སྟོན་པ་ཡིན་ལ། སྐྲ་ཤད་མེད་ན་དེར་སྣང་བའི་ཤེས་པ་ཡང་མེད་ཅེས་པ་དང་། སྒྱུ་མ་ལ་རྟ་གླང་དུ་ཞེན་པའི་ཞེན་ཡུལ་མེད་ན་དེར་འཛིན་པའི་ཤེས་པ་ཡང་མེད་ཅེས་སོགས་ནི། སློབ་དཔོན་འདིའི་ལུགས་གཏན་མིན་ནོ། །

此說能知所知，俱無自性同也。若謂毛髮非有即無見彼相之識，及無於幻事①所執之象馬，即亦無執彼之心，實非此師之正宗也。

འཇིག་རྟེན་ལས་འདས་པར་བསྟོད་པ་ལས་ཀྱང་། མ་ཤེས་པར་ནི་ཤེས་བྱ་མིན། །དེ་མེད་རྣམ་པར་ཤེས་མེད་པ། དེ་ཕྱིར་ཤེས་དང་ཤེས་བྱ་དག །རང་བཞིན་མེད་པར་ཁྱོད་ཀྱིས་གསུངས། ཞེས་པ་དང་།

《出世讚》亦云：「不知非所知，彼無知亦無，是故佛宣說，知所知無性。」

① 「幻事」，校正本作「幻」。

དེ་བཞིན་དུ། རྣམ་ཤེས་སྒྱུ་མ་དང་མཚུངས་པར། །ཉི་མའི་གཉེན་གྱིས་གསུངས་པ་ཡིན། །དེ་ཡི་དམིགས་པའང་དེ་བཞིན་ཏེ། །ངེས་པར་སྒྱུ་མའི་དངོས་དང་འདྲ། །ཞེས་གསུངས་ཏེ།

又云：「諸識同幻化，是日親所說，彼所緣亦爾，決定同幻事。」

ཤེས་པ་འདི་འདྲ་ཞིག་གིས་ཞེས་འཇོག་རྒྱུ་མེད་ན། ཤེས་བྱ་ཡུལ་དུ་འཇོག་མི་ནུས་སོ། །

此謂：若不可說云，是此識之所知，則不能安立爲所知境；

འདིས་ཡུལ་འདི་འདྲ་ཞིག་ཤེས་ཞེས་འཇོག་རྒྱུ་མེད་ན་ཤེས་པར་ཡང་འཇོག་མི་ནུས་པས། ཤེས་བྱ་དེ་མེད་པར་རྣམ་པར་ཤེས་པ་ཡང་མེད་དོ། །

若不可說云，此知如此境，亦不能安立爲能知。故無所知，能知亦無。

ཤེས་པ་དང་ཤེས་བྱ་ལྟོས་འཇོག་ཡིན་པ་དེའི་ཕྱིར། དེ་གཉིས་ཀ་རང་བཞིན་མེད་པར་ཁྱོད་ཀྱིས་བསྟན་ཞེས་གསུངས་པས། དེ་གཉིས་ལ་བདེན་གཉིས་གང་དུ་ཡང་གཅིག་མེད་ལ་ཅིག་ཤོས་ཡོད་པའི་རྣམ་དབྱེ་མེད་པ་འཕགས་པའི་བཞེད་པའོ། །

由能知所知觀待立故。佛說彼二俱無自性。以是彼二於二諦中不可分別一有一無，即是聖者意趣。

བྱང་ཆུབ་སེམས་འགྲེལ་ལས། ཤེས་པས་ཤེས་བྱ་རྟོགས་པ་སྟེ། །ཤེས་བྱ་མེད་པར་ཤེས་པ་མེད། །ཅེས་གསུངས་པ་ཡང་སྔར་དྲངས་པའི་བསྟོད་པ་དང་དོན་འདྲ་བས་དོན་ཤེས་ཡོད་མེད་མཚུངས་པའི་ཁུངས་སོ། །

《釋菩提心論》云：「由知知所知，離所知無知。」與前所引讚義相同，故亦是心境有無相同之根據也。

卷　九

釋第六勝義菩提心之六

གཉིས་པ་ལ་བཞི། གཞན་དབང་གི་སྒྲུབ་བྱེད་རང་རིག་དགག་པ། སེམས་ཙམ་པའི་ལུགས་བདེན་པ་གཉིས་ཆར་ལས་ཉམས་པར་བསྟན་པ། དེས་ན་ཀླུ་སྒྲུབ་ཀྱི་ལུགས་པོ་ནའི་རྗེས་སུ་འབྲང་བར་རིགས་པ། གཞན་དབང་དང་འཇིག་རྟེན་པའི་ཐ་སྙད་འགོག་པ་གཉིས་མི་མཚུངས་པར་བསྟན་པའོ། །

巳二、破成立依他起有自性之量分四：午一、破成立依他起之自證，午二、明唯識宗失壞二諦，午三、唯龍猛宗應隨修學，午四、明破依他起與破世俗名言不同。

དང་པོ་ལ་བཞི། གཞན་དབང་གི་སྒྲུབ་བྱེད་དྲིས་ནས་དེ་མི་འཐད་པར་བསྟན་པ། དེ་འཐད་པའི་གཞན་གྱི་ལན་དགག་པ། རིགས་པ་གཞན་གྱིས་ཀྱང་རང་རིག་མི་འཐད་པར་བསྟན་པ། གཞན་དབང་རང་བཞིན་གྱིས་གྲུབ་པ་མོ་གཤམ་གྱི་བུ་དང་མཚུངས་པར་བསྟན་པའོ། །

初中又四：未一、徵依他起之能立明其非理，未二、破救，未三、以餘正理明自證非理，未四、明依他起有自性同石女兒。

དང་པོ་ནི། དེ་ལྟར་ཕྱི་རོལ་མེད་པར་རྣམ་ཤེས་པ་མི་སྲིད་པར་བསྟན་ནས། ད་ནི་ཕྱི་རོལ་མེད་པས་ཁྱད་པར་དུ་མ་བྱས་པའི་གཞན་དབང་གི་དངོས་པོ་ཙམ་ཞིག་རང་བཞིན་གྱིས་གྲུབ་པ་དགག་པའི་ཕྱིར་བཤད་པ།

今初，如是已說若離外境定無內識。今當更破不加無外境之簡別，依他起唯事是有自性。頌曰：

གལ་ཏེ་གཟུང་མེད་འཛིན་པ་ཉིད་བྲལ་ཞིང་། །གཉིས་ཀྱིས་སྟོང་པའི་གཞན་དབང་དངོས་ཡོད་ན། །
འདི་ཡི་ཡོད་པ་གང་གིས་ཤེས་པར་འགྱུར། །མ་བཟུང་བར་ཡང་ཡོད་ཅེས་བྱར་མི་རུང་། །

若離①所取無能取，而有二空依他事，

此有由何能證知，未知云有亦非理。

གལ་ཏེ་ཕྱི་རོལ་གྱི་གཟུང་བ་མེད་པས་དེ་ལས་དོན་གཞན་པའི་འཛིན་པ་ཉིད་དང་བྲལ་ཞིང་། གཟུང་འཛིན་

① 「離」，上海本作「立」。

ཛས་པ་དང་པ་གཉིས་ཀྱིས་སྟོང་པའི་གཞན་དབང་གི་དངོས་པོ་ཡོད་ན། གཞན་དབང་འདི་ཡི་ཡོད་པ་དེ་ཁྱོད་ཀྱི་ཤེས་པ་གང་གིས་ཤེས་པར་འགྱུར་ཞེས་དྲི་བར་བྱའོ། །

若謂離外所取亦無異體之能取，異體二取空之依他起是實有者，今當問彼：此依他起之有，是由何識證知耶？

དེ་ལ་ཤེས་པ་དེ་ཉིད་ཀྱིས་ཤེས་པ་དེ་ཉིད་འཛིན་པར་ནི་མི་འཐད་དེ། རང་ལ་རང་གི་བྱེད་པ་འདུག་པ་འགལ་བའི་ཕྱིར་རོ། །

若謂由彼自識證知自識，不應道理，自之作用於自體轉成相違故。

འདི་ལྟར་རལ་གྲིའི་སོ་དེ་ཉིད་ཀྱིས་དེ་ཉིད་མི་གཅོད་ལ། སོར་མོའི་རྩེ་མོ་དེ་ཉིད་ཀྱིས་དེ་ཉིད་ལ་མི་རེག་ཅིང་། ལེགས་པར་བསླབས་པའི་གཡེར་ཞིང་ཡང་ཅོར་ཅན་གྱིས་ཀྱང་རང་གི་ཕྲག་པ་ལ་ཞོན་པར་མི་ནུས་ཤིང་། མེས་རང་གི་བདག་ཉིད་མི་སྲེག་ལ། མིག་གིས་རང་གི་བདག་ཉིད་ལ་ལྟ་བ་མ་ཡིན་ནོ། །

如刀不自割，指不自觸，輕捷技人不能自乘己肩，火不自燒，眼不自見。

འདིར་ཤེས་པ་དེ་ཉིད་ཀྱིས་ཤེས་པ་དེ་ཉིད་འཛིན་པ་མི་འཐད་པར་བཤད་པའི་གཞན་གྱི་ལུགས་ཁྱད་པར་བ་ནི་འཆད་པར་འགྱུར་རོ། །

許自識知自識之敵宗，至下當說。

ཤེས་པ་དེ་ནི་རང་ལས་དོན་གཞན་པའི་ཤེས་པས་ཀྱང་འཛིན་པ་མ་ཡིན་ཏེ། སེམས་ཙམ་པ་རང་གི་གྲུབ་མཐའ་དང་འགལ་བའི་ཕྱིར་ཏེ། གལ་ཏེ་འབྲས་བུའི་གནས་གྱུར་མ་ཐོབ་པའི་སྐབས་སུ་རྣམ་པར་རིག་པ་དོན་གཞན་ཅིག་རྣམ་པར་རིག་པའི་སྣང་ཡུལ་ཡིན་ན་རྣམ་པར་རིག་པ་ཙམ་ཉིད་དུ་སྨྲ་བ་ཉམས་པར་འགྱུར་རོ། ཞེས་སེམས་ཙམ་གྱི་གཞུང་ལས་འབྱུང་བའི་ཕྱིར་རོ། །

卷九

彼識亦非餘識能知，唯識自宗相違故。唯識教說：未得轉依果之前，若有他識能爲此識所見境者，即失壞唯識宗也。

དེའི་ཕྱིར་སེམས་ཙམ་པ་ལྟར་བྱས་ན་དེ་ལྟར་འཛིན་པ་རྣམ་པ་ཐམས་ཅད་དུ་མེད་ལ། ཤེས་པས་མ་བཟུང་བར་ཡང་ཡོད་ཅེས་བྱ་བར་མི་རུང་ངོ་ཞེས་དབུ་མ་པས་སྨྲས་པ་ན། སེམས་ཙམ་པ་ན་རེ། གལ་ཏེ་ཡང་ཤེས་པ་དོན་གཞན་གྱིས་མི་འཛིན་ཀྱང་རང་རིག་ནི་ཡོད་དོ། །

以是若依唯識宗義，則彼能知畢竟非有。識未知者，而說境有，亦非道理。中觀師如是破已，唯識師曰：雖無餘識能知，然有自證。

དེའི་ཕྱིར་རང་རིག་ཁོ་ནས་གཞན་དབང་དེ་འཛིན་པའི་ཕྱིར་དེ་ཡོད་དོ་ཞེ་ན། ཤེས་པ་དེ་ཉིད་ཀྱིས་དེ་སྨྲོང་

བར་གྲུབ་པ་མ་ཡིན་ནོ། །

唯由自證知有依他起，故此得有。破彼頌曰：

དེ་ཉིད་ཀྱིས་དེ་མྱོང་བར་འགྲུབ་མ་ཡིན། །

彼自領受不得成。

若謂即彼自識領受自體，亦不成立。今當略說唯識宗自證之依據。

འདིར་སེམས་ཙམ་པས་རང་རིག་ཇི་ལྟ་བུ་ཞིག་ཁས་བླངས་པའི་ཕྱོགས་སྔ་མའི་ཁུངས་ཅུང་ཟད་བཤད་ན།

如《分別熾然論》云：「唯識師說，識見二事。謂見自及見境。見境之識，變似外境相已，復為見自識之境。

རྟོག་གེ་འབར་བ་ལས། སེམས་ཙམ་པས་རྣམ་ཤེས་ནི་གཉིས་སུ་སྣང་སྟེ། རང་སྣང་བ་དང་ཡུལ་དུ་སྣང་བའོ། །ཡུལ་དུ་སྣང་བའི་རྣམ་ཤེས་ནི་ཕྱི་རོལ་གྱི་ཡུལ་གྱི་རྣམ་པར་གྱུར་ནས། རང་སྣང་བའི་རྣམ་ཤེས་ཀྱི་ཡུལ་དུ་འགྱུར་རོ་ཞེ་ན།

ཞེས་པའི་ལན་དུ། ཡུལ་དུ་སྣང་ལས་གཞན་གྱུར་པའི། །སེམས་ཉིད་ཇི་འདྲ་བ་ཞིག་སྣང་། །ཞེས་ཡུལ་དུ་སྣང་བ་ལས་གཞན་པ་སྟེ་དེ་དང་བྲལ་བའི་རང་ཉིད་དུ་སྣང་བ་ནི་མ་མཐོང་ངོ། །

答曰：除見境所餘，如何見自心。」此說「除見境所餘」，謂離彼之外，未見有能見自體者。

ཞེས་བཤད་པས་སེམས་ཙམ་པས་ཤེས་པ་ཁ་ནང་ལྟ་ལ་གཉིས་སུ་སྣང་བ་ཐམས་ཅད་ལོག་པ་དང་། དེ་འདྲ་བའི་ཤེས་པ་དེ་ཁོ་རང་གིས་ཁོ་རང་རིག་པའི་རང་རིག་ཏུ་འདོད་ལ། དེ་ལྟ་ནའང་ཤེས་ངོ་དེར་རིག་བྱ་དང་རིག་བྱེད་ཐ་དད་པའི་སྣང་བ་མེད་པར་འདོད་དོ། །

故唯識師說向內觀識全無二相。復說彼識自見自體為之自證，然不許彼識有能證所證之異相。

བདེན་གཉིས་ཀྱི་རང་འགྲེལ་ལས་ཀྱང་རང་རིག་འགོག་པ་ན། ཤེས་པ་ནི་གཉིས་ཀྱིས་དབེན་པའི་ངོ་བོ་རིག་པར་འགྱུར་བ་ཡིན་པ་དང་། དེ་མེད་པར་ཤེས་པར་འགྱུར་གྱི་དེ་ལྟ་མ་ཡིན་ན་མི་རིགས་པའི་ཕྱིར་རོ། །ཞེས་གསུངས་ཏེ།

《二諦論釋》破自證時亦云：「遠離識二性，要有能證者，乃能知無彼，若不爾者亦不應理故。」

སེམས་ཙམ་པས་གཞན་དབང་གཟུང་འཛིན་རྫས་གཞན་གྱི་ཀུན་བཏགས་ཀྱིས་སྟོང་པར་བསྒྲུབས་པ་ན། ཤེས་

པ་གཞན་དབང་ནི་གཉིས་སྣང་གིས་དབེན་པའི་ངོ་བོ་རིག་པར་འབྱུང་བའི་རང་རིག་གྲུབ་ན། དེ་ནས་གཞི་དེ་གཟུང་འཛིན་རྫས་གཞན་དུ་མེད་པ་ཤེས་ཀྱི། དེ་ལྟར་སྔོན་དུ་གཞི་དེ་རང་རིག་གིས་མ་གྲུབ་ན། དེ་གཞིར་བཟུང་ནས་ཀུན་བཏགས་ཀྱིས་སྟོང་པ་མི་འགྲུབ་པོ་ཞེས་ཟེར་དེ།

此說唯識師成立依他起爲異體二取遍計執空時，其依他起識遠離二取之自性，要先以能知之自證成立，乃可以彼爲所依事，知彼無有異體二取。若先未以自證成立彼所依事，則不可以彼爲所依事，成立遍計執空。

ཁྱོད་ཀྱི་ལྟར་ན་གཞན་དབང་གི་སྒྲུབ་བྱེད་གཉིས་སྣང་དང་བྲལ་བའི་རང་རིག་གིས་གྲུབ་དགོས་པ་ལ། དེ་མི་འགྲུབ་ཅེས་བཀག་གོ །

此是破云：如汝所許，須以離二取相之自證，成立依他起。然彼亦不成也。

དེའི་ཕྱིར་དེ་འདྲ་བའི་རང་རིག་བཀག་པས་རྣལ་འབྱོར་པ་སོ་སོ་རང་རང་གིས་དེ་ཁོ་ན་ཉིད་རིག་པའི་རང་རིག་བཀག་པ་དང་། འཇིག་རྟེན་པས་ངས་ང་རང་རིག་ཅེས་པའི་ཐ་སྙད་ཀྱི་དོན་གྱི་རང་རིག་བཀག་ཟེར་བ་ནི་གླེན་པོའི་གཏམ་མོ། །

有說由破如是自證，故亦破諸瑜伽師各別內證之自證，及破世人名言義云我自見之自證者，實屬愚談。

གཉིས་པ་ལ་གཉིས། གཞན་གྱི་ལུགས་བརྗོད་པ་དང་། ལུགས་དེ་དགག་པའོ། །

未二、破救分二：申一、敘計，申二、破執。

དང་པོ་ནི། འདིར་ཁ་ཅིག་གིས་ཏེ་སེམས་ཙམ་པས་མདོ་སྡེ་པའི་ཕྱོགས་ཁས་བླངས་ནས་རང་རིག་བསྒྲུབ་པའི་ཕྱིར། ཇི་ལྟར་མེ་ནི་སྐྱེས་པ་ཉིད་ན་རང་དང་བུམ་པ་ལ་སོགས་པ་དག་རིམ་གྱིས་གཉིས་སུ་གསལ་བ་ལ་མི་འཇུག་པར་ཅིག་ཅར་གསལ་བར་བྱེད་ལ།

今初，此中唯識師許經部計，爲成立自證故，作如是言：如火生時，非漸照自體及瓶等，是頓時俱照。

བུམ་པའོ་ཞེས་བརྗོད་ན་སྒྲ་རང་ལ་དམིགས་པ་དང་། དེའི་དོན་བུམ་པ་ལ་དམིགས་པ་གཉིས་སྐྱེད་པ་དེ་བཞིན་དུ་རྣམ་ཤེས་ཀྱང་སྐྱེ་བ་ན་སོ་སོར་རིམ་གྱིས་གཉིས་སུ་མི་འཇུག་པར་རང་དང་ཡུལ་གཉིས་ཀ་ཅིག་ཅར་རིག་པར་བྱེད་དོ། །དེའི་ཕྱིར་རང་རིག་པ་ནི་ཡོད་པ་ཁོ་ནའོ། །

說瓶聲時頓緣彼聲及所詮瓶。如是識生時，亦非各別漸知，是頓了自體及境。故定有自證也。

གང་ཞིག་རང་རིག་མི་འདོད་པ་དེས་ཀྱང་ངེས་པར་རང་རིག་ཁས་བླང་དགོས་ཏེ། དེ་ཁས་མི་ལེན་ན་སྔར་དོན་འདི་མཐོང་ངོ་ཞེས་དུས་ཕྱིས་ཡུལ་དྲན་པ་དང་། སྔར་ངས་མཐོང་ངོ་སྙམ་དུ་ཡུལ་གྱི་ཉམས་སུ་མྱོང་བ་ཡུལ་ཅན་དྲན་པར་མི་འགྱུར་རོ། །

其不許自證者，亦定當許有自證。若不許彼，則後時憶念境謂先見此事，及憶念能領受境者，謂我先見，皆不應理。

ཅིའི་ཕྱིར་ཞེ་ན། སྔར་ཉམས་སུ་མ་མྱོང་བ་ལ་དྲན་པ་སྐྱེ་མི་སྲིད་པས་དྲན་པ་ནི་སྔར་གྱི་ཉམས་སུ་མྱོང་བའི་ཡུལ་ཅན་ཡིན་ན། ཁྱོད་རང་རིག་མི་འདོད་པ་ལྟར་ན་སྔར་གྱི་སྔོ་འཛིན་ལྟ་བུའི་ཤེས་པ་ཡང་རང་དུས་སུ་ཉམས་སུ་མ་མྱོང་བས། ཕྱིས་ཀྱི་དྲན་པ་ཡོད་པར་མི་འགྲུབ་བོ། །

何以故？先未領受念必不生，念心唯緣曾領受境。汝既不許自證，如前見青識當時不曾有領受故，後時有念則不得成。

འདིས་ནི་སྔར་གྱི་སྔོ་འཛིན་དེ་ལ་མྱོང་བ་ཡོད་པར་ཕྱིས་དེ་དྲན་པའི་རྟགས་ལས་སྒྲུབ་པ་ཡིན་ཏེ། སྔར་གྱི་སྔོ་འཛིན་ལ་རང་མྱོང་བའི་རང་རིག་ཡོད་དེ་ཞེས་སྒྲུབ་ན་ནི། གཞན་ལ་གྲུབ་པའི་དཔེ་མི་རྙེད་པས་དེ་ལྟར་མི་སྒྲུབ་བོ། །

此是以後念爲因，成立前見青識有能領受。若成立前見青識有自領受之自證者，則不得他極成之同喻，故不作如是成立也。

སྔོ་འཛིན་ལ་མྱོང་བ་ཡོད་པར་གྲུབ་ན་ནི། དེའི་མྱོང་བ་ལ་རང་གིས་དང་གཞན་གྱིས་མྱོང་བ་གཉིས་སུ་ཁ་ཅིག་བཅད་ནས་དང་པོ་ཁྱོད་ལ་མི་རུང་ལ།

若已成立見青識有能領受者，則此領受，不出自領受與他領受之二類。初非汝宗所許，

གཉིས་པ་རང་ལུགས་ཀྱིས་བཀག་པ་ན་མྱོང་བའི་ཁྱབ་བྱེད་ཁེགས་པ་ན། མྱོང་བ་ཙམ་ཡང་མི་འཐད་པར་འགྱུར་རོ་ཞེས་འགོག་པ་ཡིན་ཏེ། རང་རིག་སྒྲུབ་པའི་རིགས་པ་དྲག་ཤོས་ཡིན་ནོ། །

次爲自宗所破。既破領受之能遍，則領受亦不成也。此破即是成立自證最有力之正理。

སྔོ་འཛིན་དེ་རང་ལས་དོན་གཞན་པའི་ཤེས་པས་ཀྱང་མྱོང་བར་མི་རིགས་ཏེ། དེ་རིགས་ན་གནོད་པ་གཉིས་ལས་དང་པོ་ཐུག་མེད་དུ་ཐལ་བ་ནི། སྔོན་པོ་ཡོངས་སུ་གཅོད་པའི་ཤེས་པ་དེ་རང་གི་མཇུག་ཐོགས་སུ་འབྱུང་བའི་

ཤེས་པ་གཞན་གྱིས་ཡོངས་སུ་གཅོད་ན། དེ་ལ་དེ་འཇལ་བྱེད་ཀྱི་ཤེས་པ་དོན་གཞན་དགོས་སམ་མི་དགོས།

又此見青識，由餘識領受亦不應道理。此有二過。一、應成無窮，謂若見青識，由後起之餘識知者，則彼後識，須否更由餘識證知？

མི་དགོས་ན་ཤེས་པ་སྔ་མ་ལ་ཡང་མི་དགོས་པར་འགྱུར་ལ། དགོས་ན་དེ་ལ་ཡང་གཞན་དགོས་པས་ཐུག་པ་མེད་པའི་སྐྱོན་དུ་འགྱུར་ཞིང་། ཐུག་མེད་དུ་སོང་ན་ནི་སྔོ་འཛིན་དང་པོ་ལ་མྱོང་བ་མི་གྲུབ་པའི་སྐྱོན་ཡོད་དོ།

若不須者，前識亦應爾。若更須者，彼識亦應更須餘知，故成無窮過。成無窮者，初見青識便有領受不成之過也。

གཉིས་པ་ཡུལ་གཞན་ཡོངས་སུ་མི་གཅོད་པར་ཐལ་བ་ནི། ཤེས་པ་སྔ་མ་ཕྱི་མས་གཅོད་ན་ནི་གཟུགས་སྒྲ་ལ་སོགས་པའི་ཡུལ་གཞན་མི་གཅོད་པ་དང་། དེ་ལ་མི་འཕོ་བར་འགྱུར་ཏེ། རྣམ་པར་ཤེས་པའི་རྒྱུན་ལུགས་ཏེ་རྒྱུ་བ་མཐའ་དག་ཤེས་པ་སྔ་མ་གཞན་དེའི་ཡུལ་ཅན་ཡིན་པའི་ཕྱིར་རོ། །

二、應不見餘境，謂若前識由後識知，則應不知餘色聲[①]等境，不於後轉。以識相續，唯緣前識爲境故。

དེ་ནི་ཁྱབ་པ་མ་ངེས་པ་མིན་ཏེ། ཤེས་པ་སྔ་མ་སྔ་མ་ཤེས་པ་ཕྱི་མ་ཕྱི་མས་ཡོངས་སུ་གཅོད་ན། སྔ་མ་དེ་གཟུང་དོན་དུ་བྱས་ནས་ཕྱི་མ་དེ་སྐྱེ་དགོས་ལ། དེའི་ཚེ་ནང་གི་ཡན་ལག་གི་ཉེ་བའི་གཟུང་དོན་བོར་ནས། རིང་བའི་ཕྱི་རོལ་ལ་མི་འཇུག་པའི་ཕྱིར་རོ། །

此非不定，以前前識爲後後識知，則以前識爲所取義而生後識。爾時不應捨內近所取義，而趣外遠事故。

གལ་ཏེ་སྔོ་འཛིན་གྱི་རྣམ་ཤེས་སྔ་མ་གཅོད་པའི་སྔོ་འཛིན་གྱི་རྣམ་ཤེས་ཕྱི་མ་དང་སྔོན་པོ་གཅོད་པའི་སྔོ་འཛིན་གྱི་རྣམ་ཤེས་གཉིས་དུས་གཅིག་ཏུ་སྐྱེ་བས། ཡུལ་གཞན་ལ་མི་འཕོ་བའི་སྐྱོན་མེད་དོ་སྙམ་ན།

若謂能證前見青識之後見青識，與觀青色之見青識同時生起，無不於境轉之過者，

དེ་ལྟར་ན་མིག་གི་རྣམ་ཤེས་རིགས་མཐུན་རྫས་ཐ་དད་པ་གཉིས་དུས་གཅིག་ཏུ་གང་ཟག་གཅིག་གི་རྒྱུད་ལ་སྐྱེ་བར་འགྱུར་ལ། དེ་འདོད་ན་སེམས་ཅན་རྣམས་རྣམ་པར་ཤེས་པའི་རྒྱུད་གཅིག་པ་སྟེ་རེ་རེ་བའོ་ཞེས་གསུངས་པ་དང་འགལ་བར་འགྱུར་རོ། །

則一補特伽羅身中，應有同類異體之二眼識，同時生起。若許爾者，經說

①「色聲」，民族本作「色」。

「諸有情類各一識相續」，則成相違。

འདིར་འགྲེལ་བ་ལས་རྣམ་པར་ཤེས་པ་ཨུད་པ་ལའི་འདབ་མ་བརྒྱ་འབིགས་པ་ལྟར། རིམ་གྱིས་འབྱུང་བ་རྣམས་ཅིག་ཅར་དུ་འཇུག་པ་ལྟ་བུར་མངོན་པ་ཡིན་ནོ། །ཞེས་གསུངས་པ་ལ་

釋論云：「諸識次第起者，如刺青蓮百瓣，由速轉故，現似頓起。」

འགྲེལ་བཤད་ཀྱིས། གར་མཁན་གྱི་ཁང་པར་ཞུགས་པ་ན་གར་མཁན་གྱི་གདོང་དང་གླུ་ལ་སོགས་པ་ཡུལ་ལྔ་ཅིག་ཅར་དུ་འཛིན་པའི་རྣམ་ཤེས་ལྔ་ཅིག་ཅར་དུ་ཤེས་པ་མི་སྐྱེ་ཞེས་པའི་ལན་དུ། ཡུལ་ལྔ་འཛིན་པའི་རྣམ་ཤེས་རྣམས་རིམ་གྱིས་འབྱུང་ཡང་འཇུག་པ་མྱུར་བས་ཅིག་ཅར་དུ་སྐྱེ་བར་མངོན་པ་ཡིན་ནོ། །ཞེས་འཆད་པ་ནི་ཤིན་ཏུ་མི་རིགས་ཏེ།

疏論解云：「如入舞場，觀舞人面，聽歌樂聲等頓緣五境云何五識不能頓起？」曰：「緣五境之諸識，雖次第生起，由速轉故現似頓起。」此極不應理，

རང་རིག་སྒྲུབ་པའི་མདོ་སྡེ་བ་དང་སེམས་ཙམ་པས་ནི་སེམས་ཅན་རྣམས་ནི་རྣམ་པར་ཤེས་པའི་རྒྱུད་རེ་རེ་བའོ། །ཞེས་གསུངས་པའི་དོན་

成立有自證之經部師及唯識師，解經說諸有情類各一識相續之義，

རྣམ་འགྲེལ་ལས། དེ་རྣམས་རིགས་མཐུན་པ་ཉིད་ལས། །ནུས་པ་ངེས་པར་འགྱུར་བ་ཡིན། །ཞེས་གསུངས་པ་ལྟར་རྣམ་ཤེས་རིགས་མཐུན་ཅིག་ཅར་དུ་གང་ཟག་གཅིག་ལ་མི་སྐྱེ་བ་ལ་འདོད་ཀྱི། རིགས་མི་མཐུན་གྱི་རྣམ་ཤེས་ཅིག་ཅར་དུ་མི་སྐྱེ་བ་ལ་འདོད་པ་གཏན་མེད་པའི་ཕྱིར་རོ། །

如《釋量論》云：「彼等從同類，功能成決定。」是許一補特伽羅，諸同類識不能頓生，非許異類識不能頓生也。

བོད་མང་པོས་ཟ་འོག་ལ་ལྟ་བའི་ཚེ་དཀར་དམར་སོགས་འཛིན་པའི་ཤེས་པ་དུ་མ་ཅིག་ཅར་སྐྱེ་བ་མ་ཡིན་ནམ་ཞེས་པའི་ལན་དུ། ཤེས་པ་དེ་རྣམས་རིམ་གྱིས་འབྱུང་ཡང་ཅིག་ཅར་དུ་སྐྱེ་བར་སྣང་བ་ཡིན་ནོ་ཞེས་ཟེར་བས་ནི།

藏人多說：「如觀彩緞時，緣赤色白色等多識，豈非頓生？曰：彼諸識實是次第生，而似頓生。」

རྣམ་པར་ཤེས་པའི་རྒྱུད་རེ་རེ་བའོ་ཞེས་གསུངས་པའི་དོན་གཙོ་བོའི་རྣམ་ཤེས་རིགས་མཐུན་ལ་དགོངས་པ་ཡང་མ་ཤེས་ཤིང་། མིག་གི་རྣམ་ཤེས་གཅིག་གིས་ཁ་དོག་མི་འདྲ་བ་དུ་མ་འཛིན་པ་ཡང་མ་ཤེས་པར། ཁྲ་བོ་འཛིན་པའི་མིག་ཤེས་ཀྱང་མ་རྟོགས་པར་སྣང་ངོ། །

此是不知經說：「各一識相續」，意說同類心王。復不知一眼識能緣多

色，更不知有緣雜色之眼識也。

དེས་ན་རྣམ་ཤེས་རིགས་མཐུན་ཅིག་ཅར་དུ་སྐྱེ་བར་བརྩད་པའི་ལན་དུ། དེ་རྣམས་འཇུག་པ་མྱུར་བས་རིམ་གྱིས་སྐྱེ་ཡང་ཅིག་ཅར་དུ་སྐྱེ་བར་མངོན་ཞེས་འཆད་དགོས་པ་འདུ་བ་ཞིག་སྣང་ཡང་རང་རིག་སྒྲུབ་མཁན་དེ་གཉིས་ཀྱིས་འཇུག་པ་མྱུར་བ་ཅིག་ཅར་དུ་འཁྲུལ་བའི་རྒྱུ་ཡིན་པ་ཡང་རྣམ་འགྲེལ་དུ་བཀག་པས་ན།

故應解爲：「他問同類識應頓生，答曰：彼等由速轉故，雖次第生現似頓生。」然說成立有自證之二宗，以速疾轉爲誤認頓生之因。《釋量論》中已廣破斥。

གཞུང་འདི་དེ་གཉིས་ཀྱི་ལུགས་སུ་འཛོག་དཀའ་བར་སྣང་སྟེ་ཕལ་ཆེར་རྒྱ་དཔེ་མ་དག་པའི་སྐྱོན་ཡིན་ནམ་འོན་ཀྱང་བློ་གྲོས་དང་ལྡན་པ་རྣམས་ཀྱིས་དཔྱད་པར་བྱའོ། །

則此論文難以立爲彼二宗義。似是梵本有誤，諸有智者更當觀察。

དེའི་ཕྱིར་ཐུག་པ་མེད་པའི་དང་། ཡུལ་གཞན་མི་གཅོད་པའི་སྐྱོན་སྤང་བའི་ཕྱིར། གདོན་མི་ཟ་བར་རང་རིག་ཁས་བླང་དགོས་སོ། །

爲免無窮過，與不見餘境過故，決定當許有自證分。

དེའི་ཕྱིར་ཡུལ་དང་ཡུལ་ཅན་གཉིས་ཀ་དྲན་པ་ཕྱིས་སྐྱེས་པ་ལས། སྔར་སྔོན་པོ་མཐོང་བའི་ཚེ་ཡུལ་མྱོང་བ་དང་ཡུལ་ཅན་མྱོང་བ་ཡོད་པར་དཔོག་པར་བྱེད་དོ། །

由境心俱能引生後念，故能比知前見青時，有領受境者[1]與領受心者，

དེ་ལྟར་རང་མྱོང་བའི་རང་རིག་ཡོད་ན་ཡང་གཞན་དབང་ཡོད་པར་རང་རིག་དེས་འགྲུབ་པས། འདི་ནི་ཡོད་པར་གང་གིས་ཤེས་པར་འགྱུར། ཞེས་དབུ་མ་བས་དྲིས་པ་ལ་ལན་འདི་ཉེ་བར་བསྟན་པ་ཡིན་ནོ། །ཞེས་སྨྲའོ། །

既有自領受之自證，由此自證亦能成立有依他起。汝中觀師問：「此有由何能證知？」故如上答。

གཉིས་པ་ལ་གསུམ། གཞན་ལུགས་དགག་པ་དངོས། རང་ལུགས་ལ་རང་རིག་མེད་ཀྱང་དྲན་པ་སྐྱེ་བའི་ཚུལ། དེ་ལྟར་བཀག་པ་ལ་རྩོད་པ་སྤང་བའོ། །དང་པོ་ནི།

申二、破執分三：酉一、正破他宗，酉二、自宗不許自證亦有念生，酉三、釋難。今初，頌曰：

---

①「有領受境者」，民族本作「有領受境」。

卷九

གལ་ཏེ་ཕྱི་དྲན་དྲན་པ་ལས་འགྲུབ་ན། །མ་གྲུབ་བསྒྲུབ་པར་བྱ་ཕྱིར་བརྗོད་པ་ཡི། །
མ་གྲུབ་འདི་ནི་སྒྲུབ་པར་བྱེད་པ་མིན། །

若由後念而成立，立未成故所宣說，此尚未成作能立①。

གལ་ཏེ་རྫས་རང་གི་མཚན་ཉིད་ཀྱིས་གྲུབ་པའི་དབང་དུ་བྱས་ནས་ཕྱིས་ཀྱི་དྲན་པ་ལས། དྲན་ཡུལ་གྱི་ཤེས་པ་སྔ་མ་རང་རིག་པར་འགྲུབ་ན། ཕྱིར་རྒོལ་ལ་རང་རིག་མ་གྲུབ་པ་བསྒྲུབ་པར་བྱ་བའི་ཕྱིར་དུ། བརྗོད་པ་ཡི་དྲན་པ་རང་བཞིན་གྱིས་ཡོད་པར་མ་གྲུབ་པ་འདི་ནི། རང་རིག་སྒྲུབ་པར་བྱེད་པ་མིན་ཏེ། སྒྲ་མི་རྟག་པར་སྒྲུབ་པ་ལ་མིག་གི་གཟུང་བྱ་བཞིན་ནོ། །

若依有自相，說由後念成立所念境之前識有自證者，則爲成立所未成立之自證故，汝所宣說有自性之念。此於敵者尚未極成，非是自證之能立。如爲成立聲是無常，云眼所見性。

འོན་ཏེ་འཇིག་རྟེན་གྱི་ཐ་སྙད་ཀྱི་དབང་དུ་ཡིན་ན་ནི། རང་རིག་པའི་འབྲས་བུའི་དྲན་པ་མེད་དོ། །

若依世間名言而說，亦無自證之果念。

ཅིའི་ཕྱིར་ཞེ་ན། གལ་ཏེ་འདིར་མེ་གྲུབ་ན་དུ་བ་དེའི་འབྲས་བུར་ཤེས་པར་འགྱུར་བ་བཞིན་དུ། རང་རིག་གྲུབ་ན་དེ་ལས་དྲན་པ་འབྱུང་བའི་འབྲེལ་པ་གྲུབ་ན། དྲན་པ་ལས་རང་རིག་ཡོད་པར་ངེས་པར་འགྱུར་བ་ཞིག་ན།

何以故？如火先成立，方知煙是彼果。如是要先成立自證，及念從彼生之關係，乃能由念比知自證爲有。

རང་རིག་དེ་ད་དུང་དུ་ཡང་ཕྱིར་རྒོལ་ལ་མ་གྲུབ་པས། རང་རིག་གི་འབྲས་བུ་རང་རིག་མེད་པར་མི་འབྱུང་བའི་དྲན་པ་ག་ལ་ཡོད། འབྲེལ་བ་མེད་པར་མི་འགྲུབ་པའི་དཔེ་ནི། ཆུ་ཚམ་དང་མེ་ཚམ་མཐོང་བ་ལས་ནོར་བུ་ཆུ་ཤེལ་དང་མེ་ཤེལ་དཔོག་པ་ནི་མ་ཡིན་ཏེ། དེ་གཉིས་མེད་པར་ཡང་ཆར་ལ་སོགས་པ་དང་། གཙུབ་ཤིང་གཙུབ་པ་སོགས་ལས་ཆུ་དང་མེ་དག་འབྱུང་བའི་ཕྱིར་རོ། །དེ་བཞིན་དུ་འདིར་ཡང་རང་རིག་མེད་པར་དྲན་པ་ཇི་ལྟར་འབྱུང་བ་ནི་འཆད་པར་འགྱུར་རོ། །

今彼自證於敵者宗尚未成立，寧得有念爲自證之果。此關係不成之喻，謂如見有水火，不能比知定有水珠火珠，即無彼珠，由降雨鑽木等，亦有水火故，如是雖無自證亦有念生。下當廣說。

①「此尚未成作能立」，廣化本作「此尚未成非能立」。

དགག་པ་འདི་ལ་ལན་དུ་དྲན་པ་དང་རང་རིག་མེད་དུ་བཞིན་དུ་རྒྱུ་འབྲས་སུ་བསྒྲུབས་པའི་སྒོ་ནས། དྲན་པས་རང་རིག་དཔོག་པ་མིན་གྱི། སྔར་བཤད་པ་ལྟར་དྲན་པས་སྔར་གྱི་ཤེས་པ་ལ་མྱོང་བ་ཡོད་པར་དཔོག་ལ།

此非說念與自證如煙與火，從因果門由念比度自證。是如前說，由念比度前識有能領受。

དེ་ལ་རང་གིས་དང་གཞན་གྱིས་མྱོང་བ་གཉིས་སུ་བཅད་ནས་བཀག་པ་ན། རང་གིས་རང་མྱོང་བ་འགྲུབ་པོ་ཞེས་སྨྲ་མོད་ཀྱང་ཤེས་པས་རིག་བ་ལ་མདོ་སྡེ་བ་དང་སེམས་ཙམ་པས་བཞག་པ་དེ་གཉིས་སུ་ཁ་ཚོན་མ་ཆོད་པའི་ཕྱིར་ཏེ། མར་མེས་རང་གིས་རང་གསལ་བར་མི་བྱེད་ཀྱང་། དེ་ལ་གསལ་བ་མི་ལྡོག་པ་བཞིན་དུ། ཤེས་པས་ཕྱོགས་སྔ་མས་འདོད་པ་ལྟར་དུ་རང་གིས་རང་མྱོང་བར་མི་བྱེད་ཀྱང་དེ་ལ་མྱོང་བ་ཙམ་མི་ལྡོག་པའི་ཕྱིར་རོ། །

此復定爲自領受與他領受二門，破他領受，成立爲自領受，然許識爲能證之經部師與唯識師所立二門實不決定。如燈不自照，仍不失其爲能照。如是內識雖不如敵宗所計能自領受，亦不失其爲能領受也。

གལ་ཏེ་མར་མེས་རང་གིས་རང་གསལ་བར་བྱེད་དོ་ཞེ་ན། དེ་ལྟ་ན་མུན་པས་རང་གིས་རང་སྒྲིབ་པར་འགྱུར་ལ། དེ་འདོད་ན་མུན་ཁུང་དུ་བུམ་པ་མི་མཐོང་བ་བཞིན་དུ། མུན་པ་ཡང་མི་མཐོང་བར་འགྱུར་རོ། །

若謂燈能自照者，闇亦應能自蔽。若爾，如瓶在闇中不可見，闇亦應不可見矣。

དེ་ལྟར་ཡང་རྩ་ཤེས་ལས། མར་མེ་རང་དང་གཞན་གྱི་དངོས། །གལ་ཏེ་སྣང་བར་བྱེད་གྱུར་ན། །མུན་པའང་རང་དང་གཞན་གྱི་དངོས། །སྒྲིབ་པར་འགྱུར་བར་ཐེ་ཚོམ་མེད། །ཅེས་གསུངས་པ་ལྟར་རོ། །

如《中論》云：「若燈能自照，亦能照於彼，闇亦應自蔽，亦能蔽於彼。」

ཅི་སྟེ་དེ་ལྟར་རྣམ་པར་དཔྱོད་པ་བཏང་ནས་ཀྱང་། ཤེས་པས་རང་གི་བདག་ཉིད་རིག་པ་དང་།

即不作如是推察，亦不應理。頌曰：

རང་རིག་པ་ནི་གྲུབ་ལ་རག་མོད་ཀྱི། །དེ་ལྟའང་དྲན་པའི་དྲན་པ་རིགས་མིན་ཏེ། །གཞན་ཕྱིར་མ་ཤེས་རྒྱུད་ལ་སྐྱེས་པ་བཞིན། །གཏན་ཚིགས་འདིས་ནི་ཁྱད་པར་དག་ཀྱང་འཇོམས། །

縱許成立有自證，憶彼之念亦非理，

他故如未知身生，此因亦破諸差別。

ཡུལ་རིག་པར་བྱེད་པ་ནི་གྲུབ་ལ་རག་མོད་ཀྱི་སྔེ་གྲུབ་ཏུ་ཆུག་ཀྱང་། དྲན་པའི་ཤེས་པས་ཡུལ་དང་ཡུལ་ཅན་དེ་དག་དྲན་པ་ནི་རིགས་པ་མིན་ཏེ། ཕྱིས་ཀྱི་དྲན་ཤེས་དང་སྔར་གྱི་ཡུལ་མྱོང་གི་ཤེས་པ་གཉིས་རང་བཞིན་གྱིས་གྲུབ་པའི་གཞན་ཉིད་དུ་ཁྱེད་ཀྱིས་ཁས་བླངས་པའི་ཕྱིར་རོ། །

縱許內識能自證及了境，然說念心憶彼心境亦不應理，汝許後時念心與前領受境之識，是有自性之他故。

འདི་ལྟར་བྱམས་པའི་ཤེས་པའི་རང་རིག་པ་དང་ཡུལ་མྱོང་བ་ནི། སྔར་ཉམས་སུ་མ་མྱོང་བས་ཉེར་སྦས་ཀྱི་ཤེས་པས་དྲན་པ་མ་ཡིན་པ་དེ་བཞིན་དུ། སྔར་མ་ཤེས་པ་སྔེ་མ་མྱོང་བའི་རྒྱུད་ལ་སྐྱེས་པ་བཞིན་དུ་རང་བཞིན་གྱིས་གྲུབ་པའི་གཞན་ཡིན་པའི་ཕྱིར་ན། རང་གི་རྒྱུད་དུ་གཏོགས་པའི་རྣམ་པར་ཤེས་པ་དུས་ཕྱིས་འབྱུང་བས་ཀྱང་ཤེས་པ་དང་དོན་དག་ཉམས་སུ་མ་མྱོང་བའི་ཕྱིར་དྲན་པར་མི་འགྱུར་རོ། །

如慈氏識之自證與領受境，近密之識，先未領受不能[1]憶念。如是自身後時所生識，亦應不能念未曾領受之心境，是自性他故，如先未知未曾領受者身中所生之識。

ཅི་སྟེ་རྒྱུད་གཅིག་ཏུ་གཏོགས་པ་རྣམས་ལ་རྒྱུ་དང་འབྲས་བུའི་དངོས་པོ་གནས་པའི་ཕྱིར་དྲན་པ་ཡོད་པར་འགྱུར་རོ་སྙམ་དུ་སེམས་ན། དེ་ཡང་མི་རིགས་ཏེ་གང་གི་ཕྱིར་རང་མཚན་གྱིས་གཞན་ཡིན་པའི་ཕྱིར་ཞེས་གཏན་ཚིགས་འདིས་ནི། རྒྱུད་གཅིག་ཏུ་གཏོགས་པ་དང་རྒྱུ་འབྲས་ལ་སོགས་པའི་ཁྱད་པར་དེ་དག་ཀྱང་ཉེ་བར་འཇོམས་པར་བྱེད་དེ། འདི་ནི་སྔར་བྱམས་པ་ཉེར་སྦས་ལ་བརྟེན་ཞེས་པའི་སྐབས་སུ་རྒྱས་པར་བཤད་ཟིན་ཏོ། །

若謂一相續所攝者是因果法故有可念者，亦不應理。以此「是自相他故」之因，亦能破彼一相續所攝，及因果等諸差別故。此於前「如依慈氏近密法」時，已廣論訖。

གཉིས་པ་ལ་གཉིས། གཞུང་འདི་ཉིད་ནས་བཤད་པའི་ལུགས་དང་། གཞུང་གཞན་ནས་བཤད་པའི་ལུགས་སོ། །

酉二、自宗不許自證亦有念生分二：戌一、此論所說，戌二、餘論所說。

དང་པོ་ནི། གལ་ཏེ་རང་རིག་མི་འདོད་པ་ཁྱོད་ཀྱི་ལྟར་ན་དྲན་པ་སྐྱེ་ལུགས་ཇི་ལྟར་ཡིན་ཞེ་ན།

今初，汝既不許自證，生念之理云何？頌曰：

གང་ཕྱིར་གང་གིས་ཡུལ་མྱོང་གྱུར་དེ་ལས། །དྲན་པ་འདི་གཞན་ང་ལ་ཡོད་མིན་པ། །

入中論善顯密意疏

དེ་ཕྱིར་ང་ཡིས་མཐོང་སྙམ་དྲན་འགྱུར་ཏེ། །འདི་ཡང་འཇིག་རྟེན་ཐ་སྙད་ཚུལ་ལུགས་ཡིན། །

由離能領受境識①，此他性念非我許，

故能憶念是我見，此復是依世言說。

གང་གི་ཕྱིར་སྔར་གྱི་ཤེས་པ་གང་གིས་ཡུལ་མྱོང་བར་གྱུར་པའི་ཤེས་པ་དེ་ལས་དྲན་པའི་ཤེས་པ་འདི་རང་མཚན་གྱིས་གཞན་དུ་གྱུར་པ་དའི་ལུགས་ལ་ཇི་ལྟར་ཡོད་པ་མིན་པ་དེ་ལྟར་ནི་བཤད་ཟིན་ལ།

由離前能領受境之識，說此能憶念識是有自相他者，非我宗所許有如上已說。

ས་མྱུག་ལྟ་བུའི་ཉེར་ལེན་གྱི་རྒྱུ་འབྲས་ལ་རང་མཚན་གྱིས་གྲུབ་པའི་གཞན་དུ་འཛིན་པ། འཇིག་རྟེན་གྱི་བློ་རང་དགའ་བ་ལ་མེད་པ་ཡང་སྔར་བཤད་ཟིན་པས་སྔར་གྱི་ཡུལ་མྱོང་དང་ཕྱིས་ཀྱི་དྲན་པའི་རྒྱུ་འབྲས་ལ་ཡང་། འཇིག་རྟེན་པའི་བློ་ལྷན་སྐྱེས་ལ་རང་མཚན་གྱིས་གྲུབ་པའི་གཞན་དུ་འཛིན་པ་མེད་དོ། །

如種芽等親因果法，其執爲自相之他者，世人通常心中無有此執，亦如前說。故前領受境，與後憶念之因果，世人俱生心，亦不執爲有自相之他。

དེ་མེད་པ་ཙམ་དུ་མ་ཟད་སྔར་སྔོ་འཛིན་གྱིས་མཐོང་བའི་ཡུལ་ཕྱིས་དྲན་པ་ན་འདི་ངས་སྔར་ཡང་མཐོང་ངོ་ཞེས་ཐ་སྙད་བྱེད་དོ། །

非但不執，且於後時憶念前緣青②識所見之境時，並可說言，我先亦見此境。

དེའི་ཕྱིར་མྱོང་དྲན་གཉིས་དང་དེའི་དུས་ཀྱི་ཡུལ་གཉིས་རང་མཚན་གྱིས་ཐ་སྙད་དུ་འཛིན་པ་འཇིག་རྟེན་པ་རང་དགའ་བ་ལ་མེད་པར་གསལ་ཏེ། དེ་ལྟ་མ་ཡིན་ན་རྒྱུད་གཞན་གྱི་མྱོང་བ་ལ་ཡང་རང་གི་དྲན་པ་སྐྱེ་བར་འགྱུར་རོ། །

故領受與念，及彼時二境③，世間常心不執爲名言有自相。若不爾者，則他人所領受，自亦應能念也。

དེའི་ཕྱིར་སྔར་ཡུལ་ཉམས་མྱོང་གི་ཤེས་པས་མྱོང་བ་དང་བཅད་པ་དེ། ཕྱིས་དེ་དྲན་པའི་ཤེས་པས་མ་མྱོང་བ་དང་མ་བཅད་པ་མིན་པས། འདི་སྔར་ཡང་ང་ཡིས་མཐོང་སྙམ་དུ་དྲན་པ་སྐྱེ་བར་འགྱུར་ཏེ།

由前領受境識④所受所了，後憶彼之識非不受不了。故能生念心，謂我先亦見此。

① 「由離能領受境識」，頌作「何故能領受境識」。
② 「青」，民族本、校正本作「境」。
③ 「二境」，民族本作「二念」，PDF作「二（念）境」。
④ 「境識」，民族本、校正本作「青識」。

འདི་ཡང་འཇིག་རྟེན་གྱི་ཐ་སྙད་ཀྱི་ཚུལ་གྱི་ལུགས་ཡིན་གྱི། ཐ་སྙད་བཏགས་པ་ཙམ་གྱིས་མ་ཆོག་པར་བཏགས་དོན་འཚོལ་བའི་ཚུལ་གྱིས་དཔྱད་ནས་འཇོག་པར་ནི་མི་བྱ་སྟེ། བཏགས་དོན་བཙལ་ན་མི་རྙེད་པའི་བརྫུན་པའི་དོན་ཅན་ཉིད་ཀྱི་འཇིག་རྟེན་གྱི་ཐ་སྙད་ཡིན་པའི་ཕྱིར་རོ། །

此復是依①世間之言說也。不可唯以假名猶覺不足，必要推求假名立義觀察而立。以推求假立都無可得虛妄之義，即世間名言故。

རང་འགྲེལ་ལས་རྗེས་རང་གི་མཚན་ཉིད་ཀྱིས་གྲུབ་པའི་རང་རིག་དང་དྲན་པ་བཀག་པའི་འོག་ཏུ། འོན་ཏེ་འཇིག་རྟེན་གྱི་ཐ་སྙད་ཀྱི་དབང་དུ་ཡིན་ན་ནི། དེ་ལྟ་ན་ཡང་རང་རིག་པའི་རྒྱུ་ཅན་གྱི་དྲན་པ་མི་སྲིད་པ་ཉིད་དོ། །ཞེས་དོན་དམ་དུ་མ་ཟད་ཐ་སྙད་དུ་ཡང་རང་རིག་བཀག་ལ།

釋論於破自相實有之自證與念後，又云：「若依世間名言增上，亦無以自證爲因之念。」此說不但勝義，即於名言亦破自證。

རང་རིག་པ་མེད་པར་དྲན་པ་ཇི་ལྟར་འབྱུང་བ་དེ་ལྟར་སྟོན་པར་འགྱུར་རོ། །ཞེས་རང་རིག་མེད་ཀྱང་མྱོང་བ་ལས་དྲན་པ་སྐྱེ་ཚུལ་སྐབས་འདིར་སྟོན་པར་གསུངས་སོ། །

又云：「無自證分念如何生，至下當說。」是指此段雖無自證，然由領受即能生念之理也。

དེ་ལ་ངས་མཐོང་སྙམ་དུ་དྲན་པ་ནི་ཡུལ་ཅན་དྲན་པ་དང་། སྔོན་པོ་ལ་སོགས་པ་འདི་མཐོང་སྙམ་དུ་དྲན་པ་ནི་ཡུལ་དྲན་པའོ། །

若念云「我見」是憶能見，若念云「見此青等」是憶彼境。

དེ་ཡང་སྔར་ང་རང་གིས་མཐོང་བ་དེ་ཉིད་ང་རང་གིས་དྲན་སྙམ་པ་ནི་དྲན་ཚུལ་ཁྱད་པར་བ་ཡིན་ལ།

若念云「以前我自見者，我自憶念。」此是特殊憶念。

དྲན་པ་ལ་དེ་འབྱུང་ན་སྔར་བྱམས་པ་ལྟ་བུ་མཐོང་བའི་ཡུལ་ཅན་ཤེས་པ་དེ་ཁོ་རང་གིས་ཁོ་རང་མྱོང་བར་གསལ་ཏེ། དྲན་པ་ནི་མྱོང་བ་ཇི་ལྟ་བའི་རྗེས་སུ་བྱེད་པའི་ཕྱིར་རོ་སྙམ་དུ་བསམས་སོ། །

他宗意謂，若有此種念心，則如見慈氏之識，應自領受。以念心是隨領受境起故。

རང་ལུགས་ནི་འཇིག་རྟེན་ན་སྣང་བའི་དྲན་ཚུལ་དེ་ཁས་ལེན་ཀྱང་། དྲན་ཚུལ་དེ་ལྟར་འོང་བ་དེ་སྔར་གྱི་ཡུལ་མྱོང་བའི་ཤེས་པ་དེ་ཁོ་རང་གིས་ཁོ་རང་རིག་པའི་དབང་གིས་བྱུང་བ་མིན་གྱི། སྔར་གྱི་མྱོང་བས་བཅད་པ་དེ་ཉིད་

① 「是依」，民族本、PDF作「是」。

དྲན་པས་ཀྱང་གཅོད་པའི་ཡུལ་གཅིག་པའི་དབང་གིས་བྱམས་པ་འདི་སྔར་ཡང་ངས་མཐོང་ཞེས་དྲན་པ་སྐྱེའོ། །

自宗雖許世間之憶念，然說能如是憶念者，非由前領受境識能自證故而起，是因前領受所了者，後念亦能了別。由境是一，故起念心謂「我以前亦曾見此慈氏」也。

དེས་ན་ང་རང་གིས་མཐོང་བ་ང་རང་གིས་དྲན་ཞེས་པ་ལྟ་བུའི་ཐ་སྙད་ནི་རང་གིས་ཀྱང་ཁས་ལེན་ལ། དེ་ཁས་བླངས་ཀྱང་བཀག་པའི་རང་རིག་དང་མི་འདྲ་བ་ཡང་འདི་ལ་བརྟེན་ནས་ཤེས་པར་བྱའོ། །

以是當知，如云：「我自見者，我自憶念。」此類名言自宗亦許，然此與所破之自證全不相同。

གཞན་གྱི་ལུགས་ཀྱིས་མྱོང་དྲན་དང་དེའི་དུས་ཀྱི་ཡུལ་གཉིས་རང་གི་མཚན་ཉིད་ཀྱིས་གྲུབ་པའི་གཞན་དུ་འཇོག་པས། མྱོང་དྲན་གཉིས་ཡུལ་གཅིག་པ་དང་དེ་གཉིས་རྒྱུད་གཅིག་ཏུ་འདོད་མོད་ཀྱང་དེར་འཇོག་མི་ནུས་པ་ནི་སྔར་མང་དུ་བཤད་ཟིན་ཏོ། །

他宗安立領受與念，及彼時二境，皆是有自相之他。彼雖亦說領受與念同緣一境，及許彼二爲一相續，然實不能如是安立。前已廣說。

བྱམས་པ་འདི་ཞེས་ཟེར་ཡང་དེ་སྐད་སྨྲ་དུས་ཀྱི་དུས་དང་། དེའི་དུས་སུ་གང་ན་གནས་པའི་ཡུལ་གྱིས་ཁྱད་པར་དུ་བྱས་པའི་བྱམས་པ་སྔར་མཐོང་སྙམ་དུ་མི་འཛིན་པར། བྱམས་པ་ཙམ་ལ་འཛིན་པ་ནི་རང་གི་བློ་ལ་བལྟས་པས་ཤེས་སོ། །

又雖念云：「見此慈氏。」然非執此時此處所差別之慈氏是先所見，是緣總慈氏而說，反觀內心便可了知。

གཉིས་པ་ནི། རང་རིག་མེད་པར་དྲན་པ་སྐྱེ་ཚུལ་གྱི་ལུགས་ཆེན་པོ་གཉིས་ཡོད་པའི་དཔལ་ལྡན་ཞི་བ་ལྷའི་ལུགས་ནི།

戊二、餘論所說。說無自證能生念心之兩大派中，靜天論師意，

སྤྱོད་འཇུག་ལས། གལ་ཏེ་རང་རིག་ཡོད་མིན་ན། །རྣམ་ཤེས་དྲན་པར་ཇི་ལྟར་འགྱུར། །ཞེས་གསུངས་པ་ལྟར་རོ། །འདིའི་ཕྱོགས་སྔ་མའི་ལུགས་ནི་སྔར་རྒྱས་པར་བཤད་པ་ཉིད་ཡིན་ནོ། །

如《入行論》云：「若無自證分，云何能念識。」此敵者宗如前廣說。

ཕྱོགས་སྔ་མའི་ཐལ་བ་དང་བཟློག་པ་གཉིས་ཀ་ལ་འདང་ཁྱབ་པ་མེད་པའི་ལན་འདེབས་པས། རང་རིག་མེད་

ཀྱང་དྲན་པ་སྐྱེ་ཚུལ་ཇི་ལྟར་ཡིན་ཞེ་ན། འཛིན་པའི་ཤེས་པ་ལས་གཞན་གཟུང་བྱའི་དངོས་པོ་ཡུལ་དུ་གྱུར་པ་བློས་མྱོང་བ་ན། ཡུལ་མྱོང་བའི་ཤེས་པ་ལས་རྣམ་ཤེས་ཡུལ་ཅན་དྲན་པ་འབྱུང་བར་འགྱུར་རོ། །

於敵者宗所出之過，答云不定。自宗既無自證，念云何生耶？曰：「由領①餘相連，能念如鼠毒。」由能取心領受餘所取境事，即由領受境識，引生憶識之念也。

གལ་ཏེ་ཡུལ་གཞན་མྱོང་བ་ལས་ཡུལ་ཅན་དྲན་པ་སྐྱེ་བ་ནི་རིགས་པ་མ་ཡིན་ཏེ། ཧ་ཅང་ཐལ་བར་འགྱུར་བའི་ཕྱིར་རོ་ཞེ་ན།

若謂由領受餘境，能引生憶內心之念，不應道理，太過失故。

ཉེས་པ་མེད་དེ་ཡུལ་མྱོང་བ་ལས་ཡུལ་ཅན་དྲན་པ་སྐྱེ་བ་ན། ཤེས་པ་སྤངས་ནས་དྲན་པ་མིན་གྱི། སྔར་གཟུགས་འདི་མཐོང་ངོ་ཞེས་ཡུལ་ཡུལ་ཅན་གཉིས་འབྲེལ་བ་ལས་དེ་འབྲེལ་བར་དྲན་པའི་ཕྱིར་རོ། །

答曰無過，言由領受境引生憶內心之念者，非離識而念。如念：「昔見此色」，是由心境相連，憶念相連也。

དཔེར་ན་དགུན་གྱི་དུས་སུ་བྱི་བས་ལུས་ལ་རྨུགས་པ་ན། བྱི་དུག་ཞུགས་ཡོད་ཀྱང་རྨུགས་པ་མྱོང་གི་དུག་མ་མྱོང་ངོ། །

如於冬季身被鼠咬中毒，只覺被咬不知中毒。

དེ་ལས་དུས་ཕྱིས་འབྲུག་གི་སྒྲ་ཐོས་པ་ན་རྨུགས་པའི་ཚེ་དུག་ཞུགས་པར་འདུག་སྙམ་དུ་དྲན་ཀྱང་། སྔར་གྱི་ཚེ་དུག་མ་མྱོང་བ་བཞིན་ནོ། །

後聞雷聲毒發，雖亦能憶念是被咬時中毒，然非前時已覺中毒也。

དེ་ལ་བྱི་བས་རྨུགས་པ་ནི་སྔོ་འཛིན་གྱིས་ཡུལ་མྱོང་བ་བཞིན་ནོ། །

此中鼠咬，喻緣青識領受青境。

རྨུགས་པ་དང་དུས་གཅིག་ཏུ་དུག་ཞུགས་པ་ནི་ཡུལ་བཟུང་བ་དང་དུས་གཅིག་ཏུ་ཡོད་པའི་ཡུལ་ཅན་གྱི་མྱོང་བ་དང་འདྲའོ། །

咬時中毒，喻緣境時有能領受心。

དེའི་ཚེ་ཡུལ་ཅན་རང་གིས་རང་མ་མྱོང་བ་ནི། རྨུགས་པའི་ཚེ་དུག་མ་མྱོང་བ་དང་འདྲའོ། །

爾時自心不自領受，如被咬時不知中毒。

① 「領」，民族本、校正本作「念」。

ཕྱིས་རྨུགས་པ་དྲན་པ་ནི་ཡུལ་མྱོང་བ་དྲན་པ་དང་འདྲའོ། །

後時憶被咬，喻憶領受境，

ཡུལ་མྱོང་དྲན་པ་ཉིད་ཀྱིས་སྔར་གྱི་ཡུལ་ཅན་ཁོ་རང་གིས་ཁོ་རང་མ་མྱོང་ཡང་དྲན་པ་ནི། རྨུགས་པ་དྲན་པ་ཉིད་ཀྱི་མཐུས་སྔར་ཞུགས་པའི་དུག་མ་མྱོང་བ་དྲན་པ་དང་འདྲའོ། །

昔能緣心雖不自證，然由憶念領受境時，即能憶念，如由憶念被咬之力，即能憶念昔時中毒也。

འདི་ནི་རང་རིག་མེད་པར་དྲན་པ་སྐྱེ་བའི་རིགས་པ་མཁས་པའི་དབང་པོས་མཛད་པ་ཕུལ་དུ་བྱུང་བ་ཞིག་སྣང་སྟེ། སྤྱོད་འཇུག་གི་བཤད་པ་བྱེད་པ་རྣམས་ཀྱིས་ཇི་བཞིན་དུ་མཐོན་པ་འདྲའོ། །

此是論師證明無自證分而能生念之最妙道理。然諸解《入行論》者，似皆未能如實闡明也。

འདི་ ནི་སྔར་ཕྱིས་ཀྱི་རྣམ་ཤེས་ཀྱི་དྲན་པ་མི་འཐད་པར་ཐལ། སྔར་གྱི་རྣམ་ཤེས་དེས་རང་གིས་རང་མ་མྱོང་བའི་ཕྱིར། ཞེས་པ་ལ་ཁྱབ་མ་གྲུབ་ཀྱི་ལན་བཏབ་པ་ཡིན་པས། སྤྱོད་འཇུག་གི་དགོངས་པ་ནི་ཐ་སྙད་དུ་རང་རིག་འགོག་པ་མིན་ཞེས་པ་ནི་རྒྱལ་སྲས་ཆེན་པོའི་བཞེད་པ་གཏན་མིན་ནོ། །

他難：後憶識之念，應非道理，前識不能自領受故。此既總答不定，故有說《入行論》於名言中不破自證者，非此大論師所許也。

གསུམ་པ་ལ་གཉིས། མངོན་སུམ་གྱི་ཚད་མ་གཞན་དང་རྗེས་དཔག་ལ་རྩོད་པ་སྤང་བ་དང་། ཡིད་ཤེས་གཞན་གྱི་རྩོད་སྤང་ངོ། །

酉三、釋難分二：戌一、釋餘現量及比量難，戌二、釋餘意識難。

དང་པོ་ནི། འོ་ན་རང་ལུགས་ལ་སྔོ་འཛིན་སོགས་ཀྱི་ཤེས་པ་ཐམས་ཅད་ཡོད་པར་འདོད་དགོས་ལ་དེ་ལྟ་ན། འདི་ཡི་ཡོད་པ་གང་གིས་ཤེས་པར་འགྱུར། །མ་གཟུང་བར་ཡང་ཡོད་ཅེས་བྱར་མི་རུང་། །ཞེས་གཞན་ལ་སྨྲས་པ་ལྟར་རང་ལ་ཡང་སྐྱོན་དུ་འགྱུར་ཏེ།

今初，問：自宗既亦許有緣青等識，如破他時說：「此有由何能證知，未知云有亦非理。」自宗亦應犯過。

སྔོ་འཛིན་དེ་རང་གིས་ཡོད་པར་ཤེས་ན་རང་རིག་ཁས་བླང་དགོས་ལ། ཤེས་པ་དོན་གཞན་གྱིས་རིག་པ་ཡང་མི་འཐད་པའི་ཕྱིར་རོ་ཞེ་ན། འདི་ནི་ཤིན་ཏུ་དཀའ་བའི་གནས་སུ་འདུག་པས་བཤད་པར་བྱ་སྟེ། དེ་ནི་ཡུལ་དང་ཡུལ་

ཅན་དྲན་ཚུལ་དཔེར་བླངས་ཏེ་བཤད་ན་རྟོགས་སླའོ། །

以此青識，若自知為有，應許自證。若由餘識證知，亦非理故。答：此是最難解處，若以憶念心境為喻，則易了知。

དེ་ལ་ཡུལ་དྲན་པ་ཉིད་ཀྱིས་ཡུལ་ཅན་ཡང་དྲན་པས། ཡུལ་ཅན་དྲན་པ་ཟུར་བ་མི་དགོས་པ་བཞིན་དུ་སྔོ་འཛིན་ལྟ་བུའི་ཡུལ་སྔོན་པོ་གྲུབ་པ་ཉིད་ཀྱིས་སྔོན་པོ་འཛལ་བྱེད་འགྲུབ་ཀྱི། སྔོན་པོ་འགྲུབ་ཚུལ་ལས་གཞན་པའི་སྔོན་པོ་འཛལ་བྱེད་འགྲུབ་ཚུལ་མི་དགོས་སོ། །

如由憶境之力，即能憶內心，不須別憶內心。如是由成立青境之力，即能成立有能緣之心，離成立青境，不須別成立能緣青之心也。

དེ་ཡང་སྔོན་པོས་སྔོ་འཛིན་ལ་རང་འདྲའི་རྣམ་པ་གཏད་པ་ཤར་བ་ཉིད་ཀྱིས། སྔོན་པོ་འགྲུབ་པ་ནི་ལུགས་གཞན་དང་ཡང་འདྲའོ། །

此復由青色境於緣青識印現有自相之力，成立青色為有，與他宗相同。

འོན་ཀྱང་མི་འདྲ་བ་ནི་སྔོ་འཛིན་དེ་འགྲུབ་པ་ན་གཉིས་སྣང་དང་བྲལ་བའི་འཛིན་རྣམ་ཡན་གར་བ་མྱོང་བའི་རང་རིག་གི་སྒོ་ནས་འགྲུབ་པ་ཡིན་ལ། དེ་ཡང་ཤེས་པ་ཐམས་ཅད་ལ་འདྲ་བར་ལུགས་གཞན་དག་འདོད་ལ།

其不同者，為成立此緣青內識。他宗說是由離二取相純能取相之自證成立，復說一切識皆同。

འདིར་ནི་དབུ་མ་སྙིང་པོ་དང་བདེན་གཉིས་རྩ་འགྲེལ་ལས་གསུངས་པ་བཞིན་དུ་དེ་འདྲ་བའི་འཛིན་རྣམ་ཡན་གར་བ་མི་སྲིད་པར་བཞེད་པས། དེ་མྱོང་བའི་རང་རིག་གིས་མི་འགྲུབ་ཀྱི། སྔོན་པོ་གྲུབ་པ་ཉིད་ཀྱིས་སྔོ་འཛིན་དེ་འགྲུབ་སྟེ། དཔེར་ན་ཡུལ་དྲན་པ་ཉིད་ཀྱིས་ཡུལ་ཅན་དྲན་པ་ཡིན་གྱི། སྔར་ཡུལ་ཅན་ཁོ་རང་གིས་ཁོ་རང་གཞན་དག་འདོད་པ་ལྟར་མྱོང་བའི་དབང་གིས་དྲན་པ་དེ་འབྱུང་བ་མིན་པ་དང་འདྲའོ། །

自宗則如《中觀心論》與《二諦論》本釋所說，如斯單純之能取相決定非有。故彼青識，非由自證成立。是由成立青境之力即成立彼青識。如由憶境，即能憶心，非如他宗所許，要彼前心能自證之力，乃能憶念也。

དེ་ལྟར་བྱ་དགོས་པ་ཡང་ཚིག་གསལ་ལས། ཚད་མའི་གྲངས་འཇུག་པ་གཞལ་བྱའི་གཞན་གྱི་དབང་ཡིན་པའི་ཕྱིར་དང་། གཞལ་བྱའི་རྣམ་པའི་རྗེས་སུ་བྱེད་པ་ཙམ་གྱིས་རང་གི་ངོ་བོ་ཡོད་པར་རྙེད་པའི་ཚད་མ་དག་གི་རང་གི་ངོ་བོ་རྣམ་པར་འཇོག་པའི་ཕྱིར། ཞེས་གསལ་བར་གསུངས་སོ། །

此如《顯句論》云：「能量之數是由所量增上決定，唯隨所量行相，安立能量之體性故。」

དེ་དག་གི་དོན་ནི་ཚད་མ་གཉིས་སུ་ངེས་པ་གཞལ་བྱ་གཉིས་སུ་ངེས་པའི་དབང་གིས་འཇོག་པའི་ཕྱིར་དང་། ཚད་མ་ལ་གཞལ་བྱའི་རྣམ་པ་ཤར་བའི་དབང་གིས་འཇལ་བྱེད་ཀྱི་ཚད་མའི་རང་གི་ངོ་བོ་ཡོད་པར་འཇོག་ལ།

此說能量決定爲二者，是由所量決定爲二增上之力而安立故。及說能量由現所量行相增上之力，安立能量自體爲有。

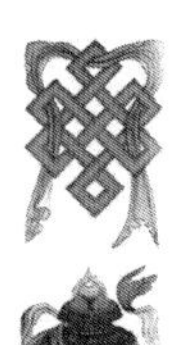

ཙམ་གྱིས་ཞེས་པ་ནི་སེམས་ཙམ་པ་དང་མདོ་སྡེ་པ་འདོད་པ་ལྟར་ཚད་མ་གཞལ་བྱ་ཇི་འདྲ་པ་དེ་འདྲ་བའི་རྣམ་པའི་རྗེས་སུ་བྱེད་པས་གཞལ་བྱ་འགྲུབ་ལ། དེ་ནས་ཚད་མ་འགྲུབ་ཚུལ་ནི་སྔ་མ་ལས་ཟུར་དུ་ཚད་མ་རང་གི་ངོ་བོ་ལ་གཉིས་སྣང་དང་བྲལ་བའི་འཛིན་རྣམ་ཡན་གར་བ་སྐྱོང་བའི་རང་རིག་གིས་འགྲུབ་པ་འགོག་སྟེ། གཞལ་བྱ་འགྲུབ་པ་ཙམ་གྱིས་འགྲུབ་པའི་དོན་ནོ། །

「唯」字是遮，如唯識與經部所許「由能量心隨所量行相轉故，成立所量，次成立能量時，捨棄前理，別說能量自體，由離二取相純能取相之自證成立」，義說唯由成立所量即能成立能量也。

འདི་ནི་འཕགས་པ་ཉིད་ཀྱིས། གལ་ཏེ་རང་ལས་ཚད་མ་གྲུབ། །གཞལ་བྱ་རྣམས་ལ་མ་ལྟོས་པར། །ཁྱོད་ཀྱི་ཚད་མ་གྲུབ་འགྱུར་འདིར། །གཞན་ལ་མི་ལྟོས་རབ་གྲུབ་འགྱུར། །ཞེས་གསུངས་པའི་དགོངས་པ་ཡིན་ཏེ།

聖者亦云：「若量自成者，則應汝能量，不待所量成，皆不待他成。」

ཚད་མ་འགྲུབ་པ་ལ་གཞལ་བྱ་གྲུབ་པ་ཙམ་གྱིས་མི་ཆོག་པར་ཚད་མ་རང་ལས་ཚད་མ་འགྲུབ་པ་གཞན་དག་འདོད་པ་ལྟར་ཡིན་ན། གཞལ་བྱ་ལ་མ་ལྟོས་པར་ཚད་མ་འགྲུབ་པར་འགྱུར་རོ། །

此謂若如他宗成立能量時，唯由成立所量猶嫌不足，必要能量自成立爲量者，則應不待所量，成立爲能量。

དེ་འདོད་ན་དངོས་པོ་རྣམས་རྒྱུ་རྐྱེན་གཞན་ལ་མ་ལྟོས་པར་རབ་ཏུ་གྲུབ་པར་འགྱུར་རོ། །ཞེས་བཀག་པས་གཞལ་བྱ་གྲུབ་པ་ཙམ་གྱིས་ཚད་མ་གྲུབ་པར་ཤུགས་ཀྱིས་བསྟན་ནོ། །

若許爾者，一切諸法皆應不待因緣各自成立。此亦反顯，唯由成立所量，即能成立能量也。

དེ་ལྟར་ན་སྔོ་འཛིན་ནི་གཞན་ལུགས་ལྟར་རང་རིག་གིས་མི་འགྲུབ་ཀྱི། དབང་པོའི་མངོན་སུམ་ཚད་མས་འགྲུབ་པར་བསྟན་ཏེ། དེ་ཡོད་པ་ནི་སྔོ་འཛིན་གྱིས་གཞལ་བྱ་གྲུབ་པ་དེ་ཉིད་ཀྱིས་རྟོགས་པའི་ཕྱིར་རོ། །

以是當知，青識非如他宗由自證成立，是由根現量成立。由緣青識成立所量，即能通達有彼識故。

དེའི་ཕྱིར་ཚད་མ་གང་ཡིན་ཐམས་ཅད་རང་གི་གཞལ་བྱ་གྲུབ་པ་དེ་ཉིད་ཀྱིས་འགྲུབ་བོ། །

故一切量，皆是由成立所量即各自成立也。

གཉིས་པ་ནི། འོ་ན་ལུགས་འདིས་གཟུགས་བརྙན་དང་སྒྲ་བརྙན་སོགས་ཀྱང་སྔར་བཤད་པ་ལྟར་གཟུགས་དང་སྒྲའི་སྐྱེ་མཆེད་སོགས་སུ་བཞག་པ་དང་།

戊二、釋餘意識難。問：此宗既如上說，影像與谷響等亦是色聲等處所攝。

ཚིག་གསལ་ལས་ཀྱང་། ཟླ་བ་གཉིས་ལ་སོགས་པ་དག་ནི་རབ་རིབ་ཅན་མ་ཡིན་པའི་ཤེས་པ་ལ་ལྟོས་ནས་མངོན་སུམ་ཉིད་མ་ཡིན་ལ། རབ་རིབ་ཅན་ལ་སོགས་པ་ལ་ལྟོས་ནས་ནི་མངོན་སུམ་ཉིད་ཁོ་ནའོ། །ཞེས་

《顯句論》亦說：「第二月等，待無翳識，非是現事，待有翳識唯是現事。」

ལུགས་འདིས་གཟུགས་སྒྲ་ལ་སོགས་པའི་ཡུལ་ལ་མངོན་སུམ་གྱི་སྒྲ་དངོས་མིང་དང་། དེ་དག་འཛིན་པའི་ཡུལ་ཅན་ལ་བཏགས་མིང་དུ་བསྟན་པའི་སྐབས་སུ་ཟླ་བ་གཉིས་སྣང་སོགས་འཇིག་རྟེན་པ་རང་དགའ་བ་ལ་ལྟོས་ཏེ། གཞལ་བྱ་མངོན་སུམ་པ་ཡིན་མིན་གྱི་ཁྱད་ཡོད་ཀྱང་། རང་གི་ལུགས་ལ་ནི་ཟླ་བ་གཉིས་སྣང་སོགས་ཀྱང་གཞལ་བྱ་མངོན་སུམ་པ་མངོན་གྱུར་དུ་བཞེད་པ་ཡིན་ནོ། །

此宗於說明「現」字，爲色聲等境之實名，爲緣彼心之假名時，說第二月等，待世常人，雖有是否現事之別，然自宗則許，第二月等亦是所量現事」。

དེའི་ཕྱིར་དབང་པོའི་ཤེས་པ་འཇིག་རྟེན་རང་དགའ་བ་ལ་ལྟོས་པའི་འཁྲུལ་མ་འཁྲུལ་གང་ཡིན་ཀྱང་། རང་གི་གཞལ་བྱ་གྲུབ་པས་ཡུལ་ཅན་འགྲུབ་བོ། །

故諸根識，不論待世常人爲錯不錯亂，但由成立各自所量，即能成立爲內心也。

འོན་ཀྱང་རང་རིག་ཁས་མི་ལེན་པ་ལ་གཞི་དུས་ཀྱི་ཡིད་ཤེས་སྣང་བ་དང་། ཞེན་ཡུལ་ལ་འཁྲུལ་པ་རྣམས་ཡོད་པར་མི་འགྲུབ་སྟེ། དེ་རྣམས་ལ་རང་གི་གཞལ་བྱ་འཇལ་བས་ཡུལ་ཅན་གྲུབ་པ་མེད་པའི་ཕྱིར་རོ་ཞེ་ན།

然則不許自證者，應不能安立因位於所見境及所著境之錯亂意識，以彼諸識，不能由成立各自所量，而成立內心故。

འདི་ལ་བཤད་པར་བྱ་སྟེ་ལུགས་འདིས་རྣམ་ཤེས་ཚོགས་དྲུག་ལས་ངོ་བོ་ཐ་དད་པའི་རྣམ་ཤེས་མི་བཞེད་པས། དབང་པོ་གཟུགས་ཅན་ལ་དངོས་སུ་བརྟེན་པའི་ཚད་མ་དང་ཡིད་ཀྱི་དབང་པོ་ཙམ་ལ་བརྟེན་པའི་ཚད་མ་གཉིས་ལས་ནི་མེད་དོ། །

答：此宗離六識外，不許更有異識，故除依止色根與唯依止意根之二種量外，亦不許餘量。

ཚད་མ་ཡང་ཚིག་གསལ་ལས། མངོན་རྗེས་གཉིས་དང་ལུང་གི་ཚད་མ་དང་ཉེར་འཇལ་ལམ་དཔེས་འཇལ་བའི་ཚད་མ་བཞི་བཤད་པ་ནི་རྩོད་ཟློག་རྩ་འགྲེལ་ལ་བརྟེན་པའོ། །

《顯句論》說「現、比二量，與聖教量、譬喻量之四量」者，是依《迴諍論》本釋而說。

ཚད་མ་ཕྱི་མ་གཉིས་ནི་རྗེས་དཔག་ཏུ་འདུ་ལ། བཞི་བརྒྱ་པའི་འགྲེལ་བ་ལས་ཀྱང་། དངོས་པོ་ཐམས་ཅད་མངོན་སུམ་དུ་ཤེས་པས་གོ་བར་བྱ་བ་ནི་མ་ཡིན་གྱི་རྗེས་སུ་དཔག་པས་རྟོག་པར་བྱ་བ་ཡང་ཡོད་དོ། །ཞེས་གསུངས་སོ། །

其後二量亦比量攝。《四百論釋》云：「非一切法皆是現識所了，亦有比量所通達者。」

མངོན་སུམ་ཚད་མ་ལ་ལུགས་གཞན་ནས་བཞི་བཤད་པའི་རང་རིག་མངོན་སུམ་བཀག་ལ་ཡིད་ཀྱི་མངོན་སུམ་ཡང་ཚད་མ་ནས་བཤད་པ་ལྟར་མི་བཞེད་དེ།

卷九

又現量中，他宗說有四種現量，自證現量是此所破。意識現量亦與因明中所說者不同。

བཞི་བརྒྱ་པའི་འགྲེལ་བ་ལས། ཆོས་མངོན་པ་ནས་གཟུགས་སོགས་ལྔ་རེ་རེ་ཞིང་དབང་པོ་དང་ཡིད་ཤེས་ཀྱིས་ཤེས་པར་བྱ་བར་གསུངས་པའི་དོན་འཆད་པ་ན། རྣམ་པར་ཤེས་པ་གཉིས་ཀྱིས་དོན་གཅིག་རྣམ་པར་ཤེས་པ་མ་ཡིན་ཏེ།

《四百論釋》中解釋對法所說色等五處，各爲根識意識所了時，云：「非由二識共知一境。

གཅིག་ནི་ཡུལ་གྱི་རྣམ་པ་དངོས་སུ་གཅོད་པར་བྱེད་པ་སྔེ་གང་དང་པོར་སྐྱེ་བའོ། །

是先起一識，親了境相。

གཉིས་པ་ནི། དངོས་སུ་བྱེད་པ་ཉིད་དུ་རྣམ་པར་ཤེས་པ་མ་ཡིན་ཏེ། དབང་པོའི་རྣམ་པར་ཤེས་པའི་སྟོབས་ཀྱིས་དེ་ལྟར་རྟོག་ཅིང་སྐྱེ་བ་ན། དེས་ཀྱང་དོན་དེ་རྣམ་པར་ཤེས་སོ་ཞེས་ཉེ་བར་འདོགས་སོ། །

次第二識，非親知彼相，由根識之力，起如是分別，即安立彼識爲了知彼境。」

ཞེས་དང་པོ་དབང་ཤེས་ཀྱིས་གཟུགས་སོགས་ཀྱི་དོན་དེ་དངོས་སུ་རིག་ལ། ཡིད་ཤེས་ཀྱིས་དབང་ཤེས་ཀྱི་སྟོབས་ཀྱིས་རིག་གི་དབང་ཤེས་བཞིན་དུ་དངོས་སུ་མི་རིག་པར་གསུངས་ཤིང་དྲན་པར་ཡང་གསུངས་སོ། །

此說先起根識，親了色等境義，由根識力意識亦了，然非如根識親了也。說念亦爾。

ཡང་བཞི་བརྒྱ་པའི་འགྲེལ་པ་ལས། ཚོར་བ་ལ་སོགས་པ་ལྟར་ཉམས་སུ་མྱོང་བའི་རྣམ་པ་ཡང་མ་ཡིན་ལ། གཟུགས་དང་སྒྲ་ལ་སོགས་པ་བཞིན་དབང་པོའི་སྒོ་ནས་ཡོངས་སུ་བཅད་པར་བྱ་བ་ཡང་མ་ཡིན་ནོ། །ཞེས་གསུངས་པས་མངོན་གྱུར་དུ་འཇལ་བ་ལ་དབང་ཤེས་ཀྱིས་གཟུགས་སོགས་གཅོད་པ་ལྟ་བུ་དང་། ཚོར་བ་བདེ་སྡུག་ལ་སོགས་པ་ལྟར་ནང་དུ་ཉམས་མྱོང་གིས་ཡོངས་སུ་གཅོད་པ་གཉིས་གསུངས་སོ། །

《四百論釋》又云：「非如受等領納行相，亦非如色聲等，由諸根親知。」此說量度現事僅有二種，一如根識親見色等，二如受苦樂等，由內心領納而知。

དེ་གཉིས་ཀྱི་ཕྱི་མ་ནི་གཞི་དུས་ནས་ཁས་ཀྱང་བླང་དགོས་ལ། མངོན་སུམ་གྱི་ཚད་མ་བཞི་ལས་མང་བ་འདིར་ཡང་མ་བཤད་པའི་ཕྱིར་དང་། རྣལ་འབྱོར་མངོན་སུམ་དང་དབང་པོའི་མངོན་སུམ་དང་། རང་རིག་མངོན་སུམ་ཚད་མར་གཞག་ཏུ་མི་རུང་བས།

此後者，因位亦許有。但離四現量外，此宗未說更有現量。然不可立爲瑜伽現量與根現量及自證現量。

ཡིད་ཀྱི་མངོན་སུམ་དུ་བཞག་སྟེ། ཡིད་ཀྱི་མངོན་སུམ་ཚད་མ་ནི་ཚད་མ་བ་དང་མི་མཐུན་མོད། །དེ་ལྟ་ནའང་ཡིད་ཀྱི་མངོན་སུམ་ཚད་མ་མི་འདོད་པ་ནི་མིན་ནོ། །

故當立爲意現量攝。雖說意現量與因明論者不同，然非不許意現量也。

དེ་ལྟར་ན་ཚོར་བ་ཞེས་པ་ནི་བྱེད་པ་པོ་དང་བྱེད་པ་དང་ལས་དང་འབྲེལ་བའི་ཚིག་ཡིན་པས་གང་ཟག་འདིས་ཚོར་བ་དང་། བྱེད་པ་འདིས་ཚོར་བ་དང་། འདི་འདྲ་བ་ཞིག་ཚོར་བ་ཞེས་པ་གསུམ་དུ་འགྱུར་རོ། །

如是「受」字，可通作者、作用、作業。如云此人受、由此受、受此事。

དེའི་གཉིས་པ་ནི་ཚད་མ་སྐྱེ་སེམས་བྱུང་ཚོར་བའོ། །གསུམ་པ་ནི་གཞལ་བྱ་སྟེ་བདེ་བ་དང་སྡུག་བསྔལ་དང་བཏང་སྙོམས་སོ། །འདི་ཡང་ཡིད་ཤེས་ཀྱི་དབང་དུ་བྱས་ཀྱི་དབང་ཤེས་ཀྱི་ཚོར་བ་གསུམ་གྱིས་གཟུགས་སྒྲ་སོགས་ཡོངས་སུ་གཅོད་དེ། དེའི་འགྲུབ་ཚུལ་ནི་སྔར་བཤད་པ་བཞིན་ནོ། །

其第二種屬於能量即受心所。第三是所量，有苦樂捨，此是依意識增上而說。根識之三受則能親知色聲等境，成立之理如上已說。

འོ་ན་ཡིད་ཤེས་ཀྱི་ཚོར་བས་བདེ་སྡུག་སོགས་མངོན་གྱུར་དུ་གཅོད་ན་རང་རིག་ཏུ་མི་འགྱུར་རམ་སྙམ་ན། སྐྱོན་མེད་དེ་བཀག་པའི་རང་རིག་ནི་ཤེས་པ་ཐམས་ཅད་ཁ་ནང་ལྟ་ལ་རིག་བྱ་དང་རིག་བྱེད་ཐ་དད་པར་སྣང་བ་ནུབ་པའི་འཛིན་རྣམ་ཡན་གར་བ་ཡིན་ཞིང་།

若意識受，能現知苦樂等，寧非自證耶？曰：不然。所破之自證，是一切識唯向內緣，永離能證、所證之異相，係單純之能取相。

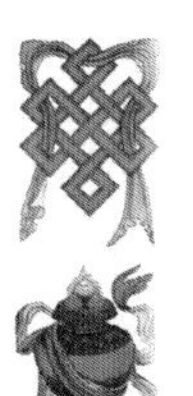

འདིར་ནི་ཉམས་སུ་མྱོང་བ་ཁྱད་པར་ཅན་ཚོར་བའི་མཚན་ཉིད་དུ་མདོ་སྡེར་གསུང་ལ། འཇིག་རྟེན་གྱི་ཐ་སྙད་ལས་ཀྱང་བདེ་བ་དང་སྡུག་བསྔལ་ཉམས་སུ་མྱོང་ངོ་ཞེས་བརྗོད་པའི་ཕྱིར། མྱོང་བྱ་དང་མྱོང་བྱེད་ཐ་དད་པ་ཉིད་དུ་སྣང་བའི་ཕྱིར་ན་ཕྱོགས་སྔ་མའི་རང་རིག་དང་མི་གཅིག་གོ །

此是經說以領納為相之受心。世間名言亦說受苦樂故。此有能受所受之異相，故與自證不同。

དེའི་ཕྱིར་བདེ་བ་སོགས་ཉམས་སུ་མྱོང་བས་གྲུབ་པ་ཉིད་ཀྱིས་ཚོར་བ་གྲུབ་བོ། །

由能成立受苦樂等，即能成立能受心也。

ཡིད་ཤེས་ཀྱི་ངོར་ཀེང་རུས་གསལ་སྣང་སོགས་ཆོས་ཀྱི་སྐྱེ་མཆེད་པའི་གཟུགས་སྣང་བ་ན། ཡིད་ཤེས་ལ་དེ་རྣམས་ཀྱི་རྣམ་པ་ཤར་བའི་སྒོ་ནས་དེས་དེ་རྣམས་གྲུབ་པ་ན་དེ་འཛིན་གྱི་ཤེས་པ་འགྲུབ་པ་ནི་སྔར་དང་འདྲ་སྟེ། ཡུལ་དེ་རྣམས་ནི་ཡིད་ཀྱི་ཤེས་པ་ལས་ངོ་བོ་ཐ་དད་པའོ། །

又如意識見骨鎖等法處色時，由於意識現彼等相，即由意識成立彼等。成立緣彼之識，與前理同。彼境亦與意識各異。

བདག་འཛིན་གཉིས་ལྟ་བུའི་ཡིད་ཤེས་ཀྱི་ཤེས་པ་དེ་ཇི་ལྟར་འགྲུབ་པ་ནི། ཚིག་གསལ་ལས། གལ་ཏེ་མཚན་གཞིའམ་རང་གི་མཚན་ཉིད་དམ་སྤྱིའི་མཚན་ཉིད་ཀྱང་རུང་སྟེ། འཇིག་རྟེན་ན་ཡོད་ན་ནི་ཐམས་ཅད་མངོན་སུམ་དུ་དམིགས་པར་བྱ་བ་ཡིན་པའི་ཕྱིར་ལྐོག་ཏུ་མ་གྱུར་བ་ཡིན་ཏེ། དེའི་ཕྱིར་དེའི་ཡུལ་ཅན་གྱི་རྣམ་པར་ཤེས་པ་དང་ལྷན་ཅིག་ཏུ་མངོན་སུམ་ཉིད་དུ་རྣམ་པར་བཞག་གོ །ཞེས་གསུངས་པ་འདིས་ཤེས་པར་བྱའོ། །

又如二種我執之意識，成立之理，如《顯句論》云：「隨是所相、自相、共相，凡世間所有者，一切皆是現可得故，非不現事。故與彼能緣識同安立為現事。」

དེ་ལ་མཚན་གཞི་དང་མཚོན་བྱ་གཉིས་སྐད་དོད་གཅིག་པས་ལོ་ཙ་བ་ཁ་ཅིག་གིས་མཚན་གཞིར་བསྒྱུར། ཁ་ཅིག་གིས་མཚོན་བྱར་བསྒྱུར་རོ། །དེས་ན་འདིས་མཚོན་པར་བྱེད་པའི་མཚན་ཉིད་དང་། འདི་མཚོན་པར་བྱ་བའི་མཚན་གཞི་ཐམས་ཅད་མངོན་སུམ་དུ་དམིགས་པར་བྱ་བར་བཤད་པ་ནི། ཚད་མ་བཞིར་བྱས་པའི་མངོན་སུམ་ཚད་མ་ངོས་འཛིན་པའི་སྐབས་ཡིན་པའི་ཕྱིར། ཐམས་ཅད་མཁྱེན་པས་མངོན་སུམ་དུ་དམིགས་པར་སྟོན་པ་ཡང་མིན་ལ།

此說能相、所相一切皆是現可得者，是明四量中之現量時說，故非是說由一切種智現前可得。

འདི་ཉིད་ཀྱི་མཇུག་ཐོགས་སུ་ལྐོག་ཏུ་གྱུར་པའི་ཡུལ་ཅན་རྟགས་བསྐྱབ་པར་བྱ་བ་ལ་མི་འཁྲུལ་བ་ལས་སྐྱེས་པའི་ཤེས་པ་ནི་རྗེས་སུ་དཔག་པའོ། །ཞེས་གསུངས་པས་རང་སྤྱི་ཐམས་ཅད་མངོན་གྱུར་ཡིན་གྱི། ལྐོག་གྱུར་མིན་པར་སྟོན་པའང་མིན་ནོ། །

又云：「緣不現境，從不錯因所生之識是名比量。」故亦非說一切自相共相，唯是現事無不現事也。

དེས་ན་རང་སྤྱི་གཉིས་གང་ལ་དམིགས་པའི་ཤེས་པ་ལའང་དེ་གཉིས་ཀྱི་སྣང་བ་འབྱུང་ལ། སྣང་བ་དེ་ཉིད་ནི་ཤེས་པ་དེའི་ཡུལ་མངོན་སུམ་སྟེ་དེ་དང་དེའི་ཡུལ་ཅན་གྱི་རྣམ་ཤེས་གཉིས་ཀ་མངོན་སུམ་དུ་འཇོག་པ་ནི། ཡུལ་ལ་མངོན་སུམ་གྱི་སྒྲ་དངོས་དང་ཡུལ་ཅན་ལ་བཏགས་ནས་འཇུག་པར་བཞེད་པའོ། །

以是當知，若識緣於自相、共相，彼識即有二相之相現。其所現相即彼識之現境。安立彼境與彼識俱爲現事。故「現」現字，爲彼境之實名，爲彼心之假名。

ཤེས་པ་གང་ལ་གང་གི་རྣམ་པ་སྣང་བའི་སྣང་བ་ཐམས་ཅད་ཤེས་པ་དེའི་ཡུལ་མངོན་སུམ་ཡིན་ན། སྣང་བ་དེ་ཤེས་པ་དེ་ལ་མངོན་གྱུར་ཡིན་ཞིང་། དེ་ཡང་དེ་ལ་མི་སླུ་བའི་ཤེས་པ་ཡིན་ན་འཇིག་རྟེན་ན་མི་སླུ་བའི་ཤེས་པ་ལ་ཚད་མར་གྲགས་པས་ཚད་མར་འགྱུར་བ་ཞིག་འོང་ངོ། །

若於此識有彼相現，即說彼相爲此識現境。彼現境於此識爲現見事，此識於彼境爲不欺誑識。世間共許不欺誑識爲能量，故此識亦是能量。

དེའི་ཚེ་གཞལ་བྱ་སྣང་བ་དེ་ཤེས་པ་དེའི་གྲུབ་པ་ན་ཡུལ་ཅན་འགྲུབ་པ་ནི་སྔར་བཞིན་ཡིན་ནོ། །

爾時彼所量相，即由此識而得成立。其成立此識之理亦同上說。

དེའི་ཕྱིར་བདག་འཛིན་གཉིས་ལྷ་བུ་ལ་ཡང་བདག་གཉིས་ཀྱི་སྣང་བ་མངོན་སུམ་དུ་འཆར་ལ། དེའི་ཚེ་གཞལ་བྱ་སྣང་བ་མངོན་གྱུར་དེ་ཡུལ་ཅན་དེས་འགྲུབ་པ་སོགས་སྔར་དང་འདྲ་སྟེ། དེས་ཞེན་ཡུལ་ལ་འཁྲུལ་པ་གཞན་ཡང་

ཤེས་པར་བྱའོ། །

故二種我執亦是現見二種我相，彼所量現相，即由此二執成立等，亦同上說。其餘於所著境錯亂之內識，皆當如是了知。

དེ་ལྟར་ཤེས་པ་རྣམས་ཡུལ་དུ་སྣང་བའི་སྣང་ཡུལ་མངོན་གྱུར་གྲུབ་པར་འདྲ་ལ། བདག་གཉིས་དང་བདག་མེད་གཉིས་དང་། གཟུགས་སོགས་རྟག་མི་རྟག་སོགས་ལ་ཚད་མར་འགྲོ་མི་འགྲོའི་ཁྱད་པར་ཆེན་པོ་ཡོད་པས། བློ་ལ་ཚད་མ་དང་ཚད་མིན་གྱི་རྣམ་པར་བཞག་པའང་འགྲུབ་པོ། །

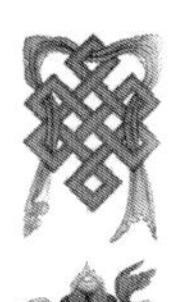

如是諸識，雖於所現境同是現量，然於二我、二無我，及色常、無常等，是量、非量，則大有差別。故內心是量、非量之建立，亦皆能成立也。

ཡིད་ཤེས་སྣང་ཡུལ་ལ་ཚད་མར་བཤད་པ་དེ་རྣམས་ཀྱང་ཡུལ་མངོན་གྱུར་དེ་རྣམས་ལ་ཡིད་ཀྱི་མངོན་སུམ་ཚད་མར་བྱ་སྟེ། མཐའ་གཞན་ཁེགས་པའི་ཕྱིར་རོ། །

如上所說，於所現境爲能量之意識，當知是於彼現境之意現量，以是餘量皆已遮故。

རང་རིག་མངོན་སུམ་ཚད་མར་མི་འགྱུར་ཏེ། ཡུལ་དེ་ལ་གཉིས་ཀྱི་སྣང་བ་དང་བཅས་པའི་ཕྱིར་རོ། །

不可說是自證現量，以於彼境有二取相故。

མཉམ་གཞག་གི་ཤེས་པ་ཟག་པ་མེད་པ་ལ་གཉིས་སྣང་ནུབ་ཀྱང་ཆོས་ཉིད་དང་དེ་གཉིས་རིག་བྱ་རིག་བྱེད་དུ་འགྲོ་བ་དང་། ཤེས་པ་ཐམས་ཅད་ཁ་ནང་ལྟ་ལ་གཉིས་སྣང་ལོག་ཀྱང་རིག་བྱ་རིག་བྱེད་དུ་འགྲོ་བ་གཉིས་རྣམ་པ་ཐམས་ཅད་དུ་མི་མཚུངས་ཏེ།

根本無漏智離二取相，而與法性有能證、所證，與一切諸識唯向內觀，離二取相仍有能證、所證者，全不相同。

ཕྱི་མ་ལ་ནི་གྲུབ་མཐས་བཏགས་པའི་ཡུལ་ཡུལ་ཅན་ཙམ་མ་གཏོགས་པ་རྟོག་པས་ཡིད་ཅི་ཙམ་གཏད་ཀྱང་རིག་བྱ་དང་རིག་བྱེད་ཀྱི་སྣང་བ་གཉིས་མི་འཆར་ལ། སྔ་མ་ལ་ནི་ཡིད་གཏད་དེ་བལྟས་པ་ན་ཡུལ་ཅན་ཤེས་པ་དང་ཡུལ་ཆོས་ཉིད་ཀྱི་རྣམ་པ་ཐ་དད་པ་ངེས་པར་འཆར་བའི་ཕྱིར་རོ། །

後者唯是宗派假立之能證所證，即以觀慧審諦觀察，終不見有能證所證之二相。前者不然，只要用意觀察，能證之智與所證之法性境，即各別現故。

མཉམ་གཞག་རྣམ་པར་མི་རྟོག་པའི་ཡེ་ཤེས་ཀྱིས་རང་གི་གཞལ་བྱ་ཆོས་ཉིད་གྲུབ་པ་ན། དེའི་སྟོབས་ཀྱིས་ཡུལ་ཅན་གྱི་ཡེ་ཤེས་འགྲུབ་པ་ལ། རིག་བྱ་རིག་བྱེད་སོ་སོར་སྣང་བའི་གཉིས་སྣང་ལོག་པ་དང་། གཞན་ལུགས་ཀྱིས་ཤེས

པ་ཐམས་ཅད་ཁ་ནང་ལྟ་ལ་གཉིས་སྣང་ལོག་པའི་འཛིན་རྣམ་ཡན་གར་བ་འདོད་པ་དང་མི་མཚུངས་པའི་ཁྱད་པར་ནི་འབྲས་བུའི་སའི་སྐབས་སུ་འཆད་པར་འགྱུར་རོ། །

由根本無分別智成立所量之法性時，即由此力便能成立能緣之智。此智離能證、所證之二相，與他宗所說，一切諸識「唯向內觀永離二相純能取相」之差別，後果地時當廣說。

འདི་འདྲ་བའི་རྣམ་གཞག་ཕྲ་མོ་ནི་རང་གིས་གཞན་ལ། འདི་ཡི་ཡོད་པ་གང་གིས་ཤེས་པར་འགྱུར། །ཞེས་སོགས་ཀྱི་གནོད་པ་བརྗོད་པ་ཙམ་ལ་བཟློག་པ་ན། ཆེན་པོ་རྣམས་ཀྱི་ལུགས་སོ་སོ་བའི་རྣམ་གཞག་ཕྲ་མོ་མི་ཤེས་ཤིང་། རང་གི་ལུགས་ངེས་དོན་གྱི་ལུང་གི་དོན་ཕྲ་མོ་དང་། ཤིན་ཏུ་རྟོགས་དཀའ་བའི་རིགས་ལམ་ཕྲ་མོ་ནས་འདྲེན་མི་ཤེས་པ་རྣམས་ཀྱིས། ཁོ་བོའི་ཕྱོགས་ལ་ཁས་ལེན་མེད་པས་སྐྱོན་དུ་མི་འགྱུར་རོ། །ཞེས་

自破他云：「此有由何能證知」等所說衆過。他反難時，其不知各宗微細建立者，復不能以自宗了義聖教最精微義，及最難通達之深細正理而釋他難。唯樂狡辯，云我宗無所許故不犯過者。

བསྙོན་འདིངས་པ་ཙམ་ལ་རེ་བ་རྣམས་ལ་མི་དགོས་ཀྱང་། སྐྱེ་བོ་མཁས་པ་མཛངས་ཤིང་ཕྲ་བའི་བློ་ཅན་རིགས་པའི་གནད་ཕྲ་མོས་སྐྱོན་ཡོན་སོ་སོར་འབྱེད་པའི་ལམ་མ་མཐོང་བར་ཡིད་མི་ཆེས་པ་རྣམས་ཀྱི་དོན་དུ་བསམས་ནས། བདག་གིས་ལུགས་དམ་པ་འདི་སྐྱོན་མེད་པར་འཇོག་པའི་ཕྱོགས་འདིའི་སྒོ་ཙམ་ཞིག་བསྟན་པ་ཡིན་ནོ། །

實不需知如斯精微建立，然諸聰叡智士，若不見以精細正理簡擇得失之正道，便不能信受。吾爲此輩，故略示安立此宗無過之門徑也。

འོ་ན་ངས་སྔོན་པོ་མཐོང་ངོ་ཞེས་དྲན་པའི་ང་ནི་གང་ཟག་ཡིན་ལ། སྔོ་འཛིན་གྱི་ཤེས་པ་དང་དེ་གཉིས་འགལ་བས་དེ་ལྟར་དྲན་པ་དེ་སྔོ་འཛིན་དྲན་པར་ཇི་ལྟར་འགྱུར་སྙམ་ན། སྔོ་འཛིན་གྱི་མིག་ཤེས་དང་སྔོན་པོ་མཐོང་མཁན་གྱི་གང་ཟག་གཉིས་འགལ་ཡང་། ཤེས་པ་དེས་སྔོན་པོ་མཐོང་བ་ལ་བརྟེན་ནས་ངས་མཐོང་ངོ་ཞེས་འཇོག་པ་མི་འགལ་བ་བཞིན་དུ་སྔོ་འཛིན་གྱི་ཤེས་པས་སྔོན་པོ་མཐོང་བ་དྲན་པ་ལ་བརྟེན་ནས་ངས་སྔར་སྔོན་པོ་མཐོང་ངོ་ཞེས་གང་ཟག་དྲན་པ་དེས་སྔོ་འཛིན་གྱི་ཤེས་པ་དྲན་པ་ཡང་ཅི་ཞིག་འགལ།

問：其念「我見青色」，此我是補特伽羅，與緣青識相違。如是念時，如何是念緣青識耶？答：緣青眼識與見青之補特伽羅雖屬相違，然以彼識見青爲緣，即可安立是我見青，並不相違。如是由念緣青眼識見青爲緣，云我先見青，說此補特伽羅，即念緣青眼識，何違之有？

གསུམ་པ་ནི། གང་གི་ཕྱིར་དེ་ལྟ་ཡིན་པ་

未三、以餘正理明自證非理。由是因緣，頌曰：

དེ་ཕྱིར་རང་རིག་ཡོད་པ་མ་ཡིན་ན། །ཁྱོད་ཀྱི་གཞན་དབང་གང་གིས་འཛིན་པར་འགྱུར། །

是故自證且非有，汝依他起由何知，

作者作業作非一，故彼自證不應理。

དེའི་ཕྱིར་རང་རིག་ཡོད་པ་མ་ཡིན་ན། སེམས་ཙམ་པ་ཁྱོད་ཀྱི་གཞན་དབང་ཤེས་པ་གང་གིས་འཛིན་པར་འགྱུར་ཞིང་གཅོད་པའི་བྱེད་པ་པོ་དང་། བཅད་པའི་ལས་སུ་བྱ་བ་ཤིང་དང་། །ཤིང་གཅོད་པའི་བྱ་བ་གསུམ་གཅིག་མིན་པས་ཤེས་པ་དེ་ཉིད་ཀྱིས་དེ་འཛིན་པར་རིགས་པ་མ་ཡིན་ནོ། །

是故自證且非是有，汝唯識師所說依他起性，爲由何識證知爲有耶？又由能斫木之作者，與所斫之木，及斫木之作用，三非是一。故說彼識能自證知不應正理。

འདིའི་གནོད་པ་འབབ་ཚུལ་ནི་བདེན་གཉིས་རང་འགྲེལ་ལས་ཤེས་པའི་བདག་ཉིད་ལ་ནི། རྡུལ་ཕྲ་རབ་དག་དང་གཉིས་པོ་མེད་པའི་དངོས་པོའི་ངོ་བོ་མི་སྣང་ངོ་། །མི་སྣང་བ་ལ་ནི་ཐ་སྙད་མེད་དོ་ཞེས་པ་གསལ་ཏེ།

此違害之理，如《二諦論釋》云：「於識自體，不見有諸極微及離二相之體性。不可見者即無言說。」

སྔར་བཤད་པ་ལྟར་གྱི་ཤེས་པ་ཁ་ནང་ལྟ་ལ་གཉིས་སྣང་མེད་པའི་མྱོང་ཙམ་ཁོ་རང་གི་རིག་བྱ་དང་། ཁོ་རང་དེའི་རིག་བྱེད་དུ་འཇོག་པ་ལ་དེ་ལ་ཇི་ཙམ་གཏད་ཀྱང་རྟོག་པ་ལ་ཡང་རིག་བྱ་དང་རིག་བྱེད་གཉིས་སུ་མི་སྣང་བ་དེ་ལ་རིག་བྱ་རིག་བྱེད་ཀྱི་བྱ་བྱེད་འཇོག་ན། བྱེད་པ་པོ་དང་ལས་དང་བྱ་བ་གཞན་ཡང་གཅིག་ཏུ་ཧ་ཅང་ཐལ་བ་འཇུག་པ་ཡིན་ནོ། །

安立諸識唯向內觀離二取相領受體性，自爲能證所證。然以觀慧任何觀察，終不見有能證所證。若於彼上能安立能證所證者，則餘作者作業作用，皆應成一也。

དེས་ན་སློབ་དཔོན་ཆེན་པོ་ཡེ་ཤེས་སྙིང་པོ་ནི། སེམས་ཙམ་པའི་རང་རིག་དང་ཉན་ཐོས་སྡེ་པའི་རྡུལ་ཆ་མེད་གཉིས་ཡོད་མེད་ཇི་ལྟ་བ་བཞིན་མཚུངས་པར་བཞེད་དེ། རྡུལ་ཆ་མེད་ལ་ཡང་ཡུལ་གྱི་གོ་ས་གནོན་པ་ནི་དགོས་ལ།

དེའི་རྣམ་པ་ཤར་བ་ན་ཕྱོགས་ཀྱི་ཆ་བཅས་མིན་པ་འཆར་ས་མེད་དོ། །

故智藏論師說：「唯識宗之自證與小乘部之無方分極微，有無相等。」以無方分極微，亦必有所在處。見彼相時離諸方分則無可見。

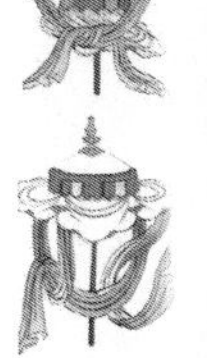

དེས་ན་དེ་གཉིས་ཀྱི་རིག་བྱ་རིག་བྱེད་དང་ཕྱོགས་ཀྱི་ཆ་མེད་ནི་གྲུབ་མཐས་བཏགས་པ་འབའ་ཞིག་གོ །

故說彼二之能證所證與無方分，純屬宗派之假立也。

དེས་ན་དེ་གཉིས་སྣང་ཡང་མ་ངེས་པ་ཡིན་པ་ཡང་བཀག་སྟེ། བདེན་གཉིས་རང་འགྲེལ་ལས། གལ་ཏེ་སྣང་བ་བཞིན་དུ་ཡང་དེ་ངེས་པར་མི་ཟིན་སྙམ་ན། དེས་ན་ཅི་དེ་ལྟ་བུ་ལ་ནི་ཐ་སྙད་མེད་དོ། །སྣང་ཞེས་བྱ་བ་ཡང་ཡིད་ཆེས་པ་མེད་པའི་ཕྱིར་མནའ་ཆུ་བཏུང་དགོས་སོ། །ཞེས་སྣང་བ་ལ་ཡང་སྒྲུབ་བྱེད་མནའ་ཙམ་དུ་ཟད་དོ། །ཞེས་གསུངས་སོ། །

若說彼二是見而不定法，亦不應理。如《二諦論釋》云：「若謂此是見而不定，如是亦無言說。縱言可見，不可信故，唯可飲誓水。」此謂唯有盟誓成立爲可見。

ལང་ཀར་གཤེགས་པ་ལས་གསུངས་པའི་རིགས་པས་ཀྱང་རང་རིག་མི་རིགས་ཏེ། ཇི་ལྟར་རལ་གྲིས་རང་གི་སོ། །གཅོད་པར་མི་བྱེད་སོར་མོས་ནི། །རང་ལ་རེག་པར་མི་བྱེད་ལྟར། །རང་རིག་སེམས་ཀྱང་དེ་བཞིན་ནོ། །ཞེས་གསུངས་སོ། །

又以《楞伽經》所說道理，亦能證明自證非有。經云：「如劍不自割，指亦不自觸，如是應知心，不自證亦爾。」

བཞི་པ་ནི།

未四、明依他起有自性同石女兒。頌曰：

གལ་ཏེ་སྐྱེ་བ་མེད་ཅིང་མ་ཤེས་པའི། །བདག་ཅན་གཞན་དབང་ངོ་བོའི་དངོས་ཡོད་ན། །
གང་གིས་ན་འདི་ཡོད་པ་མི་རིགས་པ། །གཞན་ལ་མོ་གཤམ་བུས་གནོད་ཅི་ཞིག་བསྐྱལ། །
若既不生復無知，謂有依他起自性，
石女兒亦何害汝，由何謂此不應有。

གཞན་དབང་བདག་དང་གཞན་ལས་མི་སྐྱེ་བར་ནི་སྔར་བསྟན་ཟིན་ལ།

依他起性不從自他生，既如前說。

དེ་འཇལ་བའི་རང་རིག་ཀྱང་མེད་པར་ད་ལྟ་ཉིད་དུ་བསྟན་པས། གལ་ཏེ་རང་བཞིན་གྱིས་སྐྱེ་བ་མེད་ཅིང་ཚད་མས་མ་ཤེས་པའི་བདག་ཉིད་ཅན་གྱི་གཞན་དབང་རང་གིས་ངོ་བོས་གྲུབ་པའི་དངོས་པོ་ཡོད་ན།

今復宣說，無有能知彼之自證。若既不由自性生，又無量能知，而謂依他起事是有自性。

རྒྱ་མཚན་གང་གིས་ན་འདི་ཡོད་པར་མི་རིགས་པ་གཞན་ཏེ་སེམས་ཙམ་པ་ཁྱོད་ལ་མོ་གཤམ་གྱི་བུས་གནོད་པ་ཅི་ཞིག་བསྐྱལ་ནས་དེ་ཡོད་པར་མི་འདོད་དེ་ཡོད་པར་འདོད་དགོས་ཏེ།

則由何道理謂石女兒不應有。此石女兒，於汝唯識師復有何害。汝今亦可許彼爲有。

འདི་ལྟར་མོ་གཤམ་གྱི་བུ་ཞེས་བྱ་བ་སྤྲོས་པ་ཐམས་ཅད་ལས་འདས་ཤིང་འཕགས་པའི་ཡེ་ཤེས་ཀྱི་སྤྱོད་ཡུལ་དུ་གྱུར་པ། བརྗོད་དུ་མེད་པའི་རང་བཞིན་ཅན་ཞིག་ཡོད་དོ་ཞེས་འདི་ཡང་ཡོད་པ་ཉིད་དུ་འདོད་པར་གྱིས་ཤིག།

謂石女兒，離一切戲論，唯聖智所行，是離言自性也。

གཉིས་པ་ནི། གང་ཡང་དངོས་པོ་བཏགས་པར་ཡོད་པའི་རྒྱུར་འགྱུར་ཞིང་། ཞེས་སྨྲས་པ་དེ་ཡང་གཞན་དབང་རང་བཞིན་གྱིས་ཡོད་ན་རིགས་པ་ཞིག་ན།

午二、明唯識宗失壞二諦。又汝前說：「是假有法所依因。」若依他起是有自性，雖可應理。頌曰：

གང་ཚེ་གཞན་དབང་ཅུང་ཟད་ཡོད་མིན་ན། །ཀུན་རྫོབ་པ་ཡི་རྒྱུར་ནི་གང་ཞིག་འགྱུར། །

若時都無依他起，云何得有世俗因。

གང་གི་ཚེ་གཞན་དབང་རང་བཞིན་གྱིས་གྲུབ་པ་ཅུང་ཟད་ཀྱང་ཡོད་པ་མིན་ན། ཐ་སྙད་ཀུན་རྫོབ་པའི་འཁྲུལ་པའི་རྒྱུ་སྟེ་གཞི་རྫས་སུ་གྲུབ་པར་ནི་གང་ཞིག་འགྱུར་ཏེ་ཅུང་ཟད་ཀྱང་མེད་དོ། །

若時依他起都無少分自性，則說名言世俗錯亂之因爲實物，云何得有也。

དེས་ནི་གཞན་དབང་དོན་དམ་དུ་གྲུབ་པར་འདོད་པས་དོན་དམ་ལས་ཉམས་པར་བསྟན་ནོ། །

此明由計依他起勝義有故，即失壞勝義諦。

དེའི་ཕྱིར་སེམས་ཙམ་པ་འདི་ལ་འཇིག་རྟེན་གྱི་ཐ་སྙད་ཀྱི་རྒྱུ་གང་ཡིན་པ་དེ་རང་གི་ངོ་བོ་ཉིད་ཀྱིས་ཡོད་པ་མིན་པས།

故唯識師所說世間名言之因，非有自性。頌曰：

གཞན་གྱི་ལྟར་ན་རྫས་ལ་ཆགས་པ་ཡིས། །འཇིག་རྟེན་གྲགས་པའི་རྣམ་བཞག་ཀུན་ཀྱང་བརླག །

如他由著實物故，世間建立皆破壞。

ཀྱེ་མ་ཀྱི་ཧུད་གཞན་སེམས་ཙམ་པའི་ལྟར་ན་ངེས་དོན་མཐར་ཐུག་པ་འབྱེད་པའི་ཤེས་རབ་ཀྱི་རྩལ་མེད་པས་གཞན་དབང་གི་རྫས་ཤེས་ཙམ་ལ་བདེན་པར་ཞེན་པའི་ཆགས་པ་ཡི་སྒོ་ནས། གཞན་དབང་གི་བུམ་པ་སོ་མ་བཏང་བར། ཚུལ་མིན་གྱི་དཔྱད་པ་ཆུ་དང་འདྲ་བ་བླུགས་ནས། རང་གི་བློ་གྲོས་ཀྱི་ཚུལ་ངན་པའི་ཕྱིར་ཧེ་རྒྱུ་མཚན་གྱིས། འཇིག་རྟེན་ལ་གྲགས་པའི་རྣམ་གཞག་འཇིག་རྟེན་པོ་ན་ལས་གྲུབ་པ་འདུག་ཅིག་སོང་ཞིག་བྱོས་ཤིག། ཅེས་པ་སོགས་དང་དེ་བཞིན་དུ་ཕྱིའི་གཟུགས་དང་ཕྱིའི་དམིགས་པ་ལས་སྐྱེས་པའི་ཚོར་བ་ལ་སོགས་པ་དེ་དག་ཀུན་ཀྱང་བརླག་པ་སྟེ་འཇིག་པར་བྱེད་དོ། །

嗚呼可嘆，如他唯識師，由無簡擇究竟了義之慧力，執著依他起物，以為真實。矩①知依他起法如未燒之泥瓶，非理觀察如注以水。由智慧惡劣故，例如觀待世間共許之建立坐、去、作等，及諸外色與從外境所生之受等，皆被破壞。

དེའི་ཕྱིར་སེམས་ཙམ་པ་འདི་ལ་རྒུད་པ་འབའ་ཞིག་སྲིད་པར་འགྱུར་གྱི། མངོན་པར་མཐོ་བ་སྟེ་ཕུལ་དུ་བྱུང་བའི་གོ་འཕང་ནི་འཐོབ་པ་མ་ཡིན་ནོ། །

故唯識師唯獲②衰損，不能證得增上勝道。

ཕྱི་རོལ་བཀག་ན་སོང་ཞིག་ལ་སོགས་པ་ཡང་མེད་པར་འགྱུར་བའི་རིགས་པས། དེ་རྣམས་ཕྱི་རོལ་ལ་འབྲེལ་བའོ། །འདིས་ནི་ཀུན་རྫོབ་ཀྱི་བདེན་པ་ལས་ཉམས་པར་བསྟན་པའོ། །

由破外境，乃破去坐等諸外事乎。此明唯識宗失壞世俗諦。

གསུམ་པ་ནི། དེའི་ཕྱིར་དེ་ལྟར་སློབ་དཔོན་ཕྱིན་ཅི་ལོག་སྐྱེ་དྲང་བའི་དོན་ལ་ངེས་པའི་དོན་དུ་འཆད་པ་ལས། སངས་རྒྱས་ཀྱི་དགོངས་པར་མ་སོང་བའི་རང་གི་རྣམ་པར་རྟོག་པས་སྤྲུར་བའི་ལུགས་ཀྱི་ལམ་པོ་ནར་ཞུགས་པ།

---

①「矩」，民族本作「詎」。矩詎不通假。
②「獲」，民族本、PDF作「護」。

午三、唯龍猛宗應隨修學。如是由師倒說不了義爲了義，不得佛意，隨自分別妄造宗派。入彼道者，頌曰：

སློབ་དཔོན་ཀླུ་སྒྲུབ་ཞབས་ཀྱི་ལམ་ལས་ནི། །ཕྱི་རོལ་གྱུར་ལ་ཞི་བའི་ཐབས་མེད་དོ། །

出離龍猛論師道，更無寂滅正方便。

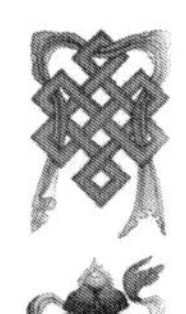

སློབ་དཔོན་འཕགས་པ་ཀླུ་སྒྲུབ་ཞབས་ཀྱིས་སྲོལ་ཕྱེ་བའི་ལམ་ལས་ནི་ཕྱི་རོལ་ཏུ་གྱུར་པ་ལ་ཞི་བ་མྱང་འདས་ཐོབ་པའི་ཐབས་ཀྱི་གཙོ་བོ་མེད་དོ། །ཅིའི་ཕྱིར་ཞེ་ན།

出離龍猛菩薩所開之軌道，更無能得寂滅涅槃之正方便。何以故？頌曰：

དེ་དག་ཀུན་རྫོབ་དེ་ཉིད་བདེན་ལས་ཉམས། །དེ་ལས་ཉམས་པས་ཐར་པ་འགྲུབ་ཡོད་མིན། །

彼失世俗及真諦，失此不能得解脫。

འདི་ལྟར་ཕྱི་རོལ་ཏུ་གྱུར་པ་དེ་དག་ནི་ཀུན་རྫོབ་ཀྱི་བདེན་པ་དང་དེ་ཉིད་དོན་དམ་བདེན་པ་ལས་ངེས་པར་ཉམས་པར་འགྱུར་ལ། བདེན་གཉིས་དེ་ལས་ཉམས་པས་ཀྱང་དེ་མ་བཏང་གི་བར་དུ་ཐར་པ་འགྲུབ་པ་ཡོད་པ་མིན་ནོ། །

由出此外者，決定失壞世俗諦及勝義諦。失壞二諦者，至未捨盡彼執，決定不能證得解脫。

卷九

ཡང་ཅིའི་ཕྱིར་

何以故？頌曰：

ཐ་སྙད་བདེན་པ་ཐབས་སུ་གྱུར་པ་དང་། །དོན་དམ་བདེན་པ་ཐབས་བྱུང་གྱུར་པ་སྟེ། །

དེ་གཉིས་རྣམ་དབྱེ་གང་གིས་མི་ཤེས་པ། །དེ་ནི་རྣམ་རྟོག་ལོག་པས་ལམ་ངན་ཞུགས། །

由名言諦爲方便，勝義諦是方便生，

不知分別此二諦，由邪分別入歧①途。

①「歧」，上海本、民族本作「岐」。

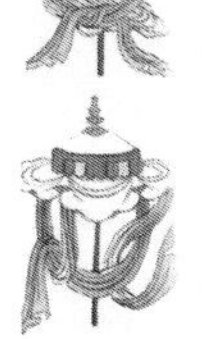

བདེན་གཉིས་ལས་ཉམས་པས་ཐར་པ་མི་འགྲུབ་ཅེ་ན། ཐ་སྙད་བདེན་པའི་རྣམ་གཞག་མ་ལོག་པ་ནི། དོན་དམ་བདེན་པ་ཇི་བཞིན་དུ་རྟོགས་པའི་ཐབས་སུ་གྱུར་པ་དང་། དོན་དམ་བདེན་པ་ཇི་བཞིན་རྟོགས་པ་ནི་སྔར་བཤད་པའི་ཐབས་ལས་བྱུང་བར་གྱུར་པ་སྟེ། བདེན་པ་དེ་གཉིས་ཀྱི་རྣམ་དབྱེ་གང་གིས་མི་ཤེས་པ་དེ་ནི་ཕྱིན་ཅི་ལོག་གི་རྣམ་པར་རྟོག་པས་ལམ་ངན་པར་ཞུགས་པའོ། །

由不顛倒名言諦之建立，即是如實通達勝義諦之方便。如實通達勝義諦，是從上說方便生起之果。故不知此二諦之差別者，即由邪分別誤入歧途。

འདིས་ནི་ཐ་སྙད་ཀྱི་རྣམ་གཞག་སྐྱོན་མེད་པ་ཞིག་མ་བྱུང་བར་དུ་དོན་དམ་བདེན་པ་ཇི་བཞིན་དུ་མི་རྟོག་པར་བསྟན་པའོ། །དེའི་ཕྱིར་ཀླུ་སྒྲུབ་ཀྱིས་སྲོལ་ཕྱེ་བའི་ལུགས་ཁོ་ནའི་རྗེས་སུ་འབྲང་བར་བྱའོ། །

此明未知無過失之名言建立，必不能如實通達真勝義諦。故唯當隨學龍猛菩薩所開辟之軌道也。

ཚུལ་དེ་ཉིད་མདོས་སྒྲུབ་པ་ལ་དེ་ཁོ་ན་ཉིད་ངེས་པར་བསྟན་པའི་ཏིང་ངེ་འཛིན་ལས། འཇིག་རྟེན་མཁྱེན་པས་གཞན་ལ་མ་གསན་པར། །བདེན་པ་འདི་གཉིས་ཉིད་ཀྱིས་བསྟན་པར་མཛད། །གང་ཞིག་ཀུན་རྫོབ་དེ་བཞིན་དོན་དམ་སྟེ། །བདེན་པ་གསུམ་པ་གང་ཡང་མ་མཆིས་སོ། །ཞེས་པས་ནི་སངས་རྒྱས་ཀྱིས་རང་དབང་དུ་བདེན་གཉིས་བསྟན་པ་དང་ཤེས་བྱ་ཐམས་ཅད་བདེན་གཉིས་སུ་གྲངས་ངེས་པར་བསྟན་ནོ། །

如《見真實三摩地經》（即《寶積經・見實會》）云：「世間智者於實法，不從他聞自然解，所謂世俗及真諦，離此更無第三法。」此明佛自力宣說二諦，及明一切所知，決定唯二諦所攝，

དེ་ནས། གང་གིས་བདེ་བར་གཤེགས་ལ་འགྲོ་བ་རྣམས། །བདེ་བའི་དོན་དུ་དད་པ་སྐྱེ་འགྱུར་བ། །རྒྱལ་བས་འགྲོ་བ་རྣམས་ཀྱི་དོན་སླད་དུ། །འཇིག་རྟེན་ཕན་ཕྱིར་ཀུན་རྫོབ་དེ་བསྟན་ཏོ། །ཞེས་པས་ནི་ཀུན་རྫོབ་བསྟན་པའི་དགོས་པ་བསྟན་ནོ། །

次云：「衆生爲求安樂故，於善逝所生信心，如來悲愍於一切，爲利世間說俗諦。」此明說世俗諦之所爲。

སེམས་ཅན་ཚོགས་ཀྱི་འགྲོ་དྲུག་གང་བསྟན་པ། །སེམས་ཅན་དམྱལ་དང་དུད་འགྲོ་ཡི་དྭགས་དང་། །ལྷ་མིན་རིས་དང་མི་དང་ལྷ་ཡི་རྣམས། །མི་ཡི་སེངྒེ་ཀུན་རྫོབ་བཏགས་པ་མཛད། །རིགས་དམའ་དེ་བཞིན་མཐོ་བའི་རིགས་རྣམས་དང་། །ཕྱུག་པོའི་ཁྱིམ་དང་དབུལ་པོའི་ཁྱིམ་རྣམས་དང་། །བྲན་གྱི་ཚོགས་དང་དེ་བཞིན་གཡོག་གི་ཚོགས། །བུད་མེད་ཚོགས་དང་སྐྱེས་པ་མ་ནིང་དང་། །འགྲོ་བའི་ཁྱད་པར་ཇི་སྙེད་གང་ཡང་རུང་། །

མཚུངས་མེད་ཁྱོད་ཀྱིས་འཇིག་རྟེན་བསྟན་མཛད་པ། །ཀུན་རྫོབ་བདེན་པར་མཁས་པས་ཐུགས་ཆུད་ནས། །འཇིག་རྟེན་མཁྱེན་པས་མི་ལ་དེ་བསྟན་ཏོ་བཞེས་པས་ནི་ཀུན་རྫོབ་བསྟན་ཚུལ་གསུངས་སོ། །

又云：「人中獅子設世俗，顯示衆生爲六趣，地獄畜生及餓鬼，阿修羅趣與人天，下賤種姓高貴族。大富家庭與貧舍，奴僕之屬及婢使，男女等類並二根，所有衆生諸差別，佛無比者爲世說，智者了知世俗諦，佛爲利人故宣說。」此明宣說世俗諦相。

འདི་ལ་དགའ་བའི་འགྲོ་བ་འཁོར་བ་ན། །འགྲོ་བའི་ཆོས་བརྒྱད་ལ་ནི་འདུག་འགྱུར་ཏེ། །ཐོབ་དང་མ་ཐོབ་སྙན་དང་མི་སྙན་དང་། །བསྟོད་དང་སྨད་དང་བདེ་དང་སྡུག་བསྔལ་ལོ། །ཐོབ་པ་རྙེད་ན་དེ་ལ་ཆགས་པ་སྐྱེ། །མ་ཐོབ་གྱུར་ན་དེས་ཀྱང་འཁྲུག་པར་འགྱུར། །གང་གཞན་མ་བསྟན་ཚུལ་འདིས་ཤེས་པར་བྱ། །ནད་རྣམས་བརྒྱད་ཀྱིས་དེ་རྒྱུན་གནོད་པར་གྱུར། ཞེས་པས་ནི་ཀུན་རྫོབ་པ་འདི་ལ་བདེན་པར་ཞེན་ནས་དགའ་བ་ནི་འཇིག་རྟེན་གྱི་ཆོས་བརྒྱད་ལ་འདུག་ཅིང་དེས་མནར་ནས་འཁོར་བར་འཁོར་བ་དང་ཆོས་བརྒྱད་ཀྱི་དང་པོ་གཉིས་བསྟན་པས་ལྷག་མ་མི་བསྟན་པ་ཤེས་པར་བྱ་བར་གསུངས་སོ། །

又云：「衆生著此淪生死，不能脫離世八法，所謂利衰及毀譽，所有稱譏並苦樂。得利即便生忻喜，失利便起瞋怒心，餘未說者皆應知，八病恆損於世間。」此明樂著世俗爲實有者，便恆追求世間八法，爲彼所惱流轉生死。及明八法中初二法，餘未說者亦當例知。

卷九

ཀུན་རྫོབ་དེ་ལ་དོན་དམ་སུ་སྨྲ་བ། །དེ་དག་ནོར་བའི་བློ་ལྡན་ཤེས་པར་བྱ། །ཞེས་པས་ནི་ཀུན་རྫོབ་པ་འགྲོ་བ་དྲུག་ལ་སོགས་པ་ལ་དོན་དམ་སྟེ་བདེན་པར་གྲུབ་པ་ཞེས་སུ་སྨྲ་བ་དེ་དག་ཕྱིན་ཅི་ལོག་གི་བློ་ཅན་དུ་ཤེས་པར་བྱ་བར་གསུངས་པས་རང་སྡེ་དེ་ལྟར་འདོད་པ་རྣམས་གྲུབ་མཐའ་ནོར་པར་གསུངས་སོ། །

又云：「誰說世俗爲勝義，應知彼人慧顛倒。」此明若誰說世俗六道等法，爲勝義實有，當知彼是具顛倒慧者。故說自教如是計者亦是錯謬宗派。

མི་སྡུག་སྡུག་དང་སྡུག་བསྔལ་བདེ་བ་དང་། །བདག་མེད་རང་བཞིན་བདག་ཏུ་སྨྲ་བ་དང་། །མི་རྟག་ཆོས་ལ་རྟག་ཅེས་སྨྲ་བགྱིད་ཅིང་། །དེ་ལྟར་དགའ་སྟེ་མཚན་མར་གང་གནས་པ། །དེ་དག་བདེ་གཤེགས་གསུང་ནི་ཐོས་གྱུར་ན། །འཇིགས་ཤིང་ཇི་བཞིན་མི་རྟོགས་སྤོང་པར་བགྱི། །དེ་དག་བདེར་གཤེགས་གསུང་ནི་སྤངས་གྱུར་ནས། །སེམས་ཅན་དམྱལ་བར་སྡུག་བསྔལ་མི་བཟད་མྱོང་། །

又云：「不淨苦中說淨樂，於無我性說有我，無常法中說是常，住此相中而愛著。彼聞如來所說法，恐怖誹謗不信受，誹謗如來正法已，墮地獄中受劇苦。

དེ་དག་ཚུལ་མིན་བདེ་བ་ཚོལ་བགྱིད་ཀྱང་། །སྡུག་བསྔལ་བརྒྱ་དག་བྱིས་པས་མྱོང་བར་འགྱུར། །ཞེས་པས་ནི་ཕྱིན་ཅི་ལོག་བཞི་ལ་གོམས་པ་དང་དེ་འཐད་པའི་གྲུབ་མཐས་བསླད་པ་ཕྱི་རོལ་པ་རྣམས་ནི། སངས་རྒྱས་ཀྱི་གསུང་ཐོས་ན་སྤོང་ཞིང་དེའི་མཐུས་སེམས་ཅན་དམྱལ་བར་འགྲོ་བ་དང་། དེ་དག་གིས་ཐར་པའི་བདེ་བ་ཚུལ་བཞིན་མིན་པའི་ཐབས་ཀྱིས་བཙལ་ཡང་། དེ་མི་རྙེད་པར་མ་ཟད་སྡུག་བསྔལ་དུ་མས་མནར་བར་འགྱུར་བར་བསྟན་ཏོ། །

凡愚非理求安樂，轉受無量百千苦。」此明串習四倒及被成立四倒邪宗所迷之外道輩，聞佛聖教，憎背誹謗，由此力故墮地獄中。及明彼等以非理方便求解脫樂，非但不得，反受無量大苦。

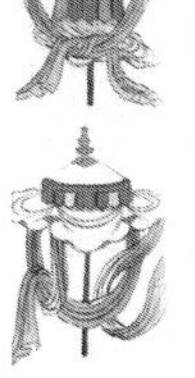

འཇིག་རྟེན་ཕན་པའི་བསྟན་པ་སུ་ཞིག་གིས། །མ་ལོག་བློ་ཡིས་རྣམ་པར་རྟོགས་གྱུར་ན། །སྲུལ་གྱི་པགས་པ་རྙིང་ལྟར་རབ་སྤངས་ཏེ། །སྲིད་པ་ཀུན་ལས་འདས་ནས་ཞི་བར་འགྱུར། །ཆོས་འདི་ཐམས་ཅད་རང་བཞིན་དབེན་པ་སྟེ། །སྟོང་པ་མཚན་མ་མེད་པ་དོན་དམ་ཞེས། །གང་གིས་ཐོས་ནས་དགའ་བ་སྐྱེ་འགྱུར་བ། །དེ་དག་བླ་མེད་བྱང་ཆུབ་ཐོབ་པར་འགྱུར། །

又云：「若有於佛正法中，如實觀察不顛倒，超出諸有入涅槃，如蛇脫去其故皮。一切諸法自性離，空無有相第一義，若聞此法生愛樂，必得無上大菩提。

རྒྱལ་བ་ཁྱོད་ཀྱིས་ཕུང་པོ་དབེན་པར་གཟིགས། །ཁམས་དང་སྐྱེ་མཆེད་རྣམས་ཀྱང་དེ་བཞིན་ཏེ། །དབང་པོའི་གྲོང་ནི་མཚན་མས་དབེན་པ་དག །ཀུན་ཀྱང་ཐུབ་པ་ཁྱོད་ཀྱིས་ཇི་བཞིན་གཟིགས། །ཞེས་བསྟན་པ་གསུང་རབ་ཟབ་མོའི་དོན་ཕྱིན་ཅི་མ་ལོག་པར་རྟོགས་ན། འཁོར་བ་ལས་གྲོལ་བར་ བསྟན་ནས།

佛見諸蘊皆空寂，諸界及處亦復然，諸根聚落咸離相，能仁皆悉如實知。」此明無倒通達甚深教義，便能解脫生死。

རྟོགས་ཚུལ་དེ་ཇི་འདྲ་ཞིག་སྙམ་པ་ལ། ཆོས་འདི་ཐམས་ཅད་རང་བཞིན་དབེན་པ་སོགས་ཀྱི་གཏམ་ཐོས་པ་ན་དགའ་ནས་དེའི་དོན་རྟོགས་ན་བྱང་ཆུབ་འཐོབ་པར་གསུངས་ཏེ། །སྔར་ཀུན་རྫོབ་བསྟན་ལ་འདིས་དོན་དམ་པ་བསྟན་ཏོ། །

次問如何通達？謂聞一切諸法皆離自性之教，心生愛樂，了達其義，必當證得大菩提也。前明世俗，此明勝義。

ཁམས་ནི་སའི་ཁམས་ལ་སོགས་པའོ། །སྐྱེ་མཆེད་ནི་གཟུགས་སྒྲ་སོགས་སོ། །

界謂地等界，處謂色聲等處。

དེའི་ཕྱིར་ཀུན་རྫོབ་བཏགས་པ་ཙམ་དང་རང་བཞིན་མེད་པའི་དོན་དམ་བདེན་པ་ཤེས་པས་དབེན་པ་རྣམས

ལ་ཐར་པ་ལྟ་ག་ལ་ཡོད། དེའི་ཕྱིར་རྣམ་པར་ཤེས་པ་ཙམ་དུ་སྨྲ་བ་དེ་དག་ནི་ལམ་གོལ་བར་ཞུགས་པ་པོ་དག་གོ །

故諸不知世俗假立，與勝義諦無自性者，寧得解脫？故唯識師皆是轉入歧途者也。

འདིར་ཐ་སྙད་ཀྱི་བདེན་པ་བསྟན་པ་ནི་ཐབས་སུ་གྱུར་པ་སྟེ། ཏིང་ངེ་འཛིན་གྱི་རྒྱལ་པོ་ལས། ཡི་གེ་མེད་པའི་ཆོས་ལ་ནི། །ཉན་པ་གང་དང་སྟོན་པ་གང་། །འགྱུར་བ་མེད་ལ་སྒྲོ་བཏགས་པས། །འོན་ཀྱང་ཉན་ཞིང་སྟོན་པ་ཡིན། །ཞེས་གསུངས་ཏེ། རྐང་པ་དང་པོ་གཉིས་ཀྱིས་ནི་དེ་དག་དོན་དམ་པར་མེད་པར་བསྟན་ཏོ། །

此說名言諦為方便者，如《三摩地王經》云：「無文字法中，何說何可聞？於不變增益，故有聞有說。」初二句明勝義無文字。

དོན་དམ་པར་ཡི་གེ་མེད་པ་དེ་ལ་ལ་སྒྲོ་བཏགས་པ་སྟེ་རྟོག་པས་བཏགས་ནས་ཉན་པ་དང་འཆད་དོ་ཞེས་པའོ། །

於彼勝義無文字之法中，以分別心增益假立，故有聞有說。

ཡི་གེའི་སྐད་དོད་ཨཀྵར་ཞེས་པ་ཡི་གེ་དང་འགྱུར་བ་མེད་པ་གཉིས་ཀ་ལ་འཇུག་ཀྱང་འདིར་ཡི་གེ་མེད་ལ་ཞེས་བསྒྱུར་ན་བདེའོ། །

字之梵語為阿叉[1]羅[2]，通字與不變二義，此處若譯為「無字」尤妥。

སྒྲོ་བཏགས་པ་ནི་མེད་པ་ལ་ཡོད་པ་དང་། མ་ཡིན་པ་ལ་ཡིན་ཞེས་པ་ལྟ་བུ་ལ་ཡང་མང་དུ་བཤད་མོད་ཀྱང་། དེ་ཁོ་ནར་མི་གཟུང་གི་རྟོག་པས་བཏགས་ནས་འཇོག་པ་ལ་ཡང་བྱའོ། །

「增益」雖多釋為「於無計有，於非計是。」然不限於彼義。凡由分別假立者皆可謂增益也。

ཐ་སྙད་ཀྱི་བདེན་པ་ཁོ་ན་ལ་གནས་ཏེ་དོན་དམ་པ་སྟོན་ལ། དེ་ལས་ཀྱང་དོན་དམ་པ་ཁོང་དུ་ཆུད་པ་ལས་དོན་དམ་པ་མྱང་འདས་ལས་འདས་པ་འཐོབ་སྟེ།

唯依世俗諦，始可宣說勝義諦，由此乃能通達勝義而得勝義涅槃。

རྩ་ཤེས་ལས། ཐ་སྙད་ལ་ནི་མ་བརྟེན་པར། །དམ་པའི་དོན་ནི་བསྟན་མི་ནུས། །དམ་པའི་དོན་ནི་མ་རྟོགས་པར། །མྱ་ངན་འདས་པ་ཐོབ་མི་འགྱུར། །ཞེས་གསུངས་སོ། །

如《中論》云：「若不依俗諦，不得第一義，不得第一義，則不得涅槃。」

---

① 「叉」，民族本、校正本作「乂」。《佛光大辭典》：阿叉羅，梵語ak ara，意為字。
② 「羅」，民族本、校正本作「囉」。藏經及《佛光大辭典》中有「阿叉羅」一詞。

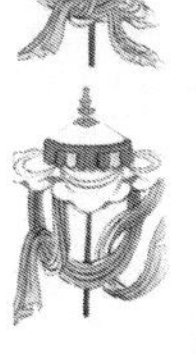

བཞི་བ་ནི། གལ་ཏེ་ཁྱོད་ཀྱིས་དེ་སྐད་དུ་ཁོ་བོ་ཅག་ལ་ཤིན་ཏུ་ལྟོས་པ་མེད་པར་སྨྲ་ན། ད་ནི་ངེད་ཅག་ཀྱང་ཁྱེད་ལ་བཟོད་པ་མི་བྱེད་དེ། གལ་ཏེ་བདག་ཉིད་གཞན་གྱི་ཕྱོགས་སུན་འབྱིན་པ་ཙམ་ལ་མཁས་པར་མངོན་པར་བྱེད་ཅིང་། རིགས་པའི་འཐད་པས་མི་རིགས་པའི་ཕྱིར་གཞན་དབང་རང་བཞིན་གྱིས་གྲུབ་པའི་ངོ་བོ་སེལ་བར་བྱེད་ན།

午四、明破依他起與破世俗名言不同。若汝於我等極不顧忌，我今於汝亦不容忍。汝僅善破他宗，謂以正理觀察不應理故，破依他起自性。

འོ་ན་ད་ནི་བདག་དང་གཞན་ལས་སྐྱེ་བ་སོགས་འགོག་པའི་འཐད་པ་ཁོ་ནས། མི་རིགས་པའི་ཕྱིར་ཁྱོད་ལ་གྲགས་པའི་ཀུན་རྫོབ་སེལ་བར་བྱེད་དོ་ཞེ་ན།

我今仍以破自他生等道理，破汝所許之世俗。

གལ་ཏེ་ཁྱོད་ཐོག་མ་མེད་པའི་དུས་ནས་དཀའ་བ་བརྒྱ་ཕྲག་གིས་བསགས་པའི་ནོར་གྱི་ཚོགས་འཕྲོག་པ་པོ་ལ། མཛའ་བོའི་ཚུལ་གྱིས་དུག་བཅས་ཀྱི་ཟས་བྱིན་ནས་སླར་ཕྲོགས་པས་དགའ་བ་བཞིན་དུ།

曰：如無始以來，經百千艱苦所積財寶被他奪去，詐現親善，授以毒食，還奪其財，深心慶喜。

ཁོ་བོ་ཅག་གིས་གཞན་དབང་ལ་བདེན་པར་འཛིན་པའི་ཡུལ་ཕྲོགས་པས་ཕན་བཏགས་པ་ན་དེའི་ལན་དུ་ཁོ་བོ་ཅག་ལ་གནོད་པ་བྱས་པས་ཁྱོད་དགའ་ཞིང་རངས་པར་འགྱུར་ན་འགྱུར་ལ་རག་སྟེ། ཁོ་བོ་ཅག་ནི་མངོན་པར་མཐོ་ཞིང་དག་པ་ཉིད་དུ་འགྱུར་རོ།།

我等奪汝依他起性實執之境，實爲饒益，若汝於我以怨報德，深心歡喜者，可隨汝欲。我等自得勝善利益也。頌曰：

ཇི་ལྟར་ཁྱོད་ཀྱིས་གཞན་དབང་དངོས་འདོད་ལྟར། །ཀུན་རྫོབ་ཀྱང་ནི་བདག་གིས་ཁས་མ་བླངས།།
འབྲས་ཕྱིར་འདི་དག་མེད་ཀྱང་ཡོད་དོ་ཞེས། །འཇིག་རྟེན་ངོར་བྱས་བདག་ནི་སྨྲ་བར་བྱེད།།

如汝所計依他事，我不許有彼世俗，
果故此等雖非有，我依世間說爲有。

འདི་ལྟར་ཇི་ལྟར་སེམས་ཙམ་པ་ཁྱོད་ཀྱིས་གཞན་དབང་དངོས་པོར་ཏེ་ངོ་བོས་གྲུབ་པ།

如汝唯識師，計依他起事是有自性。

སུམ་ཅུ་པ་ལས། དེ་མ་མཐོང་བར་དེ་མི་མཐོང་ཞེས་གསུངས་པ་ལྟར་འཕགས་པའི་ཡེ་ཤེས་ཀྱིས་ཐུགས་སུ་

ཆུད་པར་བྱས་པ་ཞིག་གི་རང་དབང་དུ་བྱས་ནས། རང་ལུགས་ཀྱིས་ཡོད་དོ་ཞེས་འདོད་པ་དེ་ལྟར་ཀུན་རྫོབ་ཀྱང་ནི་རང་བཞིན་གྱིས་གྲུབ་པར་བདག་གིས་ཁས་མ་བླངས་སོ། །

《三十論》云：「非不見此彼。」是聖智所證。是自力許。是汝自宗許有。如是有自性之世俗，非我所許也。

འོ་ན་ཅི་ཞེ་ན། ཕུང་པོ་ལ་སོགས་པ་འདི་དག་རང་བཞིན་གྱིས་མེད་ཀྱང་། འཇིག་རྟེན་ཁོ་ན་ལས་གྲགས་པར་འགྱུར་བས་ཡོད་དོ་ཞེས་འཇིག་རྟེན་གྱི་ངོ་ཁོ་ནར་བྱས་ནས་བདག་གིས་ནི་སྨྲ་བར་བྱེད་དོ། །

此蘊等諸法皆無自性，唯由世間共許為有。故我唯依世間說彼為有也。

འདིར་ཀུན་རྫོབ་པའི་ཕུང་སོགས་འཇིག་རྟེན་ཐ་སྙད་ཀྱི་ངོར་འཇོག་པ་ལ་ཚུལ་གཉིས་ཏེ། དབུ་མ་རང་གིས་ཀུན་རྫོབ་ཏུ་འཇོག་པ་ནི་ཐ་སྙད་པའི་ཚད་མའི་ངོར་ཁས་ལེན་གྱི་རིགས་ངོར་མི་འཇོག་གོ །

此中世俗蘊等，依世間名言安立，有二道理：一、中觀師自宗所安立之世俗，是依名言量安立，非依理智安立。

སྐབས་འགར་དགོས་པའི་དབང་གིས་ཕུང་སོགས་རང་བཞིན་གྱིས་ཡོད་པར་འཇོག་པ་ནི། རང་ལུགས་ལ་མི་འདོད་ཀྱི་གཞན་ངོ་ཁོ་ནར་ཁས་ལེན་པས་དེ་གཉིས་འགོག་པ་མི་མཚུངས་སོ། །

二、有時為化導增上，安立蘊等有自性者，是唯就他力而立，非是自宗所許。故破此二各有不同。

གཞན་ངོར་དེ་ལྟར་ཁས་ལེན་པ་ནི་འབྲས་བུ་སྟེ་དགོས་པའི་ཕྱིར་ཡིན་ལ། དེ་ཡང་གདུལ་བྱ་དེ་གྲུབ་མཐའ་ངན་པ་གཞན་ལས་ལྡོག་པ་དང་། རིམ་གྱིས་དེ་ཁོ་ན་ཉིད་རྟོགས་པའི་ཐབས་ཡིན་པའི་ཕྱིར་རོ། །

唯就他力而立者，論曰「果故」，是有所為而立者。為令所化捨棄邪宗，漸次通達真實義之方便也。

དེས་ན་གཞུང་དེས་རྣམ་གཞག་ཐམས་ཅད་གཞན་ངོར་བྱེད་ཀྱི། རང་ལུགས་ལ་མི་བྱེད་པའི་དོན་གཏན་མིན་པ་ནི། འདིའི་ཤེས་བྱེད་ཀྱི་ལུང་དྲངས་པ་ཉིད་ཀྱིས་ཤེས་སོ། །

此文非說一切建立，皆就他立，自宗不許。由所引教證，亦可了知。

ལུང་ནི་སྡོམ་པ་གསུམ་བསྟན་པ་ལས། འཇིག་རྟེན་ང་དང་ལྷན་ཅིག་རྩོད་ཀྱི། ང་ནི་འཇིག་རྟེན་དང་མི་རྩོད་དེ། གང་འཇིག་རྟེན་ན་ཡོད་པར་འདོད་པ་དེ་ནི་ངས་ཀྱང་ཡོད་པར་བཞེད་དོ། །གང་འཇིག་རྟེན་ན་མེད་པར་འདོད་པ་དེ་ནི་ང་ཡང་མེད་པར་བཞེད་དོ། །ཞེས་གསུངས་པའོ། །

如引《三律儀經》云：「世間與我諍，我不與世間諍，世間說有者，我亦說有，世間說無者，我亦說無。」

འདི་ནི་སྟོང་ཉིད་བདུན་ཅུ་བ་ལས། གནས་པའམ་སྐྱེ་འཇིག་ཡོད་མེད་དམ། །དམན་པའམ་མཉམ་པའམ་ཁྱད་པར་ཅན། །སངས་རྒྱས་འཇིག་རྟེན་བསྙད་དབང་གིས། །གསུངས་ཀྱིས་ཡང་དག་དབང་གིས་མིན། །ཞེས་ཡོད་མེད་ལ་སོགས་པར་འཇོག་པ་ཐམས་ཅད་འཇིག་རྟེན་ན་ཇི་ལྟར་གྲགས་པའི་ཐ་སྙད་ཀྱི་དབང་གིས་འཇོག་པར་གསུངས་པའི་དོན་ནོ། །

《七十空性論》云：「生住滅有無，以及劣等勝，佛依世間說，非是依真實。」此說安立有無等，皆是依世間共許之名言增上而立也。頌曰：

ཇི་ལྟར་ཕུང་པོ་སྤངས་ནས་ཞིར་ཞུགས་པ། །དགྲ་བཅོམ་རྣམས་ལ་ཡོད་པ་མིན་དེ་ལྟར། །
འཇིག་རྟེན་ལ་ཡང་མེད་ན་དེ་བཞིན་འདི། །འཇིག་རྟེན་ལས་ཀྱང་ཡོད་ཅེས་བདག་མི་སྨྲ། །

如斷諸蘊入寂滅，諸阿羅漢皆非有，
若於世間亦皆無，則我依世不說有。

ཇི་སྐེ་ཀུན་རྫོབ་འདི་ཇི་ལྟར་དགྲ་བཅོམ་པ་ཕུང་པོ་སྤངས་ནས་ལྷག་མེད་ཀྱི་ཞི་བའི་དབྱིངས་སུ་ཞུགས་པ་རྣམས་ལ། ཀུན་རྫོབ་ཐམས་ཅད་ཡོད་པ་མིན་པ་དེ་ལྟར་དུ་གལ་ཏེ་འཇིག་རྟེན་ལ་ཡང་ཀུན་རྫོབ་འདི་མེད་ན། ལྷག་མེད་པ་དེ་བཞིན་དུ་ཀུན་རྫོབ་པ་འདི་འཇིག་རྟེན་གྱི་ཐ་སྙད་ཀྱི་ང་ལ་ལྟོས་ནས་ཀྱང་ཡོད་ཅེས་བདག་མི་སྨྲའོ། །

如諸阿羅漢，永斷諸蘊入無餘依妙涅槃界，則一切世俗法皆悉非有。若此世俗法，於世間亦如是無者，則我依世間名言，亦不說爲有。

དེའི་ཕྱིར་གཞན་འཇིག་རྟེན་གྱི་ཐ་སྙད་ལ་རག་ལས་པ་ཉིད་ཀྱི་སྒོ་ནས་བདག་གིས་ཀུན་རྫོབ་ཁས་བླངས་ཀྱི། འཇིག་རྟེན་གྱི་ཐ་སྙད་ལ་མ་ལྟོས་པར་རང་དབང་དུ་ཁས་བླངས་པ་ནི་མིན་ནོ། །

故我唯依世間名言增上，許有世俗法。非不依世間名言，由自力許有也。

ཐོག་མར་འཇིག་རྟེན་པོ་ནས་ཁས་བླངས་པ་ཡིན་ཏེ། དེའི་ཕྱིར་གང་གིས་ཁས་བླངས་པ་དེ་པོ་ན་ལ་ལྟོས་ནས་སེལ་བར་ནུས་པས་ན་བསལ་བར་འོས་པ་ཡིན་ཏེ། གཞན་དབུ་མ་པ་ལ་ལྟོས་ནས་ནི་མ་ཡིན་ནོ་ཞེས་བཤད་པ།

又此，唯由世間先許爲有，汝應唯待世間而破，不可待餘中觀師而破也。頌曰：

གལ་ཏེ་ཁྱོད་ལ་འཇིག་རྟེན་མི་གནོད་ན། །འཇིག་རྟེན་ཉིད་ལྟོས་འདི་ནི་དགག་པར་གྱིས། །
ཁྱོད་དང་འཇིག་རྟེན་འདིར་ནི་རྩོད་གྱིས་དང་། །ཕྱི་ནས་སྟོབས་ལྡན་བདག་གིས་བརྟེན་པར་བྱ། །

若世於汝無妨害，當待世間而破此，

汝可先與①世間諍，後有力者我當依。

ཁོ་བོ་ཅག་ནི་ཀུན་རྫོབ་འཁྲུལ་པའི་སྣང་བ་རང་རྒྱུད་ལ་བཟློག་པའི་ཕྱིར་ཤིན་ཏུ་ཚོགས་ཆེ་བས་ལམ་སྒོམ་པ་ལ་གནས་པར་འགྱུར་གྱི། གལ་ཏེ་ཁྱོད་ལ་འཇིག་རྟེན་གྱིས་མི་གནོད་ན། ཁྱོད་ཀྱིས་འཇིག་རྟེན་ཉིད་ལ་ལྟོས་ནས་ཀུན་རྫོབ་འདི་ནི་དགག་པར་གྱིས་ཤིག །དེ་ཁྱོད་ཀྱི་རིགས་པས་འགོག་ནུས་ན་ངས་ཀྱང་ཁྱོད་ལ་སྟོངས་གདབ་པ་སྟེ་གྲོགས་བྱའོ། །

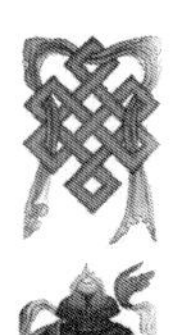

我等爲遣除自身之錯亂世俗境故，設大劬勞而修諸道。若世間於汝無妨害者，汝當唯待世間破此世俗。若汝之道理能破世俗，我亦當相助。

འཇིག་རྟེན་གྱིས་ནི་གནོད་པ་ཡང་ཡིན་ཏེ། དེའི་ཕྱིར་ཁོ་བོ་ཅག་ཁྱོད་ཀྱི་གྲོགས་མི་བྱེད་པར་བཏང་སྙོམས་སུ་གནས་པར་བྱའོ། །

然以世間實相妨害，故我等不能助汝，唯當旁觀。

ཁྱོད་དང་འཇིག་རྟེན་པ་གཉིས་འདིར་ནི་རྩོད་པ་གྱིས་ཤིག་དང་། བརྩད་པའི་ཕྱི་ནས་གང་སྟོབས་དང་ལྡན་པ་དེ་ལ་བདག་གིས་བརྟེན་པར་བྱའོ། །

汝可先與世間諍辯，諍辯之後誰強有力，我即當依止之。

དེ་ལ་ཁྱོད་རྒྱལ་ན་ནི་ཁོ་བོ་ཅག་དེ་འདོད་པས་ཁྱོད་ལ་བརྟེན་པར་བྱའོ། །

如果汝勝，我願依汝。

འོན་ཏེ་ཁྱོད་འཇིག་རྟེན་གྱིས་ཕམ་པར་བྱས་ན་ནི། ཤིན་ཏུ་སྟོབས་དང་ལྡན་པའི་འཇིག་རྟེན་ལ་བརྟེན་པར་བྱའོ། །

若汝爲世間所敗，則當依止有強力之世間。

དེ་ལྟར་ན་ཕྱི་རོལ་མེད་པ་ལ་ཐ་སྙད་པའི་ཚད་མས་གནོད་པས་ཕྱི་རོལ་མེད་པར་སྒྲུབ་མི་ནུས་སོ། །

如是若無外境，則違害名言量。故不能成立外境非有。

འོ་ན་སེམས་ཙམ་པས་རྡུལ་ཆ་མེད་མེད་པས་དེ་བསགས་པའི་ཕྱི་དོན་འགོག་པའི་རིགས་པས། ཕྱོགས་ཀྱི་ཆ་མེད་ཀྱི་ཕྱི་དོན་མི་ཁེགས་སོ་སྙམ་ན། དེ་དག་ཚད་མས་མ་ཁེགས་པར་མ་སླུའི་དེ་ཁེགས་ཀྱང་ཕྱི་རོལ་གྱི་དོན་མེད་མི་དགོས་སོ། །

① 「與」，頌作「於」。

問：諸唯識師，以無無方分之極微，破彼極微所合成之外境。此理，豈不能破無方分之外境耶？答：非說正量不能破彼等，然破彼等，不必無外境。

འདིས་ནི་ཤེས་པ་དུས་ཀྱི་ཆ་མེད་དང་དེ་འབྱུད་པའི་རྒྱུན་ཁེགས་ཀྱང་ཤེས་པ་མི་ཁེགས་པ་ཡང་ཤེས་པར་བྱའོ། །

由此當知，雖破無時分之內識，及彼識所續成之相續。然亦不必破內識也。

གཞན་གྱི་ལུགས་ཀྱིས་ནི་ཕྱི་རོལ་ཆ་མེད་ཁེགས་ན་སྣང་བ་ལ་མ་འཁྲུལ་བའི་དབང་ཤེས་ཁེགས། དབང་ཤེས་འཁྲུལ་པས་དོན་འཛོག་མི་ནུས་པས་ཕྱི་དོན་ཁེགས་སོ་སྙམ་དུ་བསམས་སོ། །

他宗意謂，若能破無方分之外境，則亦能破於所見境不錯亂之根識。錯亂根識，既不能安立其境爲有，故亦破其外境也。

འདིར་ནི་དབང་ཤེས་འཁྲུལ་པས་གཞལ་བྱ་བདེན་པ་འཛོག་མི་ནུས་ཀྱང་། གཞལ་བྱ་བརྫུན་པ་འཛོག་པ་ལ་དེ་གྲིགས་སུ་སོང་ངོ་སྙམ་དུ་དགོངས་སོ། །

此宗則謂，錯亂根識，雖不能安立其所量爲真實有，然安立其所量爲虛妄，適成相宜。

འདི་ཉིད་འཕགས་པ་ལྷ་ཡང་བཞེད་དེ་བརྒྱ་པ་ལས། གཅིག་ཡོད་གཅིག་མེད་ཅེས་བྱ་བ། །དེ་ཉིད་མིན་འཇིག་རྟེན་པའང་མིན། །ཞེས་དོན་ཤེས་ཡོད་མེད་འབྱེད་པ་བདེན་གཉིས་གང་གི་ཡང་རྣམ་གཞག་མིན་པར་གསུངས་པའི་ཕྱིར་རོ། །དེའི་ཕྱིར་དེ་ལྟར་འབྱེད་པ་ཀླུའི་ཞབས་ཀྱི་བཞེད་པ་ཡང་མ་ཡིན་ནོ། །

此亦是提婆菩薩之意趣，如《四百論》云：「謂一有一無，非真非世間。」此說分別心境有無，俱非二諦之建立。故如是分別，亦非龍猛菩薩所許也。

གསུམ་པ་ལ་གསུམ། ས་བཅུ་པ་ལས། སེམས་ཙམ་དུ་གསུངས་པའི་དགོངས་པ་བཤད་པ། ཕྱི་རོལ་དང་ནང་གི་སེམས་གཉིས་ཡོད་མེད་མཚུངས་པར་བསྟན་པ། ལང་ཀར་གཤེགས་པ་ལས། སེམས་ཙམ་དུ་གསུངས་པའི་དགོངས་པ་བཤད་པའོ། །

巳三、明說唯心非破外境分三：午一、解《十①地經》說唯心之密意，午二、明外境內心有無相同，午三、解《楞伽經》說唯心之密意。

དང་པོ་ལ་གསུམ། ཙམ་གྱི་སྒྲས་ཕྱི་རོལ་མི་འགོག་པ་ས་བཅུ་པའི་ལུང་གིས་བསྒྲུབ་པ། དོན་དེ་ཉིད་མདོ་གཞན་གྱིས་ཀྱང་བསྒྲུབ་པ། ཙམ་གྱི་སྒྲས་སེམས་གཙོ་བོ་ཉིད་དུ་བསྒྲུབ་པའོ། །

---

①「十」，上海本、民族本作「釋」。卷九餘同，從略。

初又分三：未一、以《十地經》成立「唯」字非破外境，未二、復以餘經成立彼義，未三、成立「唯」字表內[1]爲主。

དང་པོ་ནི། གལ་ཏེ་དེ་ཁོ་ན་ཉིད་ལ་དཔྱོད་པའི་འཐད་པ་སྟེ་རིགས་པས་གྲུབ་པ་དང་བྲལ་ཡང་། འཇིག་རྟེན་པའི་གནོད་པས་འཇིགས་ནས་ཁྱོད་ཀྱིས་ཀུན་རྫོབ་ཁས་བླངས་ན་ནི། ལུང་གི་གནོད་པས་འཇིགས་པས་སེམས་ཙམ་དུ་ཡང་ཁས་བླང་དགོས་ཏེ།

今初，問：若汝怖畏世間妨難，雖無觀察真實正理成立，而許有世俗者。亦應怖畏聖教妨難，而許唯識。

ས་བཅུ་པ་ལས། དེ་འདི་སྙམ་དུ་སེམས་ཏེ། འདི་ལྟར་ཁམས་གསུམ་པོ་འདི་ནི་སེམས་ཙམ་སྟེ། ཞེས་གསུངས་པ་ལྟ་བུའོ་ཞེ་ན། བརྗོད་པ་རྒྱལ་བའི་གསུང་གི་ནོར་བུ་ཨིནྡྲ་ནཱི་ལ་ལས་སྤྲུར་བའི་མདོ་སྡེའི་ས་གཞི་བསྟར་བ་ལ། ཨིནྡྲ་ནཱི་ལ་ཡིན་པ་དེ་མ་ཤེས་པར་རྣམ་པར་ཤེས་པ་དངོས་པོར་སྨྲ་བའི་ཆུའི་རྣམ་པར་ཡོངས་སུ་འགྱུར་བར་འཁྲུལ་བ་ཁྱོད་ནི། རྣམ་པར་ཤེས་པ་དངོས་པོར་སྨྲ་བའི་ཆུ་ཙམ་ཞིག་བཅུ་བར་འདོད་པས། རང་གི་བློ་གྲོས་ཀྱི་བུམ་པ་སོ་མ་བཏང་བ་བཀྱལ་ཞིང་བསྣུགས་ནས་དུམ་བུ་རྣམ་པ་བརྒྱར་ཞིག་པ་ན། དེའི་རང་བཞིན་ཤེས་པ་རྣམས་ཀྱི་བཞད་གད་དུ་བྱ་བ་ཉིད་དུ་འགྱུར་བར་བྱེད་པ་ཡིན་ནོ། །མདོའི་དགོངས་པ་འདི་ནི་ཇི་ལྟར་ཁྱོད་ཀྱི་བློ་ལ་སྣང་བ་དེ་ལྟར་མ་ཡིན་ནོ། །

如《十地經》云：「如是三界，皆唯有心[2]。」答：佛所說經如琉璃寶地，汝不知彼是琉璃體，迷爲實事識水。今欲取彼實事識水，汝之智慧如未燒瓶，試爲汲浸，必當碎成百片，徒爲知彼體者之所恥笑。此經密意，非如汝慧之所解也。

卷九

ཡང་འདིར་མདོའི་དོན་ཅི་ཡིན་ཞེ་ན།

若爾經義云何？頌曰：

མངོན་གྱུར་མངོན་ཕྱོགས་བྱང་ཆུབ་སེམས་དཔའ་ཡིས། །སྲིད་གསུམ་རྣམ་ཤེས་ཙམ་དུ་གང་རྟོགས་པ། །
རྟག་བདག་བྱེད་པོ་བཀག་པ་རྟོགས་ཕྱིར་དེས། །བྱེད་པ་པོ་ནི་སེམས་ཙམ་ཡིན་པར་རྟོགས། །

現前菩薩已現證，通達三有唯是識，
是破常我作者故，彼知作者唯是心。

---

[1]「內」，民族本作「心」。
[2]《佛說十地經》：「所言三界，此唯是心。」（大正10p553a）

དེའི་ཕྱིར་བཤད་པ། ས་དྲུག་པ་མངོན་དུ་གྱུར་པ་ཆོས་དབྱིངས་ལ་མངོན་དུ་ཕྱོགས་པའི་བྱང་ཆུབ་ཐམས་ཅད་མཁྱེན་པའི་ཡེ་ཤེས་ལ་སེམས་པ་དེ་ལ་ཡོད་པས་བྱང་ཆུབ་སེམས་དཔའ་ཡིན།

經說第六現前地，現證法界，由有思得一切種智菩提之心，故名菩薩。

སྲིད་པ་ཁམས་གསུམ་རྣམ་ཤེས་སེམས་ཙམ་དུ་རྟོགས་པར་གསུངས་པ་གང་ཡིན་པ་དེས་ནི། བདག་རྟག་པ་བྱེད་པ་པོ་བཀག་ནས། ཀུན་རྫོབ་སེམས་ཙམ་ཞིག་ཁོ་ན་བྱེད་པ་པོ་ཡིན་པར་རྟོགས་པའི་ཕྱིར། འཇིག་རྟེན་གྱི་བྱེད་པ་པོ་ནི་བྱང་སེམས་དེས་སེམས་ཙམ་ཞིག་ཡིན་པར་རྟོགས་ཏེ།

彼能通達三界諸有唯是識者，是令破除常我作者，通達世俗作者唯是心故。彼菩薩能通達世間作者唯是一心。

ས་བཅུ་པ་ལས། ལུགས་སུ་མཐུན་པའི་རྣམ་པར་རྟེན་ཅིང་འབྲེལ་པར་འབྱུང་བ་ལ་རབ་ཏུ་རྟོག་གོ །

如《十地經》云：「隨順行相觀察緣起。

དེ་ལྟར་ན་སྡུག་བསྔལ་གྱི་ཕུང་པོ་སྡུག་བསྔལ་གྱི་ལྗོན་པ་བྱེད་པ་པོ་དང་། ཚོར་བ་པོ་མེད་པ་འབའ་ཞིག་པོ་འདི་མངོན་པར་འགྲུབ་པར་འགྱུར་རོ་སྙམ་མོ། །

如是但生純大苦蘊純大苦樹，其中都無作者、受者。

དེ་འདི་སྙམ་དུ་སེམས་ཏེ། བྱེད་པ་པོ་ལ་མངོན་པར་ཞེན་པས་ལས་རྣམས་ཡོད་པར་གྱུར་ཏོ། །གང་ན་བྱེད་པ་པོ་མེད་པ་དེ་ན་དོན་དམ་པར་ལས་ཀྱང་མི་དམིགས་སྙམ་མོ། །

彼復作是念，由執作者，方有作業。既無作者，於勝義中業亦無得。

དེ་འདི་སྙམ་དུ་སེམས་ཏེ། ཁམས་གསུམ་པ་འདི་ནི་སེམས་ཙམ་སྟེ། སྲིད་པའི་ཡན་ལག་བཅུ་གཉིས་པོ་གང་དག་དེ་བཞིན་གཤེགས་པས་རབ་ཏུ་ཕྱེ་སྟེ་བཀའ་སྩལ་པ་དེ་དག་ཐམས་ཅད་ཀྱང་སེམས་གཅིག་ལ་བརྟེན་པ་དག་གོ་ཞེས་རྒྱ་ཆེར་གསུངས་སོ། །

彼復作是念，如是三界，皆唯有心，如來分別演說十二有支，一切皆依一心而立。」①乃至廣說。

མདོ་དེས་ནི་བྱེད་པ་པོ་དང་ཚོར་བ་པོ་མེད་པའི་འབའ་ཞིག་པ་འགྲུབ་པ་དང་། སེམས་ཙམ་གྱི་དོན་བཤད་པ་ན་ཡན་ལག་བཅུ་གཉིས་སེམས་གཅིག་ལ་བརྟེན་པར་གསུངས་པས། མདོ་འདིའི་ཙམ་གྱི་སྒྲས་དོན་མི་འགོག་པ་དང་། སེམས་ལས་གཞན་པའི་བྱེད་པ་པོ་འགོག་པ་ཡིན་ནོ། །

①《佛說十地經》：「菩薩如是隨順行相觀察緣起。……純大苦對如是增成，於中永無作者、受者。復作是念，由純作者方有作用，既無作者，以勝義諦作用亦無。即此菩薩作是思惟，所言三界，此唯是心。如來於此分別演說十二有支，皆依一心如是而立。」（大正10p553a）

此經但成立無作者、受者。解釋唯心之義，則說十二有支皆依一心。故此經之「唯」字，但遮離心之作者，不遮外境。

འདིའི་ཕྱོགས་སྔ་མ་ནི་ཐེག་བསྡུས་ལས། དེ་ལ་ལུང་ནི་བཅོམ་ལྡན་འདས་ཀྱིས་ས་བཅུ་པ་ལས། འདི་ལྟ་སྟེ། ཁམས་གསུམ་པོ་འདི་ནི་སེམས་ཙམ་མོ་ཞེས་པ་དང་། ཞེས་རྣམ་རིག་ཙམ་དུ་དཔོག་པ་ལ་ལུང་རིགས་གཉིས་གསུངས་པའི་ལུང་དེ་ལ་མཛད་ཅིང་།

此之敵宗，是如《攝大乘論》云：「此中教者，如《十地經》薄伽梵說，如是三界，皆唯有心。」①由教理比知唯識中引此爲教證。

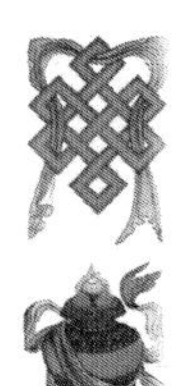

ཉི་ཤུ་པའི་རང་འགྲེལ་ལས་ཀྱང་། ལུང་དེ་དྲངས་ཤིང་སེམས་ཞེས་པ་མཚུངས་ལྡན་དང་བཅས་པ་ལ་དགོངས་ཤིང་། ཙམ་སྒྲས་པས་དོན་འགོག་པར་བཤད་དེ། །འདི་སྔར་ལྟར་འགོག་པ་ནི་སྔོན་དུ་ལེགས་ལྡན་གྱིས་མཛད་ལ། དེ་ནས་ཟླ་བས་ཀྱང་མཛད་དོ། །

《二十唯識論》論亦引彼教，謂「心」字意取相應心、心所法，「唯」字遮遣外境。如上破者，清辨論師曾先破，月稱論師亦隨破。

གཉིས་པ་ནི། སེམས་ཙམ་གྱི་ཙམ་གྱི་སྒྲས་བྱེད་པ་པོ་གཞན་འགོག་པ་ས་བཅུ་བའི་དོན་དུ་བཤད་ནས། དོན་འདི་ཉིད་མདོ་གཞན་གྱིས་ཀྱང་བསྟན་པའི་ཕྱིར་བཤད་པ།

卷九

未二、復以餘經成立彼義。如是已說《十地經》義，唯心之「唯」字是破餘作者，更以餘經顯示此義。頌曰：

དེ་ཕྱིར་བློ་ལྡན་བློ་ནི་འཕེལ་བྱའི་ཕྱིར། །ལང་ཀར་གཤེགས་པ་མདོ་དེ་ལས་ཀུན་མཁྱེན་གྱིས། །
མུ་སྟེགས་སྤོ་མཐོན་རི་འཇོམས་ངག་རང་བཞིན། །རྡོ་རྗེ་འདི་ནི་དགོངས་པ་བཅད་ཕྱིར་གསུངས། །

故爲增長智者慧，遍智曾於楞伽經，
以摧外道高山峰，此語金剛解彼意②。

---

①《攝大乘論》：「聖教者，如《十地經》中佛世尊言：『佛子，三界者唯有識。』」（大正31p118b）
②「意」，頌作「義」。

ཙམ་གྱི་སྒྲས་བྱེད་པ་པོ་གཞན་འགོག་པ་ས་བཅུ་པའི་དོན་ཡིན་པ་དེའི་ཕྱིར། དེ་ཁོ་ན་ཉིད་རྟོགས་ནུས་པའི་བློ་ལྡན་གྱི་བློ་ནི་འཕེལ་བར་བྱ་བའི་ཕྱིར།

由此「唯」字破餘作者，是《十地經》義故。復為增長諸能通達真實義智者之慧故。

ལང་ཀར་གཤེགས་པའི་མདོ་དེ་ལས་ཀུན་མཁྱེན་གྱིས་མུ་སྟེགས་པའི་རྒྱུད་ཀྱི་བདག་དང་གཙོ་བོ་སོགས་འཇིག་རྟེན་གྱི་བྱེད་པ་པོར་འདོད་པའི་ལྟ་བ་ངན་པའི་རི་བོ་སྤོ་མཐོན་པོ་འཇོམས་པའི་ངག་གི་རང་བཞིན་གྱི་རྡོ་རྗེ་འོག་ནས་འབྱུང་བ་འདི་ནི། མདོ་གཞན་དུ་སེམས་ཙམ་ཞེས་གསུངས་པའི་དགོངས་པ་གཅད་པའི་ཕྱིར་དུ་སྟོན་པས་གསུངས་སོ། །

佛一切智於《楞伽經》中，曾以如下所述此語金剛，摧壞外道身中執我及自性等為世間作者之惡見高山，解釋餘經宣說唯心之密意。

རྡོ་རྗེ་ནི། གང་ཟག་རྒྱུན་དང་ཕུང་པོ་དང་། དེ་བཞིན་རྐྱེན་དང་རྡུལ་དག་དང་། །གཙོ་བོ་དབང་ཕྱུག་བྱེད་པ་རྣམས། །སེམས་ཙམ་དུ་ནི་ངས་བཤད་དོ། །ཞེས་ལང་གཤེགས་ལས་གསུངས་ཏེ།

其語金剛，如《楞伽經》云：「餘說數取趣，相續蘊緣塵，自性自在作，我說唯是心。」

གང་ཟག་ནས་དབང་ཕྱུག་བྱེད་པ་པོར་སྨྲ་བ་རྣམས་ཀྱི་བྱེད་པ་པོ་ནི། དེ་རྣམས་མིན་གྱི་སེམས་ཙམ་ཞིག་བྱེད་པ་པོར་ང་སྨྲའོ། །ཞེས་གསུངས་སོ། །

此謂：餘人說補特伽羅，乃至大自在天以為作者。我說彼等皆非作者，作者唯是自心。

མདོ་འདིའི་དོན་དགྲོལ་བའི་ཕྱིར་བཤད་པ།

今為解釋此經義故。頌曰：

ཇི་བཞིན་རང་གི་བསྟན་བཅོས་དེ་དེ་ལས། །མུ་སྟེགས་རྣམས་ཀྱིས་གང་ཟག་སོགས་དེ་དག། །
སྨྲས་པ་དེ་དག་བྱེད་པོར་མ་གཟིགས་ནས། །རྒྱལ་བས་སེམས་ཙམ་འཇིག་རྟེན་བྱེད་པོར་གསུངས། །

各如彼彼諸論中，外道說數取趣等，
佛見彼等非作者，說作世者唯是心。

ཇི་བཞིན་ཏེ་ཇི་ལྟར་རང་རང་གི་བསྟན་བཅོས་ཀྱི་གྲུབ་པའི་མཐའ་དེ་དང་དེ་ལས། མུ་སྟེགས་རྣམས་ཀྱིས་གང་ཟག་དང་སོགས་པས་རྒྱུན་དང་ཕུང་པོ་སོགས་བྱེད་པ་པོར་སྨྲས་པ་དེ་དག་བྱེད་པ་པོར་མ་གཟིགས་ནས། རྒྱལ་བས་སེམས་ཙམ་ཞིག་འཇིག་རྟེན་གྱི་བྱེད་པ་པོར་གསུངས་སོ། །

各如外道自宗彼彼論中，說補特伽羅等以爲作者，等取相續及蘊等。佛見彼等皆非作者，故說世間作者，唯是自心。

ཙ་བར་མུ་སྟེགས་རྣམས་ཀྱིས་ཞེས་པ་ནི་ཕལ་ཆེ་བ་ལ་བསམས་པ་སྟེ། ཆོས་འདི་བ་སངས་རྒྱས་པ་དག་གིས་ཀྱང་གང་ཟག་དང་། རྒྱུན་ལ་སོགས་པ་བྱེད་པ་པོར་བཏགས་པ་ཁོ་ནའོ། །

頌言「外道」，意取多分。以內道佛弟子，亦假立補特伽羅及相續等爲作者故。

ཡང་ན་གང་ཟག་སོགས་བྱེད་པ་པོར་རྟོག་པ་དེ་དག་ཀྱང་ཆོས་འདི་བ་སངས་རྒྱས་པ་མ་ཡིན་ཏེ། མུ་སྟེགས་ལྟར་སངས་རྒྱས་ཀྱི་བསྟན་པའི་དོན་ཕྱིན་ཅི་མ་ལོག་པར་མ་རྟོགས་པའི་ཕྱིར་རོ། །དེའི་ཕྱིར་མུ་སྟེགས་ཞེས་པ་ནི་ཁྱབ་པར་བྱེད་པའི་ཚིག་གོ །

或凡計補特伽羅等爲作者者，即非內道佛弟子數，如同外道，不能無倒通達佛經之義，故「外道」言，能遍一切也。

རིན་ཆེན་འཕྲེང་བ་ལས་ཀྱང་། གང་ཟག་ཕུང་པོར་སྨྲ་བ་ཡི། །འཇིག་རྟེན་གྲངས་ཅན་འུག་ཕྲུག་དང་། །གོས་མེད་བཅས་ལ་གལ་ཏེ་ཞིག །ཡོད་མེད་འདས་པ་སྨྲ་ན་དྲིས། །དེ་ཕྱིར་སངས་རྒྱས་རྣམས་ཀྱིས་ནི། །བསྟན་པ་འཆི་མེད་ཡོད་མེད་ལས། །འདས་པ་ཟབ་མོ་ཞེས་བསྟན་པ། །ཆོས་ཀྱི་ཁྱད་པ་ཡིན་ཞེས་གྱིས། །

《寶鬘論》亦云：「凡說人蘊者，世間數論師，鵂鶹徒無衣，問彼離有無。故知唯佛教，宣說甘露法，離有無甚深，是正法殊勝。」

ཞེས་གང་ཟག་དང་ཕུང་པོ་རྫས་སུ་ཡོད་པར་སྨྲ་བ་སོགས་ལ་ཡོད་མེད་གཉིས་ཀྱི་མཐའ་དང་བྲལ་བ་སྨྲ་བར་སྣང་ན་དྲིས་ཤིག་དང་། དེའི་དོན་བཤད་རྒྱུ་མི་འོང་ངོ་། །

此說，凡說補特伽羅與諸蘊爲實物者，雖似宣說雙離有無二邊之義。應當問彼，彼必不能解說其義。

དེའི་ཕྱིར་བསྟན་པའི་དོན་ཡོད་མེད་གཉིས་ཀྱི་མཐའ་དང་བྲལ་བ་ནི། དམ་པའི་ཆོས་ཀྱི་ཁྱད་པ་སྟེ་ཁྱད་པར་གྱི་ཆོས་གཞན་ལ་མེད་པར་ཤེས་པར་གྱིས་ཤིག་ཅེས་གསུངས་སོ། །

是故當知永離有無二邊之教義，唯是正法差別，是爲他宗所無之勝法。

འཁོར་བ་འདི་ནི་ཐོག་མ་མེད་པས་འདིར་སྔར་ངན་རྟོག་ཅི་ཞིག་མ་བྱུང་ཕྱིས་ཀྱང་ཅི་ཞིག་མི་འབྱུང་ཞིང་། འདི་ལྟར་ད་ལྟ་ཉིད་དུ་ཡང་སྟོང་བ་དཀར་པོ་ལ་སོགས་པ་དག་ལ་ཕུང་པོ་ལ་སོགས་པ་རྫས་སུ་ཡོད་པ་བྱེད་པ་པོ་ཉིད་དུ་སྟོན་པ་སྣང་ངོ་།།

由此生死無始故，諸惡分別，何所不有？何不當有？即現在世，白淨斷等，亦計實有蘊等而為作者。

འདི་ལ་དཔེ་ཁ་ཅིག་ལས་སྟོང་དཀར་པོ་ལ་སོགས་པ་ཞེས་ཀྱང་འབྱུང་ཞིང་། འགྲེལ་བཤད་ཀྱི་འགྱུར་ལས་དགེ་སློང་སྐྱ་བསེང་ལ་སོགས་པ་ཞེས་འབྱུང་ལ། དེའི་དོན་གཅེར་བུ་པའི་དགེ་སློང་རྣམས་ལ་འཆད་དོ།།

有本作「白淨乞等」，疏中釋①作「比丘白淨」。釋彼義，謂諸露形比丘。

སྟོང་བ་བ་ནི་བསམ་གཏན་པའི་མིང་ཡིན་པས་བསམ་གཏན་པ་དཀར་པོ་ཞེས་པའི་རང་སྡེ་ཕུང་པོ་རྫས་ཡོད་བྱེད་པ་པོར་སྨྲ་བ་ཞིག་གོ།

然「斷」是靜慮之名，故是內道說諸蘊實有為作者之一派，名白淨靜慮者也。

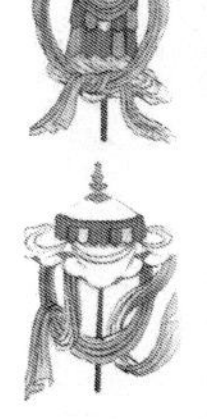

---

①「釋」，民族本作「譯」。

卷　十

釋第六勝義菩提心之七

གསུམ་པ་ནི། དེ་ལྟར་ན་རེ་ཞིག་བྱེད་པ་པོ་སེམས་ལས་གཞན་པ་བཀག་པས། ཙམ་གྱི་སྒྲའི་དོན་བྱས་ཟིན་པའི་ཕྱིར་ཙམ་གྱི་སྒྲས་ཤེས་བྱ་ཕྱི་རོལ་གྱི་དོན་འགོག་མི་ནུས་པར་བརྗོད་ནས།

未三、成立「唯」字表心爲主。上文已說破離心作者，「唯」字義盡，故彼「唯」字不破外境。

བཤད་ཚུལ་དེ་ལས་རྣམ་པ་གཞན་སེམས་གཙོ་བོར་གྱུར་པར་བཤད་པ་ལས་ཀྱང་ཕྱི་རོལ་འགོག་པ་མི་སྲིད་པར་བསྟན་པའི་ཕྱིར་བཤད་པ།

除前理外，今更以說心爲主之餘門，明不破外境。頌曰：

དེ་ཉིད་རྒྱས་ལ་སངས་རྒྱས་བརྗོད་ཇི་བཞིན། །དེ་བཞིན་སེམས་ཙམ་གཙོར་གྱུར་འཇིག་རྟེན་ལ། །
མདོ་ལས་སེམས་ཙམ་ཞེས་གསུངས་གཟུགས་ནི་འདིར། །འགོག་པ་དེ་ལྟར་མདོ་ཡི་དོན་མ་ཡིན། །

如覺真理說名佛，如是唯心最主要，
經說世間唯是心，故此破色非經義。

卷十

ཇི་ལྟར་དེ་ཁོ་ན་ཉིད་ལ་བློ་རྒྱས་པ་ལ་སངས་རྒྱས་ཞེས་བཤད་པ་ན། ཚིག་སྔ་མ་སངས་ཞེས་པ་མི་མངོན་པར་བྱས་ནས་ཏེ་མི་མངོན་ཀྱང་། སངས་རྒྱས་ཞེས་བརྗོད་པ་ཡོད་པ་ཇི་ལྟ་བ་དེ་བཞིན་དུ། གཟུགས་དང་སེམས་གཉིས་ཀྱི་ནང་ནས་སེམས་ཙམ་ཞིག་གཙོ་བོར་གྱུར་པ་ལ་ཚིག་ཕྱི་མ་གཙོ་བོར་གྱུར་བ་མི་མངོན་པར་བྱས་ནས། མདོ་ལས་འཇིག་རྟེན་ལ་སྟེ་ཁམས་གསུམ་ནི་སེམས་ཙམ་མོ་ཞེས་གསུངས་པར་ཤེས་པར་བྱའོ། །

如於真實義覺慧圓滿，說名曰佛。略去前句「醒寤」之義，亦可名佛。如是色心二法中，唯心爲主。當知略去後句「爲主」之義，經說世間三界唯心。

དེའི་ཕྱིར་སེམས་ཙམ་མོ་ཞེས་པ་འདིར་ནི་སྟེ་འདིས་ནི། གཟུགས་ལ་སོགས་པ་རྣམས་ཁམས་གསུམ་འགྲུབ་པ་ལ་གཙོ་བོ་ཡིན་པ་སེལ་བར་བྱེད་ཀྱི། སེམས་ཙམ་ཞིག་ཁོ་ན་རང་བཞིན་གྱིས་གྲུབ་པ་ཡིན་གྱི་ཕྱི་རོལ་གྱི་གཟུགས་ནི་མེད་དོ་ཞེས་འགོག་པ་དེ་ལྟར་འཆད་པ་ནི་མདོ་ཡི་དོན་མ་ཡིན་ནོ། །

故此唯心，是遮色等爲成就世間之主因。若說唯心有自性，都無外色，則非經義。

ས་བཅུ་པའི་མདོའི་དོན་འདི་ནི་ཁོ་བོ་ཅག་གིས་ཇི་སྐད་དུ་བཤད་པ་དེ་བཞིན་དུ་གདོན་མི་ཟ་བར་འདོད་པར་བྱའོ། །

故此《十地經》義，當許唯如我等所說也。若如汝宗，頌曰：

གལ་ཏེ་འདི་དག་སེམས་ཙམ་ཤེས་མཁྱེན་ནས། །དེ་ལས་གཟུགས་ཉིད་དགག་པར་མཛད་ན་ནི། །
སླར་ཡང་དེ་ལས་བདག་ཉིད་ཆེན་པོས་སེམས། །གཏི་མུག་ལས་ལས་སྐྱེས་པར་ཅི་ཕྱིར་གསུངས། །

若知此等唯有心，故破離心外色者，
何故如來於彼經，復說心從癡業生？

ཁྱོད་ཀྱི་ལུགས་ལྟར་ན་གལ་ཏེ་ཁམས་གསུམ་པོ་འདི་དག་རང་བཞིན་གྱིས་གྲུབ་པའི་སེམས་ཙམ་མོ་ཞེས་མཁྱེན་ནས། ས་བཅུ་པ་དེ་ལས་ཕྱི་རོལ་གྱི་གཟུགས་ཉིད་དགག་པར་མཛད་ན་ནི། སླར་ཡང་ས་བཅུ་པ་དེ་ལས་བདག་ཉིད་ཆེན་པོ་སངས་རྒྱས་ཀྱིས་སེམས་ཏེ་རྣམ་ཤེས་དེ་མ་རིག་པའི་རྐྱེན་གྱིས་འདུ་བྱེད། འདུ་བྱེད་ཀྱི་རྐྱེན་གྱིས་རྣམ་ཤེས་ཞེས་གཏི་མུག་མ་རིག་པ་དང་། འདུ་བྱེད་ལས་གཉིས་ལས་སྐྱེས་པར་ཅིའི་ཕྱིར་གསུངས་པ་རིགས་ཏེ་མི་རིགས་སོ། །ས་བཅུ་པའི་མདོ་དེ་ཉིད་ལས་རྣམ་ཤེས་མ་རིག་པ་དང་འདུ་བྱེད་ཀྱི་འབྲས་བུར་གསུངས་ཀྱི། རང་གི་མཚན་ཉིད་ཀྱིས་གྲུབ་པར་ནི་མ་གསུངས་སོ། །

若佛由知三界唯是有自性之心，故於《十地經》中破外色者，則佛世尊何故復於《十地經》中，說識從無明愚癡及諸行業生耶？如云：「無明緣行，行緣識。」《十地經》說識是無明諸行之果，未說識有自性。

རྟེན་འབྱུང་དུ་ཡང་གསུངས་ལ་རང་གི་མཚན་ཉིད་ཀྱིས་གྲུབ་པར་ཡང་གསུངས་ན་ནི་གསུང་བ་པོ་འཁྲུལ་ཟད་ལ་དེ་གཉིས་ཀ་རང་ལུགས་སུ་བཞེད་པ་མི་སྲིད་པས། གདུལ་བྱ་གཞན་དཀྲི་བའི་ཕྱིར་གཞན་ངོར་ཞལ་གྱིས་བཞེས་པར་ཤེས་པར་བྱའོ། །

若說是緣起，復說有自性，則彼說者應成迷亂，自宗必不俱許彼二。當知是爲引導眾生，依眾生力而許也。

གཉིས་ཀ་རང་ལུགས་སུ་མི་རུང་བ་ནི་གལ་ཏེ་རྣམ་པར་ཤེས་པ་རང་གི་བདག་ཉིད་ཀྱིས་གྲུབ་པར་གྱུར་ན་ནི། རྣམ་ཤེས་དེ་མ་རིག་པའམ་འདུ་བྱེད་ལ་མི་ལྟོས་པར་འགྱུར་བ་ཞིག་ན། ལྟོས་པ་ཡང་ཡིན་ཏེ། དེའི་ཕྱིར་རང་གི་བདག་ཉིད་ཀྱིས་གྲུབ་པ་ནི་མེད་དོ། །

自宗不可俱許彼二者，謂識有自性，應不觀待無明及行。然實觀待，故無

自性也。

དེའི་ཕྱིར་རྣམ་པ་ཐམས་ཅད་དུ་རྣམ་པར་ཤེས་པ་ནི་རང་བཞིན་གྱིས་ཡོད་པ་མ་ཡིན་པ་ཁོ་ན་སྟེ། རབ་རིབ་ཅན་གྱིས་དམིགས་པའི་སྐྲ་ཤད་ལ་སོགས་པ་ལྟར། ཕྱིན་ཅི་ལོག་གི་རྐྱེན་ཡོད་ན་ཡོད་པའི་ཕྱིར་ལ། དེ་ཁོ་ན་ལྟར་ཕྱིན་ཅི་ལོག་གི་རྐྱེན་མེད་ན་མེད་པའི་ཕྱིར་རོ་སྙམ་དུ་བསམས་སོ། །

內識畢竟非有自性，如眩翳人見毛輪等，要有顛倒因緣，彼方得有。若無顛倒因緣，彼即無故。

ཕྱིན་ཅི་ལོག་མ་རིག་པའི་རྐྱེན་ཡོད་ན་རྣམ་ཤེས་ཡོད་པ་ནི་རྟེན་འབྲེལ་ལུགས་འབྱུང་གིས་བསྟན་ལ། མ་རིག་པ་མེད་ན་རྣམ་ཤེས་ལྡོག་པ་ནི་ལུགས་ལྡོག་གིས་བསྟན་པའི་མཐར། དེ་ལྟར་འདུ་བྱེད་དུ་གྱུར་པ་ཉེས་པ་མང་པོའི་སྐྱོན་ཆགས་ཤིང་ངོ་བོ་ཉིད་མེད་པ་དང་། མ་སྐྱེས་པ་ལ་འགགས་པར་སོ་སོར་རྟོགས་ན་ཞེས་རྒྱས་པར་གསུངས་ཏེ།

要有顛倒因緣乃有識者，由經中流轉緣起顯示。若無無明即無識者，由還滅緣起顯示。其後又云：「菩薩如是觀察有為，多諸過患，無有自性，不生不滅。」

དེ་ལྟར་ན་སེམས་དང་བཅས་པ་སུ་ཞིག་དེ་ཉིད་ལས་གསུངས་པའི་ལུང་མཐོང་ནས་རྣམ་ཤེས་རྫས་སུ་ཡོད་པར་རྟག་པར་བྱེད་དེ་མི་བྱེད་དོ། །

誰有心者，見此教已，復計識為實有。

དེ་ལྟར་བྱེད་པ་ནི་ནང་གི་བདེན་འཛིན་གྱི་གྲུབ་མཐས་བྱས་པར་འགྱུར་རོ། །

如是計者，唯由自內實執宗之所迷耳。

རིགས་པ་དྲུག་ཅུ་པ་ལས་ཀྱང་། འཇིག་རྟེན་མ་རིག་རྐྱེན་ཅན་དུ། །གང་ཕྱིར་རྫོགས་པའི་སངས་རྒྱས་གསུང་། །དེ་ཡི་ཕྱིར་ན་འཇིག་རྟེན་འདི། །རྣམ་རྟོག་ཡིན་ཞེས་ཅིས་མི་འཐད། །མ་རིག་འགགས་པར་གྱུར་ན་ནི། ། གང་ཞིག་འགག་པར་འགྱུར་བ་དེ། །མི་ཤེས་པ་ལས་ཀུན་བརྟགས་པར། །ཇི་ལྟ་བུར་ན་གསལ་མི་འགྱུར། །ཞེས་གསུངས་ཏེ།

《六十正理論》云：「佛說此世間，以無明為緣，故世即分別，云何不應理。若無明滅者，此法即隨滅，是無明遍計，云何不明顯。」

རང་གི་ངོ་བོ་ཉིད་ཀྱིས་གྲུབ་ན་གནས་ལུགས་སུ་གྲུབ་པར་འགྱུར་ལ། དེའི་ཚེ་འཁྲུལ་པ་ལོག་པ་ན་གསལ་དུ་འགྲོ་དགོས་ཀྱི། ལྡོག་པར་མི་འགྱུར་རོ། །ཞེས་པའི་དོན་ནོ། །

義謂若有自性，即是實有。迷惑滅時，理應明顯，不應隨滅也。

སེམས་གཙོ་བོ་ཡིན་པ་དེ་ཉིད་བསྟན་པའི་ཕྱིར་བཤད་པ་

為顯心為主故。頌曰：

སེམས་ཉིད་ཀྱིས་ནི་སེམས་ཅན་འཇིག་རྟེན་དང་། །སྣོད་ཀྱི་འཇིག་རྟེན་ཤིན་ཏུ་སྣ་ཚོགས་འགོད། །འགྲོ་བ་མ་ལུས་ལས་ལས་སྐྱེས་པར་གསུངས། །སེམས་སྤངས་ནས་ནི་ལས་ཀྱང་ཡོད་མ་ཡིན། །

有情世間器世間，種種差別由心立，

經說眾生從業生，心已斷者業非有。

དེ་ལ་སེམས་ཅན་གྱི་འཇིག་རྟེན་ནི་རང་གི་སེམས་ཀྱིས་བསགས་པའི་ལས་དང་ཉོན་མོངས་པས་བདག་གི་དངོས་པོ་ཉེད་པ་ཡིན་ལ། སྣོད་ཀྱི་འཇིག་རྟེན་ཤིན་ཏུ་སྣ་ཚོགས་པ་ནི་སེམས་ཅན་དེ་དག་ཁོ་ནའི་སེམས་ཉིད་ཀྱིས་བསགས་པའི་ཐུན་མོང་བའི་ལས་ཀྱིས་འགོད་པ་སྟེ་སྐྱེད་དེ། རླུང་གི་དཀྱིལ་འཁོར་ནས་འོག་མིན་གྱི་སྣོད་ཀྱི་མཐར་ཐུག་པའོ། །

有情世間是由各自業及煩惱感得我事。器世間種種差別，下自風輪，上至色究竟天，亦唯由諸有情心所造共業之所感生。

དེ་ལ་རྨ་བྱ་ལ་སོགས་པའི་མདོངས་ལ་སོགས་པ་སྣ་ཚོགས་པ་ནི། སེམས་ཅན་དེ་རྣམས་ཁོ་ནའི་ལས་ཐུན་མོང་མ་ཡིན་པས་སྐྱེད་པའོ། །

如孔雀翎等各種雜色，是由彼眾生自不共業之所感生。

པདྨ་ལ་སོགས་པའི་འདབ་མ་དང་ཁ་དོག་སྣ་ཚོགས་པ་ནི། སེམས་ཅན་གྱི་ཐུན་མོང་གི་ལས་ཀྱིས་བསྐྱེད་པའོ། །དེ་བཞིན་དུ་གཞན་ལའང་ཤེས་པར་བྱའོ། །

如蓮華瓣各種顏色，是由眾生共業所感，餘亦應知。

ཇི་སྐད་དུ། སེམས་ཅན་ལས་ཀྱི་དབང་གིས་རི། །ནག་པོའི་དུས་སུ་སྐྱེས་ཏེ་དཔེར། །སེམས་དམྱལ་མཐོ་རིས་འཇིག་རྟེན་དུ། །མཚོན་དང་རིན་ཆེན་ཤིང་བཞིན་ནོ། །ཞེས་གསུངས་སོ། །

經云：「隨有情業力，應時起黑山，如地獄天宮，有劍林寶樹。」

འཇིག་རྟེན་གཉིས་ཐུན་མོང་གི་ལས་ཡིན་མིན་གཉིས་ཀྱིས་བསྐྱེད་པ་ནི། སེམས་ཙམ་གྱི་གཞུང་དུ་ཡང་བཤད་པས་སེམས་ཙམ་གྱི་ལུགས་ལའང་སྣོད་ཀྱི་འཇིག་རྟེན་མེད་པ་མིན་ནོ། །

唯識教中亦說二種世間，是由共不共業所感。故唯識宗，亦非不許有器世間也。

དེ་ལྟར་ན་འགྲོ་བ་མ་ལུས་པ་ལས་ལས་སྐྱེས་པར་གསུངས་ཤིང་། སེམས་སྤངས་ནས་ནི་ལས་ཀྱང་ཡོད་པ་མ་ཡིན་ཏེ་སེམས་དང་བཅས་པ་ཁོ་ནས་ལས་གསོག་པའི་ཕྱིར་ན་ལས་ཀྱང་སེམས་ལ་བརྟེན་པའོ། །

如是一切眾生皆從業生，心已斷者業即非有，要有心者乃能造業。故業亦依心。

དེ་ལྟར་ན་ས་བཅུ་བར་བྱེད་པ་པོ་དང་ཚོར་བ་པོ་མེད་པ་ཞེས་གསུངས་པ་ལ་བརྟེན་ནས། ཙམ་གྱི་སྒྲས་བྱེད་པ་པོ་གཞན་འགོག་པར་བསྟན་ལ། ཡན་ལག་བཅུ་གཉིས་པོ་ཐམས་ཅད་ཀྱང་སེམས་གཅིག་ལ་བརྟེན་པར་གསུངས་པ་ལ་བརྟེན་ནས། ཙམ་གྱི་སྒྲས་སེམས་གཙོ་བོར་གྱུར་པར་བསྟན་ཏེ། བཤད་པ་སྔ་མ་དགག་ཕྱོགས་དང་ཕྱི་མ་སྒྲུབ་ཕྱོགས་ནས་ཡིན་ནོ། །

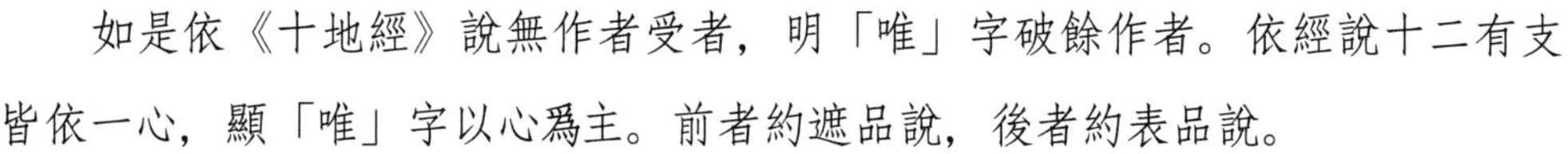
如是依《十地經》說無作者受者，明「唯」字破餘作者。依經說十二有支皆依一心，顯「唯」字以心爲主。前者約遮品說，後者約表品說。

དེའི་ཕྱིར་འགྲོ་བ་རབ་ཏུ་འཇུག་པ་ལ་སེམས་ཉིད་གཙོ་བོའི་རྒྱུ་ཡིན་གྱི། སེམས་ལས་གཞན་པ་ནི་གཙོ་བོའི་རྒྱུ་མིན་པས། མདོ་ལས་སེམས་ཙམ་ཞིག་གཙོ་བོར་བཞག་གི་གཟུགས་ནི་མ་ཡིན་ནོ། །

由眾生流轉，唯心是主要之因，餘非主要之因，故經安立唯心爲主，不立外色[1]。頌曰：

གལ་ཏེ་གཟུགས་ཡོད་མོད་ཀྱི་དེ་ལ་ནི། །སེམས་བཞིན་བྱེད་པ་པོ་ཉིད་ཡོད་མ་ཡིན། །
དེས་ན་སེམས་ལས་གཞན་པའི་བྱེད་པ་པོ། །བཟློག་གི་གཟུགས་ནི་བཀག་པ་མ་ཡིན་ནོ། །
若謂雖許有色法，然非如心爲作者，
則遮離心餘作者，非是遮遣此色法。

卷十

གལ་ཏེ་གཟུགས་ཡོད་པར་འདོད་མོད་ཀྱི་སྐྱེ་ཀྱང་གཟུགས་དེ་ལ་ནི་སེམས་བཞིན་དུ་འགྲོ་བའི་བྱེད་པ་པོ་ཉིད་ནི་ཡོད་པ་མ་ཡིན་ནོ། །

若謂雖許有色法，然說色法非如內心能爲眾生之作者。

དེས་ན་སེམས་ལས་གཞན་པའི་བྱེད་པ་པོ་བཟློག་པ་སྟེ་བཀག་གི །ཕྱི་རོལ་གྱི་གཟུགས་ནི་བཀག་པ་མ་ཡིན་ནོ། །

是則唯破離心之作者，非遮遣此外色也。

འདི་ན་གྲངས་ཅན་སོགས་ཁ་ཅིག་ནི་གཙོ་བོ་ལ་སོགས་པ་བྱེད་པ་པོ་དང་། སངས་རྒྱས་པ་ཁ་ཅིག་གིས་ནི་སེམས་བྱེད་པ་པོར་འདོད་ལ། གཟུགས་བྱེད་པ་པོ་མིན་པ་ལ་ནི་རྩོད་པ་མེད་དོ། །

---

[1]「不立外色」，民族本作「不主外色」，PDF作「不立色」。

此中數論師等，計自性等爲作者，佛弟子衆許內心爲作者。色非作者則俱無諍也。

དེའི་ཕྱིར་གཙོ་བོ་ལ་སོགས་པ་གཞན་གྱིས་བྱེད་པ་པོར་རྟོགས་པ་སྣེ་བརྟགས་པར་བྱས་པ། བྱེད་པ་པོ་དེའི་མཚན་ཉིད་མེད་པ་གཙོ་བོ་ལ་སོགས་པ་ཁོ་ན་བསལ་བར་བྱ་བའི་ཕྱིར།

故當觀察自性等餘作者。爲破無作者相之自性等故，

ཐ་སྙད་དུ་བྱེད་པ་པོ་ཉིད་དུ་ནུས་པར་མཐོང་བས། སེམས་ཙམ་ཞིག་བྱེད་པ་པོར་བརྗོད་པ་ན་གཙོ་བོ་ལ་སོགས་པ་བྱེད་པ་པོ་ཡིན་པ་བསལ་ནས། གཙོ་བོ་ལ་སོགས་པ་ཡུལ་བཏོན་པའི་རྩོད་པའི་གནས་ཀྱི་ཡུལ་གནོན་ནོ་ཞེས་བྱ་བར་རིགས་ཏེ།

於名言中說有作者功能之唯心乃是作者。出破自性等作者，自即據有驅自性等出境之所諍地。

ཡུལ་གཅིག་ལ་དབང་བྱེད་པར་འདོད་པའི་རྒྱལ་པོ་གཉིས་ཀྱི་ནང་ནས་འགྲན་ཟླ་གཅིག་བཏོན་ནས། བཏོན་པ་རང་གི་ཡུལ་འཁོབ་ཅིང་གཉིས་ཀ་ལ་ཉེ་བར་མཁོ་བའི་ཕྱིར་སྐྱེ་བོ་ཕལ་པ་ལ་གནོད་པ་མེད་པ་ལྟར་དེ་བཞིན་དུ་འདིར་ཡང་གཉིས་ཀ་ལ་ཉེ་བར་མཁོ་བའི་ཕྱིར། གཟུགས་ལ་གནོད་པ་མེད་པས་གཟུགས་ཡོད་པ་ཁོ་ན་ཡིན་ནོ་ཞེས་བྱ་བར་ངེས་པར་བྱའོ། །

如有二王欲王一國。逐走敵人，自即得有其國。民衆是二王所共需者，故於國民都不損害。如是此色，亦是二者所共需，都不損害。故定應知此色是有也。

གཉིས་པ་ནི། དེ་ཕྱིར་དེ་ལྟར་སྔར་ཇི་སྐད་བསྟན་པའི་ཚུལ་གྱིས

午二、明外境內心有無相同。由前所說道理，頌曰：

འཇིག་རྟེན་པ་ཡི་དེ་ཉིད་ལ་གནས་ལ། །ཕུང་པོ་འཇིག་རྟེན་གྲགས་ཏེ་ལྔ་ཆར་ཡོད། །
དེ་ཉིད་ཡེ་ཤེས་འཆར་བར་འདོད་པ་ན། །རྣལ་འབྱོར་པ་ལ་དེ་ལྔ་འབྱུང་མི་འགྱུར། །

若謂安住世間理，世間五蘊皆是有，

若許現起真實智，行者五蘊皆非有。

འཇིག་རྟེན་པ་ཡི་དེ་ཉིད་དེ་རྣམ་གཞག་ལ་གནས་པ་ལ་ཕྱི་རོལ་གྱི་གཟུགས་ཀྱི་ཕུང་པོ་ལ་སོགས་པ་རྣམས་འཇིག་རྟེན་ལ་གྲགས་ཏེ་ཕུང་པོ་ལྔ་ཆར་ཡོད་ལ། དེ་ཁོ་ན་ཉིད་མངོན་སུམ་དུ་རྟོགས་པའི་ཡེ་ཤེས་འཆར་བར་འདོད་པ་ན་རྣལ་འབྱོར་པ་མཉམ་པར་གཞག་པ་ལ་དེའི་ངོར་ཕུང་པོ་དེ་ལྔ་འབྱུང་བར་མི་འགྱུར་རོ། །

若謂安住世間建立之道理，則世間共許外色等五蘊皆是有。若許是現起親證真實義之智者，則行者住根本定時，五蘊皆非有也。

གང་གི་ཕྱིར་དེ་ལྟ་ཡིན་པ

由是當知，頌曰：

གཟུགས་མེད་ན་ནི་སེམས་ཡོད་མ་འཛིན་ཅིག །སེམས་ཡོད་འདི་ནའང་གཟུགས་མེད་མ་འཛིན་ཞིག །

無色不應執有心，有心不應執無色。

དེའི་ཕྱིར་ཕྱི་རོལ་གྱི་གཟུགས་མེད་པར་འདོད་ན་ནི་སེམས་ཡོད་པར་མ་འཛིན་ཅིག །ནང་གི་སེམས་ཡོད་པར་འདོད་པ་ཉིད་ཡིན་ནའང་ཕྱི་རོལ་གྱི་གཟུགས་མེད་པར་མ་འཛིན་ཅིག །

若許無外色者，則亦不應執有內心。若許有內心者，則亦不應執無外色。

གང་གི་ཚེ་བཏགས་དོན་འཚོལ་བའི་འཐད་པས་དཔྱད་པ་ན་ཕྱིའི་གཟུགས་མེད་པར་རྟོག་ན་ནི་དེའི་ཚེ་ཕྱི་ནང་གཉིས་ཀའི་ཡོད་པ་འཐད་པས་ལས་འགྲུབ་པ་དང་བྲལ་བའི་ཕྱིར་ནང་གི་སེམས་མེད་པར་ཡང་རྟོགས་པར་བྱ་དགོས་ལ།

若時以正理推求假立義，了知無外色者，亦應了達無有內心，以內外二法之有，皆非正理所成立故。

ཡང་གང་གི་ཚེ་སེམས་ཡོད་པ་ཉིད་དུ་རྟོག་ན་ནི་དེའི་ཚེ་གཟུགས་ཀྱང་རྟོགས་པར་བྱ་དགོས་ཏེ་གཉིས་ཀ་ཡང་འཇིག་རྟེན་ལ་གྲགས་པའི་ཕྱིར་རོ། །

若時了達有內心者，亦應了達有外色，以二法俱是世間所共許故。

འདིར་སེམས་ཙམ་པས་གཟུགས་དང་སེམས་གཉིས་ལ་ཡོད་མེད་ཀྱི་ཁྱད་པར་འདོད་པར་བཤད་པའི་གཟུགས་མེད་པ་ནི་ཕྱི་རོལ་གྱི་གཟུགས་མེད་པ་ཡིན་ཏེ། ཕྱི་གཟུང་མེད་པར་རང་གི་ས་བོན་ལས། །སྔོ་སོགས་སྣང་ཉིད་འབྱུང་བར། ཞེས་གསུངས་ཤིང་

此說唯識師許心色二法有無不同者，其所無之色，謂無外色。如論云：「無外所取，由自種變似青等。」

དེའི་འགྲེལ་བ་ལས་ཀྱང་། སྔོན་པོ་ལ་སོགས་པའི་ཕྱི་རོལ་གྱི་གཟུགས་མེད་པར་ཞེས་གཟུགས་མེད་པའི་དགག་བྱ་ལ་ཕྱི་རོལ་གྱི་ཁྱད་པར་སྦྱོར་ཞིང་།

釋云：「雖無青等外色。」說無色時於所破上加外簡別。

ཡང་འགྲེལ་བ་ལས། ཙམ་གྱི་སྒྲས་ཤེས་བྱ་འགོག་པར་མི་ནུས་པར་བརྗོད་ནས་རྣམ་པ་གཞན་དུ་བཤད་པ་ལས་ཀྱང་ཕྱི་རོལ་འགོག་པ་མི་སྲིད་པར་བསྟན་པའི་ཕྱིར་བཤད་པ་ཞེས་གཟུགས་འགོག་པ་མདོའི་དོན་མིན་པར་གསུངས་པའི་གཟུགས་འགོག་པ་ཕྱི་རོལ་འགོག་པ་ལ་བཤད་པའི་ཕྱིར་རོ། །

釋又云：「故彼『唯』字不破所知，更以異門明不破外境。」說破色非是經義時，解釋破色即是破外境故。

དེ་ལྟ་མ་ཡིན་པར་ཚིག་ཟིན་ཙམ་ལ་བྱེད་ན་ཙམ་གྱི་སྒྲས་ཤེས་བྱ་འགོག་མི་ནུས་པ་བརྗོད་ནས། ཞེས་གསུངས་པས་སེམས་ཙམ་པས་ཙམ་གྱི་སྒྲས་སེམས་ཀྱི་ཤེས་བྱ་བཀག་པར་འདོད་དོ་ཞེས་ཀྱང་བརྗོད་པར་བྱའོ། །

若不如是解，但依文者，則釋云：「故彼『唯』字不破所知。」亦應說唯識宗許「唯」字破所知心也。

གལ་ཏེ་སེམས་ཙམ་པས་གཟུགས་ཅན་ཁས་མི་ལེན་ན་སེམས་ཙམ་པས་ཀུན་གཞི་སྒྲུབ་པའི་རིགས་པ་སྟོན་པ་ན།

若謂唯識宗不許有色者，則唯識宗成立阿賴耶識時，

ཐེག་བསྡུས་ལས། ཉིང་མཚམས་སྦྱོར་བ་སྨྲེལ་ཟིན་པ་རྣམས་ཀྱི་དབང་པོ་གཟུགས་ཅན་འཛིན་པར་བྱེད་པ་ཡང་དེ་ལས་གཞན་རྣམ་པར་སྨིན་པའི་རྣམ་པར་ཤེས་པ་མེད་པར་མི་འཐད་དེ་ཞེས་དང་།

《攝大乘論》云：「復次結生相續已，若離異熟識，執受色根亦不可得。」

རྣམ་པར་ཤེས་པ་དང་མིང་དང་གཟུགས་མདུང་ཁྲིམ་ལྟར་གཅིག་ལ་གཅིག་བརྟེན་པའི་ཚུལ་གྱིས་འཇུག་པ་གང་ཡིན་པ་དེ་ཡང་རྣམ་པར་སྨིན་པའི་རྣམ་པར་ཤེས་པ་མེད་ན་མི་རུང་ངོ་། །ཞེས་གསུངས་པ་རྣམས་འགལ་བ་ཁོ་ནར་འགྱུར་ཏེ་གཟུགས་ཅན་གྱི་ཆོས་ཁས་བླངས་ན་ཕྱི་རོལ་ཁས་ལེན་དགོས་པར་འདོད་པའི་ཕྱིར་རོ། །

又云：「若離異熟識，識與名色更互相依，譬如蘆束相依而轉，此亦不成。」應皆成相違，以許有色法，即須許有外境故。

དེས་ན་རྣམ་པར་ཤེས་པའི་རྒྱན་གྱིས་མིང་གཟུགས་སྐྱེ་བ་སོགས་ཁས་ལེན་ཀྱང་ཕྱི་རོལ་ཁས་ལེན་མི་དགོས་པར་འདོད་པ་ལ་བརྙིག་ནས་སྨྲ་བར་མི་བྱ་སྟེ། སེམས་ཙམ་གྱི་ཐུན་མོང་མ་ཡིན་པའི་རྣམ་གཞག་སྟོན་པ་ན་དེ་ལྟར་བཤད་པ་ཤིན་ཏུ་མང་ངོ་། །

以是當知，雖許以識為緣生名色等，不須許有外境。不可違此而說。明唯識宗不共建立時，多作如是說故。

ལུང་ལས་ཀྱང་ཕྱི་རོལ་གྱི་དོན་དང་ནང་གི་ཤེས་པ་ཡོད་མེད་མཚུངས་པ་དེ་ལྟར་རྟོགས་པར་བྱ་སྟེ།

即由聖教亦應了達內心外境有無相同。頌曰：

དེ་དག་ཤེས་རབ་ཕྱུལ་མདོར་སངས་རྒྱས་ཀྱིས། །མཚུངས་པར་སྤངས་ཤིང་མངོན་པའི་ཆོས་ལས་གསུངས། །

般若經中佛俱遮，彼等對法俱說有。

འདི་ལྟར་གཟུགས་ལ་སོགས་པའི་ཕུང་པོ་ལྔ་པོ་དེ་དག་ནི་ཤེས་རབ་ཀྱི་ཕ་རོལ་ཏུ་ཕྱིན་པའི་ཚུལ་གྱི་མདོར་ནི་སངས་རྒྱས་ཀྱིས་ལྔ་ཆར་ཡང་མཚུངས་པར་རང་བཞིན་གྱིས་གྲུབ་པ་སྤངས་ཤིང་སྟེ་བཀག་པ་ཡིན་ཏེ།

色等五蘊，佛於《般若波羅蜜多經》中，俱遮其自性故，

རབ་འབྱོར་གཟུགས་ནི་རང་བཞིན་གྱིས་སྟོང་ངོ་ཞེས་བྱ་བ་ནས་རྣམ་པར་ཤེས་པ་ནི་རང་བཞིན་གྱིས་སྟོང་ངོ་ཞེས་གསུངས་པའི་ཕྱིར་རོ། །

如云：「須菩提，色自性空。」乃至「識自性空。」

ཆོས་མངོན་པ་ལས་ནི་ལྔ་ཆར་ཡང་རང་དང་སྤྱིའི་མཚན་ཉིད་ལ་སོགས་པའི་སྒོ་ནས་མཚུངས་པར་གསུངས་སོ། །

對法藏中則由自相、共相等門，俱說五蘊為有也。如是頌曰：

卷十

བདེན་གཉིས་རིམ་པ་འདི་དག་བཤིག་ནས་ཀྱང་། །ཁྱོད་ཀྱི་རྫས་ནི་བཀག་པས་འགྲུབ་མི་འགྱུར། །

二諦次第縱破壞，汝物已遮終不成。

དེའི་ཕྱིར་ཕ་རོལ་གྱིས་ནི་སྔར་བཤད་པ་དེ་ལྟར་ཕྱི་རོལ་དང་སེམས་གཉིས་དོན་དམ་པར་མེད་མཉམ་དང་། ཀུན་རྫོབ་ཏུ་ཡོད་མཉམ་དུ་ལུང་དང་རིགས་པས་གྲུབ་པའི་བདེན་གཉིས་ཀྱི་རིམ་པ་འདི་དག་བཤིག་པར་འགྱུར་རོ། །

是故他宗是破壞上來所說，外境內心勝義俱無，世俗俱有，聖教以正理所成立之二諦次第。

དེ་ལྟར་བཤིག་ནས་ཀྱང་སེམས་ཙམ་པ་ཁྱོད་ཀྱི་གཞན་དབང་རྫས་སུ་གྲུབ་པ་ནི་འགྲུབ་པར་མི་འགྱུར་རོ། །

縱使如是破壞，然汝唯識師所計之依他起實物，終不得成。

ཅིའི་ཕྱིར་ཞེ་ན། གང་གི་ཕྱིར་ སྔར་གཞན་དབང་རྫས་སུ་གྲུབ་པ་ལན་དུ་མར་བཀག་པ་དེའི་ཕྱིར། ཁྱོད་ཀྱི་ངལ་བ་དོན་མེད་པར་འགྱུར་རོ། །

何以故？依他起實有，前已數破，故汝徒勞無益也。

བདེན་གཉིས་ཀྱི་རིམ་པ་མི་འཇིག་པ་ལ་དོན་དམ་པར་མེད་ཅིང་ཐ་སྙད་དུ་ཡོད་པར་འདོད་དགོས་པ་དེའི་ཕྱིར།

不可破壞二諦次第，應許勝義中無，世俗中有。頌曰：

དེ་ཕྱིར་དེ་ལྟའི་རིམ་པས་དངོས་གནོད་ནས། །དེ་ཉིད་མ་སྐྱེས་འཇིག་རྟེན་སྐྱེས་རིག་བྱ། །

由是次第知諸法，真實不生世間生。

སྔར་བཤད་པ་དེ་ལྟ་བུའི་རིམ་པས་དངོས་པོ་རྣམས་གདོད་མ་ནས་དེ་ཁོ་ན་ཉིད་དུ་མ་སྐྱེས་ཤིང་། འཇིག་རྟེན་གྱི་ཐ་སྙད་དུ་སྐྱེས་པར་རིག་པར་བྱའོ་ཞེས་གསུངས་ཏེ།

由上來所說次第，當知諸法，於真實義本來不生，於世間名言中則有生也。

འདིས་ནི་དངོས་པོ་རྣམས་མ་སྐྱེས་པ་དོན་དམ་དང་། སྐྱེས་པ་ཐ་སྙད་དུ་ཁས་བླང་བར་སྟོན་པས་དགག་བྱ་ལ་ཁྱད་པར་རེས་པར་སྦྱར་བར་བྱའོ། །

此中即①說諸法不生是依勝義，於名言中則許有生，故於所破定當加簡別。

གསུམ་པ་ལ་གཉིས། ཕྱི་རོལ་མེད་པའི་སེམས་ཙམ་དུ་གསུངས་པ་དྲང་དོན་དུ་བསྟན་པ། མདོའི་དྲང་ངེས་ཀྱི་དོན་རྟོགས་པའི་ཐབས་བསྟན་པའོ། །

午三、解《楞伽經》說唯心之密意分二：未一、明說唯心都無外境是不了義，未二、明通達不了義經之方便。

དང་པོ་ལ་གཉིས། དྲང་དོན་དུ་ལུང་གིས་བསྟན་པ། རིགས་པས་བསྟན་པའོ། །

初又分二：申一、以教明不了義，申二、以理明不了義。

དང་པོ་ལ་གཉིས། དངོས་ཀྱི་དོན་དང་། དེ་འདྲ་བའི་མདོ་གཞན་ཡང་དྲང་དོན་དུ་བསྟན་པའོ། །

初中又二：酉一、正義，酉二、明如是餘經亦非了義。

---

①「即」，民族本作「既」。

དང་པོ་ནི། གལ་ཏེ་ཡང་ས་བཅུ་པའི་མདོའི་དོན་དེ་ལྟར་བཤད་མོད་ཀྱི། དེ་ལྟ་ན་ཡང་ལང་གཤེགས་ལས། ཕྱི་རོལ་སྣང་བ་ཡོད་མེད་དེ། །སེམས་ནི་སྣ་ཚོགས་རྣམས་སུ་སྣང་། །ལུས་དང་ལོངས་སྤྱོད་གནས་འདྲ་བ། །སེམས་ཙམ་དུ་ནི་ངས་བཤད་དོ། །ཞེས་གསུངས་སོ། །

今初，問：《十地經》義雖如是說，然《楞伽經》云：「外境悉非有，心變種種相，似身受用處，故我說唯心。」

དེ་ལ་ལུས་ནི་མིག་ལ་སོགས་པའི་སྐྱེ་མཆེད་གཟུགས་ཅན་རྣམས་སོ། །ལོངས་སྤྱོད་ནི་གཟུགས་སྒྲ་སོགས་ཡུལ་ལྔའོ། །གནས་ནི་སྣོད་ཀྱི་འཇིག་རྟེན་ནོ། །

此中身謂眼等有色根，受用謂色、聲等五境，處謂器世間。

སེམས་ལས་ལོགས་ཤིག་ན་ཕྱི་རོལ་ཡོད་པ་མ་ཡིན་པའི་ཕྱིར། རྣམ་པར་ཤེས་པ་ཙམ་ཞིག་ཁོ་ན་ལུས་དང་ལོངས་སྤྱོད་དང་གནས་སུ་སྣང་བ་སྐྱེ་བ་ན་ཡུལ་གྱི་དངོས་པོར་གནས་པ་ལུས་རང་ལ་སོགས་པ་རྣམ་པར་ཤེས་པ་ལས་ཐ་དད་པར་ཕྱི་རོལ་ལྟ་བུར་མངོན་པ་ཡིན་ནོ། །

由離內心無外境故，內識生時變似根身受用處所。故身等境事，似離內識別有外境。

དེའི་ཕྱིར་ཁམས་གསུམ་པ་ནི་སེམས་ཙམ་ཡིན་ནོ་ཞེ་ན། མདོ་འདི་ཡང་དགོངས་པ་ཅན་ཉིད་དུ་བརྗོད་པའི་ཕྱིར་བཤད་པ།

是故三界唯心也。爲顯此經是密意語，頌曰：

མདོ་སྡེ་གང་ལས་ཕྱི་རོལ་སྣང་ཡོད་མིན། །སེམས་ནི་སྣ་ཚོགས་སྣང་ངོ་ཞེས་གསུངས་པ། །

經說外境悉非有，唯心變爲種種事。

དེའི་དགོངས་པ་ནི་འདི་ཡིན་ཏེ།

彼經密意，頌曰：

གཟུགས་ལ་ཤིན་ཏུ་ཆགས་གང་དེ་དག་ལ། །གཟུགས་བཟློག་པ་སྟེ་དེ་ཡང་དྲང་དོན་ཉིད། །

是於貪著妙色者，爲遮色故非了義。

卷十

གང་དག་གཟུགས་ལ་ཤིན་ཏུ་ཆགས་པའི་རྐྱེན་ཅན་གྱི་རྗེས་སུ་ཆགས་པ་དང་། ཁོང་ཁྲོ་བ་དང་ང་རྒྱལ་ལ་སོགས་པ་རྣམས་ཀྱིས་འཇུག་པ་རང་དབང་མེད་པར་བྱས་པར་འགྱུར་ཞིང་།

諸有情以貪著妙色爲緣，隨貪瞋慢等而轉，不得自在。

དེ་ལ་མངོན་པར་ཞེན་པས་དེ་དག་སྡིག་པ་ཆེན་པོ་དང་སྦྱོར་ལ་བསོད་ནམས་དང་ཡེ་ཤེས་ཀྱི་ཚོགས་བསགས་པ་ལས་ཉམས་པར་འགྱུར་བ་དེ་དག་ལ་བཅོམ་ལྡན་འདས་ཀྱིས་གཟུགས་ཀྱི་རྐྱེན་ཅན་གྱི་ཉོན་མོངས་པ་བཟློག་པའི་ཕྱིར། ཆགས་པ་ཅན་དག་ལ་ཕྱི་རོལ་གྱི་ཡུལ་ལ་ཆགས་པ་འཇོམས་པའི་ཀེང་རུས་ལྟར། དེ་ལྟ་བུར་གྱུར་པ་མ་ཡིན་ཡང་དེ་ལྟ་བུ་ཉིད་དུ་སེམས་ཙམ་ཉིད་བསྟན་པ་ཡིན་ནོ་ཞེས་བྱ་བར་ཤེས་པར་བྱའོ། །

由貪著彼故造諸重罪，退失福德智慧資糧。世尊爲破以色爲緣所起煩惱，故說唯心。如於有貪眾生說除外境貪之骨鎖，雖非實有，亦如是說。

ཡང་ལུང་འདི་དྲང་བའི་དོན་ཉིད་ཡིན་གྱི་ངེས་དོན་ནི་མ་ཡིན་ནོ་ཞེས་བྱ་བ་དེ་ལྟར་གང་ལས་ངེས་ཤེ་ན།

復次，此經是不了義，非是了義。由何決定？頌曰：

འདི་ནི་སྟོན་པས་དྲང་དོན་ཉིད་གསུངས་ཤིང་། །འདི་ནི་དྲང་དོན་ཉིད་དུ་རིགས་པས་འཐད། །

佛說此是不了義，此非了義理亦成。

ཕྱི་རོལ་མེད་པར་སེམས་ཙམ་མོ་ཞེས་གསུངས་པ་འདི་ནི། སྟོན་པས་དྲང་དོན་ཉིད་དུ་གསུངས་པས་ལུང་ལས་དྲང་དོན་དུ་འགྲུབ་ལ། མདོ་འདི་ནི་དྲང་དོན་ཉིད་དུ་རིགས་པས་ཀྱང་འཐད་པ་སྟེ་འགྲུབ་པོ། །

此經說唯心都無外境，大師自說是不了義，故由聖教即能成立爲不了義。此經是不了義，以正理亦能成立也。

དེ་ལྟར་ཕྱི་རོལ་སྣང་བ་ཡོད་མེད་དོ། །ཞེས་པ་རྣམས་ཀྱིས་སེམས་ཙམ་དུ་བསྟན་པའི་ཙམ་གྱི་སྒྲས་ནི་ས་བཅུ་པའི་མདོ་ལས་བཤད་པ་ལྟར་ཕྱི་རོལ་མི་འགོག་བྱེད་པ་པོ་གཞན་འགོག་ཅེས་སློབ་དཔོན་འདིས་མི་འཆད་ཀྱི།

月稱論師不說：外境①悉非有等唯心之「唯」字，如《十地經》，不破外境破餘作者。

དེ་ལ་ནི་ཙམ་གྱི་སྒྲས་ཕྱི་རོལ་འགོག་ཀྱང་མདོ་དེ་དྲང་དོན་ནོ་ཞེས་འགྲེལ་ལོ། །

說此「唯」字是破外境，然釋此經是不了義。

---

①「境」，上海本作「經」。「外境悉非有」出自前文所引《楞伽經》中一頌。

སློབ་དཔོན་ཆེན་པོ་ལེགས་ལྡན་གྱིས་ནི་མདོ་དེས་ཀྱང་སེམས་ལུས་དང་། ལོངས་སྤྱོད་དང་གནས་དང་འདྲ་བ་སྟེ་དེའི་རྣམ་པ་གྲིབ་མ་ལྟ་བུས་ཁ་བསྒྱུར་བར་སྐྱེ་བ་ལ་འཆད་ཅིང་ཕྱི་རོལ་ཡོད་མིན་གྱིས་ཀྱང་བློས་རྣམ་མེད་དུ་མཐོང་བ་འགོག་པར་བཞེད་པས་ཙམ་གྱི་སྒྲས་ཕྱི་རོལ་འགོག་པ་མིན་པར་འཆད་དོ། །

清辨①論師則釋此經說「心似身受用處」者，謂心帶彼影像而生。「外境悉非有」者，謂破心無相而見。故說此「唯」字亦不破外境也。

གཉིས་པ་ནི། ཕྱི་རོལ་སྣང་བ་ཡོད་མེད་དེ། །ཞེས་སོགས་ཀྱིས་ཕྱི་རོལ་མེད་པར་སེམས་ཙམ་ཞིག་ཡོད་པར་བསྟན་པ་དྲང་དོན་ཡིན་པ་འབའ་ཞིག་ཏུ་མ་ཟད་ཀྱི།

酉二、明如是餘經亦非了義。非但說「外境悉非有」等，明唯有心都無外境之經是不了義。頌曰：

རྣམ་པ་དེ་ལྟའི་མདོ་སྡེ་གཞན་ཡང་ནི། །དྲང་དོན་ཉིད་དུ་ལུང་འདིས་གསལ་བར་བྱེད། །

如是行相諸餘經，此教亦顯不了義。

སྔར་བཤད་པ་རྣམ་པ་དེ་ལྟ་བུའི་མདོ་སྡེ་སེམས་ཙམ་པ་རྣམས་ཀྱིས་ངེས་དོན་དུ་ཁས་བླངས་པ་ལས། གཞན་ཡང་ནི་དྲང་དོན་ཉིད་དུ་འཆད་འགྱུར་གྱི་ལུང་འདིས་གསལ་བར་བྱེད་དོ། །

凡如上說行相之經，唯識宗許爲了義者，由下引之教，亦皆顯其是不了義。

རྣམ་པ་དེ་ལྟ་བུའི་མདོ་སྡེ་དེ་ཡང་གང་ཡིན་ཞེ་ན། དགོངས་པ་ངེས་འགྲེལ་ལས་ངོ་བོ་ཉིད་གསུམ་བསྟན་པ་ལས། ཀུན་བརྟགས་པ་མེད་པ་དང་། གཞན་གྱི་དབང་ཡོད་པ་དང་།

如是行相之經爲何等耶？釋論說如《解深密經》明三自性中，遍計執無性，依他起有性。

དེ་བཞིན་དུ། ལེན་པའི་རྣམ་པར་ཤེས་པ་ཟབ་ཅིང་ཕྲ། །ས་བོན་ཐམས་ཅད་ཆུ་ཡི་རྒྱུན་ལྟར་འབབ། །བདག་ཏུ་རྟོག་པར་གྱུར་ན་མི་རུང་ཞེས། །བྱིས་པ་རྣམས་ལ་ངས་ནི་དེ་མ་བསྟན། །ཞེས་བྱ་བ་ལ་སོགས་པ་སྟེ། ཞེས་འགྲེལ་པར་གསུངས་སོ། །

① 「辨」，校正本作「辯」。

又說：「阿陀那識甚深細，一切種子如瀑流，我於凡愚不開演，恐彼分別執爲我。」如是等經。

དེ་ལ་མདོ་དེར་ཀུན་བཏགས་རང་གི་མཚན་ཉིད་ཀྱིས་མེད་པ་དང་། གཞན་དབང་རང་གི་མཚན་ཉིད་ཀྱིས་ཡོད་པའི་ཡོད་མེད་ཀྱི་ཁྱད་པར་ཕྱེའོ། །

彼經中說，遍計執無自相，依他起有自相，分其有無之別。

བདག་གཉིས་སུ་ཀུན་བཏགས་པ་ལྟ་བུ་དང་། ཆོས་རྣམས་ལ་ངོ་བོ་དང་ཁྱད་པར་དུ་བཏགས་པ་རང་གི་མཚན་ཉིད་ཀྱིས་གྲུབ་པ་ནི། དེའི་ལུགས་ཀྱིས་ཤེས་བྱ་ལ་མི་སྲིད་ཀྱང་ངོ་བོ་དང་ཁྱད་པར་དུ་བཏགས་པའི་ཀུན་བཏགས་དུ་མ་ཞིག་ནི་གཞི་གྲུབ་པ་ཡིན་ནོ། །

如二我遍計執，與假立諸法自性差別爲有自相之遍計執，唯識宗雖不許有，然如假立自性差別之遍計執等，許爲有者亦多也。

མདོ་དེར་གཞན་དབང་དང་ཡོངས་གྲུབ་གཉིས་ཀ་རང་གི་མཚན་ཉིད་ཀྱིས་གྲུབ་པར་གསུངས་ཀྱང་།

彼經雖說依他起與圓成實，俱有自相。

འགྲེལ་བར་གཞན་དབང་ཙམ་ལས་མ་གསུངས་པ་ནི་དབུ་སེམས་བདེན་པར་ཡོད་མེད་རྩོད་པའི་གཞིའི་གཙོ་བོ་ནི་གཞན་དབང་ཡིན་ཏེ་ཀུན་བཏགས་འདོགས་པའི་གཞི་ཡང་གཞན་དབང་ཡིན་ལ། ཡོངས་གྲུབ་ཀྱང་གཞན་དབང་ལ་བརྟེན་ནས་གཞག་དགོས་པའི་ཕྱིར་རོ། །

釋論僅說依他起者，因中觀與唯識，諍有無實性之主要所依，爲依他起。以施設遍計執之所依是依他起，圓成實亦是依依他起而安立故。

དེ་ལྟར་ཕྱེ་བ་ཡང་ལུགས་འདིས་དྲང་དོན་དུ་འཆད་དོ། །

此宗則說，如是分別（遍計無性，依他有性）亦非了義。

ཡང་མདོ་དེར་ལེན་པའི་རྣམ་པར་ཤེས་པ་ཞེས་སོགས་ཀྱིས་རྣམ་ཤེས་ཚོགས་བརྒྱད་དུ་གསུངས་པའི་འཇུག་ཤེས་དྲུག་ལས་ངོ་བོ་ཐ་དད་པའི་ཀུན་གཞི་རྣམ་ཤེས་གསུངས་པ་ཡང་འདིར་དྲང་དོན་དུ་འཆད་དོ།

又彼經說阿陀那識等八識品，謂離六轉識外別有阿賴耶識。此宗說彼亦非了義。

ཀུན་གཞི་རྣམ་ཤེས་མེད་ན་ནི་ཉོན་ཡིད་ཀྱང་གཞག་ཏུ་མེད་པ་ཡིན་ནོ། །

即①無阿賴耶識，則亦不能安立染污意也。

---

①「即」，民族本作「既」。表條件。

ལ་སོགས་པའི་སྒྲས་བསྡུས་པ་ལ་མདོ་དེར་ཕྱི་རོལ་བཀག་པ་དང་། མཐར་ཐུག་ཐེག་པ་གསུམ་དུ་བཤད་པ་གཉིས་ཏེ། འདིར་དྲང་དོན་དུ་འགྲེལ་དགོས་པ་བཞི་ཡོད་དོ། །

等字所攝，謂彼經中破除外境，及究竟三乘二義。故此宗須解爲不了義者，共有四義也。

འདི་རྣམས་ལ་གོ་བ་མཐའ་ཆོད་པར་མ་ཆགས་ན་སྤྱིར་དབུ་སེམས་དང་ཁྱད་པར་དུ་ལུགས་འདིའི་གནད་ཐུན་མོང་མ་ཡིན་པ་རྣམས་མི་ཤེས་པར་མཐོང་ནས་དྲང་ངེས་རྣམ་པར་འབྱེད་པར་ཞིབ་ཏུ་བཤད་དོ། །

若於此等義不得透澈了解，則不能知二宗差別，更不能了知此宗之不共要義。於《辨了不了義論》中皆已詳釋。

དགོངས་འགྲེལ་ལས་ཚིག་གང་གིས་ཕྱི་རོལ་མེད་པར་བསྟན་པ་ནི།

《解深密經》何文顯示無有外境？

ཐེག་བསྡུས་ལས། བཅོམ་ལྡན་འདས་ཏིང་ངེ་འཛིན་གྱི་སྤྱོད་ཡུལ་གྱི་གཟུགས་བརྙན་དེ་ཅི་སེམས་དེ་ལས་ཐ་དད་པ་ཞེས་བགྱིའམ་ཐ་དད་པ་མ་ལགས་པ་ཞེས་བགྱི། བཅོམ་ལྡན་འདས་ཀྱིས་བཀའ་སྩལ་པ། བྱམས་པ་ཐ་དད་པ་མ་ཡིན་ཞེས་བྱའོ། །

《攝大乘論》曰：「世尊！三摩地所行影像，彼與此心，當言有異，當言無異？佛告慈氏菩薩曰：善男子！當言無異。

དེ་ཅིའི་ཕྱིར་ཞེ་ན། རྣམ་པར་ཤེས་པ་ནི་དམིགས་པ་རྣམ་པར་རིག་པ་ཙམ་གྱིས་རབ་ཏུ་ཕྱེ་བ་ཅན་ཡིན་ནོ་ཞེས་ངས་བཤད་དོ། །ཞེས་སོགས་དྲངས་པ་རྣམས་ཡིན་ནོ། །

何以故？我說識所緣，唯識所現故。」引此經文。

ལུགས་འདིས་ནི་སྔར་བཤད་པའི་དོན་ཚན་བཞི་ག་དྲང་དོན་དུ་འགྲེལ་གྱི། དེ་དག་གི་གསེབ་ནས་ཁ་ཅིག་དྲང་དོན་དང་། ཁ་ཅིག་ངེས་དོན་དུ་འགྲེལ་བ་ལྟར་ནི་མི་མཛད་དོ། །

此宗於上述四義，皆須釋爲不了義。不可說彼中有者是不了義，有者是了義也。

འདི་ལ་ཡང་མཐར་ཐུག་ཐེག་པ་གསུམ་དུ་བཤད་པ་ནི་འཕགས་པ་ཉིད་ཀྱིས་མདོ་ཀུན་ལས་བཏུས་པ་ལས་མཐར་ཐུག་ཐེག་པ་གཅིག་ཏུ་སྒྲུབ་པ་ལས་གོ་ནུས་པར་དགོངས་ནས་འཇུག་འགྲེལ་དུ་མ་སྨོས་སོ། །

其說究竟三乘者，意謂就龍猛菩薩《集經論》中成立究竟一乘，易可了知，故《入中論》中未更解說。

ལྷག་མ་གསུམ་གྱི་ཕྱི་རོལ་མེད་པར་སེམས་ཙམ་ཞིག་རང་བཞིན་གྱིས་གྲུབ་པར་བསྟན་པ་དྲང་དོན་དུ་ལུང་གིས་གསལ་བར་བྱེད་པ་ནི།

餘三義中，以教顯示說無外境唯心有自性爲不了義者，

ལང་ཀར་གཤེགས་པ་ལས། ཇི་ལྟར་ནད་པ་ན་བ་ལ། །སྨན་པ་སྨན་རྣམས་གཏོང་བ་ལྟར། །སངས་རྒྱས་དེ་བཞིན་སེམས་ཅན་ལ། །སེམས་ཙམ་དུ་ཡང་རབ་ཏུ་གསུངས། །ཞེས་པ་འདི་ཡིན་ཏེ་ནད་པ་སོ་སོ་ལ་སྨན་སྦྱེར་བ་ནི་སྨན་པའི་རང་དབང་གིས་མ་ཡིན་གྱི། ནད་པའི་ནད་ཀྱི་ཚུལ་དང་བསྟུན་དགོས་པ་བཞིན་དུ་སེམས་ཙམ་དུ་གསུངས་པ་ཡང་སྟོན་པའི་རང་ལུགས་ཀྱི་དབང་གིས་མིན་གྱི། གདུལ་བྱའི་བསམ་པའི་དབང་གིས་ཡིན་པར་གསུངས་པས་ལུང་སྔ་མ་དྲང་དོན་དུ་ཤེས་སོ། །

如《楞伽經》云：「如對諸病者，醫生給眾藥，如是對有情，佛也①說唯心。」謂如醫生對各別病人，給各別藥。此非由醫生自主，是須順病人之病情而給也。如是佛說唯心，亦非由大師自主，是隨順眾生意樂增上而說。故知前經是不了義。

ཇི་ལྟར་ནད་པ་ཞེས་སོགས་ཀྱི་མཇུག་ཏུ་འགྲེལ་བ་ལས། དེ་བཞིན་དུ་བཅོམ་ལྡན་འདས་ཀྱི་མདོ་བརྗོད་པ་ལས་ཞེས་པ་ནས། མངོན་པར་རྫོགས་པར་འཚང་རྒྱ་བ་ཇི་ལྟར་འགྱུར་ཞེས་ཏེ། ཞེས་པའི་བར་ལང་གཤེགས་ལས་གསུངས་པ་རྣམ་དྲངས་པ་ནི་རྣམ་རིག་པས་ཀུན་གཞི་ངེས་དོན་དུ་ཁས་བླངས་པ་དྲང་དོན་དུ་སྟོན་པའི་ལུང་ངོ། །

釋論於引「如對諸病者」之後，又廣引《楞伽經》云：「如是，世尊於契經中說如來藏。」乃至：「速證無上正等菩提。」此教是顯，唯識宗許說阿賴耶識爲了義者，亦是不了義。

འདིར་འགྲེལ་བཤད་ལས་དེ་བཞིན་དུ་ཞེས་པས་རྟག་བརྟན་གྱི་སྙིང་པོ་གསུངས་པ་དྲང་དོན་ཡིན་པ་དེ་བཞིན་དུ་སེམས་ཙམ་དུ་གསུངས་པ་ཡང་དྲང་དོན་དུ་སྟོན་པ་ཡིན་ཟེར་བ་ནི་ལོག་པར་སྨྲ་བ་ཡིན་ཏེ།

疏說：「言『如是』者，謂經說常住堅固如來藏是不了義，如是顯經說唯心亦是不了義。」此是倒說。

འགྲེལ་བ་ལས་སེམས་ཙམ་དུ་གསུངས་པ་དྲང་དོན་ཡིན་པ་དེ་བཞིན་དུ་ཞེས་པའི་དོན་དུ་གསལ་བར་བཤད་པའི་ཕྱིར་རོ། །

---

①「也」，民族本、PDF作「亦」。《印度佛教思想史》：「如對諸病者，醫生給眾藥，如是對有情，佛亦說唯心」。〔《入中論》卷三（漢院刊本三一）。〕《入楞伽經》卷二《集一切佛法品第三之一》：「彼彼諸病人，良醫隨處藥，如來爲眾生，唯心應器說。」(CBETA,T16, no.671, p.524, a12-13)另有二譯將「唯心」譯爲「隨心」。

釋論顯然是說：「如經說唯心是不了義」故。

དེས་ཇི་ལྟར་ནད་པ་ཞེས་སོགས་ཀྱིས་སེམས་ཙམ་དུ་སྨྲ་བ་དྲང་དོན་དུ་བཤད་པ་བཞིན་དུ་རྟག་བརྟན་གྱི་སྙིང་པོ་དྲང་དོན་དུ་གསུངས་པས་ཀྱང་དགོངས་འགྲེལ་སོགས་ལས་ཀུན་གཞི་རྣམ་ཤེས་གསུངས་པ་སྒྲ་ཇི་བཞིན་པ་མིན་པར་སྒྲུབ་པ་ཡིན་ནོ། །

彼文是說：「如以『如對諸病者』等，解釋經說唯心是不了義。如是以說常住堅固如來藏是不了義，亦能成立《解深密經》等說有阿賴耶識非如實言也。」

དེ་ལ་ནི་ཐོག་མར་སྙིང་པོ་བསྟན་པ་སྒྲ་ཇི་བཞིན་པ་མིན་པར་ཤེས་དགོས་པས་ལང་གཤེགས་ལས། མདོ་སྡེ་ནི་སེམས་ཅན་གྱི་བསམ་པ་བཞིན་བསྟན་པ་དོན་འཁྲུལ་བ་ཡིན་ཏེ། དེ་ཁོ་ནའི་གཏམ་མིན་ནོ། །

此須先知說如來藏非如實言。如《楞伽經》云：「隨順有情意樂所說諸經，是權便義，非如實言。

དཔེར་ན་སྨིག་རྒྱུ་ནི་ཆུར་མེད་པས་ཆུར་ཞེན་པའི་རི་དྭགས་སླུ་བ་བཞིན་དུ་བསྟན་པའི་ཆོས་ཀྱང་བྱིས་པ་མགུ་བར་བྱེད་ཀྱི། འཕགས་པའི་ཡེ་ཤེས་རྣམ་པར་དགོད་པའི་གཏམ་ནི་མིན་ནོ། །

དེས་ན་ཁྱོད་ཀྱིས་དོན་གྱི་རྗེས་སུ་འབྲང་བར་བྱའི་བརྗོད་པ་ལ་ཆགས་པར་མི་བྱའོ་ཞེས་བཀའ་སྩལ་པ་དང་།

譬如陽焰實無有水，欺誑渴鹿。彼所說法，亦爲令諸愚夫歡喜，非是聖智安立之言。故汝應隨義轉，莫著言說。」

བློ་གྲོས་ཆེན་པོས་མདོ་སྡེ་ལས་དེ་བཞིན་གཤེགས་པའི་སྙིང་པོ་གསུངས་པ་དེ་རང་བཞིན་གྱིས་འོད་གསལ་བ་ཐོག་མ་མེད་པ་ནས་རྣམ་པར་དག་པ་མཚན་སོ་གཉིས་དང་ལྡན་པ་སེམས་ཅན་ཐམས་ཅད་ཀྱི་ལུས་ཀྱི་ནང་ན་ཡོད་པར་བརྗོད་དེ། །

又曰：「大慧問曰：佛於經中說如來藏，謂彼自性光明，本來清淨，具足三十二相，一切有情身中皆有。

ནོར་བུ་རིན་པོ་ཆེ་གོས་དྲི་མ་ཅན་གྱིས་དཀྲིས་པ་བཞིན་དུ་ཕུང་ཁམས་སྐྱེ་མཆེད་ཀྱི་གོས་ཀྱིས་དཀྲིས་ཤིང་དྲི་མ་ཅན་དུ་གྱུར་པ་རྟག་བརྟན་ཐེར་ཟུག་ཏུ་བརྗོད་ན་སྙིང་པོར་སྨྲ་བ་འདི་མུ་སྟེགས་ཀྱི་བདག་སྨྲ་བ་དང་ཇི་ལྟར་མི་འདྲ་བ་ལགས་ཞེས་ཞུས་སོ། །

如摩尼寶被垢衣纏裹，如是此亦被蘊處界衣之所纏裹，而有垢染，然是常恆堅固者，此如來藏與諸外道所說神我有何差別？」

卷十

༄ དེའི་ལན་དུ་དེ་ལྟར་བསྟན་པ་དེ་སྒྲ་ཇི་བཞིན་པ་མིན་པས་མུ་སྟེགས་ཀྱི་བདག་དང་མི་འདྲ་ཞེས་འཆད་པ་ན། གང་ལ་དགོངས་ནས་གསུངས་པའི་དགོངས་གཞི་ནི་སྟོང་ཉིད་དང་མཚན་མེད་དང་སྨོན་མེད་ནི་ཆོས་ཀྱི་བདག་མེད་པའོ། །

如來解釋，謂如是說者非如實言，故與外道之神我不同。其密意之所依，是空性、無相、無願、法無我性。

དེ་ལ་དགོངས་ནས་གསུངས་པའི་དགོས་པ་ནི་བྱིས་པ་རྣམས་བདག་མེད་པས་འཇིགས་པ་སྤང་བ་དང་། མུ་སྟེགས་བྱེད་བདག་ཏུ་སྨྲ་བ་ལ་མངོན་པར་ཞེན་པ་རྣམས་དང་། སྔོན་དེའི་ལྟ་བ་ལ་གོམས་པར་བྱས་པ་རྣམས་དེ་ཁོ་ན་ཉིད་ལ་རིམ་གྱིས་དྲང་བའི་ཕྱིར་དུ་རྟག་བརྟན་ཐེར་ཟུག་གི་སྙིང་པོ་ཡོད་པར་བསྟན་པས་འདི་ལ་ད་ལྟར་དང་མ་འོངས་པའི་བྱང་སེམས་ཀྱིས་བདག་ཏུ་ཞེན་པར་མི་བྱ་བར་གསུངས་ཏེ་སྒྲས་ཟིན་ལྟར་གཟུང་ན་མུ་སྟེགས་ཀྱི་བདག་ལ་ཞེན་པ་དང་འདྲ་བས་སྒྲ་ཇི་བཞིན་པར་ཞེན་པར་མི་བྱ་བའི་དོན་ནོ། །

密意之所為，是為除愚夫之無我恐怖，及為引攝著我之外道與曾習彼見之有情。令彼漸次入真實義，故說有常恆堅固之如來藏。現在及未來之菩薩，不應於此妄執為我也。此義是說：如言執著，則與執著外道神我相同，故不應如言執著也。

སྒྲ་ཇི་བཞིན་པ་དངོས་ལ་གནོད་བྱེད་ནི་སྒྲས་ཟིན་བཞིན་ཁས་ལེན་ན་མུ་སྟེགས་ཀྱི་བདག་དང་ཁྱད་པར་མེད་པར་འགྱུར་བའོ། །

如言執著之妨難，謂如言而許，則與外道之神我無別。

འདི་དག་གི་དོན་རྒྱས་པར་གཞན་དུ་བཤད་ཟིན་པས་འདིར་མ་སྤྲོས་སོ། །

此等已於餘處廣釋。

འགྲེལ་བར་ཡང་དེ་ཉིད་ལས། བློ་གྲོས་ཆེན་པོ་སྟོང་པ་ཉིད་དང་མི་སྐྱེ་བ་དང་མི་གཉིས་པ་དང་རང་བཞིན་མེད་པའི་མཚན་ཉིད་སངས་རྒྱས་ཐམས་ཅད་ཀྱི་མདོ་སྡེའི་ནང་དུ་ཆུད་པ་འདི་ཞེས་བསྟན་ཏོ་ཞེས་དྲངས་པའི་འོག་ཏུ།

釋論曰：「彼經又云：大慧！空性、不生、不二、無自性相，皆悉遍入一切佛經。」

དེའི་ཕྱིར་དེ་ལྟར་ན་རྣམ་པ་དེ་ལྟ་བུའི་མདོ་སྡེ་རྣམ་པར་ཤེས་པར་སྨྲ་བ་རྣམས་ཀྱིས་ངེས་པའི་དོན་ཉིད་དུ་ཁས་བླངས་པ་ཐམས་ཅད་དྲང་བའི་དོན་ཉིད་དུ་ཡིན་པར་ལུང་འདིས་མངོན་པར་གསལ་བར་བྱས་ནས་ཞེས་གསུངས་སོ། །

又曰：「是故如是行相契經，凡唯識師計為了義者，已由此教顯彼一切皆非了義。」

རྣམ་པ་དེ་ལྟ་བུའི་མདོ་སྡེ་ནི་དྲངས་མ་ཐག་པའི་ལང་གཤེགས་ཀྱི་ལུང་ཚན་པ་གཉིས་མིན་ཏེ། དེ་གཉིས་ཀ་རྣམ་རིག་པས་ངེས་དོན་དུ་ཁས་མ་བླངས་པའི་ཕྱིར་དང་། སྔར་འགྲེལ་བར་དགོངས་འགྲེལ་ལ་གསལ་པོར་བཤད་པའི་ཕྱིར་རོ།།

如是行相之經，非指其前無間所引兩段《楞伽經》文。以彼兩段經文，唯識宗不許是了義。釋論前文，明說是《解深密經》也。

ལུང་འདིས་ཞེས་པ་འགྲེལ་བཤད་ལས་ས་བཅུ་པའི་མདོའི་རྟེན་འབྲེལ་ལ་རྟོག་པའི་སྐབས་སུ་བྱེད་པ་པོ་བཀག་པ་ལ་འཆད་པ་ནི་ཤིན་ཏུ་མི་རིགས་ཏེ།

「由此教」句，疏中釋爲《十地經》中觀察緣起破餘作者，極不應理。

བྱེད་པ་པོ་གཞན་བཀག་པ་ནི་ས་བཅུ་པ་ལས་སེམས་ཙམ་མོ་ཞེས་གསུངས་པའི་ཙམ་གྱི་སྒྲས་ཕྱི་རོལ་མི་འགོག་པའི་ཤེས་བྱེད་དུ་གསུངས་ཀྱི། ཕྱི་རོལ་བཀག་པ་དྲང་དོན་དུ་སྟོན་པའི་ཤེས་བྱེད་མིན་ནོ།།

破餘作者，是證《十地經》所說唯心不遮外境，非證雖破外境而非了義也。

དེས་ན་རྩ་བར་དྲང་དོན་ཉིད་དུ་ལུང་འདིས་གསལ་བར་བྱེད་ཅེས་པའི་ལུང་ལ་གསུམ་ལས་ཕྱི་རོལ་བཀག་པའི་སེམས་ཙམ་དྲང་དོན་དུ་སྟོན་པ་ནི་ཇི་ལྟར་ནད་པ་ཞེས་པ་བཞིའོ།།

以是當知，頌中「此教亦顯不了義」之「此教」，凡有三教：（一）顯破外境說唯有心是不了義者，謂「如對諸病者」等四句。

ཀུན་གཞི་དྲང་དོན་དུ་སྟོན་པ་ནི་རྟག་བརྟན་གྱི་སྙིང་པོ་དྲང་དོན་དུ་སྟོན་པའི་ལུང་དོ། །རྟག་བརྟན་གྱི་སྙིང་པོ་ཡོད་པར་བསྟན་པ་དྲང་དོན་ཡིན་པས་ཀུན་གཞི་དྲང་དོན་དུ་ཇི་ལྟར་འགྲུབ་ཅེ་ན།

（二）顯說阿賴耶是不了義者，謂明常恆堅固如來藏之教是不了義之教。由說有如來藏是不了義，如何成立說阿賴耶亦是不了義耶？

ན་སྟུག་པོ་བཀོད་པ་ལས། ས་རྣམས་སྣ་ཚོགས་ཀུན་གཞི་སྟེ། །བདེ་གཤེགས་སྙིང་པོ་དགེ་བའང་དེ། །སྙིང་པོ་དེ་ལ་ཀུན་གཞིའི་སྒྲས། །དེ་བཞིན་གཤེགས་རྣམས་སྟོན་པར་མཛད། །སྙིང་པོ་ཀུན་གཞིར་བསྒྲགས་པ་ཡང་། །བློ་ཞན་རྣམས་ཀྱིས་མི་ཤེས་སོ། །ཞེས་གསུངས་ཤིང་

如《厚嚴經》云：「地等阿賴耶，亦善如來藏，佛於如來藏，說名阿賴耶，劣慧者不知，藏名阿賴耶。」

ལང་གཤེགས་ལས་ཀྱང་།དེ་བཞིན་གཤེགས་པའི་སྙིང་པོ་ཀུན་གཞི་རྣམ་པར་ཤེས་པར་བསྒྲགས་པ་རྣམ་པར་

ཤེས་པ་བདུན་དང་བཅས་པ་ཞེས་དེ་གཉིས་མིང་གི་རྣམ་གྲངས་སུ་ལན་དུ་མར་གསུངས་སོ་དེ་ཡང་དེ་གཉིས་གཅིག་རྟག་ལ་གཅིག་མི་རྟག་པར་བཤད་པས་སྒྲས་ཟིན་གྱི་དོན་གཉིས་གཅིག་ཏུ་བསྟན་པ་མིན་ཡང་གང་ལ་བསམས་ནས་སྙིང་པོ་བསྟན་པའི་དོན་དེ་ཉིད་ལ་དགོངས་ནས་ཀུན་གཞི་བསྟན་པས་དགོངས་པའི་དོན་ལ་ལྟོས་ཏེ་མིང་གི་རྣམ་གྲངས་ཡིན་པས་དོན་གཅིག་གོ།

《楞伽經》亦云：「說如來藏名阿賴耶識具前七識。」多說彼二，是異名也。由說彼二，一是常住，一是無常。故非說彼二如言義同。然依何義說如來藏，即依彼義說阿賴耶。觀待密意所依，唯是異名，故義是一。

དེ་ལྟར་ན་སྔ་མ་དྲང་དོན་དུ་བསྟན་པ་ཉིད་ཀྱིས་ཕྱི་མ་ཡང་དྲང་དོན་དུ་འགྲུབ་བོ། །

由說前者是不了義，故亦能成立後者是不了義。

འགྲེལ་བ་ལས། དངོས་པོ་ཐམས་ཅད་ཀྱི་རང་བཞིན་གྱི་རྗེས་སུ་ཞུགས་པའི་ཕྱིར་སྟོང་པ་ཉིད་ཁོ་ན་ཀུན་གཞི་རྣམ་པར་ཤེས་པའི་སྒྲས་བསྟན་པར་རིག་པར་བྱའོ། །ཞེས་གསུངས་ལ།

釋論云：「由隨一切法性轉故，當知唯說空性名阿賴耶識。」

འདི་དང་རྟག་བརྟན་སོགས་ཀྱི་སྙིང་པོ་དྲང་དོན་དུ་བསྟན་པ་གཉིས་ལེགས་པར་བསྒྲིགས་ནས་ལུང་དེས་ཀུན་གཞི་དྲང་དོན་དུ་བསྟན་པ་རྟོགས་དགོས་པར་ཡོད་དོ། །

若將此文與說常恆堅固如來藏是不了義之經文，善爲配觀，則能知彼教，可顯阿賴耶識亦非了義也。

བློ་གྲོས་ཆེན་པོ་སྟོང་པ་ཉིད་དང་ཞེས་པ་ནས་ཀུད་པ་འདི་ཞེས་པའི་མཇུག་ཐོགས་སུ་མདོ་ཉིད་ལས།

འདི་ནི་མདོ་སྡེ་གང་དུ་ཡང་རུང་སྟེ། དེ་དག་ཏུ་དོན་འདི་ཉིད་ཁོང་དུ་ཆུད་པར་བྱའོ། །ཞེས་གསུངས་པ་ནི་ངོ་བོ་ཉིད་དང་པོ་གཉིས་ལ་རང་གི་མཚན་ཉིད་ཀྱིས་ཡོད་མེད་ཀྱི་ཁྱད་པར་ཕྱེ་བ་དྲང་དོན་དུ་སྟོན་པའི་ལུང་ངོ། །

（三）經云：「大慧，空性」乃至「遍入一切佛經。」又云：「任於何經，應當了知皆是此義。」是顯分初二自性，有無自相之差別，是不了義之教也。

གཉིས་པ་ནི། ད་ནི་རིགས་པས་སེམས་ཙམ་གསུངས་པ་དྲང་དོན་དུ་གསལ་བར་བྱ་བའི་ཕྱིར་བཤད་པ།

申二、以理明不了義。今以正理明說唯心是不了義。頌曰：

ཤེས་བྱ་མེད་ན་ཤེས་པ་བསལ་བ་ནི། །བདེ་བླག་རྙེད་ཅེས་སངས་རྒྱས་རྣམས་ཀྱིས་གསུངས། །
ཤེས་བྱ་མེད་ན་ཤེས་པ་བཀག་འགྲུབ་པས། །དང་པོར་ཤེས་བྱ་དགག་པ་མཛད་པ་ཡིན། །

佛說所知若非有，則亦易除諸能知，

由無所知即遮知，是故佛先遮所知。

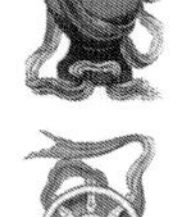

དེ་ལ་བསོད་ནམས་བསགས་པ་རྣམས་ཆོས་ཉིད་ལ་བདེ་བླག་ཏུ་འཇུག་པའི་ཐབས་སུ་ཇི་ལྟར་ཐོག་མར་སྦྱིན་སོགས་ཀྱི་གཏམ་སྔོར་བར་མཛད་པ་དེ་བཞིན་དུ་ཟབ་མོའི་དོན་རྟོགས་པ་ཐོག་མ་ནས་རྟོགས་པར་མི་ནུས་པའི་གདུལ་བྱ་རྣམས་སངས་རྒྱས་རྣམས་ཀྱིས་རིམ་གྱིས་རང་བཞིན་མེད་པ་རྟོགས་པ་ལ་འཇུད་པར་མཛད་དོ། །

如修植福德，是易悟入法性之方便，故佛先說布施等。如是最初不能通達甚深空義之眾生，佛亦令彼漸入無性。

དེ་འདྲ་བ་ལ་སྔོན་དུ་ཤེས་བྱ་ཕྱི་རོལ་ལ་མེད་པ་བསྟན་ན། དེའི་འོག་ཏུ་ཤེས་པ་རང་བཞིན་གྱིས་གྲུབ་པ་གསལ་བ་ནི། བདེ་བླག་ཏུ་རྙེད་ཅེས་སངས་རྒྱས་རྣམས་ཀྱིས་གསུངས་སོ། །

若先爲彼說無外所知，後易遣除能知自性。

དེ་ལྟར་ན་ཤེས་བྱ་མེད་པ་སྔ་ཐོག་མར་ཕྱི་རོལ་བཀག་པ་ཡང་བདག་མེད་རྫོགས་པར་རྟོགས་པའི་ཐབས་ཡིན་པའི་ཕྱིར། སངས་རྒྱས་རྣམས་ཀྱིས་དང་པོར་ཤེས་བྱ་ཕྱི་རོལ་དགག་པར་མཛད་པ་ཁོ་ན་གསུངས་པ་ཡིན་ཏེ་ཤེས་བྱ་མེད་ན་སྔ་ཕྱི་རོལ་གྱི་བདག་མེད་པ་རིག་པ་རྣམས་ཤེས་པ་བཀག་པ་སྔ་དེའི་བདག་མེད་པ་བདེ་བླག་ཏུ་འགྲུབ་པའི་ཕྱིར་རོ། །

由先破外境說無所知，即是圓滿通達無我之方便，故佛先遮所知外境。以了達無所知，外境無我，亦易遣除能知，了達能知無我故。

ཕྱི་རོལ་རང་བཞིན་མེད་པར་རིག་པ་རྣམས་ཀྱིས་ནི་ཤེས་པ་རང་བཞིན་གྱིས་མེད་པར་རེས་འགའ་རང་ཁོ་ནས་རྟོགས་ལ། རེས་འགའ་ནི་གཞན་གྱིས་ཅུང་ཟད་བསྟན་པ་ཙམ་གྱིས་རྟོགས་སོ། །

了達外境無自性已，有唯以自力便能了達能知無自性者，有因他略加開導即能了達者。

ཕྱི་རོལ་མེད་པ་དང་ཤེས་པ་རང་བཞིན་གྱིས་ཡོད་པ་དྲང་དོན་ཡིན་པར་ནི་བྱང་ཆུབ་སེམས་འགྲེལ་ལས་གསལ་བར་གསུངས་ཏེ།

又《釋菩提心論》亦說，無外境唯心有自性是不了義。

卷十

འདི་དག་ཐམས་ཅད་སེམས་ཙམ་ཞེས། །ཐུབ་པ་ཡིས་ནི་གང་གསུངས་པ། །བྱིས་རྣམས་སྐྲག་པ་སྤང་དོན་ཏེ། །དེ་ནི་དེ་བཞིན་ཉིད་མ་ཡིན། །ཞེས་གསུངས་ཤིང་།

如云：「爲除愚夫怖，故佛說此等，一切皆唯心，然非如實言。」

འཕགས་པ་ལྷས་ཀྱང་ཡེ་ཤེས་སྙིང་པོ་ཀུན་ལས་བཏུས་ལས་གསལ་བར་གསུངས་སོ། །

提婆菩薩《智藏集論》中，亦明顯宣說。

གཉིས་པ་ནི། ཤེས་རབ་ཅན་དག་གིས་དེ་ཉིད་རྫོགས་པར་དངོས་སུ་མི་སྟོན་པའི་དྲང་དོན་གྱི་མདོ་གཞན་ཡང་དེ་བཞིན་དུ་བསྟན་པར་བྱའོ་ཞེས་བཤད་པ།

未二、明通達了不了義經之方便。諸有慧者，於餘不了義經，凡未圓滿宣說真實義者，皆應如是解釋。頌曰：

དེ་ལྟར་ལུང་གི་ཚུལ་ཤེས་བྱས་ཏེ། །མདོ་གང་དེ་ཉིད་མ་ཡིན་བཤད་དོན་ཅན། །
དྲང་དོན་གསུངས་པའང་རྟོགས་ནས་དྲང་བྱ་ཞིང་། །སྟོང་ཉིད་དོན་ཅན་ངེས་དོན་ཤེས་པར་གྱིས། །

如是了知教規已，凡經所說非真義，
應知不了而解釋，說空性者是了義。

སྔར་བཤད་པ་དེ་ལྟར་ལུང་གི་དྲང་ངེས་ཀྱི་ལོ་རྒྱུས་ཏེ་རྣམ་གཞག་ཤེས་པར་བྱས་ཏེ། མདོ་སྡེ་གང་དག་དེ་ཁོ་ན་ཉིད་ཀྱི་དོན་མ་ཡིན་པ་བཤད་པའི་དོན་ཅན་ཏེ་བརྗོད་བྱ་ཅན། སྐྱེ་བ་མེད་པ་ལ་སོགས་པས་ཁྱད་པར་དུ་བྱས་པའི་རྟེན་འབྱུང་དངོས་སུ་གསལ་བར་མི་བྱེད་པའི་དྲང་དོན་གསུངས་པའང་དྲང་དོན་དུ་རྟོགས་པར་བྱས་ནས་དྲང་བར་བྱ་ཞིང་སྟེ། ཇི་ལྟར་རང་བཞིན་གྱིས་མེད་པ་རྟོགས་པ་ལ་འཇུག་པའི་རྒྱུར་འགྱུར་བ་དེ་ལྟར་བཤད་པར་བྱ་སྟེ།

了知如上所說了義不了義經之建立規矩者，凡有契經詮說非真實義，未明了宣說不生等緣起者，當知彼經即不了義。了知彼是不了義已，即當解釋彼是悟入無自性之因。

འཇིག་རྟེན་ལས་འདས་པར་བསྟོད་པ་ལས། འབྱུང་རྣམས་མིག་གཟུགས་མ་ཡིན་ན། །དེ་འབྱུང་མིག་གཟུང་ཇི་ལྟར་ཞེས། །གཟུགས་ལ་དེ་སྐད་གསུངས་པ་ན། །ཁྱོད་ཀྱིས་གཟུགས་ཀྱི་འཛིན་པ་བཟློག །ཅེས་གསུངས་པ་ལ།

如《出世讚》云：「大種非眼見，眼寧見彼造，佛爲破色執，於色如是說。」

མདོ་ལས་ཀྱང་། མི་རྟག་དོན་ནི་མེད་དོན་ཞེས་གསུངས་སོ། །

經亦云：「無常義者，是謂無義。」

ལུང་སྔ་མ་ཤེས་བྱེད་དུ་འགྲོ་ཚུལ་ནི་བཅོམ་ལྡན་འདས་ཀྱིས་ཆོས་མངོན་པར། འབྱུང་བ་བཞི་མིག་གི་ཡུལ་མིན་པའི་རེག་བྱ་དང་། དེ་ལས་བྱུང་བའི་འབྱུང་འགྱུར་གྱི་གཟུགས་ཀྱི་སྐྱེ་མཆེད་མིག་གི་གཟུང་བྱར་གསུངས་ལ།

前教成證之理，謂佛於對法中，說四大種是觸塵，非眼所見境，四大種所造色處，是眼所見。

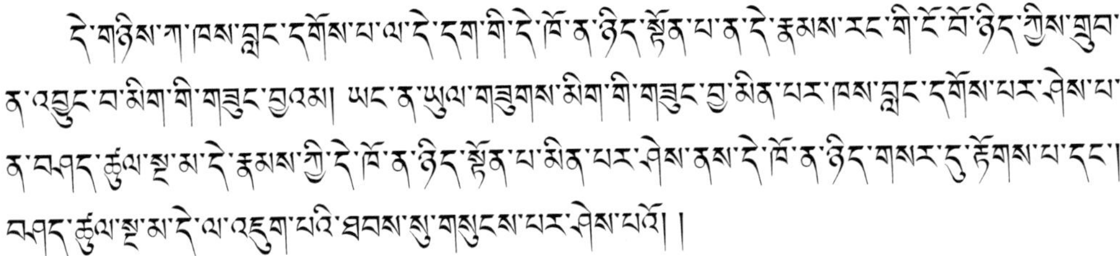
དེ་གཉིས་ཀ་ཁས་བླང་དགོས་པ་ལ་དེ་དག་གི་དེ་ཁོ་ན་ཉིད་སྟོན་པ་ན་དེ་རྣམས་རང་གི་ངོ་བོ་ཉིད་ཀྱིས་གྲུབ་ན་འབྱུང་བ་མིག་གི་གཟུང་བྱའམ། ཡང་ན་ཡུལ་གཟུགས་མིག་གི་གཟུང་བྱ་མིན་པར་ཁས་བླང་དགོས་པར་ཤེས་པ་ན་བཤད་ཚུལ་སྔ་མ་དེ་རྣམས་ཀྱི་དེ་ཁོ་ན་ཉིད་སྟོན་པ་མིན་པར་ཤེས་ནས་དེ་ཁོ་ན་ཉིད་གཞན་དུ་རྟོགས་པ་དང་། བཤད་ཚུལ་སྔ་མ་དེ་ལ་འཇུག་པའི་ཐབས་སུ་གསུངས་པར་ཤེས་པའོ། །

須俱許此二事也。佛明彼等之真實義時，謂若彼等有自性者，應四大種亦是眼所見，或應色境亦非眼所見。由知此理，則知前說非是彼等之真實義，須更通達彼真實義，亦知前說是悟入真實義之方便也。

ལུང་གཉིས་པའི་དོན་ནི་སྔ་མ་བཞིན་དུ་དངོས་པོ་རྣམས་སྐྱེ་བ་དང་། འཇིག་པར་བསྟན་པ་ནི་རང་བཞིན་གྱིས་མེད་པའི་དོན་དུ་ཡིན་པར་གོ་བའོ། །

後教成證之理，亦同前說，了知經說諸法生滅，即是無有自性之義也。

卷十

མདོ་གང་ལས་གང་ཟག་དང་ཆོས་རང་བཞིན་གྱིས་སྟོང་པ་ཉིད་ཀྱི་དོན་ཅན་ཏེ་དངོས་སུ་བརྗོད་པར་བྱེད་པ་ཅན་དེ་ངེས་པའི་དོན་དུ་ཤེས་པར་གྱིས་ཤིག །

若有契經明了宣說人法性空，當知彼經是真了義。

དེ་ལྟར་ཡང་ཏིང་ངེ་འཛིན་རྒྱལ་པོ་ལས། སྟོང་པ་བདེ་བར་གཤེགས་པས་བཤད་པ་ལྟར། །ངེས་དོན་མདོ་སྡེ་དག་གི་བྱེ་བྲག་ཤེས། །གང་ལས་སེམས་ཅན་གང་ཟག་སྐྱེས་བུ་བསྟན། །ཆོས་དེ་ཐམས་ཅད་དྲང་བའི་དོན་དུ་ཤེས། །ཞེས་གསུངས་ཏེ་མདོ་སྡེ་དག་གི་བྱེ་བྲག་ནི་དྲང་དོན་གྱི་མདོ་སྡེ་དང་མི་འདྲ་བའི་ཁྱད་པར་རོ། །

如《三摩地王經》云：「當知善逝宣說空，是諸了義經差別，若說有情數取趣，當知彼法不了義。」經差別，謂不同不了義經之差別。

གང་ཟག་བསྟན་པ་ནི་མཆོན་པ་ཙམ་སྟེ་བྱེད་པ་པོ་དང་། ལས་སུ་བྱ་བ་དང་བྱེད་པ་རྣམས་ཡོད་པར་སྟོན་པའོ། །འདི་ནི་མདོ་སྡེ་ལ་དྲང་ངེས་གཉིས་སུ་འཇོག་ཚུལ་གྱི་ཁུངས་སོ། །

說數取趣，僅是一例，說有作者、作業、作用等，亦是不了義經。此即安立契經有了不了義二類之根據。

ཡང་དེ་ཉིད་ལས། འཇིག་རྟེན་ཁམས་ནི་སྟོང་ཕྲག་ཏུ། །ང་ཡིས་ཆོས་རྣམས་གང་གསུངས་པ། །ཡི་གེ་ཐ་དད་དོན་གཅིག་སྟེ། །ཡོངས་སུ་བསྒྲག་པར་ནུས་མ་ཡིན། །དངོས་པོ་གཅིག་ནི་བསམ་བྱས་ན། །དེ་དག་ཐམས་ཅད་བསྒོམས་འགྱུར་ཏེ། །སངས་རྒྱས་ཀུན་གྱིས་ཆོས་མང་པོ། །ཇི་སྙེད་རབ་ཏུ་བསྟན་པ་རྣམས། །ཆོས་རྣམས་ཀུན་གྱི་བདག་མེད་ཡིན། །མི་གང་དོན་ལ་མཁས་རྣམས་ཀྱིས། །གནས་འདི་ལ་ནི་བསླབ་བྱས་ན། །སངས་རྒྱས་ཆོས་རྣམས་རྙེད་མི་དཀའ། །ཞེས་གསུངས་སོ། །

彼經又云：「我於千世界，所說諸契經，不能盡宣說，文異義唯一。若能修一事，即遍修一切。盡一切諸佛，所說無量法，諸法皆無我。若人善解義，能於此處學，不難得佛法。」

འཇིག་རྟེན་ཞེས་པའི་རྐང་པ་བཞི་ནི་མདོ་སྡེ་ཇི་སྙེད་ཅིག་གསུངས་པ་ལ་དོན་དམ་པ་དངོས་སུ་གསལ་བར་བྱེད་པ་ནི་དེ་བཞིན་ཉིད་ལ་དངོས་སུ་གཞོལ་ལ། དེ་ལྟར་མི་སྟོན་པའི་དྲང་དོན་རྣམས་ཀྱང་བརྒྱུད་ནས་དེ་བཞིན་ཉིད་ལ་གཞོལ་བས། དོན་དམ་ལ་གཞོལ་བར་དོན་གཅིག་པའོ། །

「我於千世界」等四句，謂盡諸佛所說一切經中，凡明顯宣說勝義者，即是直接趣入真如。其不如是說之不了義經，亦是間接趣向真如，故趣入真如其義唯一也。

དེའི་ཕྱིར་འཇིག་རྟེན་གྱི་ཁམས་ན་མདོ་སྡེ་ཡོད་ཚད་ལམ་ལ་སློབ་པའི་ལས་དང་པོ་པས་ཚང་གཅད་པར་མི་ནུས་པས་མདོ་སྡེ་གང་ཡིན་པ་གཅིག་གི་དེ་ཁོ་ན་ཉིད་ཀྱི་དོན་ཚང་གཅད་ཅེས་པ་ཡིན་ཏེ། དེ་ཁོ་ན་ཉིད་དངོས་སུ་མི་སྟོན་པ་རྣམས་ཀྱང་དེ་ལ་འཇུག་པའི་རྒྱུར་བཤད་དགོས་པའི་ཤེས་བྱེད་དུ་དྲངས་པས་ཤེས་སོ། །

初發業者，不能盡學世界所有一切佛經，可學任何一經之真實義。此是引證，諸未明說真實義之契經，亦是悟入真實義之因也。

དངོས་པོ་གཅིག་ནི་ཞེས་པ་གཉིས་ནི་ཆོས་ཅན་གཅིག་གི་དེ་ཁོ་ན་ཉིད་ལེགས་པར་ཤེས་ནས་བསྒོམས་ན་ཆོས་ཅན་ཐམས་ཅད་ཀྱི་དེ་ཁོ་ན་ཉིད་བསྒོམས་པར་འགྲོ་བས་ཆོས་ཅན་རེ་རེ་ནས་ཀྱི་ཆོས་ཉིད་སོ་སོར་སྒོམ་མི་དགོས་པའི་དོན་ནོ། །

「若能修一事」等二句，若善了知一法之真實義而修習之，則能修習一切法之真實義，不須別修一一法之法性也。

དངོས་པོ་གཅིག་བསྒོམས་ན་ཐམས་ཅད་བསྒོམས་པར་འགྱུར་བ་དེ་གང་ཡིན་པ་སྟོན་པ་ནི་སངས་རྒྱས་ཀུན་གྱིས་ཞེས་པ་གསུམ་གྱིས་སྟོན་ཏེ། དེ་ལྟར་གསུངས་པ་ནི་ཆོས་ཀྱི་བདག་མེད་ཡིན་ཞེས་པས། ཆོས་ཅན་རྒྱ་ཆེ་བའི་སྤྱོད་ཕྱོགས་རྣམས་ལ་གཅིག་གིས་ཆོག་ཟེར་བ་མིན་ནོ། །

若修一事，即成修一切法，彼事爲何。「盡一切諸佛」等三句，即明彼事，謂法無我。非說廣大行品，唯修一法即足也。

ཟླ་བ་སྒྲོན་མ་ལས། དྲང་ངེས་སུ་འཇོག་ཚུལ་གསུངས་པ་དེ་བཞིན་དུ་བློ་གྲོས་མི་ཟད་པ་ལ་སོགས་པའི་མདོ་སྡེ་དག་ལས་རྒྱ་ཆེར་བསྟན་པ་ཡང་རྟོགས་པར་བྱ་ཞེས་གསུངས་ཏེ། འདི་རྣམས་མཐའ་ཆོད་པར་དྲང་ངེས་རྣམ་འབྱེད་དུ་བཤད་ཟིན་ཏོ། །

如《月燈經》（即《三摩地王經》）安立了不了義之理，《無盡慧經》等亦如是廣說。此等已於《辨了不了義論》中，詳盡解說。

ཕྱོགས་ཙམ་ཞིག་ནི་བརྗོད་པར་བྱ་སྟེ་ཞེས་པ་ནི་དགོངས་འགྲེལ་ལས་ངོ་བོ་ཉིད་གསུམ་བཤད་པ་དྲང་དོན་དུ་འགྲེལ་ན་རང་ལུགས་ཀྱིས་དེ་གསུམ་གྱི་འཇོག་ཚུལ་ཇི་ལྟར་ཡིན་སྙམ་པ་ལ་དེའི་ཕྱོགས་ཙམ་སྟོན་པའོ། །

釋論曰：「略說少分。」謂既釋《解深密經》所說三性爲不了義，自宗如何安立三性耶？此謂略說彼義之少分。

དཔེར་ན་སྦྲུལ་ནི་ཐག་པ་བསྒྱོགས་པའི་རྟེན་འབྲེལ་ལ་ལོག་པར་བཏགས་པ་ཡིན་ཏེ་སྦྲུལ་དེ་ཐག་པ་དེ་ལ་མེད་པའི་ཕྱིར་རོ། །སྦྲུལ་དངོས་ལ་ནི་ཡོངས་སུ་གྲུབ་པ་ཡིན་ཏེ་མེད་བཞིན་དུ་ཀུན་ཏུ་མ་བཏགས་པའི་ཕྱིར་རོ། །

如蛇在盤繩之緣起上，是遍計執，以彼蛇於此繩上非是有故。於真蛇上則是圓成實，以非是於無上遍計執故，

དེ་བཞིན་དུ་རང་བཞིན་གཤིས་ལུགས་ཀྱང་གཞན་དབང་འདུས་བྱས་ལ་ནི་དེར་མེད་བཞིན་དུ་ཀུན་ཏུ་བཏགས་པ་ཡིན་ཏེ།

如是真理自性，於依他起有爲法上，是遍計執。

རྩ་ཤེས་ལས། རང་བཞིན་དག་ནི་བཅོས་མིན་དང་། །གཞན་ལ་ལྟོས་པ་མེད་པ་ཡིན། །ཞེས་གསུངས་པས་གཤིས་ལུགས་ཀྱི་ངོ་བོ་ཉིད་ནི་བྱས་པ་ཅན་མ་ཡིན་པའི་ཕྱིར་རོ། །

《中論》云：「自性名無作，不待異法成。」以真理之自性，非所作法故。

བཟུང་བཞིན་པ་སྟེ་མཐོང་བཞིན་པའི་རྟེན་འབྲེལ་བྱས་པ་ཅན་གཟུགས་བརྙན་དང་འདྲ་བ་ལ་གཤིས་སུ་ཀུན་བཏགས་པའི་རང་བཞིན་དེ་ནི་སངས་རྒྱས་ཀྱི་ཇི་ལྟ་བ་གཟིགས་པའི་སྤྱོད་ཡུལ་ལ་ནི་གཤིས་ལུགས་དངོས་ཡིན་ཏེ།

དེར་ནི་མེད་བཞིན་དུ་ཀུན་ཏུ་མ་བཏགས་པའི་ཕྱིར་ཏེ།

如於現見之緣起所作如幻法上，遍計執爲真理之自性者，於佛如所有智所行境上乃是真理，以彼非於無上遍計執故。

དངོས་པོ་རྒྱུ་རྐྱེན་གྱིས་བྱས་པ་ཅན་ལ་ཡེ་ཤེས་དེས་མ་རེག་པར་རང་བཞིན་འབའ་ཞིག་མངོན་སུམ་དུ་མཛད་པས་དེ་ཉིད་ཐུགས་སུ་ཆུད་པའི་ཕྱིར་སངས་རྒྱས་ཞེས་བརྗོད་དེ། །མ་རེག་པའི་མཐའ་བཅད་པ་ནི་འཆད་པར་འགྱུར་རོ། །

由智慧不觸因緣所作事，唯親證自性者，名曰佛，證悟真理故。不觸之義，後當抉擇。

དེའི་ཕྱིར་དེ་ལྟར་ངོ་བོ་ཉིད་གསུམ་གྱི་རྣམ་གཞག་རྟོགས་པར་བྱས་ནས་མདོའི་དགོངས་པ་བཤད་པར་བྱའོ་ཞེས་གསུངས་ཏེ། བཤད་ཚུལ་དེས་བྱམས་ཞུས་ཀྱི་ལེའུར་མཚན་ཉིད་གསུམ་བཤད་པའི་དགོངས་པ་ཡང་ཤེས་པར་བྱས་ལ། །དགོངས་འགྲེལ་གྱི་ངོ་བོ་ཉིད་གསུམ་བཤད་པའི་དགོངས་པ་དྲང་དོན་ཡིན་པ་ཡང་ཤེས་པར་བྱའོ། །

釋論曰：「當了達如是三性建立，而解說契經密意。」謂有①彼道理，既可了知《彌勒問品》所說三性之密意，亦能了知《解深密經》所說三性之密意是不了義也。

སེམས་ཙམ་པས་གདགས་གཞི་གཞན་དབང་ལ་གཟུང་འཛིན་ངོ་བོ་ཐ་དད་པ་གཉིས་སུ་བཏགས་པ་ཀུན་བཏགས་སུ་བྱེད་པ་ནི་བསམ་པའམ་བརྟག་པར་བྱ་དགོས་ཏེ། གཟུང་འཛིན་གཉིས་ནི་གཞན་དབང་ཡིན་གྱི་དེ་མིན་པའི་གཞན་དབང་ནི་དངོས་པོར་མེད་པའི་ཕྱིར་རོ། །

又唯識師說，於依他起上，假立異體二取，爲遍計執。此是所應思察者，以能取、所取即是依他起，離二取外，別無依他起事故。

བྱམས་ཞུས་ནས་བཤད་པའི་ངོ་བོ་ཉིད་གསུམ་དང་དགོངས་འགྲེལ་གྱི་ངོ་བོ་ཉིད་གསུམ་གྱི་རྣམ་གཞག་མཐའ་ཆོད་པར་ནི་དྲང་ངེས་རྣམ་འབྱེད་དུ་བཤད་ཟིན་ཏོ། །

《彌勒問品》所說之三自性，與《解深密經》所說三自性之建立，於《辨了不了義論》中，已廣抉擇。

---

①「有」，民族本、校正本作「由」。

གསུམ་པ་ནི།

寅三、破共生

གཉིས་ལས་སྐྱེ་བའང་རིགས་པའི་ངོ་བོ་མ་ཡིན་གང་གི་ཕྱིར། །བཤད་ཟིན་ཉེས་པ་དེ་དག་ཐོག་ཏུ་འབབ་པ་ཡིན་ཕྱིར་རོ། །

計從共生亦非理，俱犯已說眾過故。

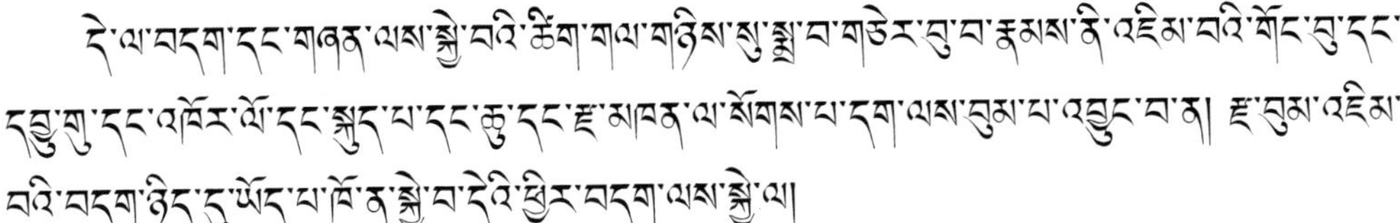

དེ་ལ་བདག་དང་གཞན་ལས་སྐྱེ་བའི་ཚིག་གསལ་གཉིས་སུ་སྨྲ་བ་གཅེར་བུ་པ་རྣམས་ནི་འཛིམ་པའི་གོང་བུ་དང་དབྱུག་གུ་དང་འཁོར་ལོ་དང་སྐུད་པ་དང་ཆུ་དང་རྫ་མཁན་ལ་སོགས་པ་དག་ལས་བུམ་པ་འབྱུང་བ་ན། རྫ་བུམ་འཛིམ་པའི་བདག་ཉིད་དུ་ཡོད་པ་ཁོ་ན་སྐྱེ་བ་དེའི་ཕྱིར་བདག་ལས་སྐྱེ་ལ།

露形外道計自他共生，謂如從泥團、杖、輪、繩、水、陶師等而有瓶生。瓶要泥性中有乃得生，故從自生。

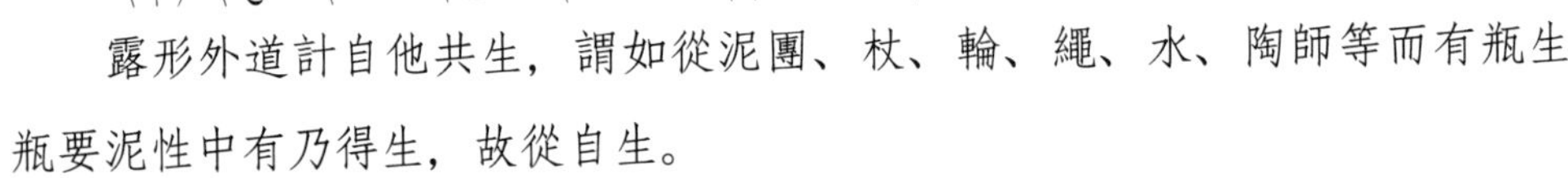

རྫ་མཁན་གྱི་བྱ་བ་ལ་སོགས་པ་གཞན་དུ་གྱུར་པ་དག་རྫ་བུམ་གྱི་སྐྱེད་པར་བྱེད་པ་ཡིན་པའི་ཕྱིར། གཞན་ལས་ཀྱང་སྐྱེ་བར་སེམས་སོ། །

陶師功用等他法，亦能生瓶，故亦從他生。

卷十

ཕྱི་རོལ་ལ་ཇི་ལྟ་བ་དེ་བཞིན་དུ་ནང་ལ་ཡང་བདག་དང་གཞན་གཉིས་ཀ་ལས་སྐྱེ་བར་འགྱུར་རོ། །

外法既爾，內法亦然。要自他共乃得有生。

དེ་ལ་གང་ཟག་དང་། བདག་གཅེས་པའི་སྲོག་དང་། དབང་པོ་ལ་སོགས་པ་སྲོག་མ་ཡིན་པ་དང་། མངོན་མཐོ་དང་ངེས་ལེགས་འགྲུབ་པའི་ཆོས་དང་། དེ་ལས་བཟློག་པའི་ཆོས་མིན་པ་དང་། །ཉོན་མོངས་པའི་ཟག་པ་དང་འཆལ་ཁྲིམས་འགོག་པའི་སྡོམ་པ་དང་། ལ་སོགས་པས་བདེ་བ་དང་། སྡུག་བསྔལ་བ་དང་། ཤེས་པ་ལས་སྐྱེད་ཤིང་། ཤེས་པའི་རྒྱུར་གྱུར་བའི་འདུ་བྱ་བའི་ཤུགས་ཏེ།ཚིག་གི་དོན་དགུའི་རྣམ་གཞག་བྱས་ནས་བྱམས་པ་ཚེ་རབས་གཞན་དུ་མང་རྟོགས་ཀྱི་བདག་ཉིད་དུ་ཡོད་པ་ཁོ་ནའི་ད་ལྟར་གྱི་སྐྱེ་བ་མི་ལེན་པའི་ཕྱིར་བདག་ལས་སྐྱེ་ཏེ་བྱམས་པ་དང་སྲོག་གཉིས་གཞན་མིན་པའི་ཕྱིར་རོ། །

彼宗安立九句義，謂人我所愛護之命、諸根等非命、能生善趣與解脫之法、與彼相違之非法、煩惱等諸漏、遮止犯戒等之律儀、苦、樂，從所知生能爲知因之和合勢力。如慈氏，要於前生命中已有，乃受現生，故從自生，以慈氏與命不異故。

སྲོག་ནི་སྐྱེ་བ་གཅིག་ནས་གཅིག་ཏུ་འགྲོ་བ་དང་ལྡན་པའི་ཕྱིར། ལྷ་ལ་སོགས་པའི་འགྲོ་བར་རྒྱུ་བ་ཡང་གཞན་གྱིས་འདོད་དོ། །

命能從此世往他世故，復許能往天等諸趣故。

ཡང་བྱམས་པ་རང་གི་ཕ་དང་མ་དང་། ཆོས་དང་ཆོས་མ་ཡིན་པ་དང་། ཟག་པ་ལ་སོགས་པ་གཞན་དུ་གྱུར་པ་ལས་སྐྱེ་བའི་ཕྱིར་གཞན་ལས་ཀྱང་སྐྱེའོ། །

慈氏亦從父、母、法、非法、有漏等他法生，故亦從他生。

དེའི་ཕྱིར་བདག་གཞན་རེ་རེ་ཁོ་ན་ལས་སྐྱེ་བར་ཁས་མི་ལེན་པས་སྔར་བདག་གཞན་རེ་རེ་བ་ལས་སྐྱེ་བ་བཀག་པ་ནི་ཁོ་བོ་ཅག་ལ་མི་གནོད་དོ་ཞེ་ན།

以不許自他各別能生，故前破自他各別生，於吾等無妨也。

རེ་རེ་བ་ལས་སྐྱེ་བ་མི་རིགས་པར་མ་ཟད་རང་གཞན་གཉིས་ཀ་ཚོགས་པ་ལས་སྐྱེ་བའང་རིགས་པའི་ངོ་བོ་མ་ཡིན་ཏེ།

不但計自他各別生不應道理，即計從自他和合共生亦不應理。

གང་གི་ཕྱིར་ན་སྔར་རེ་རེ་བ་ལ་བཤད་ཟིན་པའི་ཉེས་པ་དེ་དག་གཉིས་ཆར་ལས་སྐྱེ་བའི་ཕྱོགས་ལ་ཡང་ཐོག་ཏུ་འབབ་པ་ཉིད་ཡིན་པའི་ཕྱིར་ཏེ། བྱམས་པ་སྲོག་ལ་ལྟོས་ཏེ་བདག་ལས་སྐྱེ་བར་འདོད་ན་ནི། སྔར་བཤད་པའི་སྐྱེ་བ་དོན་མེད་སོགས་ཀྱིས་དགག་ལ། ཕ་མ་སོགས་ལ་ལྟོས་ཏེ་གཞན་སྐྱེ་འདོད་ན་ནི། ཏ་ཅང་ཐལ་བ་སོགས་ཀྱིས་དགག་གོ །

前對各別生者所說眾過，於計共生宗，亦成過故。若計慈氏觀待彼命是自生者，前說生應無用等過已破。若謂觀待父母等是他生者，前說應從一切生等過已破。

གོང་དུ་ཇི་ལྟར་བདག་དང་གཞན་ལས་སྐྱེ་བ་འཇིག་རྟེན་གྱི་ཀུན་རྫོབ་དང་། དོན་དམ་པར་ཡང་མི་རིགས་སོ་ཞེས་བསྟན་པ་དེ་བཞིན་དུ་འདིར་ཡང་གཉིས་ཀ་ལས་སྐྱེ་བ་མི་སྲིད་དོ་ཞེས་མཇུག་བསྡུ་བའི་ཕྱིར་བཤད་པ།

又如前說，計自生他生，於世俗勝義皆不應理，如是今計共生，亦定非有。故結頌曰：

འདི་ནི་འཇིག་རྟེན་ལས་མིན་དེ་ཉིད་དུ་ཡང་འདོད་མིན་ཏེ། །

此非世間非真實。

བདག་གཞན་གཉིས་ཀ་ལས་སྐྱེ་བ་འདི་ནི་འཇིག་རྟེན་ལས་ཀྱང་ཡོད་པ་མིན་ལ། དེ་ཉིད་དོན་དམ་དུ་ཡང་འདོད་པ་མིན་ནོ། །

此計從自他共生，世間非有是事，於真實勝義亦非有也。頌曰：

གང་ཕྱིར་རེ་རེ་ལས་ནི་སྐྱེ་བ་འགྲུབ་པ་ཡོད་མ་ཡིན། །

各生未成況共生。

གང་གི་ཕྱིར་བདག་གཞན་རེ་རེ་ལས་ནི་སྐྱེ་བ་འགྲུབ་པ་ཡོད་པ་མ་ཡིན་པས་གཉིས་ཀ་ལས་སྐྱེ་བ་ཡང་རིགས་པ་མ་ཡིན་ནོ། །

由自他各別生，尚且未成，故從共生亦非正理也。

བཞི་པ་ནི། འདིར་ངོ་བོ་ཉིད་ལས་བྱུང་བར་སྨྲ་བ་རྒྱང་ཕན་པ་ནི། གལ་ཏེ་སྐྱེ་བ་རྒྱུ་ལས་ཡིན་ན་འབྲས་བུ་ལ་ལྟོས་ཏེ་བདག་དང་གཞན་དང་གཉིས་ཀར་གྱུར་པ་ཞིག་ཏུ་སྐྱེ་བས་སྐྱོན་དེ་དག་ཏུ་འགྱུར་ན་བདག་གིས་ནི་རྒྱུ་ལས་སྐྱེ་བར་ཁས་མ་བླངས་པས་ཕྱོགས་གསུམ་ག་ལ་བཤད་པའི་ཉེས་པ་མེད་དེ།

寅四、破無因生。順世外道計自然生，謂若有因生，觀待彼果，必是自生、他生、共生，便有上過。我今不許從因生，故無彼三宗之過失。

卷十

འདི་ལྟར་པད་མའི་ཆུ་བ་དང་དེའི་འདབ་མ་རྣམས་ཀྱི་རྩུབ་པ་དང་འཇམ་ཤ་དག་འགའ་ཞིག་གིས་བྱེད་པར་མ་མཐོང་ལ། དེའི་འདབ་མ་དང་ཟེའུ་འབྲུ་དང་ལྟེ་བ་རྣམས་ཀྱི་ཁ་དོག་དང་དབྱིབས་སྣ་ཚོགས་པ་དག་བྱེད་པར་མ་མཐོང་ངོ། །དེ་བཞིན་དུ་པ་ན་ས་དང་བལ་པོ་སེའུ་ལ་སོགས་པའི་སྣ་ཚོགས་པ་ཡང་ཡིན་ནོ། །

如蓮莖之粗，蓮瓣之柔，未見有人制造。其瓣、鬚、蕊等，顏色形狀各別不同，亦未見作者。波那娑果及石榴等，各種差別亦皆如是。

དེ་ལྟར་ཕྱི་རོལ་ལ་བཞིན་དུ་རྨ་བྱ་དང་བྱ་ཏི་ཏི་རི་དང་བྱ་གག་ལ་སོགས་པ་ནང་གི་བདག་ཉིད་ཅན་དག་ལ་ཡང་འགའ་ཞིག་གིས་འབད་པས་གཟུང་ནས་ཁ་དོག་དང་དབྱིབས་ལ་སོགས་པ་འགོད་པར་མི་དམིགས་སོ། །

外物既爾，內界亦然。如孔雀、底底利鳥及水鵠等，未見有人強捉爲作種種形狀色彩。

དེའི་ཕྱིར་དངོས་པོ་རྣམས་ཀྱི་སྐྱེ་བ་ནི་ངོ་བོ་ཉིད་ལས་བྱུང་བ་ཁོ་ནའོ་ཞེས་སྨྲའོ། །

故諸法生唯自然生。破彼頌曰：

གལ་ཏེ་རྒྱུ་མེད་ཁོ་ནར་སྐྱེ་བར་ལྟ་ཞིག་འགྱུར་ན་ནི། །དེ་ཚེ་མཐའ་དག་རྟག་ཏུ་ཐམས་ཅད་ལས་ཀྱང་སྐྱེ་འགྱུར་ཞིང་། །འབྲས་འབྱུང་ཆེད་དུ་འཇིག་རྟེན་འདི་ཡི་ས་བོན་ལ་སོགས་ནི། །བརྒྱ་ཕྲག་དག་གི་སྒོ་ནས་སྡུད་པར་བྱེད་པར་ཡང་མི་འགྱུར། །

若計無因而有生，一切恆從一切生，

世間爲求果實故，不應多門收集種。

འདི་ལ་བཤད་པར་བྱ་སྟེ། གལ་ཏེ་དངོས་པོ་རྣམས་རྒྱུ་མེད་པ་ཁོ་ནར་སྐྱེ་བར་ལྟ་ཞིག་འགྱུར་ན་ནི། དེའི་ཚེ་དངོས་པོ་མཐའ་དག་སྟེ་ཐམས་ཅད་ལས་ཏེ་དངོས་པོ་རྣམས་རང་གི་རྒྱུ་མིན་པ་ལས་ཀྱང་སྐྱེ་བར་འགྱུར་ཏེ་ཐམས་ཅད་ཀྱང་རྒྱུ་མིན་པར་འདྲ་བའི་ཕྱིར་རོ། །

若計諸法無因自然而生者，應一切法從一切非因而生，以一切法同是非因故。

ཡང་གང་ཞིག་ཨ་མྲ་ལ་སོགས་པ་རྣམས་ཀྱི་སྨིན་པ་དུས་ཚིགས་ལ་ལྟོས་ཤིང་རེ་འགའ་མངོན་པ་དེ་ཡང་དེ་དག་ལ་རྟག་ཏུ་ཡོད་པ་ཁོ་ནར་འགྱུར་ཏེ། དུས་ཚིགས་ལ་མི་ལྟོས་པའི་ཕྱིར་རོ། །

又如現見阿摩羅果等，要待時節乃得成熟，是暫時性。彼等亦應恆時而有，不待時故。

དེ་བཞིན་དུ་བྱ་རོག་ལ་ཡང་རྨ་བྱའི་མདོངས་ཡོད་པ་དང་། རྨ་བྱ་ལ་ཡང་མངལ་གྱི་གནས་སྐབས་ནའང་ནེ་ཙོའི་སྒྲོ་ཡོད་པར་འགྱུར་ཏེ། དེ་དག་རྒྱུ་ལ་མི་ལྟོས་པའི་ཕྱིར་ཏེ་

如是烏[①]鴉亦應有孔雀翎，孔雀於胎中亦應有鸚鵡之羽，彼皆不待因故。

དེ་ལྟར་རིགས་པ་དང་འགལ་བ་བརྗོད་ནས་མཐོང་བ་དང་འགལ་བ་བརྗོད་པ་སྟོན་ཐོག་ལ་སོགས་པའི་འབྲས་བུ་འབྱུང་བའི་ཆེད་དུ་འཇིག་རྟེན་པ་འདི་བ་ཡིས་ས་བོན་ལ་སོགས་པ་ནི་དཀའ་བ་བརྒྱ་ཕྲག་དག་གི་སྒོ་ནས་སྡུད་པ་སྟེ་གསོག་པར་བྱེད་པར་ཡང་མི་འགྱུར་བ་ཞིག་ན་བྱེད་པ་ཡང་ཡིན་པའི་ཕྱིར་སྐྱེ་བ་ངོ་བོ་ཉིད་ལས་བྱུང་བ་མ་ཡིན་ནོ། །

如是已說違理，當說違背現事，世人爲求穀實等果故，亦應不由多門劬勞收集種子，然實收集，故非自然生。

སྐྱོན་གཞན་ཡང་

復有過失。頌曰：

---

①「烏」，民族本作「鳥」。原文寫作「烏」字。

གལ་ཏེ་འགྲོ་བ་རྒྱུ་ཡིས་སྟོང་པར་གྱུར་ན་ནམ་མཁའ་ཡི། །ཨུཏྤ་ལ་ཡི་དྲི་མདོག་ཇི་བཞིན་གཟུང་དུ་མེད་ཉིད་ན། །ཤིན་ཏུ་ཆེས་བཀྲའི་འཇིག་རྟེན་འཛིན་པའང་དེ་ཡི་ཕྱིར། །རང་གི་བློ་བཞིན་འཇིག་རྟེན་རྒྱུ་ལས་ཡིན་པར་ཤེས་པར་གྱིས། །

眾生無因應無取，猶如空花色與香，

繁華世間有可取，知世有因如自心。

གལ་ཏེ་འགྲོ་བ་རྒྱུ་ཡིས་སྟོང་པ་སྟེ་རྒྱུ་མེད་པར་འབྱུང་བར་འགྱུར་ན་འགྲོ་བ་འདི་དག་ནམ་མཁའ་ཡི་ཨུཏྤལ་ཡི་དྲི་དང་མདོག་ཇི་བཞིན་དུ་གཟུང་དུ་མེད་པ་ཉིད་དུ་འགྱུར་བ་ཡིན་ན་ཤིན་ཏུ་ཆེས་བཀྲ་བའི་འཇིག་རྟེན་འཛིན་པའང་ཡིན་པ་དེའི་ཕྱིར་རང་གི་བློ་སྔོན་པོའི་རྣམ་པ་ཅན་ནི་སྔོན་པོ་ལས་སྐྱེ་བ་དེ་བཞིན་དུ་འཇིག་རྟེན་མཐའ་དག་རང་གི་རྒྱུ་ཁོ་ན་ལས་སྐྱེ་བ་ཡིན་པར་ཤེས་པར་གྱིས་ཤིག །

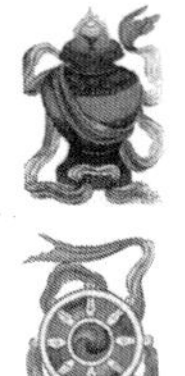

若眾生無因者，應諸眾生，如同虛空青蓮花之色香，都無可取，然此繁華複雜之世間，實有可取。故當知世間皆從自因而生，如有青相之自心是從青色而生也。

རྒྱང་ཕན་ལྟར་ན་དེ་ཉིད་ནི་བཞི་སྟེ་འགྲོ་བ་སྣ་ཚོགས་པ་མཐའ་དག་གི་རྒྱུར་གྱུར་པ་ས་དང་ཆུ་དང་མེ་དང་རླུང་ཞེས་བྱ་བ་རྣམས་སོ། །

又順世外道，計四大種實物，爲一切眾生之因，謂地、水、火、風。

དེ་རྣམས་ཀྱི་ཡོངས་སུ་སྨིན་པའི་ཁྱད་པར་ལས་པདྨ་དང་བལ་པོ་སེའུ་ལ་སོགས་པ་དག་དང་། རྨ་བྱ་དང་བྱ་གག་ལ་སོགས་པ་དག་གི་སྣ་ཚོགས་པ་ཇི་ལྟར་མཐོང་བཞིན་པ་འཐད་པ་འབའ་ཞིག་ཏུ་མ་ཟད་ཀྱི། བློ་དངོས་པོའི་དེ་ཁོ་ན་ཉིད་སྣ་ཚོགས་ཡོངས་སུ་གཅོད་པ་པོར་གྱུར་པ་ཡང་དེ་ཁོ་ན་ལས་སྐྱེ་བ་ཡིན་ནོ། །

卷十

由彼等變異差別，非但現見之蓮花、石榴等，及孔雀、水鵠等各種差別，應合道理，即能了別各種物體之內心，亦唯從彼生也。

ཇི་ལྟར་ཆང་དག་ལ་འབྱུང་བའི་བྱེ་བྲག་ཕྲད་པ་ཡོངས་སུ་འགྱུར་བའི་ཁྱད་པར་ལས་མྱོས་ཆགས་རྣམས་ཀྱི་མྱོས་པ་དང་བརྒྱལ་བའི་རྒྱུ་མྱོས་པར་འགྱུར་བའི་ནུས་པ་སྐྱེ་བ་དེ་བཞིན་དུ་ནུར་ནུར་པོ་ལ་སོགས་པའི་འབྱུང་བ་ཆེན་པོའི་ཁྱད་པར་ཅན་ཡོངས་སུ་སྨིན་པ་ལས་བློ་དག་སྐྱེ་ཞིང་། དེ་དག་དངོས་པོ་མཐའ་དག་ཡོངས་སུ་གཅོད་པར་བྱེད་པའི་བར་དུ་ཡང་འགྱུར་རོ། །

如諸酒中由四大種和合變異差別，便有狂醉之功能，爲諸眾生狂醉、悶絕之因。如是由羯邏藍等大種之差別變異，生諸心識，乃至能廣了別一切眾物。

དེའི་ཕྱིར་ཕྱི་རོལ་དང་ནང་གི་དངོས་པོ་རྣམས་ནི་འཇིག་རྟེན་འདིའི་རྒྱུ་ལས་བྱུང་བ་ཁོ་ན་ཡིན་གྱི། གང་དུ

བྱས་པའི་ལས་ཀྱི་རྣམ་པར་སྨིན་པ་འདིར་རམ། འདིར་བྱས་པའི་རྣམ་པར་སྨིན་པ་འཇིག་རྟེན་གཞན་དུ་འབྱུང་བ་འཇིག་རྟེན་ཕ་རོལ་དག་ཡོད་པ་ཉིད་ནི་མ་ཡིན་ནོ་སྙམ་དུ་སེམས་སོ། །

故一切法，唯從現世因生，非是前世造業，今世成熟，此世造業，他世成熟，前後他世皆非是有。

མཛེས་མ་ལེགས་པར་སྤྱོད་ཅིང་བཟའ་བར་གྱིས། །ལུས་མཆོག་འདས་གང་དེ་ཁྱོད་ལ་མི་འབྱུང་། །ལུས་འདི་ཚོགས་པར་གྱུར་པ་ཙམ་ཞིག་སྟེ། །འཇིགས་མ་སོང་བ་ལྡོག་པར་མི་འགྱུར་རོ། །ཞེས་སྨྲ་བ་སྟེ། འདི་ནི་བུ་མོ་ལ་མངོན་པར་བགྲོད་པར་འདོད་ཅིང་བུ་མོའི་འཇིག་རྟེན་ཕ་རོལ་མེད་པར་རྟོགས་པར་འདོད་ནས་སྨྲས་པ་ཡིན་ནོ། །ནག་ཚོས། འདས་པའི་འཇིགས་པ་འབྱུང་བར་འགྱུར་མ་ཡིན། །ཞེས་བསྒྱུར་རོ། །

彼欲受用美女，爲令美女了知無有後世，曾曰：「美女善行善飲噉，妙身已去非汝有，此身唯是假合成，去已不返不須畏。」末句拏錯譯爲：「過去怖畏不復生。」

འདི་ལ་བརྗོད་པར་བྱ་སྟེ། ཁྱོད་ཀྱི་འཇིག་རྟེན་ཕ་རོལ་མེད་དོ་སྙམ་པའི་ངེས་པ་འདི་རྒྱུ་མཚན་གང་ལས་ཡིན། འཇིག་རྟེན་ཕ་རོལ་ད་ལྟ་མངོན་སུམ་དུ་མཐོང་བ་མ་ཡིན་པ་ཉིད་ཀྱི་ཕྱིར་རོ་སྙམ་ན། འཇིག་རྟེན་ཕ་རོལ་མངོན་སུམ་དུ་མ་མཐོང་བ་དེ་མངོན་སུམ་ཞིག་གམ་མངོན་སུམ་མ་ཡིན་པ་ཞིག་ཡིན་གྲང་་མངོན་སུམ་མོ་ཞེ་ན།

問：汝謂無有他世，爲以何理決定？曰：他世非現見故。問：他世非現見。此爲現事，抑非現事？

མངོན་སུམ་དུ་མཐོང་བ་ལོག་པ་མངོན་སུམ་དུ་འདོད་ན་དངོས་པོ་མེད་པ་ཡང་མངོན་སུམ་དང་མི་འགལ་བར་འགྱུར་རོ། །

若言現事者，既許非現見者爲現事，應無事與現事不相違。

དེའི་ཕྱིར་དངོས་པོ་མེད་པ་ཡང་ཁྱོད་ལ་དངོས་པོར་འགྱུར་ཏེ། ཚེ་རབས་ཕ་རོལ་མངོན་སུམ་དུ་མཐོང་བ་ལོག་པ་མངོན་སུམ་གྱི་དངོས་ཀྱི་གཞལ་བྱ་མངོན་སུམ་པ་ཡིན་པའི་ཕྱིར་དངོས་པོ་བཞིན་ནོ། །

是則汝宗無事亦成有事。以許他世非現見，爲現見所親量之現事故，猶如有事。

དེ་ལྟ་ན་དངོས་པོ་མེད་པ་ཞེས་པ་འགའ་ཡང་མེད་པས་དངོས་པོ་ཡང་མེད་པར་འགྱུར་ཏེ་ལྟོས་པོ་མེད་པའི་ཕྱིར་རོ། །

既全無事①，亦應無有事，無所待故。

དེ་གཉིས་མེད་ན་འབྱུང་བ་བཞི་མེད་པ་དང་འཇིག་རྟེན་ཕ་རོལ་མེད་པ་ཉིད་དུ་དམ་བཅའ་བ་ཡང་ཉམས་

①「無事」，民族本作「無無事」。

པར་འགྱུར་རོ། །

若彼二非有，則汝有四大種及無他世之宗，皆當失壞也。

ཅི་སྟེ་མངོན་སུམ་མ་ཡིན་ན་ནི་རེ་ཞིག་མངོན་དུ་གྱུར་པ་མ་ཡིན་པའི་ཕྱིར། མངོན་སུམ་ཚད་མས་མ་བཟུང་བས་ཇི་ལྟར་མ་བཟུང་བ་དེའི་སྒོ་ནས་འཇིག་རྟེན་ཕ་རོལ་མེད་པར་དཔོག་པར་འགྱུར།

若謂非現事者，既非現事，則以現量應不可見，云何由不可見門而比知他世非有耶?

ཅི་སྟེ་རྗེས་སུ་དཔག་པས་བཟུང་བ་ཡིན་ནོ་ཞེ་ན། སྤྱིར་མངོན་སུམ་དུ་མ་ཟད་རྗེས་དཔག་ལས་རབ་ཏུ་གྲུབ་པས་ཀྱང་སྐྱེས་བུའི་དོན་སྒྲུབ་པ་ཡིན་ན་རྗེས་དཔག་འདི་ནི་ཁྱོད་ཀྱིས་ཁས་བླངས་པ་ཡང་མ་ཡིན་ཏེ།

若謂由比量能知者，雖總不限於現量，由比量所成立者，亦能成辨[①]士夫之義利。奈此比量非汝宗所許，

ཇི་ཙམ་དབང་པོའི་སྤྱོད་ཡུལ་བ། །སྐྱེས་བུ་དེ་ཙམ་ཁོ་ནར་ཟད། །བཟང་མོ་མང་ཐོས་གང་སྨྲ་བ། །དེ་ནི་སྤྱང་ཀིའི་རྗེས་དང་འདྲ། །ཞེས་སྐྱེས་བུས་དོན་རྟོགས་པའི་ཚད་མ་ནི་མིག་སོགས་ཀྱི་དབང་པོའི་སྤྱོད་ཡུལ་ཇི་ཙམ་མཐོང་བའི་མངོན་སུམ་དེ་ཙམ་དུ་ཟད་པར་སྨྲས་པའི་ཕྱིར་རོ། །

如云：「唯根所行境，齊此是士夫，多聞者所說，欺惑如狼跡。」此說士夫見境之量，唯齊眼等諸根所行境也。頌曰：

卷十

འབྱུང་བ་དེ་དག་བདག་ཉིད་གང་ཞིག་གིས་ནི་ཁྱོད་ཀྱི་བློའི། །ཡུལ་དུ་འགྱུར་བ་དེ་ཡི་བདག་ཉིད་ཅན་ནི་མ་ཡིན་ན། །གང་ལ་ཡིད་ཀྱི་མུན་པ་འཐུག་པོ་འདི་ཉིད་དུ་ཡོད་པ། །དེས་ནི་ཇི་ལྟར་འཇིག་རྟེན་ཕ་རོལ་ཡང་དག་རྟོགས་པར་འགྱུར། །

汝論所說大種性，汝心所緣且非有，

汝意對此尚愚暗，何能正知於他世。

ས་ལ་སོགས་པའི་འབྱུང་བ་བཞི་པོ་དེ་དག་ཁྱོད་ཀྱི་གཞུང་ལས་བཤད་པའི་བདག་ཉིད་གང་ཞིག་གིས་ནི་ཁྱོད་ཀྱི་བློའི་ཡུལ་དུ་གྱུར་པ་དེ་ལྟར་དེ་ཡི་བདག་ཉིད་ཅན་དུ་ནི་ཡོད་པ་མ་ཡིན་ན་ཤིན་ཏུ་རགས་པའི་དོན་གང་ལ་ཡིད་ཀྱི་མུན་པ་འཐུག་པོ་འདི་ཉིད་དུ་ཡོད་པ་དེས་ནི།

① 「辨」，民族本作「辦」。

如汝論所說地等四大種性，於汝心所緣彼等境界尚且非有。汝意對此最粗顯義，猶有厚重之愚暗。

ཇི་ལྟར་ན་ཤིན་ཏུ་ཕྲ་བའི་འཇིག་རྟེན་ཕ་རོལ་ཡོད་པ་དང་མེད་པ་གང་ཡང་ཡང་དག་པར་རྟོགས་པར་འགྱུར་ཏེ་རྟོགས་པ་མེད་དོ། །སྐྱོན་གཞན་ཡང་

則於最極微細之他世，何能正知其爲有無耶？復有過失。頌曰：

འཇིག་རྟེན་ཕ་རོལ་འགོག་པར་བྱེད་པའི་དུས་སུ་བདག་ཉིད་ནི། །ཤེས་བྱའི་རང་བཞིན་ཕྱིན་ཅི་ལོག་ཏུ་ལྟ་བར་རྟོགས་བྱ་སྟེ། །དེ་ཡི་ལྟ་བའི་རྣམ་པའི་རྟེན་མཚུངས་ལུས་དང་ལྡན་ཉིད་ཕྱིར། །གང་ཚེ་འབྱུང་བའི་བདག་ཉིད་ཡོད་ཉིད་ཁས་ལེན་དེ་ཚེ་བཞིན། །

破他世時汝自體，於所知性成倒見，

由具彼見同依身，如計大種有性時。

འཇིག་རྟེན་ཕ་རོལ་འགོག་པར་བྱེད་པའི་དུས་སུ་བདག་ཉིད་དེ་རྒྱང་ཕན་ནི་ཤེས་བྱའི་རང་བཞིན་ཕྱིན་ཅི་ལོག་ཏུ་ལྟ་བར་རྟོགས་པར་བྱ་སྟེ། འཇིག་རྟེན་ཕ་རོལ་ལ་སྐུར་པ་འདེབས་པ་དེ་ཡི་ལྟ་བའི་རྣམ་པའི་རྟེན་ཏེ། དེ་གནས་པའི་རྒྱུར་མཚུངས་པ་སྟེ་འདྲ་བའི་ལུས་ཀྱི་ཁོག་པ་དང་ལྡན་པ་ཉིད་ཡིན་པའི་ཕྱིར། དཔེར་ན་གང་གི་ཚེ་འབྱུང་བའི་བདག་ཉིད་བདེན་པར་ཡོད་པ་ཉིད་ཁས་ལེན་པ་དེའི་ཚེ་བཞིན་ནོ། །

破他世時，汝順世外道自體，於所知自性成顛倒見，以具足彼毀謗他世見，同等所依之身故。如計大種自性實有之時也。

ཅི་སྟེ་འབྱུང་བ་བདེན་པར་རྟོགས་པའི་ཚེ་ཡང་ཕྱིན་ཅི་མ་ལོག་པས་མཐོང་བའི་དཔེ་བསྒྲུབ་བྱའི་ཆོས་ཀྱིས་སྟོང་པ་ཡིན་ནོ་སྙམ་ན།

所依謂彼見安住之因。若謂我計大種實有時非顛倒見，汝之同喻缺所立法也。

དེ་ཡང་ཡོད་པ་མ་ཡིན་ཏེ་རང་བཞིན་གྱིས་མ་སྐྱེས་པ་དང་ཡོད་པ་མིན་པའི་འབྱུང་བ་ལ་རང་བཞིན་གྱིས་ཡོད་པ་དང་སྐྱེ་བ་ཉིད་དུ་རྟོགས་པས་ཕྱིན་ཅི་ལོག་ཏུ་ལྟ་བ་ཉིད་གྲུབ་པའི་ཕྱིར་རོ། །

曰：此過非有。汝計自性不生自性非有之大種，爲自性有及自性生，是顛倒見已成立故。

འདིས་ནི་རང་གི་རྟགས་ཡང་དག་གི་སྦྱོར་བ་རྣམས་ལ་དཔེར་བཟུང་བ་ལ་བསྒྲུབ་བྱའི་ཆོས་ཀྱིས་མི་སྟོང་བ་དགོས་པར་བསྟན་ཏེ། རྟགས་སུ་བཟུང་བ་ལ་ཡང་འདྲ་ལ། སྒྲ་མི་རྟག་པར་སྒྲུབ་པ་ལ་མིག་གིས་གཟུང་བྱ་བཀོད་པ་མ་གྲུབ་པའི་རྟགས་སུ་ཡང་བཤད་པས་དམ་བཅའ་རྟགས་ཀྱིས་སྒྲུབ་པ་ལ་ཚུལ་གསུམ་དགོས་པར་བསྟན་ནོ། །

此明自宗正因之量式中，所舉同喻，要不缺所立法，則所建之正因亦必應爾。前說成立聲是無常，以眼所見爲因，犯不成過。故以正因成立宗，要具三相也。

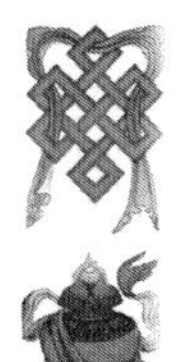

འབྱུང་བ་རང་བཞིན་གྱིས་མ་སྐྱེས་པ་དེ་ཉིད་བསྒྲུབ་པར་བྱ་དགོས་སོ་ཞེ་ན།

若謂大種自性不生，猶待成立者。頌曰：

འབྱུང་བ་དེ་དག་ཇི་ལྟར་ཡོད་མིན་དེ་ལྟར་བཤད་ཟིན་ཏེ། །གང་གི་ཕྱིར་ན་གོང་དུ་རང་གཞན་ལས་དང་གཉིས་ཀ་ལས། །སྐྱེ་དང་རྒྱུ་མེད་ཐུན་མོང་དུ་ནི་བཀག་ཟིན་དེ་ཡི་ཕྱིར། །མ་བཤད་འབྱུང་བ་འདི་དག་ལྟ་ཞིག་ཡོད་པ་མ་ཡིན་ནོ། །

大種非有前已說，由前總破自他生，

共生及從無因生，故無未說諸大種。

卷十

འབྱུང་བ་དེ་དག་ཇི་ལྟར་རང་བཞིན་གྱིས་ཡོད་པ་མིན་པ་དེ་ལྟར་སྔར་བཤད་ཟིན་ཏོ། །

彼諸大種非有自性，如前已說。

གང་གི་ཕྱིར་ན་གོང་དུ་རང་དང་། གཞན་ལས་དང་། གཉིས་ཀ་ལས་སྐྱེ་བ་དང་། རྒྱུ་མེད་དུ་སྐྱེ་བ་འགོག་པར་བྱེད་པ་ན་འབྱུང་བ་རང་བཞིན་གྱིས་སྐྱེ་བ་ཡང་བདག་གིས་ཐུན་མོང་དུ་ནི་སྔ་སྒྲིར་བཀག་ཟིན་པ་དེ་ཡི་ཕྱིར།

由前破自生、他生、共生、無因生時，大種自性生，我已總破。

འབྱུང་བ་འདི་དག་ལྟ་ཞིག་སྔེ་གང་ཡང་སྔར་སྤྱིའི་ཚུལ་གྱིས་བཀག་པས་མ་བཤད་པ་ཡོད་པ་མ་ཡིན་པས་དཔེ་གྲུབ་བོ། །

前總破時未說到之諸大種，皆悉非有。故喻已成。

དེ་བཞིན་དུ་ཐམས་ཅད་མཁྱེན་པ་ལ་སྐུར་པ་འདེབས་པ་དང་། དེ་ལས་གཞན་པའི་རང་བཞིན་གྱི་དངོས་པོར་སྨྲ་བ་རྣམས་ཀྱི་གྲུབ་པའི་མཐའ་འགོག་པ་ན་ཡང་། རྟོགས་པ་ཕྱིན་ཅི་ལོག་པ་སྤྲུར་བར་བྱ་སྟེ། དཔེར་ན་རྗོགས་པའི་སངས་རྒྱས་འགོག་པར་བྱེད་པའི་དུས་སུ་བདག་ཉིད་ནི། ཤེས་བྱའི་རང་བཞིན་ཕྱིན་ཅི་ལོག་ཏུ་ལྟ་བར་རྟོགས་བྱ་སྟེ། །དེ་ཡི་ལྟ

བའི་རྣམ་པའི་རྟེན་མཚུངས་ལུས་དང་ལྡན་ཉིད་ཕྱིར། །གང་ཚེ་འབྱུང་བའི་བདག་ཉིད་ཡོད་ཉིད་ཁས་ལེན་དེ་ཚེ་བཞིན། ཞེས་བྱ་བ་ལ་སོགས་པ་སྦྱར་བར་བྱ་སྟེ། ཡོད་པ་དང་མེད་པ་ཉིད་དུ་ལྟ་བ་ཐམས་ཅད་དགག་པར་འདོད་པའི་ཕྱིར་རོ། །

如是破除毀謗一切智者，及計有餘自性法等諸宗派時，亦當配云：「謗正覺時汝自體，於所知性成倒見，由具彼見同依身，如計大種有性時。」意在總破一切有無見故。

ཅི་སྟེ་ཁྱོད་ལ་ཡང་ཐལ་བར་འགྱུར་བ་འདི་མཚུངས་སོ་སྙམ་ན་དེ་ཡང་ཡོད་པ་མ་ཡིན་ཏེ། ཕོ་བོ་ཅག་ཕྱིན་ཅི་ལོག་པར་སྒྲུབ་པ་ལ་དཔེ་མེད་པའི་ཕྱིར་རོ། །

若謂汝自宗亦應同犯此過。曰：非有。以無成立我等爲倒見之同喻故。

འཇིག་རྟེན་གཞན་གཏོགས་ཡོད་པ་ཉིད་དུ་རྟོགས་པའི་དུས་སུ་བདག །ཤེས་བྱའི་རང་བཞིན་དམ་པའི་དོན་ནི་ལྟ་བར་རྟོགས་བྱ་སྟེ། །བདག་གི་ལྟ་བའི་རྣམ་པའི་རྟེན་མཚུངས་ལུས་དང་ལྡན་ཉིད་ཕྱིར། །གང་གི་ཚེ་ན་བདག་མེད་རྟོགས་པར་ཁས་ལེན་དེ་ཚེ་བཞིན། །ཞེས་བརྗོད་པར་ནུས་པ་ཡང་ཡིན་ནོ། །

且可作是說：「我達他世爲有時，即成正見所知性，由具此見同依身，如許通達無我時。」

དེ་བཞིན་དུ། འདི་ན་ཐམས་ཅད་མཁྱེན་པ་ཡོད་ཅེས་རྟོགས་པའི་དུས་སུ་བདག །ཤེས་བྱའི་རང་བཞིན་དམ་པའི་དོན་ནི་ལྟ་བར་རྟོགས་བྱ་སྟེ། །གཏན་ཚིགས་དང་དཔེ་དག་ནི་དེ་གཉིས་ཁོ་ནའོ། །དེ་བཞིན་དུ་དངོས་པོ་ཐམས་ཅད་ཞེས་པ་ལ་ཡང་སྦྱར་བར་བྱའོ། །

如是配云：「我達一切智有時，即成正見所知性。」因喻同前。於一切法亦如是說。

དེའི་ཕྱིར་ཚུལ་འདིས་ནི། དེ་ཉིད་དེ་ལས་འབྱུང་མིན་གཞན་དག་ལས་ལྟ་ག་ལ་ཞིག །གཉིས་ཀ་ལས་ཀྱང་མ་ཡིན་རྒྱུ་མེད་པར་ནི་ག་ལ་ཡོད། ཅེས་གང་དམ་བཅས་པར་གྱུར་པ་བཞི་པོ་རབ་ཏུ་བསྒྲུབས་པ་ཡིན་ནོ། །ཞེས་གསུངས་པས་གཞན་ལུགས་བཀག་པ་ཡིན་གྱི་རང་ལུགས་མ་བསྒྲུབས་སོ་ཞེས་སྨྲ་བར་མི་བྱའོ། །

釋曰：「由此道理，即善成立：『彼非彼生豈從他，亦非共生寧無因。』前說之四宗。」故不應說，唯破他宗，不立自宗也。

གསུམ་པ་ནི། འདིར་སྨྲས་པ། དངོས་པོ་རྣམས་བདག་དང་གཞན་དང་གཉིས་ཀ་དང་རྒྱུ་མེད་ལས་མི་སྐྱེ་ན། འོ་ན་ཇི་ལྟར་སྐྱེ་ཞེ་ན་བཤད་པ།

丑三、破四邊生結成義。問：若諸法不自生、他生、共生、無因生者，爲如何生？

གལ་ཏེ་དངོས་པོ་རྣམས་ལ་རང་བཞིན་འགའ་ཞིག་ཡོད་ན་ནི། སྐྱེ་བའི་རྣམ་པར་རྟོག་པ་གཞན་མི་སྲིད་པའི་ཕྱིར། ཐེ་ཚོམ་མེད་པར་དེ་བདག་གམ་གཞན་ནམ་གཉིས་ཀའམ་རྒྱུ་མེད་པ་ཞིག་ལས་སྐྱེ་བའམ་དམིགས་པར་འགྱུར་བ་ཞིག་གོ།

曰：若計諸法有自性，決定無疑或自生或他生或共生或無因生，以更無餘生故。

གང་དག་དབང་ཕྱུག་ལ་སོགས་པ་དག་ལས་དངོས་པོ་རྣམས་སྐྱེ་བར་མངོན་པར་འདོད་པ་དེ་དག་གི་ལྟར་ན་ཡང་། དབང་ཕྱུག་ལ་སོགས་པ་དེ་དག་བདག་ཏུ་གྱུར་པའམ། གཞན་དུ་གྱུར་པའམ། གཉིས་ཀར་གྱུར་པ་ཞིག་ཏུ་འགྱུར་བས་དབང་ཕྱུག་ལ་སོགས་པ་རྒྱུར་སྨྲ་བ་དག་ཀྱང་བཤད་ཟིན་པའི་སྐྱོན་ལས་མི་འདའ་སྟེ། དེའི་ཕྱིར་སྐྱེད་པར་བྱེད་པའི་རྒྱུའི་རྣམ་པར་རྟོག་པ་གཞན་ལྔ་བ་ཡོད་པ་མ་ཡིན་ནོ།།

諸計大自在天等能生諸法者，彼大自在天等亦必是若自若他若共。故計大自在天等爲因，亦不能出上說諸過。故無第五能生之因。

དེའི་ཕྱིར་གཞན་མེད་པའི་ཕྱིར་ལ། རྣམ་པར་རྟོག་པ་བཞིས་སྐྱེ་བར་བཏགས་པ་བཀག་པའི་ཕྱིར་དངོས་པོ་རྣམས་ཀྱི་རང་བཞིན་སྐྱེ་བ་མེད་དོ་ཞེས་བསྟན་པའི་ཕྱིར།

以無餘因故，由破四種分別妄計之生，故說諸法無自性生。爲顯此義，頌曰：

གང་གི་ཕྱིར་ན་བདག་དང་གཞན་དང་གཉིས་ཀ་ལས་སྐྱེ་དང་།།
རྒྱུ་ལ་མ་ལྟོས་ཡོད་པ་མིན་པས་དངོས་རྣམས་རང་བཞིན་བྲལ།།

由無自他共無因，故說諸法離自性。

རྒྱུ་མཚན་གང་གི་ཕྱིར་ན་བདག་དང་གཞན་དང་གཉིས་ཀ་ལས་སྐྱེ་བ་དང་། རྒྱུ་ལ་མ་ལྟོས་པར་སྐྱེ་བ་ཡོད་པ་མིན་པས་དངོས་པོ་རྣམས་རང་བཞིན་གྱིས་གྲུབ་པ་དང་བྲལ་ལོ། །ཞེས་སྨོས་སོ།།

由無自生他生共生無因生故，故說諸法永離自性。

འདིས་ནི་མཐའ་བཞིའི་སྐྱེ་བ་ཐལ་འགྱུར་གྱིས་བཀག་ཀྱང་། མཐར་རྟགས་གང་ལ་བརྟེན་ནས་རྗེས་དཔག་སྐྱེ་ཚུལ་སྟོན་ཏེ། དེ་ཡང་མཐའ་བཞི་ལས་སྐྱེ་བ་མེད་པ་ནི་གཏན་ཚིགས་སོ།།

卷十

此明破四邊生後，依止正因引生比量之理。言無四邊生，即正因，

དངོས་པོ་རྣམས་ཞེས་པ་ནི་ཆོས་ཅན་ནོ། །རང་བཞིན་གྱིས་གྲུབ་པ་དང་བྲལ་བ་ནི་དམ་བཅའོ།

諸法是有法。永離自性，即所立宗也。

གཉིས་པ་ལ་གཉིས། དངོས་ཀྱི་དོན་དང་། དེའི་དོན་བསྡུས་ཏེ་བསྟན་པའོ། །

子二、釋妨難分二：丑一、正義，丑二、總結。

དང་པོ་ནི། གལ་ཏེ་དངོས་པོ་རྣམས་རང་བཞིན་གྱིས་སྐྱེ་བ་མེད་པ་ཞིག་ཡིན་ན། འོ་ན་མ་སྐྱེས་པ་སྔོན་པོ་ལ་སོགས་པ་རྣམས་ཇི་ལྟར་གཟུང་ཞེ་ན།

今初，若謂諸法皆無自性生者，不生之青等云何可見？

སྔོན་པོ་ལ་སོགས་པ་རྣམས་ཀྱི་རང་བཞིན་ཇི་ལྟར་ཡང་མ་རིག་པས་བསླད་པ་འགའ་ཞིག་གི་སྣང་བའི་ཡུལ་ཉིད་དུ་འགྱུར་བ་མིན་པས། དེ་ལྟར་གྱི་མིག་ལ་སོགས་པའི་ཤེས་པས། སྔོ་སོགས་ཀྱི་རང་བཞིན་ནི་བཟུང་བ་མ་ཡིན་ནོ། །

曰：青等自性，非有無明染者之所見境，故現在眼等識，都不能見青等自性也。

འོ་ན་གང་ཞིག་ཡང་དང་ཡང་དུ་ཡུལ་གྱི་ངོ་བོ་ཉིད་དུ་མངོན་དུ་སྣང་བར་མཐོང་བ་དེ། ཅི་ཞིག་ཏུ་འགྱུར་བར་འོས་ཤེ་ན།

若爾現前數數所見之境性，爲是何事？

འདི་ནི་ཕྱིན་ཅི་ལོག་གི་དབང་གིས་སྣང་བས་ན་རང་བཞིན་མ་ཡིན་ཏེ། མ་རིག་པས་བསླད་པའི་དབང་པོ་ནས་བདག་ཉིད་དེར་དམིགས་པའི་ཕྱིར་རོ། །ཞེས་བསྟན་པའི་ཕྱིར་བཤད་པ།

曰：此是顛倒增上所現，非真自性。唯有無明染著增上者，乃見彼境性故。爲明此義。頌曰：

གང་གིས་སྲིན་ཚོགས་དང་མཚུངས་གཏི་མུག་སྟུག་པོ་འཇིག་རྟེན་ལ། །
ཡོད་པ་དེས་ན་ཡུལ་རྣམས་ལོག་པ་དག་ཏུ་སྣང་བར་འགྱུར། །

世有厚癡同稠雲，故諸境性顛倒現。

གང་གིས་ཏེ་གང་གི་ཕྱིར་ཆར་སྤྲིན་ནག་པོའི་ཚོགས་དང་མཚུངས་པའི་གཏི་མུག་སྟུག་པོ་སྟེ་འཐུག་པོ་སྔོན་པོ་ལ་སོགས་པའི་རང་བཞིན་མཐོང་བ་གཡོགས་ནས་གནས་པ་འཇིག་རྟེན་སེམས་ཅན་ལ་ཡོད་པ་དེས་ན།

世間衆生，由有厚重愚癡，如同稠雲，障蔽青等自性，令不得見。

བྱིས་པ་རྣམས་ལ་སྔོན་པོ་ལ་སོགས་པའི་རང་བཞིན་མཐོང་བ་ཡོད་པ་མིན་ཏེ། ཡུལ་རྣམས་ལ་རང་གི་ངོ་བོ་ཕྱིན་ཅི་ལོག་པ་དག་ཏུ་མངོན་པར་ཞེན་པའི་གནས་སུ་གྱུར་པ་འདི་ནི། བྱིས་པ་འདི་བདེན་པར་ཞེན་པ་རྣམས་ལ་སྣང་བར་འགྱུར་རོ། །

故諸愚夫，不能親見青等自性，其於境上可倒執爲自性者，唯諸實執愚夫，顛倒所現耳。

གལ་ཏེ་གཏི་མུག་གིས་བཀབ་པའི་ཕྱིར་དེ་ཁོ་ན་ཉིད་མི་མཐོང་དུ་ཆུག་ཀྱང་། ཕྱིན་ཅི་ལོག་ཏུ་མཐོང་བ་ཅི་ལ་མ་ཡིན་ཞེ་ན།

若謂由愚癡覆蔽故，雖可不見真實義，何以反見顛倒性耶?

རང་གི་ངོ་བོས་གྲུབ་པ་མིན་བཞིན་དུ་དེར་སྣང་བ་ནི། གཏི་མུག་གི་དབང་གིས་ཡིན་ནོ་ཞེས་ཕྱིའི་དཔེའི་སྒོ་ནས་བསྟན་པའི་ཕྱིར།

曰：雖無自性而現有者，是由愚癡之力。當以外喻顯示。頌曰：

ཇི་ལྟར་རབ་རིབ་མཐུ་ཡིས་འགའ་ཞིག་སྐྲ་ཤད་ཟླ་གཉིས་དང་། །རྨ་བྱའི་མདོངས་དང་སྦྲང་མ་ལ་སོགས་ལོག་པར་འཛིན་བྱེད་པ། །དེ་བཞིན་དུ་ནི་གཏི་མུག་སྐྱོན་གྱི་དབང་གིས་མི་མཁས་པས། །འདུས་བྱས་ལྷ་ཞིག་སྣ་ཚོགས་བློ་གྲོས་ཀྱིས་ནི་རྟོགས་པར་འགྱུར། །

如有[①]翳力倒執髮，二月雀翎蜂蠅等，

如是無智由癡過，以種種慧觀有爲。

ཇི་ལྟར་དབང་པོ་རབ་རིབ་ཀྱིས་བསླད་པའི་མཐུ་ཡིས་རབ་རིབ་ཅན་འགའ་ཞིག་གིས་སྐྲ་ཤད་དང་ཟླ་བ་གཉིས་དང་རྨ་བྱའི་མདོངས་དང་སྦྲང་མ་ལ་སོགས་པ་ལོག་པར་ཏེ་མེད་ཀྱང་ཡོད་པ་ལྟར་འཛིན་པ་སྟེ་མཐོང་བར་བྱེད་པ་དེ་བཞིན་དུ། གཏི་མུག་གི་སྐྱོན་གྱི་དབང་གིས་མི་མཁས་པ་པོ་སོ་སྐྱེས་སྔོན་པོ་སོགས་ཀྱི་འདུས་བྱས་ལྷ་ཞིག་སྣ་ཚོགས་པ་བློ་གྲོས་ཀྱིས་ཏེ་དེ་དག་གི་ཤེས་པས་རྟོགས་པར་ཏེ་མཐོང་བར་འགྱུར་རོ། །

如有翳根，由眩翳力，雖無毛髮、二月、雀翎、蜂蠅等事，倒執爲有。如是諸無智異生，由愚癡過失力故，以種種慧解，觀察青等之有爲。

① 「有」，民族本作「由」。頌亦作「由」。

卷十

འདི་ནི་རྟེན་འབྲེལ་གྱི་མདོ་ལས། མ་རིག་པའི་རྐྱེན་གྱིས་འདུ་བྱེད་རྣམས་ཞེས་བྱ་བ་དང་། དེ་བཞིན་དུ་མ་རིག་པ་དང་རྗེས་སུ་འབྲེལ་བའི་གང་ཟག་འདི་ནི། བསོད་ནམས་མངོན་པར་འདུ་བྱ་བ་དང་། བསོད་ནམས་མ་ཡིན་པ་མངོན་པར་འདུ་བྱ་བ་དང་། མི་གཡོ་བ་མངོན་པར་འདུ་བྱ་བ་ཡང་མངོན་པར་འདུ་བྱེད་དོ། །ཞེས་བྱ་བ་དང་། དེ་བཞིན་དུ་མ་རིག་པ་འགགས་པས་འདུ་བྱེད་འགག་ཅེས་བཅོམ་ལྡན་འདས་ཀྱིས་གསུངས་པ་ཡིན་ནོ། །

如佛於《緣起經》云：「無明緣行。」又云：「補特伽羅由無明隨逐故，造福、非福、不動諸行。」又云：「無明滅故行滅。」

དེའི་ཕྱིར་ཚུལ་འདིས་

由此道理，頌曰：

གལ་ཏེ་གཏི་མུག་བརྟེན་ནས་ལས་འབྱུང་གཏི་མུག་མེད་པར་དེ། །མི་འབྱུང་ཞེས་བྱར་མི་མཁས་ཁོ་ནས་རྟོགས་པར་གོར་མ་ཆག། །བློ་བཟང་ཉི་མས་མུན་པ་སྟུག་པོ་རྣམ་པར་བསལ་བ་ཡི། །མཁས་པ་དག་ནི་སྟོང་ཉིད་ཁོང་དུ་ཆུད་ཅིང་གྲོལ་བར་འགྱུར། །

說癡起業無癡滅，唯使無智者了達，

慧日破除諸冥暗，智者達空即解脫。

གལ་ཏེ་གཏི་མུག་མ་རིག་པ་ལ་བརྟེན་ནས་འདུ་བྱེད་ཀྱི་ལས་འབྱུང་ལ། གཏི་མུག་མེད་པར་ལས་དེ་མི་འབྱུང་ཞེས་བྱ་བར་གསུངས་པ་ནི། མི་མཁས་པ་ཁོ་ནས་རྟོགས་པར་ཏེ་དེའི་དབང་དུ་བྱས་པར་གོར་མ་ཆག་གོ །

佛說「依於無明愚癡，起諸行業，若無愚癡，業則不生」者，唯使無智眾生了達彼義，是依彼增上而說。

མཁས་པ་དག་ནི་མ་རིག་པའི་རྐྱེན་གྱིས་འདུ་བྱེད་དོ་ཞེས་གསུངས་པ་མཐོང་བ་ན། འདུ་བྱེད་རྣམས་རང་བཞིན་མེད་པའི་སྟོང་ཉིད་ཁོང་དུ་ཆུད་པ་འབའ་ཞིག་ཏུ་མ་ཟད་ཀྱི། རྟེན་འབྱུང་གི་དེ་ཉིད་རྟོགས་པའི་བློ་བཟང་པོའི་ཉི་མས།

智者見說無明緣行，非但了達諸行空無自性，且以通達緣起真理之慧日，

མུན་པ་སྟུག་པོ་དང་འདྲ་བའི་མ་རིག་པ་རྣམ་པར་བསལ་བ་སྔེ་སྔོང་ཞིང་། ལས་འདུ་བྱེད་དག་ཀྱང་ཉེ་བར་མི་ལེན་ཏེ། ལས་དེ་ཉེ་བར་ལེན་པའི་རྒྱུ་མ་རིག་པ་སྤངས་པའི་ཕྱིར་རོ། །དེའི་ཕྱིར་འཁོར་བ་ལས་ངེས་པར་གྲོལ་བར་འགྱུར་ཏེ།

破除如同冥暗之無明，即亦不取諸行業，由已斷造業之無明因，故亦決定解脫生死也。

སྡུད་པ་ལས། བྱང་ཆུབ་སེམས་དཔའ་གང་ཞིག་རྟེན་ཅིང་འབྲེལ་འབྱུང་ལ། །སྐྱེ་མེད་ཟད་པ་མེད་པར་ཤེས་རབ་འདིས་ཤེས་ཏེ། ཉི་མ་སྤྲིན་མེད་འོད་ཟེར་འཕྲོ་བས་མུན་བསལ་ལྟར། །མ་རིག་ཐིབས་པོ་བཅོམ་ནས་རང་འབྱུང་ཐོབ་པར་འགྱུར། །ཞེས་གསུངས་སོ། །

《般若攝頌》曰：「菩薩般若觀緣起，了知無生無有盡，如日無云放光明，破無明障證菩提。」

གལ་ཏེ་དེ་ལྟར་གཟུགས་སོགས་ཀྱི་དངོས་པོ་རྣམས་དེ་ཉིད་དུ་སྟེ་དོན་དམ་པར་རང་བཞིན་འགའ་ཡང་མེད་ན། མོ་གཤམ་གྱི་བུ་ཇི་ལྟ་བ་བཞིན་དུ། ཐ་སྙད་དུ་ཡང་སྔོ་སོགས་དེ་དག་གི་རང་བཞིན་ཏེ་ངོ་བོ་མེད་པ་ཉིད་དུ་འགྱུར་ན། གཟུགས་སོགས་ཀྱི་ངོ་བོ་ནི་ཀུན་རྫོབ་ཏུ་ཡོད་པ་ཡང་ཡིན་པ་དེ་ཡི་ཕྱིར། དེ་དག་གི་ཡོད་པ་ནི་རང་བཞིན་གྱིས་ཏེ་དོན་དམ་པར་ཡོད་པ་ཉིད་དེ་ཁོ་ན་འོ་སྙམ་ན།

若謂：「色等諸法於真實勝義中都無自性者，應如石女兒，於名言中亦無青等自性。然色等性於世俗有，故彼等有，亦應是勝義中有也。」頌曰：

གལ་ཏེ་དངོས་རྣམས་དེ་ཉིད་དུ་མེད་ན། །ཐ་སྙད་དུ་ཡང་མོ་གཤམ་བུ་ཇི་བཞིན། །
དེ་དག་མེད་པ་ཉིད་འགྱུར་དེ་ཡི་ཕྱིར། །དེ་དག་རང་བཞིན་གྱིས་ནི་ཡོད་པ་ཉིད། །
若謂諸法真實無，則彼應如石女兒，
於名言中亦非有，故彼定應自性有。

འདི་ལ་བརྗོད་པར་བྱ་སྟེ།
今當告彼。頌曰：

གང་དག་རབ་རིབ་ཅན་སོགས་ཡུལ་འགྱུར་བ། །སྐྲ་ཤད་ལ་སོགས་དེ་དག་མ་སྐྱེས་པས། །
རེ་ཞིག་དེ་དག་ཉིད་ལ་བརྩད་བྱ་སྟེ། །ཕྱི་ནས་མ་རིག་རབ་རིབ་རྗེས་འབྲེལ་ལགོ། །
有眩翳者所見境，彼毛髮等皆不生，
汝且與彼而辯諍，後責無明眩翳者。

གང་དག་རབ་རིབ་ཅན་ལ་སོགས་པའི་བློའི་ཡུལ་དུ་འགྱུར་བའི་སྐྲ་ཤད་ལ་སོགས་པ་དེ་དག་མ་སྐྱེས་པས་ན། མ་སྐྱེས་པར་མོ་གཤམ་གྱི་བུ་དང་མཚུངས་པ་ལ། ཅིའི་ཕྱིར་ཁྱེད་ཅག་གིས་ཡོད་པ་མིན་པའི་ཡུལ་སྐྲ་ཤད་སོགས་མཐོང་ལ། མོ་གཤམ་གྱི་བུ་མི་མཐོང་བ་ཅི་ཡིན་ཞེས།

如有眩翳人所見毛髮等境，皆悉不生，與石女兒不生相同，汝應且先問彼爲眩翳等壞眼根者，何故汝等唯見非有之毛髮等境，不見石女兒耶?

རེ་ཞིག་སྔོན་ལ་རབ་རིབ་ལ་སོགས་པས་མིག་ཉམས་པ་དེ་དག་ཉིད་དེ་ཁོ་ན་ལ་བརྩད་པར་བྱ་སྟེ། དེའི་ཕྱི་ནས་ཏེ་རྗེས་སུ་ནི་ཅིའི་ཕྱིར་རང་བཞིན་གྱིས་མ་སྐྱེས་པར་མཚུངས་པ་ལ། ཁྱོད་གཟུགས་སོགས་མཐོང་ལ་མོ་གཤམ་གྱི་བུ་མི་མཐོང་བ་ཅི་ཡིན་ཞེས། མ་རིག་པའི་རབ་རིབ་རྗེས་སུ་འབྲེལ་བ་སྟེ་དེས་བློ་མིག་བསྒྲིབས་པ་རྣམས་ལ་བརྒལ་ཞིང་བརྟག་པར་བྱའོ། །

後再責難爲無明翳障慧眼者，同是自性不生，汝何故唯見色等，不見石女兒耶?

ཁོ་བོ་ཅག་ལ་ནི་འདི་བརྒལ་ཞིང་བརྟག་པར་བྱ་བ་མ་ཡིན་ཏེ། འདི་ལྟར་ཁོ་བོ་ཅག་ལ་ནི་རྣལ་འབྱོར་པ་རྣམས་ཀྱིས་དངོས་པོ་དག་འདི་ལྟར་གཟིགས་ཤིང་། གཞན་གང་དག་རྣལ་འབྱོར་པའི་ཡེ་ཤེས་ཐོབ་པར་འདོད་པ་དེ་དག་གིས་ཀྱང་། ཆོས་ཀྱི་རང་བཞིན་དེ་སྐད་བཤད་པ་ལ་ལྷག་པར་མོས་པར་བྱའོ་ཞེས་ལུང་ཇི་ལྟ་བ་བཞིན་དུ་རྣལ་འབྱོར་པའི་ཡེ་ཤེས་ཀྱིས་ཐུགས་སུ་ཆུད་པའི་སྒོ་ནས། དངོས་པོ་རང་བཞིན་མེད་པར་འཆད་པར་ཞུགས་པ་ཡིན་གྱི།

此於我等不應責難，以經說：「諸瑜伽師見[①]諸法如是，餘欲求得瑜伽智者，於所說法性亦應如是信解。」我等是依聖教說瑜伽師通達諸法皆無自性，

རང་གི་ཤེས་པ་ལ་ལྟོས་ནས་ནི་མ་ཡིན་ཏེ། ཁོ་བོ་ཅག་ནི་མ་རིག་པའི་རབ་རིབ་ཀྱིས་བློའི་མིག་བསྒྲིབས་པའི་ཕྱིར་རོ། །

非依自智而作是說。我等亦被無明眩翳障蔽慧眼故。

ཇི་སྐད་དུ་མདོ་ལས། ཕུང་པོ་རང་བཞིན་དབེན་ཞིང་སྟོང་པ་ཉིད། །བྱང་ཆུབ་རང་བཞིན་སྟོང་ཞིང་དབེན་པ་ཉིད། །གང་སྤྱོད་དེ་ཡང་རང་བཞིན་སྟོང་པ་སྟེ། །ཡེ་ཤེས་ལྡན་པས་ཤེས་ཀྱི་བྱིས་པས་མིན། །ཡེ་ཤེས་རང་བཞིན་སྟོང་པར་རིག་འགྱུར་ཏེ། །ཤེས་བྱའི་རང་བཞིན་སྟོང་པར་རིག་གྱུར་ནས། །ཤེས་པ་པོ་དང་འདྲ་བར་རྟོགས་གྱུར་ན། །བྱང་ཆུབ་ལམ་ལ་དེ་དག་སྤྱོད་ཅེས་བྱ། །ཞེས་གསུངས་པ་ལྟ་བུའོ། །

如經云：「知蘊性離皆空寂，菩提性空亦遠離，所修正行無空性，智者能知非凡了，能知智慧自性空，所知境界空離性，了達知者亦如是，是人能修菩提道。」

དེའི་ཕྱིར་འདི་ནི་རྣལ་འབྱོར་པ་རྣམས་ལ་བརྒལ་ཞིང་བརྟག་པ་མ་ཡིན་ཏེ། དེ་དག་གིས་ནི་ཀུན་རྫོབ་ཏུ་ཡང་ཆོས་

① 「見」，校正本作「（見）」，餘本無此字。

འགའ་ཞིག་ལ་ངོ་བོས་གྲུབ་པའི་རང་བཞིན་འགའ་ཡང་མ་གཟིགས་ལ། དོན་དམ་པར་ཡང་ཅི་ཡང་མ་གཟིགས་སོ། །

故於諸瑜伽師亦無此責難，彼於世俗中不見少法是有自性，於勝義中亦不見故。

རབ་རིབ་ཅན་ལ་བརྒལ་ཞིང་བརྟག་པ་ལྟ་བར་ཞོག་ཅིག་རེ་ཞིག་འདི་ནི་ཁྱོད་ཉིད་ལ་བརྒལ་ཞིང་བརྟག་པར་བྱ་བ་ཡིན་ནོ་ཞེས་བཤད་པ།

暫勿責難有眩翳人，且應詰問汝自身。頌曰：

གལ་ཏེ་རྨི་ལམ་དྲི་ཟའི་གྲོང་ཁྱེར་བཅས། །སྨིག་རྒྱུའི་ཆུ་དང་མིག་འཕྲུལ་གཟུགས་བརྙན་སོགས། །
སྐྱེ་མེད་མཐོང་ན་ཡོད་ཉིད་མིན་མཚུངས་ཀྱང་། །ཁྱོད་ལ་ཇི་ལྟར་དེར་འགྱུར་དེ་མི་རིགས། །
若見夢境尋香城，陽焰幻事影像等，
同石女兒非有性，汝見不見應非理。

གལ་ཏེ་རྨི་ལམ་གྱི་ཁང་ཁྱིམ་དང་དྲི་ཟའི་གྲོང་ཁྱེར་དང་བཅས་པ་མཐོང་བ་དང་། མིག་འཕྲུལ་མཁན་གྱིས་སྤྲུལ་པའི་སྐྱེས་པ་དང་བུད་མེད་སོགས་དང་། སྨིག་རྒྱུ་ལ་ཆུ་དང་། གཟུགས་བརྙན་ལ་བྱད་བཞིན་དུ་མཐོང་བ་དང་། སོགས་ཀྱི་བྲག་ཆ་དང་སྤྲུལ་པ་སོགས་ལ་སྐྱེ་མེད་དེ་ཡོད་པ་མིན་པ་མཐོང་བ་ན་ཡོད་པ་ཉིད་མིན་པར་མཚུངས་ཀྱང་།

若見夢中房屋、乾闥婆城、幻師所幻之男女等，及陽焰爲水、影像爲人，等取谷響、變化等無生非有之事，既同屬非有性，

ཁྱོད་ལ་ཇི་ལྟར་དེ་དག་མཐོང་བ་དེར་འགྱུར་ལ། མོ་གཤམ་གྱི་བུ་མཐོང་བ་དེར་མི་འགྱུར་བ་དེ་མི་རིགས་སོ་ཞེས་ཇེ་བདག་ཉིད་ལ་བརྒལ་ཞིང་བརྟག་པར་གྱིས་ལ། ཕྱིས་ཁོ་བོ་ལ་བརྒལ་ཞིང་བརྟག་པར་བྱའོ། །

汝云何只見彼等，不見石女兒耶？此亦應非理。故應先自責難，後問我等也。頌曰：

དེ་ཉིད་དུ་འདི་ཇི་ལྟར་སྐྱེ་མེད་ཀྱང་། །མོ་གཤམ་བུ་ལྟར་གང་ཕྱིར་འཇིག་རྟེན་གྱི། །
མཐོང་བའི་ཡུལ་དུ་མི་འགྱུར་མ་ཡིན་པ། །དེ་ཡི་ཕྱིར་ན་སྨྲ་འདི་མ་ངེས་པའོ། །
此於真實雖不生，然不同於石女兒，
非是世間所見境，故汝所言不決定。

དེའི་ཕྱིར་དེ་ཁོ་ན་ཉིད་དུ་གཟུགས་སོགས་འདི་ཇི་ལྟར་ཡང་སྐྱེ་བ་མེད་ཀྱང་། གང་གི་ཕྱིར་མོ་གཤམ་གྱི་བུ་ལྟར་འཇིག་རྟེན་གྱི་མཐོང་བའི་ཡུལ་དུ་མི་འགྱུར་བ་མ་ཡིན་པ་དེ་ཡི་ཕྱིར། དོན་དམ་དུ་མེད་ན་ཐ་སྙད་དུ་ཡང་མོ་གཤམ་གྱི་བུ་བཞིན་མི་མཐོང་བར་འགྱུར་རོ། །ཞེས་སྨྲ་བ་འདི་ནི་གཏན་ཚིགས་མ་ངེས་པ་སྟེ། འཁྲུལ་པ་ཅན་ཡིན་ནོ། །

此色等法於真實中雖無有生，然不同石女兒非是世間所見之境。故汝所言：「若勝義無，應如石女兒於名言中亦無所見。」此因不定，有錯誤失。

བཅོམ་ལྡན་འདས་ཀྱིས་ཀྱང་། འགྲོ་བ་དག་ནི་རྨི་འདྲར་བཤད། །དེ་ཉིད་དུ་ནི་རྣམ་མ་བཞག །རྨི་ལམ་གང་ལ་དངོས་པོ་མེད། །ལོག་པའི་བློ་ལྡན་མངོན་པར་ཞེན། །

薄伽梵亦說：「言諸趣如夢，非依真實說，夢中都無物，倒慧者妄執。

དྲི་ཟའི་གྲོང་ཁྱེར་ཇི་ལྟར་སྣང་གྱུར་ཀྱང་། །གྲོང་ཁྱེར་ཕྱོགས་བཅུར་ཡོད་མིན་གཞན་ནའང་མེད། །གྲོང་ཁྱེར་མིང་ཙམ་ཞིག་གིས་རབ་ཏུ་བཞག །དེ་བཞིན་བདེ་བར་གཤེགས་པས་འགྲོ་འདི་གཟིགས། །

乾闥婆城雖可見，十方非有餘亦無，彼城唯名假安立，佛說諸趣亦復然。

ཆུ་ཡི་འདུ་ཤེས་ཅན་གྱིས་ནི། །མཐོང་ཡང་སྨིག་རྒྱུ་ལ་ཆུ་མེད། །དེ་བཞིན་ཡོངས་སུ་རྟོག་པས་དཀྲུགས། །སྡུག་པ་མིན་པར་སྡུག་པར་རྟོག །

有水想者雖見水，然陽焰中水終無，如是分別擾亂者，於不淨中見爲淨。

མེ་ལོང་ཤིན་ཏུ་ཡོངས་དག་ལ། །ཇི་ལྟར་རང་བཞིན་མེད་པ་ཡི། །གཟུགས་བརྙན་སྣང་བ་དེ་བཞིན་དུ། །

ལྗོན་པ་ཆོས་རྣམས་ཤེས་པར་གྱིས། །ཞེས་གསུངས་པའི་ལུང་ལས་ནི་གཟུགས་སོགས་རྣམས་རང་བཞིན་གྱིས་མ་སྐྱེས་པ་ཡིན་བཞིན་དུ། འཇིག་རྟེན་གྱི་འཛིན་པའི་ཡུལ་ཉིད་དུ་འགྱུར་ལ། མོ་གཤམ་གྱི་བུ་ནི་མ་ཡིན་པས་འདི་ནི་ཁྱོད་རང་ཉིད་ལས་མ་ངེས་པའོ། །

猶如淨鏡中，現無性影像，大樹汝應知，諸法亦如是。」此教亦說，色等雖自性不生，然是世間共見之境，石女兒則不爾。此於汝自宗成不定過。

ཁོ་བོ་ཅག་ལ་ནི་འདི་བརྩད་དུ་མེད་པ་ཉིད་དེ། འདི་ལྟར་ཁོ་བོ་ཅག་གིས་ནི་གཟུགས་ལ་སོགས་པ་རྣམས་ཀུན་རྫོབ་ཏུ་རང་བཞིན་གྱིས་སྐྱེ་བར་ཁས་བླངས་ནས་དོན་དམ་པར་འགོག་པ་མ་ཡིན་ནོ། །

此於我等不成責難，以我等非於世俗許色等有自性生，次於勝義中破也。

གཉིས་པ་ནི། ཁྱོད་ཀྱི་ལུགས་ཀྱིས་གཟུགས་སོགས་རྣམས་ཀུན་རྫོབ་ཏུ་རང་བཞིན་གྱིས་སྐྱེ་བར་དམིགས་ནས། དོན་དམ་དུ་འགོག་པ་མིན་པ་དེ་ཅིའི་ཕྱིར་ཞེ་ན།

丑二、總結。問：汝宗何故非世俗中許色等有自性生，勝義中破。頌曰：

མོ་གཤམ་བུ་ལ་རང་གི་བདག་ཉིད་ཀྱིས། །སྐྱེ་བ་དེ་ཉིད་དུ་མེད་འཇིག་རྟེན་དུའང་། །
ཡོད་མིན་དེ་བཞིན་དངོས་འདི་ཀུན་ངོ་བོ། །ཉིད་ཀྱིས་འཇིག་རྟེན་དེ་ཉིད་དུ་མ་སྐྱེས། །

如石女兒自性生，真實世間均[①]非有，
如是諸法自性生，世間真實皆悉無。

ཇི་ལྟར་མོ་གཤམ་གྱི་བུ་ལ་རང་གི་བདག་ཉིད་ཀྱིས་སྐྱེ་བ་དེ་ཁོ་ན་ཉིད་དུ་མེད་ཅིང་འཇིག་རྟེན་གྱི་ཐ་སྙད་དུའང་ཡོད་པ་མིན་པ་དེ་བཞིན་དུ། །གཟུགས་སོགས་ཀྱི་དངོས་པོ་འདི་ཀུན་འཇིག་རྟེན་གྱི་ཐ་སྙད་དང་། དེ་ཁོ་ན་ཉིད་གཉིས་ཀར་རང་གི་ངོ་བོ་ཉིད་ཀྱིས་མ་སྐྱེས་སོ། །ཞེས་གསུངས་པས།

如石女兒之自性生，非但於真實義中無有，於世間名言中亦非是有。如是色等一切諸法，於世間名言與真實義中俱無自性生也。

དངོས་པོ་རྣམས་རང་གི་ངོ་བོ་ཉིད་ཀྱིས་སྐྱེ་བར་འཛིན་པའི་འཁྲུལ་ངོར་ཡོད་པ་ལ་དབུ་མ་པས། ཀུན་རྫོབ་ཏུ་ཡོད་པར་གཏན་མི་འདོད་ལ། ངོ་བོ་ཉིད་ཀྱིས་སྐྱེ་བ་ཞེས་དགག་བྱ་ལ་ཁྱད་པར་གསལ་བར་ཡང་སྦྱར་བ་རྣམས་དྲན་པར་བྱའོ། །

諸法自性生，雖於錯亂執前似有，然中觀師絕不許爲世俗中有。復應憶念，於所破上加自性生之簡別也。

གང་གི་ཕྱིར་དེ་ལྟ་ཡིན་པ

由此道理。頌曰：

དེ་ཕྱིར་འདི་ལྟར་སྟོན་པས་ཆོས་རྣམས་ཀུན། །གདོད་ནས་ཞི་ཞིང་སྐྱེ་བྲལ་རང་བཞིན་གྱིས། །
ཡོངས་སུ་མྱ་ངན་འདས་པ་གསུངས་གྱུར་པ། །དེ་ཕྱིར་རྟག་ཏུ་སྐྱེ་བ་ཡོད་མ་ཡིན། །

故佛宣說一切法，本寂靜離自性生，
復是自性般涅槃，以是知生恆非有。

---

①「均」，頌作「俱」。

དེའི་ཕྱིར་འདི་ལྟར་སྟོན་པ་བཅོམ་ལྡན་འདས་ཀྱིས་ཆོས་རྣམས་ཀུན་གདོད་མ་ནས་ཞི་ཞིང་རང་བཞིན་གྱིས་སྐྱེ་བ་དང་བྲལ་བ་དང་། རང་བཞིན་གྱིས་ཡོངས་སུ་མྱ་ངན་ལས་འདས་པའོ་ཞེས་གསུངས་པར་གྱུར་པ་དེའི་ཕྱིར་དུས་རྟག་ཏུ་རང་བཞིན་གྱིས་སྐྱེ་བ་ཡོད་པ་མ་ཡིན་ནོ། །

是故佛薄伽梵，宣說「一諸法，本來寂靜，離自性生，自性涅槃」，以是當知自性生恆時非有。

གསུངས་ཚུལ་ནི། དཀོན་མཆོག་སྤྲིན་ལས། ཆོས་ཀྱི་འཁོར་ལོ་བསྐོར་བ་ན། གདོད་ནས་ཞི་ཞིང་མ་སྐྱེས་པ། །རང་བཞིན་མྱ་ངན་འདས་པ་ཡི། །ཆོས་རྣམས་མགོན་པོ་ཁྱོད་ཀྱིས་བསྟན། །ཞེས་གསུངས་སོ། །

《寶云經》云：「佛轉妙法輪，宣說一切法，本寂靜不生，自性般涅槃。」

ཆོས་རྣམས་ཀྱི་དེ་ཁོ་ན་ཉིད་ནི་ཡེ་ཤེས་ཞི་བའི་ཡུལ་ཡིན་པའི་ཕྱིར་ཞི་བའོ། །དེའི་རྒྱུ་མཚན་ནི་རང་བཞིན་གྱིས་མ་སྐྱེས་པའི་ཕྱིར་རོ། །

此說諸法真實義，由是寂靜智之境，故名寂靜。其理由謂自性不生故。

དེའི་རྒྱུ་མཚན་ཡང་གལ་ཏེ་འགའ་ཞིག་ལ་རང་བཞིན་ཏེ་ངོ་བོ་ཉིད་ཀྱིས་གྲུབ་པ་ཡོད་ན། དེ་སྐྱེ་བར་འགྱུར་ན་རང་བཞིན་དེ་ཡང་ཡོད་པ་མིན་པས་ཅི་ཞིག་སྐྱེ་བར་འགྱུར། དེའི་ཕྱིར་མྱ་ངན་ལས་འདས་པ་སྟེ་རྣམ་པར་དག་པའོ། །

不生之理由，謂若法有自性，彼乃有生，自性且無，彼云何生耶？故是清淨涅槃。

གདོད་ནས་ཞེས་པ་ནི་ཆོས་དེ་དག་རྣལ་འབྱོར་བའི་ཡེ་ཤེས་ཀྱི་སྐབས་ཁོ་ནར་མ་སྐྱེས་པ་ནི་མིན་ཏེ། འོ་ན་ཅི་ཞེ་ན། དེའི་གོང་རོལ་འཇིག་རྟེན་པའི་ཐ་སྙད་ཀྱི་སྐབས་སུ་ཡང་ཆོས་དེ་དག་རང་གི་བདག་ཉིད་ཀྱིས་མ་སྐྱེས་པའོ་ཞེས་པ་འདི་སྟོན་པར་བྱེད་དེ། གདོད་ཀྱི་སྒྲ་ནི་དང་པོའི་སྒྲའི་རྣམ་གྲངས་སོ། །

言本來者，表示諸法非唯得瑜伽智時乃不生，是於彼前世間名言時，亦自性不生也。「本」字是最初之異名。

རང་གི་སྡེ་པ་རྣམས་ཀྱིས་ནི་དོན་དམ་དུ་མེད་ན། ཀུན་རྫོབ་ཏུ་ཡང་མེད་དོ་ཞེས་པའི་བརྒལ་བ་འདི་བྱ་བ་མ་ཡིན་ཏེ། ཅིའི་ཕྱིར་ཞེ་ན། གང་གི་ཕྱིར་དེ་དག་གིས་ཁས་བླངས་པ

自部不應難云：若勝義中無，世俗中亦應無。何以故？是彼所共許故。頌曰：

བུམ་སོགས་འདི་དག་དེ་ཉིད་དུ་མེད་ཅིང་། །འཇིག་རྟེན་རབ་ཏུ་གྲགས་པར་ཡོད་ཅི་བཞིན། །
དེ་བཞིན་དངོས་པོ་ཐམས་ཅད་འགྱུར་བས་ན། །མོ་གཤམ་བུ་དང་མཚུངས་པར་ཐལ་མི་འགྱུར། །

如說瓶等真實無，世間共許亦容有，
應一切法皆如是，故不同於石女兒。

བུམ་སོགས་འདི་དག་དེ་ཉིད་དུ་སྟེ་དོན་དམ་པར་མེད་ཅིང་འཇིག་རྟེན་གྱི་རབ་ཏུ་གྲགས་པ་སྟེ་ཐ་སྙད་དུ་ཡོད་པ་ཇི་བཞིན་པ་དེ་བཞིན་དུ། དངོས་པོ་ཐམས་ཅད་ཀྱང་འགྱུར་བས་ན། དོན་དམ་པར་མེད་ན་མོ་གཤམ་གྱི་བུ་དང་མཚུངས་པར་ཐལ་བར་མི་འགྱུར་རོ། །

如說瓶等，於真實勝義中無，於世間共許名言中有，一切諸法皆應如是。故勝義中無，不同石女兒。

འདི་ནི་མཛོད་ལས། གང་ལ་བཅོམ་དང་བློ་ཡིས་གཞན། །བསལ་ན་དེ་བློ་མི་འཇུག་པ། །བུམ་ཆུ་བཞིན་དུ་ཀུན་རྫོབ་ཏུ། །ཡོད་དེ་དོན་དམ་ཡོད་གཞན་ནོ། །ཞེས་བཤད་པ་ལྟར་ཏེ།

如《俱舍》云：「彼覺破便無，慧析餘亦爾，如瓶水世俗，異此名勝義。」

ཆ་ཤས་སུ་བཅོམ་པས་དེའི་བློ་མི་འཇུག་པའི་ཀུན་རྫོབ་ཏུ་ཡོད་པ་སྟེ་དཔེར་ན་བུམ་པ་ལྟ་བུའོ། །དེ་ལ་ནི་གྱོ་མོར་བཅོམ་ན་བུམ་པའི་བློ་མི་འཇུག་པའོ། །བློས་ཆོས་གཞན་བསལ་ན་དེའི་བློ་མི་འཇུག་པ་ཡང་ཀུན་རྫོབ་ཏུ་ཡོད་པ་སྟེ་དཔེར་ན་ཆུ་ལྟ་བུའོ། །དེ་ལ་ནི་བློས་གཟུགས་ལ་སོགས་པའི་ཆོས་གཞན་བསལ་ན་ཆུའི་བློ་མི་འཇུག་གོ །

論曰：「若彼物覺彼破便無，應知彼物名世俗有，如瓶被破爲碎瓦時，瓶覺則無。又若有物，以慧析餘彼覺便無，亦是世俗。如水被慧析色等時，水覺便無。

གང་ལ་བཅོམ་ཡང་དེའི་བློ་འཇུག་ལ། བློས་ཆོས་གཞན་བསལ་ཡང་དེའི་བློ་འཇུག་པ་ནི་དོན་དམ་པར་ཡོད་པ་ཡིན་ཏེ། དཔེར་ན་གཟུགས་ལྟ་བུའོ། །དེ་ལ་ནི་རྡུལ་ཕྲ་རབ་ཏུ་བཅོམ་ཡང་རུང་། བློས་རོ་ལ་སོགས་པའི་ཆོས་གཞན་བསལ་ཡང་རུང་། གཟུགས་ཀྱི་རང་བཞིན་བློ་འཇུག་པ་ཉིད་དོ། །ཚོར་བ་སོགས་ལ་ཡང་དེ་བཞིན་དུ་བལྟ་བར་བྱའོ། །ཞེས་མཛོད་འགྲེལ་དུ་འཆད་དོ། །

若彼物覺彼破不無，及慧析餘彼覺仍有，應知彼物名勝義有。如色等物碎至極微，或以勝慧析餘味等，彼覺恆有。受等亦爾。」

སྡེ་པ་དེ་དག་གིས་ནི་ཕྱིར་དོན་དམ་དུ་མེད་ན་ཀུན་རྫོབ་ཏུ་མེད་དོ་ཞེས་སྨྲ་བ་མི་རིགས་སོ། །ཞེས་གསུང་བ་ཡིན་གྱི་དེ་དག་གིས་བདེན་པ་གཉིས་སུ་ཡོད་ཚུལ་བྱས་པ་དང་། རང་གིས་མཛད་པ་གཉིས་མཐུན་པར་སྟོན་པ་མིན་ཏེ། དེ་དག་གིས་ཀུན་རྫོབ་ཏུ་ཡོད་པར་བཞག་པ་ལ་དབུ་མ་པས་བཤད་པའི་དོན་དམ་དུ་ཡོད་པར་འཇོག་པ་ཤ་སྟག་ཡིན་པའི་ཕྱིར་རོ། །

此等是說，彼諸部師不可說云「若勝義無，世俗亦無」，非說彼等安立二諦之理與自宗二諦相同。以彼等立爲世俗有者，亦是中觀師所說之勝義有故。

གལ་ཏེ་བུམ་པ་ལ་སོགས་པར་གདགས་པའི་རྟེན་འབྱུང་བ་བཞི་དང་། འབྱུང་འགྱུར་བཞི་ལ་སོགས་པ་རྣམས་རྫས་གྲུབ་ཏུ་ཡོད་པའི་ཕྱིར། བུམ་པ་ལ་སོགས་པར་བཏགས་པ་ནི་རྒྱུ་འམ་གཞི་དང་བཅས་པར་རིགས་ན་དབུ་མ་པ་ལྟར་ན་ཆོས་ཐམས་ཅད་བཏགས་པ་ཙམ་པོ་ན་ཡིན་གྱི། བཏགས་པའི་རྟེན་རྫས་སུ་གྲུབ་པ་ཅི་ཡང་མེད་པ་ལ་མོ་གཤམ་གྱི་བུ་དང་འདྲ་བར་ཐལ་བ་ཟློག་པ་མེད་དོ་སྙམ་ན།

要有假有瓶等所依之四大種及所造色是實物故，乃可假立瓶等有因有依。汝中觀師，說一切法皆唯假有，都無假有所依之實物，則同石女兒無可避免也。

དེ་ཡང་མི་རིགས་ཏེ། བཏགས་པའི་རྟེན་རྫས་སུ་གྲུབ་པར་སྒྲུབ་པར་མི་ནུས་པའི་ཕྱིར་རོ། །

曰：此說非理，假有所依之實物，不得成故，

དཔེར་ན་བཏགས་པར་ཡོད་པ་བྱད་བཞིན་ལ་སོགས་པའི་ཚོགས་པ་ལ་བརྟེན་ནས་གཟུགས་བརྙན་བརྟགས་པ་ཙམ་དམིགས་པ་དང་། བཏགས་པར་ཡོད་པ་ཀ་བ་སོགས་ལ་བརྟེན་ནས་ཁྱིམ་དུ་བཏགས་པ་དང་། དེ་བཞིན་དུ་ཤིང་གི་རྟེན་ཅན་ནགས་བཏགས་པ་དང་།

如依假有之形等和合，便有假有影像可見。及依假有柱等，假立爲屋，依假有樹等，假名爲林。

ཇི་ལྟར་རྨི་ལམ་ན་མ་སྐྱེས་པའི་རང་བཞིན་ཅན་གྱི་ས་བོན་ལས་མ་སྐྱེས་པའི་རང་བཞིན་གྱི་མྱུ་གུ་སྐྱེ་བར་དམིགས་པ་དེ་བཞིན་དུ། དངོས་པོ་བཏགས་པར་ཡོད་པ་ཐམས་ཅད་ཀྱི་གདགས་གཞི་ཡང་དངོས་པོ་བཏགས་པར་ཡོད་པ་ཉིད་དུ་རིགས་སོ། །

又如夢中見從自性不生之種子，出生自性不生之芽。如是一切假有法，理應唯以假法爲依也。

卷十

卷十一
釋第六勝義菩提心之八

གསུམ་པ་ནི། གལ་ཏེ་ཁྱོད་ཀྱིས་བདག་དང་གཞན་དང་གཉིས་ཀ་དང་རྒྱུ་མེད་པ་ལས་སྐྱེ་བ་བདེན་གཉིས་ཀྱི་ཕྱོགས་གཉིས་ཀར་ཡང་བཀག་ན། མ་རིག་པ་ལ་སོགས་པ་ལས་འདུ་བྱེད་རྣམ་པར་ཤེས་པ་ལ་སོགས་པ་དང་། ས་བོན་ལ་སོགས་པ་ལས་མྱུ་གུ་ལ་སོགས་པ་ཀུན་རྫོབ་ཏུ་སྐྱེ་བ་དེ་ཇི་ལྟར་ངེས་པར་བྱ་ཞེ་ན།

子三、以緣起生破邊執分別。若汝於二諦俱破自生他生共生無因生者，則從無明生行識等，及從種子生芽苗等，此世俗生如何決定？頌曰：

གང་ཕྱིར་རྒྱུ་མེད་པ་དང་དབང་ཕྱུག་གི །རྒྱུ་ལ་སོགས་དང་བདག་གཞན་གཉིས་ཀ་ལས། །
དངོས་རྣམས་སྐྱེ་བར་འགྱུར་བ་མ་ཡིན་པ། །དེ་ཕྱིར་བརྟེན་ནས་རབ་ཏུ་སྐྱེ་བར་འགྱུར། །

諸法非是無因生，非由自在等因生，
非自他生非共生，故知唯是依緣生。

དེ་ལ་བཤད་པར་བྱ་སྟེ། གང་གི་ཕྱིར་ན་སྔར་ཇི་སྐད་བཤད་པའི་ཚུལ་གྱིས། དངོས་པོ་རྣམས་ཀྱི་སྐྱེ་བ་རྒྱུ་མེད་པར་ངོ་བོ་ཉིད་ལས་འབྱུང་བ་དང་། དབང་ཕྱུག་གི་རྒྱུ་དང་ལ་སོགས་པས་དུས་དང་། རྡུལ་དང་རང་བཞིན་དང་སྐྱེས་བུ་དང་སྲེད་མེད་ཀྱི་བུ་ལ་སོགས་པ་རྣམས་ལས་ཀྱང་སྐྱེ་བ་མ་ཡིན་ཞིང་།

由前所說道理，諸法之生，非無因自然生，非由大自在天爲因而生，等取非從時、微塵、自性、士夫、那羅延天等生。

བདག་དང་གཞན་དང་གཉིས་ཀ་ལས་སྐྱེ་བར་འགྱུར་བ་མིན་པ་དེའི་ཕྱིར་རྒྱུ་དང་རྐྱེན་འདི་ལ་བརྟེན་ནས་འབྲས་བུ་འདི་རབ་ཏུ་སྐྱེ་བར་འགྱུར་བ་ཞིག་སྟེ། མཐའ་བཞིའི་སྐྱེ་བ་སྤངས་པ་དེ་ཙམ་ཞིག་ལ་འཇིག་རྟེན་གྱི་རྒྱུ་འབྲས་ཀྱི་ཐ་སྙད་མི་བཙད་པའི་དོན་དུ་རྟེན་ནོ། །

亦非自生、他生、共生，故知唯是依此因緣，有彼果生。破四生已唯有彼生，故亦不破壞世間之因果名言。

ཇི་སྐད་དུ་བཅོམ་ལྡན་འདས་ཀྱིས་དེ་ལ་ཆོས་ཀྱི་བརྡ་ནི་འདི་ཡིན་ཏེ། འདི་ལྟ་སྟེ་འདི་ཡོད་ན་འདི་འབྱུང་། འདི་སྐྱེས་པས་འདི་སྐྱེ་སྟེ། གང་འདི་མ་རིག་པའི་རྐྱེན་གྱིས་འདུ་བྱེད་རྣམས་ཞེས་བྱ་བ་ལ་སོགས་པ་གསུངས་པ་དང་།

如薄伽梵說：「諸法名言，謂此有故彼有，此生故彼生，所謂無明緣行。」

རིན་ཆེན་འཕྲེང་བ་ལས། འདི་ཡོད་པས་ན་འདི་འབྱུང་དཔེར། །རིང་པོ་ཡོད་ན་ཐུང་ངུ་བཞིན། །འདི་སྐྱེས་པས་ན་འདི་སྐྱེ་དཔེར། །མར་མེ་འབྱུང་བས་འོད་བཞིན་ནོ། །ཞེས་དང་།

《寶鬘論》①：「此有故彼有，如有長說短，此生故彼生，如燈然發光。」

རྩ་ཤེས་ལས་ཀྱང་། བྱེད་པོ་ལས་ལ་བརྟེན་བྱས་ཤིང་། །ལས་ཀྱང་བྱེད་པོ་དེ་ཉིད་ལ། །བརྟེན་ནས་འབྱུང་བ་མ་གཏོགས་པར། །འགྲུབ་པའི་རྒྱུ་ནི་མ་མཐོང་ངོ་། །དེ་བཞིན་ཉེར་ལེན་ཤེས་པར་བྱ། །ལས་དང་བྱེད་པོ་གསལ་ཕྱིར་རོ། །ལས་དང་བྱེད་པ་པོ་དག་གིས། །དངོས་པོ་ལྷག་མ་ཤེས་པར་བྱ། །ཞེས་འདི་ཙམ་ཞིག་ཁོ་ན་གསུངས་ཀྱི་མཐའ་བཞིའི་སྐྱེ་བ་མ་གསུངས་སོ། །

《中論》云：「因業有作者，因作者有業，除此緣起外，更無成業因。如破業作者，受受者亦爾，及餘一切法，亦應如是破。」唯說有此生，不說有四邊生。

དེ་ལྟར་རྒྱལ་བས་རྐྱེན་ཉིད་འདི་བ་ཙམ་གྱི་སྐྱེ་བ་གསུངས་པ་བཞིན་དུ། འཕགས་པས་ཀྱང་དེ་ལྟར་མཛད་ཅིང་། ཁྱད་པར་དུ་བྱེད་པ་པོ་ལས་ལ་བརྟེན་པ་སོགས་ཀྱི་ལྟོས་འབྱུང་གི་རྟེན་འབྲེལ་བཞེད་པས།

如佛說唯有緣生，聖者亦唯作是說，並許依業立作者等觀待緣起。

དེ་མ་གཏོགས་པ་ཞེས་རང་དང་གཞན་ལུགས་ཀྱི་སྐྱེ་བའི་ཁྱད་པར་ཕྱེ་ཞིང་། དེ་དངོས་པོ་སྲིད་ཚད་ལ་སྦྱོར་བར་གསུངས་པ་དང་། སློབ་དཔོན་འདིས་ཕྱིར་སྐྱེ་བ་གཞག་དགོས་པ་དང་། མཐའ་བཞི་ལས་མི་སྐྱེ་བའི་ཕྱིར་བརྟེན་ནས་སྐྱེ་བར་འགྱུར་རོ། །ཞེས་འབད་པ་དུ་མས་བསྒྲུབས་པ་ལ།

言「除此緣起外」，即分別自宗生與他宗生之差別。凡屬有法皆如是說。月稱論師亦多勵力總許有生，由非四邊生，故許緣起生。

མཐའ་བཞི་ལས་མི་སྐྱེ་ན་སྐྱེ་བ་གཏན་མེད་དོ་ཞེས་ལུགས་དེ་དག་ལས་ཕྱིན་ཅི་ལོག་ཏུ་བཟློག་ནས་སྨྲ་བ་ནི། ངན་རྟོག་གི་དྲི་མ་འཕྱུག་པོས་སྟོང་ཉིད་རྟོགས་པའི་རྒྱུ་མཚན་བླ་ན་མེད་པ་རྟེན་འབྱུང་ཟབ་མོའི་དོན། སྟོང་པ་ཉིད་ཀྱི་དོན་དུ་འཆར་བའི་ལུགས་བླ་ན་མེད་པ་ལེགས་པར་སློད་པ་ཡིན་པར་ཤེས་པར་གྱིས་ཤིག །

有違反此宗，倒說「四邊不生即全無生者」，當知是以惡分別垢，污染此宗通達空性之無上正理，謂緣起深義即空性義也。

---

① 「論」，上海本作「輪」，校正本作「《寶鬘論》云」。

དེ་ལྟར་རྐྱེན་ཉིད་འདི་པ་ཙམ་གྱི་རྟེན་འབྲེལ་བཤད་པ་ན། རྒྱུ་མེད་ལས་སྐྱེ་བ་ལ་སོགས་པ་བཞི་མི་སྲིད་པ་འབའ་ཞིག་ཏུ་མ་ཟད་ཀྱི། རང་བཞིན་གྱིས་ཡོད་པར་སྒྲོ་འདོགས་པའི་རྟག་པར་ལྟ་བ་དང་། བྱ་བྱེད་མི་འཐད་པའི་ཆད་པར་ལྟ་བ་དང་། དུས་སྔ་མ་ན་ཡོད་པ་དེ་ཉིད་དུས་ཕྱི་མ་རྣམས་སུ་འང་ཡོད་པའི་རྟག་པ་དང་།

如是宣說唯有緣性之緣起，非但不落無因生等四生，其餘增益有自性之常見，都無作用之斷見，及先有後仍存在之常住，

རང་བཞིན་གྱིས་སྔ་ཕྱི་སོ་སོ་བའི་སྐད་ཅིག་མའི་མི་རྟག་པ་དང་། དངོས་པོ་དང་དངོས་པོར་མེད་པ་གཉིས་ངོ་བོ་ཉིད་ཀྱིས་གྲུབ་པ་ལ་སོགས་པར་རྟོག་པའང་བརྟགས་པའི་ཡུལ་གཞན་དག་ཀྱང་། མི་སྲིད་དོ་ཞེས་བསྟན་པའི་ཕྱིར་བཤད་པ།

前後自性各別之刹那無常，有自性之有事、無事，此等分別或分別境，亦皆非有。爲顯此義，頌曰：

གང་ཕྱིར་དངོས་པོ་བརྟེན་ནས་རབ་འབྱུང་བས། །རྟོག་པ་འདི་དག་བརྟག་པར་མི་ནུས་པ། །
དེ་ཕྱིར་རྟེན་འབྱུང་རིགས་པ་འདི་ཡིས་ནི། །ལྟ་ངན་དྲ་བ་མཐའ་དག་གཅོད་པར་བྱེད། །

由說諸法依緣生，非諸分別能觀察，
是故以此緣起理，能破一切惡見網。

གང་གི་ཕྱིར་རྒྱུ་འདི་ལ་བརྟེན་ནས་འབྲས་བུ་འདི་རབ་ཏུ་འབྱུང་ངོ་ཞེས་བྱ་བའི་རིགས་པ་འདི་ཙམ་ཞིག་གིས། དངོས་པོ་ཀུན་རྫོབ་པ་རྣམས་ཀྱི་བདག་གི་དངོས་པོ་ཡོད་པ་འཐོབ་ཀྱི་གཞན་དུ་མ་ཡིན་པས།

依此爲緣有彼果生，唯由此道理，諸世俗法便得成立，非由餘理。

བདག་གཞན་ལས་སྐྱེ་བ་ལ་སོགས་པའི་རྟོག་པ་འདི་དག་བརྟག་པར་མི་ནུས་པ་དེའི་ཕྱིར་རྟེན་ཅིང་འབྲེལ་པར་འབྱུང་བ་རྐྱེན་ཉིད་འདི་པ་ཉིད་ཀྱི་རིགས་པ་འདི་ཡིས་ནི། ཇི་སྐད་བཤད་པའི་བདག་གཞན་ལས་སྐྱེ་བ་ལ་སོགས་པར་ལྟ་བའི་ལྟ་བ་ངན་པའི་དྲ་བ་མཐའ་དག་གཅོད་པར་བྱེད་པ་ཡིན་ནོ། །

故非自他生等諸邪分別之所能觀察。以此緣起道理，即能破除前說計自他生等一切惡見網也。

འདི་ལྟར་རྐྱེན་ཉིད་འདི་པ་ཙམ་ཞིག་རྟེན་འབྲེལ་གྱི་དོན་དུ་འདོག་པའི་དབུ་མ་པས་ནི། དངོས་པོ་འགའ་ལ་ཡང་རང་བཞིན་གྱིས་གྲུབ་པ་ཁས་མ་བླངས་ཏེ།

唯以此緣性立爲緣起義之中觀師，不許少法是有自性。

རིགས་པ་དྲུག་ཅུ་པ་ལས། དེ་དང་དེ་རྟེན་གང་འབྱུང་བ། །རང་གི་ངོ་བོ་དེར་མ་སྐྱེས། །རང་གི་ངོ་བོར་གང་མ་སྐྱེས། །དེ་ནི་སྐྱེས་ཞེས་ཇི་སྐད་བྱ། །ཞེས་བརྟེན་ནས་སྐྱེས་པ་ནི་རང་གི་ངོ་བོ་ཉིད་ཀྱིས་མ་སྐྱེས་པ་དང་། དེ་ལྟ་ཡིན་ན་མྱུ་གུ་ལ་སོགས་པ་རང་གི་ངོ་བོ་ཉིད་ཀྱིས་སྐྱེས་པར་ཇི་སྐད་དུ་བརྗོད་པར་བྱ་ཞེས་དང་།

《六十正理論》云：「若依彼彼生，即自性不生，自性不生者，云何得名生。」此說依緣生者即自性不生，是則如何可說苗芽由自性生。

རྩ་ཤེས་ལས་ཀྱང་། རྟེན་ཅིང་འབྲེལ་བར་འབྱུང་བ་གང་། །དེ་ནི་སྟོང་པ་ཉིད་དུ་བཤད། །དེ་ནི་བརྟེན་ནས་གདགས་པ་སྟེ། །དེ་ནི་དབུ་མའི་ལམ་ཡིན་ནོ། །ཞེས་རྟེན་འབྱུང་ཡིན་པ་ཉིད་ཀྱིས་རང་བཞིན་གྱིས་གྲུབ་པས་སྟོང་པར་གསུངས་ཤིང་།

《中論》亦云：「因緣所生法，我說即是空，亦爲是假名，亦是中道義。」此說由是因緣生故，即是自性空。

མདོ་སྡེ་ལས་ཀྱང་། གང་ཞིག་རྐྱེན་ལས་སྐྱེས་པ་དེ་མ་སྐྱེས། །དེ་ལ་སྐྱེ་བའི་རང་བཞིན་ཡོད་མ་ཡིན། །རྐྱེན་ལ་རག་ལས་གང་དེ་སྟོང་པར་བཤད། །གང་ཞིག་སྟོང་ཉིད་ཤེས་དེ་བག་ཡོད་ཡིན། །ཞེས་གསུངས་སོ། །

經亦云：「若從緣生即不生，此中無有生自性。若法依緣即說空，知空即是不放逸。」

རྐྱེན་ལས་སྐྱེས་པ་ནི་གཏན་ཚིགས་སོ། །བསྒྲུབ་པར་བྱ་བ་མ་སྐྱེས་ཞེས་པའི་དོན་ནི་རྐང་པ་གཉིས་པས་བསྟན་ཏེ། རང་བཞིན་གྱིས་མ་སྐྱེས་ཏེ་ཞེས་པའི་དོན་ཡིན་གྱི། དགག་བྱ་ལ་ཁྱད་པར་མ་སྦྱར་བ་མིན་ཏེ།

從緣生是因，不生是所立，第二句解釋彼義，謂自性不生。故非於所破不加簡別。

ལང་ཀར་གཤེགས་ཚིག་གསལ་དུ་དྲངས་པ་ལས། བློ་གྲོས་ཆེན་པོ་རང་བཞིན་གྱིས་མ་སྐྱེས་པ་ལ་དགོངས་ནས། ངས་ཆོས་ཐམས་ཅད་མ་སྐྱེས་པའོ། །ཞེས་བསྟན་ཏེ། ཞེས་སངས་རྒྱས་ཉིད་ཀྱིས་རང་གི་དགོངས་པ་རང་གིས་བླངས་པའི་ཕྱིར་རོ། །

《顯句論》引《楞伽經》云：「大慧，我依自性不生密意，說一切法不生。」佛自解其密意故。

དེའི་ཕྱིར་རིགས་པའི་རྒྱལ་པོ་རྟེན་འབྱུང་གི་རིགས་པ་ཉིད་ཀྱིས། རང་བཞིན་གྱིས་སྐྱེ་བ་འགོག་པ་འདི་ཉིད་བཅོམ་ལྡན་འདས་ཀྱིས་གསུངས་པས་ཐུགས་སྤྲོགས་ནས།

龍猛菩薩由見世尊以緣起理破自性生，最爲希有。

རྩ་ཤེས་དང་རིགས་པ་དྲུག་ཅུ་པ་ལ་སོགས་པ་གཞུང་དུ་མར། འཕགས་པས་བཅོམ་ལྡན་འདས་ལ་རྟེན་འབྱུང་གསུང་པ་ཉིད་ཀྱི་སྒོ་ནས་བསྟོད་པ་མཛད་པ་ལ། བརྟེན་ནས་སྐྱེས་པ་ཉིད་ཀྱིས་མ་སྐྱེས་སོ་ཞེས་པའི་མུན་སྤྲུལ་གང་ཅི་ཡང་རུང་བ་ཤེས་རབ་ཅན་གྱིས་སྨྲ་བར་མི་བྱའོ། །

故《中論》及《六十正理論》等，多由宣說緣起門，稱讚世尊。諸有智者，不可臆說，由依緣生即是不生也。

གང་གི་ཚེ་དེ་ལྟར་དངོས་པོ་རང་བཞིན་གྱིས་གྲུབ་པ་ཁས་མ་བླངས་པ་དེའི་ཚེ་རང་བཞིན་མེད་པ་ནི་བདག་གཞན་ལས་སྐྱེ་བ་ལ་སོགས་པ་གང་ཞིག་ཏུ་འབྱུང་བར་འགྱུར། གལ་ཏེ་རང་བཞིན་གྱིས་གྲུབ་པ་འགའ་ཞིག་ཡོད་ན་ནི་དེའི་ཚེ་སྐྱེ་བ་ངོ་བོ་ཉིད་ལས་སམ་བདག་གཞན་དང་དབང་ཕྱུག་སོགས་ལས་སྐྱེ་བར་འགྱུར་ཞིང་། སྐྱེས་ཟིན་པ་མི་འཇིག་པར་གནས་པས་རྟག་པ་དང་། འཇིག་པས་ཆད་པ་ལ་སོགས་པར་རྟོག་པ་འབྱུང་བ་སྲིད་ལ། དེ་ལས་གཞན་དུ་ནི་མ་ཡིན་ནོ་ཞེས་བསྟན་པའི་ཕྱིར་བཤད་པ།

不許諸法是有自性，無自性中，如何得有自他生等。唯計有自性者，乃有自然生、自生、他生、自在等生，及生已安住不滅之常，與壞已斷滅等分別。餘則不爾。爲顯此義，頌曰：

རྟོག་རྣམས་དངོས་པོ་ཡོད་ན་འགྱུར་བ་སྟེ། །དངོས་པོ་ཇི་ལྟར་མེད་པར་ཡོངས་དཔྱད་ཟིན། །
དངོས་པོ་མེད་པར་འདི་རྣམས་མི་འབྱུང་དཔེར། །བུད་ཤིང་མེད་པར་མེ་ཡོད་མིན་དེ་བཞིན། །
有性乃生諸分別，已觀自性咸非有，
無性彼等即不生，譬如無薪則無火。

མཐར་འཛིན་པའི་རྟོག་པ་རྣམས་དངོས་པོ་རང་བཞིན་གྱིས་གྲུབ་པར་འཛིན་པ་ཡོད་ན་འབྱུང་བར་འགྱུར་བ་སྟེ། ཇི་སྐད་བཤད་པའི་རིགས་པས་དངོས་པོ་རང་བཞིན་གྱིས་གྲུབ་པ་ཇི་ལྟར་ཡང་མེད་པར་ཡོངས་སུ་དཔྱད་ཟིན་ལ། དངོས་པོ་རང་བཞིན་གྱིས་གྲུབ་པར་འཛིན་པ་མེད་པར་མཐར་འཛིན་གྱི་རྟོག་པ་འདི་རྣམས་མི་འབྱུང་སྟེ། དཔེར་ན་རྒྱུ་བུད་ཤིང་མེད་པར་འབྲས་བུ་མེ་ཡོད་པ་མིན་པ་དེ་བཞིན་ནོ། །

執諸法有自性，乃生諸邊執分別。由前道理已觀諸法是無自性。既不執諸法有自性，則不生彼等邊執分別。譬如無薪爲因，則不生火果也。

དེ་ལྟར་ན་དེ་ཁོ་ན་ཉིད་ཀྱི་དོན་གཏན་ལ་ཕབ་པ་གོམས་པ་ལས། རྣལ་འབྱོར་པ་འཕགས་པའི་ལམ་མངོན་སུམ་

དུ་མཛད་པའི་མཉམ་གཞག་གིས་སྣང་བའི་སྤྲོས་པ་མ་གཟིགས་པའི་ཚུལ་གྱིས་དེ་ཁོ་ན་ཉིད་གཟིགས་པ་དེ་དག་ལ་ཆོས་གང་ལ་ཡང་བདེན་པར་མངོན་པར་ཞེན་པའི་རྟོག་པ་ཐོག་མ་མེད་པ་ནས་གོམས་པ་རྣམས་ལྡོག་པར་འགྱུར་ཏེ།

諸瑜伽師由修所抉擇之真實義故，證聖道時，以根本智不見戲論境相之理而見真實義。無始所習執著諸法實有之分別，皆得息滅，

དཔེར་ན་མིག་སྨན་བསྐུས་པས་སྐྲ་ཤད་ལ་སོགས་པར་སྣང་བ་ལོག་པ་ཉིད་རབ་རིབ་ཅན་ལ་འབྲས་བུར་འགྱུར་གྱི། སྐྲ་ཤད་ལ་སོགས་པ་རང་བཞིན་གཞན་ཞིག་ཏུ་སོང་བའི་སྒོ་ནས་དེའི་ཡུལ་དུ་འགྱུར་བ་མིན་པ་བཞིན་ནོ། །

如眩翳人塗以安膳那藥，令毛髮等相皆歸息滅，即所得之果。非令毛髮等相轉成餘性之境也。

བཞི་པ་ནི།

子四、明正理觀察之果

སོ་སོའི་སྐྱེ་བོ་རྣམས་ནི་རྟོག་པས་བཅིངས། །མི་རྟོག་རྣལ་འབྱོར་པ་ནི་གྲོལ་འགྱུར་བས། །
རྟོག་རྣམས་ལོག་པར་གྱུར་པ་གང་ཡིན་དེ། །རྣམ་པར་དཔྱོད་པའི་འབྲས་བུར་མཁས་རྣམས་གསུང་། །

異生皆被分別縛，能滅分別即解脫，
智者說滅諸分別，即是觀察所得果。

གང་གི་ཕྱིར་སོ་སོའི་སྐྱེ་བོ་ཆོས་ཉིད་འདི་སྔར་བཤད་པ་དེ་ལྟར་མི་ཤེས་པ་རྣམས་ནི་གཙོ་བོར་མཐར་འཛིན་གྱི་རྟོག་པས་བཅིངས་པ་དེའི་ཕྱིར་ཆོས་ཉིད་འདི་དེ་ལྟར་ཐུགས་སུ་ཆུད་པས་ཕྱིན་ཅི་ལོག་ཏུ་རྣམ་པར་མི་རྟོག་པ་ན་རྣལ་འབྱོར་པ་འཕགས་པ་རྣམས་ནི་གྲོལ་བར་འགྱུར་བས་དེའི་ཕྱིར་མཐར་འཛིན་པའི་རྟོག་པ་རྣམས་ཀྱི་འཛིན་སྟངས་ཀྱི་ཡུལ་མ་ལུས་པ་བཀག་པས་རྟོག་པ་ལོག་པར་གྱུར་པ་གང་ཡིན་པ་དེ་ཉིད་འཕགས་པས་དབུ་མའི་བསྟན་བཅོས་ལས་བཤད་པའི་རྣམ་པར་དཔྱོད་པའི་འབྲས་བུར་རྣམ་པར་བཞག་གོ་ཞེས་མཁས་པ་རྣམས་གསུང་ངོ་། །

由諸異生，不知如前所說法性，即被邊執分別繫縛，諸聖瑜伽師，由能如是通達法性，不邪分別，即得解脫。故破盡一切邊執分別所執之境，令分別息滅。智者說彼即是龍猛菩薩《中論》等中，觀察所得之果。

བརྒྱ་པ་ལས་ཀྱང་། དངོས་རྣམས་རང་བཞིན་གྱིས་ཡོད་ན། །སྟོང་མཐོང་ཡོན་ཏན་ཅི་ཞིག་ཡོད། །རྟོག་པས་

མཐོང་བ་འཆིང་བ་སྟེ། །དེ་ཉིད་འདིར་ནི་འགོག་པ་ཡིན། །ཞེས་ཆོས་རྣམས་རང་བཞིན་གྱིས་ཡོད་ན་དེ་ཉིད་གཤིས་ཡིན་པས་དེ་མཐོང་བ་མཛེས་ཀྱི། རང་བཞིན་གྱིས་སྟོང་པ་མཐོང་བ་ལ་ཡོན་ཏན་མེད་དོ། །

《四百論》云：「若法有自性，見空有何德，虛妄分別縛，彼是此所破。」此說諸法若有自性，彼即諸法之真理，見彼爲妙。見自性空則無功德。

དེའི་ཕྱིར་རྟོག་པས་མཐོང་བ་སྟེ། རང་བཞིན་གྱིས་ཡོད་པར་བཟུང་བས་འཆིང་བ་ཡིན་པས། དེའི་ཞེན་ཡུལ་དབུ་མའི་བསྟན་བཅོས་འདིར་དགག་པར་བྱ་བ་ཡིན་ནོ། །ཞེས་གསུངས་ལ།

虛妄分別執有自性，彼即是縛，彼所著境即此《中觀論》之所破也。

དེའི་འགྲེལ་པ་ལས་ཀྱང་རྟོག་པ་ནི་ཡང་དག་པ་མ་ཡིན་པའི་རང་བཞིན་གྱི་དོན་སྒྲོ་འདོགས་པ་སྟེ། ཞེས་ཡང་དག་པར་ཡོད་པ་མ་ཡིན་པ་ལ་ཡང་དག་ཏུ་ཡོད་པར་སྒྲོ་འདོགས་པ་ལ་བཤད་པས། རྟོག་པ་གང་ཡིན་ཐམས་ཅད་ལ་མི་བྱེད་ཀྱི་བདེན་འཛིན་གྱི་རྟོག་པ་དང་མཐར་འཛིན་གྱི་རྟོག་པ་ལ་བྱེད་དོ། །

月稱《疏》亦云：「分別，謂增益不實之自性。」此說於非真實有，增益爲真實有。故非說一切分別，是說實執分別與邊執分別。

མཐར་འཛིན་གྱི་རྟོག་པ་ཡང་མཐའི་སྒྲ་དོན་མང་པོ་ལ་འཇུག་ཀྱང་མཐའ་བྲལ་གྱི་མཐའ་ནི་དབུ་མ་སྣང་བ་ལས། གལ་ཏེ་དབུ་མ་ལ་སེམས་ཀྱི་རང་གི་ངོ་བོའི་བདག་ཉིད་ཀྱི་དངོས་པོ་དོན་དམ་པ་ཅི་ཡང་རུང་བ་ཞིག་ཡོད་པར་གྱུར་ན་ནི། དེའི་ཚེ་དེ་ལ་ཡོད་པས་རྟག་གོ་ཞེའམ། མི་རྟག་གོ་ཞེས་བྱ་བར་མངོན་པར་ཞེན་པ་ཡང་ཇི་ལྟར་མཐར་འགྱུར་ཏེ། དངོས་པོའི་དེ་ཁོ་ན་ཉིད་ཇི་ལྟ་བ་བཞིན་གྱི་རྗེས་སུ་སོང་ཞིང་ཚུལ་བཞིན་ཡིད་ལ་བྱེད་པ་ཉིད་ནི། ལྟུང་བའི་གནས་སོ་ཞེས་བྱ་བར་རིགས་པ་མ་ཡིན་ནོ། །ཞེས་གསུངས་པ་བཞིན་ནོ། །

邊執分別之邊字，雖亦通多義，然離邊見之邊，如《中觀光明論》云：「若計任何一法是勝義有性者，以有彼故，隨執爲常，或云無常，皆是邊見。若謂如實隨順諸法真實性轉，如理作意，是墮落處者，則不應道理。」

དེ་ཡང་ཇི་ལྟར་བཟུང་བ་དེ་ལྟར་ཡོད་པའི་ཡུལ་དེ་ནི་འདིར་མཐའ་མིན་ལ། བློ་ཡང་ཚུལ་བཞིན་ཡིད་བྱེད་ཡིན་པས་མཐར་འཛིན་མིན་ནོ། །

此謂若如所執而境有者，彼境非邊，彼心亦是如理作意，非是邊見。

དེས་ན་འདིའི་མཐའ་ནི་ལྟུང་བའི་གནས་ཡིན་ཏེ། འཇིག་རྟེན་ན་བྲག་གཡང་ལ་མཐའ་དང་དེ་ལ་ལྟུང་བ་ལ་མཐའ་ལ་ལྟུང་ཞེས་སྨྲ་བ་ལྟར། གང་དུ་གཟུང་བས་འཛིན་པ་པོ་ཕུང་བར་འགྱུར་བ་ལ་མཐར་ལྟུང་ཞེས་བཤད་པའོ། །

故此之邊是墮落處，如世間之懸險名邊，墮彼險處名墮邊處。如是由執何事能使執者衰損，即名墮落邊處。

དེ་ལ་ཡང་དག་པར་ཡོད་པ་ཐ་སྙད་དུ་ཡང་མི་སྲིད་པས་ཡང་དག་པར་མེད་པ་ཐ་སྙད་དུ་ཡོད་པའི་ཕྱིར། དོན་དམ་པར་མེད་ཅེས་པ་མེད་པའི་མཐར་འཛིན་དང་། དེ་ལྟར་མ་ཡིན་ཞེས་འགོག་པ་མེད་མཐའ་འགོག་པ་མིན་ཀྱང་། དགག་བྱ་བཀག་པའི་མེད་པ་ཡང་དག་པར་ཡོད་དོ་ཞེས་འཛིན་ན་དངོས་པོ་མེད་པའི་མཐར་ལྷུང་བས་དེ་འགོག་པ་ཡང་མེད་མཐའ་འགོག་པ་ཡིན་ནོ། །

由自性有，於名言中亦不可有，其自性無，於名言中則可容有。故云「勝義無」，非執無邊，及云「非如是」，亦非破無邊。然執所破之無爲真實有，則是墮落於無事邊，破彼亦是破無邊也。

ལས་འབྲས་ལ་སོགས་པའི་ཆོས་རྣམས་ཐ་སྙད་དུ་ཡོད་པ་ལ་ཚད་མ་སུས་ཀྱང་གནོད་མི་སྲིད་པར། དེ་དག་ཡོད་པ་མིན་པའམ་མེད་པར་འཛིན་པའི་ཡུལ་ཡུལ་ཅན་ནི་མེད་མཐའ་དང་དེའི་མཐར་འཛིན་གྱི། སངས་རྒྱས་ལ་སྐྱོན་མེད་ཅེས་པ་ལྟ་བུ་རྣམས་མེད་མཐའ་དང་དེའི་མཐར་འཛིན་མིན་ནོ། །

因果等法於名言有，無量能害。若執彼無或執非有，其所執境即是無邊，其能執心即無邊執。若謂佛無過失，則非是無邊及無邊執。

འདི་ནི་སྐུར་འདེབས་ཀྱི་མེད་མཐའ་ཡིན་ལ་སྔ་མ་ནི་སྒྲོ་འདོགས་ཀྱི་མེད་མཐའ་འོ། །

此執無因果等，是損滅執之無邊。前者是增益執之無邊。

དེའི་ཕྱིར་སྔར་བཤད་པའི་བཀག་པ་ལས་མ་གཏོགས་པའི་ཆོས་རྣམས་ནི། དོན་དམ་པར་རམ་རང་གི་མཚན་ཉིད་ཀྱིས་ཡོད་པར་འཛིན་པའི་ཡུལ་ཡུལ་ཅན་ནི་ཡོད་མཐའ་དང་དེའི་མཐར་འཛིན་ཡིན་གྱི། སངས་རྒྱས་ལ་མཁྱེན་བརྩེ་ཡོད་ཅེས་པ་ལྟ་བུ་རྣམས་ཡོད་མཐའ་དང་དེའི་མཐར་འཛིན་མིན་ནོ། །

無邊即斷邊，有邊即常邊。除前說之所破，若執餘法爲勝義有或自相有，其所執境即是有邊，其能執心即有邊執。若謂佛有悲智，則非是有邊及有邊執。

གཞུང་གི་སྐབས་འགའ་ཞིག་ཏུ་དོན་དམ་པར་ཡོད་པ་ཐམས་ཅད་ཡོད་མཐར་བཤད་པ་ཡང་ཡོད་དོ། །

論亦有時說「一切勝義有皆是有邊」。頌曰：

བསྟན་བཅོས་ལས་དཔྱད་རྩོད་ལ་ཆགས་པའི་ཕྱིར། །མ་མཛད་རྣམ་གྲོལ་ཕྱིར་ནི་དེ་ཉིད་བསྟན། །

論中觀察非好諍，爲解脫故顯真理。

དེ་ཉིད་ཀྱི་ཕྱིར་འཕགས་པས་དབུ་མའི་བསྟན་བཅོས་ལས། རིགས་པའི་རྣམ་པར་དཔྱད་པ་ཤིན་ཏུ་མང་བར་མཛད་པ་ནི། རྩོད་པ་ལ་ཆགས་པ་སྟེ་གཞན་ཟིལ་གྱིས་གནོན་པར་འདོད་པའི་ཕྱིར་མ་མཛད་དོ་ཞེས་ཤེས་པར་བྱ་སྟེ། རིགས་པའི་རྣམ་པར་དཔྱད་པ་མཛད་པ་ན། །དབུ་མའི་བསྟན་བཅོས་ལས་དེ་ཁོ་ན་ཉིད་བསྟན་པ་ནི། སེམས་ཅན་རྣམས་ཀྱིས་དེ་ཁོ་ན་ཉིད་འདི་ལྟ་བུ་ཕྱིན་ཅི་མ་ལོག་པར་རྟོགས་ནས། ཐར་པ་ཐོབ་པར་གྱུར་ན་ཅི་མ་རུང་ཞེས་སྐྱེ་བོ་རྣམས་རྣམ་པར་གྲོལ་བར་བྱ་བའི་ཕྱིར་ནི་མཛད་པ་ཡིན་ནོ། །

龍猛菩薩於《中論》中演說極多觀察道理，當知非好諍論爲降伏他故而說，是爲解脫衆生故演說觀察道理，顯示真理。謂念云何能使衆生無倒通達此真實義而得解脫？

གལ་ཏེ་ཁྱོད་ཀྱིས་དངོས་པོར་སྨྲ་བ་རྣམས་ཀྱི་གྲོལ་བ་ཇི་ལྟར་བརྟགས་པ་ཐམས་ཅད་བཀོད་ཅིང་བསྟན་བཅོས་ལས་བཀག་པ་མ་ཡིན་ནམ། དེའི་ཕྱིར་བསྟན་བཅོས་ཀྱི་འཇུག་པ་ནི་རྩོད་པའི་ཕྱིར་ཡིན་པས། རྟོག་པ་ཟློག་པ་ཙམ་ཞིག་ཁོ་ན་འབྲས་བུར་ཇི་ལྟར་རྣམ་པར་བཞག་ཅེ་ན།

汝於論中豈非列舉實事師一切所計而破斥乎？故汝造論專爲諍論，云何可說唯滅分別爲所得果。

རྣམ་པར་དཔྱད་པ་འདི་ནི་རྩོད་པའི་ཕྱིར་མཛད་པ་མ་ཡིན་མོད་ཀྱི། འོན་ཀྱང་དེ་ཁོ་ན་ཉིད་ཉེ་བར་བསྟན་པ་ན། གཞན་ཕྱོགས་རང་བཞིན་གྱིས་སྟོབས་ཆུང་བས་གཞན་གྱི་གཞུང་ལུགས་རྣམས་བདག་ཉིད་འཐེན་མི་འཛུགས་ཤིང་། སྣང་བ་ཉེ་བ་ན་མུན་པ་ལྟར་རང་ཉིད་འཇིག་པར་འགྱུར་བ་དེས་ན་ཁོ་བོ་ཅག་ལ་སྐྱོན་མེད་པ་ཉིད་དོ་ཞེས་བཤད་པ།

曰：此諸觀察雖非爲諍論而發，然由顯示真實義時，他宗本性脆弱，所有教理不能建立，如近光明冥暗自息，此於我等何咎之有。頌曰：

གལ་ཏེ་དེ་ཉིད་རྣམ་པར་བཤད་པ་ན། །གཞན་གཞུང་འཇིག་པར་འགྱུར་ན་ཉེས་པ་མེད། །

若有①解釋真實義，他宗破壞亦無咎。

གལ་ཏེ་དེ་ཁོ་ན་ཉིད་རྣམ་པར་བཤད་པ་ན་གཞན་གྱི་གཞུང་གིས་བརྟགས་པ་རྣམས་འཇིག་པར་འགྱུར་ན་ཁོ་བོ་ཅག་ལ་ཉེས་པ་མེད་དེ།

---

①「有」，民族本作「由」。

若由解釋真實義故，破壞他宗假立諸法，無有過咎。

བརྒྱ་བ་ལས། ཆོས་འདི་དེ་བཞིན་གཤེགས་རྣམས་ཀྱིས། །རྩོད་པ་མཛད་ཕྱིར་གསུངས་མ་ཡིན། །འོན་ཀྱང་མེ་ཡིས་བུད་ཤིང་ལྟར། །འདི་ཡིས་ཕས་ཀྱི་རྒོལ་བ་སྲེག །ཅེས་མེ་བུས་པ་བཏུང་བ་བསྐོལ་བའི་ཕྱིར་དུ་བྱས་ཀྱི་ཐལ་བ་དང་སོལ་བའི་ཕྱིར་དུ་བྱས་པ་མིན་ཀྱང་། དེ་དག་ཀྱང་ཞར་ལ་འབྱུང་བའི་དཔེས་གསུངས་སོ། །

《四百論》云：「諸佛雖無心，說法摧他論，而他論自壞，如野火焚薪。」謂如然火意在煎茶，非爲制造灰炭，然灰炭亦自然而有也。

གལ་ཏེ་རྩོད་པ་ལ་ཆགས་པའི་ཕྱིར་ཆོས་ཉེ་བར་བསྟན་ན་ནི། དེའི་ཚེ་ཐེ་ཚོམ་མེད་པར་གཞན་གྱི་ཕྱོགས་སྐྱོན་དང་ལྡན་པ་ལ་སྡང་ཞིང་རིགས་པ་དང་ལྡན་པའི་རང་གི་ཕྱོགས་ལ་རྗེས་སུ་ཆགས་པར་འགྱུར་བས། ཁྲོ་ཆགས་ཀྱི་རྟོག་པ་ལྡོག་པ་མེད་དོ། །ཅིའི་ཕྱིར་ཞེ་ན།

若因好諍而說法者，決定瞋他有過宗，愛自應理宗。必不能滅貪瞋分別。何以故？頌曰：

རང་གི་ལྟ་ལ་ཆགས་དང་དེ་བཞིན་དུ། །གཞན་གྱི་ལྟ་ལ་འཁྲུག་གང་རྟོག་པ་ཉིད། །

若於自見起愛著[①]，及瞋他見即分別。

འདི་ལྟར་རང་གི་ལྟ་བ་ལ་ཆགས་པ་དང་དེ་བཞིན་དུ་གཞན་ཕྱོགས་ཀྱི་ལྟ་བ་ལ་རྒྱུད་འཁྲུག་པ་གང་ཡིན་པ་དེ་ནི། འཆིང་བའི་རྟོག་པ་ཉིད་ཡིན་པས་ཁྲོ་ཆགས་ཀྱི་རྟོག་པ་མ་ལོག་པར་འཕེལ་བས་བཅིངས་པ་ཉིད་དུ་འགྱུར་གྱི་ཐར་པ་ནི་མིན་ནོ། །

若愛著自見，及瞋恚他見，此即繫縛之分別。貪瞋分別增長不息，是爲繫縛，非是解脫。

གང་གི་ཚེ་ཆོས་འདི་རྩོད་པའི་ཕྱིར་དུ་བསྟན་པ་མ་ཡིན་པ་དེའི་ཚེ།

若時說法非爲諍論，頌曰：

དེ་ཕྱིར་འདོད་ཆགས་ཁོང་ཁྲོ་རྣམ་བསལ་ཏེ། །རྣམ་དཔྱོད་པ་ནི་མྱུར་དུ་གྲོལ་བར་འགྱུར། །

是故若能除貪瞋，觀察速當得解脫。

---

①「著」，頌作「者」。

卷十一

དེའི་ཕྱིར་རང་ཕྱོགས་ལ་འདོད་ཆགས་དང་། གཞན་ཕྱོགས་ལ་ཁོང་ཁྲོ་བ་རྣམ་པར་བསལ་ཏེ། རིགས་པས་རྣམ་པར་དཔྱོད་པ་ནི་མྱུར་དུ་གྲོལ་བར་འགྱུར་རོ། །

是故若能除遣貪著自宗，瞋恚他宗，而以正理觀察，則能速得解脫。

རིགས་པ་དྲུག་ཅུ་པ་ལས་ཀྱང་། རྩོད་མེད་ཆེ་བའི་བདག་ཉིད་ཅན། །དེ་དག་ལ་ནི་ཕྱོགས་མེད་དོ། ། གང་རྣམས་ལ་ནི་ཕྱོགས་མེད་པ། །དེ་ལ་གཞན་ཕྱོགས་ག་ལ་ཡོད། ཅེས་དང་།

《六十正理論》云：「智者無諍論，彼即無所宗，自宗尚非有，云何有他宗。」

བརྒྱ་པ་ལས་ཀྱང་། རང་གི་ཕྱོགས་ལ་ཆགས་ཡོད་ཅིང་། །གཞན་ཕྱོགས་ལ་ཁྲོད་མི་དགའ་ན། །མྱ་ངན་འདས་པར་མི་འགྲོ་སྟེ། །གཉིས་སྤྱོད་ཞི་བར་ཡོད་མི་འགྱུར། །ཞེས་དང་།

《四百論》云：「若汝愛自宗，他宗則不喜，不能證涅槃，二行無寂滅。」

ཏིང་ངེ་འཛིན་གྱི་རྒྱལ་པོ་ལས་ཀྱང་། གང་ཞིག་ཆོས་འདི་ཐོས་ནས་ཆགས་བྱེད་ཅིང་། །ཆོས་མ་ཡིན་པ་ཐོས་ནས་ཁོང་ཁྲོ་བྱེད། །ང་རྒྱལ་རྒྱགས་པས་བཅོམ་པ་ལོག་པ་སྟེ། །ང་རྒྱལ་དབང་གིས་སྡུག་བསྔལ་རྗེས་སུ་མྱོང་། །ཞེས་གསུངས་སོ། །

《三摩地王經》云：「若聞此法起貪愛，聞說非法動瞋心，被憍慢摧成顛倒，由憍慢力受眾苦。」

བདག་གཞན་གྱི་ཕྱོགས་ལ་ཆགས་པ་དང་ཁྲོ་བའི་ཕྱོགས་ལྷུང་དོར་ནས་གཟུ་བོའི་བློས་མ་དཔྱད་ན། གྲུབ་མཐའ་ལ་དཔྱོད་པར་སྒོམ་པ་དེ་ཉིད་ལ་བརྟེན་ནས་འཁོར་བར་དམ་དུ་འཆིང་བར་གསུངས་པ་འདི་ཉིད། བདག་ཅག་རྣམས་ལ་ཐུགས་བརྩེ་བས་མན་ངག་ཁྱད་པར་ཅན་བྱིན་པར་ཤེས་པར་བྱས་ཤིག །བདག་སྐྱེ་འགོག་པ་ནས་འདི་ཡན་ཆད་ཀྱིས་ཆོས་ཀྱི་བདག་མེད་བསྟན་པར་གསུངས་ཏེ།

此說若於自他宗，不能棄捨貪瞋私見，以正直慧如理觀察，則於宗派觀察修習，依此因緣，反令生死繫縛緊迫。當知此是由大悲心賜給我等最勝教授。釋論說，從破自生至此，明法無我。

དངོས་པོའི་ཆོས་ཀྱི་བདག་མེད་བསྟན་པ་ནི་ཤིན་ཏུ་མང་ལ། དངོས་མེད་ཀྱི་ཆོས་ཀྱི་བདག་མེད་ཀྱང་བར་བར་དུ་བསྟན་པ་ལ་དགོངས་སོ། ༑ །

意謂多明有爲法無我，中間亦兼明無爲法無我。

གཉིས་པ་གང་ཟག་གི་བདག་མེད་རིགས་པས་སྒྲུབ་པ་ལ་གསུམ། ཐར་འདོད་ཀྱིས་ཐོག་མར་བདག་རང་བཞིན་གྱིས་གྲུབ་པ་ཉིད་དགག་དགོས་པར་བསྟན་པ། བདག་དང་བདག་གི་བ་གཉིས་རང་བཞིན་གྱིས་གྲུབ་པ་འགོག་པའི་ཚུལ། བདག་དང་ཤིང་རྟའི་དཔྱད་པ་དངོས་པོ་གཞན་ལ་ཡང་བསྒྲེ་བར་བསྟན་པའོ། །

癸二、以理成立人無我分三：子一、明求解脫者當先破自性我，子二、破我、我所有自性之理，子三、觀我及車亦例餘法。

དང་པོ་ནི། དེ་ལྟར་ལུང་དང་རིགས་པས་ཆོས་ཀྱི་བདག་མེད་བསྟན་ནས། དེའི་འོག་ཏུ་གང་ཟག་གི་བདག་མེད་བསྟན་པའི་ཕྱིར་བཤད་པ།

今初，上文已以聖教正理明法無我，今當明人無我，頌曰：

ཉོན་མོངས་སྐྱོན་རྣམས་མ་ལུས་འཇིག་ཚོགས་ལ། །ལྟ་ལས་བྱུང་བར་བློ་ཡིས་མཐོང་གྱུར་ཞིང་། །
བདག་ནི་འདི་ཡི་ཡུལ་དུ་རྟོགས་བྱས་ནས། །རྣལ་འབྱོར་པ་ཡིས་བདག་ནི་འགོག་པར་བྱེད། །

慧見煩惱諸過患，皆從薩迦耶見生，
由了知我是彼境，故瑜伽師先破我。

འདི་ན་རྣལ་འབྱོར་བ་དེ་ཁོ་ན་ཉིད་ལ་འཇུག་པར་འདོད་ཅིང་ཉོན་མོངས་པའི་སྐྱོན་མ་ལུས་པ་སྤོང་བར་འདོད་པ་ནི། འཁོར་བར་འཁྲུམ་པ་འདི་ཅི་འདྲ་བ་ཞིག་གི་རྩ་བ་ཅན་ཡིན་སྙམ་དུ་རྟོག་པར་བྱེད་ལ། དེ་ལྟར་བརྟགས་པ་ན་ཉོན་མོངས་པ་ནི་འདོད་ཆགས་ལ་སོགས་པ་དང་། སྐྱོན་རྣམས་ནི་སྐྱེ་ག་ན་འཆི་ལ་སོགས་པ་སྟེ་དེ་རྣམས་མ་ལུས་པར་ང་དང་ངའི་འོ་སྙམ་པའི་རྣམ་པ་ཅན་དེ་གཉིས་རང་བཞིན་གྱིས་གྲུབ་པར་འཛིན་པའི་ཤེས་རབ་ཉོན་མོངས་པ་ཅན་གྱི་འཇིག་ཚོགས་ལ་ལྟ་བ་ལས་བྱུང་བར་བློ་ཡིས་མཐོང་བར་འགྱུར་ཏེ། དེ་དག་ནི་མ་ལུས་པར་འཇིག་ཚོགས་ལ་ལྟ་བའི་འབྲས་བུ་ཡིན་ནོ། །

諸瑜伽師欲求悟入真實義，斷除一切煩惱過患。先作是念：生死輪迴以何爲本？既以正慧觀察已，便見貪等煩惱，與生老病死等一切過患，皆從執我、我所有自性之染慧薩迦耶見而生。彼等皆是薩迦耶見之果。

དེ་ལྟར་མཐོང་བ་ན་འཇིག་ལྟ་སྤོང་བར་འདོད་པ་འབྱུང་ལ། དེའི་ཚེ་ཤེས་རབ་ཅན་ཞིག་ཡིན་ན་ནི་དེ་སྤོང་བ་དེ་ཡང་སྔར་ཆོས་དབྱིངས་བསྟོད་པ་དང་བཞི་བརྒྱ་པའི་ལུང་དྲངས་པ་ལྟར་འཇིག་ལྟས་ཇི་ལྟར་བཟུང་བ་ལྟར་གྱི་བདག་ཡུལ་སྟེང་ན་མེད་པར་མཐོང་བས་སྤོང་དགོས་པར་མཐོང་ནས།

諸有智者，如是見已，爲欲斷除薩迦耶見故，便知要如前引《法界讚》與

卷十一

《四百論》所說，由觀彼境上無彼所執之我，乃能斷除。

འཇིག་ལྟས་གཞི་གང་ལ་ཞེན་པ་འདིའི་དམིགས་པ་གང་ཡིན་སྙམ་དུ་བརྟགས་པ་ན། བདག་སྟེ་ང་ཞེས་པའི་ང་ནི་བདག་ཏུ་ལྟ་བ་འདིའི་ཡུལ་དམིགས་པའོ་སྙམ་དུ་རྟོགས་ཏེ། ངར་འཛིན་པ་ནི་བདག་གི་ཡུལ་ཅན་ཡིན་པའི་ཕྱིར་རོ། །

進觀薩迦耶見爲著何事，以何爲所緣？則能了知所言之我，是我見所緣之境，以我執是緣我之心故。

དེའི་ཚེ་ཉེས་སྐྱོན་མ་ལུས་པ་སྤོང་བར་འདོད་པས་རྩ་བ་འཇིག་ལྟ་ཉིད་སྤང་བར་བྱ་བ་ཡིན་ལ། དེ་ཡང་དེའི་དམིགས་པ་བདག་གི་བདག་སྟེ་ངོ་བོས་གྲུབ་པ་མེད་པར་ཁོང་དུ་ཆུད་པ་ལས་སྤོང་བར་འགྱུར་བས། རྣལ་འབྱོར་བས་གང་ཞིག་བདག་ཏུ་འཛིན་པའི་ཡུལ་བདག་ཅེས་བྱ་བ་འདི། ངོ་བོ་ཉིད་ཀྱིས་གྲུབ་མ་གྲུབ་ཅི་འདྲ་བ་ཞིག་ཅེས་ཐོག་མར་བདག་ཁོ་ན་ལ་རྟོག་པར་བྱེད་དོ། །

欲求斷除一切過患者，應斷根本薩迦耶見。後由通達彼所緣我是無自性，乃能斷除。故瑜伽師，先應觀察我執所緣之我，爲有無自性。

རྣལ་འབྱོར་བ་ཡིས་བདག་དེ་ནི་རང་བཞིན་གྱིས་གྲུབ་པ་འགོག་པར་བྱེད་པ་ལས། འཇིག་ལྟ་སྤངས་ན་ཉེས་སྐྱོན་ཀུན་ལྡོག་པས་ན། བདག་ལ་རྣམ་པར་དཔྱོད་པ་འདི་ནི་ཐར་བ་སྒྲུབ་པའི་ཐབས་ཡིན་ཏེ།

諸瑜伽師，由破自性我故，便斷薩迦耶見，滅盡一切過患。故觀察我，即是修解脫之方便。

བསླབ་བཏུས་ལས། གང་ཟག་སྟོང་པ་ཉིད་ནི་དེ་ལྟར་ཤིན་ཏུ་གྲུབ་པ་ཡིན་ན། །དེའི་ཕྱིར་རྩ་བ་ཆད་པས་ཉོན་མོངས་པ་ཐམས་ཅད་ཀུན་ཏུ་མི་འབྱུང་ངོ། །འཕགས་པ་དེ་བཞིན་གཤེགས་པའི་གསང་བའི་མདོ་ལས་ཇི་སྐད་དུ། ཞི་བའི་བློ་གྲོས་འདི་ལྟ་སྟེ་དཔེར་ན། ཤིང་རྩ་བ་ནས་བཅད་ན་ཡལ་ག་དང་ལོ་མ་དང་ཡལ་ག་ཕྲ་མོ་ཐམས་ཅད་སྐམ་པར་འགྱུར་རོ། །ཞི་བའི་བློ་གྲོས་དེ་བཞིན་དུ་འཇིག་ཚོགས་ལ་ལྟ་བ་ཉེ་བར་ཞི་ན། ཉོན་མོངས་པ་དང་ཉེ་བའི་ཉོན་མོངས་པ་ཐམས་ཅད་ཞི་བར་འགྱུར་རོ། །ཞེས་གསུངས་པ་ལྟ་བུའོ། །ཞེས་གསུངས་སོ། །

《集學論》云：「若善成立補特伽羅空，由根本斷故，一切煩惱皆悉不生。」《如來秘密經》云：「寂靜慧，如斬斷樹根，一切枝葉皆當乾枯。寂靜慧，如是若滅薩迦耶見，一切煩惱及隨煩惱亦皆寂滅。」

འདི་ལྟར་གསུངས་པ་ལ་མཁས་པའི་དབང་པོ་རྣམས་དགོངས་པ་མཐུན་པས། ཐོག་མར་འཁོར་བའི་ཉེས་དམིགས་ལེགས་པར་ཤེས་ནས་སེམས་པ་དང་། དེ་ནས་དེའི་རྩ་བ་གང་ཡིན་ངེས་འཛིན་པ་དང་། དེ་ནས་དེ་སྤོང་བར་འདོད་པ་ན་སྤོང་ཐབས་ཀྱི་ཐད་དུ་མ་འཁྲུགས་པར་དེའི་ཞེན་ཡུལ་བཀག་པའི་བདག་མེད་ཀྱི་ལྟ་བ་ཞིག་ངེས་པར

ཉེད་ནས། དེའི་དོན་ལ་འདྲིས་པར་བྱེད་པ་ནི། ཐེག་པ་ཆེ་ཆུང་གང་ལ་ཡང་དགོས་པ་ཤེས་པར་བྱའོ། །

諸天論師於此所說意旨相同，故當了知生死過患，如理思惟，次應認識何爲其本。爲斷彼故，須求能斷正確方便，破所著境，於無我見獲決定解，後於彼義數數修習。是大小乘共需之道。

གལ་ཏེ་རིན་ཆེན་འཕྲེང་བ་ལས། ཇི་སྲིད་ཕུང་པོར་འཛིན་ཡོད་པ། །དེ་སྲིད་དེ་ལ་ངར་འཛིན་ཡོད། །ངར་འཛིན་ཡོད་ན་ཡང་ལས་ཏེ། །ལས་ལས་ཀྱང་ནི་སྐྱེ་བ་ཡིན། །ཞེས་ཕུང་པོ་བདེན་འཛིན་ཆོས་ཀྱི་བདག་འཛིན་འཁོར་བའི་རྩ་བར་བཤད་ལ།

設作是念：《寶鬘論》云：「乃至有蘊執，從彼起我執，有我執造業，從業復受生。」說法我執執蘊實有爲生死之根本。

འདིར་འཇིག་ལྟ་འཁོར་བའི་རྩ་བར་བཤད་པ་གཉིས་འགལ་ཏེ། འཁོར་བའི་རྩ་བ་མི་མཐུན་པ་གཉིས་མི་འཐད་པའི་ཕྱིར་རོ་ཞེ་ན། སྐྱོན་མེད་དེ་འདི་བའི་ལུགས་ཀྱིས་བདག་འཛིན་གཉིས་དམིགས་པས་སོ་སོར་འབྱེད་ཀྱི། འཛིན་སྟངས་ཀྱི་རྣམ་པ་མི་འདྲ་བ་མེད་དེ།

此中則說薩迦耶見爲生死根本，二應相違。以生死根本，不容有不同之二法故。曰：無過，此宗所說二種我執，由所緣分，行相無別，

གཉིས་ཀ་ཡང་རང་གི་མཚན་ཉིད་ཀྱིས་གྲུབ་པར་འཛིན་པའི་རྣམ་པ་ཅན་ཡིན་པའི་ཕྱིར་དང་། འཁོར་བའི་རྩ་བ་གཉིས་འགལ་བ་ནི་ཡུལ་ལ་འཇུག་པའི་འཛིན་སྟངས་མི་མཐུན་པ་གཉིས་འཁོར་བའི་རྩ་བར་འཇོག་པ་ལ་བྱེད་པའི་ཕྱིར། །

二執俱以執有自相爲行相故。若生死根本二相違者，須立二法行相不同爲生死之根本也。

དེས་ན་ཆོས་ཀྱི་བདག་འཛིན་འཇིག་ལྟའི་རྒྱུར་སྟོན་པ་ན། མ་རིག་པའི་ནང་ཚན་གཉིས་རྒྱུ་འབྲས་སུ་སྟོན་ཞིང་། དེ་གཉིས་ཀ་ཉོན་མོངས་ཀྱི་རྩ་བར་སྟོན་པ་ན་རང་དང་འཛིན་སྟངས་མི་མཐུན་པའི་ཉོན་མོངས་གཞན་ཐམས་ཅད་ཀྱི་རྩ་བར་སྟོན་པ་ཡིན་ལ། ཚུལ་དེ་ཡང་དེ་གཉིས་ཀ་ལ་ཡོད་པས་ནི། འགལ་ཏེ། མ་རིག་པའི་རིགས་འདྲ་སྔ་ཕྱི་གཉིས་ཀ་འཁོར་བའི་རྩ་བར་མི་འགལ་བ་བཞིན་ནོ། །

論說法我執爲薩迦耶見之因者，是顯無明中二執之因果。說彼二執爲煩惱之根本者，是明爲餘行相不同一切煩惱之根本。由彼二執皆具此理，故不相違。如是[1]前後二念同類無明爲生死之根本。

[1]「是」，民族本作「說」。

གཉིས་པ་ལ་གཉིས། བདག་རང་བཞིན་གྱིས་གྲུབ་པ་དགག་པ་དང་། བདག་གི་བ་རང་བཞིན་གྱིས་གྲུབ་པ་དགག་པའོ། །

子二、破我、我所有自性之理分二：丑一、破我有自性，丑二、破我所有自性。

དང་པོ་ལ་དྲུག །གཞན་སྡེས་བཏགས་པའི་ཕུང་པོ་ལས་ངོ་བོ་ཐ་དད་པའི་བདག་དགག །རང་སྡེས་བཏགས་པའི་ཕུང་པོ་ཉིད་བདག་ཏུ་འདོད་པ་དགག །དེ་གཉིས་ཀྱི་ལྷག་མའི་ཕྱོགས་རྟེན་དང་བརྟེན་པ་སོགས་གསུམ་དགག །དེ་ཉིད་དང་གཞན་ཉིད་དུ་མེད་པའི་གང་ཟག་རྫས་ཡོད་དགག །བདག་བརྟེན་ནས་བཏགས་པ་ཙམ་དུ་བཞག་པ་དཔེ་དང་བཅས་པར་བཤད། དེ་ལྟར་བཞག་པ་ལ་མཐར་འཛིན་གྱི་རྟོག་པ་སྤང་སླ་བའི་ཡོན་ཏན་བསྟན་པའོ། །

初又分六：寅一、破外道所計離蘊我，寅二、破內道所計即蘊我，寅三、破能依、所依等三計，寅四、破不一不異之實我，寅五、明假我及喻，寅六、明此建立易除邊執分別之功德。

དང་པོ་ལ་གཉིས། ཕྱོགས་སྔ་མ་བརྗོད་པ་དང་། ལུགས་དེ་དགག་པའོ། །

初中又二：卯一、敘計，卯二、破執。

འདི་ལ་གཉིས། གྲངས་ཅན་གྱི་ལུགས་བརྗོད་པ་དང་། བྱེ་བྲག་པ་ལ་སོགས་པའི་ལུགས་བརྗོད་པའོ། །

初中又二：辰一、敘數論宗，辰二、敘勝論等宗。

དང་པོ་ནི། འཇིག་ཚོགས་ལ་ལྟ་བའི་དམིགས་པ་བདག་དེ་ཅི་ཞིག་ཅེས་དེ་ཉིད་མི་ཤེས་པས་སྟོན་ཞིག་ཅེ་ན།

今初，薩迦耶見所緣之我，其相云何？且述外道計，頌曰：

ཟ་པོ་རྟག་དངོས་བྱེད་པོ་མིན་པའི་བདག །ཡོན་ཏན་བྱ་མེད་མུ་སྟེགས་རྣམས་ཀྱིས་བརྟགས། །
དེའི་དབྱེ་ཅུང་ཟད་ཅུང་ཟད་ལ་བརྟེན་ནས། །མུ་སྟེགས་ཅན་རྣམས་ལུགས་ནི་ཐ་དད་འགྱུར། །

外計受者常法我，無德無作非作者，
依彼少少[①]差別義，諸外道類成多派。

དང་པོ་ནི། རེ་ཞིག་དེ་ཟ་བ་པོ་སྟེ་བདེ་སྡུག་སོགས་ལ་ལོངས་སྤྱོད་པ་པོ་དང་། རྟག་པའི་དངོས་པོ་དང་རྣམ་འགྱུར་རྣམས་ཀྱི་བྱེད་པ་པོ་མིན་པ་དང་། རྡུལ་མུན་སྙིང་སྟོབས་ཀྱི་རང་བཞིན་གྱི་ཡོན་ཏན་མེད་པ་དང་། ཁྱབ་པར་བྱེད་པ་ཉིད་ཡིན་པའི་ཕྱིར་ན། བྱ་བ་མེད་པར་མུ་སྟེགས་གྲངས་ཅན་རྣམས་ཀྱིས་བརྟགས་སོ། །

---

① 「少」，頌作「分」。

數論計我，是能受者受苦樂等，是常法，非變異之作者，無喜憂暗之功德，遍一切故更無作用。

དེ་ལ་གྲངས་ཅན་པ་དག་ནི། རྩ་བའི་རང་བཞིན་རྣམ་པར་འགྱུར་མིན་ལ། །ཆེན་པོ་སོགས་བདུན་རང་བཞིན་རྣམ་འགྱུར་ཞིང་། །བཅུ་དྲུག་པོ་ནི་རྣམ་པར་འགྱུར་བ་སྟེ། །སྐྱེས་བུ་རང་བཞིན་རྣམ་འགྱུར་མིན། །ཞེས་སྨྲ་བར་བྱེད་དོ། །

彼論云：「根本自性非變異，大等七性亦變異，餘十六法唯變異，神我非性非變異。」

དེ་ལ་འབྲས་བུ་རབ་ཏུ་བྱེད་པས་ན་རང་བཞིན་ནོ། །སྐབས་གང་དུ་བྱེད་ཅེ་ན། སྐྱེས་བུའི་འདོད་པ་མཐོང་བའི་དུས་སུའོ། །

由能生果故名自性①。於何時生？謂見神我起欲時生。

གང་གི་ཚེ་སྒྲ་ལ་སོགས་པའི་ཡུལ་ཉེ་བར་ལོངས་སྤྱོད་པའི་རྣམ་པ་ཅན་གྱི་འདོད་པ་སྐྱེས་པ་དེའི་ཚེ་སྐྱེས་བུའི་འདོད་པ་ཡོངས་སུ་ཤེས་པའི་རང་བཞིན་དང་སྐྱེས་བུ་སྦྱོར་ཞིང་། དེ་ནས་གཙོ་བོས་སྒྲ་ལ་སོགས་པ་འབྱིན་ནོ། །

若時自性了知神我欲受用聲等境，即與神我相合。次由自性出生聲等。

དེའི་ཚུལ་ནི་འདི་ཡིན་ཏེ། རང་བཞིན་ལས་ནི་ཆེན་པོའོ། །དེ་ལས་ཀྱང་ང་རྒྱལ་ལོ། །དེ་ལས་དབང་པོ་བཅུ་གཅིག་དང་དེ་ཙམ་ལྔ་སྟེ་བཅུ་དྲུག་པོའི་ཚོགས་སོ། །བཅུ་དྲུག་པོ་ལས་ཀྱང་འབྱུང་བ་ལྔ་ནི་དེ་ཙམ་ལྔ་ལས་ཏེ། སྒྲ་ལ་སོགས་པ་ལྔ་ལས་འབྱུང་བ་ལྔ་འབྱུང་ངོ་ཞེས་བྱ་བ་ནི་རིམ་པ་ཡིན་ནོ། །

生起次第，謂自性生大，大生慢，慢生十一根與五唯，共十六法。十六法中聲等五唯復生五大。

རྣམ་འགྱུར་མིན་ལ་ཞེས་པ་ནི་འབྲས་བུ་རབ་ཏུ་བྱེད་པ་ཁོ་ན་ཡིན་གྱི། ཆེན་པོ་ལ་སོགས་པ་ལྟར་རྣམ་པར་འགྱུར་བ་ཡང་ནི་མ་ཡིན་ནོ། །

言自性非變異者，謂但生果，非如大等亦通變異。

ཆེན་པོ་ལ་སོགས་པ་བདུན་ནི་རབ་ཏུ་བྱེད་པའང་ཡིན་ལ་རྣམ་པར་འགྱུར་བ་ཡང་ཡིན་ནོ། །

大等七法既是能生亦是變異。

ཆེན་པོ་ལ་སོགས་པ་ཡང་རང་གི་རྣམ་འགྱུར་ལ་ལྟོས་ནས་རང་བཞིན་ཡིན་ལ། རྩ་བའི་རང་བཞིན་ལ་ལྟོས་ནས་རྣམ་པར་འགྱུར་བ་ཡིན་ནོ། །བློའི་དབང་པོ་ལ་སོགས་པ་བཅུ་དྲུག་ནི་རྣམ་འགྱུར་ཁོ་ནའོ། །

① 「由能生果故名自性」，民族本、校正本作「由能生故名自性」，PDF作「由能生（果）故名自性」。

以大等七法，望自果則是自性，望根本自性則是變異。五知根等十六法，唯是變異。

སྐྱེས་བུ་ནི་རབ་ཏུ་བྱེད་པའང་མ་ཡིན་ལ། རྣམ་པར་འགྱུར་བ་ཡང་མ་ཡིན་ནོ། །རྣ་བ་ལ་སོགས་པའི་དབང་པོ་ལྔ་ཡིད་ཀྱིས་བྱིན་གྱིས་བརླབས་པས་ཡོངས་སུ་གཟུང་བའི་ཡུལ་སྒྲ་ལ་སོགས་པ་དག་ལ་བློས་ཞེན་པར་བྱེད་ལ། དེ་ནས་བློས་ཞེན་པར་བྱས་པའི་དོན་ལ་སྐྱེས་བུས་སེམས་པར་བྱེད་དོ། །དེ་ལྟར་ཡུལ་ལ་སྤྱོད་འདོད་པས་ཡུལ་ཉེ་བར་ལོངས་སྤྱོད་ཅིང་།

神我既[①]非能生亦非變異。耳等五根由意加持，攝取聲等五境，覺便[②]貪著。神我思惟覺所著義，即由彼欲受用諸境也。

གང་གི་ཚེ་ཡུལ་ལ་ཆགས་པ་ཆུང་བ་ཉིད་ཀྱིས་སྐྱེས་བུས་ཡུལ་ལ་ཉེས་དམིགས་སུ་བལྟས་པས། ཆགས་པ་དང་བྲལ་བར་གྱུར་པ་དེའི་ཚེ་རིམ་གྱིས་བསམ་གཏན་སྒོམ་ཞིང་། དེ་ལ་བརྟེན་ནས་ལྷའི་མིག་གི་མངོན་ཤེས་ཐོབ་པ་ན། མིག་དེའི་སྒོ་ནས་གཙོ་བོ་ལ་ལྟ་བར་བྱེད་ལ། དེས་བལྟས་པ་དང་། གཙོ་བོ་དེ་གཞན་གྱི་བུད་མེད་ལྟར་ངོ་ཚ་བར་གྱུར་པས། བདག་ལ་མི་འགྲོ་ཞིང་འབྲལ་བར་འགྱུར་རོ། །

若時神我於境少欲，觀察諸境過患，遠離諸欲，修習靜慮，依止靜慮得天眼通。次以天眼觀察自性，由是觀察，自性含羞，如他人婦，即便脫離神我。

རྣམ་འགྱུར་གྱི་ཚོགས་ཐམས་ཅད་ཀྱང་སྐྱེ་བའི་རིམ་པ་ལས་བཟློག་པའི་སྒོ་ནས་གཙོ་བོ་དེ་ཉིད་དུ་རབ་ཏུ་ཐིམ་པའི་ཕྱིར། མི་གསལ་བའི་ངོ་བོར་གྱུར་པ་དེའི་ཚེ་སྐྱེས་བུ་ཉག་གཅིག་གནས་ཏེ། དེའི་ཕྱིར་གྲོལ་བ་ཞེས་བྱའོ། །བདག་དེ་ནི་རྟག་ཏུ་ཡན་གར་བའི་ངོ་བོར་གནས་པའི་ཕྱིར་རྟག་པ་ཞེས་བྱའོ། །

一切變異亦皆逆轉入自性中隱滅不現。爾時神我獨存，名曰解脫。由彼神我，常時獨立，故名爲常。

གང་ཞིག་ནི་བྱེད་པ་པོ་ཡིན་ལ་གང་ཞིག་ནི་བྱེད་པ་པོ་མ་ཡིན་ཞེ་ན། འདི་ལ་རྡུལ་མུན་སྙིང་སྟོབས་རྣམས་ནི་ཡོན་ཏན་གསུམ་མོ། །དེ་ལ་རྡུལ་ནི་གཡོ་བ་དང་འཇུག་པའི་བདག་ཉིད་ཅན་ནོ། །མུན་པ་ནི་ལྕི་བ་དང་གཡོག་པའི་བདག་ཉིད་ཅན་ནོ། །སྙིང་སྟོབས་ནི་ཡང་བ་དང་རབ་ཏུ་གསལ་བའི་བདག་ཉིད་ཅན་ནོ། །བདེ་བ་དང་སྡུག་བསྔལ་དང་གཏི་མུག་ཞེས་པ་ནི་འདི་དག་ཁོ་ནའི་རྣམ་གྲངས་སོ། །

何等是作者，何等非作者？曰：其中喜憂暗爲三德。憂以動轉爲性，暗以重覆爲性，喜以輕明爲性。苦樂癡三，即此三之異名。

---

① 「既」，上海本、校正本、PDF皆作「即」。
② 「便」，校正本作「使」。

འདི་དག་ཆ་མཉམ་པའི་སྐབས་ནི་གཙོ་བོ་སྟེ། འདིར་ཡོན་ཏན་དག་གཙོར་གྱུར་ཅིང་རབ་ཏུ་ཞི་བར་གྱུར་པའི་ཕྱིར་རོ། །དེ་དག་རྣམ་པར་མི་འགྱུར་བའི་སྐབས་ནི་རང་བཞིན་ནོ། །

三德平等時名冥性。此時三德爲主，極寂靜故。三德未變時名有自性。

རང་བཞིན་ལས་ནི་ཆེན་པོ་སྟེ། ཆེན་པོ་དང་བློ་གཉིས་ནི་རྣམ་གྲངས་ཏེ་ཕྱི་ཡུལ་དང་ནང་གི་སྐྱེས་བུའི་གཟུགས་བརྙན་གཉིས་ཀ་འཆར་བ་ཞིག་གོ །ཆེན་པོ་ལས་ནི་ང་རྒྱལ་ལོ། །

從自性生大，大爲覺之異名。此能雙現外境與內我之影像，從大生慢。

ང་རྒྱལ་ནི་གསུམ་སྟེ་རྣམ་པར་འགྱུར་བ་ཅན་དང་། སྙིང་སྟོབས་ཅན་དང་། མུན་པ་ཅན་ནོ། །

慢有三種，曰變異慢、喜慢、暗慢。

དེ་ལ་རྣམ་པར་འགྱུར་བའི་ང་རྒྱལ་ལས་ནི་དེ་ཙམ་ལྔ་སྟེ། གཟུགས་དང་སྒྲ་དང་དྲི་དང་རོ་དང་རེག་པ་དག་གོ །

從變異生色聲香味觸五唯。

དེ་ཙམ་དག་ལས་ནི་འབྱུང་བ་རྣམས་ཏེ། ས་དང་ཆུ་དང་མེ་དང་རླུང་དང་ནམ་མཁའ་ཞེས་བྱ་བདག་གོ །

從五唯生地水火風空五大。

སྙིང་སྟོབས་ཅན་གྱི་ང་རྒྱལ་ལས་ནི་ལས་ཀྱི་དབང་བོ་ལྔ་བོ་དག་དང་ལག་པ་དང་རྐང་པ་དང་རྐུབ་དང་། འདོམས་ཀྱི་དབང་པོ་དང་། བློའི་དབང་པོ་ལྔ་པོ་མིག་དང་རྣ་བ་དང་སྣ་དང་ལྕེ་དང་ལྤགས་པའམ་ལུས་ཀྱི་དབང་པོ་དང་། གཉིས་ཀའི་བདག་ཉིད་ཅན་གྱི་ཡིད་དེ་དེ་ལྟར་ན་བཅུ་གཅིག་གོ །

從喜慢生十一根：曰五作根，謂口手足大小便道；曰五知根，謂眼耳鼻舌皮；曰通二性之意根。

卷十一

མུན་པ་ཅན་གྱི་ང་རྒྱལ་ནི་ང་རྒྱལ་གཞན་གཉིས་ཀའི་འཇུག་པར་བྱེད་པའོ། །

暗慢能發動餘二慢。

དེ་ལ་ཆེན་པོ་དང་ང་རྒྱལ་དང་དེ་ཙམ་ལྔ་སྟེ་བདུན་ནི་རང་བཞིན་དང་རྣམ་འགྱུར་གཉིས་ཀའོ། །

其中大慢五唯等七法，雙通自性與變異。

དབང་བོ་བཅུ་དང་ཡིད་དང་འབྱུང་བ་ལྔ་ནི་རྣམ་འགྱུར་ཁོ་ན་དང་། རྩ་བའི་རང་བཞིན་གཙོ་བོ་ནི་རང་བཞིན་ཁོ་ནའོ་ཞེས་པ་ནི་གཞུང་ལུགས་སོ། །

十一根及五大，唯是變異。根本自性唯是自性。（自性即因，變異即果。）

གཉིས་པ་ནི། ཇི་ལྟར་གྲངས་ཅན་དག་གིས་བདག་ཁས་བླངས་པ་དེ་བཞིན་དུ། བདག་དེའི་དབྱེ་བ་ཅུང་ཟད་ཅུང་ཟད་ལ་བརྟེན་ནས་མུ་སྟེགས་ཅན་རྣམས་ཀྱི་ལུགས་ནི་ཐ་དད་པར་འགྱུར་ཏེ། འདི་ལྟ་སྟེ་བྱེ་བྲག་པ་རྣམས་ནི་བློ་དང་བདེ་བ་དང་སྡུག་བསྔལ་དང་། འདོད་པ་དང་སྡང་བ་དང་འབད་པ་དང་ཆོས་དང་ཆོས་མ་ཡིན་པ་དང་བྱ་བའི་ཤུགས་ཏེ། བདག་གི་ཡོན་ཏན་དགུ་སྨྲ་བར་བྱེད་དོ། །

辰二、敘勝論等宗。如數論派所計之我，即依彼我少少差別，諸外道類演成多派。如勝論派計覺、樂、苦、欲、瞋、勤勇、法、非法、行勢，爲我之九種功德。

དེ་ལ་བློ་ནི་ཡུལ་འཛིན་པའོ། །བདེ་བ་ནི་འདོད་པའི་ཡུལ་ཉམས་སུ་མྱོང་བའོ། །སྡུག་བསྔལ་ནི་དེ་ལས་བཟློག་པའོ། །འདོད་པ་ནི་འདོད་པར་གྱུར་པའི་དངོས་པོ་ལ་རེ་བ་འཆའ་བའོ། །སྡང་བ་ནི་མི་འདོད་པའི་ཡུལ་ལ་རྒྱབ་ཀྱིས་ཕྱོགས་པ་ཉིད་དོ། །འབད་པ་ནི་དོན་བསྒྲུབ་པར་བྱ་བ་ལ་དེའི་མཐར་ཐུག་པར་སེམས་ཀྱི་མཁས་པ་ཉིད་དོ། །

覺謂能取境。樂謂受所欲境。苦與上相違。欲謂希望所願事。瞋謂厭離所不欲境。勤勇謂於所作事，思惟善巧令到究竟。

གང་ལས་མངོན་པར་མཐོ་བ་དང་ངེས་པར་ལེགས་པ་འགྲུབ་པ་དེ་ནི་ཆོས་སོ། །དེ་ལས་བཟློག་པ་ནི་ཆོས་མ་ཡིན་པའོ། །ཤེས་པ་ལས་སྐྱེས་ཤིང་ཤེས་པའི་རྒྱུར་གྱུར་པ་ནི་འདུ་བྱ་བའི་ཤུགས་སོ། །

法謂能感增上生與決定勝者。非法與上相違。行勢謂從知生復爲知因。

བདག་གི་ཡོན་ཏན་དགུ་པོ་དེ་ཇི་སྲིད་དུ་བདག་ལ་འདུ་ཞིང་ཡོད་པ་དེ་སྲིད་དུ། དེ་དག་གིས་སྦྱར་བའི་དགེ་བ་དང་མི་དགེ་བའི་ལས་སྒྲུབ་པའི་ཕྱིར་འཁོར་བར་འགྱུར་ལ།

若時我與九德和合，即由彼等造善不善業流轉生死。

གང་གི་ཚེ་སྐྱེས་བུ་ཡང་དག་པར་རྟོགས་པའི་ཤེས་པས་བློ་ལ་སོགས་པའི་ཡོན་ཏན་རྣམས་རྩ་བ་དང་བཅས་པར་གཅོད་པ་དེའི་ཚེ། རང་གི་བདག་ཉིད་ལ་གནས་ཤིང་ཐར་བར་འགྱུར་རོ། །

若時神我以真實智，斷除覺等功德，便獲獨存而得解脫。

བདག་དེ་ཡང་རྟག་པ་དང་། འབྲས་བུའི་བྱེད་པ་པོ་དང་། འབྲས་བུ་ལ་ལོངས་སྤྱོད་པའི་ཟ་བ་པོ་དང་། ཡོན་ཏན་དང་བཅས་པ་དང་། ཁྱབ་པའི་ཕྱིར་ན་བྱ་བ་མེད་པར་ཡང་སྨྲའོ། །

又說彼神我，爲常住、能作果、能受用果、有功德、遍一切故，更無作用。

བྱེ་བྲག་པ་ཁ་ཅིག་སྐུམ་པ་དང་། རྐྱོང་བ་ཉིད་ཀྱིས་བྱ་བ་དང་བཅས་པར་ཁས་ལེན་ནོ། །

勝論有一派計我有屈伸作用。

རིག་བྱེད་དུ་སྨྲ་བ་དག་ནི་བུམ་པ་ལ་སོགས་པ་ཐ་དད་པ་རྣམས་ཀྱི་ནམ་མཁའ་གཅིག་ཡིན་པ་ལྟར། རྟེན་ལུས་ཐ་དད་པས་བརྟེན་པ་བདག་གཅིག་ཉིད་སྣ་ཚོགས་པ་ཉིད་དོ་ཞེས་པ་ལ་སོགས་པར་ཁས་ལེན་ནོ། །

吠陀派計，如一虛空，瓶等各異。由所依身異，即一能依神我成爲多種。

འགྲེལ་བར་བདག་གི་ཁྱད་པར་ཅུང་ཟད་ཅུང་ཟད་ལ་བརྟེན་ནས་མུ་སྟེགས་ཅན་རྣམས་ཀྱི་ལུགས་ཕན་ཚུན་ཐ་དད་པར་འགྱུར་རོ། །ཞེས་གསུངས་པས་གཞུང་འདིའི་ལུགས་ཀྱིས་གྲངས་ཅན་དེའི་དབྱེ་བ་ལ་བརྟེན་ནས། མུ་སྟེགས་ཀྱི་ལུགས་སོ་སོར་གྱེས་པར་འཆད་པ་ནི་དོན་མ་གོ་བའོ། །

釋論曰：「依我少少差別，諸外道類遂成異派。」有說此謂依數論之差別，分成多派外道者，是未了解論義。

གཉིས་པ་ནི། མུ་སྟེགས་ཅན་རྣམས་ཀྱི་གཞུང་ལུགས་རེ་རེ་ལས་བདག་མི་འདྲ་བ་གང་ཞིག་སྨྲས་པ་དེ་ནི།

卯二、破執。外道各派說我不同，頌曰：

མོ་གཤམ་བུ་ལྟར་སྐྱེ་བ་དང་བྲལ་ཕྱིར། །དེ་ལྟར་གྱུར་པའི་བདག་ནི་ཡོད་མིན་ཞིང་། །
འདི་ནི་ངར་འཛིན་རྟེན་དུའང་མི་རིགས་ལ། །འདི་ནི་ཀུན་རྫོབ་ཏུ་ཡང་ཡོད་མི་འདོད། །

如石女兒不生故，彼所計我皆非有，

此亦非是我執依，不許世俗中有此。

卷十一

དེ་དག་གིས་ཇི་ལྟར་བཏགས་པ་དེ་ལྟར་གྱུར་པ་སྟེ་དེ་ཁོ་ན་ཉིད་དུ་ཡོད་པ་མིན་ཏེ། སྐྱེ་བ་དང་བྲལ་བ་སྟེ་མ་སྐྱེས་པའི་ཕྱིར་ཞེས་པའི་རྟགས་ནི་མུ་སྟེགས་རང་གི་རྗེས་སུ་དཔག་པ་སྟེ་ཁས་བླངས་པའོ། །དཔེར་ན་མོ་གཤམ་གྱི་བུ་ལྟར་རོ། །

彼等所計之我皆非實有，以離生故，如石女兒。此因是外道自許比量。

རྟགས་དེས་སྨྲས་པའི་ཆོས་ཅན་བཀག་ཀྱང་སྐྱོན་མེད་པ་ནི་རྟགས་དང་ཆོས་གཉིས་ཀ་རྣམ་བཅད་ཙམ་ཡིན་པའི་གནད་ཀྱིས་སོ། །

彼因雖破所說有法，然無過失。以因與法，皆唯遮詮故。

དེ་ལྟར་གཞན་གྱིས་བརྟགས་པའི་བདག་འདི་ནི་ངར་འཛིན་ལྷན་སྐྱེས་ཀྱི་རྟེན་དུའང་མི་རིགས་ཏེ། རྟགས་དང་དཔེ་ནི་སྔར་བཞིན་ནོ། །

如是他所計我亦非是俱生我執所依，因喻同前。

ངར་འཛིན་གྱི་རྟེན་ཞེས་པ་ནི་དམིགས་རྣམ་གཉིས་ཀྱི་ནང་ནས་དམིགས་པའི་ཡུལ་མ་ཡིན་ཞེས་པ་སྟེ། དེའི་ཡུལ་ནི་ང་ཙམ་དང་གང་ཟག་སོགས་ཡིན་ལ། དེ་ཡང་དངོས་པོར་འདོད་པས་མ་སྐྱེས་པ་དང་འགལ་བའོ། །

言非我執所依者，謂非所緣境，以彼所緣境，是我及補特伽羅。許此是有事，與不生相違故。

རྣམ་པའི་ཡུལ་ནི་གང་ཟག་གི་བདག་ཡིན་པས་དེ་ནི་ཐ་སྙད་ཙམ་དུ་ཡང་མ་གྲུབ་པ་ཡིན་པས། མ་སྐྱེས་པ་དང་མི་འགལ་ལོ། །

其行相境謂補特伽羅我，此於名言亦不許有，與不生無違也。

དེའི་ཕྱིར་འདིའི་ལུགས་ཀྱི་གང་ཟག་གི་བདག་ཐ་སྙད་དུ་ཡོད་པར་འདོད་དོ་ཞེས་པ་ནི་འདི་པའི་གྲུབ་མཐའི་འགངས་དང་། འཇིག་ལྟའི་དམིགས་རྣམ་གྱི་ཡུལ་ཞིབ་ཏུ་མ་ཕྱེད་པར་ཐུང་རྒྱལ་དུ་སྨྲ་བའོ། །

有說此宗許補特伽羅我於名言有者，是未了解此宗關要，復未能分薩迦耶見所緣境與行相境之差別，隨意妄說。

དེ་ལྟར་བདག་ཡོད་པ་དང་ངར་འཛིན་གྱི་ཡུལ་ཡིན་པ་བཀག་པ་ནི་དགག་བྱ་ལ་དོན་དམ་གྱི་ཁྱད་པར་སྦྱར་བའི་དབང་དུ་བྱས་པའོ། །

如是破彼我有，及薩迦耶見之境，是依勝義差別而破。

དེ་ཁོ་ནར་མ་ཟད་ཀུན་རྫོབ་ཏུ་ཡང་དེ་གཉིས་འགོག་པ་ཡང་ཤེས་པར་བྱ་སྟེ། དེའི་ཚེ་བདག་ཡོད་པར་མི་འདོད་ཅེས་པ་ནི་བདག་རྫས་སུ་ཡོད་པ་མིན་པའོ། །

非但如是，當知於世俗中亦破彼二。言不許有我者，謂不許我爲實物也。

རྟགས་དང་དཔེ་དེ་གཉིས་ཀྱིས་དགག་བྱ་གཉིས་འགོག་པར་མ་ཟད་ཀྱི། གཞན་ཡང་མུ་སྟེགས་པས་བཏགས་པའི་བདག་དེའི་ཁྱད་པར་ཀུན་ཀྱང་ཡོད་པ་མ་ཡིན་ནོ་ཞེས་བྱ་བར་རིག་པར་བྱའོ། །དེ་ཡང་སྔར་བཤད་པའི་གྲངས་ཅན་དང་བྱེ་བྲག་པའི་བདག་གི་ཁྱད་པར་བཤད་པ་ཀུན་ཀྱང་ཡོད་པ་མ་ཡིན་ནོ་ཞེས་དགག་པར་བྱའོ། །

又彼因喻，非但破上述二義，當知亦破外道所計我之差別一切非有。頌曰：

གང་ཕྱིར་བསྟན་བཅོས་བསྟན་བཅོས་ལས་དེའི་ཁྱད། །མུ་སྟེགས་རྣམས་ཀྱིས་གང་བསྟན་དེ་ཀུན་ལ། །
རང་གྲགས་མ་སྐྱེས་གཏན་ཚིགས་ཀྱིས་གནོད་པ། །དེ་ཕྱིར་དེ་ཁྱད་ཀུན་ཀྱང་ཡོད་མ་ཡིན། །

由於彼彼諸論中，外道所計我差別，
自許不生因盡破，故彼差別皆非有。

དེའི་རྒྱུ་མཚན་གང་གི་ཕྱིར་ན་གྲངས་ཅན་གྱི་བསྟན་བཅོས་དང་། །བྱེ་བྲག་པ་སོགས་ཀྱི་བསྟན་བཅོས་ལས་བདག་དེའི་ཁྱད་པར་གྱི་ཆོས་མུ་སྟེགས་རྣམས་ཀྱིས་གང་བསྟན་པ་དེ་ཀུན་ལ་སྟེ་ཐམས་ཅད་ལ། མུ་སྟེགས་རང་ལ་གྲགས་པའི་མ་སྐྱེས་པའི་གཏན་ཚིགས་ཀྱིས་གནོད་པ་དེའི་ཕྱིར་རོ། །ཕྱོགས་འདིས་ནི་བདག་ཏུ་སྨྲ་བ་ཐམས་ཅད་ཏུ་མ་སྐྱེས་པའི་གཏན་ཚིགས་དང་མོ་གཤམ་གྱི་བུ་ཡི་དཔེས། དེ་དག་གིས་བཏགས་པའི་བདག་གི་ངོ་བོ་དང་ཁྱད་པར་རྣམས་གསལ་བར་རིག་པར་བྱའོ། །

數論論典與勝論等論典中，外道所計我之一切差別，當知以外道自許之不生因與石女兒喻，便能廣破我之自性差別。頌曰：

དེ་ཕྱིར་ཕུང་པོ་ལས་གཞན་བདག་མེད་དེ། །ཕུང་པོ་མ་གཏོགས་དེ་འཛིན་མ་གྲུབ་ཕྱིར། །

是故離蘊無異我，離蘊無我可取故。

དེའི་ཕྱིར་ཕུང་པོ་ལས་ངོ་བོ་གཞན་པའི་བདག་མེད་དེ། ཕུང་པོ་བཟུང་བ་མ་གཏོགས་པར་བདག་དེ་ཡན་གར་དུ་འཛིན་པ་མ་གྲུབ་པའི་ཕྱིར་རོ། །

是故無離蘊之異我，以離五蘊別無單獨之我可取故。

དེ་ནི་བདག་ཕུང་པོ་ལས་ངོ་བོ་ཐ་དད་ན་འབྲེལ་པ་གཉིས་ཀ་མེད་པས་འབྲེལ་མེད་དུ་འགྱུར་ལ། དེའི་ཚེ་བུམ་པ་མ་བཟུང་བར་སྣམ་བུ་ཡན་གར་དུ་འཛིན་པ་བཞིན་དུ་འཛིན་པ་ཞིག་འོང་དགོས་ན། དེ་འགར་ཡང་མ་མཐོང་བའི་ཕྱིར་ཞེས་པའོ། །

若我與蘊異，以俱無二種係屬故，應全無關係，有我可取，如不取瓶可單取衣。然彼都無可見也。

དེ་ལྟར་ཡང་རྩ་ཤེས་ལས། བདག་ནི་ཉེ་བར་ལེན་པ་ལས། །གཞན་དུ་འཐད་པ་ཉིད་མ་ཡིན། གལ་ཏེ་གཞན་ན་ལེན་མེད་པར། །གཟུང་ཡོད་རིགས་ན་གཟུང་དུ་མེད། །ཅེས་དང་།

《中論》云：「若離取有我，是事則不然，離取應可見，而實無可見。」

གལ་ཏེ་ཕུང་པོ་རྣམས་ལས་གཞན། །ཕུང་པོའི་མཚན་ཉིད་མེད་པར་འགྱུར། །ཞེས་གསུངས་ཏེ་ཉེ་བར་ལེན་པ་ནི་ཕུང་པོའོ། །

又云：「若我異五蘊，應無五蘊相。」取即五蘊也。

སྐྱོན་གཞན་ཡང་

復有過失。頌曰：

卷十一

འཇིག་རྟེན་ངར་འཛིན་བློ་ཡི་རྟེན་དུ་ཡང་། །མི་འདོད་དེ་རིག་མིན་པའང་བདག་ལྟའི་ཕྱིར། །

不許爲世我執依，不了亦起我見故。

ཕུང་པོ་ལས་ངོ་བོ་ཐ་དད་པའི་བདག་འདི་འཇིག་རྟེན་སེམས་ཅན་གྱི་ཐོག་མ་མེད་པ་ནས་ཀྱི་ངར་འཛིན་གྱི་བློ་ཡི་རྟེན་ཏེ་དམིགས་པར་ཡང་མི་འདོད་དེ། མུ་སྟེགས་ཀྱིས་བཏགས་པ་ལྟར་གྱི་བདག་དེ་རིག་པ་མིན་པ་སྟེ་དེའི་རྣམ་པར་མི་འཛིན་པའང་མངོན་པར་ཞེན་པ་དེ་ཁྱད་པར་ལས་བདག་དང་བདག་གི་ཞེས་བདག་ཏུ་ལྟ་བར་འགྱུར་བའི་ཕྱིར་རོ། །

不許此異蘊之我，爲世間有情無始以來我執所依之境，以不了知外道所計之我，不執彼相。然由執著差別之力，亦起我見執我、我所故。

འདི་ནི་ངར་འཛིན་བློ་ཡི་རྟེན་དུའང་མི་རིགས་ཞེས་སྔར་བཀག་པ་དང་མི་ཟློས་ཏེ། སྔར་ནི་བདག་རྫས་སུ་ཡོད་པ་ཙམ་བདག་ལྟའི་དམིགས་པ་ཡིན་པར་བཀག་ལ། འདིར་ནི་ཕུང་པོ་ལས་ངོ་བོ་ཐ་དད་པ་དམིགས་པ་ཡིན་པ་བཀག་པའི་ཕྱིར་རོ། །

此與前文「此亦非是我執依」無重複過。前破實我爲我見所緣，此破異蘊我爲所緣故。

ཅི་སྟེ་གང་ཟག་གང་དག་ད་ལྟ་བདག་དེ་རྟག་པ་དང་མ་སྐྱེས་པ་ལ་སོགས་པས་ཁྱད་པར་དུ་བྱས་པ་མི་ཤེས་པ་དེ་དག་ལ་ཡང་སྔོན་གོམས་པའི་དབང་གིས་བདག་དེའི་ཡུལ་ཅན་ངར་འཛིན་པའི་ལྟ་བ་ཡོད་པར་འགྱུར་རོ་སྙམ་ན། དེ་ནི་མ་ཡིན་ཏེ་གྲུབ་མཐའ་ངན་པས་བློ་བསྒྱུར་བ་ཁོ་ན་ལ། ཕུང་པོ་ལས་ངོ་བོ་ཐ་དད་པའི་བདག་ངར་འཛིན་གྱི་རྟེན་དུ་འཛིན་པ་ཡོད་པ་ཡིན་པའི་ཕྱིར་རོ། །

設作是念：現在諸人，雖不了知我有常住不生等差別，然由往昔串習之力，彼等亦有緣彼我之我見也。曰：此亦不然，唯學邪宗者，乃計離蘊之我爲我見所依。

སེམས་ཅན་གང་དག་ལ་སྔར་གྲུབ་མཐའ་ངན་པའི་གོམས་པ་མེད་པ་དེ་དག་ལ་ཡང་འདིར་ངར་འཛིན་འཇུག་པར་མཐོང་སྟེ།

初未學邪宗之有情，現見彼等亦有我執。頌曰：

གང་དག་དུད་འགྲོ་བསྐལ་མང་བཀྲལ་གྱུར་པ། །དེས་ཀྱང་མ་སྐྱེས་རྟག་འདི་མ་མཐོང་ལ། །
ངར་འཛིན་དེ་དག་ལ་ཡང་འཇུག་མཐོང་སྟེ། །དེས་ན་ཕུང་པོ་ལས་གཞན་བདག་འགའ་མེད། །

有生旁①生經多劫，彼亦未見常不生，

然猶見彼有我執，故離五蘊全無我。

འདི་ལྟ་སྟེ། སེམས་ཅན་གང་དག་དུད་འགྲོར་བསྐལ་པ་མང་པོར་ཆེ་བརྒྱལ་བར་གྱུར་པ་སྔར་དེ་ཙམ་སོང་དུ་ཟིན་ཀྱང་། ད་དུང་དུ་ཡང་དུད་འགྲོའི་སྐྱེ་གནས་ལས་ལྡོག་པར་མི་འགྱུར་བ་དེས་ཀྱང་། མུ་སྟེགས་ཀྱིས་བཏགས་པའི་མ་སྐྱེས་པ་དང་རྟག་པའི་བདག་འདི་མ་མཐོང་བ་དེ་དག་ལ་ཡང་།

有諸有情生旁生趣，經過多劫，至今未出旁生趣者，彼亦未見有如外道所計常住不生之我。

ངར་འཛིན་འཇུག་པར་མཐོང་བ་སྟེ་ཤེས་ནས། ཤེས་རབ་ཅན་སུ་ཞིག་མུ་སྟེགས་པས་བཏགས་པའི་བདག་རྣམ་པ་དེ་ལྟ་བུ་ངར་འཛིན་གྱི་རྟེན་དུ་ཞེན་པར་བྱེད། དེས་ན་ཕུང་པོ་ལས་ངོ་བོ་གཞན་པའི་བདག་འགའང་མེད་དོ། །ཀྱང་གི་སྒྲས་ནི་དམྱལ་བ་ལ་སོགས་པར་སྐྱེས་པ་རྣམས་སྡུད་པའོ། །

然猶見彼等有我執轉，誰有智者，執著外道所計之我為我執所依耶？故離五蘊全無異體之我。「亦」字攝墮地獄等趣。

གཉིས་པ་ལ་ལྔ། ཕུང་པོ་བདག་ཏུ་འདོད་པ་ལ་གནོད་བྱེད་བསྟན་པ། དེ་ལྟར་འདོད་པར་མི་རིགས་པའི་སྒྲུབ་བྱེད་བསྟན་པ།ཕུང་པོ་བདག་ཏུ་སྨྲ་བ་ལ་གནོད་བྱེད་གཞན་བསྟན་པ། ཕུང་པོ་བདག་ཏུ་གསུངས་པ་སོགས་ཀྱི་དགོངས་པ་བཤད་པ། གཞན་གྱི་ལུགས་འབྲེལ་མེད་དུ་བསྟན་པའོ། །

寅二、破內道所計即蘊我分五：卯一、明計即蘊是我之妨難，卯二、成立彼計非理，卯三、明計即蘊是我之餘難，卯四、解釋說蘊為我之密意，卯五、明他宗無係屬。

དང་པོ་ལ་གཉིས། དངོས་ཀྱི་དོན་དང་། སྐྱོན་སྤོང་གི་ལན་དགག་པའོ། །

初又分二：辰一、正義，辰二、破救。

དང་པོ་ལ་གཉིས། ཕྱོགས་སྔ་མ་བརྗོད་པ་དང་། ལུགས་དེ་དགག་པའོ། །

初中又分二：巳一、敘計，巳二、破執。

①「旁」，頌作「傍」。

དང་པོ་ནི། འདིར་རང་གི་སྡེ་པ་དག་ན་རེ་

今初，此中內教人計，頌曰：

ཕུང་པོ་ལས་གཞན་བདག་གྲུབ་མེད་པའི་ཕྱིར། །བདག་ལྟའི་དམིགས་པ་ཕུང་པོ་ཁོ་ནའོ། །

由離諸蘊無我故，我見所緣唯是蘊。

ཕུང་པོ་ལས་ངོ་བོ་གཞན་པའི་བདག་གྲུབ་པ་མེད་པའི་ཕྱིར་བདག་ཏུ་ལྟ་བ་སྟེ་འཇིག་ཚོགས་ལ་ལྟ་བའི་དམིགས་རྣམ་གཉིས་ཀྱི་ནང་གི་དམིགས་པ་ནི་ཕུང་པོ་ཁོ་ན་ཡིན་ཏེ། ཕུང་པོ་ལས་ངོ་བོ་ཐ་དད་པ་དང་ནང་གི་ཕུང་པོ་དམིགས་པར་འཇོག་པ་གཉིས་སུ་ངེས་པ་ལས་ཕྱི་མ་མི་རུང་བའི་ཕྱིར་རོ། །

由離諸蘊無異體我，故我見薩迦耶見之所緣，唯是自蘊；以彼所緣，異蘊即蘊二類決定，異蘊非理。

དེའི་ཕྱིར་བདག་ནི་རང་གི་ཕུང་པོ་ཙམ་ཡིན་ནོ་ཞེར་རོ། །ཕྱོགས་འདི་ནི་གནས་མ་བུའི་སྡེ་པ་ལ་སོགས་པ་འཕགས་པ་མང་པོ་བཀུར་བའི་སྡེ་པའོ། །

故說唯自內蘊爲我。此是犢子部等正量部計。

དེ་ལས་ཀྱང་མང་བཀུར་བ་ཁ་ཅིག་བདག་ལྟའི་རྟེན་དུ་སྡེ་དམིགས་པར་ནི།

復有異執。頌曰：

ཁ་ཅིག་བདག་ལྟའི་རྟེན་དུ་ཕུང་པོ་ནི། །ལྔ་ཆར་ཡང་འདོད་ཁ་ཅིག་སེམས་གཅིག་འདོད། །

有計我見依五蘊，有者唯計依一心。

རང་གི་ཕུང་པོ་ལྔ་ཆར་ཡང་འདོད་ཅིང་། བདག་ཏུ་མཐོང་བར་ཞེན་པ་འདི་ཡང་ཕུང་པོ་ལྔ་པོ་དེ་ལས་ཡིན་ནོ་ཞེས་སྨྲ་སྟེ། ཇི་སྐད་དུ་བཅོམ་ལྡན་འདས་ཀྱིས་དགེ་སློང་དག་དགེ་སྦྱོང་དམ་བྲམ་ཟེ་གང་སུ་དག་ཅིག་བདག་གོ་སྙམ་དུ་ཡང་དག་པར་རྗེས་སུ་ལྟ་བ་དེ་དག་ནི། ཉེ་བར་ལེན་པའི་ཕུང་པོ་ལྔ་པོ་འདི་ཁོ་ན་ལ་ཡང་དག་པར་རྗེས་སུ་ལྟའོ། །ཞེས་གསུངས་པ་ལྟ་བུའོ། །

正量部一派，計自身五蘊爲我見所緣之依，說此我執從五蘊起。如薄伽梵說：「比丘當知，一切沙門婆羅門等所有執我，一切唯見此五取蘊。」

དེ་ཉིད་ཀྱི་ཕྱིར་དེ་དག་ལ་ཁྲིད་ཙམ་གྱི་ལྟ་བ་འདི་ནི་འཇིག་པའི་བདག་ཉིད་ཅན་གྱི་ཆོས་པ་ལ་ཡིན་གྱི་བདག་གམ་བདག་གི་བ་ལ་ནི་མ་ཡིན་ནོ། །ཞེས་གསལ་བར་མཛད་པའི་སླད་དུ། བདག་དང་བདག་གི་བའི་རྣམ་པར་ཞུགས་པའི་ལྟ་བ་ལ་འཇིག་ཚོགས་ལ་ལྟ་བར་གསུངས་སོ། །ཞེས་སྨྲས་ཏེ།

為顯此見是於可壞積聚之法而起，非於我、我所起。故說我、我所行相之見，名薩迦耶見。

ཉེར་ལེན་གྱི་ཕུང་པོ་ལྔ་ལ་ལྟའོ་ཞེས་གསུངས་པ་ལ་བརྟེན་ནས་བདག་ལྟའི་དམིགས་པ་ཕུང་པོ་ལྔར་ཁས་བླངས་སོ། །

因經說見五取蘊，故計五蘊為我見所緣。

མང་བཀུར་བ་ཁ་ཅིག་ནི་སེམས་གཅིག་པུ་ལ་བདག་གོ་ཞེས་འདོད་དེ། བདག་ཉིད་བདག་གི་མགོན་ཡིན་གྱི། །གཞན་ནི་སུ་ཞིག་མགོན་དུ་འགྱུར། །བདག་ཉིད་ལེགས་པར་ཐུལ་བས་ནི། །མཁས་པས་མཐོ་རིས་ཐོབ་པར་འགྱུར། །ཞེས་ཚིགས་སུ་བཅད་པ་ལས་སེམས་ལ་བདག་གི་སྒྲར་གསུངས་སོ། །

正量別派則計唯心為我。如契經云：「我自為依怙，更有誰為依，由善調伏我，智者得生天。」此頌即說內心為我。

འདི་གང་ལས་ཤེ་ན། ཕུང་པོ་ལས་ཐ་དད་པའི་བདག་མེད་པའི་ཕྱིར་དང་། མདོ་གཞན་ལས་ཀྱང་། སེམས་འདུལ་བར་གསུངས་པའི་ཕྱིར་ཏེ། སེམས་འདུལ་བ་ནི་ལེགས་པ་སྟེ། སེམས་འདུལ་བ་ནི་བདེ་བ་འདྲེན། །ཞེས་བྱ་བ་དེ་ལས་སོ། །དེའི་ཕྱིར་ངར་འཛིན་པའི་གཞི་སེམས་ལ་བདག་ཅེས་བདགས་སོ་ཞེའོ། །

何以知然？以無異蘊之我故，餘經亦說調伏心故。如契經云：「應善調伏心，心調能引樂。」故說我執所依之心，名我。

རྟོག་གེ་འབར་བ་ལས་ཀྱང་། འདི་ལྟར་ཁོ་བོ་ཅག་ཀྱང་ཐ་སྙད་དུ་རྣམ་པར་ཤེས་པ་ལ་བདག་གི་སྒྲ་དངོས་སུ་འདོགས་ཏེ། འདི་ལྟར་རྣམ་པར་ཤེས་པ་ནི་ཡང་སྲིད་པ་ལེན་པའི་ཕྱིར་བདག་ཡིན་ནོ། །ཞེས་ལུས་དང་དབང་པོའི་ཚོགས་དག་ལ་ཉེ་བར་འདོགས་པའི་ཕྱིར་ཏེ་ཞེས་དང་།

《分別熾然論》云：「我等於名言中亦於識上安立我名。由識能取後有，故識是我。」

དེ་ཡང་མདོ་ཁ་ཅིག་ལས་སེམས་དུལ་ན་བདེ་བ་འཐོབ་པར་གསུངས་ལ། ཁ་ཅིག་ཏུ་བདག་དུལ་བས་མཐོ་རིས་ཐོབ་པར་གསུངས་པས་སེམས་ལ་བདག་ཏུ་འཇོག་ཅེས་ལུང་དང་།

又引教云：「有契經①說，調伏內心能得安樂。有契經說，由調伏我能得

① 「有契經」，校正本作「契經」。

生天。故於內心安立爲我。」

ཕུང་པོ་ལེན་མཁན་ནི་བདག་ཡིན་ལ་རྣམ་ཤེས་ཀྱིས་ཡང་སྲིད་ལེན་པའི་ཕྱིར་རྣམ་ཤེས་བདག་ཏུ་བཞག་གོ་ཞེས་རིགས་པའི་སྒྲུབ་བྱེད་སྨྲོའོ། །

又以理成立云：「能取蘊者謂我。識能取後有，故立識爲我。」

སློབ་དཔོན་འདི་ཀུན་གཞི་མི་བཞེད་པས་ལུས་ལེན་པའི་རྣམ་ཤེས་ནི་ཡིད་ཀྱི་རྣམ་ཤེས་ཡིན་ཏེ། ཀུན་གཞི་མི་འདོད་པ་གཞན་ཡང་དེ་དང་འདྲའོ། །

清辯論師不許阿賴耶識，故說取後有之識是意識。餘不許阿賴耶識者，當知亦爾。

ཀུན་གཞི་འདོད་པས་ཀུན་གཞི་རྣམ་ཤེས་ཉིད་གང་ཟག་གི་མཚན་གཞིར་སྨྲའོ། །

許阿賴耶識者，則計阿賴耶識爲補特伽羅。

དེ་ཡང་ལུགས་དེ་དག་གིས་ཉན་རང་གིས་གང་ཟག་རྫས་ཡོད་དུ་མེད་པར་རྟོགས་པར་འདོད་ཀྱང་།

རྣམ་ཤེས་གཉིས་པོ་རྫས་ཡོད་དུ་མེད་པར་རྟོགས་པར་མི་འདོད་པས། གང་ཟག་རང་རྐྱ་ཐུབ་པའི་རྫས་སུ་མེད་པར་སྨྲ་བ་ནི་གང་ཟག་གི་རང་གི་ངོ་བོ་ནས་འདོད་པ་ཡིན་གྱི། གང་ཟག་གི་མཚན་གཞི་རྣམ་ཤེས་ལ་དེ་ལྟར་འདོད་པ་མིན་ནོ། །

彼等宗中，說二乘能證無實物之補特伽羅，然不許彼能證無實物之第二識（第六第八）。言補特伽羅無自立實物者，是說補特伽羅自相無實。非說補特伽羅所相識無實也。

གཉིས་པ་ནི།

巳二、破執

གལ་ཏེ་ཕུང་པོ་བདག་ན་དེ་ཕྱིར་དེ། །མང་བས་བདག་དེ་དག་ཀྱང་མང་བར་འགྱུར། །
བདག་ནི་རྫས་སུ་འགྱུར་ཞིང་དེར་ལྟ་བ། །རྫས་ལ་འཇུག་པས་ཕྱིན་ཅི་ལོག་མི་འགྱུར། །
若謂五蘊即是我，由蘊多故我應多，
其我復應成實物，我見緣物應非倒。

གལ་ཏེ་རང་རྒྱུད་ཀྱི་ཕུང་པོ་ལྔ་བདག་ཡིན་པའི་ཕྱོགས་ལྟར་ན། དེའི་ཕྱིར་ཕུང་པོ་དེ་མང་བས་གང་ཟག་གཅིག་

ལ་ཡང་བདག་དེ་དག་ཀྱང་མང་པོར་འགྱུར་རོ། །

若謂自身五蘊即是我者，由蘊多故，一補特伽羅亦應有多我。

གང་གི་ལྟར་ན་སེམས་བདག་ཡིན་པ་དེའི་ལྟར་ན་མིག་ལ་སོགས་པའི་རྣམ་པར་ཤེས་པའི་དབྱེ་བས་སམ་སྐད་ཅིག་རེ་རེ་ལ། རྣམ་ཤེས་དུ་མ་སྐྱེ་བ་དང་འགག་པའི་དབྱེ་བས་མང་བའི་ཕྱིར་བདག་ཀྱང་མང་པོར་འགྱུར་རོ། །

若謂唯心是我，由眼識等差別，或由一一剎那有多識生滅差別，有多識故我亦應多。

འདིར་འགྲེལ་པ་ལས། བདག་མང་པོར་ཐལ་བ་ཕྱོགས་སྔ་མ་གཉིས་ཀྱི་དང་པོ་ལ་འཕེན་པ་དང་། ཡང་ན་སྐྱོན་གཞན་ཡང་གཉིས་ཀ་ལ་འཕེན་པར་གསུངས་སོ། །

釋論說：「我應成多之過，於彼二派中為第一派出，或餘過失通難兩派。」

འདི་ནི་མང་པོ་དང་ངོ་བོ་གཅིག་པར་འདོད་པ་ཙམ་ལ་འཕེན་དུ་མི་རུང་བས། བདག་དང་ཕུང་པོ་གཉིས་ཐ་དད་གཏན་མེད་གཅིག་ཏུ་འདོད་པ་ལ་འཕེན་པའོ། །

此非說凡許我與多蘊是同體者，便能出過，是許我與蘊全無異者，乃能出過。

དེ་ཡང་དང་པོ་ནས་གཞན་གྱིས་དེ་ལྟར་ཁས་མ་བླངས་པས། ངོ་བོ་གཅིག་པ་དང་ཐ་དད་ཙམ་ཡིན་པ་བརྟན་པ་ལ་སྐྱོན་མེད་ཀྱང་། བདག་ཕུང་གཉིས་བདེན་པར་ཁས་ལེན་པ་ལ་ངོ་བོ་གཅིག་ན་དབྱེར་མེད་ཀྱི་གཅིག་ཏུ་ཐལ་ནས། དེའི་འོག་ཏུ་བདག་མང་པོ་དང་ཕུང་པོ་ལྔ་གཅིག་ཏུ་ཐལ་བ་འཕང་ངོ་།

他宗初不許爾，故先應難彼，若是假我與蘊同體異相，雖可無過，然汝計我蘊實有，故應成全無差別之一體。次乃難彼，我應成多，或五蘊應成一也。

དེའི་ཚེ་འཇིག་རྟེན་སྐྱེ་བ་ན་གང་ཟག་ཉག་གཅིག་སྐྱེའོ་ཞེས་བྱ་བའི་ལུང་ལས་ནི། ཕ་རོལ་པོས་བདག་མང་པོར་འདོད་པ་ཡང་མིན་ནོ། །

契經說：「世間生時，唯一補特伽羅生。」故他宗亦不許有多我。

བདག་ནི་རྫས་སུ་འགྱུར་ཞིང་སྟེ། གཟུགས་ལ་སོགས་པའི་རྫས་འདས་པ་ལ་སོགས་པའི་དབྱེ་བས། ཐ་དད་པར་འགྱུར་བ་རྣམས་ཁོ་ན་ལ་ཕུང་པོ་ཉིད་དུ་བརྗོད་པའི་ཕྱིར་དང་། དེ་རྣམས་ཁོ་ན་ལ་བདག་ཏུ་བསྟད་པའི་ཕྱིར་བདག་རྫས་སུ་ཡོད་པར་འགྱུར་ན།

我應是實物者，由色等物有過去等差別，唯諸異法說名為蘊。汝說彼等是我，故我應是實物。

卷十一

དགེ་སློང་དག་ལྔ་པོ་འདི་དག་ནི་མིང་ཙམ་ཐ་སྙད་ཙམ་བཏགས་པ་ཙམ་སྟེ། གང་འདི་ལྟ་སྟེ། འདས་པའི་དུས་དང་མ་འོངས་པའི་དུས་དང་། ནམ་མཁའ་དང་། མྱ་ངན་ལས་འདས་པ་དང་། གང་ཟག་གོ་ཞེས་བྱ་བ་དང་།

然契經說：「比丘當知，有五種法，唯名唯言唯是假立①，謂過去時、未來時、虛空、涅槃、補特伽羅。」

དེ་བཞིན་དུ། ཇི་ལྟར་ཡན་ལག་ཚོགས་རྣམས་ལ། །བརྟེན་ནས་ཤིང་རྟར་བརྗོད་པ་ལྟར། །དེ་བཞིན་ཕུང་པོ་རྣམས་བརྟེན་ནས། །ཀུན་རྫོབ་སེམས་ཅན་ཞེས་བྱའོ། །ཞེས་བྱ་བ་འདི་ལས་ན་ཕ་རོལ་པོས་བདག་རྫས་སུ་འདོད་པ་ཡང་མ་ཡིན་ནོ། །

又有頌言：「如即攬支聚，假想立爲車，世俗立有情，應知攬諸蘊。」故彼亦不許我爲實物。

གཞན་ཡང་ཕུང་པོ་དེར་ལྟ་བའི་འཇིག་ཚོགས་ལ་ལྟ་བ་རྫས་ལ་འཇུག་པ་སྟེ་རྫས་སུ་གྲུབ་པའི་ཡུལ་ཅན་ཡིན་པས། སྔོན་པོ་དང་སེར་པོ་ལ་སོགས་པའི་ཤེས་པ་ལྟར་ཕྱིན་ཅི་ལོག་ཉིད་དུ་མི་འགྱུར་རོ། །

又見諸蘊之薩迦耶見，由於實物轉故，是緣實物之心，應非顛倒，如緣青黃等識。

དེའི་ཕྱིར་འཇིག་ལྟ་སྤོང་བ་ན་རིགས་འདྲ་རྒྱུན་མི་ཆད་དུ་མི་འབྱུང་བའི་ཚུལ་གྱིས་སྤངས་པ་མིན་པའམ། སྔོ་སེར་སོགས་ཙམ་ལ་དམིགས་པའི་ཤེས་པ་ལྟར་འཇིག་ལྟ་ལ་དམིགས་པའི་འདུན་པའི་འདོད་ཆགས་སྤངས་པ་ཁོ་ནས་སྤོང་བར་འགྱུར་རོ། །

故斷薩迦耶見，應非令其同類相續不生名斷。應如斷緣青黃色等之識，唯斷緣薩迦耶見之欲貪，說名爲斷也。

གཞན་ཡང་

復有過失，頌曰：

མྱ་ངན་འདས་ཚེ་ངེས་པར་བདག་ཆད་འགྱུར། །མྱ་ངན་འདས་སྔོན་སྐད་ཅིག་དག་ལ་ནི། །
སྐྱེ་འཇིག་བྱེད་པོ་མེད་པས་དེ་འབྲས་མེད། །གཞན་གྱིས་བསགས་ལ་གཞན་གྱིས་ཟ་བར་འགྱུར། །

般涅槃時我定斷，般涅槃前諸刹那，
生滅無作故無果，他所造業餘受果。

①「假立」，上海本、PDF作「假音」。

རང་གི་ཕུང་པོ་བདག་ཡིན་ན་ཁྱེད་ཀྱི་ལྟར་ན་ལྷག་མེད་ཀྱི་མྱ་ངན་ལས་འདས་པའི་ཚེ་ཕུང་པོ་ལྔ་ཆར་ཆད་པས། ངེས་པར་བདག་ཆག་པར་འགྱུར་རོ། །

若如汝說，自蘊是我者，則無餘依般涅槃時，由五蘊斷故，我亦決定應斷。

དེའི་ཕྱིར་མཐར་འཛིན་གྱི་ཆད་པའི་ལྟ་བར་འགྱུར་ཏེ། ཁྱེད་ཅག་གིས་གང་བདག་ཏུ་བཟུང་བ་དེ་ཉིད་ལ་རྟག་ཆད་དུ་འཛིན་པ་མཐར་འཛིན་གྱི་ལྟ་བར་འདོད་པའི་ཕྱིར་རོ། །

故成邊執之斷見，以汝等說緣所計我執常斷者，是邊見故。

མྱ་ངན་ལས་འདས་པར་ཞུགས་པའི་སྔོན་གྱི་སྐད་ཅིག་དག་ལ་ནི། ཕུང་པོ་སྐད་ཅིག་རེ་རེར་སྐྱེ་འཇིག་བྱེད་པ་ལྟར་བདག་ཀྱང་སྐད་ཅིག་རེ་རེར་ངོ་བོ་ཉིད་ཀྱིས་སོ་སོ་བའི་སྐྱེ་འཇིག་བྱེད་པར་འགྱུར་རོ། །

未般涅槃前諸刹那中，如五蘊刹那生滅，其我亦應一一刹那各別生滅。

དེའི་ཕྱིར་སྐྱེ་བ་དྲན་པ་ན་ཇི་ལྟར་ངའི་ལུས་འདི་སྔོན་བྱུང་བར་གྱུར་ཏོ། །ཞེས་བྱ་བར་མི་འཛིན་པ་དེ་བཞིན་དུ། དེའི་ཚེ་དེའི་དུས་ན་ང་རྒྱལ་པོ་ང་ལས་ནུ་ཞེས་བྱ་བར་གྱུར་ཏོ། །ཞེས་བྱ་བ་འདི་ཡང་གསུང་བར་མི་འགྱུར་ཏེ།

如憶宿命，決不念曰：「我今此身，昔已曾有。」如是亦不應說：「我於爾時，為頂生王。」

དེའི་དུས་ཀྱི་བདག་ཀྱང་ལུས་ལྟར་ཞིག་པས། ད་ལྟ་མེད་པའི་ཕྱིར་དང་། ཚེ་འདིར་སྔར་གྱི་བདག་ལས་རང་བཞིན་གྱིས་ཐ་དད་པའི་བདག་གཞན་སྐྱེས་པར་ཁས་བླངས་པའི་ཕྱིར་རོ། །

以彼時我，如身已滅，現在非有，汝許離彼前我，別有異性之我，受此生故。

རྩ་ཤེས་ལས་ཀྱང་། ཉེ་བར་ལེན་ཉིད་བདག་མ་ཡིན། །དེ་འབྱུང་བ་དང་འཇིག་པ་ཡིན། །ཉེ་བར་བླང་བ་ཇི་ལྟ་བུར། །ཉེ་བར་ལེན་པོ་ཡིན་པར་འགྱུར། །ཞེས་དང་།

《中論》云：「非所取即我，彼有生滅故，云何以所取，而作能取者。」

གལ་ཏེ་ཕུང་པོ་བདག་ཡིན་ན། །སྐྱེ་དང་འཇིག་པ་ཅན་དུ་འགྱུར། ཞེས་གསུངས་སོ། །

又曰：「若五蘊是我，我應有生滅。」

སྐད་ཅིག་སྔ་ཕྱི་བ་རྣམས་ངོ་བོ་ཉིད་ཀྱིས་གཞན་ཡིན་ན། དེའི་ཚེ་བྱེད་པ་པོའི་བདག་མེད་པས། ལས་ལ་ཡང་གནས་པའི་རྟེན་མེད་པའི་ཕྱིར་ལས་ཀྱང་མེད་པས། ལས་དེའི་འབྲས་བུ་དང་འབྲེལ་བ་མེད་པ་ཉིད་དུ་འགྱུར་རོ། །

若前後刹那自性各異，應無能作之我。由業無所依故，業亦應無，則我與業果亦應無關係。

གལ་ཏེ་སྐད་ཅིག་མ་སྔ་མས་བྱས་པའི་ལས་ཀྱི་འབྲས་བུ་སྐད་ཅིག་མ་ཕྱི་མ་རྣམས་སུ་ལོངས་སྤྱོད་པས་སྐྱོན་

卷十一

མེད་དོ་སྙམ་ན། དེའི་ཚེ་གཞན་གྱིས་བསགས་པའི་ལས་ཀྱི་རྣམ་པར་སྨིན་པ་གཞན་གྱིས་ལོངས་སྤྱོད་པའི་ཕྱིར་རྒྱུད་གཞན་གྱིས་བསགས་པའི་འབྲས་བུ་ལ་གཞན་གྱིས་ཟ་བར་འགྱུར་རོ། །

設作是念，前刹那造業，後刹那受果，無過失者，是則他人作業，應餘人受果，以他造業，餘受報故。

དེ་ལྟར་ན་ལས་བྱས་པ་ཆུད་ཟོས་པ་དང་། མ་བྱས་པ་དང་ཕྲད་པར་འགྱུར་རོ། །

如是亦犯造業失壞，未造受報等過失。

རྩ་ཤེས་ལས་ཀྱང་། གལ་ཏེ་འདི་ནི་གཞན་འགྱུར་ན། །དེ་མེད་པར་ཡང་འབྱུང་བར་འགྱུར། །དེ་བཞིན་དུ་ནི་གནས་འགྱུར་ཞིང་། །དེ་མ་ཤི་བར་སྐྱེ་བར་འགྱུར། །ཆད་དང་ལས་རྣམས་ཆུད་ཟ་དང་། །གཞན་གྱིས་བྱས་པའི་ལས་རྣམས་ནི། །གཞན་གྱིས་སོ་སོར་སྤྱོད་པ་དང་། །དེ་ལ་སོགས་པར་ཐལ་བར་འགྱུར། །ཞེས་

《中論》云：「若謂有異者，離彼應有今，我住過去世，未死今我生，如是則斷滅[①]，失壞諸業報，他作業此受，有如是等過。」

སྔ་ཕྱི་རང་བཞིན་གྱིས་གཞན་ཡིན་ན་སྔ་མ་ལ་ལྟོས་པ་མི་རུང་བས་སྔ་མ་དེ་མེད་པར་ཡང་འབྱུང་བ་དང་། སྔ་མའི་བདག་དེ་དེ་བཞིན་དུ་གནས་པས། དེར་མ་ཤི་བར་འདིར་སྐྱེ་བར་འགྱུར་བ་སོགས་གསུངས་སོ། །

此說若前後我自性各異，則後我不應觀待前我，即無前我後我亦應生。前我照常安住不死，今我應自生也。

གཉིས་པ་ནི། །གལ་ཏེ་སྐད་ཅིག་སྔ་ཕྱི་དག་གཞན་ཡིན་མོད་ཀྱི། དེ་ལྟ་ན་ཡང་རྒྱུད་གཅིག་ཡིན་པས་སྐྱོན་མེད་དོ་ཞེ་ན། དེ་ཁོ་ན་ཉིད་དུ་རྒྱུན་ཅན་རྫས་ཐ་དད་པ་རྣམས་ལ་རྒྱུད་གཅིག་ཡོད་པས་སྐྱོན་མེད་ན།

辰二、破救。設有是念，前後刹那雖異，而是一相續，故無過咎。頌曰：

དེ་ཉིད་དུ་རྒྱུད་ཡོད་ན་སྐྱོན་མེད་ན། །སྔར་རྣམ་དཔྱད་ཚེ་རྒྱུད་ལ་ཉེས་བཤད་ཟིན། །

實一相續無過者，前已觀察說其失。

དེ་ཡང་མི་འཐད་དེ་རང་བཞིན་གྱིས་ཐ་དད་པ་རྣམས་ལ་རྒྱུད་གཅིག་ཡིན་པ་ལ། སྔར་རྣམ་པར་དཔྱད་པ་བྱས་པའི་ཚེ་ཉེས་པ་བཤད་ཟིན་ཏེ། བྱམས་པ་ཉེ་སྦས་ལ་བརྟེན་ཆོས་རྣམས་ནི། ཞེས་བྱ་བ་དེར་རོ། །

①「斷滅」，民族本作「斷滅」。

若謂諸真實異法，是一相續故無過者，此不應理。前文「如依慈氏近密法」，觀察自性異法是一相續時，已說其過失。

རྩ་ཤེས་ལས་ཀྱང་། གལ་ཏེ་ལྷ་ལས་མི་གཞན་ན། །དེ་ལྟ་ན་ནི་མི་རྟག་འགྱུར། །གལ་ཏེ་ལྷ་མི་གཞན་ཡིན་ན། །རྒྱུད་ནི་འཐད་པར་མི་འགྱུར་རོ། །ཞེས་གསུངས་སོ། །

《中論》云：「若天異於人，是即爲無常[①]，若天異人者，是則無相續。」

དེའི་ཕྱིར་རང་བཞིན་གྱིས་ཐ་དད་པ་རྣམས་ལ་རྒྱུད་གཅིག་པ་ཉིད་མི་རིགས་པས། ལས་མ་བྱས་པ་དང་ཕྲད་པ་དང་བྱས་པ་ཆུད་ཟོས་པ་སོགས་ཀྱི་ཐལ་འགྱུར་ལྡོག་པ་མེད་དོ། །

故自性互異諸法，是一相續，不應正理。未造業而受報，造業後失壞等過，仍不能免。頌曰：

དེ་ཕྱིར་ཕུང་པོ་དང་སེམས་བདག་མི་རིགས། །

故蘊與心皆非我。

དེའི་ཕྱིར་རང་གི་ཕུང་པོ་རྣམས་དང་རང་གི་སེམས་རང་གི་བདག་ཉིད་དུ་འདོད་པ་མི་རིགས་སོ། །

故計自身諸蘊爲我，與計內心爲我，皆不應理。

གཉིས་པ་ནི། ཇི་སྐད་བཤད་པའི་རིགས་པས་ཕུང་པོ་དང་སེམས་བདག་མིན་པ་འབའ་ཞིག་ཏུ་མ་ཟད་ཀྱི་གཞན་ཡང་

卯二、成立彼計非理。非但以上文所說道理，諸蘊與內心非我。復有過失，頌曰：

འཇིག་རྟེན་མཐའ་ལྡན་ལ་སོགས་མེད་ཕྱིར་རོ། །

世有邊等無記故。

འཇིག་རྟེན་མཐའ་དང་ལྡན་པ་ཉིད་དང་། ལ་སོགས་པས་མཐའ་ཡས་མི་ལྡན་པ་དང་། གཉིས་ཀ་དང་གཉིས་ཀ་མ་ཡིན་པ་དང་། འཇིག་རྟེན་རྟག་པ་དང་། མི་རྟག་པ་དང་། གཉིས་ཀ་དང་གཉིས་ཀ་མ་ཡིན་པ་དང་། དེ་བཞིན་

---

① 「無常」，民族本作「無當」。

གཤེགས་པ་གྲོངས་ཕན་ཆད་འབྱུང་བ་དང་། མི་འབྱུང་བ་དང་། གཉིས་ཀ་དང་གཉིས་ཀ་མ་ཡིན་པར་ལྟ་བ་བཅུ་གཉིས་དང་། ལུས་གང་ཡིན་པ་དེ་ཉིད་སྲོག་གོ་ཞེས་པ་དང་། ལུས་ཀྱང་གཞན་ལ་སྲོག་ཀྱང་གཞན་ནོ་ཞེས་བྱ་བར་ལྟ་བ་གཉིས་ཏེ་བཅུ་བཞི་པོ་དེར་ལུང་བསྟན་དུ་མེད་པར་འདོད་པའི་ཕྱིར་ལུང་མ་བསྟན་གྱི་ལྟ་བར་སྡེ་པ་ཐམས་ཅད་ཀྱིས་འདོད་པའི་ཕྱིར་ཕུང་པོ་བདག་ཏུ་མི་རིགས་སོ། །

世間有邊，等取無邊、二俱、雙非，世間常、無常、二俱、雙非，如來死後有、非有、二俱、雙非，身即命者、身異命者，許此十四見，爲不應記故。此不應記見，一切部中咸誦持故，說蘊是我不應道理。

གལ་ཏེ་འཇིག་རྟེན་གྱི་སྒྲས་ཕུང་པོ་རྣམས་འཛིན་ན། དེའི་ཚེ་ཕུང་པོ་རྣམས་སྐྱེ་འཇིག་བྱེད་པ་རང་གི་ལུགས་ཡིན་པའི་ཕྱིར། འཇིག་རྟེན་མི་རྟག་པར་ལུང་བསྟན་དགོས་པ་དང་། མྱ་ངན་ལས་འདས་པའི་འོག་རོལ་ཏུ་ཕྱིད་ལྟར་ན་ཕུང་པོ་རྣམས་མེད་པས་འཇིག་རྟེན་མཐའ་དང་ལྡན་པ་དང་། དེ་བཞིན་གཤེགས་པ་གྲོངས་ཕན་ཆད་ཡོད་པ་མིན་ནོ་ཞེས་ལུང་བསྟན་དགོས་པར་ཡང་འགྱུར་རོ། །

若「世間」言目諸蘊者，自宗許諸蘊生滅，則應記世間無常。般涅槃後諸蘊皆無，汝亦應記世間有邊，如來死後非有。

དེའི་ཕྱིར་འཇིག་རྟེན་མཐའ་དང་ལྡན་པ་ལ་སོགས་པ་ལ་ལན་ལུང་སྟོན་པ་བཀག་པའི་ཕྱིར། ཕུང་པོ་རྣམས་བདག་གོ་ཞེས་མི་རིགས་སོ། །དེ་ལ་སྲོག་ནི་བདག་གི་རྣམ་གྲངས་སོ། །

然問世間有邊等遮止授記，故計諸蘊是我不應道理。此中命者，是我之異名。

འཇིག་རྟེན་ནི་བདག་ལ་བརྩམས་ནས་འདྲི་བའོ། །

問世間亦是依我而問。

དེ་ཡང་ནང་གི་བྱེད་པའི་སྐྱེས་བུ་ལ་བསམས་ནས་འདྲི་ན་ནི། ཁྱད་གཞི་མ་གྲུབ་པས་ཁྱད་པར་གྱི་ཆོས་ལུང་བསྟན་དུ་མེད་དོ། །

問者意樂既是依神我而問，彼所別事尚屬非有，如何可記其能別法。

བཏགས་པ་ཙམ་གྱི་བདག་གི་སྒོ་ནས་ལུང་བསྟན་ན་ནི། དེའི་ཚེ་འདྲི་བ་པོ་དེ་རྣམས་དེ་འདྲ་བའི་བདག་མེད་རྟོགས་པའི་སྐལ་བ་དང་མི་ལྡན་པས་དེ་ཡང་ལུང་བསྟན་ཏུ་མེད་དོ། །

若依假我而答，由彼問者尚非通達無我之法器，故亦不可作如是答。

གསུམ་པ་ནི། སྐྱོན་གཞན་ཡང་ཡོད་དེ། གལ་ཏེ་ཁྱོད་ཀྱི་ལྟར་ན།

卯三、明計即蘊是我之餘難。復有過失，頌曰：

ཁྱོད་ཀྱི་རྣལ་འབྱོར་བདག་མེད་མཐོང་བ་ལ། །དེ་ཚེ་ངེས་པར་དངོས་རྣམས་མེད་པར་འགྱུར། །

若汝瑜伽見無我，爾時定見無諸法。

གལ་ཏེ་ཁྱོད་ཀྱི་ལྟར་ན། རྣལ་འབྱོར་པས་བདག་མེད་པ་མངོན་སུམ་དུ་མཐོང་བའི་དུས་སུ། ཆོས་ཐམས་ཅད་ནི་བདག་མེད་པའོ་ཞེས་བདག་མེད་པའི་རྣམ་པར་སྡུག་བསྔལ་གྱི་བདེན་པ་མཐོང་བ་དེའི་ཚེ། ངེས་པར་ཕུང་པོའི་དངོས་པོ་རྣམས་མེད་པར་མཐོང་བར་འགྱུར་བས་བདག་མེད་པ་མཐོང་བར་འགྱུར་ཏེ། ཕུང་པོ་དང་སེམས་བདག་ཡིན་པའི་ཕྱིར་རོ། །

若如汝說，則瑜伽師現見無我時，謂見一切法無我，是見苦諦無我相。爾時決定由見無有蘊等諸法名見無我，以計五蘊及心即是我故。

དེ་ལྟར་འདོད་པ་ཡང་མ་ཡིན་པས་དེའི་ཕྱིར་ཕུང་པོ་རྣམས་བདག་མ་ཡིན་ནོ། །

然不許爾，故五蘊非我。

འོ་ན་ཕུང་པོ་བདག་ཏུ་མི་འདོད་པའི་ལུགས་ལ་ཡང་། གང་ཟག་གི་བདག་མེད་མངོན་སུམ་དུ་མཐོང་བའི་ཚེ། བདག་གི་མཚན་གཞིར་འཛིན་པའི་གང་ཟག་ཐམས་ཅད་མེད་པར་མཐོང་དགོས་པར་འགྱུར་ཏེ། རྒྱུ་མཚན་མཚུངས་པའི་ཕྱིར་རོ་ཞེ་ན།

問：不許諸蘊爲我之宗，現見無我時，亦應見安立爲我之補特伽羅畢竟非有，理相等故。

འདི་ལ་རིགས་པ་ཕྲ་མོ་མ་རྟོགས་ན་ལན་མི་ཐེབས་པས་བཤད་པར་བྱ་སྟེ། ཕ་རོལ་པོས་ཕུང་པོ་དང་སེམས་བདག་ཏུ་འདོད་པ་ནི་བདག་དང་གང་ཟག་རྣམས་ཐ་སྙད་ཀྱི་དབང་གིས་བཞག་པ་ཙམ་དུ་མ་རྟོགས་པར་བཏགས་དོན་བཙལ་ནས་བཞག་པ་ཡིན་ལ།

答：未解微細正理者，不能答此難，茲當解釋。他宗計蘊與心爲我者，是因未知我及補特伽羅等，唯由名言增上假立。

དེ་ལྟར་ན་ཕུང་པོ་དང་སེམས་བདག་ཡིན་པ་དེ་རང་གི་ངོ་བོ་ཉིད་ཀྱིས་གྲུབ་པའི་བདག་ཏུ་འགྱུར་ལ། བདག་མེད་པར་མངོན་སུམ་དུ་མཐོང་བའི་ཚེ་བདག་དེ་རྣམ་པ་ཐམས་ཅད་དུ་མེད་པར་རྟོགས་དགོས་པས།

謂要尋求假立之義有所得者乃能安立。故計五蘊或內心爲我，成爲有自性之我。現見無我時，應見彼我畢竟非有。

ཕ་རོལ་པོ་ལ་ཕུང་པོ་དང་སེམས་ཀྱི་དངོས་པོ་བདག་ཡིན་པ་དེ་ཐམས་ཅད་མེད་པར་མཐོང་དགོས་པའི་སྐྱོན་འཇུག་ལ། མིང་དུ་བཏགས་པ་ཙམ་གྱིས་འཇོག་གི །བཏགས་དོན་བཙལ་ནས་འཇོག་པར་མི་འདོད་པའི་ལུགས་ལ་སྐྱོན་དེ་རྣམ་པ་ཐམས་ཅད་དུ་མེད་པའི་ཕྱིར་རོ། །

故他宗計爲內我之五蘊內心等法①，亦應見爲一切非有也，其許②唯由假名安立，非有③尋求假義而立之宗，則無彼失。

ཅི་སྟེ་གང་གི་ཚེ་ལས་དང་འབྲས་བུ་འབྲེལ་བའི་དུས་སུ་བདག་གི་སྒྲ་སྦྱོར་བ་དེའི་ཚེ། ཕུང་པོ་ལས་དོན་གཞན་པའི་བདག་མི་སྲིད་པའི་ཕྱིར། ཕུང་པོ་རྣམས་ཁོ་ན་ལ་འཇུག་ལ། གང་གི་ཚེ་བདག་མེད་པར་མཐོང་བ་དེའི་ཚེ་ནི་མུ་སྟེགས་བྱེད་གཞན་གྱིས་ཀུན་བཏགས་པ་ནང་གི་བྱེད་པའི་སྐྱེས་བུ་ཉིད་ལ་འཇུག་སྟེ།

設作是念，業果關係時，由離五蘊更無別法，故所說我唯詮五蘊。見無我時，則詮外道所計神我。

དེའི་ཕྱིར་བདག་མེད་པར་མཐོང་བའི་དུས་སུ་ཡང་ནང་གི་བྱེད་པའི་སྐྱེས་བུ་དང་བྲལ་བ་འདུ་བྱེད་ཙམ་མཐོང་བ་ཡིན་ལ། དེ་ལ་ནི་ཕུང་སོགས་ཀྱི་དངོས་པོ་རྣམས་མི་མཐོང་བར་འགྱུར་བའི་སྐྱོན་མེད་དོ་སྙམ་ན།

故見無我時，是離神我唯見諸行。不犯見無蘊等諸法之失。頌曰：

རྟག་བདག་སྤངས་ན་དེ་ཚེ་དེ་ཡི་ཕྱིར། །ཁྱོད་ཀྱི་སེམས་སམ་ཕུང་པོ་བདག་མི་འགྱུར། །

若謂爾時離常我，則汝心蘊非是我。

གལ་ཏེ་བདག་མེད་མཐོང་བའི་དུས་སུ་རྟག་པའི་བདག་ནང་གི་བྱེད་པའི་སྐྱེས་བུ་སྤོང་བ་སྟེ་མེད་པར་མཐོང་བ་ཡིན་ན་ནི། དེ་ལྟར་འདོད་པ་དེའི་ཚེ་སྐབས་གཞན་དུ་བདག་གི་སྒྲའི་དོན་གཞན་ལ་དྲང་དུ་མི་རུང་བ་དེའི་ཕྱིར། ཁྱོད་ཀྱི་ཕུང་པོ་དང་སེམས་བདག་ཏུ་མི་འགྱུར་ལ། དེ་ལྟ་ན་ནི་རང་ཕྱོགས་ཉམས་པར་འགྱུར་རོ། །

若謂見無我時，是離常住神我，見爲非有。餘處所說之我，亦不可作別義解，則汝所說內心及蘊，皆非是我。便失汝自宗。

①「法」，民族本、PDF作「性」。
②「許」，民族本作「計」。
③「有」，民族本作「由」。

ཅི་སྟེ་ལས་འབྲས་ཀྱི་འབྲེལ་བའི་སྐབས་དེ་ལྟ་བུའི་ཡུལ་ལ་ནི། མུ་སྟེགས་ཀྱི་བདག་གི་སྒྲ་འདི་འཇུག་པར་མི་འདོད་དེ། དེའི་ཕྱིར་རང་གི་ཕྱོགས་ཉམས་པའི་སྐྱོན་མེད་དོ་སྙམ་ན། དེ་ཡང་མི་རིགས་ཏེ། འདིར་ནི་ནང་གི་བྱེད་པའི་སྐྱེས་བུ་བདག་ཡིན་ལ། གཞན་དུ་ལས་འབྲས་ཀྱི་སྐབས་སུ་ནི་ཕུང་པོ་རྣམས་ཡིན་ནོ་ཞེས་འདོད་དགུར་སྤྱོད་པ་ལ་རིགས་པ་མེད་པའི་ཕྱིར་རོ། །

若謂業果關係時，不許外道所計之我於彼境轉，故無失壞自宗之過失者。此亦非理，汝於此時，說是神我，於業果關係時，則說是五蘊。如斯隨意轉計，非正理故。

གལ་ཏེ་ལས་འབྲས་ཀྱི་སྐབས་སུ་ནང་གི་བྱེད་པའི་སྐྱེས་བུ་ལས་བྱེད་པ་པོ་དང་འབྲས་བུ་སྤྱོད་པ་པོར་མི་སྲིད་པའི་ཕྱིར་རོ་སྙམ་ན། ཕུང་པོ་རྣམས་ལ་ཡང་བདག་གི་སྒྲ་འདི་འཇུག་པ་མེད་དེ་ཞེས་སྔར་བཤད་ཟིན་ཏོ། །

若謂於業果時，決無神我為作業者及受果者，則無[①]蘊上亦無此我，前已宣說。

དེའི་ཕྱིར་གལ་ཏེ་ཆོས་ཐམས་ཅད་ནི་བདག་མེད་པའོ་ཞེས་བྱ་བ་འདིར་བདག་གི་སྒྲ་ཕུང་པོ་རྣམས་ལ་འཇུག་པར་མི་འདོད་ན། གཞན་ལས་འབྲས་ཀྱི་སྐབས་སུ་ཡང་མི་འདོད་པར་བྱ་དགོས་སོ། །

故說一切法無我時，不許「我」字詮五蘊者，則業果時亦應不許。

ཅི་སྟེ་ལས་འབྲས་ཀྱི་སྐབས་སུ་བདག་གི་སྒྲ་ཕུང་པོ་ལ་འཇུག་པར་འདོད་ན་ནི། ཆོས་ཐམས་ཅད་བདག་མེད་དོ་ཞེས་པ་འདིར་ཡང་བདག་གི་སྒྲ་ཕུང་པོ་ལ་འདོད་པར་བྱ་དགོས་སོ། །

若業果時許彼「我」字詮五蘊者。則說一切法無我時，亦應許「我」字詮表五蘊。

སྐྱོན་གཞན་ཡང་ཡོད་དེ།

復有過失，頌曰：

ཁྱོད་ཀྱི་རྣལ་འབྱོར་བདག་མེད་མཐོང་བ་ཡིས། །གཟུགས་སོགས་དེ་ཉིད་རྟོགས་པར་མི་འགྱུར་ཞིང་། །གཟུགས་ལ་དམིགས་ནས་འཇུག་ཕྱིར་འདོད་ཆགས་སོགས། །སྐྱེ་འགྱུར་དེ་ཡི་ངོ་བོ་རྟོགས་མེད་ཕྱིར། །

汝宗瑜伽見無我，不達色等真實義，
緣色轉故生貪等，以未達彼本性故。

① 「無」，民族本作「五」。應是五蘊。

ཁྱོད་ཀྱི་ལྟར་ན་རྣལ་འབྱོར་པས་བདག་མེད་པ་མངོན་སུམ་དུ་མཐོང་བ་ཡིས། གཟུགས་སོགས་ཀྱི་དེ་ཁོ་ན་ཉིད་རྟོགས་པར་མི་འགྱུར་ཏེ། དེས་དེའི་ཚེ་མུ་སྟེགས་ཀྱིས་ཀུན་བཏགས་པའི་རྟག་པའི་བདག་ཙམ་ཞིག་མེད་པར་མཐོང་བའི་ཕྱིར་རོ། །

若如汝宗，則瑜伽師現見無我時，應不通達色等真實義，以彼於爾時唯見無有外道所計之常我故。

དེའི་ཕྱིར་གཟུགས་ལ་སོགས་པ་ལ་བདེན་པར་དམིགས་ནས་འཇུག་པའི་ཕྱིར། གཟུགས་སོགས་ཀྱི་ཡུལ་ཅན་གྱི་འདོད་ཆགས་སོགས་ད་དུང་ཡང་སྐྱེ་བར་འགྱུར་ཏེ། གཟུགས་ལ་སོགས་པ་དེ་ཡི་ངོ་བོ་སྟེ་ཡིན་ལུགས་རྟོགས་པ་མེད་པའི་ཕྱིར་རོ། །

由緣色等有實執轉①故，則緣色等生貪等煩惱，以未通達彼色等之本性真理故。

དཔེར་ན་མེ་ཏོག་གི་ཟེའུ་འབྲུ་ལ་ཁྲ་བྲུག་ཡོད་ཅེས་པ་ཙམ་གྱིས་ཟེའུ་འབྲུའི་མངར་པོ་ཉིད་རང་གིས་མ་མྱོངས་པར། དེའི་མངར་པོ་དམིགས་པ་མ་ཡིན་པ་དེ་བཞིན་དུ་རྣལ་འབྱོར་པས་ཕུང་པོའི་ཆོས་རྣམས་རྟག་པའི་བདག་དང་བྲལ་བར་མཐོང་བ་ཙམ་ཡོད་དུ་ཆུག་ཀྱང་། གཟུགས་སོགས་དེའི་རང་བཞིན་སྔར་མ་ཤེས་པ་ཕྱིས་རྟོགས་པ་ཅི་ཡང་མི་དམིགས་སོ། །

如昔未曾嘗花中蜜汁者，僅見花上有鳥，猶不能知彼味甘美。如是諸瑜伽師先不曾知色等體性者，僅見蘊等法離常住之我，後仍不知色等體性。

ཡང་ཟེའུ་འབྲུ་ལ་ཁྲ་བྲུག་མེད་པ་ཙམ་གྱིས་ཟེའུ་འབྲུའི་རོ་མངར་པོ་མྱངས་བཞིན་དུ་རོ་དེ་མ་དམིགས་པ་མ་ཡིན་ཞིང་། དེར་གདོགས་པའི་མངོན་ཞེན་སྤོང་མི་ནུས་པ་བཞིན་དུ། གཟུགས་སོགས་ཀྱི་རང་གི་ངོ་བོ་བདེན་པར་དམིགས་པས་རྟག་པའི་བདག་མེད་པར་མཐོང་བ་ལ། གཟུགས་སོགས་ལ་དམིགས་པའི་ཆགས་སོགས་སྤོང་བའི་རྒྱུ་ཅི་ཞིག་འབྱུང་བར་འགྱུར་ཏེ་མི་འགྱུར་རོ། །

又如曾嘗花中蜜汁者，即見花中無鳥，非即不知彼味甘美，亦不能斷彼味之愛著。如是執著色等自性實有者，雖見無有常住之我，由何能斷緣色等所起之貪等耶?

རྟག་པའི་བདག་མེད་པར་མཐོང་བས་གཟུགས་སོགས་ཀྱི་ཡུལ་ཅན་གྱི་ཆགས་སོགས་སྤོང་བར་འགྱུར་བ། གང་ཟག་སུ་ཡང་ནང་གི་བྱེད་པའི་སྐྱེས་བུ་བདེན་སྙམ་ནས་བདེ་བ་མྱོང་འགྱུར་གྱི་ཡུལ་སྟེན་པར་མི་བྱེད་ལ། ནང་རྟག་བདེ་སྡུག་བསྔལ་བར་དོགས་ནས་མི་འདོད་པའི་ཡུལ་དང་ཕྲད་པ་སྤོང་བར་ཡང་མི་བྱེད་དོ། །

①「實執轉故」，民族本作「實執故」。

若見無有常住之我，即能斷除緣色等之貪等。任何有情，皆不爲令神我快樂求可樂境，及恐常我痛苦避不可愛境。

དེའི་ཕྱིར་ཆགས་སོགས་སྤོང་བའི་རྒྱུ་མེད་པས་འཁོར་བ་ལས་མི་གྲོལ་ཏེ། ཕྱི་རོལ་པ་བཞིན་ནོ་སྙམ་པའོ། །

是故若無能斷貪等之因緣，則必不能解脫生死。猶如外道。

བཞི་བ་ལ་ལྔ། བདག་ཏུ་གང་ལྟ་བ་ཐམས་ཅད་ཕུང་པོ་ཁོ་ན་ལ་ལྟ་བར་གསུངས་པའི་དོན་བཤད་པ། མདོ་གཞན་ལ་བརྟེན་ནས་ཕུང་པོ་ཚོགས་ཙམ་བདག་མིན་པར་བཤད་པ། ཕུང་པོ་ཚོགས་པ་ཙམ་གྱི་དབྱིབས་ཀྱི་བཀོད་པ་བདག་ཡིན་པ་དགག་པ། ཕུང་པོ་ཚོགས་ཙམ་བདག་ཏུ་འདོད་པ་ལ་གནོད་བྱེད་གཞན་བསྟན་པ། ཐུབ་པས་བདག་དེ་ཁམས་དྲུག་ལ་སོགས་པ་ལ་བརྟེན་ནས་བཏགས་པར་གསུངས་པའོ། །

卯四、解釋說蘊爲我之密意分五：辰一、解釋經說我見唯見諸蘊之義，辰二、依止餘經解釋蘊聚非我，辰三、破蘊聚之形狀爲我，辰四、計蘊聚爲我出餘妨難，辰五、佛說依六界等假立爲我。

དང་པོ་ལ་གསུམ། ལུང་གི་དགོངས་པ་དགག་བྱ་གཅོད་པའི་དགག་ཕྱོགས་ནས་ཡིན་པར་བསྟན་པ། སྒྲུབ་ཕྱོགས་ནས་ཡིན་དུ་ཆུག་ཀྱང་ཕུང་པོ་བདག་ཏུ་སྟོན་པ་མིན་པ། དེ་དག་ལ་གཞན་གྱི་རྩོད་པ་སྤང་བའོ། །

初又分三：巳一、明遮詮遮遣所破是經密意，巳二、縱是表詮亦非說諸蘊即我，巳三、破救。

དང་པོ་ནི། ཅི་སྟེ་ཁོ་བོ་ཅག་ལུང་ཚད་མར་བྱེད་པ་ལ་རྟོག་གེའི་ཚད་མས་གནོད་པ་མ་ཡིན་ལ། ལུང་གིས་ཀྱང་ཕུང་པོ་ཁོ་ན་བདག་ཏུ་སྟོན་པར་བྱེད་དེ། གང་གི་ཕྱིར་སྟོན་པས་དགེ་སློང་དག་དགེ་སྦྱོང་དང་བྲམ་ཟེ་གང་སུ་དག་ཅིག་བདག་གོ་སྙམ་དུ་ཡང་དག་པར་རྗེས་སུ་ལྟ་བ་དེ་དག་ནི། ཉེ་བར་ལེན་པའི་ཕུང་པོ་ལྔ་པོ་འདི་དག་ཁོ་ན་ལ་ཡང་དག་པར་རྗེས་སུ་ལྟའོ། །

今初，設作是說：吾等以聖教爲量，諸分別量不能妨難。聖教中說唯蘊爲我。如世尊說：「比丘當知，一切沙門婆羅門等，所有執我，一切唯見此五取蘊。」頌曰：

གང་ཕྱིར་སྟོན་པས་ཕུང་པོ་བདག་གོ་ཞེས། །གསུངས་པ་དེ་ཕྱིར་ཕུང་པོ་བདག་འདོད་ན། །
དེ་ནི་ཕུང་ལས་གཞན་བདག་འགོག་པ་སྟེ། །གཟུགས་བདག་མིན་སོགས་མདོ་གཞན་གསུངས་ཕྱིར་རོ། །

若謂佛說蘊是我，故計諸蘊爲我者，

彼唯破除離蘊我，餘經說色非我故。

ཞེས་གསུངས་པས་ཕུང་པོ་བདག་གོ་ཞེས་གསུངས་པ་དེའི་ཕྱིར་ཕུང་པོ་བདག་ཏུ་འདོད་ན། མདོ་དེ་ན་ཕུང་པོ་རྣམས་བདག་ཏུ་སྟོན་པ་མ་ཡིན་ནོ། །

若謂此經說蘊是我，便計五蘊爲我者。然彼經非說諸蘊爲[①]我，

འོ་ན་ཅི་ཞེ་ན། སྟོན་པའི་དགོངས་པ་ནི་ཕུང་པོ་ལས་ངོ་བོ་གཞན་པའི་བདག་བདག་ཏུ་ལྟ་བའི་དམིགས་པར་འདོད་པ་ནི། ཁོ་ན་ལ་ཞེས་པའི་ངེས་བཟུང་གིས་འགོག་པ་སྟེ། ཀུན་རྫོབ་ཀྱི་བདེན་པ་ལ་ལྟོས་ནས་མུ་སྟེགས་ཀྱི་གཞུང་དགག་པའི་ཕྱིར་དང་། ཀུན་རྫོབ་ཀྱི་བདེན་པར་ཡོད་པའི་བདག་ཕྱིན་ཅི་མ་ལོག་པར་བསྟན་པའི་ཕྱིར་རོ། །

佛說唯蘊之密意，是破計離蘊之我爲我見所緣，是觀待世俗諦（破）外道論，及爲無倒顯示世俗諦中所有之我故。

ཡང་འདི་ཕུང་པོ་རྣམས་ལས་ངོ་བོ་ཐ་དད་པའི་བདག་འགོག་པ་ཡིན་པར་གང་ལས་ཤེས་ཤེ་ན། མདོ་གཞན་ལས་གཟུགས་བདག་མིན་ནོ་ཞེས་སོགས་ཀྱིས་གཟུགས་སོགས་རྣམས་བདག་ཡིན་པ་བཀག་པར་གསུངས་པའི་ཕྱིར་རོ། །

由何知彼是破離蘊之我耶？曰：以餘經說色非我等，破色等是我故，餘經如何破？頌曰：

གང་ཕྱིར་གཟུགས་ཚོར་བདག་མིན་འདུ་ཤེས་ཀྱང་། །མ་ཡིན་འདུ་བྱེད་རྣམས་མིན་རྣམ་ཤེས་ཀྱང་། །
མིན་པར་མདོ་གཞན་ལས་གསུངས་དེ་ཡི་ཕྱིར། །མདོར་བསྟན་ཕུང་པོ་བདག་ཅེས་བཞེད་མ་ཡིན། །

由餘經說色非我，受想諸行皆非我，

說識亦非是我故，略標非許蘊爲我。

མདོ་གཞན་ལས་བཀག་པ་དེ་ཇི་ལྟར་ཡིན་ཞེ་ན། གང་གི་ཕྱིར་གཟུགས་དང་ཚོར་བ་བདག་མིན་པ་དང་། འདུ་ཤེས་ཀྱང་བདག་མ་ཡིན་པ་དང་། འདུ་བྱེད་རྣམས་ཀྱང་བདག་མིན་པ་དང་། རྣམ་ཤེས་ཀྱང་བདག་མིན་པར་མདོ་གཞན་ལས་གསུངས་པ་དེ་ཡི་ཕྱིར་ཉེ་བར་ལེན་པའི་ཕུང་པོ་ལྔ་པོ་འདི་དག་ཁོ་ན་ལ་བདག་གོ་སྙམ་དུ་ཡང་དག་པར་རྗེས་སུ་ལྟའོ་ཞེས་མདོར་བསྟན་པ་འདི་ལས་ནི། ཕུང་པོ་རྣམས་བདག་གོ་ཞེས་བཞེད་པ་མ་ཡིན་གྱི། ཕུང་པོ་རྣམས

①「爲」，民族本作「是」。

ལས་ངོ་བོ་ཐ་དད་པའི་བདག་འདོད་པ་ཁོ་ནའི་ཚིག་གིས་བཀག་པ་ཁོ་ནར་ངེས་སོ། །

由餘經說色受想行識皆非是我，故前經略標：「唯見此五取蘊」者，非許諸蘊即我。是破計有離蘊之我。

གལ་ཏེ་མདོ་དེས་ཁོ་ན་ལ་ལྟ་ཞེས་པས་བདག་དོན་གཞན་བཀག་མོད་ཀྱང་། ཕུང་པོ་འདི་ཁོ་ན་ལ་ལྟའོ་ཞེས་ཕུང་པོ་ལྔ་ལ་ལྟ་བར་གསུངས་པས། ཕུང་པོ་རྣམས་བདག་ལྟའི་དམིགས་པར་གསལ་བར་སྟོན་པས། མདོའི་དགོངས་པ་ཕུང་པོ་བདག་ལྟའི་དམིགས་པ་ཡིན་ནོ་སྙམ་ན།

設作是念，彼經言「唯見」，雖破異我，然言「唯見此五取蘊蘊」。既說見五蘊，則明說諸蘊爲我見所緣，故彼經意，是說諸蘊爲我見所緣也。

དེ་ལྟ་ཡིན་ན་མདོ་གཞན་ལས་ཕུང་པོ་ལྔ་བདག་མ་ཡིན་པར་གསུངས་པ་དང་འགལ་བར་འགྱུར་ཏེ། འཇིག་ལྟ་ལྷན་སྐྱེས་ངར་འཛིན་གྱི་དམིགས་རྣམ་གཉིས་ཀྱི་ནང་ནས་དམིགས་པ་ཡིན་ན་བདག་ཡིན་དགོས་པའི་ཕྱིར་རོ། །

若如是者，則違餘經說諸蘊非我。以俱生我執薩迦耶見之所緣，定是我故。

དེ་ལྟར་གསུངས་པའི་མདོ་ཕྱི་མའི་དོན་ལ་གནོད་པ་མེད་ལ། བཟློག་དོན་ལ་གནོད་པ་སྔར་མང་དུ་བཤད་ཅིང་། ད་དུང་ཡང་འཆད་པར་འགྱུར་བའི་ཕྱིར། མདོ་སྔ་མས་ཕུང་པོ་རྣམས་འཇིག་ལྟའི་དམིགས་པར་སྟོན་པ་མིན་ནོ། །

此於後經義，都無妨難。不爾則如前說違難極多。後亦當說。故知前經非說諸蘊即薩迦耶見之所緣，

卷十一

དེའི་ཕྱིར་ཕུང་པོ་ལ་ལྟའོ་ཞེས་པས་ནི་ཕུང་པོ་ལ་བརྟེན་ནས་བཏགས་པའི་བདག་དམིགས་པར་སྟོན་པར་གསལ་ཏེ། ཕུང་པོ་ལས་ངོ་བོ་ཐ་དད་པ་དང་ཕུང་པོ་ཉིད་བདག་ཏུ་འཛིན་པའི་དམིགས་པ་ཡིན་པ་ཁེགས་པའི་ཕྱིར་རོ། །

經言「唯見諸蘊」者，當知是說緣依蘊假立之我。計即蘊離蘊爲我執所緣，皆已破故。

མདོ་གང་ལས་གཟུགས་སོགས་རྣམས་ཀྱང་བདག་ཡིན་པ་བཀག་པ་དེ་ལས་ནི། བརྟེན་ནས་བཏགས་པའི་བདག་འཇིག་ལྟའི་དམིགས་པ་འདིས་ཕུང་པོ་ལེན་པའི་ཕུང་བའི་ཉེ་བར་ལེན་པ་ཅན་རང་བཞིན་གྱིས་གྲུབ་པ་དགག་པར་རིག་པར་བྱ་སྟེ། གཟུགས་སོགས་བདག་མིན་པར་གསུངས་པ་དེ་ནི་དེ་ཁོ་ན་ཉིད་ལ་སེམས་པའི་སྐབས་ཡིན་པའི་ཕྱིར་རོ། །

若有經中破除色等爲我，當知彼經，亦破薩迦耶見所緣，依蘊假立能取諸蘊之我爲有自性。以說色等非我之經，是依真實義而說故。

དེ་ལྟར་ཉེ་བར་ལེན་པ་པོ་རང་བཞིན་གྱིས་གྲུབ་པ་མ་དམིགས་ན། བདག་དེའི་ཉེ་བར་བླང་བར་བྱ་བ་ཕུང་པོ་ཡང་རང་བཞིན་གྱིས་ཡོད་པ་མ་ཡིན་ནོ། །ཞེས་གཟུགས་སོགས་ལ་ཡང་བདེན་པར་ཞེན་པའི་འདོད་ཆགས་དང་བྲལ་

བ་འཐད་པ་ཉིད་དོ། །

若能取之我是無自性，則我所取之諸蘊自性亦定非有。故於色等遠離實執之貪著，亦應正理。

མདོ་སྡེ་ཕན་ཚུན་གྱི་གཞུང་ལེགས་པར་བསྒྲིགས་ནས་ཕུང་པོ་ལས་ངོ་བོ་ཐ་དད་པ་དང་། ཕུང་པོ་རྣམས་བདག་འཛིན་གྱི་དམིགས་པ་ཡིན་པ་བཀག་ནས། བདག་ཕུང་པོ་ལ་བརྟེན་ནས་བཏགས་པ་མིང་གི་ཐ་སྙད་ཀྱི་དབང་གིས་བཞག་པ་ཙམ་གྱི་གང་ཟག་གི་བདག་མེད་ཀྱི་འཇོག་ཚུལ་ཐུན་མོང་མ་ཡིན་པ།

若將衆經互相配合，破除即蘊離蘊爲我見之所緣，則知唯由名言增上，依蘊假立我名，安立此補特伽羅爲無我義。此不共理，

རང་གི་སྡེ་པ་གོང་འོག་གི་མཁས་པ་མདོའི་དགོངས་པ་འགྲེལ་བ་དུ་མས་ལེགས་པར་འབད་ཀྱང་གསལ་བར་འཁྲོན་པའི་མདོའི་དགོངས་པ། ལུང་རིགས་ཕྲིན་ཅི་མ་ལོག་པའི་ལམ་ནས་བཀྲོན་པ་དང་། དེ་ལ་བརྟེན་ནས་ཆོས་གཞན་རྣམས་ཀྱང་དེ་དང་འཇོག་ཚུལ་ཁྱད་མེད་པའི་ཆོས་ཀྱི་བདག་མེད་གསལ་བར་བསྟན་ནས། སངས་རྒྱས་བཅོམ་ལྡན་འདས་ཀྱི་དགོངས་པ་ཤིན་ཏུ་ཕྲ་བའི་གནས་རྣམས་རྗེན་ཆེར་དུ་སྟོན་པའི་མཁས་པའི་དབང་པོའི་བཞེད་པ་ཐུན་མོང་མ་ཡིན་པ་འདི་རྣམས་ལེགས་པར་ཤེས་པ་ལ་འབད་པར་གྱིས་ཤིག །

是內教大乘各宗論師解釋契經密意者所未能闡發之契經密意，今以精微教理無倒揭出。依此道理，亦顯安立所餘諸法法無我義，與前無別，披露諸佛最深密意，是此論師不共深旨。諸有智者，當善學習。

གཉིས་པ་ནི། གལ་ཏེ་ཉེ་བར་ལེན་པའི་ཕུང་པོ་ལྔ་པོ་འདི་དག་ཁོ་ན་ལ་ལྟའོ་ཞེས་པ་འདི་ནི། སྒྲུབ་ཕྱོགས་ཀྱི་བསྒོ་ནས་ཕུང་པོ་བདག་ཏུ་སྟོན་པ་ཡིན་ཀྱང་། ཕུང་པོ་རེ་རེ་ནས་བདག་ཏུ་སྟོན་པ་མིན་ནོ། །

巳二、縱是表詮亦非說諸蘊即我。即使經說「唯見此五蘊蘊」，是表詮門說蘊是我，然亦非說一一蘊皆是我。頌曰：

ཕུང་པོ་བདག་ཅེས་བརྗོད་ཆེ་ཕུང་རྣམས་ཀྱི། །ཚོགས་པ་ཡིན་གྱི་ཕུང་པོའི་ངོ་བོ་མིན། །

經說五蘊①是我時，是諸蘊聚非蘊體。

①「五蘊」，頌作「諸蘊」。

འོ་ན་ཅི་ཞེ་ན། འདི་ལྟར་ཕུང་པོ་བདག་གོ་ཞེས་བརྗོད་པའི་ཚེ། ཕུང་པོ་རྣམས་ཀྱི་ཚོགས་པ་བདག་ཏུ་བརྗོད་པ་ཡིན་གྱི། ཕུང་པོ་རྣམས་ཀྱི་ངོ་བོ་སྟེ་རེ་རེ་བ་བདག་ཏུ་སྟོན་པ་མིན་ཏེ། དཔེར་ན་ཤིང་རྣམས་ནི་ནགས་ཚལ་ལོ་ཞེས་བརྗོད་པ་ན། ཤིང་གི་ཚོགས་པ་ནགས་ཚལ་ཡིན་གྱི། ཤིང་རེ་རེ་བ་ནགས་སུ་འགྱུར་བས་ཤིང་གི་ངོ་བོ་རེ་རེ་བ་ནགས་སུ་བརྗོད་པ་མིན་པ་བཞིན་ནོ། །ཞེས་གཞན་ལ་གྲུབ་པ་དཔེར་བརྗོད་པའོ། །

經說「五蘊是我」時，是說諸蘊總聚爲我，非說一一蘊體皆是我。如言衆樹爲林，是說樹聚爲林，非說一一樹皆是林，此是他宗共許之喻。

གལ་ཏེ་ཚོགས་པ་བདག་ཡིན་པ་འདོད་དོ་ཞེ་ན།

若謂許蘊總聚爲我者，頌曰：

མགོན་མིན་འདུལ་བའམ་དབང་པོ་ཉིད་ཀྱང་མིན། །དེ་མེད་ཕྱིར་དེ་ཚོགས་པ་མ་ཡིན་ནོ། །

非依非調非證者，由彼無故亦非聚。

དེ་ལྟ་ན་བདག་ནི་མགོན་དང་འདུལ་བའམ་དབང་པོ་ཉིད་དུ་གསུངས་ལ། ཁྱེད་ལྟར་ན་ཚོགས་པ་རྐྱང་པ་དེ་མགོན་མིན་ཞིང་། འདུལ་བའམ་དབང་པོ་ཉིད་ཀྱང་མིན་ཏེ། ཚོགས་པ་ཙམ་དེ་ནི་རྫས་སུ་མེད་པའི་ཕྱིར་ན། །བདག་དེ་ཕུང་པོའི་ཚོགས་པ་ཙམ་མ་ཡིན་ནོ། །

經說「我爲依怙，可調伏，爲證者。」若如汝宗，則彼蘊聚非是依怙，亦非可調伏，非是證者。以唯蘊聚，無實物故。故蘊聚亦非我。

བདག་མགོན་ལ་སོགས་པར་གསུངས་ཚུལ་ནི། མདོ་ལས། བདག་ཉིད་བདག་གི་མགོན་ཡིན་ཏེ། །བདག་ཉིད་བདག་གི་དགྲ་ཡང་ཡིན། །ལེགས་དང་ངན་པ་བྱས་པ་ལ། །བདག་ཉིད་བདག་གི་དབང་པོ་ཡིན། །ཞེས་བྱ་བ་དེ་ལས་མགོན་ཉིད་དང་། དབང་པོ་ཉིད་དུ་གསུངས་ལ། བདག་ཉིད་ལེགས་པར་དུལ་བས་ནི། །མཁས་པས་མཐོ་རིས་ཐོབ་པར་འགྱུར། །ཞེས་གསུངས་སོ། །

經說「我爲依怙等」，如云：「我自爲依怙，亦自爲怨家，若作善作惡，我自爲證者。」此說我爲依怙爲證者。又云：「由善調伏我，智者得生天。」此說我可調伏。

གསུམ་པ་ནི། ཅི་སྟེ་ཚོགས་པ་ནི་ཚོགས་པ་ཅན་ལས་ངོ་བོ་ཐ་དད་དུ་མེད་པའི་ཕྱིར་རོ། །འབྲས་བུ་རྟེ་མགོན་བྱེད་པ་སོགས་ནི་ཚོགས་པ་ཅན་རྣམས་ཀྱི་ཡིན་པར་རྟོགས་པར་འགྱུར་བས། མགོན་དང་འདུལ་བ་དང་དཔང་པོ་ཉིད་རིགས་པར་འགྱུར་རོ་སྙམ་ན།

巳三、破救。若作是念：離有聚法別無總聚，能作依怙等果，即是有聚法。故我作依怙，可調伏，爲證者亦應道理。

བདག་གི་སྒྲ་རེས་འགའ་ཕུང་པོ་ཚོགས་པ་ལ་བྱེད་ལ། རེས་འགའ་ཚོགས་པ་ཅན་ཕུང་པོ་རྣམས་ལ་ཉེ་བར་སྦྱོར་བ་འདི་ལ། སྔར་དེ་ལྟར་འདོད་དགུར་བདག་གི་སྒྲ་སོ་སོ་ལ་སྦྱོར་བ་མི་འཐོབ་པོ་ཞེས་ཉེས་པ་བཤད་ཟིན་པའི་ཕྱིར་རོ། །

破曰：汝之我名，時詮蘊聚，時詮有聚諸蘊，何得如是隨意轉計，此過如前已說。

སྐྱོན་གཞན་ཡང་ཡོད་དེ།

復有過失，頌曰：

དེ་ཚེ་དེ་ཡི་ཡན་ལག་ཚོགས་གནས་རྣམས། །ཤིང་རྟ་ཉིད་འགྱུར་ཤིང་རྟ་དང་བདག་མཚུངས། །

爾時支聚應名車，以車與我相等故。

ཕུང་པོའི་ཚོགས་པ་བདག་ཏུ་འདོད་པ་དེའི་ཚེ་ཤིང་རྟ་དེ་ཡི་ཡན་ལག་གི་ཚོགས་པ་ཕྱོགས་གཅིག་ཏུ་གནས་པ་རྣམས་ཤིང་རྟ་ཉིད་དུ་འགྱུར་བའི་སྐྱོན་ཡོད་དེ། ཤིང་རྟ་དང་བདག་གཉིས་རང་གི་ཡན་ལག་ཚོགས་པ་ལ་འདོག་མི་འདོག་མཚུངས་པའི་ཕྱིར་རོ། །

若計蘊聚爲我者，爾時車之支分堆聚一處亦應名車，以車與我，於自支聚安立不安立，二者相等故。

མཚུངས་པར་བསྟན་པ་ཡང་མདོ་ལས། བདག་ཅེས་བྱ་བ་བདུད་ཀྱི་སེམས། །ཁྱོད་ནི་ལྟ་བར་གྱུར་པ་ཡིན། །འདུ་བྱེད་ཕུང་པོ་འདི་སྟོང་སྟེ། །འདི་ལ་སེམས་ཅན་ཡོད་མ་ཡིན། །ཇི་ལྟར་ཡན་ལག་ཚོགས་རྣམས་ལ། ། བརྟེན་ནས་ཤིང་རྟར་བརྗོད་པ་ལྟར། །དེ་བཞིན་ཕུང་པོ་རྣམས་བརྟེན་ནས། །ཀུན་རྫོབ་སེམས་ཅན་ཞེས་བྱའོ། །ཞེས་གསུངས་སོ། །

如經云：「汝墮惡見趣，於空行聚中，妄執有有情，智者達非有，如即攬支聚，假想立爲車，世俗立有情，應知攬諸蘊。」

གཉིས་པ་ནི། སྔར་བཤད་པ་དེ་ལྟར་ན

辰二、依止餘經解釋蘊聚非我。由前說道理，頌曰：

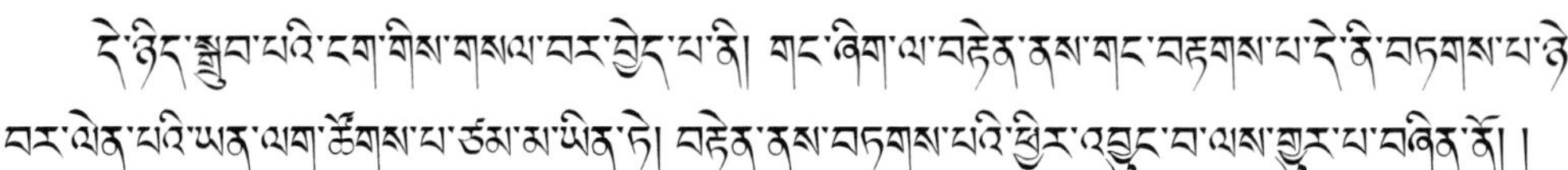

མདོ་ལས་ཕུང་པོ་བརྟེན་ནས་ཡིན་གསུངས་པ། །དེ་ཕྱིར་ཕུང་པོ་འདུས་ཙམ་བདག་མ་ཡིན། །

經說依止諸蘊立，故唯蘊聚非是我。

མདོ་ལས་ཕུང་པོ་ཚོགས་པ་ལ་བརྟེན་ནས་སེམས་ཅན་དུ་གདགས་པ་ཡིན་ནོ་ཞེས་གསུངས་པ་དེ་ཡི་ཕྱིར་ཕུང་པོ་འདུས་པ་སྟེ་ཚོགས་པ་ཙམ་བདག་མ་ཡིན་ནོ། །

經說依止諸蘊假立有情，故唯蘊聚非即是我。

དེ་ཉིད་སྒྲུབ་པའི་ངག་གིས་གསལ་བར་བྱེད་པ་ནི། གང་ཞིག་ལ་བརྟེན་ནས་གང་བཏགས་པ་དེ་ནི་བཏགས་པ་ཉེ་བར་ལེན་པའི་ཡན་ལག་ཚོགས་པ་ཙམ་མ་ཡིན་ཏེ། བརྟེན་ནས་བཏགས་པའི་ཕྱིར་འབྱུང་བ་ལས་གྱུར་པ་བཞིན་ནོ། །

此以量式立云：凡依他法而立者，非唯他法支聚，依他立故，如大種所造。

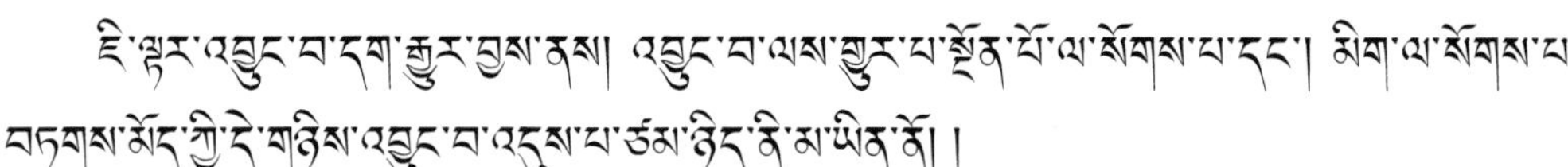

ཇི་ལྟར་འབྱུང་བ་དག་རྒྱུར་བྱས་ནས། འབྱུང་བ་ལས་གྱུར་པ་སྔོན་པོ་ལ་སོགས་པ་དང་། མིག་ལ་སོགས་པ་བཏགས་མོད་ཀྱི་དེ་གཉིས་འབྱུང་བ་འདུས་པ་ཙམ་ཉིད་ནི་མ་ཡིན་ནོ། །

如以大種爲因，安立青等大種所造色與眼等根。然彼二法非唯大種相聚。

དེ་བཞིན་དུ་བདག་ཕུང་པོ་རྒྱུར་བྱས་ནས་བཏགས་པའི་རང་བཞིན་ཅན་ཡང་། ཕུང་པོ་ཚོགས་པ་ཙམ་ཡིན་པར་མི་རུང་ངོ་ཞེས་པའོ། །

如是以蘊爲因安立爲我，說唯蘊聚亦不應理。

གལ་ཏེ་མདོ་ལས་ཕུང་པོ་ཚོགས་པ་ལ་བརྟེན་ནས་ཞེས་གསུངས་ན། ཚོགས་པ་གང་ཟག་ཏུ་མི་རུང་ཡང་། དེ་བཞིན་ཕུང་པོ་རྣམས་བརྟེན་ནས། ཞེས་པ་ཙམ་ལས་མེད་པས་ཕུང་པོ་ཚོགས་པ་གང་ཟག་གི་རྟེན་དུ་འཇོག་པའི་ཁུངས་མིན་ནོ་སྙམ་ན།

設作是念，若經云「攬諸蘊聚」，雖不可說蘊聚即是補特伽羅，然經僅云「攬諸蘊」，而無聚字，不可證明蘊聚爲安立補特伽羅之所依也。

དེ་ནི་མ་ཡིན་ཏེ་དཔེའི་སྐབས་སུ། ཇི་ལྟར་ཡན་ལག་ཚོགས་རྣམས་ལ། ཞེས་ཡན་ལག་ཚོགས་པ་ལ་བརྟེན་ནས་ཤིང་རྟར་བཤད་ལ།

曰：不然！經舉喻云「如即攬支聚」，說依支聚假立爲車。

དེའི་ཕྱིར་ཤིང་རྟ་དང་དཔེ་དོན་དུ་སྦྱིག་པ་ན། དེ་བཞིན་ཕུང་པོ་རྣམས་བརྟེན་ནས། ཞེས་པའི་སྐབས་སུ་ཚོགས་པ་དངོས་སུ་མ་བརྗོད་ཀྱང་དེ་འདོན་དགོས་པར་ཤིན་ཏུ་གསལ་བས་མཁས་པའི་དབང་པོས། མདོའི་ཚིག་ཟུར་རེའི་ནུས་པ་འདོན་ལུགས་ཡིན་པས་ཞིབ་པར་གོ་ན་བློ་ལ་དགའ་བ་བསྐྱེད་པའོ། །

次合法云「應知攬諸蘊」，雖未明說「聚」字，勢必應有。故當知智者誦經之文句，而生歡喜。

བུམ་པ་ལ་སོགས་པ་རྣམས་ཀྱིས་མ་ངེས་པ་ཉིད་དོ་ཞེ་ན། དེ་ཡང་ཡོད་པ་མ་ཡིན་ཏེ། བུམ་པ་ལ་སོགས་པ་རྣམས་ཀྱང་གཟུགས་ལ་སོགས་པ་ཚོགས་པ་ཙམ་ཉིད་ཡིན་པར་མ་གྲུབ་པའི་ཕྱིར་དང་། དེར་ཡང་བདག་དང་འདྲ་བར་བརྟགས་ཤིང་བརྟག་པ་མཚུངས་པའི་ཕྱིར་རོ། །

若謂瓶等不決定者，此亦不然，說瓶等唯色等聚亦不成故。彼亦與觀察我相同。

འདིས་ནི་བདག་རང་གི་ཆ་ཤས་རྣམས་ཚོགས་པ་ལ་གཞག་ཏུ་མི་རུང་བ་བཞིན་དུ། བུམ་པ་ལ་སོགས་པ་ཡང་རང་གི་ཡན་ལག་ཚོགས་པ་ཙམ་ལ་འཇོག་ཏུ་མི་རུང་བ་གཉིས་འདྲ་བར་བསྟན་ནོ། །

如唯我之支聚不可說爲「我」，唯色等支聚亦不可說爲瓶等，二者相同。

གསུམ་པ་ནི། ཅི་སྟེ་འཕང་ལོ་ལ་སོགས་པ་ཚོགས་པ་ཙམ་ནི་ཤིང་རྟ་མ་ཡིན་ཏེ། འོ་ན་ཅི་ཞེ་ན། གང་གི་ཚེ་འཕང་ལོ་ལ་སོགས་པ་ཚོགས་པ་ན་ཤིང་རྟའི་དབྱིབས་ཁྱད་པར་ཅན་དང་ལྡན་པར་གྱུར་པ་དེའི་ཚེ་ཤིང་རྟའི་མིང་རྙེད་པར་འགྱུར་རོ། །

辰三、破蘊聚之形狀爲我。設作是念：唯輪等堆積猶非是車，要輪等堆積，具足特殊車形，乃名爲車。

དེ་བཞིན་དུ་སེམས་ཅན་གྱི་རྒྱུད་ཀྱི་གཟུགས་ལ་སོགས་པའི་ཕུང་པོ་རྣམས་ཀྱི་དབྱིབས་ཀྱི་བཀོད་པ་ཙམ་བདག་ཡིན་ནོ་ཞེ་ན།

如是有情身中色等諸蘊之形狀乃是自我。此亦不然。頌曰：

དབྱིབས་ཞེ་ན་དེ་གཟུགས་ཅན་ལ་ཡོད་ཕྱིར། །ཁྱོད་ལ་དེ་དག་ཉིད་བདག་ཅེས་འགྱུར་གྱི། །

སེམས་སོགས་ཚོགས་ནི་བདག་ཉིད་འགྱུར་མིན་ཏེ། །གང་ཕྱིར་དེ་དག་ལ་དབྱིབས་ཡོད་མ་ཡིན། །

若謂是形色乃有，汝應唯說色是我，

心等諸聚應非我，彼等非有形狀故。

དབྱིབས་དེ་ནི་གཟུགས་ཅན་ཁོ་ན་ལ་ཡོད་པའི་ཕྱིར། ཁྱོད་ལ་ཕྱི་སྟེ་ལྟར་ན་གཟུགས་ཅན་དེ་དག་ཉིད་དེ་ཁོ་ན་བདག་ཅེས་བྱ་བར་འགྱུར་གྱི། སེམས་དང་སོགས་པས་སེམས་བྱུང་གི་ཚོགས་ལ་ནི། བདག་ཉིད་དུ་འཛོག་པར་འགྱུར་བ་མིན་པར་འགྱུར་ཏེ། གང་གི་ཕྱིར་ན་སེམས་དང་སེམས་བྱུང་དེ་དག་ལ་དབྱིབས་ཡོད་པ་མ་ཡིན་པའི་ཕྱིར་ཏེ། གཟུགས་ཅན་མ་ཡིན་པའི་ཕྱིར་རོ་སྙམ་དུ་བསམས་སོ། །

形狀唯色法乃有，汝宗應說唯色法是我，心、心所等聚，應不立爲我，以心、心所等非有形故。非色法故。

བཞི་པ་ནི། སྐྱོན་གཞན་ཡང་ཡོད་དེ

辰四、計蘊聚爲我出餘妨難。復有過失，頌曰：

ལེན་པོ་རང་ཉེར་ལེན་གཅིག་རིགས་དངོས་མིན། །དེ་ལྟ་ན་ལས་བྱེད་པོ་གཅིག་ཉིད་འགྱུར། །

取者取一不應理，業與作者亦應一。

卷十一

འདིས་ཉེ་བར་ལེན་པར་བྱེད་པས་ན། ཉེ་བར་ལེན་པ་པོ་རང་སྟེ་བྱས་པ་པོ་བདག་དང་། འདི་ཉེ་བར་བླང་བར་བྱ་བས་ན་ཉེ་བར་ལེན་པ་སྟེ་ལས་སུ་བྱ་བ་ཕུང་པོ་ལྔའོ། །

由此取故，名能取者，即作者我。由取此故名所取事，即所作五蘊。

དེ་གཉིས་གཅིག་པའི་དངོས་པར་རིགས་པ་མིན་པ་ནི་ཚོགས་པ་ཙམ་བདག་ཏུ་འཛོག་པར་མི་རིགས་པའོ། །

言彼二爲一體不應理者，謂安立蘊聚爲我，不應道理。

གལ་ཏེ་གཟུགས་སོགས་ཀྱི་ཕུང་པོ་ཚོགས་ཙམ་བདག་ཡིན་པ་དེ་ལྟ་ན་ནི་ལས་དང་བྱེད་པ་པོ་རྣམས་གཅིག་ཉིད་དུ་འགྱུར་ལ། འདི་ནི་འདོད་པ་ཡང་མ་ཡིན་ཏེ། འབྱུང་བ་དང་འབྱུང་འགྱུར་གྱི་གཟུགས་གཉིས་དང་། བུམ་པ་དང་རྫ་མཁན་ཀྱང་གཅིག་ཉིད་དུ་འགྱུར་བའི་ཕྱིར་རོ། །

倘計色等蘊聚即是我者，則作業作者皆應成一。然非汝許，以大種與所造色，瓶與陶師皆應一故。

རྩ་ཤེས་ལས་ཀྱང་། གལ་ཏེ་ཤིང་དེ་མེ་ཡིན་ན། །བྱེད་པ་པོ་དང་ལས་གཅིག་འགྱུར། །ཞེས་དང་།

《中論》云：「若薪即是火，作者業則一。」

མེ་དང་ཤིང་གིས་བདག་དང་ནི། །ཉེ་བར་བླང་བའི་རིམ་པ་ཀུན། །བུམ་སྣམ་སོགས་དང་ལྷན་ཅིག་ཏུ། །མ་ལུས་པར་ནི་རྣམ་པར་བཤད། །ཅེས་གསུངས་སོ། །

又云：「以薪與火理。說我與所取，及說瓶衣等，一切百①如是。」

འདིར་མེ་དང་བུད་ཤིང་དག་གཅིག་ཉིད་དུ་མི་འདོད་པ་དེ་བཞིན་དུ། བདག་དང་ཉེ་བར་ལེན་པ་དག་ལ་ཡང་མི་འདོད་པར་བྱ་དགོས་ཏེ། དེ་གཉིས་མཚུངས་པར་གསུངས་པའི་ཕྱིར་རོ། །

如不許火與薪爲一，亦不應計我與所取爲一，論說彼二相等故。

ཅི་སྟེ་བྱེད་པ་པོ་ཉིད་དུ་འགྱུར་བ་ཕུང་པོ་ཚོགས་པ་ཉེ་བར་ལེན་པ་པོ་ནི་འགའ་ཡང་མེད་དེ། བྱེད་པ་པོ་འདི་ནི་ཉེ་བར་ལེན་པ་ལས་སུ་བྱ་བ་ཕུང་པོ་འདུས་པ་ཙམ་ཞིག་ཡོད་དོ་སྙམ་དུ་བློ་ལ་སེམས་པ་ཡིན་ན།

設作是念，此中全無能取蘊聚之作者，唯有所取蘊聚之所作業耳。

དེ་ནི་དེ་ལྟར་མ་ཡིན་ཏེ།

此亦不然，頌曰：

བྱེད་པོ་མེད་ལས་ཡོད་སྙམ་བློ་ཡིན་ན། །མ་ཡིན་གང་ཕྱིར་བྱེད་པོ་མེད་ལས་མེད། །

若謂有業無作者，不然離作者無業。

གང་གི་ཕྱིར་ན་བྱེད་པ་པོ། མེད་ན་རྒྱུ་མེད་པའི་ལས་ཀྱང་མེད་པའི་ཕྱིར་རོ། །

若無作者，亦無無因之業故。

རྩ་ཤེས་ལས་ཀྱང་། དེ་བཞིན་ཉེར་ལེན་ཤེས་པར་བྱ། །ལས་དང་བྱེད་པོ་བསལ་ཕྱིར་རོ། །བྱེད་པ་པོ་དང་ལས་དག་གིས། །དངོས་པོ་ལྷག་མ་ཤེས་པར་བྱ། །ཞེས་གསུངས་ཏེ།

《中論》云：「如破作作者，應知取亦爾，及餘一切法，亦應如是破。」

ལས་དང་བྱེད་པ་པོ་རང་བཞིན་གྱིས་གྲུབ་པ་བཀག་པའི་རིགས་པས་ཉེ་བར་བླང་བ་དང་ལེན་པ་པོ་ཡང་རང་བཞིན་གྱིས་གྲུབ་པ་བཀག་པ་ཡང་ཤེས་པར་བྱའོ། །

此說以破作業作者有自性之理，當知亦破受與受者是有自性。

① 「一切百如是」，民族本、校正本作「一切皆如是」。

དངོས་པོ་ལྷག་མ་ནི་ཚིག་གསལ་ལས། བསྐྱེད་བྱ་སྐྱེད་བྱེད་དང་འགྲོ་བ་དང་འགྲོ་བ་པོ་དང་། བལྟ་བྱ་ལྟ་བྱེད་དང་། མཚན་ཉིད་དང་མཚན་གཞི་དང་། འབྱུང་བར་བྱ་བ་དང་། འབྱུང་བར་བྱེད་པ་དང་། ཡན་ལག་དང་ཡན་ལག་ཅན་དང་། ཡོན་ཏན་དང་ཡོན་ཏན་ཅན་དང་། ཚད་མ་དང་གཞལ་བྱ་ལ་སོགས་པའི་དངོས་པོ་མ་ལུས་པ་ངོ་བོ་ཉིད་ཀྱིས་གྲུབ་པ་བཀག་སྟེ། ཕན་ཚུན་ལྟོས་པའི་གྲུབ་པ་ཉིད་ཡིན་པར་ཤེས་རབ་ཅན་གྱིས་ཤེས་པར་བྱའོ། །ཞེས་གསུངས་པས་བྱ་བྱེད་སྤྱི་དང་། ཁྱད་པར་དུ་ཚད་མ་དང་གཞལ་བྱའི་བྱ་བྱེད་རྣམས་ངོ་བོ་ཉིད་ཀྱིས་མ་གྲུབ་ཅིང་། ལྟོས་འགྲུབ་ཀྱི་ཚུལ་གྱིས་ཁས་ལེན་པ་ཡིན་ཏེ། ལྟོས་འགྲུབ་འདི་ལ་གཉིས་ཀ་ཕན་ཚུན་ལྟོས་པའི་ཐུན་མོང་མ་ཡིན་པའི་འཇོག་ལུགས་ཡོད་པ་རྣམས་ཤེས་དགོས་པར་ཡོད་དོ། །

言餘法者，《顯句論》云：「亦破能生所生、能去所去、能見所見、能相所相、能出所出、支與有支、德與有德、能量所量等法是自有性。智者應知，唯是互相觀待而有。」此中總說一切能作所作，別說能量所量非有自性，許爲觀待而有。故此觀待，當知更有不共互相觀待之理也。

ཉེ་བར་ལེན་པ་ཞེས་པ་འདིར་དངོས་པོ་ལ་ཨུ་པ་ཏ་ཞེས་པ་སྒྲའི་བྱིངས་ལ། ལྱུ་ཊའི་རྐྱེན་བྱིན་ན་ཉེ་བར་ལེན་པས་ན། ཉེ་བར་ལེན་པ་ཞེས་བྱ་བ་ཡིན་ལ། དངོས་པོ་ཡང་རང་གི་སྒྲུབ་པར་བྱེད་པ་མེད་པར་འབྱུང་བ་མ་ཡིན་པས། རང་གི་སྒྲུབ་པར་བྱེད་པ་ཉེ་བར་བླང་བ་དང་། ཉེ་བར་ལེན་པ་པོ་གཉིས་ཀ་ཡང་ཉེ་བར་ལེན་པ་ཞེས་པར་འཇོག་གོ །

言「取」者，此中事字界「鄔跋札」，給以「羅札」字緣，猶能取故，名之爲「取」。若離作用，則亦無事。故所取、能取，俱名曰取。

གལ་ཏེ་ལྱུ་ཊའི་རྐྱེན་གྱིས་འདིས་ཉེ་བར་ལེན་པའི་བྱ་བ་ཙམ་བརྗོད་པའི་ཕྱིར། ཉེ་བར་བླང་བར་བྱ་བའི་ལས་ཇི་ལྟར་བརྗོད་ཅེ་ན། ཀྲི་ཏ་དང་ལྱུ་ཊ་ནི་ཕལ་ཆེར་རོ། །ཞེས་སྒྲའི་གཞུང་ལས་འབྱུང་བས་ཕལ་ཆེར་དེ་ལྟར་ཡིན་ཀྱང་། ལས་ལ་ལྱུ་ཊའི་རྐྱེན་བྱིན་པ་ན་ཉེ་བར་བླང་བར་བྱ་བའི་ལས་ཀྱང་བརྗོད་པ་མི་འགལ་ལོ། །

問曰：「羅札」字緣，表由此取之作用，云何可說通所取業？答：如《聲明論》云「枳達與羅札是多分」，謂多分離①爾，然於作業可給羅札字緣，故通所取業亦不相違。

རྩ་ཤེས་ལས་ཀྱང་། དེ་ལྟར་ལེན་ལས་གཞན་མ་ཡིན། །དེ་ནི་ཉེར་ལེན་ཉིད་ཀྱང་མིན། །བདག་ནི་ཉེ་བར་ལེན་མེད་མིན། །མེད་པ་ཉིད་དུའང་དེ་མ་ངེས། །ཞེས་

《中論》亦云：「我不異於取，亦不即是取，而復非無取，亦不定是無。」

---

①「離」，民族本、校正本作「雖」。

བདག་ཉེ་བར་ལེན་པ་ལས་ངོ་བོ་ཐ་དད་པ་དང་། ཉེ་བར་ལེན་པ་ཉིད་བདག་མིན་པ་དང་། བདག་ནི་ཉེ་བར་ལེན་པ་བཟུང་བ་ལ་ལྟོས་པ་མེད་པའང་མིན་པ་དང་། བདག་དེ་མེད་པ་ཡང་མིན་པར་གསུངས་སོ། །དེའི་ཕྱིར་བྱེད་པ་པོ་མེད་པར་ལས་ཀྱང་ཡོད་པ་མིན་ནོ། །

此說我非異所取而有，亦非即是所取，復非不待所取，此我亦非全無。故非無作者而有作業。

ཡང་དོན་དམ་པ་སྟོང་པ་ཉིད་ཀྱི་མདོ་གང་ལས་བྱེད་པ་པོ་ནི་མ་དམིགས་ཀྱི། ལས་ཀྱང་ཡོད་ལ་རྣམ་པར་སྨིན་པ་ཡང་ཡོད་དོ་ཞེས་བརྗོད་པའི་མདོ་དེ་ལས་ནི། བྱེད་པ་པོ་རང་བཞིན་གྱིས་གྲུབ་པ་བཀག་པར་ཤེས་པར་བྱའི། རྟེན་ནས་གདགས་པར་བྱ་བ་ཐ་སྙད་ཀྱི་ཡན་ལག་ཏུ་གྱུར་པ་ཡང་བཀག་གོ །ཞེས་བྱ་བར་ནི་ཤེས་པར་མི་བྱའོ། །

勝義空經①，說無作者，有業有報。當知是破有自性之作者，非破名言支分假立之我。

དེ་སྐད་དུ་ཡང་། མ་རིག་པ་དང་རྗེས་སུ་འབྲེལ་བའི་གང་ཟག་འདི་ནི་བསོད་ནམས་མངོན་པར་འདུ་བྱ་བ་ཡང་མངོན་པར་འདུ་བྱེད་དོ། །ཞེས་རྒྱ་ཆེ་གསུངས་སོ། །

如經廣云：「補特伽羅無明隨轉，作諸福行。」

མདོ་གོང་མ་ངོ་བོ་ཉིད་མེད་པར་སྨྲ་བ་ལ་མི་འགྲིག་གི །སེམས་ཙམ་གྱི་ཚུལ་ལ་འགྲིག་གོ་ཞེས་རྣམ་བཤད་རིགས་པ་ལས་གསུངས་མོད་ཀྱང་།

《解釋釋正理論》雖說前經於無性宗不相符合，於唯識宗極爲符順。

ལུགས་མཆོག་ཏུ་གྱུར་པ་འདིའི་གང་ཟག་འཇོག་ཚུལ་ལ་ནི། ཕུང་པོ་ལས་ངོ་བོ་ཐ་དད་པའི་བྱེད་པ་པོ་ཐ་སྙད་ཙམ་དུ་ཡང་མེད་པ་དང་། ཐ་སྙད་དུ་ལས་དང་རྣམ་སྨིན་ཁས་བླངས་པ་ན། མདོ་ཕྱི་མས་གསུངས་པ་བཞིན་དུ་ལས་ཀྱི་བྱེད་པ་པོ་གང་ཟག་ངེས་པར་འདོད་དགོས་པས་དེ་ཡང་ཉེ་བར་བླང་བྱའི་གསེབ་ནས་མི་འཇོག་པར། དེ་དག་གི་ཉེ་བར་ལེན་པ་པོ་འཇོག་པ་ནི་ཤིན་ཏུ་ལེགས་པ་ཡིན་ནོ། །

然此宗安立補特伽羅之理，謂蘊之自性作者，名言中亦無。若名言中許有業報，則如後經所說能作業之補特伽羅，亦定許有。故不立所取即我，立我爲彼之能取者，極爲善哉。

①「勝義空經」，校正本作「又（任何）勝義空（性）的經」。

ལྔ་པ་ནི། ཕུང་པོ་སོགས་ཚོགས་ཙམ་ཉིད་བདག་ཏུ་འདོད་པ་ལ་སྐྱོན་གཞན་ཡང་ཡོད་དེ།

辰五、佛說依六界等假立爲我。若計諸蘊積聚即是我者，復有過失。頌曰：

གང་ཕྱིར་ཐུབ་པས་བདག་དེ་ས་ཆུ་མེ། །རླུང་དང་རྣམ་ཤེས་ནམ་མཁའ་ཞེས་བྱ་བ། །
ཁམས་དྲུག་དང་ནི་མིག་སོགས་རེག་པ་ཡི། །རྟེན་དྲུག་དག་ལ་བརྟེན་ནས་ཉེར་བརྟེན་ཞིང་། །
སེམས་དང་སེམས་བྱུང་ཆོས་རྣམས་ཉེར་བཟུང་ནས། །དེས་གསུངས་དེ་ཕྱིར་དེ་ནི་དེ་རྣམས་དང་། །
དེ་ཉིད་མ་ཡིན་ཚོགས་ཙམ་ཉིད་མིན་ཏེ། །དེ་ཕྱིར་ངར་འཛིན་བློ་དེ་རྣམས་ལ་མིན། །

佛說依於地水火，風識空等六種界，
及依眼等六觸處，假名安立以爲我，
說依心心所立我，故非彼等即是我，
彼等積聚亦非我，故彼非是我執境。

རྒྱུ་མཚན་གང་གི་ཕྱིར་ཐུབ་པས་ཡབ་སྲས་མཇལ་བའི་མདོ་ལས་བདག་དེ་ས་དང་ཆུ་དང་མེ་དང་རླུང་གི་ཁམས་དང་། རྣམ་པར་ཤེས་པའི་ཁམས་དང་། སྣའི་བུ་ག་སོགས་བུ་ག་ནམ་མཁའ་ཡི་ཁམས་ཞེས་བྱ་བའི་ཁམས་དྲུག་ལ་བརྟེན་ནས་དང་། མིག་གི་རེག་པའི་སྐྱེ་མཆེད་དང་ལ་སོགས་པས་ཡིད་ཀྱི་རེག་པ་ཡི་སྐྱེ་མཆེད་དྲུག་དག་ལ་བརྟེན་ནས་ཉེ་བར་བསྟན་ཞིང་།

佛於《父子相見經》中，說依於六界，謂地水火風識界，鼻孔等空界，及依六觸處，謂眼觸處乃至意觸處，假說名我。

སེམས་དང་དེ་དག་ལས་གཞན་པའི་སེམས་བྱུང་གི་ཆོས་རྣམས་གདགས་གཞིར་ཉེ་བར་བཟུང་བ་ལ་བརྟེན་ནས་བདག་ཏུ་འདོགས་སོ་ཞེས་ངེས་པར་ཏེ་གསལ་བར་གསུངས་པ་དེའི་ཕྱིར། བདག་དེ་ནི་སའི་ཁམས་ལ་སོགས་པའི་ཡ་གྱལ་དེ་རྣམས་དང་། དེ་ཉིད་མ་ཡིན་པ་སྟེ་དེ་རྣམས་རེ་རེ་ནས་བདག་ཏུ་མི་རུང་ལ། དེ་རྣམས་ཀྱི་ཚོགས་པ་ཙམ་ཉིད་ཀྱང་བདག་ཏུ་འཇོག་པ་མིན་ཏེ། དེའི་ཕྱིར་ཐོག་མ་མེད་པ་ནས་ཞུགས་པའི་ངའོ་སྙམ་དུ་འཛིན་པའི་བློས་ཆོས་དེ་རྣམས་ཀྱི་ཚོགས་པ་དང་ཡ་གྱལ་རྣམས་ལ་དམིགས་པར་བྱེད་པ་མིན་ནོ། །

即[①]說依於心、心所等法假立爲我，故非彼地等任何一界即是我。亦非彼等積聚即立爲我，故彼諸法若總若別皆非無始傳來我執心之所緣也。

①「即」，民族本、PDF作「既」。

མདོ་ལས་གསུངས་ཚུལ་ནི། རྒྱལ་པོ་ཆེན་པོ་སྐྱེས་བུ་གང་ཟག་དེ་ནི་ཁམས་དྲུག་དང་རེག་པའི་སྐྱེ་མཆེད་དྲུག་དང་། ཡིད་ཀྱི་ཉེ་བར་རྒྱུ་བ་བཅོ་བརྒྱད་དོ། །ཞེས་གསུངས་སོ། ། ནག་ཚོའི་འགྱུར་ལས། ཁམས་དྲུག་འདུས་པ། རེག་པའི་གཞི་དྲུག་པ། ཡིད་ཀྱི་ཉེ་བར་སྤྱོད་པ་བཅོ་བརྒྱད་པའོ། །ཞེས་བསྒྱུར་བ་ལེགས་སོ། །དེ་ལ་སྐྱེས་བུ་དང་གང་ཟག་ནི་རྣམ་གྲངས་སོ། །

經云：「大王，六界、六觸處、十八意近行，是士夫補特伽羅。」士夫與補特伽羅是異名。

ཁམས་དྲུག་འདུས་པ་དང་གཞི་དྲུག་པ་དང་། བཅོ་བརྒྱད་པའོ་ཞེས་པ་གསུམ་པོ་ནི་ལྡན་པའི་ཆོས་ཡིན་པས་ཆོས་དེ་དག་ནི་ལྡན་ཆོས་དང་། གང་ཟག་ནི་དེ་དག་གང་ལ་ལྡན་པའི་ལྡན་གཞི་དང་། གང་ལ་བརྟེན་ནས་གང་ཟག་ཏུ་འདོགས་པའི་གཞིར་གསུངས་སོ། །

六界、六觸處、十八意近行之三者，是所具之法。補特伽羅是能具之人。

ཡིད་ཀྱི་ཉེར་རྒྱུ་བཅོ་བརྒྱད་ནི། ཡུལ་ཡིད་དུ་འོང་བ་དྲུག་ལ་རྟེན་བ་བདེ་བ་ཉེ་བར་རྒྱུ་བ་དྲུག་དང་།

ཡིད་དུ་མི་འོང་དྲུག་ལ་རྟེན་བ་སྡུག་བསྔལ་ཉེ་བར་རྒྱུ་བ་དྲུག་དང་། བར་མ་དྲུག་ལ་རྟེན་བ་བཏང་སྙོམས་ཉེ་བར་རྒྱུ་བ་དྲུག་གོ །

十八意近行，謂緣六種可愛境，生六種喜受；緣六種不可愛境，生六種憂受；緣六種中庸境，生六種捨受。

རྟེན་བ་བདེ་སྡུག་བཏང་སྙོམས་ཀྱི་དབང་གིས་ཡིད་གཟུགས་སྒྲ་སོགས་ལ་ཡང་དང་ཡང་དུ་རྒྱུ་བར་བྱེད་པའི་ཕྱིར། ཡིད་ཀྱི་ཉེ་བར་རྒྱུ་བ་ཞེས་བྱའོ། །

由憂喜捨受之力，令意於色聲等境，數數馳逐，故名意近行。

དེ་ལྟར་ཕུང་པོ་རྣམས་ངར་འཛིན་ལྷན་སྐྱེས་ཀྱི་དམིགས་རྣམ་གཉིས་ཀྱི་ནང་ནས། དམིགས་པའི་ཡུལ་ཡང་མ་ཡིན་ལ། ཕུང་པོ་ལས་ངོ་བོ་ཐ་དད་པའི་དེའི་དམིགས་པ་ཡང་ཡོད་པ་མ་ཡིན་པའི་ཕྱིར།

如是諸蘊既非俱生我執所緣境，離諸蘊外亦無彼之所緣。

ངར་འཛིན་གྱི་དམིགས་ཡུལ་རང་བཞིན་གྱིས་ཡོད་པ་མ་ཡིན་པས། རྣལ་འབྱོར་བས་བདག་རང་བཞིན་གྱིས་གྲུབ་པ་མ་དམིགས་པ་ལས། བདག་གི་བ་ཡང་རང་བཞིན་གྱིས་གྲུབ་པའི་སྙིང་པོ་དང་ལྡན་པ་མ་ཡིན་པ་ཉིད་དུ་ཤེས་ཤིང་།

故我執所緣境非有自性。諸瑜伽師，由見我無自性故，亦知我所是無自性。

འདུས་བྱས་འཁོར་བ་མཐའ་དག་གི་འཆིང་བ་བསལ་ནས་ཡང་སྲིད་ཕྱི་མ་ལེན་པ་མེད་པར་ངེས་པར་མྱ་ངན་ལས་འདས་པར་ཐོབ་པར་འགྱུར་ཏེ། དེའི་ཕྱིར་ཕུང་པོ་ལྔའི་ཡ་གྱལ་དང་ཚོགས་པ་དང་། དེ་དག་ལས་ངོ་བོ་ཐ་དད

པ་གང་ཡང་བདག་ལྟའི་དམིགས་པར་མི་འཇོག་པ་དང་།

即能斷除一切有爲生死繫縛，不受後有而得涅槃。是故五蘊若總若別，及離五蘊，皆不立爲我見所緣。

དེ་ལྟ་ནའང་བདག་ལྟའི་དམིགས་པ་གང་ཟག་ལེགས་པར་འཇོག་ཤེས་པ་དང་། རྒྱུ་མཚན་དེ་དག་ལ་བརྟེན་ནས་གང་ཟག་རང་བཞིན་གྱིས་གྲུབ་པས་སྟོང་པར་འཇོག་པའི་རྣམ་པར་དཔྱོད་པ་འདི་ནི། ཐར་བ་འདོད་པའི་དབང་པོ་ཤིན་ཏུ་རྣོན་པོ་ལ་ཆེས་མཛེས་པ་ཡིན་ཏེ། འདིས་ཡིད་འཕྲོག་པ་འདྲ་བ་གྲུབ་པའི་མཐའ་གཞན་ལ་མེད་པའི་ཕྱིར་རོ། །

然善安立我見所緣補特伽羅。依此道理，便能安立補特伽羅是自性空。此觀察慧，是最利根求解脫者，至上莊嚴。於他宗中皆非有故。

卷十二

釋第六勝義菩提心之九

ལྔ་པ་ནི། ངའོ་སྙམ་དུ་འཛིན་པའི་དམིགས་པའི་ཡུལ་བདག་གི་བཏགས་དོན་བཙལ་བ་ན། ཁ་ཅིག་ཕུང་པོ་ལྔ་ཆར་དང་། ཁ་ཅིག་སེམས་གཅིག་པུ་ཡིན་ནོ་ཞེས་སྨྲ་བའི་ཕྱོགས་ལྟར་ན། ཇི་སྲིད་དུ་རང་གི་རྒྱུད་ལ་ཕུང་པོ་རྣམས་འབྱུང་བ་དེ་སྲིད་དུ་གང་ཟག་གི་བདག་ཏུ་འཛིན་པ་འཇུག་པར་འགྱུར་ཏེ།

卯五、明他宗無係屬。尋求我執所緣假我義，有計爲五蘊，有計爲唯心者。若如彼宗，則至自身有諸蘊時，即應有補特伽羅我執生起。

ངའོ་སྙམ་པའི་ངའི་བཏགས་དོན་བཙལ་ནས་འཇོག་པ་ལྟར་ན། དེ་ཉིད་གང་ཟག་གི་བདག་ཏུ་འཛིན་པའི་གཞི་སྟེ་རྣམ་པའི་ཡུལ་གྱི་དངོས་པོར་ཡོད་པའི་ཕྱིར་རོ་ཞེས་བཤད་པ།

以計我執所緣之我義，是尋求所得而立，彼即補特伽羅我執所依境，是有事故。頌曰：

བདག་མེད་རྟོགས་ཚེ་རྟག་པའི་བདག་སྤོང་ཞིང་། །འདི་ནི་ངར་འཛིན་རྟེན་དུའང་མི་འདོད་པ། །
དེ་ཕྱིར་བདག་མེད་ཤེས་པས་བདག་ལྟ་བ། །དབྱིས་ཀྱང་འབྱིན་ཞེས་སྨྲ་བ་ཤིན་ཏུ་མཚར། །

證無我時斷常我，不許此是我執依，
故云了知無我義，永斷我執最希有。

གང་ཟག་གི་བདག་མེད་པ་མངོན་སུམ་དུ་རྟོགས་པར་འདོད་པའི་ཚེ་ན། རྟག་པའི་བདག་ཙམ་ཞིག་སྤོང་བ་སྟེ་མེད་པར་མཐོང་ཞིང་། རྟག་པའི་བདག་འདི་ནི་འཇིག་ལྟ་ལྷན་སྐྱེས་ཀྱི་ངར་འཛིན་གྱི་རྟེན་ཏེ་དམིགས་པ་དང་རྣམ་པ་གང་གི་ཡུལ་དུའང་མི་འདོད་པ།

汝計現證補特伽羅無我時，唯斷除常我。然不許此常我，是俱生我執薩迦耶見所緣行相任何所依境。

དེའི་ཕྱིར་རྟག་པའི་བདག་ཙམ་མེད་པར་མཐོང་བའི་ཤེས་པ་གོམས་པས། ཐོག་མ་མེད་པ་ནས་ཞུགས་པའི་བདག་ཏུ་ལྟ་བ་དབྱིས་ཏེ་དྲུངས་ནས་ཀྱང་འབྱིན་ཞེས་སྨྲ་བ་ནི། ཀྱེ་མ་མ་ལ་ཁྱོད་ཀྱི་འདི་ནི་ཤིན་ཏུ་མཚར་རོ། །

故云唯見無此常我，修習彼智，便能永斷無始傳來之我見。噫！汝此事，可謂最希有矣。

རྟག་པའི་བདག་ཙམ་མེད་པར་མཐོང་བས་ཐོག་མ་མེད་པའི་བདག་འཛིན་སྤོང་བར་འདོད་པའི་དོན་འདི་ཉིད། ཕན་ཚུན་འབྲེལ་བ་མེད་པར་འཇིག་རྟེན་པའི་དཔེའི་སྒོ་ནས་གསལ་བར་བྱ་བའི་ཕྱིར་བཤད་པ།

計唯見無有常我，即能斷無始我執，當以世喻明其毫無係屬。頌曰：

རང་ཁྱིམ་རྩིག་ཕུག་སྦྲུལ་གནས་མཐོང་བཞིན་དུ། །འདི་ན་གླང་ཆེན་མེད་ཅེས་དོགས་བསལ་ཏེ། །
སྦྲུལ་གྱི་འཇིགས་པའང་སྤོང་བར་བྱེད་པ་ནི། །ཀྱེ་མ་གཞན་གྱི་གནམ་པོར་འགྱུར་ཉིད་དོ། །

見自室壁有蛇居，云此無象除其怖，

倘此亦能除蛇畏，噫嘻誠爲他所笑。

གང་ཟག་བླུན་པོ་ཁ་ཅིག་རང་གི་ཁྱིམ་གྱི་རྩིག་ཕུག་ན་སྦྲུལ་གནས་པ་མཐོང་ནས་འཇིགས་བཞིན་དུ་གནས་པ་ལ། གཞན་ཞིག་གིས་ཀྱེ་མི་ཁྱོད་མ་འཇིགས་ཤིག་ཁྱིམ་འདི་ན་གླང་ཆེན་མེད་དོ་ཞེས་དོགས་པ་བསལ་བ་ན།

有諸愚人，見自室壁中有蛇居住，甚可怖畏。餘人告曰，汝勿恐怖此室無象。

ཁྱིམ་དེར་གླང་པོ་ཆེ་མེད་པར་ཤེས་པས་དེའི་འཇིགས་པ་ཟློག་པར་མ་ཟད་སྦྲུལ་གྱི་འཇིགས་པའང་སྤོང་བར་བྱེད་པ་ནི། ཀྱེ་མའོ་མཁས་པ་གཞན་གྱི་གནམ་པོར་ཏེ་བཞད་གད་དུ་འགྱུར་བ་ཉིད་དོ། །

若謂由知彼室無象，非但能除象怖，亦能除蛇畏者。噫嘻，誠爲智者所竊笑也。

དེ་ལྟར་སྦྲུལ་གྱི་འཇིགས་པའི་རྒྱུན་ཉེ་བར་གནས་སུ་ཟིན་ཀྱང་། བླུན་པོ་གཞན་གྱི་ཚིག་ལས་སྦྲུལ་ལ་ཡོད་པའི་འཇིགས་པ་མ་མཐོང་བས། དེའི་འཇིགས་པ་བཟློག་ཐབས་མི་བྱེད་པར་གླང་པོ་ཆེ་མེད་པར་ཤེས་པ་ལས་བག་ཕབ་སྟེ་སྡོད་པ་ན་སྦྲུལ་གྱིས་འཛིན་པར་འགྱུར་རོ། །

若有毒蛇恐怖因緣，唯因他語，由知無象，便安閑居住，不知恐怖，不作除彼恐怖之方便，則定遭蛇噬。

དེ་བཞིན་དུ་གླང་པོ་ཆེ་ལྟ་བུའི་རྟག་པའི་བདག་ཙམ་མེད་པར་མཐོང་བ་སྒོམས་པས། སྦྲུལ་ལྟ་བུའི་ཐོག་མ་མེད་པ་ནས་ཞུགས་པའི་བདག་འཛིན་གྱི་འཇིགས་པ་ཟློག་པ་བཟུང་ནས་བག་ཕབ་པས་ནི། ཕུང་པོའི་ཡུལ་ཅན་དུ་འདོད་པའི་ངར་འཛིན་པའི་འཇིག་ལྟ་བསལ་བར་མི་ནུས་ཏེ།

如是僅見無如象之常我，若謂修習彼義，亦能斷除無始傳來如蛇之我執恐怖，便安閑而住者。必不能除，緣五蘊之我執薩迦耶見。

དེའི་ཕྱིར་ངེས་པར་གང་ཟག་འདིའི་འཁོར་བ་ཉམས་པར་མི་འགྱུར་རོ། །

故彼補特伽羅亦定不能解脫生死。

འདིས་ནི་རང་གཞན་གྱི་སྡེ་པ་དངོས་པོའི་དེ་ཁོ་ན་ཉིད་གཏན་ལ་འབེབས་པར་འདོད་པ་མང་པོས། ལྷན་སྐྱེས་ཀྱི་བདག་འཛིན་གྱིས་ཇི་ལྟར་བཟུང་བའི་ཡུལ་སུན་འབྱིན་པ་མི་ཤེས་པས། དེ་དོར་ནས་དེ་ལས་གཞན་པའི་དེ་ཉིད་གཏན་ལ་འབེབས་པའི་རྣམ་གཞག་ཐམས་ཅད་སྙིང་པོ་མེད་པའི་གནས་ལ་ངལ་བ་བྱེད་པར་བསྟན་ཏེ། འདི་ཤེས་པ་ཤིན་ཏུ་གནད་ཆེའོ། །

此顯自他各部諸欲抉擇諸法真實義者，由不知破除俱生我執所執境，而作抉擇餘真實義之建立，皆徒勞無果。故知此義至爲切要。

གསུམ་པ་ལ་གཉིས། རྟེན་དང་བརྟེན་པ་དང་ལྡན་པའི་ཕྱོགས་དགག་པ། བཀག་པ་རྣམས་ཀྱི་དོན་བསྡོམས་ཏེ་བསྟན་པའོ། །

寅三、破能依、所依等三計分二：卯一、正破三計，卯二、總結諸破。

དང་པོ་ནི། དེ་ལྟར་བདག་ཕུང་པོ་དང་རང་བཞིན་གཅིག་དང་ཐ་དད་གང་དུ་ཡང་མ་གྲུབ་པར་བསྟན་ནས། བདག་ཕུང་པོ་དང་ཕན་ཚུན་རྟེན་དང་བརྟེན་པ་ཉིད་དུ་ཡང་ངོ་བོ་ཉིད་ཀྱིས་གྲུབ་པ་མེད་པར་བརྗོད་པའི་ཕྱིར་བཤད་པ།

今初，已說我與五蘊自性一異不成，今說我蘊亦無自性，更互相依。頌曰：

ཕུང་པོར་བདག་ཡོད་མ་ཡིན་བདག་ལ་ཡང་། །ཕུང་པོ་དེ་རྣམས་ཡོད་མིན་གང་ཕྱིར་འདིར། །
གཞན་ཉིད་ཡོད་ན་རྟོག་པ་འདིར་འགྱུར་ན། །གཞན་ཉིད་དེ་མེད་དེ་ཕྱིར་འདི་རྟོག་པའོ། །

於諸蘊中無有我，我中亦非有諸蘊，

若有異性乃有此，無異故此唯分別。

ཕུང་པོར་ཏེ་དེ་ལ་བདག་ངོ་བོ་ཉིད་ཀྱིས་བརྟེན་པའི་ཚུལ་གྱིས་ཡོད་པ་མ་ཡིན་ཞིང་། བདག་ལ་ཡང་ཕུང་པོ་དེ་རྣམས་ངོ་བོ་ཉིད་ཀྱིས་བརྟེན་པའི་ཚུལ་གྱིས་ཡོད་པ་མིན་ཏེ། རྒྱུ་མཚན་གང་གི་ཕྱིར་ན་ཕུང་པོ་དང་བདག་འདིར་ངོ་བོ་ཉིད་ཀྱིས་གྲུབ་པའི་གཞན་ཉིད་ཡོད་ན། རང་བཞིན་གྱིས་གྲུབ་པའི་རྟེན་དང་བརྟེན་པའི་རྟོག་པ་གཉིས་པོ་འདིར་འགྱུར་ན།

於諸蘊中無有自性能依之我。於我中亦非有自性能依之諸蘊。何以故？若蘊與我有自性成就之異性，乃可有此自性成就之能依、所依二種分別。

རང་བཞིན་གྱིས་གཞན་ཉིད་དུ་གྲུབ་པ་དེ་མེད་པ་དེའི་ཕྱིར་རྟེན་དང་བརྟེན་པར་ངོ་བོ་ཉིད་ཀྱིས་གྲུབ་པ་ཕྱིན་ཅི་ལོག་གི་རྟོག་པས་བཞག་པ་ཙམ་སྟེ། དཔེར་ན་འཇིག་རྟེན་ན་འཁར་གཞོང་དང་ཞོ་གཉིས་ངོ་བོ་ཐ་དད་པ་ལ་རྟེན་དང་བརྟེན་པ་མཐོང་བ་ལྟར་ཕུང་པོ་དང་བདག་གཉིས་ལ་དེ་ལྟར་མཐོང་བ་མེད་པས་རྟེན་དང་བརྟེན་པའི་ངོ་བོར་རང་བཞིན་གྱིས་གྲུབ་པ་མེད་དོ། །

然實無自性成就之他性，故此自性成就之能依、所依，唯是顛倒分別之所安立。喻如世間盤、酪異性，乃見能依、所依。我與諸蘊，未見是事，故能依、所依都無自性也。

ཕུང་པོ་དང་ལྡན་པ་ཉིད་ཀྱང་བདག་ལ་ངོ་བོ་ཉིད་ཀྱིས་ཇི་ལྟར་ཡོད་པ་མ་ཡིན་པ་དེ་ལྟར་བསྟན་པའི་ཕྱིར་བཤད་པ།

我亦非自性有五蘊，頌曰：

བདག་ནི་གཟུགས་ལྡན་མི་འདོད་གང་ཕྱིར་བདག། །ཡོད་མིན་དེ་ཕྱིར་ལྡན་དོན་སྦྱོར་བ་མེད། །
གཞན་ན་གནག་ལྡན་གཞན་མིན་གཟུགས་ལྡན་ན། །བདག་ནི་གཟུགས་ལས་དེ་ཉིད་གཞན་ཉིད་མེད། །

我非有色由我無，是故全無具有義，
異如有牛一有色，我色俱無一異性。

བདག་ནི་གཟུགས་ཀྱི་ཕུང་པོ་དང་ལྡན་པ་ངོ་བོ་ཉིད་ཀྱིས་གྲུབ་པར་མི་འདོད་དེ། རྒྱུ་མཚན་གང་གི་ཕྱིར་ན་བདག་ཕུང་པོ་རྣམས་ལས་རང་བཞིན་གྱིས་གཅིག་དང་ཐ་དད་པ་ནི་བཀག་ཟིན་པས་ཡོད་པ་མིན་པ་དེའི་ཕྱིར།

亦不許我自性有色蘊。何以故？以我與諸蘊自性一異，皆已破訖。

བདག་ཕུང་པོ་དང་ལྡན་པའི་སྦྱོར་བ་རང་བཞིན་གྱིས་གྲུབ་པ་མེད་དེ། འདི་ལྟར་ལྡན་པའི་རྒྱུན་ཡང་ལྷ་སྦྱིན་གནག་སྟེ་བ་ལང་དང་ལྡན་ན་ཞེས་པ་ལྟ་བུ་ནི། གཞན་ན་སྟེ་ངོ་བོ་ཐ་དད་པ་ལ་སྦྱོར་ལ། ལྷ་སྦྱིན་གཟུགས་དང་ལྡན་ཞེས་པ་ལྟ་བུ་ནི་ངོ་བོ་གཞན་མིན་པ་ལ་སྦྱོར་བ་ཡིན་ན། བདག་ནི་གཟུགས་ལས་དེ་ཉིད་དེ་གཅིག་དང་། གཞན་ཉིད་དེ་ཐ་དད་པ་མེད་པས། བདག་གཟུགས་དང་ལྡན་པ་རང་བཞིན་གྱིས་གྲུབ་པ་འདི་ཡང་མི་སྲིད་དོ། །

是故我與諸蘊無自性具有義。以具有之因緣，異性者，如云「天授有牛」。不異性者，如云「天授有色」。然我與色，俱無一性異性，故我亦非自性有色也。

དེ་དག་གིས་ནི་ཕུང་པོ་ལྷག་མ་བཞི་དང་ལྡན་པ་ངོ་བོ་ཉིད་ཀྱིས་གྲུབ་པ་ཡང་བཀག་པར་ཤེས་པར་བྱའོ།།

破自性有餘四蘊，應知亦爾。

གཉིས་པ་ནི།

卯二、總結諸破

ད་ནི་སྔར་བཀག་ཟིན་པའི་ཕྱོགས་རྣམས་བསྡོམས་ཏེ་བསྟན་པས་འཇིག་ཚོགས་ལ་ལྟ་བས་ཕྱིན་ཅི་ལོག་ལ་དམིགས་པས་རྣམ་པས་ཞུགས་པའི་གྲངས་བསྟན་པའི་ཕྱིར་བཤད་པ།

今當總結以上諸破，由行相所緣顛倒數量門明薩迦耶見，頌曰：

གཟུགས་བདག་མ་ཡིན་བདག་ནི་གཟུགས་ལྡན་མིན། །གཟུགས་ལ་བདག་མེད་བདག་ལ་འང་གཟུགས་ཡོད་མིན།།

དེ་ལྟར་རྣམ་བཞིར་ཕུང་ཀུན་ཤེས་བྱ་སྟེ། །དེ་དག་བདག་ཏུ་ལྟ་བ་ཉི་ཤུར་འདོད།།

我非有①色色非我，色中無我我無色，

當知四相通諸蘊，是爲二十種我見。

གཟུགས་ནི་བདག་མ་ཡིན་པ་ལ་བདག་ཏུ་ལྟ་བ་དང་བདག་ནི་གཟུགས་དང་ངོ་བོ་ཉིད་ཀྱིས་ལྡན་པ་མིན་པ་ལ་དེར་ལྟ་བ་དང་། གཟུགས་ལ་བདག་དང་བདག་ལ་གཟུགས་རང་བཞིན་གྱིས་ཡོད་པ་མིན་པ་ལ་དེར་ལྟ་བ་བཞི་སྟེ།

色非是我而見爲我，我非自性有色而見爲有色；我自性不在色中，色亦不在我中，而見相在。

གཟུགས་ཕུང་ལ་བཤད་པ་དེ་ལྟར་འཇིག་ལྟས་ལྟ་བའི་ཚུལ་རྣམ་པ་བཞིར་ཚོར་བ་ལ་སོགས་པའི་ཕུང་པོ་བཞི་པོ་ཀུན་ལ་བཞི་བཞིར་ལྟ་བ་ཤེས་པར་བྱ་སྟེ། དེ་དག་ནི་བདག་ཏུ་ལྟ་བ་འཇིག་ཚོགས་ལ་ལྟ་བའི་ཆ་ཉི་ཤུར་འདོད་པ་ཡིན་ནོ།།

如於色蘊所說四種薩迦耶見，當知於受等四蘊，皆有四見。是爲二十種薩迦耶我見。

གལ་ཏེ་བདག་གཟུགས་ཕུང་དང་ངོ་བོ་ཐ་དད་པར་ལྟ་བ་བསྟན་ནས་ཕུང་པོ་རེ་རེ་ལ་རྣམ་པར་དབྱེད་པ་ལྟ་ལྟ་སྐབས་སུ་བབ་ལ།

① 「有」，頌作「是」。

入中論善顯密意疏

若謂：此加我異色蘊見，於一一蘊可作五類觀察，

རྩ་ཤེས་ལས་ཀྱང་། ཕུང་མིན་ཕུང་པོ་ལས་གཞན་མིན། །དེ་ལ་ཕུང་མེད་དེར་དེ་མེད། །དེ་བཞིན་གཤེགས་པ་ཕུང་ལྡན་མིན། །དེ་བཞིན་གཤེགས་པ་གང་ཞིག་ཡིན། །ཞེས་གསུངས་པ་མ་ཡིན་ནམ།

《中論》亦云：「非蘊不離蘊，此彼不相在，如來不有蘊，何處有如來。」

དེའི་ཕྱིར་ཚ་ཉེར་ལྔར་འགྱུར་དགོས་པ་ལ་ཚ་ཉི་ཤུར་ཇི་སྐད་བརྗོད་ཅེ་ན། འཇིག་ལྟའི་ཚ་ཉི་ཤུ་པོ་དེ་དག་ནི་མདོ་ལས་རྣམ་པར་བཞག་ལ། དེ་ལྟར་འཇོག་པའི་རྒྱུ་མཚན་ནི་སྔོན་དུ་ཕུང་པོ་རྣམས་མ་བཟུང་བར་འཇིག་ལྟས་བདག་ཏུ་མངོན་པར་ཞེན་པར་མི་ནུས་པས། རྣམ་པ་བཞི་བཞིའི་སྒོ་ནས་ཕུང་པོ་རྣམས་ལ་དམིགས་ཤིང་བདག་ལ་འཇུག་གོ །

應成二十五種我見，云何只說二十種耶？曰：二十種薩迦耶見，是經所建立。建立之理，謂薩迦耶見，若不先取五蘊，必不能起我執。故由四相緣慮諸蘊執以爲我。

དེའི་ཕྱིར་ཕུང་པོ་རྣམས་མ་གཏོགས་པར་གཞན་དུ་བདག་ཏུ་ཞེན་པའི་གཞི་ལྔ་པ་མུ་སྟེགས་མ་གཏོགས་པ་ལ་མི་འབྱུང་བས། ཆ་ལྔ་པ་མ་གསུངས་སོ། །

執離五蘊第五相爲我者，唯諸外道乃起彼執。故經不說第五事。

རྩ་ཤེས་ལས་ཕྱོགས་གཞན་ལྔ་པ་གསུངས་པ་ནི་མུ་སྟེགས་པའི་ལུགས་དགག་པའི་ཕྱིར་རོ། །ཞེས་བྱ་བར་ཤེས་པར་བྱའོ། །

卷十二

《中論》說第五異品者，當知是爲破外道而說也。

དེ་ལ་འཇིག་ཚོགས་ལ་ལྟ་བའི་རིའི་རྩེ་མོ་ཉི་ཤུ་མཐོ་བ། ཡེ་ཤེས་ཀྱི་རྡོ་རྗེས་བཅོམ་ནས་རྒྱུན་དུ་ཞུགས་པའི་འབྲས་བུ་མངོན་དུ་བྱས་སོ། །ཞེས་གང་ལུང་ལས་གསུངས་པ་ནི།

經言：「以金剛智杵，摧壞二十種薩迦耶見高山，證預流果。」此義，頌曰：

ལྟ་རི་བདག་མེད་རྟོགས་པའི་རྡོ་རྗེ་ཡིས། །བཅོམ་བདག་གང་དང་ལྷན་ཅིག་འཇིག་འགྱུར་བ། །
འཇིག་ཚོགས་ལྟ་རི་ཕྲན་ཕྲུག་ལ་གནས་པ། །རྩེ་མོ་མཐོ་བར་གྱུར་པ་འདི་དག་གོ །

由證無我金剛杵，摧我見山同壞者，
謂依薩迦耶見山，所有如是衆高峰。

དམིགས་པ་ང་ལ་དམིགས་ནས་རྣམ་པ་རང་བཞིན་གྱིས་གྲུབ་པར་འཛིན་པའི་འཇིག་ཚོགས་ལ་ལྟ་བའི་རི་བོ་འཕགས་པའི་ཡེ་ཤེས་ཀྱི་རྡོ་རྗེ་མ་བབས་པས། ཉིན་རེ་ཞིང་ཉོན་མོངས་པའི་བྲག་རྫོ་འཕེལ་བ། འཁོར་བ་ཐོག་མ་མེད་ནས་འབྱུང་བ། དཔངས་ཁམས་གསུམ་དུ་མཐོ་བ། ཕྱོགས་ཀྱི་ངོས་མ་ལུས་པ་ཁྱབ་པ། མ་རིག་པའི་གསེར་གྱི་ས་གཞི་ལས་འཐོན་པ།

薩迦耶見山，以我爲所緣，執有自性爲行相。未以聖金剛智杵摧壞之前，始從無始生死而有，從無明地基之所發起，日日增長煩惱巉巖，豎窮三界橫遍十方。

བདག་མེད་པ་མངོན་སུམ་དུ་རྟོགས་པའི་ཡེ་ཤེས་ཀྱི་རྡོ་རྗེ་ཡིས་བཅོམ་པ་སྟེ་བཤིག་པ་ན། བཅོམ་པའི་བདག་ཏུ་ལྟ་བ་གང་དང་ལྷན་ཅིག་ཏུ་འཇིག་པར་འགྱུར་བ། དེ་མ་ཐག་ཏུ་བཤད་པའི་རྩ་བའི་འཇིག་ཚོགས་ལ་ལྟ་བའི་རི་ལྷུན་སྟུག་པོ་ལ་གནས་པའི་རྩེ་མོ་མཐོ་བར་གྱུར་པ་ཉི་ཤུ་ནི། སྔར་བཤད་པའི་ཕུང་པོ་ལྔ་པོ་རེ་རེ་ལ་བཞི་བཞིར་བཤད་པ་འདི་དག་གི།

經現證無我金剛智杵摧壞之後，與所摧我見同時摧壞者，謂依根本薩迦耶見山而住，即前所說五蘊各有四相之二十種高峰也。

འདིར་འགྲེལ་པའི་འགྱུར་ལས། རྩེ་མོ་ཆེས་མཐོ་བ་གང་དག་དང་ལྷན་ཅིག་འཇིག་པར་འགྱུར་བ་དེ་དག་ནི་རྩེ་མོ་ཡིན་པར་ཤེས་པར་བྱའོ། །ཞེས་འབྱུང་ཡང་རྩ་བའི་འགྱུར་ལྟར། རྩ་བའི་འཇིག་ལྟ་དང་ལྷན་ཅིག་ཅེས་འབྱུང་བ་ལྟར་བྱའོ། །

釋論譯爲：「與最高峰同時壞者，當知彼等即是高峰。」今如頌譯，謂與根本薩迦耶見同時。

དེ་ཡང་ལྷན་སྐྱེས་ཀྱི་འཇིག་ལྟ་ངར་འཛིན་སྔར་བཤད་པའི་ཉི་ཤུ་པོ་གང་ཡང་མིན་པས། འཇིག་ཚོགས་ལྟ་རི་ལྷུན་སྟུག་ལ་གནས་པ། ཞེས་རྩེ་མོ་ཉི་ཤུའི་འཇིག་ལྟ་རྩ་བའི་འཇིག་ལྟ་ལ་གནས་པར་གསུངས་སོ། །

又俱生薩迦耶見我執，都非前說二十種見攝。故論云「依薩迦耶見山」，謂二十種薩迦耶見高峰，依止根本薩迦耶見而住。

གང་དང་ལྷན་ཅིག་ཏུ་ཉི་ཤུ་རྒྱུན་ཞུགས་ཀྱིས་སྤངས་པའི་རྩ་བའི་འཇིག་ལྟ་ཡང་ཀུན་བཏགས་ཡིན་ལ། དེ་ཡང་དེ་རང་གི་མཚན་ཉིད་ཀྱིས་གྲུབ་པར་འཛིན་པ་ཙམ་ལ་མི་བྱེད་ཀྱི། དེའི་འཛིན་སྟངས་འཐད་ལྡན་དུ་གྲུབ་མཐའ་ངན་པ་ལ་བརྟེན་ནས་འཛིན་པའི་ས་བོན་རྒྱུན་ཞུགས་ཀྱིས་སྤངས་པའོ། །

然預流果所斷，與二十種見同時之根本薩迦耶見，亦是分別我執。彼非僅執我是有自相，且計彼執爲應正理。是依邪宗所熏之種子，爲預流所斷也。

བཞི་པ་ལ་གཉིས། ཕྱོགས་སྔ་མ་བརྗོད་པ་དང་། ལུགས་དེ་དགག་པའོ། །

寅四、破不一不異之實我分二：卯一、敘計，卯二、破執。

དང་པོ་ནི། དེ་ནི་འཕགས་པ་མང་པོས་བཀུར་བ་དག་གིས་བརྟགས་པའི་གང་ཟག་རྫས་སུ་ཡོད་པར་སྨྲ་བ་བསལ་བའི་ཕྱིར་བཤད་པ།

今初，今爲破正量部所計實我，頌曰：

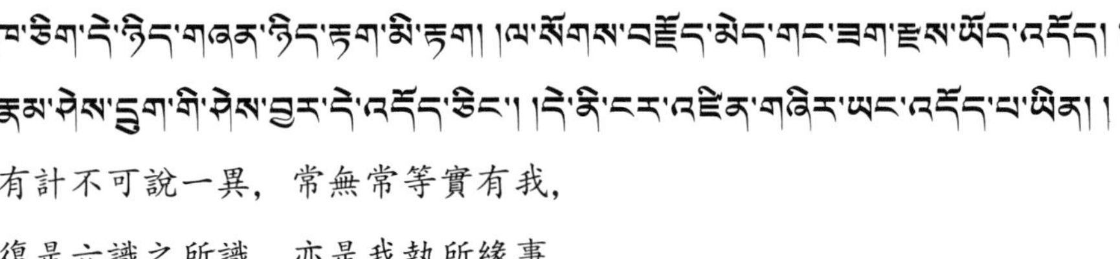

ཁ་ཅིག་དེ་ཉིད་གཞན་ཉིད་རྟག་མི་རྟག །ལ་སོགས་བརྗོད་མེད་གང་ཟག་རྫས་ཡོད་འདོད། །
རྣམ་ཤེས་དྲུག་གི་ཤེས་བྱར་དེ་འདོད་ཅིང་། །དེ་ནི་ངར་འཛིན་གཞིར་ཡང་འདོད་པ་ཡིན། །

有計不可說一異，常無常等實有我，
復是六識之所識，亦是我執所緣事。

རང་གི་སྡེ་པ་མང་པོས་བཀུར་བ་པ་ཁ་ཅིག་ནི། ཕུང་པོ་མ་གཏོགས་དེ་འཛིན་མ་གྲུབ་ཕྱིར། ཞེས་པའི་རིགས་པས་གང་ཟག་ཕུང་པོ་ལས་ངོ་བོ་ཐ་དད་པ་མིན་ལ། ཕུང་པོའི་རང་བཞིན་ཅན་ཡང་མིན་ཏེ། ཡིན་ན་བདག་དེ་སྐྱེ་འཇིག་དང་ལྡན་པར་འགྱུར་བའི་ཕྱིར་རོ། །

正量部有云「由離諸蘊無我故」之理，我與諸蘊非是異性，亦非即蘊爲性。若是，則我應有生滅故。

དེའི་ཕྱིར་བདག་གམ་གང་ཟག་ནི་ཕུང་པོ་ལས་དེ་ཉིད་དང་གཞན་ཉིད་དུ་བརྗོད་དུ་མེད་དོ། །

故我與五蘊一性異性俱不可說。

དེ་བཞིན་དུ་གང་ཟག་ནི་རྟག་པ་དང་མི་རྟག་པ་ལ་སོགས་པ་ཉིད་དུ་ཡང་བརྗོད་དུ་མེད་དོ། །

亦不可說我是常無常。

གང་ཟག་དེ་རྫས་སུ་ཡོད་པར་ཡང་འདོད་དེ། ལས་གཉིས་ཀྱི་བྱེད་པ་པོ་དང་། དེ་གཉིས་ཀྱི་འབྲས་བུ་བདེ་སྡུག་གི་ཟ་བ་པོ་ཉིད་དུ་བརྗོད་པའི་ཕྱིར་དང་། འཁོར་བར་བཅིངས་པ་དང་མྱང་འདས་ཀྱི་སྐབས་སུ་ཐར་བ་པོའམ་གྲོལ་བ་པོ་ཡིན་པའི་ཕྱིར་རོ། །བདག་དེ་རྣམ་ཤེས་དྲུག་གི་ཤེས་བྱར་ཡང་འདོད་ཅིང་། བདག་དེ་ནི་ངར་འཛིན་པའི་གཞི་སྟེ་དམིགས་པར་ཡང་འདོད་པ་ཡིན་ནོ། །

然計彼我是實物有，以是能作二業者，與能受苦樂二果者，及是繫縛生死者，與解脫涅槃者故。復計彼我是六識之所識，亦計彼我是我執所緣事也。

གཉིས་པ་ནི། གང་ཟག་རྫས་ཡོད་དུ་སྨྲ་བ་འདི་ཡང་མི་རིགས་པ་ཉིད་དུ་བཤད་པ།

卯二、**破執**。此計實有補特伽羅，亦不應理。頌曰：

གང་ཕྱིར་གཟུགས་ལས་སེམས་བརྗོད་མེད་མི་རྟོགས། །དངོས་ཡོད་བརྗོད་མེད་རྟོགས་པ་མ་ཡིན་ཉིད། །
གལ་ཏེ་བདག་འགའ་དངོས་པོར་གྲུབ་གྱུར་ན། །སེམས་ལྟར་གྲུབ་དངོས་བརྗོད་དུ་མེད་མི་འགྱུར། །

不許心色不可說，實物皆非不可說，

若謂我是實有物，如心應非不可說。

རྒྱ་མཚན་གང་གི་ཕྱིར་ན་གཟུགས་ལས་སེམས་དེ་ཉིད་དང་གཞན་གང་དུ་ཡང་བརྗོད་དུ་མེད་པར་མི་རྟོགས་པ་སྟེ་མི་འདོད་པ་ལྟར། དངོས་པོ་སྟེ་རྫས་སུ་ཡོད་པ་རྣམས་ལ་དེ་ཉིད་དང་གཞན་ཉིད་དུ་བརྗོད་དུ་མེད་པར་རྟོགས་པ་མ་ཡིན་པ་ཉིད་དེ། འདི་ལྟར་གལ་ཏེ་བདག་འགའ་ཞིག་དངོས་པོར་ཏེ་རྫས་སུ་གྲུབ་པར་གྱུར་ན། སེམས་ལྟར་དུ་གྲུབ་པའི་དངོས་པོ་སྔོ་གཉིས་གང་དུ་བརྗོད་དུ་མེད་པར་མི་འགྱུར་རོ། །

如不許心與色是一性異性俱不可說法，則諸實物皆非不可說者。若謂我是實物，則應如心，非是一異俱不可說也。

དེའི་ཕྱིར་ཚིགས་སུ་བཅད་པ་སྔ་མས་བརྗོད་དུ་མེད་པ་ལ་རྫས་སུ་ཡོད་པ་མི་སྲིད་པར་བསྟན་ནས། གང་ཟག་བཏགས་ཡོད་དུ་བསྟན་པའི་ཕྱིར་བཤད་པ།

此頌已明，不可說者定非實有。次顯假有補特伽羅，頌曰：

གང་ཕྱིར་ཁྱོད་བུམ་དངོས་པོར་མ་གྲུབ་པའི། །ངོ་བོ་གཟུགས་སོགས་ལས་བརྗོད་མེད་འགྱུར་བས། །
བདག་གང་ཕུང་པོ་ལས་བརྗོད་མེད་འགྱུར་ཏེ། །རང་གིས་ཡོད་པར་གྲུབ་པར་རྟོགས་མི་བྱ། །

如汝謂瓶非實物，則與色等不可說，

我與諸蘊既叵說，故不應計自性有。

རྒྱ་མཚན་གང་གི་ཕྱིར་ཁྱོད་ཀྱི་ལྟར་ན་བུམ་པ་རང་རྐྱ་ཐུབ་པའི་དངོས་པོར་མ་གྲུབ་པའི་ངོ་བོ་དེ་རང་གི་ཡན་ལག་གི་གཟུགས་སོགས་ལས་དེ་ཉིད་དེ་གཅིག་དང་ངོ་བོ་ཐ་དད་དུ་བརྗོད་དུ་མེད་པར་འགྱུར་བར་འདོད་པས།

如汝謂瓶非是獨立之實物，則計彼體與色等支分，不可說是一性異性。

དེ་བཞིན་དུ་བདག་གང་ཡིན་པ་དེ་ཡང་ཕུང་པོ་ལས་དེ་ཉིད་དང་ངོ་བོ་ཐ་དད་པའི་གཞན་ཉིད་དུ་བརྗོད་དུ་མེད་པའི་བཏགས་ཡོད་དུ་འགྱུར་བ་དེའི་ཕྱིར་གང་ཟག་རང་གི་ངོ་བོ་ཉིད་ཀྱིས་ཡོད་པར་གྲུབ་པར་རྟོགས་པ་སྙེ་གཟུང་བར་མི་བྱའོ། །

如是彼我，既與諸蘊，是不可說一性異性之假有。故不應計補特伽羅爲自性有也。

དེ་ལྟར་ཚིགས་སུ་བཅད་པ་གཉིས་ཀྱིས་རྫས་སུ་ཡོད་པ་དགག་པ་དང་། བཏགས་ཡོད་དུ་སྒྲུབ་པ་ཉེ་བར་བསྟན་ནས།

如是二頌，已破實有，成立假有。

དེ་ནི་དེ་ཉིད་དང་གཞན་གཉིས་དངོས་པོའི་རྟེན་ཉིད་དུ་བརྗོད་ནས། རྟེན་དེ་མ་ཡིན་པ་ཉིད་ཀྱིས་བདག་རྫས་སུ་ཡོད་པ་འགོག་པར་རྩོམ་པ།

今當更述一異，爲實法所依。以我非所依，破我實有。頌曰：

ཁྱོད་ཀྱི་རྣམ་ཤེས་རང་བདག་ལས་གཞན་ནི། །མི་འདོད་གཟུགས་སོགས་ལས་གཞན་དངོས་འདོད་ཅིང་། །
དངོས་ལ་རྣམ་པ་དེ་གཉིས་མཐོང་འགྱུར་བ། །དེ་ཕྱིར་བདག་མེད་དངོས་ཆོས་དང་བྲལ་ཕྱིར། །

汝識不許與自異，而許異於色等法，

實法唯見彼二相，離實法故我非有。

གལ་ཏེ་ཁྱོད་ཀྱི་ལྟར་བདག་རྫས་སུ་ཡོད་ན་ནི། ཁྱོད་ཀྱི་རྣམ་ཤེས་ནི་རང་གི་བདག་ཉིད་ལས་གཞན་ནི་མིན་པར་འདོད་པ་བཞིན་དུ། གང་ཟག་ཀྱང་ངེས་པར་རང་གི་བདག་ཉིད་ལས་གཞན་མིན་པས་དེ་ཉིད་དུ་བརྗོད་དགོས་སོ། །

若如汝計我實有者。如汝內識不許與自體相異，則補特伽羅亦定不異自體，即可說爲一。

ཡང་ཁྱོད་ཀྱི་རྣམ་ཤེས་གཟུགས་སོགས་ལས་གཞན་པའི་དངོས་པོར་འདོད་པ་བཞིན་དུ། གང་ཟག་ཀྱང་ཕུང་པོ་ལས་ངོ་བོ་ཐ་དད་པར་བརྗོད་དགོས་སོ། །

又如汝識許與色等爲相異法，則補特伽羅亦可說與諸蘊相異也。

དངོས་པོ་ལ་གཅིག་དང་ཐ་དད་ཀྱི་རྣམ་པ་དེ་གཉིས་ངེས་པར་མཐོང་བར་འགྱུར་བ་དེའི་ཕྱིར་བདག་རྫས་སུ་མེད་དེ། དངོས་པོའི་ཆོས་དེ་ཉིད་དང་གཞན་གཉིས་སུ་གྲུབ་པ་དང་བྲལ་བའི་ཕྱིར་རོ། །

凡諸實法，決定唯見彼一異二相。故我非實有，以離一異實法理故。

ལྔ་བ་ལ་བཞི། བདག་མཐའ་བདུན་དུ་མེད་ཀྱང་བརྟེན་ནས་བཏགས་པ་ཤིང་རྟ་དང་འདྲ་བར་བསྟན་པ། སྔར་མ་བཤད་པའི་ཕྱོགས་ལྷག་མ་གཉིས་རྒྱས་པར་བཤད་པ། དེ་ལྟར་བཤད་པ་ལ་གཞན་གྱི་རྩོད་པ་སྤོང་བ། མིང་གི་ཐ་སྙད་ཀྱི་དོན་གཞན་ཡང་གྲུབ་པར་བསྟན་པའོ། །

寅五、明假我及喻分四：卯一、明七邊無我唯依緣立如車，卯二、廣釋前未說之餘二計。卯三、釋妨難，卯四、餘名言義均得成立。

དང་པོ་ནི། གང་གི་ཕྱིར་སྔར་བཤད་པ་དེ་ལྟར་རྣམ་པར་དཔྱད་པ་ན་གང་ཟག་རྫས་སུ་ཡོད་པ་མི་འཐད་པ་

今初，如上觀察實有補特伽羅，不應道理。頌曰：

དེ་ཕྱིར་ངར་འཛིན་རྟེན་ནི་དངོས་པོ་མིན། །ཕུང་ལས་གཞན་མིན་ཕུང་པོའི་ངོ་བོ་མིན། །
ཕུང་པོ་རྟེན་མིན་འདི་ནི་དེ་ལྡན་མིན། །

故我執依非實法，不離五蘊不即蘊，非諸蘊依非有蘊。

དེའི་ཕྱིར་ངར་འཛིན་པའི་རྟེན་ཏེ་དམིགས་པ་ནི། དངོས་པོ་སྟེ་རང་བཞིན་གྱིས་གྲུབ་པ་མིན་ཏེ། རྣམ་པར་དཔྱད་པ་ན་བདག་ནི་ཕུང་པོ་ལས་གཞན་ཏེ་ངོ་བོ་ཐ་དད་པ་མིན་ལ། ཕུང་པོའི་ངོ་བོ་ཚོགས་པ་དང་ཡ་གྱལ་གང་ཡང་བདག་མིན་པ་དང་། བདག་ཕུང་པོ་རྣམས་ཀྱི་རྟེན་དང་། བདག་འདི་ལ་ཕུང་པོ་རྟེན་དུ་ཡོད་པ་ཡང་མིན་ཞིང་། བདག་འདི་ནི་ཕུང་པོ་དེ་རྣམས་དང་ལྡན་པའང་ངོ་བོ་ཉིད་ཀྱིས་ཡོད་པ་མིན་ནོ། །

故我執所依，非有自性之實法，以觀察時，我非離蘊別有異體，諸蘊總別亦非是我，我非諸蘊之所依蘊在我中，亦非以蘊爲我所依我在蘊中，我亦非自性能有諸蘊也。

དེའི་ཕྱིར་རང་གི་སྡེ་པ་གང་དག་བདག་བཏགས་པར་ཡོད་ཅེས་པའམ། བདག་དོན་དམ་པར་མ་དམིགས་པར་འདོད་པས་ཀྱང་རུང་སྟེ་ཇི་སྐད་སྨྲས་པའི་རྣམ་པས་བདག་ཁས་བླང་བར་མི་བྱའོ་ཞེས་བཤད་པ་ནི།

是故內教諸部，隨計假我，或計我非勝義可得。然皆不應計如上行相。頌曰：

འདི་ནི་ཕུང་པོ་རྣམས་བརྟེན་འགྲུབ་པར་འགྱུར། །

此依諸蘊得成立。

བདག་འདི་ནི་ཕུང་པོ་རྣམས་ལ་བརྟེན་ནས་གྲུབ་པར་འགྱུར་བའོ། །

此我唯依諸蘊即得成立也。

ཇི་ལྟར་འདི་ལ་བརྟེན་ནས་འདི་འབྱུང་ཞེས་བྱ་བ་འདི་ཙམ་ཞིག་ཀུན་རྫོབ་ཀྱི་བདེན་པའི་རྣམ་པར་བཞག་པ་མ་ཆད་པར་བྱ་བའི་ཕྱིར་ཁས་ལེན་པ་ན། རྒྱུ་མེད་སོགས་བཞི་ལས་སྐྱེ་བ་མི་འདོད་པ་དེ་བཞིན་དུ། བདག་གི་སྐབས་འདིར་ཡང་ཕུང་པོ་ལ་བརྟེན་ནས་བཏགས་པར་འདོད་པ་ན། ཇི་སྐད་བཤད་པའི་སྐྱོན་དང་ལྡན་པའི་ཕྱོགས་ལྔ་བསལ་ནས།

如爲不壞世俗諦故。唯許依彼因緣有此法生，然不許無因生等四邊生。如是觀察我時，其許依蘊假立我者，雖破上述有過五計。

ཕུང་པོ་རྣམས་ལ་བརྟེན་ནས་གདགས་པ་ཞེས་བྱ་བ་འདི་ཙམ་ཞིག་འཇིག་རྟེན་གྱི་ཐ་སྙད་རྣམ་པར་གནས་པར་བྱ་བའི་ཕྱིར་ཁས་བླང་བར་བྱ་སྟེ། བདག་ཏུ་ཐ་སྙད་བཏགས་པ་བསྙོན་མི་ནུས་པར་མཐོང་བའི་ཕྱིར་རོ། །

然爲使世間名言得安立故，亦許依止諸蘊假立之我。現見有名言假立之我，不可強撥拨爲無也。

བདག་བཏགས་པ་ཙམ་དུ་གྲུབ་པར་བྱ་བའི་དོན་དུ་ཇི་སྐད་བཤད་པའི་དོན་ཉིད་གསལ་བར་བྱ་བའི་ཕྱིར། ཕྱི་རོལ་གྱི་དཔེ་སྟོན་ཅིང་བཤད་པ།

爲顯所說假我之義，復說外喻，頌曰：

ཤིང་རྟ་རང་ཡན་ལག་ལས་གཞན་འདོད་མིན། །གཞན་མིན་མ་ཡིན་དེ་ལྡན་ཡང་མིན་ཞིང་། །
ཡན་ལག་ལ་མིན་ཡན་ལག་དག་དེར་མིན། །འདུས་པ་ཙམ་མིན་དབྱིབས་མིན་ཇི་བཞིན་ནོ། །

如車不許異支分，亦非不異非有支，
不依支分非支依，非唯積聚復非形。

ཤིང་རྟ་རང་གི་ཡན་ལག་ལས་དོན་གཞན་དུ་འདོད་པ་མིན་ལ། གཞན་མིན་ཏེ་གཅིག་ཏུ་ཡང་གྲུབ་པ་མ་ཡིན་པ་དང་། ཕུང་པོ་དེ་དང་ལྡན་པ་དང་། ཡན་ལག་ལ་ཕར་བརྟེན་པ་དང་། ཡན་ལག་དག་བདག་དེར་བརྟེན་པ་རང་བཞིན་གྱིས་ཡོད་པ་མིན་པ་དང་། ཡན་ལག་འདུས་པ་ཙམ་དང་ཡན་ལག་གི་དབྱིབས་མིན་པ་ཇི་ལྟ་བ་དེ་བཞིན་དུ། བདག་དང་ཕུང་པོ་གཉིས་ཀྱང་དེ་བཞིན་དུ་ཤེས་པར་བྱའོ། །

如不許車異自支分，亦非是一全不相異，又非自性有彼支分，自性不依支分，支分亦不依車，亦非唯支積聚，復非支分形狀，我與五蘊當知亦爾。

གཉིས་པ་ལ་གཉིས། དངོས་ཀྱི་དོན། རིགས་པ་དེ་གཞན་ལ་ཁ་སྦྱོ་བའོ། །

卯二、廣釋前未說之餘二計分二：辰一、正義，辰二、旁通。

དང་པོ་ལ་གཉིས། ཚོགས་པ་ཤིང་རྟར་འདོད་པ་དགག །དབྱིབས་ཙམ་ཤིང་རྟར་འདོད་པ་དགག་པའོ། །

初中又二：巳一、破計積聚爲車，巳二、破計唯形是車。

དང་པོ་ནི། ཕྱོགས་སྔ་མ་ལྔ་ནི་སྔར་བསྟན་ཟིན་པས་འདིར་ཚོགས་པའི་ཕྱོགས་དང་། དབྱིབས་ཀྱི་ཕྱོགས་གཉིས་ཤིང་རྟ་ཡིན་པ་འགོག་པ་ནི་བསྒྲུབ་པར་བྱ་དགོས་པས་དེ་དག་སྟོན་པ་བཅམ་པར་བྱ་སྟེ།

今初，初五計如前說。此當別破計聚爲車與計形爲車。頌曰；

གལ་ཏེ་ཚོགས་ཙམ་ཤིང་རྟར་འགྱུར་ན་ནི། །སིལ་བུར་གནས་ལ་ཤིང་རྟ་ཉིད་ཡོད་འགྱུར། །

若謂積聚即是車，散支堆積車應有。

གལ་ཏེ་ཤིང་རྟའི་ཡན་ལག་ཚོགས་ཙམ་ཤིང་རྟར་འགྱུར་ན་ནི། ཤིང་རྟ་བཤིག་པའི་ཡན་ལག་གསིལ་བུར་གནས་པ་ཚོགས་པ་ལ་ཡང་ཤིང་རྟ་ཉིད་ཡོད་པར་འགྱུར་རོ། །ཡན་ལག་གི་ཚོགས་པ་རང་གི་ཆ་ཅན་ཡིན་པ་འགོག་པ་འདི་སྔར་བཤད་ཟིན་ཀྱང་འདིར་བཀོད་པ་ནི། སྔར་བསྟན་པ་ལས་སྐྱོན་གཞན་བསྟན་པའི་ཕྱིར་ཡིན་ནོ། །

若謂車支積聚即是車者，則車拆散之支，堆積一處，亦應有車。前雖已破車聚爲有分。此中說者，是爲顯示所餘過失。

སྐྱོན་གཞན་ཡང་ཡོད་དེ།

復有過失，頌曰：

གང་ཕྱིར་ཡན་ལག་ཅན་མེད་ཡན་ལག་དག །མེད་པས་དབྱིབས་ཙམ་ཤིང་རྟར་རིགས་པའང་མིན། །

由離有支則無支，唯形爲車亦非理。

རྒྱུ་མཚན་གང་གི་ཕྱིར་ཡན་ལག་ཅན་མེད་ན། ཡན་ལག་དག་ཀྱང་མེད་པ་དེའི་ཕྱིར་ཡན་ལག་རྣམས་མེད་པར་འགྱུར་ཏེ། ཤིང་རྟ་ལ་ཡན་ལག་ཅན་མེད་པར་རང་གི་སྡེ་པ་དེ་དག་གིས་ཁས་བླངས་པའི་ཕྱིར་རོ། །

由離有支，則無支分，故支分亦非有。以彼諸部自許，無有支車故。

དེ་དག་གིས་ཀྱང་ཡན་ལག་ཚོགས་པ་ཆ་ཤས་ཅན་དང་། ཡན་ལག་རྣམས་ཆ་ཤས་སུ་འདོད་ཅིང་། དེ་བཞིན་དུ་ཡན་ལག་དང་ཡན་ལག་ཅན་དུའང་འདོད་པས། ཡན་ལག་ཅན་མེད་པར་ཁས་མ་བླངས་སོ་སྙམ་ན།

若謂：彼等，許支聚爲有分，諸支爲分。亦可如是許支與有支。故彼非許無有支也。

སྐྱོན་མེད་དེ་རང་གི་ལུགས་ནི་ཕུང་པོའི་ཡ་གྱལ་དང་ཚོགས་པ་གཉིས་ཀ་ཉེ་བར་བླང་བྱ་ཡིན་པས། དེ་ཉེ་བར་ལེན་པ་པོར་མི་འདོད་པ་བཞིན་དུ། ཤིང་རྟའི་ཡན་ལག་རེ་རེ་བ་དང་ཚོགས་པ་གཉིས་ཀ་ཡན་ལག་ཏུ་འཇོག་གི །ཡན་ལག་ཅན་དུ་མི་འཇོག་ལ། སྡེ་བ་དེ་དག་གིས་ཀྱང་ཚོགས་པ་མིན་པའི་ཡན་ལག་ཅན་མི་འདོད་པའི་ཕྱིར་དང་། དེ་ཡང་འགོག་པའི་ཕྱིར་རོ། །

曰：無過。以自宗中，如蘊若別若總皆是所取，非能取者。如是車之支分，若零若聚亦俱安立爲支，不安立爲有支。彼等諸部不許離聚之有支，聚已破故。

འང་གི་སྒྲ་ནི་དངོས་སུ་མ་བརྗོད་པའི་ཚོགས་པ་བསྡུ་བའི་དོན་ཏེ། འདུས་ཚུལ་ནི་ཡན་ལག་གི་དབྱིབས་ཙམ་ཡང་ཤིང་རྟར་རིགས་པ་མིན་ལ། ཚོགས་པ་ཙམ་པོ་ཡང་མི་རིགས་སོ་ཞེས་ཤེས་པར་བྱ་བའི་ཕྱིར་དུའོ། །

頌中「亦」字，攝未明說之積聚，謂唯支形爲車不應道理。當知唯聚爲車，亦不應理。

གཉིས་པ་ནི།

巳二、破計唯形是車

གཞན་ཡང་གལ་ཏེ་ཁྱོད་ཤིང་རྟའི་དབྱིབས་ཙམ་ཞིག་ཤིང་རྟར་འདོད་ན། དབྱིབས་དེ་ཡན་ལག་རེ་རེ་བ་དག་གི་ཡིན་ནམ། ཚོགས་པའི་ཡིན་པར་རྟོག་ཀྱང་། དང་པོ་ལྟར་ན་སྔར་མ་བསྒྲིགས་པའི་དབྱིབས་ཀྱི་ཁྱད་པར་མ་བཏང་བ་དག་གིའམ། སྔར་གྱི་དབྱིབས་ཀྱི་ཁྱད་པར་བཏང་བ་དག་གི་དབྱིབས་ཡིན། དེ་ལ་གལ་ཏེ་དང་པོ་ལྟར་འདོད་པའང་དེ་མི་རིགས་སོ། །

復次，若汝計唯車形是車者，爲是一一支分之形耶？抑是積聚之形耶？若謂如前者，爲是不捨未成車時原有之形耶？抑是捨棄原形別有餘形耶？若謂如前，且不應理。

ཅིའི་ཕྱིར་ཞེ་ན།

何以故？頌曰：

ཁྱོད་དབྱིབས་ཡན་ལག་རེ་རེ་སྔར་ཡོད་གྱུར། །ཇི་བཞིན་ཤིང་རྟར་གཏོགས་ལའང་དེ་བཞིན་ནོ། །
བྱེ་བར་གྱུར་པ་དེ་དག་ལ་ཇི་ལྟར། །དེ་ལྟར་ཡང་ནི་ཤིང་རྟ་ཡོད་མ་ཡིན། །

汝形各支先已有，造成車時仍如舊，

如散支中無有車，車於現在亦非有。

ཁྱོད་ཀྱི་ལྟར་ན་ཤིང་རྟའི་འཕང་ལོ་ལ་སོགས་པའི་ཡན་ལག་རེ་རེ་ལ་སྔར་མ་བསྒྲིགས་པའི་དུས་སུ་དབྱིབས་ཇི་ལྟར་ཡོད་པར་གྱུར་པ་བཞིན་དུ། ཕྱིས་བསྒྲིགས་ཏེ་ཤིང་རྟར་རྫོགས་པ་སྣེ་གྲུབ་པའི་དུས་སུའང་སྔ་མ་དེ་བཞིན་དུ་ཡོད་པ་ཡིན་ན། མ་བསྒྲིགས་པའི་བྱེ་བར་གྱུར་པའི་ཡན་ལག་དེ་དག་ལ་ཇི་ལྟར་ཤིང་རྟ་ཡོད་པ་མིན་པ་བཞིན་དུ། དེ་ལྟར་ཡན་ལག་རྣམས་བསྒྲིགས་པའི་ཚེ་ཡང་ནི་ཤིང་རྟ་ཡོད་པ་མ་ཡིན་པར་འགྱུར་ཏེ། ཡན་ལག་སོ་སོ་བའི་དབྱིབས་ཙམ་ལ་ཁྱོད་ཤིང་རྟར་འདོག་པའི་ཕྱིར་དང་། སྔ་ཕྱིའི་ཡན་ལག་སོ་སོ་བའི་དབྱིབས་ལ་ཁྱད་པར་མེད་པའི་ཕྱིར་རོ། །

如汝所許，車輪等一一支分，如先未成車時所有形狀，後造成車時仍如舊者。是則如未造車前分散之支中全無有車，現在支分積聚之時車亦應非有。以汝唯以各支形狀，立為車故。各支形狀前後無差別故。

ཅི་སྟེ་ཕྱོགས་གཉིས་པ་སྟེ་དབྱིབས་ཀྱི་ཁྱད་པར་སྔ་མ་དང་མི་འདྲ་བ་གཞན་ཞིག་ཕྱིས་འབྱུང་བ་དེ་ཤིང་རྟར་འགྱུར་ན།

若如第二義，謂不同先形，後生餘形以為車者，頌曰：

ད་ལྟ་གལ་ཏེ་ཤིང་རྟ་ཉིད་དུས་འདིར། །འཕང་ལོ་སོགས་ལ་དབྱིབས་ཐ་དད་ཡོད་ན། །
འདི་གཟུང་འགྱུར་ན་དེ་ཡང་ཡོད་མིན་ཏེ། །དེ་ཕྱིར་དབྱིབས་ཙམ་ཤིང་རྟར་ཡོད་མ་ཡིན། །

若謂現在車成時，輪等別有異形者，

此應可取然非有，是故唯形非是車。

གལ་ཏེ་ད་ལྟ་ཤིང་རྟ་ཉིད་དུ་གྲུབ་པའི་དུས་འདིར་འཕང་ལོ་དང་ལ་སོགས་པས་སྤྱིག་ཤིང་དང་། གཉེར་བུ་ལ་སོགས་པ་ཤིང་རྟའི་ཡན་ལག་རྣམས་ཀྱི་དབྱིབས་ཀྱི་ཁྱད་པར་སོ་སོར་ཟླུམ་པ་སྣེ་གྲུ་བཞི་དང་། རིང་པོ་དང་ཟླུམ་པོ་ལ་སོགས་པའི་དབྱིབས་སྔར་མ་བསྒྲིགས་པའི་དུས་དང་། མི་མཐུན་པའི་ཐ་དད་པ་ཡོད་ན། ཡན་ལག་སོ་སོའི་དབྱིབས་མི་མཐུན་པ་འདི་མིག་གི་ཤེས་པས་གཟུང་དུ་ཡོད་པར་འགྱུར་ན། དེ་ཡང་ཡོད་པ་མིན་ཏེ། དེའི་ཕྱིར་ཡན་ལག་སོ་སོའི་

དབྱིབས་ཙམ་ཤིང་རྟར་ཡོད་པ་མ་ཡིན་ནོ། །

若謂現在車成之時，輪、軸、轄等車衆支分，方長圓等各別形狀，與未成車前別有不同者，則此各支之不同形狀，眼識應有可取。然實非有。故唯各支之形狀仍非是車。

ཅི་སྟེ་འཕང་ལོ་ལ་སོགས་པའི་ཡན་ལག་བསྡོགས་པའི་ཚོགས་པ་རྣམས་ཀྱི་དབྱིབས་ཁྱད་པར་བ་ཤིང་རྟར་འདོག་གོ་སྙམ་ན། དེ་ཡང་མི་རིགས་སོ་ཞེས་བཤད་པ།

若謂輪等支分合積之特殊形狀乃立爲車，亦不應理。頌曰：

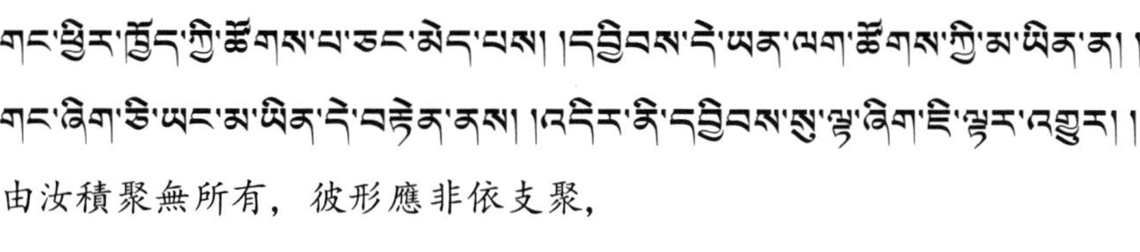

གང་ཕྱིར་ཁྱོད་ཀྱི་ཚོགས་པ་ཅང་མེད་པས། །དབྱིབས་དེ་ཡན་ལག་ཚོགས་ཀྱི་མ་ཡིན་ན། །

གང་ཞིག་ཅི་ཡང་མ་ཡིན་དེ་བརྟེན་ནས། །འདིར་ནི་དབྱིབས་སུ་ལྟ་ཞིག་ཇི་ལྟར་འགྱུར། །

由汝積聚無所有，彼形應非依支聚，

故以無所有爲依，此中云何能有形。

གལ་ཏེ་ཚོགས་པ་ཞེས་བྱ་བ་དངོས་པོ་སྟེ་རྫས་སུ་ཡོད་པ་ཅུང་ཟད་ཅིག་ཡོད་ན་ནི། དེ་ལ་བརྟེན་པ་ཅན་གྱི་དབྱིབས་སུ་གདགས་པར་འགྱུར་རོ། །

若所言積聚有少實體，乃可依彼假立形狀。

ཡན་ལག་ཚོགས་པ་ཞེས་བྱ་བ་རྫས་སུ་ཡོད་པ་ཅུང་ཟད་ཀྱང་མེད་དེ། །རྒྱུ་མཚན་གང་གི་ཕྱིར་ཁྱོད་ཀྱི་ལྟར་ན་ཚོགས་པ་ཅང་མེད་པ་སྟེ་ཅུང་ཟད་ཀྱང་རྫས་ཡོད་དུ་མེད་པས། དབྱིབས་དེ་ཡན་ལག་ཚོགས་པ་གདགས་གཞིར་བྱས་པ་ལ་བརྟེན་ནས་འདོགས་པ་མ་ཡིན་ཏེ།

然所言支聚無少實體，由汝積聚都無所有無少實體。故彼形狀，應非是依支聚假立。

འདི་འདྲ་བའི་བཏགས་ཡོད་རྣམས་ནི་རྫས་ཡོད་རྟེན་དུ་བྱས་པ་ཁོ་ནར་ཁྱོད་ཀྱིས་ཁས་བླངས་པའི་ཕྱིར་དང་། ཡན་ལག་ཚོགས་པ་ཡང་བཏགས་ཡོད་དུ་ཁས་བླངས་པའི་ཕྱིར་རོ། །

以汝宗說，假有諸法，要以實法爲所依故。汝亦許支聚是假有故。

དེའི་ཕྱིར་གང་ཞིག་ཅི་ཡང་མ་ཡིན་པ་སྟེ་ཅུང་ཟད་ཀྱང་རྫས་སུ་ཡོད་པ་མ་ཡིན་པ་དེ་གདགས་གཞིར་བྱས་པ་ལ་བརྟེན་ནས། ཤིང་རྟའི་སྐབས་འདིར་ནི་ཤིང་རྟར་འདོག་པའི་དབྱིབས་སུ་ལྟ་ཞིག་ཇི་ལྟར་འགྱུར་ཏེ་མི་འགྱུར་རོ། །

此觀察車時，云何能以都無所有無少實體者爲所依事，而安立有車之形耶？

འདིར་ཕ་རོལ་པོས་བཏགས་ཡོད་ཀྱི་དངོས་པོ་རྣམས་རང་རྒྱ་ཐུབ་པའི་རྫས་ཡོད་རེ་གདགས་གཞིར་ཡོད་པ་ལ་བརྟེན་ནས་འདོགས་པར་ཁས་ལེན་ཞིང་། ཚོགས་པ་དང་དབྱིབས་གཉིས་ཀ་ཡང་བཏགས་ཡོད་དུ་འདོད་པས། ཚོགས་པ་དབྱིབས་ཀྱི་གདགས་གཞིར་འདོད་ན་འགལ་བ་ཙམ་ལས་མ་མཛད་ཀྱང་།

此中僅說敵者計假有諸法，要以獨立實有諸法爲所依事乃能假立。復許積聚與形狀，俱是假有。今若計積聚爲形狀所依事，則自成相違。

སྐྱེས་བུའི་ཁ་དོག་སྐྱེས་བུར་འཇོག་ཏུ་མི་རུང་བ་བཞིན་དུ། ཤིང་རྟ་ལ་ཡང་དེའི་ཁ་དོག་དང་དབྱིབས་གང་ཡང་ཤིང་རྟར་གཞག་ཏུ་མི་རུང་སྟེ། དེ་གཉིས་ནི་ཤིང་རྟའི་ཉེ་བར་བླང་བྱ་ཡིན་པའི་ཕྱིར་ཞེས་པ་ལ་གོ་བར་བྱའོ།།

然亦應知，如人之形色不可安立爲人，如是車之形色亦不可安立爲車，以彼二法俱是車之所取故。

གཉིས་པ་ནི།

辰二、旁通

ཅི་སྟེ་ཚོགས་པ་མི་བདེན་པ་བཏགས་ཡོད་ཡིན་དུ་ཟིན་ཀྱང་། དེ་ལ་བརྟེན་ནས་མི་བདེན་པ་སྟེ་བཏགས་ཡོད་ཀྱི་དབྱིབས་སུ་འགྱུར་རོ་ཞེས་འདོད་ན།

若謂積聚雖假有非實，然即依彼，安立不實假有之形。頌曰：

ཁྱོད་ཀྱི་འདི་ནི་ཇི་ལྟར་འདོད་དེ་ལྟར། །མི་བདེན་པ་ཡི་རྒྱུ་ལ་བརྟེན་བྱས་ནས། །
འབྲས་བུའི་རྣམ་པ་མི་བདེན་རང་བཞིན་ཅན། །ཐམས་ཅད་ཀྱང་ནི་སྐྱེ་བར་ཤེས་པར་གྱིས། །

如汝許此假立義，如是依於不實因，
能生自性不實果，當知一切生皆爾。

ཁྱོད་ཀྱིས་ཚོགས་པ་བཏགས་ཡོད་ལ་བརྟེན་ནས་དབྱིབས་བཏགས་ཡོད་འཇོག་པ་འདི་ནི་ཇི་ལྟར་འདོད་པ་དེ་ལྟར་དུ། མ་རིག་པ་དང་ས་བོན་ལྟ་བུའི་མི་བདེན་པ་ཡི་རྒྱུ་ལ་བརྟེན་པར་བྱས་ནས། འདུ་བྱེད་དང་མྱུ་གུ་ལྟ་བུ་འབྲས་བུའི་རྣམ་པ་མི་བདེན་པའི་རང་བཞིན་ནམ་ངོ་བོ་ཅན་རྣམས་སྐྱེ་བར་ཤེས་པར་བྱ་ལ།

如汝許此依假有積聚，安立假有形狀。如是應知依於無明與種子不實之因，能生諸行與苗芽自性不實之果。

དེ་བཞིན་དུ་དེ་ལས་གཞན་པ་རྒྱུ་དང་འབྲས་བུའི་ངོ་བོ་མི་བདེན་པའི་རང་བཞིན་ཅན་ཐམས་ཅད་ཀྱང་ནི་སྐྱེ་བར་ཤེས་པར་བྱ་སྟེ། འབད་རྩོལ་བརྒྱ་ཕྲག་བྱས་ཀྱང་གང་གི་ཤ་བཟའ་བར་མི་ནུས་པ། དངོས་པོ་གྲིབ་མའི་རི་དྭགས་ལྟ་བུ་བརྫུན་པ་ལ་བདེན་པར་མངོན་པར་ཞེན་པ་དོན་མེད་པ་འདིས་ནི་ཅི་ཞིག་བྱ་

其餘一切自性不實之因果，當知皆如是生，則於無肉可食之物影假鹿，徒費百千辛勞強執實有。此復何為？頌曰：

འདིས་ནི་གཟུགས་སོགས་དེ་ལྟར་གནས་རྣམས་ལ། །བུམ་བློ་ཞེས་བྱའང་རིགས་པ་མ་ཡིན་ཉིད། །

有謂色等如是住①，便起瓶覺亦非理。

དེ་ལ་རང་གི་སྡེ་པ་མང་པོས་བུམ་པའི་གཟུགས་ལ་སོགས་པའི་རྡུལ་བརྒྱད་དེ་ལྟར་འདབ་འཁོར་དུ་གནས་པའི་ཚོགས་པ་རྣམས་བུམ་པ་ཡིན་པས། དེ་ལ་བུམ་པའི་བློར་འགྱུར་རོ་ཞེས་སྨྲ་བ་དེ་ཡང་ཤིང་རྟའི་དཔེ་འདིས་བསལ་བས་ན་དེ་ནི་རིགས་པ་མ་ཡིན་པ་ཉིད་དོ། །

內教多說，如瓶之色等八微合積而住即是瓶，故於彼上便起瓶覺。以此車喻即能破除，故彼說亦非理。復次頌曰：

སྐྱེ་བ་མེད་པས་གཟུགས་སོགས་ཀྱང་ཡོད་མིན། །དེ་ཡི་ཕྱིར་ཡང་དེ་དག་དབྱིབས་མི་རིགས། །

由無生故無色等，故彼不應即是形。

གཞན་ཡང་རང་བཞིན་གྱིས་སྐྱེ་བ་མེད་པར་སྔར་བཤད་ཟིན་པས་གཟུགས་སོགས་ཀྱང་རང་བཞིན་གྱིས་ཡོད་པ་མིན་ནོ། །

由前已說無自性生，故色等亦無自性。

དེ་ཡི་ཕྱིར་ཡང་རྫས་སུ་ཡོད་པའི་ཉེ་བར་ལེན་པ་ཅན་དུ་འདོད་པ་བུམ་པ་ལ་སོགས་པ་མི་རིགས་པས། བུམ་པ་ལ་སོགས་པ་དེ་དག་གཟུགས་ལ་སོགས་པའི་དབྱིབས་ཀྱི་ཁྱད་པར་དུ་མི་རིགས་སོ།

由計瓶等有實法為因，不應道理。是故瓶等，不應即是色等之形狀差別。

---

①「住」，頌作「性」。

གསུམ་པ་ནི།

卯三、釋妨難

འདིར་སྨྲས་པ་གལ་ཏེ་འོ་ན་ཤིང་རྟ་འདིའི་བཏགས་དོན། སྔར་བཤད་པའི་ཚུལ་གྱིས་རྣམ་པ་བདུན་དུ་བཙལ་བ་ན། ཡོད་པ་མ་ཡིན་པ་དེའི་ཚེ་ཤིང་རྟ་མེད་པར་འགྱུར་བས་ཤིང་རྟས་འཇིག་རྟེན་ན་ཐ་སྙད་འདོགས་པ་དེ་རྒྱུན་ཆད་པར་འགྱུར་ན།

問：若以所說七相道理，求車之假立義都非有者，則車亦應無。世間由車假立之名言，皆應斷絕。

དེ་མི་འཐད་དེ། ཤིང་རྟ་འོན་ཅིག་ཉོས་ཤིག །འཚོས་ཤིག་ཅེས་བྱ་བ་ལ་སོགས་པ་བྱ་དགོས་པར་མཐོང་བ་ཡང་ཡིན་ནོ། །

然此不應理，現見世云：取車，買車，造車等。由是世間所共許故，車定當有。

དེའི་ཕྱིར་འཇིག་རྟེན་ལ་གྲགས་པའི་ཕྱིར་ན་ཤིང་རྟ་ལ་སོགས་པ་ནི་ཡོད་དོ་ཞེ་ན། ཉེས་པ་འདི་ནི་རང་ཅག་གཉིས་ཀྱི་ནང་ནས་ཁྱོད་ཁོ་ན་ལ་འཇུག་པར་འགྱུར་བས། ངེད་ཀྱིས་ཁྱེད་ལ་དགོད་པར་བྱ་བ་ཡིན་ནོ། །

曰：此過唯汝乃有。此是我爲汝所立者。

ཇི་ལྟར་ཡིན་སྙམ་ན། ཁྱོད་ཀྱིས་ཤིང་རྟའི་བཏགས་དོན་རྣམ་པར་དཔྱད་པ་སྟེ་བཙལ་ནས། ཤིང་རྟ་འཇོག་པར་བྱེད་ཅིང་བཏགས་དོན་མ་བཙལ་བར་འགྲུབ་པའི་ཐབས་གཞན་ཁས་མ་བླངས་པའི་ཕྱིར་དང་།

汝計要觀察車假立義，乃安立車。若不觀察，不許有餘能安立車之方便。

བཏགས་དོན་རྣམ་པ་བདུན་དུ་བཙལ་བ་ན། ཤིང་རྟ་འོན་ཅིག་ཅེས་བྱ་བ་སོགས་ཀྱི་འཇིག་རྟེན་གྱི་ཐ་སྙད་རྣམས་ཁྱོད་ལ་ཇི་ལྟར་འགྲུབ་པར་འགྱུར་ཏེ་མི་འགྱུར་རོ། །

若於七相求假立義，則取車等世間名言，於汝宗中云何得有？

རྩོད་པ་དེ་ལ་བསྟན་བཅོས་མཛད་པས་ནི་ལན་དེ་ལྟར་འདེབས་ལ། ད་ལྟའི་བོད་ཀྱི་ཐལ་འགྱུར་བར་འདོད་པ་རྣམས་ནི། རྣམ་པ་བདུན་དུ་བཙལ་བས་མ་རྙེད་ན་ཤིང་རྟ་འཇོག་མི་ནུས་སོ་ཞེས་རྩོད་པ་དེ་ཉིད་དབུ་མ་པའི་ལུགས་སུ་སྨྲ་སྟེ། དེས་ནི་རྣམ་པར་དག་པའི་ལུགས་ངན་རྟོག་གི་བཙོག་ཆུས་འབད་ནས་སྦྱོད་པར་བྱེད་པ་ཡིན་ནོ།།

此是論師答彼妨難。現在藏地講應成者，謂七相尋求若不得車，則不能安立車。是中觀宗之攻難。當知是以惡分別水，污此清淨宗義也。

ཁོ་བོ་ཅག་ལ་ནི་སྔར་བཤད་པའི་རྩོད་པའི་ཉེས་པ་དེ་མེད་དེ།

我宗則無彼過。頌曰：

入中論善顯密意疏

དེ་ནི་དེ་ཉིད་དུ་འམ་འཇིག་རྟེན་དུ། །རྣམ་པ་བདུན་གྱིས་འགྲུབ་འགྱུར་མིན་མོད་ཀྱི། །
རྣམ་དཔྱད་མེད་པར་འཇིག་རྟེན་ཉིད་ལས་འདིར། །རང་གི་ཡན་ལག་བརྟེན་ནས་འདོགས་པ་ཡིན། །

雖以七相推求彼，真實世間皆非有，
若不觀察就世間，依自支分可安立。

ཤིང་རྟ་དེ་ནི་དེ་ཉིད་དུ་སྟེ་དོན་དམ་པའམ། འཇིག་རྟེན་གྱི་ཀུན་རྫོབ་ཏུ་བཏགས་དོན་རྣམ་པ་བདུན་གྱིས་བཙལ་བ་ན་ཤིང་རྟ་འགྲུབ་པར་འགྱུར་བ་མིན་མོད་ཀྱི། དེ་ལྟ་ནའང་ཤིང་རྟ་འདི་ནི་བཏགས་དོན་འཚོལ་བའི་རྣམ་པར་དཔྱད་པ་མེད་པར་འཇིག་རྟེན་གྱི་ཐ་སྙད་ཉིད་ལས། སྔོན་པོ་དང་ཚོར་བ་ལ་སོགས་པ་ལྟར་འདིར་ནི་རང་གི་ཡན་ལག་འཕང་ལོ་སོགས་ལ་བརྟེན་ནས་འདོགས་པ་ཡིན་པ་དེའི་ཕྱིར་ས་སྨྱུག་སོགས་ལ།

雖以七相推求彼車之假立義，隨於真實勝義，或於世間世俗，皆不得有彼車。若不觀察此車之假立義，唯就世間名言，如立青與受等，即可依輪等支分安立爲車。

རྟེན་འབྲེལ་རྐྱེན་ཉིད་འདི་བ་ཙམ་ཁས་བླངས་པ་ལྟར། ཤིང་རྟ་ཡང་རང་གི་ཡན་ལག་ལ་བརྟེན་ནས་བཏགས་པར་ཁས་བླངས་པའི་ཕྱིར། ཁོ་བོ་ཅག་གི་ཕྱོགས་ལ་ཤིང་རྟ་ལོན་ཅིག་ཅེས་པ་སོགས་ཀྱི་འཇིག་རྟེན་གྱི་ཐ་སྙད་མི་རུང་བར་མི་འགྱུར་ལ། ཕ་རོལ་པོས་ཀྱང་འདི་ཁས་བླང་བར་འོས་པ་ཡིན་ནོ་ཞེས་གསུངས་པས་ཤིང་རྟའི་བཏགས་དོན་བཙལ་ནས་མི་འཇོག་པ་དབུ་མ་པའི་ལུགས་ལ། འཇིག་རྟེན་གྱི་ཐ་སྙད་ཁས་ལེན་པ་དང་། ཕ་རོལ་པོས་ཀྱང་དེ་ཁས་བླང་དགོས་ཞེས་བསྟན་པར་བྱའི། ཕར་ལ་འཕངས་པའི་སྐྱོན་ཚུར་བཟློག་པའི་ཚེ་ལན་མ་ཐེབས་པ་ན་ཁས་བླང་མེད་ཅེས་སྨྲ་བར་མི་བྱའོ། །

卷十二

如許緣起性，亦許此車依自支分假設立故，故於我宗，取車等世間名言，無不應理。彼等亦應許此義也。此說不以推求車假立義，而安立爲車之中觀宗，許有世間名言，即彼宗亦應許。非是難他之過，自不能免，便云我無所許也。

བཞི་པ་ནི།

卯四、餘名言義均得成立

དབུ་མ་པའི་ཕྱོགས་འདིར་འཇིག་རྟེན་ལ་གྲགས་པའི་སྒོ་ནས་ཤིང་རྟས་ཐ་སྙད་འདོགས་པ་ཆེས་གསལ་བར་གྲུབ་པ་འབའ་ཞིག་ཏུ་མ་ཟད་ཀྱི། ཤིང་རྟའི་མིང་གི་ཁྱད་པར་གཞན་དག་ཀྱང་བཏགས་དོན་འཚོལ་བའི་ཚུལ་གྱིས་རྣམ་པར་དཔྱད་པ་མེད་པར་འཇིག་རྟེན་ལ་གྲགས་པའི་སྒོ་ནས་ཁས་བླང་བར་བྱའོ། །

此中觀宗依世間所許，非但成立名言爲車。即車之諸名差別，皆可不推求假設立義，唯依世間所許而自許。頌曰：

དེ་ཉིད་ཡན་ལག་ཅན་དེ་ཆ་ཤས་ཅན། །ཤིང་རྟ་དེ་ཉིད་བྱེད་པོ་ཞེས་འགྲོར་བསྙད།། སྐྱེ་བོ་རྣམས་ལ་ལེན་པོ་ཉིད་དུ་འགྲུབ།།

可爲眾生說彼車，名爲有支及有分，亦名作者與受者。

དེ་ལ་ཤིང་རྟ་དེ་ཉིད་ནི་འཕང་ལོ་ལ་སོགས་པ་རང་གི་ཡན་ལག་ལ་ལྟོས་ནས་ཡན་ལག་ཅན་དང་།

ཡང་དེ་འཕང་ལོ་ལ་སོགས་པའི་ཆ་ཤས་ལ་ལྟོས་ནས་ནི་ཆ་ཤས་ཅན་དང་། ཤིང་རྟ་དེ་ཉིད་འཕང་ལོ་ལ་སོགས་པ་ཉེ་བར་བླང་བར་བྱ་བ་ཉེ་བར་ལེན་པའི་བྱ་བ་ལ་ལྟོས་ནས་ནི། བྱེད་པ་པོ་ཞེས་འགྲོ་བ་ལ་བསྙད་པ་དང་། རང་གི་ཉེ་བར་ལེན་པ་གཟུགས་ལ་སོགས་པའི་གདགས་གཞི་ལ་ལྟོས་ནས་ནི། སྐྱེ་བོ་རྣམས་ལ་ལེན་པ་པོ་ཉིད་དུ་ཡང་འགྲུབ་བོ། །

可爲眾生宣說彼車，觀待輪等諸支名爲有支，觀待輪等諸分名爲有分。又即彼車，觀待有取輪等之作用名爲作者，觀待所受色等事亦名受者。

གང་འགའ་ཞིག་གསུང་རབ་ཀྱི་དོན་ཕྱིན་ཅི་ལོག་ཏུ་རྟོགས་པས་ཡན་ལག་ཚོགས་པ་ཙམ་ཞིག་ཡོད་ཀྱི། ཚོགས་པ་ཙམ་དེ་མིན་པའི་ཡན་ལག་ཅན་ནི་རྣམ་པ་ཐམས་ཅད་དུ་མེད་དེ། ཚོགས་པ་དེ་ལས་ངོ་བོ་ཐ་དད་པར་མ་དམིགས་པའི་ཕྱིར་རོ། །

復有倒解佛經義者，而更倒說世間世俗，謂只有支聚，離支聚外決無有支，以異支聚之有支，不可得故。

དེ་བཞིན་དུ་སྨྲར་རེ་ཆ་ཤས་དང་ལས་དང་ཉེ་བར་ལེན་པ་ཚོགས་པ་ཙམ་ཞིག་ཡོད་ཀྱི། དེ་མིན་པའི་ཆ་ཤས་ཅན་དང་བྱེད་པ་པོ་དང་། ཉེ་བར་ལེན་པ་པོ་ནི་རྣམ་པ་ཐམས་ཅད་དུ་མེད་དེ། དེ་རྣམས་ལས་ངོ་བོ་ཐ་དད་པར་མ་དམིགས་པའི་ཕྱིར། ཞེས་དེ་ལྟ་བུར་རྣམ་པར་གནས་པའི་འཇིག་རྟེན་གྱི་ཀུན་རྫོབ་ཕྱིན་ཅི་ལོག་ཏུ་སྨྲ་བ་དེའི་ལྟར་ན། ཆཤད་མ་ཐག་པའི་ཡན་ལག་ཅན་མེད་པའི་གཏན་ཚིགས་དེ་ཉིད་ཀྱིས། ཡན་ལག་ལ་སོགས་པ་ཙམ་ཡང་མེད་པར་འགྱུར་བས

如是復說：只有分、業、所取等聚，離彼之外決無有分、作者、受者。以異彼之有分等不可得故。若如彼宗，即以彼說無有支之因，其支聚等亦皆非有。頌曰：

འཇིག་རྟེན་གྲགས་པའི་ཀུན་རྫོབ་མ་བཤིག་ཅིག། །

莫壞世間許世俗。

འཇིག་རྟེན་ན་གྲགས་པའི་ཀུན་རྫོབ་ཤིང་རྟ་ལ་སོགས་པ་མ་བརླག་པ་སྟེ་འཇིག་པར་མ་བྱེད་ཅིག་ཅེས་འདི་ནི་བཟློག་པར་བྱ་བ་ཁོ་ནའོ། །

故應遮止，莫妄破壞世間共許之車等世俗也。

འདིར་རང་གི་སྡེ་པ་གོང་འོག་གཞན་རྣམས་ཡན་ལག་ཚོགས་པ་ལ་སོགས་པ་ཡན་ལག་ཅན་ལ་སོགས་པར་འདོད་པ་ནི། དེ་རྣམས་ཡན་ལག་ཅན་ལ་སོགས་པར་མ་བཞག་ན་དེ་རྣམས་ལས་ངོ་བོ་ཐ་དད་པའི་ཡན་ལག་ཅན་ལ་སོགས་པ་ཡང་མེད་པར་མཐོང་ནས་བྱ་བ་བྱེད་ནུས་ཀྱི་ཡན་ལག་ཅན་ལ་སོགས་པ་འཇོག་མ་ཤེས་པས་དེ་ལྟར་འདོད་དེ། དེ་དག་གིས་ཡན་ལག་ཅན་ལ་སོགས་པའི་བཏགས་དོན་བཙལ་ནས་མ་རྙེད་ན། དེ་རྣམས་འཇོག་མི་ཤེས་པ་ཡིན་ནོ། །

內教大小諸部計支聚等即有支者，因見不以彼等立爲有支，更無異彼等之有支，便不能安立有作用之有支等，故作是計。由彼等推求有支等假立義若無可得，即不知安立彼等。

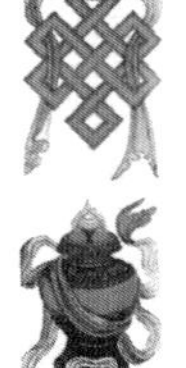

དེའི་ཕྱིར་ཤིང་རྟ་སོགས་མིང་དུ་བཏགས་པ་ཙམ་དུ་མི་འདོད་པས་ཤིང་རྟ་ལ་སོགས་པ་རྣམས་རང་གི་མཚན་ཉིད་ཀྱིས་གྲུབ་པར་འདོད་པ་ཡིན་པས། དེ་ལ་གསུང་རབ་ཀྱི་དོན་ཕྱིན་ཅི་ལོག་ཏུ་རྟོགས་པ་ཞེས་འགྲེལ་བར་གསུངས་ཏེ།

故彼不許車等唯假名安立，而計車等爲自性有。故釋論說彼等是倒解經義者。

ལུགས་དམ་པ་འདིས་ནི་ཡན་ལག་ཚོགས་ཙམ་དང་། དེའི་ཡ་གྲལ་སོགས་གང་ཡང་ཡན་ལག་ཅན་ལ་སོགས་པའི་མཚན་གཞིར་མ་བཟུང་ཡང་། ཡན་ལག་ཅན་ལ་སོགས་པ་མིང་དུ་བཏགས་པ་ཙམ་ལ་བྱ་བྱེད་ལེགས་པར་འཛོག་ནུས་པ་གསུང་རབ་ཀྱི་དོན་དུ་འགྲེལ་བ། ཐུབ་པའི་དགོངས་པ་ཐུན་མོང་མ་ཡིན་པ་ཡིན་པས། རྣམ་དཔྱོད་ཅན་གྱིས་དགོངས་པ་འགྲེལ་ལུགས་འདི་ལ་སྦྱང་བར་བྱའོ། །

卷十二

此宗則說，若支積聚，若支分離[①]，皆非有支。然唯假名之有支等，亦善安立其作用，是爲此宗解釋經義，亦是如來不共意趣。故有智者當善學此宗解經之理。

དྲུག་པ་ལ་ལྔ། དངོས་ཀྱི་དོན། དེ་ལ་རྩོད་པ་སྤོང་བ། ཤིང་རྟ་དང་བདག་གི་ཐ་སྙད་རྣམས་དཔེ་དོན་དུ་སྦྱར་བ། བརྟེན་ནས་བཏགས་པའི་བདག་ཁས་ལེན་པའི་ཡོན་ཏན་གཞན་བསྟན་པ། མཁས་རྨོངས་ཀྱི་འཆིང་གྲོལ་གྱི་གཞིའི་བདག་ངོས་གཟུང་བའོ། །

寅六、明此建立易除邊執之功德分五：卯一、正義，卯二、釋難，卯三、車與我名法喻相合，卯四、明許有假我之功德，卯五、明凡聖繫縛解脫所依之我。

དང་པོ་ནི། གང་གི་ཕྱིར་འཇིག་རྟེན་གྱི་ཀུན་རྫོབ་འདི་སྔར་བཤད་པ་དེ་ལྟར་བཏགས་དོན་འཚོལ་བའི་རྣམ་པ་

བདུན་དུ་དཔྱད་པ་ན། ཡོད་པ་རྙེད་པར་མི་འགྱུར་ཞིང་། མ་བརྟགས་པ་གྲགས་པས་ཡོད་པ་དེ་ཉིད་ཀྱི་ཕྱིར།

今初，此世間世俗，若以推求假立義之七相觀察，都無可得。若不觀察唯依世間共許，則皆是有。

རྣལ་འབྱོར་པས་སྔར་བཤད་པའི་རིམ་པ་འདི་ཉིད་ཀྱིས་བདག་དང་ཤིང་རྟ་འདི་ལ་སྔར་ལྟར་རྣམ་པར་དཔྱོད་པ་ན། ཆེས་མྱུར་བ་ཁོ་ནར་དེ་ཁོ་ན་ཉིད་ཀྱི་གཏིང་དཔོགས་པར་འགྱུར་རོ། །

故瑜伽師，以此次第，如前觀察我及車義，速能測得真理底蘊。

དེ་ཇི་ལྟར་ཡིན་ཞེ་ན།

所以者何？頌曰：

རྣམ་བདུན་གྱིས་མེད་གང་དེ་ཇི་ལྟ་བུར། །ཡོད་ཅེས་རྣལ་འབྱོར་པས་འདིའི་ཡོད་མི་རྙེད། །
དེས་དེ་ཉིད་ལའང་བདེ་བླག་འཇུག་འགྱུར་བས། །འདིར་དེའི་གྲུབ་པ་དེ་བཞིན་འདོད་པར་བྱ། །

七相都無復何有，此有行者無所得，
彼亦速入真實義，故如是許彼成立。

ཤིང་རྟ་རང་བཞིན་གྱིས་གྲུབ་པ་ཞིག་ཡིན་ན་རྣམ་པ་བདུན་གྱིས་བཙལ་བ་ན་ངེས་པར་བདུན་པོ་གང་རུང་ཞིག་ཏུ་རྙེད་དགོས་པ་ལ། རྣལ་འབྱོར་བས་ཤིང་རྟ་འདིའི་ཡོད་པ་ཉིད་མི་རྙེད་དོ། །

若車有自性，以七相推求，於七相中定當有所得。但瑜伽師都不能得此車是有。

དེའི་ཚེ་རྣམ་པ་བདུན་གྱིས་བཙལ་བ་ན་མི་རྙེད་པ་གང་དེ་ཇི་ལྟ་བུར་ན་རང་བཞིན་གྱིས་ཡོད་ཅེས་ཏེ་མེད་དོ། །

以七相推求都無所得，復云何可說是有自性。

དེའི་ཕྱིར་ཤིང་རྟ་ངོ་བོ་ཉིད་ཀྱིས་གྲུབ་པ་ཞེས་བྱ་བ་ནི། མ་རིག་པའི་ལིང་ཏོག་གིས་བློའི་མིག་ཉམས་པར་བྱས་པ་ཁོ་ནས་བརྟགས་པ་ཡིན་གྱི། རང་བཞིན་གྱིས་གྲུབ་པ་ནི་ཡོད་པ་མ་ཡིན་ནོ་སྙམ་པ་དེ་ལྟར་རྣལ་འབྱོར་པ་ལ་ངེས་པ་སྐྱེ་བར་འགྱུར་ཞིང་། ཚུལ་དེས་དེ་ཁོ་ན་ཉིད་ལ་ཡང་རྣལ་འབྱོར་པ་བདེ་བླག་ཏུ་འཇུག་པར་འགྱུར་རོ། །འང་གི་སྒྲས་ནི་ཀུན་རྫོབ་ཀྱི་རྣམ་གཞག་ཉམས་པར་ཡང་མི་འགྱུར་བ་བསྡུའོ། །

故瑜伽師生是定解，言車有自性，唯是由無明翳障蔽慧眼者之所妄計。其自性實無所有。即由彼理，速易悟入真實義性。「亦」字攝亦不失壞世俗建立。

① 「難」，民族本、校正本作「離」。

དེ་བས་ན་དབུ་མ་པའི་སྐབས་འདིར་ཤིང་རྟ་དེའི་གྲུབ་པའི་ཚུལ་ནི་མ་བརྟགས་པར་གྲུབ་པ་དེ་བཞིན་དུ་འདོད་པར་བྱའོ། །

故此中觀宗時，即如是許彼車成立之理，謂不觀察。

དབུ་མ་པའི་ལུགས་ལ་མཁས་པ་དག་གིས་སྔར་བཤད་པའི་ཕྱོགས་འདི་ནི་སྐྱོན་མེད་ཅིང་ཕན་ཡོན་དང་བཅས་པའོ་སྙམ་དུ་བསམས་ནས་ངེས་པར་ཁས་བླང་བར་བྱའོ་ཞེས་གསུངས་པས། འདིའི་ལུགས་སྐྱོན་མེད་པ་རང་གི་ལུགས་ལ་ཁས་བླང་བར་བྱའི། །འདི་ལ་ལུགས་ཡོད་པ་མིན་ནོ་ཞེས་གནོད་བཀུར་བར་མི་བྱའོ། །

釋論說：「諸善巧中觀宗者，當知前說此宗，全無過失，唯有功德，決當受許。」故當自許此無過宗，不應避過謂此無宗。

གཉིས་པ་ནི།

卯二、釋難

འདིར་སྨྲས་པ། རྣལ་འབྱོར་བས་སྔར་ལྟར་དཔྱད་པ་ན་ཤིང་རྟ་མ་དམིགས་པ་ལ་རག་མོད། དེའི་ཡན་ལག་ཚོགས་པ་ཙམ་ཞིག་དམིགས་པ་ནི་རང་བཞིན་གྱིས་ཡོད་དོ་ཞེ་ན།

問：諸瑜伽師如前觀察，雖不見有車，然見有彼支聚，此應有自性。

སྣམ་བུ་ཚིག་པའི་ཐལ་བ་ལ་སྣལ་མ་ཚོལ་བ་ཁྱོད་ནི་བཞད་གད་དུ་བྱ་བ་ཞིག་སྟེ།

答：汝於燒布之灰中尋求縷線，誠屬可笑。頌曰：

ཤིང་རྟ་ཡོད་ཉིད་མིན་ན་དེ་ཡི་ཚེ། །ཡན་ལག་ཅན་མེད་དེའི་ཡན་ལག་ཀྱང་མེད། །

若時其車且非有，有支無故支亦無。

ཤིང་རྟ་རང་བཞིན་གྱིས་ཡོད་པ་ཉིད་མིན་ན། དེའི་ཚེ་ཡན་ལག་ཅན་ངོ་བོ་ཉིད་ཀྱིས་མེད་པས། དེའི་ཡན་ལག་དག་ཀྱང་ངོ་བོ་ཉིད་ཀྱིས་མེད་དོ། །

若時車無自性，由有支無自性故，其支亦無自性。

གལ་ཏེ་ཤིང་རྟ་སོ་སོར་ཞིག་པ་ན་དེའི་འཕང་ལོ་ལ་སོགས་པ་ཚོགས་པ་དམིགས་པ་ཉིད་མ་ཡིན་ནམ། དེའི་ཕྱིར་ཡན་ལག་ཅན་མེད་པར་ཡན་ལག་དག་ཀྱང་མེད་དོ་ཞེས་ཅི་སྟེ་བརྗོད་ཅེ་ན།

若謂車拆毀時，其車輪等聚豈非可見。云何可說由無有支亦無支耶？

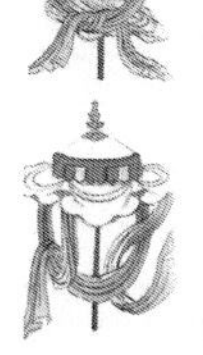

དེ་ནི་དེ་ལྟར་མ་ཡིན་ཏེ་སོ་སོར་གྱེས་པའི་ཡན་ལག་ཤིང་རྟའི་ཡན་ལག་ཏུ་འཛིན་པ་ནི། སྔར་དེ་རྣམས་ཤིང་རྟ་དང་འབྲེལ་བར་རིག་པ་པོ་ནས། འཕང་ལོ་ལ་སོགས་པ་འདི་དག་ནི་ཤིང་རྟའི་ཡན་ལག་ཡིན་ནོ་སྙམ་དུ་རྟོགས་ཀྱི། སྔར་དེ་ལྟར་མི་ཤེས་པ་གཞན་གྱིས་ནི་མ་ཡིན་ཏེ།

曰：此亦不然。其執車拆散之支聚，爲車支者，是由先見彼支與車相屬，乃知輪等是車支分。餘先未見如是相屬者，則定不知。

གང་ཟག་དེ་ནི་འཕང་ལོ་སོགས་ཀྱི་རང་གི་ཆ་ཤས་ལ་ལྟོས་ནས། འཕང་ལོ་ལ་སོགས་པ་པོ་ན་ཡན་ལག་ཅན་ཉིད་དུ་རྟོགས་པར་འགྱུར་རོ། །

彼人却見輪等，觀待自支，而知輪等自爲有支。

གང་ཟག་དེའི་ངོར་འཕང་ལོ་ལ་སོགས་པ་ཤིང་རྟ་དང་འབྲེལ་བ་ཡང་རྒྱང་རིང་དུ་སྤངས་པ་པོ་ན་ཡིན་པས། དེའི་ཚེ་དེ་དག་ནི་ཤིང་རྟའི་ཡན་ལག་ཏུ་མི་རྟོགས་སོ། །

由彼人全不曾見輪等系屬於車，故亦不知彼等是車之支也。

གཞན་ཡང་ཤིང་རྟ་རང་བཞིན་གྱིས་མ་གྲུབ་ན་དེའི་ཡན་ལག་ཀྱང་རང་བཞིན་གྱིས་ཡོད་པ་མིན་པའི་དོན་འདི་ནི། དཔེ་འདི་ལས་ཤེས་པར་བྱ་སྟེ།

復次，若車無自性，則彼支分亦無自性。當以喻明。頌曰：

ཤིང་རྟ་ཚིག་ན་ཡན་ལག་མེད་དཔེ་བཞིན། །བློ་མེས་ཡན་ལག་ཅན་བསྲེགས་ཡན་ལག་གོ །

如車燒盡支亦毀，慧燒有支更無支。

དཔེར་ན་ཤིང་རྟ་ཡན་ལག་ཅན་མེས་ཚིག་ན་ཡན་ལག་རྣམས་ཀྱང་མེད་པ་སྟེ་མེས་འཚིག་པར་འགྱུར་བའི་དཔེ་དེ་བཞིན་དུ། རྣམ་པར་དཔྱོད་པའི་གཙུབ་ཤིང་གཙུབས་པ་ལས་བྱུང་བའི་མི་དམིགས་པ་རྟོགས་པའི་བློ་ཤེས་རབ་ཀྱི་མེས། ཡན་ལག་ཅན་ཤིང་རྟ་རང་བཞིན་གྱིས་གྲུབ་པ་ལུས་པ་མེད་པར་བསྲེགས་པ་ན། ཤེས་རབ་ཀྱི་མེའི་བུད་ཤིང་དུ་གྱུར་བའི་ཡན་ལག་དག་གིས་ཀྱང་བདག་ཉིད་ཟུག་ཚུགས་པར་ཏེ་རང་བཞིན་གྱིས་གྲུབ་པར་སྡོད་པར་བྱེད་མི་ནུས་ཏེ། ཤེས་རབ་ཀྱི་མེས་ངེས་པར་བསྲེགས་པའི་ཕྱིར་རོ། །

喻如火燒有支車，則諸支分亦皆燒毀。如是諸瑜伽師，若以觀察所發無所得之慧火，燒盡有支車之自性，則成爲慧火柴薪之支分，亦定不能存其自性，必爲慧火之所燒毀。

གསུམ་པ་ནི།

卯三、車與我名法喻相合

ཇི་ལྟར་ཀུན་རྫོབ་ཀྱི་བདེན་པ་མི་གཅད་པར་བྱ་བའི་ཕྱིར་དང་། རྣལ་འབྱོར་བ་རྣམས་དེ་ཁོ་ན་ཉིད་ལ་བདེ་བླག་ཏུ་འཇུག་པར་བྱ་བའི་ཕྱིར་ཤིང་རྟ་རྣམ་པར་དཔྱད་པའི་ཚུལ་ལ་བསམས་ཏེ་བརྟེན་ནས་གདགས་པ་རྣམ་པར་བཞག་པ་དེ་བཞིན་དུ།

如為不斷滅世俗諦故，諸瑜伽師速能悟入真實義故，觀察車義立為假有。

頌曰：

དེ་བཞིན་འཇིག་རྟེན་གྲགས་པས་ཕུང་པོ་དང་། །ཁམས་དང་དེ་བཞིན་སྐྱེ་མཆེད་དྲུག་བརྟེན་ནས། །
བདག་ཀྱང་ཉེ་བར་ལེན་པ་ཉིད་དུ་འདོད། །ཉེར་ལེན་ལས་ཡིན་འདི་ནི་བྱེད་པོའང་ཡིན། །

如是世間所共許，依止蘊界及六處，
亦許我為能取者，所取為業此作者。

འཇིག་རྟེན་ལ་གྲགས་པའི་སྒོ་ནས་ཉེ་བར་ལེན་པ་ཕུང་པོ་ལྔ་དང་། ཁམས་དྲུག་དང་། དེ་བཞིན་དུ་སྐྱེ་མཆེད་དྲུག་ལ་བརྟེན་ནས་བདག་ཀྱང་ཤིང་རྟ་ལྟར་ཉེ་བར་ལེན་པ་པོ་ཉིད་དུ་འདོད་དེ། དེ་དག་ལ་བརྟེན་ནས་བདག་ཏུ་བཏགས་པའི་ཕྱིར་རོ། །

如是由世間共許門，依止五蘊六界及六處等，亦許我為能取者。是依彼等安立我故。

དེ་བཞིན་དུ་ཉེ་བར་ལེན་པ་ཕུང་པོ་ནི་ལས་ཡིན་ལ། བདག་འདི་ནི་བྱེད་པ་པོའང་ཡིན་ནོ་ཞེས་རྣམ་པར་བཞག་གོ །

如是亦可安立所取五蘊為作業，此我為作者。

བཞི་པ་ནི།

卯四、明許有假我之功德

བདག་བརྟེན་ནས་གདགས་པ་ལ་འཇོག་པ་ན། བརྟན་པ་དང་མི་བརྟན་པ་ལ་སོགས་པའི་མཐར་འཛིན་གྱི་རྟོག་པའི་རྟེན་མིན་པས་མི་རྟག་པ་ལ་སོགས་པར་ངོ་བོ་ཉིད་ཀྱིས་གྲུབ་པར་འཛིན་པའི་རྟོག་པ་བཟློག་པར་སླ་བར་འགྱུར་རོ་ཞེས་བཤད་པ།

若安立我為假有，則非堅不堅等邊執分別之所依，故計常無常等有自性之分別皆易遣除。頌曰：

དངོས་ཡོད་མིན་ཕྱིར་འདི་ནི་བརྟན་མིན་ཞིང་། །མི་བརྟན་ཉིད་མིན་འདི་ནི་སྐྱེ་འཇིག་མིན། །
འདི་ལ་རྟག་པ་ཉིད་ལ་སོགས་པ་ཡང་། །ཡོད་མིན་དེ་ཉིད་དང་ནི་གཞན་ཉིད་མིན། །

非有性故此非堅，亦非不堅非生滅，

此亦非有常等性，一性異性均非有。

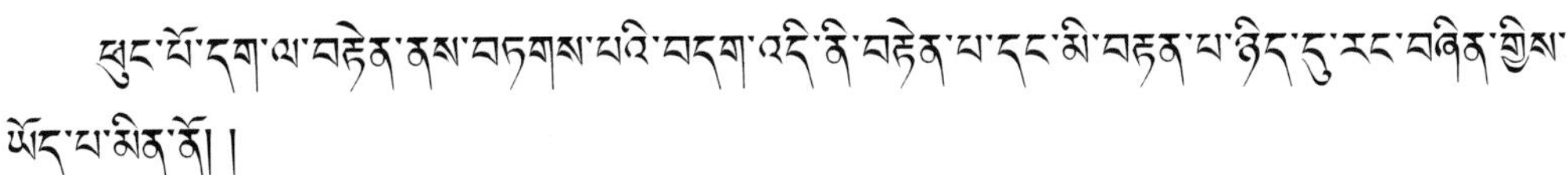

ཕུང་པོ་དག་ལ་བརྟེན་ནས་བཏགས་པའི་བདག་འདི་ནི་བརྟེན་པ་དང་མི་བརྟན་པ་ཉིད་དུ་རང་བཞིན་གྱིས་ཡོད་པ་མིན་ནོ། །

此依諸蘊假立之我，若堅不堅皆無自性。

གལ་ཏེ་བདག་མི་བརྟན་པར་ངོ་བོ་ཉིད་ཀྱིས་ཡོད་ན་ནི། བདག་དང་ཉེ་བར་ལེན་པ་གཉིས་ངོ་བོ་ཐ་དད་པ་མི་རུང་བས་ཉེ་བར་ལེན་པ་ཉིད་བདག་ཏུ་འགྱུར་ལ། དེ་ལྟ་ན་བདག་སྐད་ཅིག་སོ་སོ་ལ་ངོ་བོ་ཉིད་ཀྱིས་སྐྱེ་འཇིག་སོ་སོར་བྱེད་པས་སྔ་ཕྱི་འབྲེལ་མེད་དུ་འགྱུར་བ་དང་། ཉེ་བར་བླང་བར་བྱ་བ་རྣམས་དེའི་ཉེ་བར་ལེན་པ་པོར་འགྱུར་བའི་ཕྱིར་མི་རིགས་སོ། །

若我爲自性不堅，則我與所取應無異性，即所取爲我。若果爾者，則我一一刹那，應是自性各別生滅。是則前後全無系屬。又所取法應成能取。故不應理。

དེ་བཞིན་དུ་བརྟན་པ་སྟེ་རྟག་པར་ཡང་མི་འཐད་དེ། དེ་རྟག་ན་སྔོན་གྱི་ཚེ་རབས་སུ་བྱུང་བའི་དུས་ཀྱི་བདག་དེ་ཉིད་འདིར་བྱུང་བའི་བདག་ཡིན་པ་དང་། ཚེ་སྔ་མ་དང་འདིའི་བདག་གཉིས་ཀྱི་ཉེ་བར་ལེན་པའི་ཕུང་པོ་ངོ་བོ་ཐ་དད་པ་ཡིན་པས། བདག་གཅིག་ཏུ་མི་རུང་སྟེ་ཉེ་བར་ལེན་པ་ལས་ངོ་བོ་ཐ་དད་པའི་བདག་མེད་པའི་ཕྱིར་རོ། །

如是若謂常住堅固，亦不應理。我若常者，應前生之我即現在我。又前世我與現在我，所取諸蘊自性各異，則我應非一，以離所取無異體之我故。

རྩ་ཤེར། གལ་ཏེ་ཕུང་པོ་བདག་ཡིན་ན། །སྐྱེ་དང་འཇིག་པ་ཅན་དུ་འགྱུར། །ཞེས་གསུངས་པ་འདི་ལས་ན་འདི་ནི་སྐྱེ་འཇིག་མིན་ཞེས་པའི་ཁྱད་པར་གཉིས་བཀོད་པ་སློབ་དཔོན་གྱི་བཞེད་པ་ཡིན་ནོ། །ཞེས་གསུངས་ཏེ། སྐྱེ་འཇིག་ནི་ངོ་བོ་ཉིད་ཀྱིས་གྲུབ་པའོ། །

《中論》曰：「若五蘊是我，我即爲生滅。」釋論云：「可知龍猛菩薩許非生滅二種差別。」此言生滅謂有自性者。

བདག་འདི་ལ་རྟག་པ་ཉིད་ལ་སོགས་པའི་བཞི་ཚན་ཡང་རང་བཞིན་གྱིས་ཡོད་པ་མིན་ཏེ། རྩ་ཤེས་ལས་དེ་བཞིན་གཤེགས་པ་བརྟག་པའི་ཐབས་ཀྱིས་ཡོངས་སུ་རྟོག་པར་མཛད་པ་ན། རྟག་དང་མི་རྟག་ལ་སོགས་བཞི། །

ཞི་བ་འདི་ལ་ག་ལ་ཡོད། །ཅེས་བྱ་བ་ལ་སོགས་པ་ལྟ་བུའོ། །བདག་འདི་ནི་དེ་ཉིད་དེ་དང་པོ་གཅིག་པ་དང་གཞན་ཉིད་དུ་རང་བཞིན་གྱིས་མེད་དོ། །

此我亦非自性有之常性等四。《中論・觀如來品》云：「寂滅相中無，常無常等四。」又此我亦非自性有之一性異性。

དེ་རྣམས་ཀྱི་རྒྱུ་མཚན་ནི་བདག་ཅེས་བྱ་བའི་དངོས་པོ་རང་བཞིན་གྱིས་གྲུབ་པ་ཡོད་པ་མིན་པའི་ཕྱིར་རོ། །

此等之理由，謂非有自性我故。

ཇི་སྐད་དུ་མདོ་ལས། མི་ཟད་པ་ཡི་ཆོས་བཞི་ནི། །འཇིག་རྟེན་མགོན་གྱིས་བསྟན་པ་སྟེ། །སེམས་ཅན་ནམ་མཁའ་བྱང་ཆུབ་སེམས། །དེ་བཞིན་སངས་རྒྱས་ཆོས་རྣམས་སོ། །

如經云：「世間依怙說，四法無有盡，謂有情虛空，菩提心佛法。

གལ་ཏེ་དེ་དག་རྫས་ཡོད་ན། །དེ་དག་ཡོངས་སུ་ཟད་འགྱུར་གྲང་། །མེད་པ་དེ་དག་མི་ཟད་དེ། །དེ་ཕྱིར་དེ་དག་ཟད་མེད་གསུངས། །ཞེས་སོ། །སེམས་ཅན་རྫས་སུ་མེད་པས་མི་ཟད་པར་གསུངས་པ་ནི་འདིར་ཁུངས་སོ། །

若彼法實有，寧不有窮盡，無實不可盡，故說彼無盡。」經說有情無實故無窮盡，即此證也。

ལྔ་བ་ནི།

卷十二

卯五、明凡聖繫縛解脫所依之我

གང་ཞིག་བཏགས་དོན་རྣམ་པ་བདུན་གྱིས་བཙལ་བ་ན། རྟག་པ་དང་མི་རྟག་པ་ཉིད་དུ་མི་སྲིད་ཅིང་། བདག་གང་ཞིག་རང་བཞིན་གྱིས་གྲུབ་པ་མེད་པ་ཉིད་མ་མཐོང་ཞིང་། མ་རིག་པའི་དབང་གིས་རང་བཞིན་གྱིས་ཡོད་པ་ཉིད་དུ་ཞེན་ནས། འཇིག་ལྟས་བདག་འདི་ནི་རང་བཞིན་གྱིས་གྲུབ་པར་མངོན་པར་ཞེན་པ་རྣམས་འཁོར་བར་འགྱུར་ལ།

七相推求假立我義，常無常等決定非有。若不見我是無自性，由無明力執有自性，以薩迦耶見執著我有自性，則流轉生死。頌曰：

གང་ཕྱིར་རྟག་ཏུ་འགྲོ་རྣམས་ངར་འཛིན་བློ། །རབ་ཏུ་འབྱུང་ཞིང་དེ་ཡི་གང་ཡིན་དེར། །
ང་ཡིར་འཛིན་བློ་འབྱུང་བའི་བདག་དེ་ནི། །མ་བརྟགས་གྲགས་པར་གཏི་མུག་ལས་ཡིན་ནོ། །

眾生恆緣起我執，於彼所上起我所，
當知此我由愚癡，不觀世許而成立。

བདག་གང་ཞིག་ཡོངས་སུ་ཚོལ་བ་ན། མུ་སྟེགས་པ་བདག་འཚོལ་བ་དེའི་རིགས་པས་ཕུང་པོ་ཉིད་བདག་ཏུ་མི་འཐད་པར་མཐོང་བས། བདག་དེའི་རང་གི་ངོ་བོ་ལ་ཕྱིན་ཅི་ལོག་ཏུ་གྱུར་པ་ཐམས་ཅད་ཕུང་པོ་ལས་ངོ་བོ་ཐ་དད་པར་ཞེན་ཅིང་།

推求我時，外道求我之理，由見即蘊是我不應道理，故倒執我性異蘊。

རང་གི་སྡེ་བ་རྣམས་ཀྱིས་ཀྱང་ཕུང་པོ་ལས་ངོ་བོ་ཐ་དད་པའི་བདག་མེད་དོ་སྙམ་ཞིང་འཁྲུལ་བས། ཕུང་པོ་ཙམ་ཉིད་བདག་ཏུ་ཁས་བླངས་ཏེ། དེ་གཉིས་གང་རུང་ཞིག་ཏུ་ཁས་བླང་དགོས་སྙམ་དུ་བསམས་པའོ། །

內教諸部，則見離蘊別無異我，故倒執唯蘊是我。意謂彼二必須許一也。

གསུང་རབ་ཀྱི་དོན་ཕྱིན་ཅི་མ་ལོག་པར་འཆད་པ་རྣམས་ནི། སྔ་མ་དེ་གཉིས་གང་དུ་ཡང་ཡོད་པ་མ་ཡིན་ནོ་སྙམ་དུ་རིག་ནས་ལན་བརྒྱར་གྲོལ་བར་འགྱུར་བ་དེ་ནི་བདག་ཡིན་ཞིང་།

諸正解經義者，了知前二俱無有我，而得解脫。

འགྲོ་བ་མི་དང་ཡི་དྭགས་དང་དུད་འགྲོ་ལ་སོགས་པར་གནས་པ་མཐའ་དག་རྣམས་ལ། རྟག་ཏུ་དམིགས་པའི་གཞི་གང་ཞིག་ལ་དམིགས་ནས་ངར་འཛིན་པའི་བློ་རབ་ཏུ་འབྱུང་ཞིང་། གང་དུ་བདག་འདི་དབང་བྱེད་པ་ཉིད་དམ།

人鬼旁生等一切衆生，恆緣我事，起我執心。

བདག་དེ་དང་འབྲེལ་བ་འགའ་ཞིག་ཏུ་འགྱུར་བ་བདག་འདི་གདགས་པའི་རྟེན་མིག་ལ་སོགས་པ་ནང་གི་བདག་ཉིད་ཅན་དང་། ཕྱི་རོལ་གང་ཡིན་པ་བདག་དེ་ཡི་བདག་གི་བ་གང་ཡིན་པ་དེར། ང་ཡི་བར་འཛིན་པའི་བློ་འབྱུང་བའི་བདག་དེ་ནི། མ་བརྟགས་པའི་གྲགས་པའི་ངོར་གཏི་མུག་སྟེ་མི་ཤེས་པ་ལས་གྲུབ་པ་ཡིན་གྱི་རང་གི་ངོ་བོས་གྲུབ་པ་ནི་མ་ཡིན་ནོ། །

及緣此我所自在事或屬我事，謂我施設所依之眼等內法，及諸外事，於彼我所上起我所執心。當知彼我，是由不觀察世間共許愚癡無知而成立，非有自性。

གང་གི་ཕྱིར་བདག་འདི་རང་བཞིན་གྱིས་ཡོད་པ་མིན་མོད་ཀྱི། འོན་ཀྱང་གཏི་མུག་སྟེ་མི་ཤེས་པ་ལས་ཡོད་པར་ཐ་སྙད་འདོགས་པའི་ཕྱིར།

此我雖無自性，然由愚癡無知假名爲有。

རྣལ་འབྱོར་བས་དེ་འདྲ་བའི་བདག་རྣམ་པ་ཐམས་ཅད་དུ་མ་དམིགས་ལ། དེ་མ་དམིགས་ན་འང་མིག་ལ་སོགས་པ་བདག་རང་བཞིན་གྱིས་གྲུབ་པ་དེའི་ཉེ་བར་ལེན་པ་རྣམས་དམིགས་པར་མི་འགྱུར་ཏེ། འདི་ལྟར་རྣལ་འབྱོར་པས་ནི་བདག་དང་བདག་གི་བའི་གཞིའི་དངོས་པོ་འགའ་ལ་ཡང་རང་གི་ངོ་བོ་ཉིད་ཀྱིས་གྲུབ་པ་དམིགས་པ་མེད་དེ། དེའི་ཕྱིར་འཁོར་བ་ལས་གྲོལ་བར་འགྱུར་ཏེ།

諸瑜伽師，見如是我畢竟不可得。我若不可得，則彼自性我所取之眼等亦

入中論善顯密意疏

不可得。諸瑜伽師由見我、我所事，都無自性可得，故解脫生死。

རྩ་ཤེས་ལས། ནང་དང་ཕྱི་རོལ་ཉིད་དག་ལ། །བདག་དང་བདག་གི་སྙམ་ཟད་ན། །ཉེ་བར་ལེན་པ་འགག་འགྱུར་ཞིང་། །དེ་ཟད་པས་ན་སྐྱེ་བ་ཟད། ཅེས་གསུངས་སོ། །

《中論》云：「若內外諸法，我我所皆滅，諸取亦當滅，取滅故生滅。」

གཉིས་པ་ནི།

丑二、破我所有自性

ཡང་ཇི་ལྟར་བདག་རང་བཞིན་གྱིས་མེད་ན་བདག་གི་བ་ཡང་རང་བཞིན་གྱིས་མེད་ཅེ་ན།

云何我無自性，我所亦無自性。頌曰：

གང་ཕྱིར་བྱེད་པོ་མེད་ཅན་ལས་མེད་པ། །དེ་ཕྱིར་བདག་གི་བདག་མེད་པར་ཡོད་མིན། །
དེ་ཕྱིར་བདག་དང་བདག་གི་སྟོང་ལྟ་ཞིང་། །རྣལ་འབྱོར་བ་དེ་རྣམ་པར་གྲོལ་བར་འགྱུར། །

由無作者則無業，故離我時無我所，

若見我我所皆空，諸瑜伽師得解脫。

卷十二

ཇི་ལྟར་བྱེད་པ་པོ་རྫ་མཁན་མེད་པ་ཅན་གྱི་ལས་སུ་བྱ་བ་རྫ་བུམ་མེད་པ་དེའི་ཕྱིར་བདག་གི་བ་རང་བཞིན་གྱིས་གྲུབ་པ་ནི། བདག་རང་བཞིན་གྱིས་གྲུབ་པ་མེད་པར་ཡོད་པ་མིན་ནོ། །

若無作者陶師，則無作業之瓶。故我無自性，則我所亦無自性。

དེའི་ཕྱིར་བདག་དང་བདག་གི་བ་གཉིས་རང་བཞིན་གྱིས་གྲུབ་པས་སྟོང་པར་ལྟ་ཞིང་། དེའི་དོན་གོམས་པར་བྱེད་པ་ན་རྣལ་འབྱོར་བ་དེ་འཁོར་བ་ལས་རྣམ་པར་གྲོལ་བར་འགྱུར་རོ། །

若瑜伽師見我與我所皆自性空，修習彼義，定能解脫生死。

གཟུགས་ལ་སོགས་པ་རང་བཞིན་གྱིས་གྲུབ་པ་མ་དམིགས་པ་ན། གཟུགས་ལ་སོགས་པ་རང་བཞིན་གྱིས་གྲུབ་པར་རྟོག་པའི་ཆགས་སོགས་ཀྱི་ཉོན་མོངས་རྣམས་ཟད་པར་འགྱུར་བས། ཉན་རང་རྣམས་ཡང་སྲིད་ལེན་པ་མེད་པར་མྱ་ངན་ལས་འདའ་ལ།

若見色等皆無自性可得，則緣色等自性之貪等煩惱，皆當隨滅。聲聞、獨覺便能不受後有而般涅槃。

བྱང་སེམས་ནི་དེ་འདྲ་བའི་བདག་མེད་པ་མཐོང་དུ་ཟིན་ཀྱང་། སྙིང་རྗེའི་གཞན་གྱི་དབང་གིས་བྱང་ཆུབ་ཀྱི་བར་དུ་སྲིད་པའི་རྒྱུན་གྱི་སྐྱེ་བ་འཛིན་པར་བྱེད་དོ། །

諸菩薩眾，雖見無我，然由大悲增上，至未證菩提恆生三有。

དེ་ལྟར་ཐེག་པ་ཆེ་ཆུང་གཉིས་ཀའི་ལམ་གྱི་གནད་དམ་པ་ཡིན་པའི་ཕྱིར་མཁས་པས་ཇི་སྐད་བཤད་པའི་བདག་མེད་པ་ཡོངས་སུ་བཙལ་བར་བྱའོ། །

以是大小二乘最勝道故，諸有智者應當勤求如是無我。

གསུམ་པ་ལ་གསུམ། བུམ་སྣམ་སོགས་ཀྱི་དངོས་པོ་ལ་བསྒྲེ་བ། རྒྱུ་དང་འབྲས་བུའི་དངོས་པོ་ལ་བསྒྲེ་བ། དེ་ལ་གཞན་གྱི་རྩོད་པ་སྤང་བའོ། །

子三、觀我及車亦例餘法分三：丑一、例瓶衣等法，丑二、例因果法，丑三、釋難。

དང་པོ་ནི། ཇི་ལྟར་བདག་དང་དེའི་ཉེ་བར་ལེན་པའི་གདགས་པ་རྣམས་ཤིང་རྟའི་དཔྱད་པ་དང་མཚུངས་པ་དེ་བཞིན་དུ། དངོས་པོ་གཞན་རྣམས་ཀྱི་དཔྱད་པ་ཡང་ཡིན་ནོ་ཞེས་བསྟན་པའི་ཕྱིར།

今初，如我及所取，唯是假立，與觀察車相同。如是觀察餘法亦爾。頌曰：

བུམ་པ་སྣམ་བུ་རེ་ལྡེ་དམག་དང་ནགས་ཚལ་ཕྲེང་བ་ལྗོན་ཤིང་དང་། །
ཁང་ཁྱིམ་ཤིང་རྟ་ཕྲན་དང་འགྲོན་གནས་ལ་སོགས་དངོས་རྣམས་གང་དག་དང་། །
དེ་བཞིན་གང་དག་སྒོ་ནས་སྐྱེ་འདིས་བརྗོད་པ་དེ་རྣམས་རྟོགས་བྱ་སྟེ། །
གང་ཕྱིར་ཐུབ་དབང་དེ་ནི་འཇིག་རྟེན་ལྷན་ཅིག་རྩོད་མི་མཛད་ཕྱིར་རོ། །

瓶衣帳軍林鬘樹，舍宅小車旅舍等，
應知皆如眾生說，由佛不與世諍故。

གང་དག་བུམ་པ་དང་སྣམ་བུ་དང་རེ་ལྡེ་དང་། དམག་དང་ནགས་ཚལ་དང་། འཕྲེང་བ་དང་ལྗོན་ཤིང་དང་། ཁང་ཁྱིམ་དང་ཤིང་རྟ་ཕྲན་དང་། འགྲོན་གནས་ལ་སོགས་པའི་དངོས་པོ་དེ་རྣམས་ཤིང་རྟའི་རྣམ་པར་དཔྱད་པས། རང་རང་གི་བཏགས་དོན་རྣམ་པ་བདུན་དུ་བཙལ་བ་ན་ཡོད་པ་མ་ཡིན་ཞིང་། བཙལ་བ་དེ་ལས་གཞན་དུ་བྱུར་པར་ཉེ་མ་དཔྱད་པར་འཇིག་རྟེན་ན་གྲགས་པའི་སྒོ་ནས་ཡོད་པ་ཡིན་ནོ། །

所有瓶盂、衣服、帳幕、軍隊、森林、珠鬘、樹木、舍宅、小車、旅舍等物，若以觀察車之道理，七相推求各各假立之義，俱無所得。若不觀察，只就世間共許，則皆容有。

ཤིང་རྟ་སྦྲན་ལ་བོད་ཀྱི་བླ་མ་ཁ་ཅིག །ཤ་ཀ་ཀྲ་ནི་འཁོར་ལོ་ཅན་ཏེ་ཤིང་རྟའི་སྦྲན་ཟ་སིག་གསུམ་ཙམ་འགེལ་བ་སྟེ། དེ་ཡང་འཁོར་ལོ་དང་བར་ཡང་ཡོད་པའི་ཁང་པ་གཅིག་ཡིན་ཟེར་རོ། །དེ་བཞིན་ཏེ་དེ་ལྟ་བུའི་རིགས་ཅན་གྱི་དངོས་པོ་གཞན་གང་དག་གི་སྒོ་ནས་སྐྱེ་བོ་འདིས་བསྙད་པ་སྟེ་ཐ་སྙད་བཏགས་པ་དེ་རྣམས་ཀྱང་། མི་བརྟགས་པའི་གྲགས་པ་ཁོ་ནར་ཡོད་པར་རྟོགས་པར་བྱ་སྟེ།

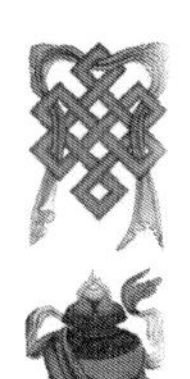

如是此類諸法，應知皆如眾生言說，不加觀察唯就世間共許而有。

རྒྱུ་མཚན་གང་གི་ཕྱིར་ན་ཐུབ་པའི་དབང་པོ་དེ་ནི་འཇིག་རྟེན་དང་ལྷན་ཅིག་འཇིག་རྟེན་ལ་མི་མཐུན་པའི་རྩོད་པ་མི་མཛད་པར་གསུངས་པའི་ཕྱིར་ཏེ།

何以故？以佛世尊不與世間起異諍故。

དཀོན་བརྩེགས་ཀྱི་སྡོམ་པ་གསུམ་བསྟན་པ་ལས། འཇིག་རྟེན་ང་དང་ལྷན་ཅིག་རྩོད་ཀྱི། ང་ནི་འཇིག་རྟེན་དང་མི་རྩོད་དོ། །ཞེས་འཇིག་རྟེན་གྱི་ཐ་སྙད་གནོད་མེད་ཀྱིས་ཡོད་པར་བཞག་པ་རྣམས། ཐུབ་པས་ཀྱང་ཞལ་གྱིས་བཞེས་པར་གསུངས་པས་ན། །འཇིག་རྟེན་གྱི་གྲགས་པ་ལ་གནོད་པར་མི་བྱའོ། །

如《寶積經・三律儀會》云：「世與我諍，我不與世諍。」此說世間名言所安立者，佛亦許有。故不應違害世間所許也。

གང་ཡང་འཇིག་རྟེན་པ་རྣམས་དངོས་པོ་གང་དག་གིས་ཇི་ལྟར་ཐ་སྙད་འདོགས་ཞེ་ན། དེ་བསྟན་པའི་ཕྱིར་བཤད་པ།

世間如何安立諸法名言？頌曰：

ཡན་ལག་ཡོན་ཏན་འདོད་ཆགས་མཚན་ཉིད་དང་ནི་བུད་ཤིང་ལ་སོགས་དང་། །
ཡོན་ཏན་ཅན་ཡན་ལག་ཅན་ཆགས་དང་མཚན་གཞི་མེ་ལ་སོགས་དོན་དག། །
དེ་རྣམས་ཤིང་རྟའི་རྣམ་དཔྱད་བྱས་པས་རྣམ་བདུན་ཡོད་པ་མ་ཡིན་ཞིང་། །
དེ་ལས་གཞན་དུ་གྱུར་པར་འཇིག་རྟེན་གྲགས་པའི་སྒོ་ནས་ཡོད་པ་ཡིན། །

功德支貪相薪等，有德支貪所相火，
如觀察車七相無，由餘世間共許有。

ཇི་ལྟར་བུམ་པ་ཡན་ལག་ཅན་དང་གྱོ་མོ་ལ་སོགས་པ་དེའི་ཡན་ལག་དང་། བུམ་པ་ཡོན་ཏན་ཅན་ཡིན་ལ། མེ་

རིས་སྔོ་བསངས་ལ་སོགས་པ་དེའི་ཡོན་ཏན་དང་།

如瓶是有支，瓦礫等是支。瓶是有德，紺青花紋等是德。

ཡིད་དུ་འོང་བའི་ཡུལ་ལ་ཆགས་པའི་སེམས་ཅན་ནམ་གང་ཟག་འདོད་ཆགས་ཀྱི་རྟེན་ནི་ཆགས་པ་དང་། ཟག་བཅས་ཀྱི་ཡུལ་ཡིད་དུ་འོང་བ་ལ་དམིགས་ནས་ལྷག་པར་སྲེད་པ་ནི་འདོད་ཆགས་དང་།

貪著可愛境之有情是有貪，緣有漏可愛境增上染愛名貪。

བུམ་པ་ནི་མཚན་གཞི་དང་། ལྟོ་བ་ལྡིར་བ་དང་མཆུ་འཕྱང་བ་མགྲིན་པ་རིང་བ་ལ་སོགས་པ་དག་དེའི་མཚན་ཉིད་དང་།

瓶是所相，鼓腹翻口長項等是瓶之能相。

མེ་ནི་སྲེག་པར་བྱེད་པ་དང་། བུད་ཤིང་ནི་བསྲེག་པར་བྱ་བ་ལ་སོགས་པ་ནི། ཡན་ལག་ལ་བརྟེན་ནས་ཡན་ལག་ཅན་དང་། ཡན་ལག་ཅན་ལ་བརྟེན་ནས་ཡན་ལག་ཏུ་འདོགས་ཏེ། དེ་བཞིན་དུ་མེ་དང་བུད་ཤིང་གི་བར་དུ་ཕན་ཚུན་བརྟེན་ནས་འདོགས་པའི་བར་དུའོ། །

火是能燃，薪是可燃等。要依於支乃立有支，依於有支乃立名支。如是乃至火與薪等皆是相依假立。

འདི་རྣམས་ཀྱི་བཏགས་དོན་རྣམ་པ་བདུན་དུ་བཙལ་བ་ན་མེད་ཀྱང་ཡོད་པར་འཇོག་ནུས་པ་ནི། འཇིག་རྟེན་གྱི་ཐ་སྙད་ཀྱིས་ཡིན་གྱི། དེ་ཁོ་ན་ཉིད་ལ་དཔྱོད་པའི་རིགས་པའི་དཔྱད་པ་མི་གཞུག་གོ །

若以七相推求彼等假立之義，雖無可得，然仍可安立爲有者，當知是由世間名言而立，非以觀察實義正理而立也。

གཉིས་པ་ནི།

丑二、例因果法

ཡན་ལག་ལ་སོགས་པ་རྣམས་ཕན་ཚུན་ལྟོས་པའི་གྲུབ་པ་ཡིན་པ་འབའ་ཞིག་ཏུ་མ་ཟད་ཀྱི། རྒྱུ་དང་འབྲས་བུ་གཉིས་ཀྱང་ཕན་ཚུན་ལྟོས་ནས་གྲུབ་པ་ཡིན་ནོ་ཞེས་བཤད་པ།

不但支等是相待立，即因果二法亦是相待安立。頌曰：

གལ་ཏེ་རྒྱུ་ཡིས་བསྐྱེད་པར་བྱ་སྐྱེད་དེ་ལྟ་ན་དེ་རྒྱུ་ཡིན་ཞིང་།།

གལ་ཏེ་འབྲས་བུ་མི་སྐྱེད་ན་ནི་དེ་མེད་རྒྱུ་མེད་ཅན་དུ་འགྱུར།།

入中論善顯密意疏

འབྲས་བུ་ཡང་ནི་རྒྱུ་ཡོད་གྱུར་ན་སྐྱེ་བར་འགྱུར་བ་དེ་ཡི་ཕྱིར། །

གང་ལས་གང་ཞིག་འགྱུར་བ་གང་ཞིག་ལས་སྔར་གང་ཞིག་འགྱུར་བ་སྨྲོས། །

因能生果乃爲因，若不生果則無①因，

果若有因乃得生，當說何先誰從誰。

གང་གི་ཕྱིར་ན་གལ་ཏེ་རྒྱུ་ཡིས་བསྐྱེད་པར་བྱ་བ་འབྲས་བུ་སྐྱེད་པ་དེ་ལྟ་ན་སྐྱེད་བྱེད་དེ་རྒྱུ་ཡིན་ཞིང་། གལ་ཏེ་འབྲས་བུ་མི་སྐྱེད་ན་ནི་སྐྱེད་པ་དེ་མེད་པས། འབྲས་བུ་དེ་རྒྱུ་མེད་པ་ཅན་དུ་འགྱུར་རོ། །

要因能生果，彼能生法乃可爲因。若不生果，既不能生，則果應無因。

འབྲས་བུ་ཡང་ནི་རྒྱུ་ཡོད་པར་གྱུར་ན། དེ་ལས་སྐྱེ་བར་འགྱུར་བ་དེ་ཡི་ཕྱིར་རྒྱུ་འབྲས་གཉིས་ཀྱང་ཕན་ཚུན་ལྟོས་ནས་ཡོད་པ་ཡིན་གྱི། རང་བཞིན་གྱིས་ཡོད་པ་མིན་ནོ། །

果法亦要有因，乃從彼生。故因果二法亦是相待而有，非自性有。

ཅི་སྟེ་རྒྱུ་འབྲས་རང་གི་ངོ་བོས་གྲུབ་པར་སེམས་ན། ཀྱེ་རྒྱུའམ་འབྲས་བུ་གང་ལ་བརྟེན་ནས་དེ་གཉིས་གང་ཞིག་ཏུ་འགྱུར་བ་གང་ཞིག་སྟེ་དེ་གཉིས་ལས་སྔར་རྒྱུ་གང་ཞིག་གམ་འབྲས་བུ་གང་ཞིག་འགྱུར་བ་དེ་སྨྲོས་ཤིག་དེ་ལྟ་རང་བཞིན་གྱིས་གྲུབ་པ་ལ་རྒྱུ་སྔ་བ་མི་རིགས་ཏེ། རྒྱུའི་དུས་སུ་རྒྱུའི་ལྟོས་ས་འབྲས་བུ་དེ་གྲུབ་དགོས་པས་སོ། །

若謂因果是自性有者，汝且當說，因果二法何者居先，爲是何法由何法生？若有自性，說因在先，不應道理，以於因時，要有所待果故。

འབྲས་བུ་སྔ་བ་ཡང་མི་རིགས་ཏེ་རྒྱུ་མེད་དུ་འགྱུར་བས་སོ། །

說果居先，亦不應理，成無因故。

དེའི་ཕྱིར་རྒྱུ་དང་འབྲས་བུར་བཏགས་པ་ཡང་ཤིང་རྟ་ལྟར་ཕན་ཚུན་བརྟེན་ནས་གྲུབ་པར་རིག་པར་བྱའི་རང་བཞིན་ལས་གྱུར་པ་ནི་མ་ཡིན་ནོ། །

以是當知，因果唯是假立，相依而有，非自性有，如車。

གཞན་ཡང་གལ་ཏེ་རྒྱུ་ཡིས་འབྲས་བུ་རང་བཞིན་གྱིས་སྐྱེད་པར་བྱེད་ན། འབྲས་བུ་དང་ཕྲད་ནས་སམ་མ་ཕྲད་པར་སྐྱེད་པར་བྱེད།

復次，若謂因自性能生果者，爲與果合而生，爲不合而生？頌曰：

---

①「無」，頌作「非」。

གལ་ཏེ་ཁྱོད་ཀྱི་རྒྱུ་ཡིས་ཕྲད་ནས་འབྲས་སྐྱེད་བྱེད་ན་དེ་ཡི་ཚེ། །

དེ་དག་ནུས་པ་གཅིག་པས་སྐྱེད་བྱེད་འབྲས་བུ་ཐ་དད་མེད་འགྱུར་ཞིང་། །

སོ་སོར་ན་ནི་རྒྱུ་འདི་རྒྱུ་མིན་རྣམས་དང་ཁྱད་པར་མེད་འགྱུར་ལ། །

གཉིས་པོ་འདི་དག་སྤངས་ནས་རྟོག་པ་གཞན་ཡང་ཡོད་པར་འགྱུར་མ་ཡིན། །

若因果合而生果，一故因果應無異，

不合因非因無別，離二亦無餘可計。

དེ་ལ་གལ་ཏེ་ཁྱོད་ཀྱི་ལྟར་ན་རྒྱུ་ཡིས་འབྲས་བུ་དང་ཕྲད་ནས་འབྲས་བུ་སྐྱེད་པར་བྱེད་ན། དེ་ཡི་ཚེ་རྒྱུ་འབྲས་དེ་དག་ནུས་པ་གཅིག་ཏུ་འགྱུར་ཏེ། ཀླུང་དང་རྒྱ་མཚོའི་ཆུ་ཕྲད་པ་བཞིན་ནོ། །

汝若謂因與果合而生果，則因果力應一，如江與海合。

གཅིག་ཏུ་སོང་ན་འདི་ནི་རྒྱུ་དང་འབྲས་བུའོ་ཞེས་དབྱེ་བར་མི་ནུས་ཏེ། སྐྱེད་བྱེད་དང་འབྲས་བུ་ཐ་དད་མེད་པར་འགྱུར་བའི་ཕྱིར་གང་གིས་གང་ཞིག་སྐྱེད་པར་འགྱུར། ཅི་སྟེ་སོ་སོར་ཏེ་མ་ཕྲད་པར་སྐྱེད་ན་ནི། འབྲས་བུའི་རྒྱུར་འདོད་པ་འདི། དེའི་རྒྱུ་མིན་པ་རྣམས་དང་སྐྱེད་མི་སྐྱེད་ཁྱད་པར་མེད་པར་འགྱུར་ཏེ། རང་བཞིན་གྱིས་གྲུབ་པའི་སོ་སོ་བ་རྣམས་འབྲེལ་མེད་དོན་གཞན་དུ་འགྱུར་བའི་ཕྱིར་རོ། །

若成一者，不能分別此法是因，彼法是果，因果無異故。復謂何法生於何法也。若謂不合而生，則所計之因與諸非因，應無能生不能生之差別，以自性各別諸法，無關係故。

རྒྱུ་འབྲས་རང་བཞིན་གྱིས་གྲུབ་པར་སྨྲ་བ་ལ་བསྐྱེད་བྱ་སྐྱེད་བྱེད་ལ་ཕྲད་མ་ཕྲད་ཀྱི་རྟོག་པ་གཉིས་པོ་འདི་དག་སྤངས་ནས་ཏེ་དེ་མ་གཏོགས་པའི་རྟོག་པ་གསུམ་པ་གཞན་ཡང་ཡོད་པར་འགྱུར་བ་མ་ཡིན་པས་རང་བཞིན་གྱིས་གྲུབ་པའི་རྒྱུས་འབྲས་བུ་མི་སྐྱེད་པ་ཁོ་ནའོ། །

又計因果有自性者，能生所生離合不合二計之外，亦無餘第三類可計。故自性因定不生果。故又頌曰：

ཅི་སྟེ་ཁྱོད་ཀྱི་རྒྱུ་ཡིས་འབྲས་བུ་སྐྱེད་པར་མི་བྱེད་དེ་ཕྱིར་འབྲས། །

ཞེས་བྱ་ཡོད་མིན་འབྲས་བྲལ་རྒྱུ་ནི་རྒྱུ་མེད་ཅན་འགྱུར་ཡོད་པའང་མིན། །

因不生果則無果，離果則因應無因。

དེའི་ཕྱིར་ཅི་སྟེ་ཁྱོད་ཀྱི་ལྟར་རང་བཞིན་གྱིས་གྲུབ་པའི་རྒྱུ་ཡིས་འབྲས་བུ་སྐྱེད་པར་མི་བྱེད་པ་དེའི་ཕྱིར་འབྲས་བུ་ཞེས་བྱ་བ་རང་བཞིན་གྱིས་ཡོད་པ་མིན་ལ།

汝若轉計自性因不生果者，則果應無自性。

རྒྱུ་རྒྱུ་ཉིད་དུ་འཇོག་པའི་རྒྱུ་མཚན་ནི། འབྲས་བུ་འབྱུང་བ་ཡིན་ན་གལ་ཏེ་འབྲས་བུ་དང་བྲལ་བ་སྟེ་མེད་པར་ཡང་རྒྱུ་རྒྱུ་ཉིད་དུ་འཇོག་ནུས་ན་ནི། དེའི་ཚེ་རྒྱུ་ནི་རྒྱུར་འཇོག་པའི་རྒྱུ་མཚན་མེད་པ་ཅན་དུ་འགྱུར་ན། འདི་ནི་ཡོད་པའང་མིན་ཏེ། དེའི་ཕྱིར་རྒྱུ་འབྲས་གཉིས་རང་བཞིན་གྱིས་ཡོད་པ་མིན་ནོ།།

由生果故，乃安立因爲因。若離果亦可安立因者，則應無安立因之因相。此非汝許。故因果二法非有自性。

འོ་ན་ཁྱོད་ཀྱི་ལྟར་ན་ཇི་ལྟར་ཡིན་ཞེ་ན།

若爾汝宗云何？頌曰：

གང་ཕྱིར་འདི་དག་གཉིས་ཆར་ཡང་ནི་སྒྱུ་མ་དང་འདྲ་དེ་ཡི་ཕྱིར།།

བདག་ལ་སྐྱོན་དུ་མི་འགྱུར་འཇིག་རྟེན་པ་ཡི་དངོས་པོ་རྣམས་ཀྱང་ཡོད།།

此二如幻我無失，世間諸法亦得有。

རྩོལ་བ་གང་གི་ལྟར་ན་བསྐྱེད་བྱ་སྐྱེད་བྱེད་གཉིས་རང་གི་མཚན་ཉིད་ཀྱིས་གྲུབ་པར་འདོད་པ་དེ་ལ། རྒྱུ་འབྲས་བུ་དང་ཕྲད་མ་ཕྲད་ཀྱི་བརྟག་པ་བྱས་ནས་ཕྱོགས་གཉིས་ཀ་ལ་སྐྱོན་དུ་འགྱུར་བ་ཡིན་གྱི། གང་གི་ཕྱིར་གང་གི་ལྟར་ན་དངོས་པོ་རྣམས་ལོག་པར་ཀུན་བཏགས་པའི་དབང་གིས་བསྐྱེད་ཅིང་ཐ་སྙད་ཙམ་གྱི་རྟོག་པས་བཞག་པའི་ཕྱིར།

若如他宗，能生所生皆有自相，則當觀察因果二法爲合不合，俱有過失。若如我宗，諸法皆由虛妄遍計增上而生，唯由名言分別假立。

རྒྱུ་འབྲས་འདི་དག་གཉིས་ཅར་ཡང་ནི་སྒྱུ་མ་དང་འདྲ་བར་རང་བཞིན་གྱིས་མ་སྐྱེས་པ་ཡིན་ཞིང་། རང་བཞིན་གྱིས་གྲུབ་པ་མེད་ཀྱང་རབ་རིམ་ཅན་གྱིས་དམིགས་པའི་སྐྲ་ཤད་ལ་སོགས་པ་ལྟར། ཐ་སྙད་པའི་རྣམ་པར་རྟོག་པ་ཙམ་གྱིས་འཇོག་པའི་ཡུལ་དུ་འགྱུར་བ་ལ་ནི། རང་བཞིན་གྱིས་གྲུབ་པའི་རྒྱུ་འབྲས་ཁས་ལེན་པ་ལ་བཀོད་པའི་སྐྱོན་མཚུངས་པ་བསམ་དུ་མེད་པ་ཉིད་དོ།།

故因果二法如同幻事，自性不生。雖無自性，然是名言分別安立之境，如眩翳人所見毛輪。不可思維，與計因果有自性者犯過相同。

དེ་ཡི་ཕྱིར་བདག་ལ་ཇི་སྐད་བཤད་པའི་ཕྲད་མ་ཕྲད་ཀྱི་སྐྱོན་དུ་མི་འགྱུར་ཞིང་། འཇིག་རྟེན་ལ་གྲགས་པ་ཡི་དངོས་པོ་མ་བརྟགས་པར་གྲུབ་པ་རྒྱུ་འབྲས་དང་ཤིང་རྟ་ལ་སོགས་པ་རྣམས་ཀུང་ཡོད་པས་ཐམས་ཅད་འགྲུབ་པོ། །

故我無有所說合不合之過失。世間所許不觀察諸法，因果及車等，亦皆得有，故一切皆成。

འདིར་འགྲེལ་བས་དགག་བྱའི་ཁྱད་པར་རང་བཞིན་གྱིས་དང་རང་གི་ངོ་བོས་གྲུབ་པ་སོགས་ཀྱི་རྒྱུ་འབྲས་ལ་གནོད་པ་བརྗོད་པ། རང་བཞིན་གྱིས་མེད་པ་སྨྲ་མ་ལྟར་སླབ་ལ་ཚུར་ལ་བཟློག་ན་མི་འཇུག་ཅེས་སྨྲ་དགོས་པ་ཡིན་གྱི། རང་བཞིན་གྱིས་གྲུབ་པ་དང་ཡོད་པ་གཉིས་ཀྱི་ཁྱད་པར་མ་ཕྱེད་པའི་ལན་ལྟར་སྣང་འབའ་ཞིག་འདེབས་པ་མི་བྱའོ། །

釋論此處，破因果法，於所破上加自性等簡別。是說許無自性者不犯彼過。不應不辨有自性與有之區別，專作相似之答難也。

གསུམ་པ་ལ་གཉིས། རྒྱུ་འབྲས་རང་བཞིན་གྱིས་གྲུབ་པ་འགོག་པ་ལ་སྐྱོན་མཚུངས་པའི་རྩོད་པ། རང་ལ་སྐྱོན་མི་མཚུངས་པའི་ལན་བསྟན་པའོ། །

丑三、釋難分二：寅一、難破因果過失相同，寅二、答自不同彼失。

དང་པོ་ནི། འདིར་རྒྱུ་འབྲས་རང་བཞིན་གྱིས་གྲུབ་པ་བཀག་པའི་ལན་དུ། ཁ་ཅིག་འདི་སྐད་དུ་རྒྱུས་འབྲས་བུ་སྐྱེད་པ་ལ་ཕྲད་མ་ཕྲད་ཀྱི་བརྟག་པ་བྱེད་པ་ནི་ཁྱེད་ལ་ཡང་མཚུངས་སོ། །

今初，此中破因果自性。他作是難，觀因生果，爲合不合，汝同犯過。

ཇི་ལྟར་ཞེ་ན།

何則？頌曰：

སུན་འབྱིན་འདིས་སུན་དབྱུང་བྱ་ཕྲད་ནས་འབྱིན་ནམ་མ་ཕྲད་པར། །

ཡིན་ཞེས་ཉེས་པ་འདིར་ནི་ཁྱོད་ལའང་འགྱུར་བ་མ་ཡིན་ནམ། །

能破所破合不合，此過於汝寧非有。

ཁྱོད་ཀྱི་སུན་འབྱིན་པ་འདིས་སུན་དབྱུང་བྱ་ཕྲད་ནས་སུན་འབྱིན་ནམ། མ་ཕྲད་པར་སུན་འབྱིན་པ་ཡིན་ཞེས་པའི་ཉེས་པ་འདི་ནི་ཁྱོད་ལའང་འགྱུར་བ་མ་ཡིན་ནམ་སྟེ་ཡིན་ཏེ། འདི་ལྟར་གལ་ཏེ་ཕྲད་ནས་སུན་འབྱིན་ན་གཅིག་ཏུ་འགྱུར་བས་གང་གིས་གང་སུན་འབྱིན།

汝此能破與所破法，爲合爲破，爲不合而破？此過於汝，寧非亦有？若合而

入中論善顯密意疏

破，則應成一，復謂何法破於何法。

འོན་ཏེ་མ་ཕྲད་པར་སུན་འབྱིན་ན་ནི། མ་ཕྲད་པར་མཚུངས་པ་ཐམས་ཅད་ཀྱིས་སུན་འབྱིན་པར་འགྱུར་བས་མི་རིགས་ལ། བརྟག་པ་གཉིས་པོ་འདི་ལས་གཞན་པའི་བརྟག་པ་གསུམ་པ་ཡང་མེད་དོ། །

若不合而破，則一切法同是不合皆成能破，不應道理。離此二外，更無第三可計。

དེ་ལྟར་བྱས་ན་ཁྱོད་ཀྱི་སུན་འབྱིན་པ་ལ་སུན་དབྱུང་བྱ་སུན་འབྱིན་པའི་ནུས་པ་མེད་པས། ཁྱོད་ཀྱི་སུན་འབྱིན་ཉིད་སུན་ཕྱུང་བ་ཡིན་པས་ལུགས་ཀྱིས་ན་རྒྱུ་འབྲས་ཀྱི་དངོས་པོ་ཡང་རང་བཞིན་གྱིས་གྲུབ་པ་ཉིད་དོ་ཞེས་བརྟན་པའི་ཕྱིར་སྨྲས་པ།

則汝之能破都無破除所破之力。由汝能破既已被破，則因果法是有自性。

頌曰：

གང་ཚེ་དེ་སྐད་སྨྲ་ཞིང་རང་ཕྱོགས་ཁོ་ན་རྣམ་འཇོམས་པ། །
དེ་ཚེ་ཁྱོད་ཀྱིས་སུན་དབྱུང་སུན་ནི་འབྱིན་པར་ནུས་མ་ཡིན། །
汝語唯壞汝自宗，故汝不能破所破。

གང་གི་ཚེ་སུན་འབྱིན་ལྟར་སྣང་དེ་སྐད་སྨྲ་ཞིང་རང་གི་ཕྱོགས་ཁོ་ན་རྣམ་པར་འཇོམས་པ་དེའི་ཚེ་ཁྱོད་ཀྱིས་གཞན་གྱི་ལུགས་སུན་དབྱུང་བར་བྱ་བ་སུན་ནི་འབྱིན་པར་ནུས་པ་མ་ཡིན་ནོ། །

由汝所說之似能破，唯能壞汝自宗。故汝不能破除他宗之所破也。

གཞན་ཡང་

復次頌曰：

གང་ཕྱིར་རང་གི་ཚིག་ལའང་ཐལ་བ་མཚུངས་པའི་ལྟག་ཆོད་ཀྱིས། །
རིགས་པ་མེད་པར་དངོས་མཐའ་དག་ལ་སྐུར་འདེབས་དེ་ཡི་ཕྱིར། །
ཁྱོད་ནི་སྐྱེ་བོ་དམ་པས་བཞེད་མི་འགྱུར་ཞིང་གང་གི་ཕྱིར། །
ཁྱོད་ལ་རང་ཕྱོགས་མེད་པས་སུན་ཅི་ཕྱིན་དུ་རྒོལ་བའང་ཡིན། །

自語同犯似能破，無理而謗一切法，

故汝非是善士許，汝是無宗破法人。

卷十二

གང་གི་ཕྱིར་ན་རྒོལ་བ་རང་གི་ཚིག་ལའང་ཕྱིར་རྒོལ་གཞན་ལ་འཕངས་པའི་ཐལ་བ་མཚུངས་པའི་ལྷག་ཆོད་ཀྱིས་ཏེ་སུན་འབྱིན་ལྟར་སྣང་གིས། རིགས་པ་མེད་པར་དངོས་པོ་མཐའ་དག་ལ་སྐུར་པ་འདེབས་པ་དེའི་ཕྱིར་ཁྱོད་ནི་སྐྱེ་བོ་དམ་པས་བཞེད་པ་སྟེ་འདོད་པར་མི་འགྱུར་རོ། །

汝爲敵者所出過失，自語亦同犯彼過。唯以彼似能破，别無正理而毀謗一切法。故汝非是善士所許可者。

ཇི་ལྟར་ཞེ་ན། མ་ཕྲད་པར་སྐྱེད་ན་མ་ཕྲད་པར་མཚུངས་པ་ཐམས་ཅད་ཀྱིས་སྐྱེད་དགོས་པ་ལ། དེ་དག་གིས་སྐྱེད་པ་མ་ཡིན་ནོ་ཞེས་བྱ་བ་འདི་ལ་རིགས་པ་ཅི་ཞིག་ཡོད། འདི་ལྟར་ཁབ་ལེན་གྱིས་མ་ཕྲད་པ་ཉིད་དུ་རུང་བའི་ཡུལ་ན་གནས་པའི་ལྕགས་འདྲེན་པར་བྱེད་ཀྱི་མ་ཕྲད་པ་ཐམས་ཅད་ནི་མི་འདྲེན་ལ།

何則？汝說：「若不合而生，則一切同是不合者，皆應能生。然彼不能生。」此有何正理？如磁石未合，唯能吸引可引處之鐵，不引一切不合之鐵。

མིག་གིས་ཀྱང་མ་ཕྲད་པ་ཁོ་ནར་རུང་བའི་ཡུལ་ན་གནས་པའི་གཟུགས་མཐོང་གིས། མ་ཕྲད་པ་ཐམས་ཅད་མི་མཐོང་བ་དེ་བཞིན་དུ། རྒྱུས་ཀྱང་མ་ཕྲད་པར་སྐྱེད་དུ་ཟིན་ཀྱང་མ་ཕྲད་པ་ཐམས་ཅད་སྐྱེད་པར་མི་འགྱུར་གྱི། འབྲས་བུ་རུང་བ་ཁོ་ན་སྐྱེད་པར་བྱེད་དོ། །

如眼不合。唯見可見處之色，不見一切不合之色。如是因雖不合而生果，然不遍生一切不合者，要可生之果，乃能發生。

གཞན་ཡང་གང་གི་ཕྱིར་ཁྱོད་ནི་སུན་ཅི་ཕྱིན་དུ་རྒོལ་བ་ཉིད་དུ་ཡང་འགྱུར་ཏེ། རང་གི་ཕྱོགས་བཞག་པ་དང་བྲལ་ཞིང་གཞན་ཕྱོགས་སེལ་བ་ཙམ་ལ་ཞུགས་པའི་རྒོལ་བ་ནི་སུན་ཅི་ཕྱིན་དུ་རྒོལ་བ་པ་ཞེས་བྱ་ན། ཁྱོད་ཀྱང་དེ་ལྟར་གནས་པའི་ཕྱིར་རོ་ཞེ་ན།

復次汝是破法人，若不立自宗唯破他宗，名破法人，汝今亦爾。

གཉིས་པ་ལ་བཞི། རང་གི་ཕྱོགས་ལ་སུན་འབྱིན་དང་སྒྲུབ་པ་འཐད་ཚུལ། གཞན་གྱི་ཐལ་བ་མི་མཚུངས་པའི་རྒྱུ་མཚན་གསལ་བར་བཤད་པ། རང་བཞིན་མེད་པ་བསྒྲུབ་ནུས་པ་བཞིན་དུ་གཞན་གྱིས་བཟློག་སྟེ་བསྒྲུབ་མི་ནུས་པ། འདིར་མ་བཤད་པའི་སུན་འབྱིན་ལྷག་མ་ཤེས་པར་བྱེད་ཚུལ་ལོ། །

寅二、答自不同彼失分四：卯一、自宗立破應理，卯二、不同他過之理，卯三、如成無性難成有性，卯四、了知餘能破。

དང་པོ་ལ་གཉིས། ཐ་སྙད་དུ་གཞན་ཕྱོགས་སུན་འབྱིན་པ་ཁས་ལེན་ཚུལ་དང་། རང་གི་ཕྱོགས་སྒྲུབ་པ་ཁས་ལེན་ཚུལ་ལོ། །

初又分二：辰一、於名言中許破他宗，辰二、許立自宗。

དང་པོ་ནི། འདི་ལ་བརྗོད་པར་བྱ་སྟེ།

今初，今當解釋，頌曰：

སུན་འབྱིན་པས་སུན་དབྱུང་བྱ་མ་ཕྲད་སུན་ནི་འབྱིན་བྱེད་དམ། །
དོན་ཏེ་ཕྲད་ནས་ཡིན་ཞེས་སྐྱོན་ཟིན་ཉེས་པ་འདིར་གང་ལ། །
ངེས་པར་ཕྱོགས་ཡོད་དེ་ལ་འགྱུར་གྱི་བདག་ལ་ཕྱོགས་འདི་ནི། །
ཡོད་པ་མིན་པས་ཐལ་བར་འགྱུར་བ་འདི་ནི་སྲིད་མ་ཡིན། །

前說能破與所破，爲合不合諸過失，
誰定有宗乃有過，我無此宗故無失。

སུན་འབྱིན་པས་སུན་དབྱུང་བྱ་མ་ཕྲད་པར་སུན་ནི་འབྱིན་པར་བྱེད་དམ། འོན་ཏེ་ཕྲད་ནས་སུན་འབྱིན་པར་བྱེད་པ་ཡིན་ཞེས་སྔར་སྐྱོན་ཟིན་པའི་ཉེས་པ་ནི། འདིར་རྩོལ་བ་གང་ལ་ཕྱོགས་ཡོད་པ་སྟེ་རང་བཞིན་གྱིས་གྲུབ་པའི་དོན་དམ་འཆའ་བ་དེ་ལ་སྐྱོན་དུ་འགྱུར་གྱི། བདག་ལ་རང་བཞིན་གྱིས་གྲུབ་པའི་དོན་དམ་འཆའ་བའི་ཕྱོགས་འདི་ནི་ཡོད་པ་མིན་པས། ཕྲད་མ་ཕྲད་གཉིས་ཀ་ལ་སྐྱོན་བརྗོད་པའི་ཐལ་བར་འགྱུར་བ་འདི་ནི། བདག་ལ་སྲིད་པ་མ་ཡིན་ཏེ། ངེད་ཀྱི་ལྟར་ན་སུན་འབྱུང་བྱ་དང་སུན་འབྱིན་པ་གཉིས་ཀ་རང་བཞིན་གྱིས་མ་གྲུབ་པར་ཁས་ལེན་པའི་ཕྱིར་རོ། །

前說能破所破，爲合而破，爲不合而破，所有諸過失。若誰定計有自性之宗，彼乃有過。由我無此有自性之宗，故汝所說若合不合二種過失，我定非有。以我許能破所破俱無自性故。

འགྲེལ་པར་སྔར་གཞན་གྱི་ཕྱོགས་ལ་རྒྱུས་འབྲས་བུ་སྐྱེད་པ་ལ་ཕྲད་མ་ཕྲད་ཀྱི་བརྟག་པ་བྱས་པའི་སྐྱོན་རང་ལ་མི་མཚུངས་པའི་རྒྱུ་མཚན་དུ། ཕ་རོལ་པོས་རྒྱུ་འབྲས་རང་གི་མཚན་ཉིད་ཀྱིས་གྲུབ་པར་ཁས་བླངས་ལ། རང་གིས་རང་བཞིན་གྱིས་མ་གྲུབ་པའི་སྒྱུ་མ་བཞིན་དུ་ཁས་བླངས་པ་བཀོད་དོ། །

釋論前說：爲他宗所出，因果合不合之過失，自宗不同犯之理，謂「他計因果實有自相，自許如幻都無自性。」

སྐབས་འདིར་ཡང་གཞན་ལ་འཕངས་པའི་སྐྱོན་རང་ལ་མི་འོང་བའི་རྒྱུ་མཚན་དུ་རང་བཞིན་གྱིས་མ་གྲུབ་པའི་ཕྱིར་རོ། །ཞེས་གསུངས་པས་རང་ལ་མི་མཚུངས་པའི་རྒྱུ་མཚན་ནི། ཕྱོགས་གཉིས་རང་བཞིན་གྱིས་གྲུབ་པ་ཁས་མི་

卷十二

ལེན་པ་ཡིན་པར་གནོན་མི་ཟ་བར་འདོད་པར་བྱའོ། །

此處說：他所出過，自宗不犯之理，謂「無自性故」。於是應知，自宗不同之理，是因自不許有自性之二品也。

དེའི་ཕྱིར་རྩོད་ཟློག་ལས། གལ་ཏེ་ངས་དམ་བཅས་འགའ་ཡོད། །དེས་ན་ང་ལ་སྐྱོན་དེ་ཡོད། །ང་ལ་དམ་བཅའ་མེད་པས་ན། །ང་ལ་སྐྱོན་མེད་ཁོ་ན་ཡིན། །ཞེས་སོགས་ཀྱིས་དམ་བཅའ་དང་ཕྱོགས་མེད་པར་གསུངས་པ་ཐམས་ཅད་ཀྱི་དོན་ཡང་སྔར་བཞིན་ཤེས་པར་བྱའོ། །

《迴諍論》云：「若我有少宗，則我有彼過，由我全無宗，故我唯無失。」此等所說之宗義，當知皆如上說。

ཇི་སྐད་དུ་རྒྱལ་བའི་ཡུམ་ལས། ཚེ་དང་ལྡན་པ་རབ་འབྱོར། ཅི་སྐྱེས་པའི་ཆོས་ཀྱིས་མ་སྐྱེས་པའི་ཐོབ་པ་འཐོབ་པར་འགྱུར་རམ། འོན་ཏེ་མ་སྐྱེས་པའི་ཆོས་ཀྱིས་མ་སྐྱེས་པའི་ཐོབ་པ་འཐོབ་པར་འགྱུར། རབ་འབྱོར་གྱིས་སྨྲས་པ། ཚེ་དང་ལྡན་པ་ཤཱ་རིའི་བུ་ཁོ་བོ་ནི་སྐྱེས་པའི་ཆོས་ཀྱིས་མ་སྐྱེས་པའི་ཐོབ་པ་འཐོབ་པར་མི་འདོད་ལ། མ་སྐྱེས་པས་ཀྱང་མ་སྐྱེས་པའི་ཐོབ་པ་འཐོབ་པར་མི་འདོད་དོ། །

《般若經》云：「具壽須菩提，爲以生法，得無生得？爲以無生法，得無生得？須菩提言：具壽舍利弗，我不許以生法得無生得，亦不許以無生法得無生得。

入中論善顯密意疏

ཤཱ་རིའི་བུས་སྨྲས་པ། ཚེ་དང་ལྡན་པ་རབ་འབྱོར་ཡང་ཅི་ཐོབ་པ་མེད་ཅིང་མངོན་པར་རྟོགས་པ་མེད་དམ། རབ་འབྱོར་གྱིས་སྨྲས་པ། ཚེ་དང་ལྡན་པ་ཤཱ་རིའི་བུ་ཐོབ་པ་ཡང་ཡོད་མངོན་པར་རྟོགས་པ་ཡང་ཡོད་མོད་ཀྱི། གཉིས་ཀྱི་ཚུལ་གྱིས་ནི་མ་ཡིན་ནོ། །

舍利弗言：具壽須菩提，豈無得無證耶？須菩提言：具壽舍利弗，雖有得有證，然非以二相。

ཚེ་དང་ལྡན་པ་ཤཱ་རིའི་བུ་ཐོབ་པ་དང་མངོན་པར་རྟོགས་པ་ནི་འཇིག་རྟེན་གྱི་ཐ་སྙད་དུ་ཡིན་ལ། རྒྱུན་དུ་ཞུགས་པ་དང་། ལན་ཅིག་ཕྱིར་འོང་བ་དང་། ཕྱིར་མི་འོང་བ་དང་། དགྲ་བཅོམ་པ་དང་། རང་སངས་རྒྱས་དང་། བྱང་ཆུབ་སེམས་དཔའ་ཡང་འཇིག་རྟེན་གྱི་ཐ་སྙད་དུ་ཡིན་གྱི། དོན་དམ་པར་ནི་ཐོབ་པ་མེད་ཅིང་མངོན་པར་རྟོགས་པ་མེད་དོ་ཞེས་རྒྱ་ཆེར་གསུངས་པ་ལྟ་བུའོ། །

具壽舍利弗，若得若證唯是世間名言。預流、一來、不還、阿羅漢、獨覺、菩薩，亦唯世間名言，於勝義中無得無證。」

དེ་ལ་མ་སྐྱེས་པའི་ཐོབ་པ་འཐོབ་པར་མི་འདོད་དོ་ཞེས་པ་ཡན་ཆད་ཀྱིས། ཐོབ་བྱ་ཐོབ་བྱེད་གཉིས་ཀྱི་བཏགས་དོན་བཙལ་བ་ན་ཐོབ་པ་མེད་པར་འགྱུར་བས། དེ་ལྟར་དཔྱད་པའི་ཚེ་ཕྱོགས་གཉིས་ཀྱི་སྒོ་ནས་ཐོབ་བྱ་འཐོབ་པ་བཀག་ཅིང་། གཉིས་སུ་དཔྱད་པའི་ཐོབ་བྱ་ཡང་རང་བཞིན་གྱིས་གྲུབ་པའི་དངོས་པོ་མེད་པ་ལ་མི་རིགས་པའི་ཕྱིར། མ་བརྟགས་པར་འཇིག་རྟེན་གྱི་ཐ་སྙད་དུ་ཐོབ་པར་ཁས་བླངས་པ་ནི། འཐོབ་པ་ཡང་ཡོད་ཅེས་པ་ནས་གཉིས་ཀྱི་ཚུལ་གྱིས་ནི་མ་ཡིན་ནོ། །ཞེས་པས་བསྟན་ཏེ།

「亦不許以無生法得無生得」以上，謂推求能得、所得二假立義，則得非有。故觀察時，破由二門得其所得。由二相觀察之所得，於無自性法中不應理故，唯不觀察於世間名言，許有此得。經云：「雖有得有證，然非以二相。」即明彼義。

ཐོབ་པ་ཞེས་པ་ནི་ཐོབ་བྱ་ཐོབ་པ་དང་མངོན་པར་རྟོགས་པ་ལ་བྱའོ། །

言得者，謂證得所得。

དེ་གཉིས་དོན་དམ་པར་མེད་པ་ཐ་སྙད་དུ་ཁས་ལེན་པ་དེ་བཞིན་དུ། སུན་འབྱིན་བྱེད་ཀྱིས་སུན་དབྱུང་བྱ་དོན་དམ་པར་སུན་མི་འབྱིན་ཀྱང་ཐ་སྙད་དུ་སུན་འབྱིན་པར་ཤེས་པར་བྱའོ། །

如說此二於勝義無，於名言有。如是能破，雖勝義中不破所破，然名言中破於所破。

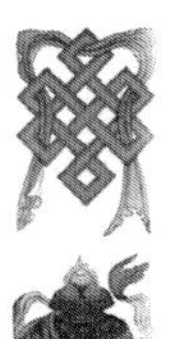

གཉིས་པ་ནི།

辰二、許立自宗

གཞན་ཡང་ཇི་ལྟར་ཏེ་

復次頌曰：

ཇི་ལྟར་ཁྱོད་ཀྱིས་ཉི་མའི་དཀྱིལ་འཁོར་ལ་ཡོད་ཁྱད་པར་རྣམས། །
གཟུགས་བརྙན་ལ་ཡང་གཟས་བཟུང་ལ་སོགས་རྣམས་ཚེ་མཐོང་འགྱུར་ལ། །
ཉི་མ་དང་ནི་གཟུགས་བརྙན་རྣམ་པར་ཕྲད་དང་མ་ཕྲད་པར། །
མི་རིགས་མོད་ཀྱི་བརྟེན་ནས་ཐ་སྙད་ཙམ་ཞིག་འབྱུང་འགྱུར་ཞིང་། །
མི་བདེན་བཞིན་དུ་འང་རང་གི་བྱད་བཞིན་མཛེས་པར་བསྒྲུབ་བྱའི་ཕྱིར། །
དེ་ནི་ཡོད་པ་ཇི་ལྟར་དེ་བཞིན་འདིར་ཡང་ཤེས་རབ་གདོང་། །

སྦྱང་བར་བྱ་ལ་ནུས་པ་མཐོང་བར་འགྱུར་བའི་གཏན་ཚིགས་ཉིད། །

འཐད་པ་དང་བྲལ་ལས་ཀྱང་བསྒྲུབ་བྱ་རྟོགས་ཞེས་ཤེས་པར་བྱ། །

如日輪有蝕等別，於影像上亦能見，

日影合否皆非理，然是名言依緣生。

如爲修飾面容故，影雖不實而有用，

如是此因雖非實，能淨慧面亦達宗。

དཔེར་ན་ཁྱོད་ཀྱིས་གཟུགས་བརྙན་མཐོང་བ་ལ་ཡང་བརྟེན་ནས། ཉི་མའི་དཀྱིལ་འཁོར་དང་བྱད་བཞིན་ལ་ཡོད་པའི་ཁྱད་པར་རྣམས་ཉི་མ་གཟས་བཟུང་བ་ལ་སོགས་པ་རྣམས་ཀྱི་ཚེ། མཐོང་བར་འགྱུར་ལ། ཉི་མ་དང་བྱད་བཞིན་དང་དེ་དག་གི་གཟུགས་བརྙན་གཉིས་ཕྲད་པ་དང་མ་ཕྲད་པར་སྐྱེ་ཞེས་བཏགས་དོན་འཚོལ་བའི་ཚུལ་གྱིས་དཔྱད་པ་ན་སྐྱེ་བ་མི་རིགས་མོད་ཀྱི།

如日輪與面容上所有差別，如日蝕等。汝由見影像爲緣，亦能觀見。若推求日輪面容，與彼二影像，爲相合而生，爲不合而生，雖皆不應理，

འོན་ཀྱང་ཉི་མ་དང་བྱད་བཞིན་ལ་བརྟེན་ནས་ཐ་སྙད་ཀྱི་དབང་གིས་བཞག་པ་ཙམ་གྱིས་གཟུགས་བརྙན་ཞིག་འབྱུང་བར་འགྱུར་ཞིང་།

然是依日輪及面容，唯由名言增上，安立有影像生。

དེས་ཀྱང་འདོད་པའི་དོན་དེས་པ་དང་གཟུགས་བརྙན་མི་བདེན་བཞིན་དུའང་། རང་གི་བྱད་བཞིན་མཛེས་པར་བསྒྲུབ་པར་བྱ་བའི་ཕྱིར། གཟུགས་བརྙན་དེ་ལ་ནི་ནུས་པ་ཡོད་པ་ཇི་ལྟ་བ་དེ་བཞིན་དུ། འདིར་ཡང་གདོང་པ་དང་འདྲ་བའི་ཤེས་རབ་ཀྱི་དྲི་མ་མ་རིག་པ་སྦྱང་བར་བྱ་བ་ལ། ནུས་པ་མཐོང་བར་འགྱུར་བའི་གཏན་ཚིགས་རྟེན་འབྲེལ་དང་གཅིག་དུ་བྲལ་སོགས་ལས་བསྒྲུབ་བྱ་རང་བཞིན་གྱིས་མེད་པ་རྟོགས་པར་ཤེས་པར་བྱའོ། །དེ་ཡང་རང་བཞིན་གྱིས་ཡོད་པར་སྒྲུབ་པའི་འཐད་པ་དང་བྲལ་བའི་གཏན་ཚིགས་སོ། །

復能成辦①所求之事。如爲修飾面容，影像雖非實有，然依影像亦有彼用。如是此中所說之緣起因及離一異等因，雖非有實自性，然能清淨慧面之垢，亦能通達無自性宗。彼復爲遠離「成立『自性有』正理」之因。②

---

①「辦」，上海本、廣化本、PDF作「辨」。
②此句诸漢譯本皆無，今據藏文補譯。

ཀྱང་གི་སྒྲས་ནི་རང་བཞིན་གྱིས་གྲུབ་པའི་འཐད་པ་དང་བྲལ་བའི་སུན་འབྱིན་གྱིས་ཀྱང་སུན་དབྱུང་བྱ་སུན་འབྱིན་ནུས་པའི་ཤེས་པར་བྱའོ། །

「亦」字顯示無自性之能破，亦能破於所破也。

གང་གི་ཕྱིར་མིང་ཙམ་པའི་བཏགས་ཡོད་དུ་སྨྲ་བ་རྣམས་ལ། བཏགས་དོན་འཚོལ་བའི་གཉིས་སུ་སྨྲ་བ་མི་རིགས་པའི་ཕྱིར། གཉིས་ལ་བརྟེན་ནས་སུན་འབྱིན་པ་དང་ལན་སྨྲ་བས་དབུ་མ་པ་ལ་རྣམ་པ་ཐམས་ཅད་དུ་གླགས་མི་རྙེད་དེ།

由二邊言論，於許唯假有者，全不應理。故依二邊若破若答，欲求中觀宗之過失，畢竟不能得便。

བརྒྱ་བ་ལས། ཡོད་དང་མེད་དང་ཡོད་མེད་ཅེས། །གང་ལ་ཕྱོགས་ནི་ཡོད་མིན་པ། །དེ་ལ་ཡུན་ནི་རིང་པོ་ནའང་། །ཀླན་ཀ་བརྗོད་པར་ནུས་མ་ཡིན། །ཞེས་བྱ་བ་དང་།

《四百論》云：「有非有俱非，諸宗皆寂滅，於彼欲興難，畢竟不能申。」

རྩ་ཤེས་ལས་ཀྱང་། སྟོང་པ་ཉིད་ཀྱིས་བརྩད་བྱས་ཚེ། །གང་ཞིག་ལན་འདེབས་སྨྲ་བྱེད་པ། །དེ་ཡིས་ཐམས་ཅད་ལན་བཏབ་མིན། །བསྒྲུབ་པར་བྱ་དང་མཚུངས་པར་འགྱུར། །ཞེས་གསུངས་སོ། །

《中論》亦云：「依空問難時，若人欲有答，是則不成答，俱同於所立。」

སུན་འབྱིན་བྱེད་དང་སུན་དབྱུང་བྱ་ལ་ཕྲད་མ་ཕྲད་ཀྱི་དཔྱད་པ་བསྟན་པ་འདིས་ནི། སྐྱེད་པར་བྱེད་པའི་རྒྱུ་ལ་ཡང་འབྲས་བུ་དང་ཕྲད་མ་ཕྲད་ཀྱི་དཔྱད་པ་བྱས་ནས་འགོག་པར་ཤེས་པར་བྱའོ། །

由此所說觀察能破所破爲合不合之理，當知亦能觀察能生因爲合不合而破。

འདིར་ལེགས་ལྡན་གྱིས་དབུ་མའི་བསྟན་བཅོས་འདིར་སྐྱེད་བྱེད་ཀྱི་རྒྱུའི་སྐབས་སུ་བབ་ཀྱི། གསལ་བྱེད་ཀྱི་རྒྱུ་ལ་ནི་མ་ཡིན་ལ། ཕྲད་པ་དང་མ་ཕྲད་པའི་དཔྱད་པ་ཡང་གསལ་བྱེད་ཀྱི་རྒྱུ་ལ་ཡིན་གྱི་སྐྱེད་བྱེད་ཀྱི་རྒྱུ་ལ་ནི་མིན་པས། ཁོ་བོ་ཅག་གི་ཚིག་རྣམས་ལ་ལྟག་གཅོད་ཀྱི་གནས་མེད་པ་ཉིད་དོ། །ཞེས

清辨論師云：「《中論》是說能生因，非能顯因。觀合不合，是能顯因，非能生因，故我自語非似能破。」

སྐྱེད་བྱེད་ཀྱི་རྒྱུ་ལ་གསལ་བྱེད་དམ་ཤེས་བྱེད་ཀྱི་རྒྱུ་གཏན་ཚིགས་སོགས་ལ་ཕྲད་མ་ཕྲད་ཀྱི་དཔྱད་པ་བྱེད་པའི་དཔྱད་པ་བྱར་མེད་དོ་ཞེས་སྨྲ་བ་ནི་ལན་མ་ཡིན་ཏེ་གཞན་གྱི་གླགས་དང་བཅས་པ་སྟེ་སྐྱོན་བརྗོད་དང་བཅས་པའི་ལན་བརྗོད་ན། ཕ་རོལ་པོ་མི་བཟོད་ལ་སྐྱེད་པར་བྱེད་པ་ལ་བདེན་པ་ཁས་བླངས་ན་སྐྱོན་འཇུག་པ་ལྟར། གསལ་བྱེད་ཀྱི་རྒྱུ་ལའང་རང་བཞིན་གྱིས་གྲུབ་པ་ཁས་བླངས་ན་སྐྱོན་ཡོད་པའི་ཕྱིར་རོ། །

此說觀察能生因爲合不合，不能觀察能顯因等。然不成答。以此有過答復，他必不忍，如計能生因實有犯過，則計能顯因有自性亦犯過故。

གཞན་ཡང་ལེགས་ལྡན་འདིས་དབུ་མའི་བསྟན་བཅོས་སུ་རང་བཞིན་མེད་པར་དམ་བཅས་པའི་དོན་སྒྲུབ་པའི་ཕྱིར་དུ་བཀོད་པའི་སྒྲུབ་བྱེད་ལ། གཞན་གྱིས་སུན་འབྱིན་པ་བཀོད་པ་རྣམས་ཀྱི་སྐྱོན་སྤོང་ལ་ལྟག་གཅོད་ཀྱི་ལན་སྨྲ་བར་བྱེད་པས། འདི་ནི་གཞན་གྱིས་སུན་དབྱུང་བར་བྱ་བ་ཁོ་ན་ཡིན་པས་རང་བཞིན་གྱིས་གྲུབ་པ་ཁས་བླངས་ན། སྐྱེད་བྱེད་དང་གསལ་བྱེད་ཀྱི་རྒྱུ་གཉིས་ཀ་ལ་ཕྲད་མ་ཕྲད་ཀྱི་སྐྱོན་མཚུངས་ཀྱང་། དེ་ཁས་མི་ལེན་པའི་ཕྱིར་སྐྱོན་མེད་དོ་ཞེས་པ་ཁོ་བོ་ཅག་གིས་བཏབ་པའི་ལན་ཁོ་ན་ཆེས་མཛེས་སོ། །

又清辯論師，爲成立《中論》所說無自性宗故，自安立因。他舉能破，釋彼難時，僅答似破。此唯是他人之所破。凡許有自性者，若能生因若能顯因，俱犯合不合之過失。若不許有自性，則無彼過。故唯吾人之答覆，最爲端嚴。

གཉིས་པ་ནི།

卯二、不同他過之理。復次頌曰：

གལ་ཏེ་རང་གི་བསྒྲུབ་བྱ་གོ་བྱེད་གཏན་ཚིགས་དངོས་གྲུབ་དང་། །
དངོས་སུ་གོ་བྱ་ཉིད་འགྱུར་བསྒྲུབ་བྱའི་ངོ་བོའང་ཡོད་གྱུར་ན། །
ཕྲད་པ་ལ་སོགས་རིགས་པ་ཉེ་བར་སྦྱོར་བར་འགྱུར་ཞིག་ན། །
དེ་ཡང་ཡོད་པ་མིན་པས་ཁྱོད་ཀྱི་ཡི་ཆད་འབབ་ཞིག་ཡིན། །

若能了因是實有，及所了宗有自性，

則可配此合等理，非爾故汝唐劬勞。

གལ་ཏེ་རང་གི་བསྒྲུབ་བྱ་གོ་བྱེད་གཏན་ཚིགས་ཀྱི་དངོས་པོ་སྟེ་ངོ་བོ་དང་། དངོས་སུ་གོ་བར་བྱ་བ་ཉིད་དུ་འགྱུར་བ་བསྒྲུབ་བྱའི་ངོ་བོ་རང་བཞིན་གྱིས་གྲུབ་པ་ཡོད་པར་གྱུར་ན། བསྒྲུབ་བྱ་དང་སྒྲུབ་བྱེད་ཕྲད་པ་དང་། ལ་སོགས་པས་མ་ཕྲད་པར་སྒྲུབ་པ་དང་སུན་འབྱིན་པའི་རིགས་པ་ཉེ་བར་སྦྱོར་བར་འགྱུར་བ་ཞིག་ན། རང་བཞིན་གྱིས་གྲུབ་པ་དེ་ཡང་ཡོད་པ་མིན་པས་མ་དག་པའི་ཕྱོགས་ལ་བཀོད་པའི་སྐྱོན། །དག་པའི་ཕྱོགས་ལ་ཁྱེད་ཀྱིས་བཀོད་པ་འདི་ནི་ཁོ་བོ་ཅག་ལ་དོན་མེད་པར་ཡི་ཆད་པ་སྟེ་ཡིད་འབྱུང་བ་འབའ་ཞིག་ཡིན་པར་རྟོགས་ཏེ།

若計能了宗之因是實有，及所了之宗是有自性，則可配此能破之理，推求能立與所立，爲合而立，抑不合而立。由彼自性都無所有。汝將不淨宗之過失，推於淨宗，是於我等，唐設劬勞，都無所益。

དཔེར་ན་རབ་རིབ་ཅན་གྱིས་དམིགས་པའི་སྐྲ་ཤད་ལ་སོགས་པ་རྣམས་ཀྱི་གཅིག་ཉིད་དང་། མང་པོ་ཉིད་དང་། ཟླུམ་པོ་ཉིད་དང་། ནག་པོ་ལ་སོགས་པའི་ཕྱོགས་སུན་འབྱིན་པས། རབ་རིབ་མེད་པ་རྣམས་ལ་མི་གནོད་པ་དེ་བཞིན་དུ། རང་བཞིན་མེད་པའི་རྒྱུ་དང་འབྲས་བུ་རྣམ་པར་དཔྱོད་པ་ན། ཁྱོད་ཀྱིས་བཏགས་དོན་འཚོལ་བའི་གཉིས་ཀྱི་དཔྱད་པ་བཟུང་ནས་སུན་འབྱིན་པ་བགོད་པས་ཀྱང་མི་གནོད་དོ། །

如破眩翳人所見髮等，一性、多性、圓形、黑色等宗，於無翳人都無妨害。如是觀察無自性之因果，汝執二邊而破，亦無妨難。

དེ་ཉིད་ཀྱི་ཕྱིར་གང་དག་མིག་དང་ཁབ་ལེན་ལ། སོགས་པས་མ་ཕྲད་པར་རང་གི་བྱ་བ་བྱེད་པར་རྣམ་པར་བཞག་པའི་དཔེ་དེ་དག་ཀྱང་བཀག་པར་རིག་པར་བྱ་སྟེ། རང་བཞིན་གྱིས་གྲུབ་པར་ཁས་ལེན་ན་དེ་དག་ལ་ཡང་ཕྲད་མ་ཕྲད་ཀྱི་ཐལ་བ་མཚུངས་པའི་ཕྱིར་རོ། །

故彼所立眼與磁石等喻，雖不相合而有作用，亦應破除。以計有自性，亦必同犯合不合之過故。

གང་ཞིག་ཁྱོད་རང་བཞིན་མེད་པ་ཉིད་ཀྱི་ལམ་དྲང་པོ་བཏང་ནས། རྟོག་གེ་ངན་པའི་ལམ་ཤིན་ཏུ་འཁྱོག་པ། རང་གི་རྣམ་པར་རྟོགས་པའི་བཟོ་ངན་པས་སྤྲུར་བ། ཡང་དག་པའི་ལམ་འགེགས་པར་བྱེད་པ་ལ་སྒྲོ་བ། དེ་བོར་དེ་ཤིན་ཏུ་ཚེགས་ཆེ་བ་འདིས་ཁྱོད་ལ་ཅི་ཞིག་བྱ།

汝今棄捨無自性之直途，愛著惡分別之斜徑，分別臆造，障蔽真道，汝何用此大劬勞爲。

卷十二

གསུམ་པ་ནི།

卯三、如成無性難成有性

གཞན་ཡང་

復次頌曰：

དངོས་རྣམས་མཐའ་དག་དངོས་པོ་མེད་པར་རྟོགས་སུ་གཞུག་པར་ནི། །

ནུས་པར་ཆེས་སླ་ཇི་ལྟ་དེ་ལྟར་རང་བཞིན་གཞན་དག་ལ། །

ཁོང་དུ་ཆུད་པར་བདེ་བླག་ཏུ་ནི་ནུས་པ་མ་ཡིན་ནོ། །

རྟོག་གེ་ངན་པའི་དྲ་བས་འཇིག་རྟེན་ཅི་སྟེ་འདིར་རྩོལ་བྱེད། །

易達諸法無自性，難使他知有自性，

汝復以惡分別網，何爲於此惱世間。

ཇི་ལྟར་སྒྱུ་མ་དང་རྨི་ལམ་ལ་སོགས་པ་ཕྱིར་རྒོལ་རང་གི་ཕྱོགས་ལའང་གྲུབ་པའི་དཔེ་ཁོ་ནས། ཕྱིར་རྒོལ་གྱི་འཇིག་རྟེན་གྱིས་དངོས་པོ་རྣམས་མཐའ་དག་དབུ་མ་པས་དངོས་པོ་སྟེ་རང་བཞིན་གྱིས་གྲུབ་པ་མེད་པར་རྟོགས་སུ་གཞུག་པར་ནུས་པ་ནི། ཆེས་སླ་བ་ཇི་ལྟ་བ་དེ་ལྟར་ཕ་རོལ་པོ་ལས་གཞན་དབུ་མ་པ་དག་ལ་དངོས་པོ་རྣམས་རང་བཞིན་གྱིས་གྲུབ་པར་ཁོང་དུ་ཆུད་པར་བདེ་བླག་ཏུ་ནི་ནུས་པ་མ་ཡིན་ཏེ། གཉིས་ཀ་ལ་བདེན་པར་གྲགས་པའི་དཔེ་མེད་པའི་ཕྱིར་རོ། །

如中觀師，能以敵者所許幻夢等喻，極易令他了達世間一切諸法皆無自性。汝則不能使中觀師，了達諸法皆有自性。以無共許實有喻故。

འདིས་ནི་བདེན་མེད་སྒྲུབ་པའི་གཏན་ཚིགས་རྟེན་འབྲེལ་ལྟ་བུ་ལ། བདེན་མེད་ཀྱིས་ཁྱབ་པ་མཐུན་དཔེའི་སྟེང་དུ་མ་ངེས་པར་བདེན་མེད་ཆོས་ཅན་གྱི་སྟེང་དུ་ཚད་མས་ངེས་པར་བྱར་མེད་པར་གསུངས་སོ། །

此說成立無實之緣起因等，若於同喻上未能了解，凡是緣起決定無實，則於有法上更無正量，能了解無實也。

དེ་ལྟ་ན་ཁོ་བོས་དངོས་པོར་སྨྲ་བའི་རྩོད་པ་ཐམས་ཅད་བཟློག་པ་ཡིན་ལ། ཆོས་མཐུན་གྱི་ལན་ཡང་སུས་ཀྱང་བརྗོད་པར་མི་ནུས་སོ། །

由是當知，我能破除諸實事師一切妨難，誰亦不能作合法之解答。

དེའི་ཕྱིར་འཇིག་རྟེན་ལ་དོན་མ་ཡིན་པའི་གནོད་པ་བྱ་བའི་ཕྱིར། འདིར་ཁྱོད་སུ་ཞིག་གིས་བཅོལ་བ་སྟེ་སྐད་ཅིང་། ཁྱོད་འཇིག་རྟེན་པ་རྣམས་རང་གི་ཉོན་མོངས་དར་གྱི་སྲིན་བུ་ལྟར་རང་གི་རྣམ་རྟོག་ངན་པའི་སྦུབས་ཀྱིས་གཏུམས་པའི་སྟེང་དུ། རྟོག་གེ་ངན་པའི་སྲད་བུ་བྲེས་པའི་དྲ་བས་ཏེ་རྒྱ་ཤིན་ཏུ་སྲན་ཏེ་མ་ཀུན་ནས་འཛུགས་པར་ཅི་སྟེ་བྱེད། བདེན་འཛིན་གྱི་རྩོད་པ་འདི་ནི་དོར་བར་བྱ་དགོས་ཏེ། །

是誰差汝損惱世間？諸世間人，如蠶作繭，已爲煩惱惡分別繭之所纏縛。汝今何爲復於其上，更以惡分別絲結爲堅網，周匝遍繞。故應棄此實執妄諍。

དངོས་པོ་གཟུགས་བརྙན་དང་འདྲ་བའི་བརྟེན་པ་ཐམས་ཅད་ལ། རང་དང་སྤྱིའི་མཚན་ཉིད་དང་མངོན་སུམ་མམ་རྗེས་སུ་དཔག་པའམ་རང་བཞིན་གྱིས་གྲུབ་པ་ཅི་ཞིག་ཡོད། །

一切虛妄如同影像之法上，寧有自性成就之自相、共相、現量、比量耶?

འདིར་ནི་ཤེས་བྱ་ཐམས་ཅད་ལ་མངོན་སུམ་གཅིག་པོ་ནར་ཟད་དེ་གང་ཐམས་ཅད་མཁྱེན་པའི་ཡེ་ཤེས་སོ། །

此中現證一切所知者，唯一現量，謂一切智智。

བཞི་པ་ནི།

卯四、了知餘能破。復次頌曰：

སུན་འབྱིན་ལྷག་མ་གོང་དུ་བསྟན་པ་ཡང་ནི་ཤེས་བྱས་ནས། །
ཕྲད་པ་ལ་སོགས་ཕྱོགས་ཀྱི་ལན་གྱི་ཆེད་དུ་འདིར་གཏང་བྱ། །
སུན་ཅི་ཕྱིན་དུ་རྒོལ་བ་པོ་ཡང་ཇི་ལྟར་ཡོད་མིན་པ། །
དེ་སྐད་སྔར་བཤད་ལྷག་མ་ཕྱོགས་འདི་ཉིད་ཀྱིས་རྟོགས་པར་བྱ། །

了知上述[1]餘破已，重破外答合等難，
云何而是破法人，由此當知餘能破。

ས་བོན་ལ་བརྟེན་ནས་མྱུ་གུ་སྐྱེ་བ་ལྟ་བུའི་རྟེན་ཅིང་འབྲེལ་བར་འབྱུང་བ་དང་། ཕུང་པོ་ལ་བརྟེན་ནས་གང་ཟག་གདགས་པ་ལྟ་བུའི་བརྟེན་ནས་བཏགས་པ་རྣམ་པར་གཞག་པར་བྱ་བའི་སྐབས་སུ། དངོས་པོར་སྨྲ་བའི་ཕྱོགས་ལ་སུན་འབྱིན་གང་བཤད་པ་དེ་ཉིད་ཀྱི་ལྷག་མ་རྒྱུ་འབྲས་བུ་ཕྲད་ནས་སམ། མ་ཕྲད་པར་སྐྱེད་ཅེས་སུན་འབྱིན་པ་གོང་དུ་བསྟན་པ་ཡང་ནི་ཤེས་པར་བྱས་ནས། རྒྱུ་འབྲས་བུ་ཕྲད་ནས་སམ་ལ་སོགས་པས་མ་ཕྲད་པར་སྐྱེད་ཅེས་བརྟགས་ཏེ་བཀག་པའི་ཕྱོགས་ཀྱི་ལན་བརྗོད་པའི་ཆེད་དུ། ཕ་རོལ་པོས་སུན་འབྱིན་ལ་ཕྲད་མ་ཕྲད་ཀྱི་བརྟག་པ་གང་གིས་སྨྲས་པ་དེ་ལ་རྩོད་པའི་སྐབས་འདིར། དེའི་བརྟག་པ་རང་ལ་མི་མཚུངས་པའི་ལན་གྱི་སུན་འབྱིན་པ་གཏང་བར་བྱ་སྟེ། སྔར་བསྟན་པ་དེ་ནི་མཚོན་པ་ཙམ་དུ་ཤེས་པར་བྱའོ། །

前安立緣起，如依種子而有芽生。及安立假設，如依諸蘊，假設補特伽羅時，破實事宗所餘之能破，謂即上說，「因爲合而生果，爲不合而生果。」亦當了知此能破，觀察因果，合不合生。外人爲答此妨難故，反觀能破爲合不合，則於爾時，當重破彼，謂彼觀察，於自不同。上文所說亦僅一例耳。

---

① 「述」，頌作「說」。

卷十二

བསྟན་བཅོས་རྩ་ཤེས་ལས་ནི་དགག་གཞག་བྱས་པའི་དགོས་པ། བདེན་འཛིན་གྱི་རྣམ་རྟོག་ལྡོག་པ་ཉིད་བརྗོད་པར་འདོད་པ་ཡིན་ལ། དེ་ཡང་ཁོ་བོ་ཅག་གིས་སོ་སོ་སྐྱེ་བོ་རྣམས་ནི་རྟོག་པས་བཅིངས། ཞེས་སོགས་ཀྱི་སྐབས་སུ་བསྟན་ཟིན་པའི་ཕྱིར།

又《中論》中所有立破，皆為遣除實執分別。我於「異生皆被分別縛」時，已廣說故。

བསྟན་བཅོས་ལ་སུན་ཅི་ཕྱིན་དུ་རྩོལ་བ་ག་ལ་ཡོད་དེ། སུན་ཅི་ཕྱིན་དུ་རྩོལ་བ་ནི་རང་གི་ཕྱོགས་བཞག་ན་སྐྱོན་བྱུང་གིས་དོགས་ནས། གཞན་གྱི་ཕྱོགས་སུན་ཅི་ཕྱིན་བྱེད་པ་ཡིན་པའི་ཕྱིར་རོ། །

《中論》寧有破法之過。其破法者是恐安立自宗犯過，唯破他宗故。

འདིར་བདག་གིས་གཞན་གྱི་ཕྱོགས་བསལ་བ་ཡང་དོན་དམ་པར་མེད་དེ། དོན་དམ་པར་དངོས་པོ་གང་ཡང་མེད་པའི་ཕྱིར་རོ། །

我今此中亦非勝義破除他宗，以勝義中全無法故。

དེའི་ཕྱིར་སུན་ཅི་ཕྱིན་དུ་རྩོལ་བ་ག་ལ་ཡོད། གང་གིས་ན་རང་གི་ཕྱོགས་གཞག་ཏུ་མེད་ཅིང་གཞན་གྱི་ཕྱོགས་བཟློག་པ་དོན་དམ་པར་འདོད་པའི་མཚན་ཉིད་བྱས་པ་འདི། སུན་ཅི་ཕྱིན་དུ་རྩོལ་བ་པའི་ཡང་དག་པའི་མཚན་ཉིད་དུ་འགྱུར་བ།

故我寧有破法之過。若人不立自宗，而許勝義破除他宗，是破法人相。

དབུ་མ་པ་སུས་རང་གི་ཕྱོགས་ཐ་སྙད་དུ་མ་བཞག་ཅིང་། གཞན་གྱི་ཕྱོགས་བཟློག་པ་དོན་དམ་དུ་འདོད་པ་གཉིས་ཀ་མེད་པས། དབུ་མ་པ་ལ་སུན་ཅི་ཕྱིན་དུ་རྩོལ་བ་ཡང་ཡོད་པ་མིན་པས། རྣམ་པ་ཐམས་ཅད་དུ་མི་རིགས་སོ། །

諸中觀師誰於名言不立自宗，誰於勝義而許破他？二俱非有。故中觀師亦無破法人。故彼破法人相，畢竟非理。

དེ་སྐད་དེ་དེ་ལྟར་སྔར་བཤད་པའི་སུན་འབྱིན་པའི་ལྷག་མ་ནི། དེ་མ་ཐག་ཏུ་བཤད་པའི་ཕྱོགས་འདི་ཉིད་ཀྱིས་རྟོགས་པར་བྱའོ། །

如是前說能破之餘義，即由此無間所說，而當了知。

དེ་ལ་དེ་ཉིད་དེ་ལས་འབྱུང་མིན་ཞེས་བྱ་བ་འདི་ནས་བརྩམས་ཏེ། རྣམ་དཔྱོད་པ་ནི་མྱུར་དུ་གྲོལ་བར་འགྱུར། ཞེས་བྱ་བའི་བར་འདིས་ནི་ཆོས་ཀྱི་བདག་མེད་པ་གསལ་བར་བྱས་སོ། །

始從「彼非彼生豈從他」至「觀察速當得解脫」，明法無我。

ཉོན་མོངས་སྐྱོན་རྣམས་མ་ལུས་འཇིག་ཚོགས་ལ། །ལྟ་ལས་བྱུང་བར་ཞེས་བྱ་བ་ལ་སོགས་པ་ནས་འདི་ཡན་ཆད་ཀྱིས་ནི་གང་ཟག་གི་བདག་མེད་པ་གསལ་བར་བྱས་སོ། ། ༈ ། །

次從「慧見煩惱諸過患」直至此頌，明人無我。

卷十三

釋第六勝義菩提心之十

གསུམ་པ་ལ་གཉིས། སྟོང་པ་ཉིད་ཀྱི་དབྱེ་བ་མདོར་བསྟན་པ། ཕྱེ་བ་སོ་སོའི་དོན་རྒྱས་པར་བཤད་པའོ། །

壬三、說彼所成空性之差別分二：癸一、略標空性之差別，癸二、廣釋彼差別義。

དང་པོ་ནི། སྟོང་པ་ཉིད་ཀྱི་རབ་ཏུ་དབྱེ་བ་བརྗོད་པར་འདོད་ནས་བཤད་པ།

今初，今爲宣說空性差別，頌曰：

བདག་མེད་འདི་ནི་འགྲོ་བ་རྣམས་དགྲོལ་ཕྱིར། །ཆོས་དང་གང་ཟག་དབྱེ་བ་རྣམ་གཉིས་གསུངས། །
དེ་ལྟར་སྟོན་པས་སླར་ཡང་འདི་ཉིད་ནི། །གདུལ་བྱ་རྣམས་ལ་ཕྱེ་སྟེ་རྣམ་མང་གསུངས། །
སྤྲོས་དང་བཅས་པར་སྟོང་པ་ཉིད། །བཅུ་དྲུག་བཤད་ནས་མདོར་བསྡུས་ཏེ། །
སླར་ཡང་བཞིར་བཤད་དེ་དག་ནི། །ཐེག་ཆེན་དུ་ཡང་བཞེད་པ་ཡིན། །

無我爲度生，由人法分二，
佛復依所化[1]，分別說多種。
如是廣宣說，十六空性已，
復略說爲四，亦許是大乘。

ཆོས་རྣམས་རང་བཞིན་གྱིས་གྲུབ་པ་མེད་པའི་བདག་མེད་འདི་ནི། །བཅོམ་ལྡན་འདས་ཀྱིས་གང་ཟག་གི་བདག་མེད་པ་དང་། ཆོས་ཀྱི་བདག་མེད་པའི་དབྱེ་བ་རྣམ་པ་གཉིས་སུ་གསུངས་སོ། །

諸法無自性之無我，佛說爲二，謂人無我，及法無我。

དེ་གཉིས་སུ་འབྱེད་ཚུལ་དེ་ཡང་གཞི་གང་ཟག་དང་ཆོས་ཀྱི་སྟེང་དུ་མེད་རྒྱུའི་བདག་མི་འདྲ་བ་གཉིས་ཀྱི་སྒོ་ནས་ཕྱེ་བ་མིན་ཏེ། མེད་རྒྱུའི་བདག་ནི་རང་བཞིན་གྱིས་གྲུབ་པ་ཡིན་པས་སོ། །དེའི་ཕྱིར་གཞི་ཆོས་ཅན་ཕུང་སོགས་ཀྱི་ཆོས་དང་གང་ཟག་གི་དབྱེ་བས་ཕྱེ་བའོ། །

[1]「依所化」，上海本作「所依化」。

此二分別之理，非由人法上所無之我，有所不同故分為二。以所無之我，同是有自性故，是由所依有法有蘊等法與補特伽羅之差別而分也。

དགོས་པ་ཅིའི་ཕྱིར་དེ་གཉིས་བསྟན་ཞེ་ན། གང་ཟག་གི་བདག་མེད་ནི་ཉན་རང་གི་འགྲོ་བ་རྣམས་འཁོར་བ་ལས་རྣམ་པར་གྲོལ་བར་བྱ་བའི་ཕྱིར་བསྟན་ལ། བྱང་སེམས་ཀྱི་འགྲོ་བ་རྣམས་ཐམས་ཅད་མཁྱེན་པ་ཐོབ་པས་རྣམ་པར་གྲོལ་བར་བྱ་བའི་ཕྱིར་བདག་མེད་གཉིས་ཀ་བསྟན་ནོ། །

何故宣說彼二？為度二乘眾生解脫生死故，說人無我。為度菩薩眾生得一切種智故，說二無我。

སྔར་བཤད་པ་ལྟར་ཉན་རང་ལ་ཡང་རྟེན་འབྲེལ་རྐྱེན་ཉིད་འདི་བ་ཙམ་གྱི་དེ་ཁོ་ན་ཉིད་མཐོང་བ་ཡོད་མོད་ཀྱང་། དེ་དག་ལ་སྔར་བཤད་པ་ལྟར་གྱི་ཆོས་ཀྱི་བདག་མེད་པ་རྣམ་གྲངས་དང་། དུས་ཀྱི་སྒོ་ནས་ཡོངས་སུ་རྫོགས་པར་བསྒོམ་པ་མེད་པ་སྟེ། འོན་ཀྱང་ཁམས་གསུམ་གྱི་ཉོན་མོངས་ཀྱི་ས་བོན་སྤོང་བའི་ཐབས་ཙམ་ཞིག་ནི་ཡོད་དོ། །

如前所說聲聞、獨覺，雖亦能見緣起實性，然彼不能由無量門，經無量劫，圓滿修習法無我義，僅有斷除三界煩惱種子之方便。

དེ་དག་ལ་གང་ཟག་རང་བཞིན་གྱིས་གྲུབ་པའི་གང་ཟག་གི་བདག་མེད་པ་མ་ལུས་པར་སྒོམ་པ་ནི་ཡོད་པར་རྣམ་པར་གཞག་གོ། །

亦可說彼等圓滿修習補特伽羅無自性之人無我。

གང་ཟག་བདེན་གྲུབ་འགོག་པའི་རིགས་པའི་རྣམ་གྲངས་མཐའ་ཡས་པའི་ཤེས་རབ་མི་སྐྱེད་ཀྱང་། ཉོན་མོངས་ཀྱི་ས་བོན་གྱི་གཉེན་པོ་རྫོགས་པར་སྒོམ་པ་ཡོད་ལ། ཤེས་བྱའི་སྒྲིབ་པའི་གཉེན་པོ་རྫོགས་པར་སྒོམ་པ་ནི་མེད་དོ། །

雖無以無邊道理破除補特伽羅實有之智慧，然圓滿修煩惱種子之對治，未圓滿修所知障之對治。

དེ་ལྟར་བདག་མེད་པ་གཉིས་པོ་འདི་ཉིད་ནི་བཅོམ་ལྡན་འདས་ཀྱིས་སླར་ཡང་གདུལ་བར་བྱ་བ་རྣམས་ལ་དེ་དག་གི་བསམ་པ་སྣ་ཚོགས་པའི་ངོར་རྣམ་པ་མང་པོའི་སྤྲོས་པ་དང་བཅས་པར་ཕྱེ་སྟེ་གསུངས་སོ། །

如是二種無我，世尊復依所化種種意樂，分別說為多種。

ཇི་ལྟར་ཞེ་ན། རྒྱལ་བའི་ཡུམ་ལས་སྟོང་པ་ཉིད་བཅུ་དྲུག་གི་དབྱེ་བ་བཤད་ནས། སླར་ཡང་མདོར་བསྡུས་ཏེ་བཞིར་བཞག་ཅིང་དེ་དག་ནི་ཐེག་ཆེན་དུ་ཡང་བཞེད་པ་སྟེ་བཤད་པ་ཡིན་ནོ། །

如《般若經》中，已廣宣說十六空性之差別，復略說為四種，亦許彼等即是大乘。

དེ་ལྟར་ན་བསྡུས་པའི་དབྱེ་བ་གཉིས་དང་། འབྲིང་པོའི་དབྱེ་བ་བཞི་དང་། རྒྱས་པའི་དབྱེ་བ་བཅུ་དྲུག་ཏུ་གསུངས་སོ། །

如是略分爲二，中分爲四，廣分爲十六種。

ཇི་སྐད་དུ། རབ་འབྱོར་གཞན་ཡང་བྱང་ཆུབ་སེམས་དཔའི་ཐེག་པ་ཆེན་པོ་འདི་ལྟ་སྟེ། ནང་སྟོང་པ་ཉིད་དང་། ཕྱི་སྟོང་པ་ཉིད་དང་། ཕྱི་ནང་སྟོང་པ་ཉིད་དང་། སྟོང་པ་ཉིད་སྟོང་པ་ཉིད་དང་། ཆེན་པོ་སྟོང་པ་ཉིད་དང་། དོན་དམ་པ་སྟོང་པ་ཉིད་དང་། འདུས་བྱས་སྟོང་པ་ཉིད་དང་། འདུས་མ་བྱས་སྟོང་པ་ཉིད་དང་། མཐའ་ལས་འདས་པ་སྟོང་པ་ཉིད་དང་། ཐོག་མ་དང་ཐ་མ་མེད་པ་སྟོང་པ་ཉིད་དང་། དོར་བ་མེད་པ་སྟོང་པ་ཉིད་དང་། རང་བཞིན་སྟོང་པ་ཉིད་དང་། ཆོས་ཐམས་ཅད་སྟོང་པ་ཉིད་དང་། རང་གི་མཚན་ཉིད་སྟོང་པ་ཉིད་དང་། མི་དམིགས་པ་སྟོང་པ་ཉིད་དང་། དངོས་པོ་མེད་པའི་ངོ་བོ་ཉིད་སྟོང་པ་ཉིད་དོ། །ཞེས་སྟོང་ཉིད་བཅུ་དྲུག་བསྟན་ནས།

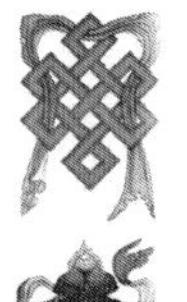

如經云：「復次善現，菩薩摩訶薩大乘相者：謂內空、外空、內外空、空空、大空、勝義空、有爲空、無爲空、畢竟空（藏文爲離邊空）、無際空、無散空、本性空、一切法空、自相空、不可得空、無性自性空。」廣說十六空已。

གཞན་ཡང་དངོས་པོ་ནི་དངོས་པོས་སྟོང་ངོ་། །དངོས་པོ་མེད་པ་ནི་དངོས་པོ་མེད་པས་སྟོང་ངོ་། །རང་བཞིན་ནི་རང་བཞིན་གྱིས་སྟོང་ངོ་། །གཞན་གྱི་དངོས་པོ་ནི་གཞན་གྱི་དངོས་པོས་སྟོང་ངོ་། །ཞེས་སླར་ཡང་སྟོང་པ་ཉིད་བཞི་བསྟན་ཏོ། །

復說四空。如云：「復次善現，有性由有性空，無性由無性空，自性由自性空，他性由他性空。」

卷十三

སྟོང་པ་ཉིད་འདི་རྣམས་ནི་ཐེག་པ་ཆེན་པོ་ཞེས་བྱའོ། །རབ་འབྱོར་སྟོང་པ་ཉིད་དམ་སྟོང་པ་ཉིད་མ་ཡིན་པ་རང་བཞིན་གྱིས་གྲུབ་པ་ནི་ཅུང་ཟད་ཀྱང་ཡོད་པ་མ་ཡིན་ཏེ། སྟོང་པ་ཉིད་སོ་སོ་བའི་རྣམ་པ་དེ་ལྟ་བུས་འདུལ་བ་ཀུན་རྫོབ་ཏུ་ཡོད་པར་བསྟན་པར་ཟད་དོ། །

又說此諸空性，名爲大乘。若空不空，都無少許自性。如是空性行相各別，唯約世俗而說。

དེ་སྐད་དུ་ཡང་རྩ་བ་ཤེས་རབ་ལས། གལ་ཏེ་སྟོང་མིན་ཅུང་ཟད་ཡོད། །སྟོང་པ་ཅུང་ཟད་ཡོད་པར་འགྱུར། །མི་སྟོང་ཅུང་ཟད་ཡོད་མིན་ན། །སྟོང་པ་ཡོད་པར་ག་ལ་འགྱུར། སྟོང་ངོ་ཞེས་ཀྱང་མི་བརྗོད་དེ། །མི་སྟོང་ཞེས་ཀྱང་མི་བྱ་ཞིང་། །གཉིས་དང་གཉིས་མིན་མི་བྱ་སྟེ། །གདགས་པའི་དོན་དུ་བརྗོད་པར་བྱ། །ཞེས་གསུངས་ཏེ།

如《中論》云：「若有不空性，則應有空法，實無不空法，何得有空法。空則不可說，非空不可說，共不共叵說，但以假名說。」

སྔ་མ་དག་གིས་ནི་ངོ་བོ་ཉིད་ཀྱིས་གྲུབ་པའི་ཕྱོགས་སུ་མི་བརྗོད་པ་དང་། ཐ་མས་ནི་གདགས་པའི་དོན་ཀུན་

རྫོབ་ཏུ་ཡོད་པར་བརྗོད་པར་བྱ་བའི་དོན་ནོ། །

前數句明有自性品皆不可說，末句明可說世俗假有。

གཉིས་པ་ལ་གཉིས། སྟོང་ཉིད་བཅུ་དྲུག་ཏུ་ཕྱེ་བ་རྒྱས་པར་བཤད་པ་དང་། སྟོང་ཉིད་བཞིར་ཕྱེ་བ་རྒྱས་པར་བཤད་པའོ། །

癸二、廣釋彼差別義，分二：子一、廣釋十六空，子二、廣釋四空。

དང་པོ་ལ་བཞི། ནང་སྟོང་པ་ཉིད་ལ་སོགས་པ་བཞི་བཤད་པ་དང་། ཆེན་པོ་སྟོང་པ་ཉིད་ལ་སོགས་པ་བཞི་བཤད་པ་དང་། མཐའ་ལས་འདས་པ་སྟོང་པ་ཉིད་ལ་སོགས་པ་བཞི་བཤད་པ་དང་། ཆོས་ཐམས་ཅད་སྟོང་པ་ཉིད་ལ་སོགས་པ་བཞི་བཤད་པའོ། །

初又分四：丑一、釋內空等四空，丑二、釋大空等四空，丑三、釋畢竟空等四空，丑四、釋一切法空等四空。

དང་པོ་ལ་གཉིས། ནང་སྟོང་པ་ཉིད་བཤད་པ་དང་། སྟོང་ཉིད་ལྷག་མ་གསུམ་བཤད་པའོ། །

初又分二：寅一、釋內空，寅二、釋餘三空。

དང་པོ་ལ་གཉིས། དངོས་ཀྱི་དོན་དང་། ཞར་ལ་རང་བཞིན་ཁས་ལེན་ཚུལ་བསྟན་པའོ། །

初又分二：卯一、正義，卯二、兼明所許本性。

གང་ཕྱིར་དེ་ཡི་རང་བཞིན་དེ། །ཡིན་ཕྱིར་མིག་ནི་མིག་གིས་སྟོང་། །

དེ་བཞིན་རྣ་བ་སྣ་དང་ལྕེ། །ལུས་དང་ཡིད་ཀྱིས་བསྙད་པར་བྱ། །

由本性爾故，眼由眼性空，

如是耳鼻舌，身及意亦爾。

ཐེར་ཟུག་གནས་པ་མ་ཡིན་དང་། །འཇིག་པ་མ་ཡིན་ཉིད་ཀྱི་ཕྱིར། །

མིག་ལ་སོགས་པ་དྲུག་པ་ཡི། །རང་བཞིན་མེད་ཉིད་གང་ཡིན་པ། །

非常非壞①故，眼等六內②法，

所有無自性，是名爲內空。

དང་པོ་ནི། ནང་གི་ཆོས་མིག་ལ་སོགས་པ་དྲུག་པོ། རང་བཞིན་གྱིས་གྲུབ་པ་མེད་པ་ཉིད་གང་ཡིན་པ་དེ་ནི་ནང་སྟོང་པ་ཉིད་

①「壞」，頌作「斷」。
②「六內」，頌作「內六」。

དུ་འདོད་དོ། །

今初，眼等六內法無自性，是爲內空。

དེ་ཡང་མིག་ནི་མིག་རང་གི་ངོ་བོ་ཉིད་ཀྱིས་གྲུབ་པས་སྟོང་སྟེ། མིག་དེའི་རང་བཞིན་ནི་རང་གི་ངོ་བོ་ཉིད་ཀྱིས་གྲུབ་པས་སྟོང་པ་དེ་ཡིན་པའི་ཕྱིར་རོ། །

此復眼由眼自性空，以眼之本性即自性空故。

མིག་ལ་བཤད་པ་དེ་བཞིན་དུ་རྣ་བ་དང་སྣ་དང་ལྕེ་དང་ལུས་དང་ཡིད་ཀྱང་བསྙད་པར་བྱའོ། །

如眼所說，耳鼻舌身意，當知亦爾。

དེ་ལྟར་སྟོང་པའི་རྒྱུ་མཚན་གང་གི་ཕྱིར་ན་མིག་སོགས་དེ་རྣམས་ནི་དོན་དམ་པར་ཐེར་ཟུག་ཏུ་གནས་པ་མ་ཡིན་པ་དང་། འཇིག་པ་མིན་པ་ཉིད་ཀྱི་ཕྱིར་རོ། །

如是空之理由，謂眼等諸法，於勝義中非常非壞故。

འདིར་པ་ཚབ་ཀྱིས་ཐེར་ཟུག་ཏུ་གནས་པ་མིན་པ་ནི་རང་བཞིན་མི་འདོར་བ་ལ་བྱའོ། །དེ་ཡང་དུས་ཙུང་ཞིག་གནས་ནས་ཕྱོག་བར་ཡང་འགྱུར་བས་འཇིག་པ་མ་ཡིན་པ་ཉིད་ཀྱི་ཕྱིར་རོ། །ཞེས་གསུངས་སོ། །

此中跋曹譯爲：「此中非常，謂不捨本性。此復暫住即滅，非全壞故。

འདི་སྐད་བསྟན་པར་འགྱུར་ཏེ་དངོས་པོ་གང་ཞིག་རང་བཞིན་དང་བཅས་པ་དེ་ཉིད་ནི། གོར་མ་ཆག་པར་ཐེར་ཟུག་པ་མ་ཡིན་པ་དང་མི་ཕྱོག་པ་ཞིག་ཏུ་འགྱུར་དགོས་སོ། །ཞེས་བསྒྱུར་བ་ནི་འགྱུར་འཁྲུགས་པ་ཡིན་ཏེ། དེ་ལྟ་ཡིན་ན་བསྒྲུབ་བྱའི་ཆོས་ལོག་པ་ལ་རྟགས་ཀྱིས་ཁྱབ་དགོས་པར་འགྱུར་བའི་ཕྱིར་རོ། །

卷十三

此謂若法有自性，定非常住，及非壞滅。」此譯錯誤。若如是者，因應遍於宗異品故。

དེས་ན་ནག་ཚོའི་འགྱུར་ལས། དངོས་པོ་གང་ཞིག་རང་གི་ངོ་བོ་ཉིད་ཀྱིས་ཡོད་པ་དེ་ནི་ཐེར་ཟུག་ཏུ་གནས་པའམ། ཉམས་པར་འགྱུར་བ་ཞིག་ཏུ་འགྱུར་རོ་ཞེས་བསྒྱུར་བ་ལྟར་ལེགས་པས། སྔ་མ་ནི་དགག་སྒྲ་འདོན་ལུགས་འཁྲུགས་པར་གསལ་ལོ། །

拏錯譯爲：「若法有自性，則應是常，或永失壞。」極爲善哉。故前譯爲遮詞，定有誤也。

འགྲེལ་བཤད་ལས། ཐེར་ཟུག་གནས་པ་ཉིད་དང་ནི། །མི་འཇིག་མ་ཡིན་ཉིད་ཀྱི་ཕྱིར། །ཞེས་བརྗོད་ནས་མིག་སོགས་ལ་རང་བཞིན་ཡོད་ན། རང་བཞིན་ལ་རྣམ་འགྱུར་དང་འཇིག་པ་མེད་པས། དེ་རྣམས་ལ་རྣམ་འགྱུར་དང་འཇིག་པ་མེད་པར་འགྱུར་བ་ལས། དེ་ཡང་ཡོད་པ་མ་ཡིན་པའི་ཕྱིར་དེ་རྣམས་རང་བཞིན་མེད་པའོ། །ཞེས་འཆད་པ་ཡང་རིགས་པ་མ་ཡིན་ཏེ།

疏中將頌譯爲：「由是常住性，及非不壞故。」解曰：「若眼等有自性，自性無變無壞，彼等亦應無變無壞。然彼不爾。故彼等法皆無自性。」亦不應理。

དེ་ལྟ་ཡིན་ན་འཇིག་པ་མེད་པར་འགྱུར་བ་ལས་འཇིག་པ་ཡོད་པའི་ཕྱིར། ཞེས་བྱ་དགོས་ན་དེ་ནི་མདོ་ལས། འཇིག་པ་མ་ཡིན་པ་ཉིད་ཀྱི་ཕྱིར་རོ་ཞེས་གསུངས་པ་དང་འགལ་ལོ། །

若如是者，言應無壞，則成有壞。經說非壞，則成相違。

ཐེར་ཟུག་ཏུ་གནས་པ་མིན་པ་ཉིད་ནི། ཞེས་པ་ཡང་ནག་ཚོའི་འགྱུར་ལས། ཐེར་ཟུག་ནི་ཉམས་པ་མེད་པའི་ངོ་བོ་ཉིད་ལ་བརྗོད་ལ། །ཞེས་བསྒྱུར་བ་ལྟར་བྱའོ། །

又「此中非常，謂不捨本性」句，應如挐錯所譯「常謂不壞之性」。

ད་ལྟར་ཐེར་ཟུག་ཏུ་གནས་པའི་རྟག་པ་བཀག་པ་ན། མིག་སོགས་དེ་ཡང་རང་དུས་སུ་ཙུང་ཟད་གནས་ནས། དེའི་འོག་ཏུ་ཞིག་པའི་འཇིག་པར་བདེན་ནམ་སྙམ་པ་འགོག་པ་ལ་འཇིག་པ་མ་ཡིན་པ་ཉིད་ཀྱི་ཕྱིར། ཞེས་གསུངས་སོ། །

若謂既破常住，則眼等法本位暫住，後即壞滅，當是實有。爲破此執，故云非壞。

དོན་བསྡུ་ན་རྟག་མི་རྟག་གང་དུ་ཡང་མི་བདེན་པའི་ཕྱིར་ཞེས་པའི་དོན་ཏོ། །

總謂若常無常皆非實有。

ཉི་ཁྲི་སྣང་བ་ལས་འདི་ལས་ཚུལ་གཞན་དུ་ཡང་གསུངས་སོ། །

《二萬光明論》更有異解。

ཆོས་རྣམས་ཀྱི་རང་བཞིན་དེ་ཡང་རྩ་བ་ཤེས་རབ་ལས། རང་བཞིན་རྒྱུ་དང་རྐྱེན་དག་ལས། །འབྱུང་བར་རིགས་པ་མ་ཡིན་ནོ། །རྒྱུ་དང་རྐྱེན་ལས་བྱུང་བ་ནི། །རང་བཞིན་བྱས་པ་ཅན་དུ་འགྱུར། །རང་བཞིན་བྱས་པ་ཡིན་ནོ་ཞེས། །ཇི་ལྟ་བུར་ན་རུང་བར་འགྱུར། །རང་བཞིན་དང་ནི་བཅོས་མིན་དང་། །གཞན་ལ་ལྟོས་པ་མེད་པ་ཡིན། །ཞེས་གསུངས་པ་ལྟར་རོ། །

諸法本性，如《中論》云：「性從因緣出，是事則不然，性從因緣出，即名爲作法。性若有作者，云何有此義，性名爲無作，不待異法成。」

གཉིས་པ་ནི།

卯二、兼明所許本性

ཡང་ཅི་གང་ཞིག་སློབ་དཔོན་གྱིས་བསྟན་བཅོས་ལས་རྒྱུ་རྐྱེན་ལས་མ་སྐྱེས་པའི་རང་བཞིན་ཞེས་པའི་ཁྱད་པར་དུ་མཛད་པ་དེ་ལྟ་བུའི་རང་བཞིན་སློབ་དཔོན་གྱིས་ཞལ་གྱིས་བཞེས་པ་ཡོད་དམ་ཞེ་ན།

龍猛菩薩論中，所說不從因緣生之本性，如是本性是菩薩所許否？

གང་གི་དབང་དུ་མཛད་ནས་བཅོམ་ལྡན་འདས་ཀྱིས། དེ་བཞིན་གཤེགས་པ་རྣམས་བྱུང་ཡང་རུང་མ་བྱུང་ཡང་རུང་། ཆོས་རྣམས་ཀྱི་ཆོས་ཉིད་འདི་ནི་གནས་པ་ཉིད་དོ། །ཞེས་གསུངས་པའི་ཆོས་ཉིད་ཅེས་བྱ་བ་ནི་ཡོད་དོ། །

曰：如薄伽梵說：「諸佛出世若不出世，諸法法性，恆常安住。」所說法性可許是有。

ཆོས་ཉིད་ཅེས་བྱ་བ་འདི་ཡང་ཅི་ཞིག་ཡིན། མིག་ལ་སོགས་པ་འདི་དག་གི་རང་བཞིན་ནོ། །

此法性爲何等？曰：即眼等之本性。

དེ་དག་གི་རང་བཞིན་གང་ཞིག་ཅེ་ན། མིག་སོགས་འདི་དག་གི་བཅོས་མ་མ་ཡིན་པ་དང་། རྐྱེན་གཞན་ལ་ལྟོས་པ་མེད་པ་སྟེ། མ་རིག་པའི་རབ་རིབ་དང་བྲལ་བའི་ཤེས་པས་རྟོགས་པར་བྱ་བའི་ངོ་བོ་ཞེས་གསུངས་སོ། །

འདི་དག་གིས་ནི་སློབ་དཔོན་འདིས་དོན་དམ་བདེན་པ་དང་ཆོས་ཉིད་ཡོད་པར་མི་བཞེད་ཅེས་པ་དང་། མ་རིག་པའི་བསླད་པ་ལོག་ན་ཤེས་པ་ཡེ་མེད་པར་སྨྲ་བ་རྣམས་ལེགས་པར་བཀག་པ་ཡིན་ནོ། །

卷十三

眼等本性爲何？曰：即眼等之不造作，不待因緣，唯是離無明翳之淨慧所通達性。有計此論師不許勝義與法性者，及計離無明染全無智者，此文已善破訖。

ཇི་སྟེ་ཆོས་ཉིད་དེ་ཡོད་དམ། དེ་མེད་ཅེས་སུ་སྨྲ། གལ་ཏེ་དེ་མེད་ན་ནི་བྱང་ཆུབ་སེམས་དཔའ་རྣམས་ཅིའི་དོན་དུ་ཕ་རོལ་ཏུ་ཕྱིན་པའི་ལམ་སྒོམ་པར་འགྱུར་ཏེ་མི་འགྱུར་ཏེ། དོན་དམ་པའི་བདེན་པ་མེད་ན་ནི་དེ་རྟོགས་པ་མཐར་ཐུག་པར་འགྲོ་བ་མེད་ལ། དེ་མེད་ན་ལམ་སྒོམ་པ་དོན་མེད་པར་འགྱུར་ཏེ།

有此法性耶？曰：誰云此無？若無此性，則諸菩薩復爲何義，修學波羅蜜多道。謂若無勝義諦，則無由通達彼諦而到究竟。若無究竟，則修彼道徒勞無益。

གང་གི་ཕྱིར་ཆོས་ཉིད་རྟོགས་པ་དང་དེ་མཐར་ཐུག་པར་འགྲོ་བར་བྱ་བའི་ཕྱིར། བྱང་སེམས་རྣམས་དཀའ་བ་བརྒྱ་ཕྲག་རྩོམ་པ་ཡིན་ནོ། །

然諸菩薩，實爲通達法性與到究竟故，而勤修習百千難行。

འདིས་ནི་ཆོས་ཉིད་ཅེས་པའི་དོན་དམ་བདེན་པ་བློ་གང་གི་ཡང་ཡུལ་མ་ཡིན་པར་འདོད་པ་བཞིན་དུ། ལམ་ལ་

དཀའ་བ་དུ་མ་རྩོམ་པ་ནི། །དབང་པོ་ཤིན་ཏུ་རྟུལ་བར་སྟོན་པ་ཡིན་ནོ། །

此即顯示，若計法性勝義諦都非任何智慧之境，而復修學無量難行，乃最鈍根。

དེ་ལྟར་ཡིན་པ་ཡང་དཀོན་མཆོག་སྤྲིན་ལས། རིགས་ཀྱི་བུ་དོན་དམ་པ་ནི་སྐྱེ་བ་མེད་པ་དང་། འགག་པ་མེད་པ་དང་། འཇིག་པ་མེད་པ་དང་། འོང་བ་མེད་པ་དང་། འགྲོ་བ་མེད་པ་དང་། ཡི་གེ་རྣམས་ཀྱིས་བརྗོད་པར་བྱ་བ་མ་ཡིན་པ་དང་། ཡི་གེ་རྣམས་ཀྱིས་རབ་ཏུ་བསྟན་དུ་མེད་ཅིང་། སྤྲོས་པས་རྟོགས་པ་མ་ཡིན་པ་སྟེ།

此如《寶云經》云：「善男子，當知勝義，不生、不滅、不住、不來、不去，非諸文字所能詮表，非諸文字所能解說，非諸戲論所能覺了。

རིགས་ཀྱི་བུ་དོན་དམ་པ་ནི་བརྗོད་དུ་མེད་ཅིང་། ཞི་བ་འཕགས་པ་རྣམས་ཀྱིས་སོ་སོ་རང་གིས་རིག་པར་བྱ་བའོ། །

善男子，當知勝義不可言說，唯是聖智各別內證。

རིགས་ཀྱི་བུ་དོན་དམ་པ་ནི་དེ་བཞིན་གཤེགས་པ་རྣམས་བྱུང་ཡང་རུང་མ་བྱུང་ཡང་རུང་སྟེ། གང་གི་དོན་དུ་བྱང་ཆུབ་སེམས་དཔའ་རྣམས་སྐྲ་དང་ཁ་སྤུ་བྲེགས་ནས་གོས་ངུར་སྨྲིག་བགོས་ཏེ། ཡང་དག་པར་དད་པས་ཁྱིམ་ནས་ཁྱིམ་མེད་པར་རབ་ཏུ་བྱུང་ཞིང་། རབ་ཏུ་བྱུང་ནས་ཀྱང་ཆོས་ཉིད་དེ་ཐོབ་པར་བྱ་བའི་ཕྱིར། སྐྲ་འམ་གོས་ལ་མེ་ཤོར་བ་ལྟར་བརྩོན་འགྲུས་རྩོམ་ཞིང་གནས་པ་རྣམ་པར་འཇིག་པ་མེད་པའོ། །

善男子，當知勝義，若佛出世若不出世，爲何義故，諸菩薩眾，剃除鬚髮，披著法服，知家非家，正信出家。既出家已復爲證得此法性故，勤發精進如救頭然，安住不壞。

རིགས་ཀྱི་བུ་གལ་ཏེ་དོན་དམ་པ་ཡོད་པར་མ་གྱུར་ན་ནི། ཚངས་པར་སྤྱོད་པ་དོན་མེད་པར་འགྱུར་ཞིང་། དེ་བཞིན་གཤེགས་པ་རྣམས་བྱུང་བ་དོན་མེད་པར་འགྱུར་རོ། །

善男子，若無勝義，則修梵行徒勞無益，諸佛出世亦無有益。

གང་གི་ཕྱིར་དོན་དམ་པ་དེ་ཡོད་པ་དེའི་ཕྱིར་བྱང་ཆུབ་སེམས་དཔའ་རྣམས་ལ་དོན་དམ་པ་ལ་མཁས་པ་ཞེས་བྱའོ། །ཞེས་ཤིན་ཏུ་གསལ་བར་གསུངས་སོ། །

由有勝義，故諸菩薩，名勝義善巧。」

བརྗོད་དུ་མེད་པ་དང་། སྤྲོས་པས་རྟོགས་པར་བྱ་བ་མིན་པ་ནི། རྣམ་པར་མི་རྟོག་པའི་ཡེ་ཤེས་ཀྱིས་དོན་དམ་པ་གཟིགས་པ་བཞིན་དུ། སྒྲ་རྟོག་གིས་ཡུལ་དུ་བྱེད་མི་ནུས་པའི་དོན་ཡིན་གྱི། སྤྱིར་རྟོགས་མི་ནུས་པ་མིན་ནོ།།

不可言說與非諸戲論所能覺了者，是說如無分別智親見勝義，言說分別不能覺了，非說全不能知。

དོན་དམ་བདེན་པ་ཡོད་པ་མིན་པ་ལ་གནོད་པ་བསྟན་ཞིང་། དེའི་ལྡོག་པ་འཕངས་པ་བསྟན་པ་ནའང་ཡོད་པར་གསུངས་ཤིང་སྔར་ཡང་ཡོད་པར་བསྟན་པས། མེད་པ་དང་ཡོད་པ་མིན་པ་ལ་ཁྱད་པར་འབྱེད་པ་ནི་བློ་གྲོས་ཤིན་ཏུ་དམན་པར་སྟོན་པ་ཙམ་མོ། །

既無勝義諦有諸妨難，則反顯爲有。前文亦說是有，故妄分判無與非有之差別，是自顯智慧太薄弱也。

པ་ཚབ་ཀྱི་འགྱུར་གྱི་དཔེ་མང་པོ་ལས། བྱུང་ཡང་རུང་མ་བྱུང་ཡང་རུང་སྟེ། གང་གི་དོན་དུ་ཞེས་འབྱུང་ཡང་།

跋曹譯本多作「若佛出世若不出世，爲何義故？」

ནག་ཚོའི་འགྱུར་ལས། མ་བྱུང་ཡང་རུང་དོན་དམ་པ་ནི་ཉམས་པ་མེད་པ་ཡིན་པས་ཞེས་འབྱུང་བ་ནི། སྔར་འགྲེལ་བར་མདོ་དྲངས་པ་ལས། མ་བྱུང་ཡང་རུང་ཆོས་རྣམས་ཀྱི་ཆོས་ཉིད་འདི་ནི་གནས་པ་ཉིད་དོ། །ཞེས་འབྱུང་བ་དང་མཐུན་པས་ལེགས་པ་ཡིན་ནོ། །

拏錯譯本則作「若佛出世，若不出世，勝義不失。」與釋論前文引經，「若佛出世，若不出世，諸法法性，恒常安住。」極相符順，故爲善哉。

འདིར་སྨྲས་པ། ཀྱི་མ་མ་ལ་གང་ཞིག་དངོས་པོ་རང་བཞིན་གྱིས་གྲུབ་པ་ཅུང་ཟད་ཀྱང་མི་འདོད་ཅིང་། བློ་བུར་དུ་བཅོས་མ་མ་ཡིན་པ་དང་། གཞན་ལ་ལྟོས་པ་མེད་པའི་རང་བཞིན་ཡང་འདོད་པ་ཁྱོད་ནི། ཕན་ཚུན་འགལ་བའི་དོན་བརྗོད་པ་ཞིག་གོ་ཞེ་ན།

卷十三

外曰：嗚呼，噫嘻！既不許少法是有自性，忽許無所造作，不待他成之本性，汝誠可謂自相矛盾者。

འདི་ནི་ཁྱོད་ཀྱིས་དབུ་མའི་བསྟན་བཅོས་ཀྱི་དགོངས་པ་མ་རིག་པ་ཞིག་སྟེ། འདིའི་དགོངས་པ་ནི་གལ་ཏེ་མིག་ལ་སོགས་པ་རྣམས་ཀྱི་རང་གི་ངོ་བོ་རྟེན་ཅིང་འབྲེལ་པར་འབྱུང་བ་བྱིས་པའི་སྐྱེ་བོས་གཟུང་བར་བྱ་བ་གང་ཡིན་པ་འདི་ཉིད་མིག་ལ་སོགས་པ་དེ་རྣམས་ཀྱི་རང་བཞིན་ཡིན་ལུགས་ཡིན་ན་ནི། རང་བཞིན་དེ་ཕྱིན་ཅི་ལོག་གི་བློས་ཀྱང་མངོན་སུམ་དུ་རྟོགས་པའི་ཕྱིར། ཚངས་པར་སྤྱོད་པ་དོན་མེད་པར་འགྱུར་ན།

答曰：是汝未了《中論》意趣。此中意趣，謂若愚夫所取眼等緣起性，即眼等之本性實際，由顛倒心亦能現證彼本性故，則修梵行徒勞無益。

གང་གི་ཕྱིར་མིག་སོགས་རྟེན་འབྲེལ་ཡིན་པ་འདི་རང་བཞིན་ཡིན་ལུགས་མ་ཡིན་པ་དེའི་ཕྱིར། དེ་བལྟ་བའི་དོན་དུ་ཚངས་པར་སྤྱོད་པ་དོན་དང་བཅས་པར་འགྱུར་རོ། །ཞེས་གསུངས་ཏེ།

由此眼等緣起性，非本性故。爲證彼性而修梵行。

རང་བཞིན་བཀག་པ་ནི་མིག་སོགས་གཤིས་ལུགས་ཡིན་པ་བཀག་པ་ཡིན་ལ། རང་བཞིན་ཁས་བླངས་པ་ནི་བཀག་པ་དེ་མིག་སོགས་ཀྱི་ཆོས་ཉིད་ཅེས་པའི་རང་བཞིན་དུ་འདོད་པ་ཡིན་པས། དངོས་པོ་རང་བཞིན་གྱིས་གྲུབ་པ་བཀག་པ་དང་། དངོས་པོའི་ཆོས་ཉིད་ཀྱི་རང་བཞིན་ཁས་ལེན་པ་ལ་འགལ་བ་ཅུང་ཟད་ཀྱང་མེད་པའི་ཕྱིར་རོ། །

所破自性，是破眼等即是實際。所許自性，是許眼等之法性爲本性。故破諸法[①]有自性，與許諸法之法性本性，全不相違。

དེ་འདྲ་བའི་ཆོས་ཉིད་དེ་ཡང་བདག་གིས་ཀུན་རྫོབ་ཀྱི་བདེན་པ་སྟེ་ཐ་སྙད་ཙམ་དུ་གྲུབ་པ་ལ་ལྟོས་ནས། བཅོས་མ་མིན་པ་དང་གཞན་ལ་མི་ལྟོས་པར་བརྗོད་དོ། །

如是法性，亦是依世俗諦，唯名言有，說爲無所造作，不待他成。

གང་ཞིག་བྱིས་པའི་སྐྱེ་བོ་རང་དགའ་བས་བལྟ་བར་བྱ་བ་མ་ཡིན་པའི་ཆོས་ཉིད་དེ་ནི་རང་བཞིན་དུ་རིགས་ལ། དེ་ཀུན་རྫོབ་ཏུ་ཡོད་པར་ཁས་བླངས་པ་དེ་ཙམ་གྱིས་དོན་དམ་པར་དེ་དངོས་པོ་དང་དངོས་པོ་མེད་པར་རང་བཞིན་གྱིས་གྲུབ་པ་ཡང་མ་ཡིན་ཏེ། དེ་ནི་རང་བཞིན་གྱིས་གྲུབ་པ་ཞི་བ་ཉིད་ཡིན་པའི་ཕྱིར།

說愚夫通常心不能見之法性，名爲本性，甚爲應理。唯許此世俗有，非是勝義有事，亦非真實之無事，以彼即是自性寂滅故。

རང་བཞིན་ཆོས་ཉིད་འདི་ནི་སློབ་དཔོན་འཕགས་པས་ཞལ་གྱིས་བཞེས་པ་འབའ་ཞིག་ཏུ་མ་ཟད་ཀྱི། ཕ་རོལ་པོ་གཞན་ཡང་དོན་འདི་ཁས་ལེན་དུ་གཞུག་པར་ནུས་པས། རང་བཞིན་འདི་ནི་བརྩད་པའི་མཐར་རང་གཞན་གཉིས་ཀ་ལ་གྲུབ་པ་ཉིད་དུ་ཡང་རྣམ་པར་བཞག་གོ །ཞེས་གསུངས་པ་འདི་ཁྱད་པར་དུ་ངེས་པར་བྱ་དགོས་སོ། །

非但龍猛菩薩自許有此法性本性，亦能令敵者許有此義。故辯論究竟，即立此本性爲自他共許也。

གང་དག་མེ་ལ་སོགས་པའི་རང་བཞིན་ཡིན་ལུགས་ཚ་བ་ལ་སོགས་པར་སྨྲ་བ་དེ་དག་གི་ལྟར་འདོད་ན་ནི། རྣམ་པ་ཐམས་ཅད་དུ་དེ་མི་རུང་སྟེ། ཚ་བ་སོགས་ནི་བརྟེན་ནས་སྐྱེས་པ་ཉིད་ཀྱིས་བཅོས་མ་ཡིན་པའི་ཕྱིར་དང་། རྒྱུ་རྐྱེན་ལ་བརྟེན་ནས་སྐྱེས་པའི་ཡོད་པ་ཡིན་པའི་ཕྱིར།

有計熱等爲火等本性者，畢竟非理。以熱等是緣生性，是造作故，待因緣而生故。

མིག་སོགས་དེ་བཅོས་མ་ཉིད་དུ་མེད་པ་དང་། རྒྱུ་རྐྱེན་གཞན་ལ་ལྟོས་པ་མེད་པ་ཉིད་དོ། །ཞེས་བརྗོད་པ་ཡང་མི་རིགས་ཏེ།

①「諸法」，民族本作「諸法性」。

則說「眼等本性，無所造作，不待因緣」，皆不應理。

དེ་ལ་ཞེས་བྱ་བ་འདིས་མཆོག་ཏུ་འཛིན་པའི་དངོས་པོ་མེད་པའི་ཕྱིར་དང་། ཀུན་རྫོབ་ཏུ་རྣམ་པ་དེ་ལྟ་བུའི་དོན་བསྟན་པའི་ཕྱིར་ཏེ། ཞེས་པ་ཚབ་ཀྱི་འགྱུར་ལས་འབྱུང་ལ།

次跋曹譯云：「言彼中者，謂無勝執法故，於世俗中明如是行相義故。」

ནག་ཚོའི་འགྱུར་ལས། དེ་ལ་འདི་ལྟར་མཆོག་ཏུ་འཛིན་པ་ཉིད་མེད་པའི་ཕྱིར་དང་། ཀུན་རྫོབ་ཏུ་དོན་ཇི་ལྟ་བ་བཞིན་དུ་བསྒྲུབ་པའི་ཕྱིར་རོ། །ཞེས་འགྱུར་ངོ་། །དེ་ལ་འདི་ལྟར་ཞེས་འབྱུང་བ་ལེགས་ལ།

箺錯譯云：「此中謂無勝執性故，於世俗中，如義成立故。」譯爲「此中謂」較爲妥善。

ལྷག་མའི་དོན་ནི་བདེན་པར་འཛིན་པའི་ཞེན་ཡུལ་གྱི་དངོས་པོ་མེད་པ་དང་། ཀུན་རྫོབ་ཏུ་བཅོས་མ་དང་གཞན་ལ་ལྟོས་པའི་རྣམ་པ་དེ་ལྟ་བུའི་དོན་བསྟན་པའི་ཕྱིར་རོ། །

餘義謂無實執所著之境事，於世俗中則明有造作及觀待他之行相義故。

དེ་ལྟར་སློབ་དཔོན་འཕགས་པས་རང་བཞིན་ཞལ་གྱིས་བཞེས་པར་བསྟན་པ་འདིས། ཆོས་དབྱིངས་བསྟོད་པ་ལས། སྟོང་པ་ཉིད་ནི་སྟོན་པའི་མདོ། །རྒྱལ་བས་ཇི་སྙེད་གསུངས་པ་ཀུན། །དེ་དག་ཀུན་གྱིས་ཉོན་མོངས་ལྡོག །ཁམས་འདི་ཉམས་པར་བྱེད་མ་ཡིན། ཞེས་ སྟོང་ཉིད་སྟོན་པའི་མདོ་སྡེས་བདེན་འཛིན་གྱི་ཉོན་མོངས་པའི་དམིགས་གཏད་འཇིག་པ་ཡིན་གྱི། དེའི་དམིགས་གཏད་བཀག་པའི་སྟོང་བ་དེ་བཞིན་གཤེགས་པའི་ཁམས་ཉམས་པ་སྟེ་མེད་པར་སྟོན་པ་མིན་ནོ། །ཞེས་གསུངས་པ་ཡང་ཤེས་པར་བྱའོ། །

由此所說龍猛菩薩許有本性，則《法界讚》中「盡其佛所說，顯示空性經，皆爲滅煩惱，非失壞此界」，說顯示空性之經，唯是滅壞實執煩惱之所緣，非說失壞破彼所緣而顯之空如來界，亦可了知。

དེ་ལ་མིག་སོགས་རྣམས་མིག་སོགས་ཀྱིས་སྟོང་པར་གསུངས་པས་ནི། མིག་སོགས་རྣམས་རང་བཞིན་གྱིས་གྲུབ་པས་སྟོང་པ་ཉིད་གསལ་བར་མཛད་པ་ཡིན་གྱི། མིག་ནང་གི་བྱེད་པའི་བདག་དང་བྲལ་བའི་སྟོང་པའོ་ཞེས་ཉན་ཐོས་སྡེ་བ་འདོད་པ་དང་། སེམས་ཙམ་པས་མིག་གཟུང་འཛིན་རྫས་ཐ་དད་པ་ཙམ་གྱིས་སྟོང་ངོ་ཞེས་མིག་སོགས་རང་གི་ངོ་བོ་ཉིད་ཀྱིས་གྲུབ་པས་མི་སྟོང་པའི་གཅིག་ལ་གཅིག་མེད་པའི་སྟོང་པ་ཉིད་དུ་འདོད་པ་ལྟར་ནི་མ་ཡིན་ནོ། །

此言眼等由眼等空者，是顯眼等由自性空。非說眼等由離作者我故空，如聲聞部計。亦非如唯識，謂眼由異體二取空，計眼等自性不空。由此一法無彼一法，說名空性。

གཉིས་པ་ནི།

寅二、釋餘三空

དེ་ནི་ནང་སྟོང་ཉིད་དུ་འདོད། །གང་ཕྱིར་དེ་ཡི་རང་བཞིན་དེ། །ཡིན་ཕྱིར་གཟུགས་ནི་གཟུགས་ཀྱིས་སྟོང་། །
སྒྲ་དང་དྲི་རོ་རེག་བྱ་དང་། །ཆོས་རྣམས་ཉིད་ཀྱང་དེ་བཞིན་ནོ། །གཟུགས་སོགས་རང་བཞིན་མེད་པ་ཉིད། །
ཕྱི་རོལ་སྟོང་པ་ཉིད་དུ་འདོད། །

由本性爾故，色由色性空，

聲香味及觸，並諸法亦爾，

色等無自性，是名爲外空。

རྒྱུད་ཀྱིས་མ་བསྡུས་པའི་གཟུགས་ལ་སོགས་པའི་ཡུལ་དྲུག་རང་བཞིན་གྱིས་གྲུབ་པས་སྟོང་པའི་རང་བཞིན་མེད་པ་ཉིད་ནི། ཕྱི་རོལ་གྱི་སྟོང་པ་ཉིད་དུ་འདོད་དོ། །

相續不攝之色等六境，由自性空之無自性，名爲外空。

ཕྱིའི་གཟུགས་ནི་གཟུགས་ཀྱི་ངོ་བོ་ཉིད་ཀྱིས་གྲུབ་པས་སྟོང་པ་ནི། གང་གི་ཕྱིར་གཟུགས་དེའི་རང་བཞིན་ནི་དེ་ཡིན་པའི་ཕྱིར་རོ། །

外色由色自性空，即彼色之本性故。

སྒྲ་དང་དྲི་དང་རོ་དང་རེག་བྱ་དང་ཆོས་རྣམས་ཉིད་ཀྱང་སྟོང་ཚུལ་དེ་བཞིན་དུ་ཤེས་པར་བྱའོ། །

聲香味觸法，性空之理，當知亦爾。

འདི་དང་ལྷག་མ་རྣམས་ལ་མདོར་ཐེར་ཟུག་ཏུ་གནས་པ་མིན་པ་དང་། འཇིག་པ་མིན་པའི་ཕྱིར་ཞེས་གསུངས་པ་ནི་སྔར་ནང་སྟོང་པ་ཉིད་ཀྱི་སྐབས་སུ་བཤད་པ་བཞིན་དུ་ཤེས་པར་བྱའོ། །

此空及餘空，經說「非常非壞」，如前內空時所說，應當了知。又頌曰：

གཉིས་ཆར་རང་བཞིན་མེད་ཉིད་ནི། །ཕྱི་ནང་སྟོང་པ་ཉིད་ཡིན་ནོ། །

二分無自性，是名內外空。

ཞེས་རྒྱུད་ཀྱིས་བསྡུས་པའི་དབང་རྟེན་ཚོགས་པ་ལྟ་བུ་ནི་ཤེས་རྒྱུད་ཀྱིས་བསྡུས་ཤིང་། དབང་པོས་མ་བསྡུས་པས་ན་ཕྱི་ནང་གཉིས་ཆར་ཡིན་ལ། དེ་རང་གི་ངོ་བོ་ཉིད་ཀྱིས་གྲུབ་པའི་རང་བཞིན་མེད་པ་ཉིད་ནི། ཕྱི་ནང་གི་སྟོང་པ་ཉིད་དེ་ལྷག་མ་སྔར་བཞིན་ནོ། །

內識相續所攝之根依處，由是識相續所攝，諸根不攝，故是內外法，此法之無自性，名內外空。餘義如上。又頌曰：

ཆོས་རྣམས་རང་བཞིན་མེད་པ་ཉིད། །མཁས་པས་སྟོང་པ་ཉིད་ཅེས་བསྙད། །
སྟོང་ཉིད་དེ་ཡང་སྟོང་ཉིད་ཀྱི། །ངོ་བོས་སྟོང་པར་འདོད་པ་ཡིན། །
སྟོང་ཉིད་ཅེས་བྱའི་སྟོང་ཉིད་གང་། །སྟོང་ཉིད་སྟོང་ཉིད་དུ་འདོད་དེ། །
སྟོང་ཉིད་དངོས་པོའི་བློ་ཅན་གྱི། །འཛིན་པ་བཟློག་ཕྱིར་གསུངས་པ་ཡིན། །

諸法無自性，智者說名空，
復說此空性，由空自性空，
空性之空性，即說名空空，
爲除執法者，執空故宣說。

ཕྱི་ནང་གི་ཆོས་རྣམས་སྔར་བཤད་པ་ལྟར་རང་བཞིན་གྱིས་གྲུབ་པ་མེད་པ་ཉིད་ནི། དེ་ཁོ་ན་ལ་མཁས་པས་རང་བཞིན་སྟོང་པ་ཉིད་ཅེས་བསྙད་དོ། །

內外諸法，如前所說是無自性。善巧真理之智者，說名空性本性。

ཕྱི་ནང་གི་ཆོས་ཀྱི་རང་བཞིན་སྟོང་པ་ཉིད་དེ་ཡང་སྟོང་ཉིད་ཀྱི་ངོ་བོས་གྲུབ་པའམ་བདེན་པས་སྟོང་པར་འདོད་པ་ཡིན་ནོ། །

內外諸法之本性空性，復說由空性之自性或實有而空。

卷十三

དེ་ལྟར་ན་སྟོང་གཞི་སྟོང་ཉིད་ཅེས་བྱ་བའི་སྟོང་ཉིད་གང་ཡིན་པ་དེ་ནི། སྟོང་པ་ཉིད་སྟོང་པ་ཉིད་དུ་འདོད་པ་སྟེ། སྟོང་པ་ཉིད་བདེན་པས་སྟོང་པར་གསུངས་པ་ནི་སྟོང་ཉིད་དམ་ཆོས་ཉིད་ལ་དངོས་པོ་སྟེ་བདེན་པར་འཛིན་པའི་བློ་ཅན་གྱི་བདེན་པར་འཛིན་པ་བཟློག་པར་བྱ་བའི་ཕྱིར་རྒྱལ་བའི་ཡུམ་ལས་གསུངས་པ་ཡིན་ནོ། །

如是所依空性上之空性，即說名空空。說空性由實有而空者，是爲遣除執實法者，執空性法性爲實有之妄執，故《般若經》宣說空空。

དེ་ལྟར་ཡིན་པར་ཡང་འཇིག་རྟེན་ལས་འདས་པར་བསྟོད་པ་ལས། ཀུན་རྟོག་ཐམས་ཅད་བསལ་བའི་ཕྱིར། །སྟོང་ཉིད་བདུད་རྩི་སྟོན་མཛད་ན། །གང་ཞིག་དེ་ལ་ཞེན་གྱུར་པ། །དེ་ཉིད་ཁྱོད་ཀྱིས་ཤིན་ཏུ་སྨད། །ཅེས་གསལ་བར་གསུངས་སོ། །

《出世讚》亦云：「爲除諸分別，故說甘露空，若復執著空，佛說極可呵。」

འདི་དག་གིས་ནི་ཁ་ཅིག་དོན་དམ་པར་བདེན་པ་ཞེས་པ་བདེན་དངོས་རྣམ་པར་བཅད་ཙམ་ལ་བྱས་ནས་དེ་བདེན་གྲུབ་ཏུ་སྨྲ་བ་དང་།

有說唯遣除實法，名勝義諦，然執彼爲實有。

གཞན་དག་དགག་བྱ་བཅད་ཙམ་མིན་པའི་སྔོ་སེར་ལྟར་སྒྲུབ་པར་རང་དབང་བ་ཆོས་ཉིད་དུ་བྱས་ནས་དེ་བདེན་པར་འདོད་པ་གཉིས་ཀ་ཡང་རྒྱལ་བས་ཤིན་ཏུ་སྨད་པར་གསུངས་སོ། །

有說非唯遣除所破①，要如青黃各自成就，乃是法性，復是實有。此文即說彼二種執，俱是佛所呵責也。

གཉིས་པ་ནི།

丑二、釋大空等四空

སེམས་ཅན་སྣོད་ཀྱི་འཇིག་རྟེན་ནི། །མ་ལུས་ཁྱབ་བྱེད་ཉིད་ཕྱིར་དང་། །
ཚད་མེད་དཔེ་ཡིས་མུ་མཐའ་ནི། །མེད་ཕྱིར་ཕྱོགས་རྣམས་ཆེན་པོ་ཉིད། །

由能遍一切，情器世間故。
無量喻無邊，故方名爲大。

ཤར་ལ་སོགས་པའི་ཕྱོགས་ལས་ལོགས་ཤིག་ཏུ་སྣོད་བཅུད་གཉིས་མེད་པས། སེམས་ཅན་དང་སྣོད་ཀྱི་འཇིག་རྟེན་ནི་མི་ལུས་པ་ལ་ཁྱབ་པར་བྱེད་པ་ཉིད་ཡིན་པའི་ཕྱིར་དང་། བྱམས་སོགས་ཚད་མེད་བཞི་སྒོམ་པ་ན་ཕྱོགས་ཀྱིས་ཁྱབ་པའི་སེམས་ཅན་ཀུན་ལ་སྒོམ་པས། དམིགས་པའི་སྒོ་ནས་ཚད་མེད་པར་བཞག་པའི་ཕྱིར།

離東西等方，別無情器世間，由方能遍一切情器世間故。又修慈等四無量時，緣十方所遍一切有情而修，由所緣門立爲無量故。

ཕྱོགས་ཚད་མེད་པའི་དཔེ་ཡིས་ཏེ་ཚད་མེད་པ་བཞིན་དུ། དེ་ལྟར་སྒོམ་པ་ལ་ཡང་མུ་མཐའ་ནི་མེད་པ་སྟེ་ཚད་མེད་པར་བཞག་པའི་ཕྱིར་ཕྱོགས་བཅུ་ནི་ཆེན་པོ་ཉིད་དོ། །

喻如十萬，無有限量。如是修行，亦無邊際，無有限量，故十方名大。又頌曰：

---

①「遣除所破」，民族本作「遣除所故」，PDF作「遣除所（遮）故」。

འདི་དག་བཅུ་ཆར་ཕྱོགས་རྣམས་ཀྱིས། །སྟོང་པ་ཉིད་ནི་གང་ཡིན་དེ། །
ཆེན་པོ་སྟོང་པ་ཉིད་ཡིན་དེ། །ཆེན་པོར་འཛིན་པ་བཟློག་ཕྱིར་གསུངས། །

如①是十方處，由十方性空，

是名爲大空，爲除大執說。

ཤར་ལ་སོགས་པ་འདི་དག་བཅུ་ཆར་ཕྱོགས་རྣམས་ཀྱི་ངོ་བོ་ཉིད་ཀྱིས་གྲུབ་པས་སྟོང་པ་ཉིད་ནི་གང་ཡིན་པ་དེ་ནི་ཆེན་པོ་སྟོང་པ་ཉིད་ཡིན་ཏེ། ཕྱོགས་རྣམས་ཆེན་པོར་རང་བཞིན་གྱིས་གྲུབ་པར་འཛིན་པ་བཟློག་པའི་ཕྱིར་དུ་གསུངས་ཏེ།

如是東西等十方，即由十方自性空，此名大空，是爲遣除執諸方大爲有自性之大執而說。

ཕྱོགས་ལ་ཕྱིན་ཅི་ལོག་ཏུ་འཛིན་པ་ནི་མུ་སྟེགས་བྱེ་བྲག་པས་ཕྱོགས་རྣམས་རྟག་པའི་རྫས་ཉིད་དུ་འཛིན་པ་ལྟ་བུའོ། །

邪執諸方者，如勝論外道，執方爲常住實法。又頌曰：

དེ་ནི་དགོས་པ་མཆོག་ཡིན་པས། །དོན་དམ་མྱ་ངན་འདས་པ་ཡིན། །
དེ་ནི་དེ་ཡིས་སྟོང་ཉིད་གང་། །དེ་ནི་དོན་དམ་སྟོང་ཉིད་དེ། །
མྱང་འདས་དངོས་པོའི་བློ་ཅན་གྱི། །འཛིན་པ་བཟློག་པར་བྱ་བའི་ཕྱིར། །
དོན་དམ་མཁྱེན་པས་དོན་དམ་པ། །སྟོང་པ་ཉིད་ནི་བསྟན་པར་མཛད།

由是勝所爲，涅槃名勝義，

彼由彼性空，是②名勝義空，

爲除執法者，執涅槃實有，

故知勝義者，宣說勝義空。

དོན་དམ་ཞེས་པའི་དོན་གྱི་སྒྲ་ནི་འདི་ལ་དོན་ཡོད་དེ་ཞེས་པ་ལྟ་བུ་དགོས་པ་ལ་བྱེད་པ་དང་། དོན་ལྔ་ཞེས་པ་ལྟ་བུ་ཤེས་བྱ་ཡུལ་ལ་བྱེད་པ་གཉིས་ལས་འདིར་ནི་མྱ་ངན་ལས་འདས་པ་ཆོས་ཀྱི་སྐུ་ཡིན་ཏེ། མྱང་འདས་དེ་ནི་ཐོབ་པར་བྱ་བའི་དགོས་པ་མཆོག་ཡིན་པས་སོ། །

① 「如」，頌作「由」。
② 「是」，民族本作「說」。

勝義之「義」字，有於所爲說名義者，如云「此中有義」。有於所知說名義者，如云①「五義」。此中是說涅槃法身，涅槃是此勝所爲故。

ཆོས་སྐུ་དེ་ནི་དེ་ཡི་རང་གི་ངོ་བོ་ཉིད་ཀྱིས་གྲུབ་པས་སྟོང་པ་ཉིད་གང་ཡིན་པ་དེ་ནི། དོན་དམ་པ་སྟོང་པ་ཉིད་དེ། དེ་ཡང་མྱ་ངན་འདས་པ་ཆོས་སྐུ་དེ་ལ་དངོས་པོ་སྟེ་བདེན་པར་འཛིན་པའི་བློ་ཅན་གྱི་བདེན་པར་འཛིན་པ་བཟློག་པར་བྱ་བའི་ཕྱིར་དོན་དམ་མཁྱེན་པ་སངས་རྒྱས་ཀྱིས་དོན་དམ་པ་སྟོང་པ་ཉིད་ནི་བསྟན་པར་མཛད་དོ། །

即此法身，由自性空，名勝義空。是爲遣除執實法者，妄執涅槃法身爲實有之妄執。故了知勝義之佛陀，說勝義空。又頌曰：

རྐྱེན་ལས་བྱུང་ཕྱིར་ཁམས་གསུམ་པོ། །འདུས་བྱས་ཡིན་པར་ངེས་པར་བཤད། །
དེ་ནི་དེ་ཡིས་སྟོང་ཉིད་གང་། །དེ་ནི་འདུས་བྱས་སྟོང་ཉིད་གསུངས། །
三界從緣生，故說名有爲，
彼由彼性空，說名有爲空。

རྒྱུ་རྐྱེན་ལས་བྱུང་བ་སྟེ་སྐྱེས་པའི་ཕྱིར་ཁམས་གསུམ་པོ་ནི་འདུས་བྱས་ཡིན་པར་ངེས་པར་བཤད་དོ། །
由從緣生，故說三界名爲有爲。
ཁམས་གསུམ་པོ་དེ་ནི་དེ་ཡི་རང་བཞིན་གྱིས་གྲུབ་པས་སྟོང་པ་ཉིད་གང་ཡིན་པ་དེ་ནི། འདུས་བྱས་སྟོང་པ་ཉིད་དུ་གསུངས་སོ། །
即彼三界由彼自性空，說名有爲空。又頌曰：

གང་ལ་སྐྱེ་གནས་མི་རྟག་ཉིད། །དེ་དག་མེད་པ་འདུས་མ་བྱས། །
དེ་ནི་དེ་ཡིས་སྟོང་ཉིད་གང་། །དེ་ནི་འདུས་མ་བྱས་སྟོང་ཉིད། །
若無生住滅，是法名無爲。
彼由彼性空，說名無爲空。

ཆོས་གང་ལ་སྐྱེ་བ་དང་མི་རྟག་པ་སྟེ་འགག་པའམ་འཇིག་པ་དང་། གནས་པ་ལས་གཞན་དུ་འགྱུར་བ་དེ་དག་མེད་པ་ནི་འདུས་མ་བྱས་སོ། །

---

①「如云」，民族本作「如」。

若法無有生、住、異、滅，是名無爲。

དེ་ནི་དེ་ཡི་རང་བཞིན་གྱིས་སྟོང་པ་ཉིད་གང་ཡིན་པ་དེ་ནི་འདུས་མ་བྱས་སྟོང་པ་ཉིད་དུ་གསུངས་སོ། །

即彼無爲由彼自性空，說名無爲空。

གསུམ་པ་ནི།

丑三、釋畢竟空等四空

གང་ལ་མཐའ་ནི་ཡོད་མིན་པ། །དེ་ནི་མཐའ་ལས་འདས་པར་བརྗོད། །

དེ་དེ་ཁོ་ནས་སྟོང་པ་ཉིད། །མཐའ་ལས་འདས་པ་སྟོང་ཉིད་བཤད། །

若法無究竟，說名爲畢竟，

彼由彼性空，是爲畢竟空。

མཐའ་ནི་རྟག་པ་དང་ཆད་པ་གང་དུ་བཟུང་ན་ལོག་པའི་གཡང་དུ་ལྷུང་བ་ཡིན་གྱི། འདུས་མ་བྱས་རྟག་པ་དང་དགྲ་བཅོམ་པ་ལ་ལས་དབང་གི་སྐྱེ་འཆི་བརྒྱུད་པ་ཆད་པར་འཛིན་པ་ལྟ་བུ་ནི་མ་ཡིན་པས། གང་དུ་བཟུང་ན་མི་མཐུན་ཕྱོགས་ཀྱི་གཡང་དུ་ལྷུང་བའི་རྟག་ཆད་དང་། རྟག་ཆད་ཙམ་གྱི་ཁྱད་པར་ཕྱེད་པར་བྱའོ། །

若執常斷一邊，即墮險處，說名究竟。非執無爲法常，與阿羅漢斷絕業力生死相續，亦爲究竟。故當分別，所治品險處之常斷，與常斷之差別也。

གཞིགང་ལ་མཐར་འཛིན་དུ་ལྷུང་བའི་རྟག་ཆད་ཀྱི་མཐའ་ནི་ཡོད་པ་མིན་པ་དེ་ནི། འདིར་མཐའ་ལས་འདས་པར་བརྗོད་དོ། །

若於何法，墮邊執見之常斷二邊，都不可得，即說名畢竟。

མཐའ་བྲལ་དེ་ནི་མཐའ་བྲལ་དེའི་རང་བཞིན་གྱིས་སྟོང་པ་ཁོ་ནས་སྟོང་པ་ཉིད་དེ་ནི། མཐའ་ལས་འདས་པ་སྟོང་པ་ཉིད་དུ་བཤད་དོ། །

即彼畢竟由畢竟自性空，是爲畢竟空。

འདི་ནི་ཏིང་འཛིན་རྒྱལ་པོ་ལས། ཡོད་མེད་དང་གཙང་མི་གཙང་གི་མཐའ་གཉིས་སྤངས་ནས། དབུས་ལའང་གནས་པར་མི་བྱེད་དོ། །ཞེས་གསུངས་པ་ལྟར་མཐའ་སྤངས་པའི་དབུས་བདེན་ནམ་སྣམ་པའི་བདེན་འཛིན་བཟློག་པའི་ཕྱིར་དུ་གསུངས་པ་སྟེ།

如《三摩地王經》云：「斷除有無與淨不淨二邊，亦不住中間。」斷除二邊、執中間實有，爲除彼執故說此空。

དཔེར་ན་སེམས་ཙམ་པས་རང་གི་ལུགས་ཀྱི་རྟག་ཆད་སོགས་ཀྱི་མཐའ་དང་བྲལ་བའི་དབུས་སེམས་བདེན་གྲུབ་ཏུ་འདོད་པ་ལྟ་བུའོ། །

如唯識師遠離自宗所說常斷二邊，許彼中道以爲實有。又頌曰：

ཐོག་མ་དང་པོ་ཐ་མ་མཐའ། །དེ་དག་མེད་པས་འཁོར་བ་ནི། །
ཐོག་མ་ཐ་མ་མེད་པར་བརྗོད། །འགྲོ་འོང་བྲལ་ཕྱིར་རྨི་ལམ་ལྟའི། །
སྲིད་འདི་དེ་ཡིས་དབེན་ཉིད་གང་། །དེ་ནི་ཐོག་མ་དང་ཐ་མ། །
མེད་པ་སྟོང་པ་ཉིད་དོ་ཞེས། །བསྟན་བཅོས་ལས་ནི་ངེས་པར་བསྟད། །

由無初後際，故說此生死，
名無初後際，三有無去來，
如夢自性離，故大論說彼，
名爲無初際，及無後際空。

འདི་ཡན་ཆད་དུ་མ་བྱུང་ལ་འདི་ནས་བྱུང་ཞེས་པའི་ཐོག་མ་སྟེ་དང་པོ་དང་། འདི་ཕྱིན་ཆད་དུ་མི་འབྱུང་ཞེས་པའི་ཐ་མའི་མཐའ་དེ་དག་མེད་པས་འཁོར་བ་ནི་ཐོག་མ་དང་། ཐ་མ་མེད་པར་བརྗོད་དོ། །

如云「此前非有，自此乃有」，是爲初際。如云「此後便無」，是爲後際。由生死無彼二際，故說生死名曰無際。

འགྲོ་འོང་རང་བཞིན་གྱིས་གྲུབ་པ་དང་བྲལ་བའི་ཕྱིར་རྨི་ལམ་ལྟ་བུའི་སྲིད་པ་འདི། སྲིད་པ་དེ་ཡི་རང་བཞིན་གྱིས་གྲུབ་པས་དབེན་པ་ཉིད་གང་ཡིན་པ་དེ་ནི། ཐོག་མ་དང་ཐ་མ་མེད་པའི་སྟོང་པ་ཉིད་དོ་ཞེས་བསྟན་བཅོས་ཆེན་པོ་རྒྱལ་བའི་ཡུམ་ལས་ནི་ངེས་པར་བསྟད་དོ། །

即彼三有無自性往來，猶如夢事，由彼三有自性遠離，故般若大論，說彼名爲無初後際空。又頌曰：

ངོར་བ་ཞེས་བྱ་འཐོར་བ་དང་། །འཐོར་བ་ལ་ནི་ངེས་པར་བརྗོད། །
ངོར་མེད་གཏོང་བ་མེད་པ་སྟེ། །འགའ་ཡང་ངོར་མེད་གང་ཡིན་པའོ། །

དོར་བ་མེད་པ་དེ་ཉིད་ཀྱིས། །དེ་ཉིད་སྟོང་པ་ཉིད་གང་ཡིན། །

དེ་དེའི་ཕྱིར་ན་དོར་མེད་པ། །སྟོང་པ་ཉིད་ཅེས་བྱ་བར་བརྗོད། །

散謂有可放，及有可棄捨，

無散謂無放，都無可棄捨。

即彼無散法，由無散性空，

由本性爾故，說名無散空。

དོར་བ་ཞེས་བྱ་བ་ནི་འཐོར་བ་དང་འདོར་བ་ལ་ནི་ངེས་པར་བརྗོད་ལ། དོར་བ་དེ་མེད་པ་ནི་ཕར་ལ་གཏོང་བ་མེད་པ་སྟེ་རང་གི་ངོ་བོ་འགའ་དང་དུས་འགར་ཡང་དོར་དུ་མེད་པ་སྟེ་དོར་དུ་མི་རུང་བ་ཐེག་ཆེན་གང་ཡིན་པའོ། །

散謂有放自棄，無散謂無可捨者。以彼自體，任於何時都無可棄。即不可棄捨之大乘。

དོར་བ་མེད་པ་ནི་དོར་བ་མེད་པ་དེ་ཉིད་ཀྱི་རང་བཞིན་གྱིས་སྟོང་པ་དེ་ཉིད་ཀྱི་སྟོང་པ་ཉིད་གང་ཡིན་པ་དེ་ནི། དོར་བ་མེད་པ་སྟོང་པ་ཉིད་ཅེས་བྱ་བར་བརྗོད་དེ། སྟོང་ཉིད་དེ་དོར་བ་མེད་པའི་རང་བཞིན་ཡིན་པ་དེའི་ཕྱིར་རོ། །

彼無散法，由無散自性空之空性，說名無散空。以彼空性，即無散法之本性故。又頌曰：

འདུས་བྱས་ལ་སོགས་ངོ་བོ་ཉིད། །གང་ཕྱིར་སློབ་མ་རང་སངས་རྒྱས། །

རྒྱལ་སྲས་དེ་བཞིན་གཤེགས་རྣམས་ཀྱིས། །མ་མཛད་དེའི་ཕྱིར་འདུས་བྱས་ལ། །

སོགས་པ་རྣམས་ཀྱི་ངོ་བོ་ཉིད། །རང་བཞིན་ཉིད་དུ་བཤད་པ་སྟེ། །

དེ་ཉིད་ཀྱིས་དེ་སྟོང་ཉིད་གང་། །དེ་ནི་རང་བཞིན་སྟོང་པ་ཉིད། །

有爲等法性，都非諸聲聞，

獨覺與菩薩，如來之所作。

故有爲等性，說名爲本性，

彼由彼性空，是爲本性空。

འདུས་བྱས་ལ་སོགས་པ་རྣམས་ཀྱི་ངོ་བོ་ཆོས་ཉིད་ནི། རང་བཞིན་ཉིད་དུ་བཤད་ཅིང་བརྗོད་པ་སྟེ། རྒྱུ་མཚན་

གང་གི་ཕྱིར་ན་འདུས་བྱས་ལ། སོགས་པ་རྣམས་ཀྱི་ངོ་བོ་ཆོས་ཉིད་ནི། སློབ་མ་ཉན་ཐོས་དང་། རང་སངས་རྒྱས་དང་། རྒྱལ་སྲས་བྱང་སེམས་དང་དེ་བཞིན་གཤེགས་པ་རྣམས་ཀྱིས་མ་མཛད་ཅིང་། དེ་གསལ་བར་བྱེད་པ་ཡིན་ལ། གདོད་མ་ནས་དེ་དག་གི་གཤིས་སུ་གནས་པ་དེའི་ཕྱིར་རོ། །

有爲等之法性，說名本性。以彼有爲等之法性，都非聲聞、獨覺、菩薩、如來所作，本來如是安住故。

རང་བཞིན་དེ་ཉིད་དེ་ཉིད་ཀྱི་ངོ་བོ་ཉིད་ཀྱིས་སྟོང་པས་སྟོང་པ་ཉིད་གང་ཡིན་པ་དེ་ནི་རང་བཞིན་སྟོང་པ་ཉིད་དོ། །

即彼本性由本性自性空，是爲本性空。

འོ་ན་དོན་འདི་སྟོང་པ་ཉིད་སྟོང་པ་ཉིད་ཀྱི་སྐབས་སུ་ཡང་བརྗོད་པ་མ་ཡིན་ནམ་ཞེ་ན།

問：於空空時豈非亦說此義？

བདེན་མོད་འོན་ཀྱང་སྐབས་སྔ་མར་ནི་ཕྱི་ནང་གི་ཆོས་རྣམས་ཀྱི་སྟོང་ཉིད་དེ། དེ་ཁོ་ན་ཉིད་འཇལ་བའི་རིགས་ཤེས་ཀྱིས་གྲུབ་པས་བདེན་པར་གྲུབ་བམ་སྙམ་པ་བསལ་བའི་ཕྱིར་ཡིན་ལ། འདིར་ནི་སུས་ཀྱང་མ་བྱས་པར་གཤིས་སུ་གྲུབ་པའི་རང་བཞིན་ཡིན་ན། བདེན་པར་གྲུབ་བམ་སྙམ་པ་བསལ་བའི་ཕྱིར་གསུངས་པས་མི་ཟློས་སོ། །

曰：前所說者，是爲破執內外諸法空性，由是理智所成，計爲實有。此中說者，是爲破執都非由他所作之本性，而爲實有，故無重複之失。

རྟོགས་པའི་རྒྱུ་མཚན་འདི་གཉིས་ཀ་ཆོས་ཉིད་ལ་ཡོད་ཀྱང་བདེན་པར་གྲུབ་པ་འགོག་ནུས་པ་མི་འགལ་བ་འདི་ཤེས་ན། དོན་དམ་བདེན་པ་བློ་གང་གིས་ཀྱང་མི་རྟོགས་པར་འཛིན་པའི་ལོག་པར་རྟོག་པ་རྣམས་ལྡོག་པར་འགྱུར་རོ། །

若能了知，於法性上雖有此二疑難，然能破實有，都不相違，則計勝義諦，都非任何智慧所能通達之邪分別，皆可息滅也。

བཞི་བ་ལ་གསུམ། ཆོས་ཐམས་ཅད་སྟོང་པ་ཉིད་དང་། རང་གི་མཚན་ཉིད་སྟོང་པ་ཉིད་དང་། མི་དམིགས་པ་དང་དངོས་པོ་མེད་པའི་ངོ་བོ་ཉིད་སྟོང་པ་ཉིད་བཤད་པའོ། །

丑四、釋一切法空等四空分三：寅一、一切法空，寅二、自相空，寅三、不可得空與無性自性空。

ཁམས་བཅོ་བརྒྱད་དང་རེ་ཏུག་དང་། །དེ་ལས་ཐུང་བའི་ཚོར་ཏུག་དང་། །

གཟུགས་ཅན་གཟུགས་ཅན་མིན་དེ་བཞིན། །འདུས་བྱས་འདུས་མ་བྱས་ཆོས་རྣམས། །

ཆོས་དེ་དག་ནི་ཐམས་ཅད་ཀྱི། །དེ་དག་གིས་དབེན་སྟོང་ཉིད་གང་། །

十八界六觸，彼所生六受，

若有色無色，有爲無爲法。

如是一切法，由彼性離空。

དང་པོ་ནི། ཆོས་ཐམས་ཅད་ནི་མིག་སོགས་རྟེན་དབང་པོའི་ཁམས་དྲུག་དང་། མིག་གི་རྣམ་ཤེས་སོགས་བརྟེན་པ་རྣམ་ཤེས་ཀྱི་ཁམས་དྲུག་དང་། གཟུགས་ལ་སོགས་པ་དམིགས་པ་ཡུལ་གྱི་ཁམས་དྲུག་སྟེ་ཁམས་བཅོ་བརྒྱད་དང་། མིག་གི་འདུས་ཏེ་རེག་པ་ནས་ཡིད་ཀྱི་འདུས་ཏེ་འདུས་ཏེ་རེག་པའི་བར་རེག་པ་དྲུག་དང་། རེག་པ་དེ་དྲུག་ལས་བྱུང་བའི་ཚོར་བ་དྲུག་དང་། གཟུགས་ཅན་དང་གཟུགས་ཅན་མིན་པ་ཉིད་དང་། དེ་བཞིན་དུ་འདུས་བྱས་དང་། འདུས་མ་བྱས་ཀྱི་ཆོས་རྣམས་སོ། །

今初，一切法，謂眼等所依六根界，眼識等能依六識界，色等所緣六境界，眼觸乃至意觸等六觸，六觸爲緣所生六受，及有色無色，有爲無爲等諸法。

ཆོས་དེ་དག་ཐམས་ཅད་ནི་དེ་དག་གི་ངོ་བོ་ཉིད་ཀྱིས་གྲུབ་པས་དབེན་པའི་སྟོང་པ་ཉིད་གང་ཡིན་པ་འདི་ནི། ཆོས་ཐམས་ཅད་ཀྱི་སྟོང་པ་ཉིད་དོ། །

如是一切法，即由彼自性遠離而空，是爲一切法空。

卷十三

གཉིས་པ་ལ་གསུམ། མདོར་བསྟན། རྒྱས་པར་བཤད། དོན་བསྡུ་བའོ། །

寅二、自相空分三：卯一、略標，卯二、廣釋，卯三、總結。

གཟུགས་རུང་ལ་སོགས་དངོས་མེད་གང་། །དེ་ནི་རང་མཚན་སྟོང་པ་ཉིད། །

變礙等無性，是爲自相空。

དང་པོ་ནི། གཟུགས་ཕུང་གི་མཚན་ཉིད་ནི་གཟུགས་སུ་རུང་བ་དང་ལ་སོགས་པས་བསྡུས་པ་རྣམ་མཁྱེན་གྱི་བར་གྱི་ཀུན་བྱང་གི་ཆོས་རྣམས་ཀྱི་རང་རང་གི་མཚན་ཉིད་དངོས་པོ་སྟེ་རང་གི་ངོ་བོ་ཉིད་ཀྱིས་གྲུབ་པ་མེད་པ་གང་ཡིན་པ་དེ་ནི་རང་གི་མཚན་ཉིད་སྟོང་པ་ཉིད་དོ། །

今初，色蘊自相，謂有變礙。「等」字等取乃至一切種智。一切染淨諸法各各自相，此等無自性，是爲自相空。

གཉིས་པ་ལ་གསུམ། གཞིའི་ཆོས་དང་། ལམ་གྱི་ཆོས་དང་། འབྲས་བུའི་ཆོས་ཀྱི་རང་གི་མཚན་ཉིད་དོ། །

卯二、廣釋分三：辰一、因法自相，辰二、道法自性，辰三、果法自相。

གཟུགས་ནི་གཟུགས་རུང་མཚན་ཉིད་ཅན། །ཚོར་བ་མྱོང་བའི་བདག་ཉིད་ཅན། །
འདུ་ཤེས་མཚན་མར་འཛིན་པ་སྟེ། །འདུ་བྱེད་མངོན་པར་འདུ་བྱེད་པའོ། །
ཡུལ་ལ་སོ་སོར་རྣམ་རིག་པ། །རྣམ་ཤེས་རང་གི་མཚན་ཉིད་དོ། །
ཕུང་པོ་སྡུག་བསྔལ་རང་མཚན་ཉིད། །ཁམས་ཀྱི་བདག་ཉིད་སྦྲུལ་གདུག་འདོད། །
སྐྱེ་མཆེད་རྣམས་ནི་སངས་རྒྱས་ཀྱིས། །སྐྱེ་བའི་སྒོར་ཕྱུར་ཉིད་དུ་གསུངས། །
རྟེན་ཅིང་འབྲེལ་བར་འབྱུང་བ་གང་། །དེ་ནི་འདུ་འཕྲོད་མཚན་ཉིད་དོ། །

色相謂變礙，受是領納性，
想謂能取像，行即能造作，
各別了知境，是爲識自相。
蘊自相謂苦，界性如毒蛇，
佛說十二處，是衆苦生門，
所有緣起法，以和合爲相。

དང་པོ་ནི། ཡང་གཟུགས་ལ་སོགས་པ་རྣམས་ཀྱི་རང་གི་མཚན་ཉིད་ཅི་ཡིན་ཞེ་ན། གཟུགས་ནི་གཟུགས་སུ་རུང་བའི་མཚན་ཉིད་ཅན་ཏེ། དེ་ཡང་མདོ་ལས། དགེ་སློང་དག་གཟུགས་སུ་ཡོད་ཅིང་གཟུགས་སུ་རུང་བ་དེའི་ཕྱིར་གཟུགས་ཉེ་བར་ལེན་པའི་ཕུང་པོ་ཞེས་བྱའོ། །ཞེས་གསུངས་སོ། །

今初，何爲色等之自相？謂變礙是色自相。如經云：「諸苾芻，由有變礙，名色取蘊。」

རང་གི་མཚན་ཉིད་འདི་རྣམས་ངོ་བོ་ཡིན་པའི་ངེས་པ་མེད་པར་རང་རང་གི་རང་བཞིན་མཚོན་པའི་གཙོ་བོ་སྨོས་པའོ། །

此諸自相，是舉能表各各本性者，非說各別定義。

ཚོར་བ་ནི་བདེ་སྡུག་བཏང་སྙོམས་ཀྱི་མྱོང་བའི་བདག་ཉིད་ཅན་ནོ། །

受是苦樂捨三種領納性。

འདུ་ཤེས་ནི་ཕྱིའི་མཚན་མ་སྔོ་སེར་སོགས་དང་། ནང་གི་མཚན་མ་བདེ་སྡུག་སོགས་ཀྱི་ཁྱད་པར་འཛིན་པ་སྟེ། མཚན་མ་ནི་ཡུལ་གྱི་སྣ་རིས་སོ། །

想則能取青黃等外像，與苦樂等內像。像爲形狀分齊。

འདུ་བྱེད་ནི་འདུས་བྱས་མངོན་པར་འདུ་བྱེད་པ་སྟེ་ཕུང་པོ་གཞན་བཞི་ལས་གཞན་པའོ།

行即造作，謂除四蘊諸餘有爲。

གཟུགས་སྒྲ་ལ་སོགས་པའི་ཡུལ་སོ་སོ་ལ་སོ་སོར་རྣམ་པར་རིག་པ་ནི། རྣམ་ཤེས་ཀྱི་རང་གི་མཚན་ཉིད་དོ། །

各別了知色聲等境，是識自相。

ཕུང་པོའི་རང་གི་མཚན་ཉིད་སྡུག་བསྔལ་དང་ཁམས་རྣམས་ཀྱི་བདག་ཉིད་དེ་རང་གི་མཚན་ཉིད་ནི། སྦྲུལ་གདུག་པས་གཞན་ལ་བཟུང་ནས་གནོད་པ་སྐྱེད་པ་དང་འདྲ་བ་སེམས་ཅན་རྣམས་འཁོར་བར་འཛིན་པའོ། །

五蘊之自相謂苦。諸界之自相體性，謂能令有情攝取生死，如同毒蛇捉待於他而作損害。

སྐྱེ་མཆེད་རྣམས་ནི་སངས་རྒྱས་ཀྱིས་སྡུག་བསྔལ་འབྱུང་ཞིང་། སྐྱེ་བའི་སྒོར་གྱུར་པ་ཉིད་དུ་གསུངས་སོ། །

佛說十二處能生眾苦，是苦生門。

དེ་གསུམ་ནི་འཁོར་བའི་ཕུང་ཁམས་དང་སྐྱེ་མཆེད་ལ་དགོངས་པའོ། །

此三約生死中之蘊界處而說。

རྟེན་ཅིང་འབྲེལ་པར་འབྱུང་བ་གང་ཡིན་པ་དེའི་རང་གི་མཚན་ཉིད་ནི་རྒྱུ་རྐྱེན་གྱི་འདུ་འཕྲོད་ཀྱིས་རབ་ཏུ་ཕྱེ་བའོ། །

緣起之自相，謂因緣和合。

གཉིས་པ་ནི།

辰二、道法自相

གཏོང་བ་སྦྱིན་པའི་ཕ་རོལ་ཕྱིན། །ཚུལ་ཁྲིམས་གདུང་མེད་མཚན་ཉིད་བཟོད། །

ཁྲོ་མེད་མཚན་ཉིད་བརྩོན་འགྲུས་ཀྱི། །ཁ་ན་མ་ཐོ་མེད་ཉིད་དོ། །

施度謂能捨，戒相無熱惱，

忍相謂不恚，精進性無罪，

བསམ་གཏན་སྡུད་པའི་མཚན་ཉིད་ཅན། །ཤེས་རབ་ཆགས་མེད་མཚན་ཉིད་དེ། །
ཕ་རོལ་ཕྱིན་པ་དྲུག་རྣམས་ཀྱི། །མཚན་ཉིད་འདི་དག་ཡིན་པར་བརྗོད། །

靜慮相能攝，般若相無著，
六波羅蜜多，經說相如是。

བསམ་གཏན་རྣམས་དང་ཚད་མེད་དང་། །དེ་བཞིན་གཞན་གང་གཟུགས་མེད་པ། །
དེ་དག་ཡང་དག་མཁྱེན་པ་ཡིས། །མི་འཁྲུག་མཚན་ཉིད་ཅན་དུ་གསུངས། །

四靜慮無量，及餘無色定，
正覺說彼等，自相爲無瞋。

བྱང་ཆུབ་ཕྱོགས་ཆོས་སུམ་ཅུ་བདུན། །ངེས་པར་འབྱུང་བྱེད་རང་མཚན་ཉིད། །
སྟོང་པ་ཉིད་ཀྱི་མཚན་ཉིད་ནི། །དམིགས་པ་མེད་པས་རྣམ་དབེན་ཉིད། །

三十七覺分，自相能出離，
空由無所得，遠離爲自相，

མཚན་མ་མེད་པ་ཞི་ཉིད་དེ། །གསུམ་པའི་མཚན་ཉིད་སྡུག་བསྔལ་དང་། །
གཏི་མུག་མེད་རྣམ་ཐར་རྣམས་ཀྱི། །མཚན་ཉིད་རྣམ་པར་གྲོལ་བྱེད་པའོ། །

無相爲寂滅，第三相謂苦，
無癡八解脫，相謂能解脫。

སྦྱིན་པའི་ཕ་རོལ་ཏུ་ཕྱིན་པའི་མཚན་ཉིད་ནི། །ལུས་དང་ལོངས་སྤྱོད་དགེ་བའི་རྩ་བ་ཡོངས་སུ་གཏོང་བའི་སེམས་པའོ། །

布施波羅蜜多自相，謂身、財、善根皆能放捨之心。

ཚུལ་ཁྲིམས་ཀྱི་མཚན་ཉིད་ནི་ཉོན་མོངས་ཀྱི་གདུང་བ་ལས་དེ་མེད་པའི་བསིལ་བ་ཐོབ་པའོ། །

尸羅自相，謂無煩惱之熱惱，獲得清涼。

བཟོད་པའི་མཚན་ཉིད་ནི་ཁྲོ་བ་མེད་པ་སྟེ་དེ་ལ་སེམས་ཀྱི་བསྲན་འཛུགས་ནུས་པའོ། །

忍辱自相，謂不瞋恚，即能忍耐心。

བརྩོན་འགྲུས་ཀྱི་མཚན་ཉིད་ནི། ཁ་ན་མ་ཐོ་བ་མེད་པའི་དགེ་བ་ཡོངས་སུ་འཛིན་པ་ལ་སྤྲོ་བ་ཉིད་དོ།།

精進自相，謂攝持無罪善法勇悍爲性。

བསམ་གཏན་གྱི་མཚན་ཉིད་ནི་དགེ་བའི་ཆོས་ཐམས་ཅད་སྡུད་པའི་ཕྱིར་དུ་དགེ་བའི་དམིགས་པ་ལ་སེམས་རྩེ་གཅིག་ཏུ་གནས་པའི་མཚན་ཉིད་ཅན་ནོ།།

靜慮自相，謂爲攝一切善法故，於善所緣心一境性。

ཤེས་རབ་ཀྱི་མཚན་ཉིད་ནི་ཆགས་པ་མེད་པ་སྟེ། མྱ་ངན་ལས་འདས་པར་བགྲོད་པའི་ཕྱིར་དུ། ཆོས་འགའ་ལ་ཡང་ཆགས་པ་སྟེ་བདེན་ཞེན་མེད་པ་སྟེ་འགོག་པར་བྱེད་པའི་ཕྱིར་རོ།།

般若自相，爲不貪著。爲趣涅槃，於任何法都不貪著，破實執故。

དེ་ལྟར་ན་ཕ་རོལ་ཏུ་ཕྱིན་པ་དྲུག་པོ་རྣམས་ཀྱི་མཚན་ཉིད་ནི། སྔར་བཤད་པ་འདི་དག་ཡིན་པར་མདོ་ལས་བརྗོད་དོ།།

上來所述六波羅蜜多之自相，是經中作如是說也。

བསམ་གཏན་དང་པོ་ལ་སོགས་པ་བསམ་གཏན་བཞི་རྣམས་དང་། བྱམས་པ་ཚད་མེད་ལ་སོགས་པ་ཚད་མེད་བཞི་དང་། དེ་བཞིན་དུ་ལྷ་མ་གཉིས་ལས་གཞན་གང་ནམ་མཁའ་མཐའ་ཡས་ལ་སོགས་པ་གཟུགས་མེད་པའི་སྙོམས་པར་འཇུག་པ་བཞི་པོ་དེ་དག །ཡང་དག་མཁྱེན་པ་ཡི་སངས་རྒྱས་ཀྱིས་མི་འཁྲུག་པ་ཁྲོ་བ་མེད་པའི་མཚན་ཉིད་ཅན་དུ་གསུངས་ཏེ། དེ་རྣམས་ནི་ཁྲོ་བ་སྤངས་པས་འཐོབ་པའི་ཕྱིར་རོ།།

初靜慮等四種靜慮，慈無量等四種無量，及餘空無邊處等四無色定。正覺佛陀，說彼等之自相，爲無瞋恚，由離瞋恚乃能得故。

བྱང་ཆུབ་ཀྱི་ཕྱོགས་ཀྱི་ཆོས་སུམ་ཅུ་རྩ་བདུན་གྱི་རང་གི་མཚན་ཉིད་ནི། གང་དུ་ངེས་པར་འབྱུང་ས་ཐར་པར་ངེས་པར་འབྱུང་བར་བྱེད་པའོ།།

三十七菩提分法之自相，謂能獲得出離解脫。

རྣམ་པར་ཐར་པའི་སྒོ་སྟོང་པ་ཉིད་ཀྱི་མཚན་ཉིད་ནི་བདེན་འཛིན་གྱི་དམིགས་གཏད་ཀྱི་རྟོག་པའི་དྲི་མས་མ་སྦགས་པའི་ཕྱིར་རྣམ་པར་དབེན་པའི་མཚན་ཉིད་ཅན་ནོ།།

空解脫門之自相，謂實執所得諸分別垢不能染故，以遠離爲自相。

རྣམ་པར་ཐར་པའི་སྒོ་མཚན་མ་མེད་པ་ནི་མཚན་མ་མ་དམིགས་པའི་སྒོ་ནས་ཞི་བའི་མཚན་ཉིད་ཅན་ནོ།།

無相解脫門，由相不可得故，寂滅爲相。

རྣམ་པར་ཐར་པའི་སྒོ་གསུམ་པ་སྨོན་པ་མེད་པའི་མཚན་ཉིད་ནི། འདུ་བྱེད་སྡུག་བསྔལ་གྱི་བདག་ཉིད་ཅན་

རྣམས་ལ་སྡུག་བསྔལ་དུ་ཡང་དག་པར་རྗེས་སུ་ལྟ་བ་དང་། དེ་ཁོ་ན་ཉིད་རྟོགས་པའི་ཤེས་རབ་ཀྱིས་འདུ་བྱེད་ཀྱི་ཡིན་ལུགས་ལ་ལྟ་བ་ན། སྲིད་པའི་ཕུན་ཚོགས་ལ་མི་སྨོན་ཞིང་། །འཇིག་རྟེན་ལས་འདས་པའི་གོ་འཕང་ལ་ཡང་བདེན་པར་འཛིན་པའི་སྒོ་ནས་སྨོན་པ་མེད་པའི་ཕྱིར་ན། སྡུག་བསྔལ་དང་གཏི་མུག་མེད་པའི་མཚན་ཉིད་ཅན་ནོ། །

第三無願解脫門之自相，謂於行苦性正觀爲苦，更不希願三有盛事，及以真實慧，觀察諸行本性，於出世果位，亦不執爲實有而生希願，故以苦及無癡爲相。

རྣམ་པར་ཐར་པ་བརྒྱད་པོ་རྣམས་ཀྱི་མཚན་ཉིད་ནི། སྙོམས་འཇུག་གི་སྒྲིབ་པ་ལས་རྣམ་པར་གྲོལ་བར་བྱེད་པའོ། །

八解脫之自相，謂能解脫諸等至障。

རྣམ་པར་ཐར་པ་བརྒྱད་ནི་ནང་ལ་གཟུགས་ཅན་དུ་འདུ་ཤེས་པ་མ་བཤིག་པར་ཕྱི་རོལ་གྱི་གཟུགས་ལ་ལྟ་བ་དང་། ནང་ལ་འདུ་ཤེས་དེ་བཤིག་ནས་ཕྱི་རོལ་གྱི་གཟུགས་ལ་ལྟ་བའི་རྣམ་ཐར་གཉིས་ནི། སྤྲུལ་པ་ལ་གེགས་བྱེད་པའི་སྒྲིབ་པའི་གཉེན་པོའོ། །

八解脫，謂內有色想觀外色解脫，內無色想觀外色解脫。此二是變化障對治。

འགྲེལ་བའི་དཔེ་མང་པོ་ལ་གཉིས་པ་ལ་ནང་གཟུགས་སུ་འདུ་ཤེས་པ་ཞེས་འབྱུང་བ་ནི་མ་དག་པའོ། །

釋論本多將第二作內有色想，文有誤失。

སྡུག་པའི་རྣམ་པར་ཐར་པ་བསམ་གཏན་བཞི་པའི་མཚན་ཉིད་ཅན་ནི་གསུམ་པ་སྟེ། གཟུགས་སྡུག་པ་སྤྲུལ་པ་ལ་དགའ་བ་དང་། མི་སྡུག་པ་སྤྲུལ་པ་ལ་མི་དགའ་བའི་ཀུན་ནས་ཉོན་མོངས་པའི་གཉེན་པོའོ། །

淨解脫第四靜慮相是爲第三。此是樂變淨色，不樂變不淨色雜染心之對治。

མཐོང་ཆོས་བདེར་གནས་ཀྱི་ལམ་ལ་གཉིས་ལས་ཐར་པ་དང་མཐུན་པར་གནས་པའི་ལམ་ལ། གཟུགས་མེད་ཀྱི་སྙོམས་འཇུག་བཞིའི་རྣམ་པར་ཐར་པ་དང་། ཞི་བར་གནས་པའི་ལམ་ལ་འདུ་ཤེས་དང་ཚོར་བ་འགོག་པ་འགོག་པའི་སྙོམས་འཇུག་གི་རྣམ་ཐར་གཅིག་གོ །

現法樂住之道有二：一住順解脫道，謂四無色等至解脫；二住寂滅道，謂想受滅等至解脫。

གསུམ་པ་ནི།

辰三、果法自相

སྟོབས་རྣམས་ཤིན་ཏུ་རྣམ་པར་ནི། །གཏན་ལ་འབེབས་པའི་རང་བཞིན་གསུངས། །
སྟོན་པའི་མི་འཇིགས་པ་རྣམས་ནི། །ཤིན་ཏུ་བརྟན་པའི་ངོ་བོ་ཡིན། །
經說善抉擇，是十力本性[①]。
大師四無畏，本性爲堅定，

སོ་སོར་ཡང་དག་རིག་རྣམས་ནི། །སྤོབས་སོགས་ཟད་མེད་མཚན་ཉིད་ཅན། །
འགྲོ་ལ་ཕན་པ་ཉེར་སྒྲུབ་པ། །བྱམས་པ་ཆེན་པོ་ཞེས་བྱའོ། །
四無礙解相，謂辯等無竭。
與眾生利益，是名爲大慈。

སྡུག་བསྔལ་ཅན་རྣམས་ཡོངས་སྐྱོབ་པ། །ཐུགས་རྗེ་ཆེན་པོའོ་དགའ་བ་ནི། །
རབ་དགའི་མཚན་ཉིད་བཏང་སྙོམས་ནི། །མ་འདྲེས་མཚན་ཉིད་ཅན་ཞེས་བྱ། །
救護諸苦惱，則是大悲心。
喜相謂極喜。捨相名無雜。

སངས་རྒྱས་ཆོས་ནི་མ་འདྲེས་པ། །བཅུ་དང་བརྒྱད་དུ་གང་འདོད་དག །
གང་ཕྱིར་སྟོན་དེས་མི་འཕྲོགས་པ། །དེ་ཕྱིར་མི་འཕྲོགས་རང་མཚན་ཉིད། །
許佛不共法，共有十八種，
由彼不可奪，不奪爲自相。

རྣམ་ཀུན་མཁྱེན་ཉིད་ཡེ་ཤེས་ནི། །མངོན་སུམ་མཚན་ཉིད་ཅན་དུ་འདོད། །
གཞན་ནི་ཉི་ཚེ་བ་ཉིད་ཀྱིས། །མངོན་སུམ་ཞེས་བྱར་མི་འདོད་དོ། །

① 「本性」，頌作「法相」。

一切種智智，現見爲自相。

餘智唯少分，不許名現見。

འཆད་འགྱུར་གྱི་སྟོབས་བཅུ་པོ་རྣམས་ནི། ཤིན་ཏུ་རྣམ་པར་གཏན་ལ་འབེབས་པའི་རང་བཞིན་ནམ་མཚན་ཉིད་ཅན་དུ་རིག་པར་བྱ་སྟེ། ཡུལ་རྣམས་ཤིན་ཏུ་གཏན་ལ་འབེབས་པ་ཉིད་ཀྱིས། ཡུལ་ལ་འཇུག་པ་ལ་ཐོགས་པ་མེད་པའི་མཚན་ཉིད་ཅན་ཡིན་པའི་ཕྱིར་སྟོབས་ཞེས་བྱའོ། །

下文所說之十力，當知以善抉擇爲自相。由善抉擇諸境，於諸境上無礙而轉，故名爲力。

ཤེས་བྱ་ཐམས་ཅད་ཡང་དག་པ་ཕྱིན་ཅི་མ་ལོག་པར་རྫོགས་པར་ཏེ་མ་ལུས་པར་སངས་རྒྱས་པ་སྟེ་ཐུགས་སུ་ཆུད་དོ། །ཞེས་ཞལ་གྱིས་བཞེས་པ་དང༌། ང་ཟག་པ་བག་ཆགས་དང་བཅས་པ་ཟད་དོ་ཞེས་པ་དང༌། ངས་ཆགས་སོགས་ཐར་བའི་བར་དུ་གཅོད་པའི་ཆོས་ཡིན་ནོ་ཞེས་པ་དང༌། ས་ལམ་འདི་ལ་ནན་ཏན་དུ་བྱས་ན་སྡུག་བསྔལ་ཟད་པར་འགྱུར་རོ་ཞེས་དམ་བཅས་པ་བཞི་ལ་དེ་ལྟར་མིན་ནོ། །ཞེས་པའི་ཆོས་མཐུན་གྱི་རྒོལ་བ་འགའ་ཡང་མ་མཐོང་བའི་སྐྱོབ་པའི་མི་འཇིགས་པ་བཞི་པོ་རྣམས་ནི། ཤིན་ཏུ་བརྟན་པའི་ངོ་བོ་ཉིད་དེ་མཚན་ཉིད་ཅན་ཡིན་ཏེ། རྒོལ་བ་སུས་ཀྱང་གཞན་དུ་བྱ་བར་མི་ནུས་པའི་ཕྱིར་རོ། །

自稱「於一切所知成正等覺」，自稱「我已永盡諸漏並諸習氣」，自稱「我說貪等是障解脫法」，自稱「我說勤修地道能盡衆苦」，不見有一人，能依法立難，謂非如是。佛此四無所畏，以極堅定性爲自相，任何敵者不能動故。

ཆོས་དང་དོན་དང་ངེས་པའི་ཚིག་དང་སྤོབས་པ་སོ་སོར་ཡང་དག་པར་རིག་པ་རྣམས་ནི། སྤོབས་པ་ལ་སོགས་པ་བཞི་ཆད་པ་སྟེ་གཏུགས་པ་མེད་པའི་མཚན་ཉིད་ཅན་ནོ། །

法義詞辯，諸無礙解，以辯等無竭無盡爲相。

འགྲོ་བ་རྣམས་ལ་ཕན་པ་དང་བདེ་བ་ཉེ་བར་སྒྲུབ་པ་ནི། བྱམས་པ་ཆེན་པོ་ཞེས་བྱ་བའི་མཚན་ཉིད་དང༌།

與諸衆生利益安樂，是大慈相。

སྡུག་བསྔལ་ཅན་གྱི་སེམས་ཅན་རྣམས་ཡོངས་སུ་སྐྱོབ་པ་ནི། ཐུགས་རྗེ་ཆེན་པོའི་མཚན་ཉིད་དོ། །

救護一切苦惱有情，是大悲相，

དགའ་བ་ཆེན་པོ་ནི་རབ་ཏུ་སྟེ་མཆོག་ཏུ་དགའ་བའི་མཚན་ཉིད་ཅན་ནོ། །

大喜以極歡喜爲相。

བཏང་སྙོམས་ཆེན་པོ་ནི་འགའ་ཞིག་ལ་རྗེས་སུ་ཆགས་པ་དང་། །གཞན་དག་ལ་ཁོང་ཁྲོ་བ་ལ་སོགས་པ་དང་མ་འདྲེས་པ་སྟེ་དེ་དག་དང་བྲལ་བའི་མཚན་ཉིད་ཅན་དུ་ཤེས་པར་བྱའོ། །

大捨謂於此不貪，於彼不瞋，遠離貪瞋無雜爲相。

སངས་རྒྱས་ཀྱི་ཆོས་ནི། མ་འདྲེས་པ་བཅུ་དང་བརྒྱད་དུ་གང་འདོད་པ་དེ་དག་གཞན་གྱིས་མི་འཕྲོགས་པའི་རང་གི་མཚན་ཉིད་ཅན་ཏེ། རྒྱུ་མཚན་གང་གི་ཕྱིར་ན་སྟོན་པ་ལ་མ་འདྲེས་པའི་མི་མཐུན་ཕྱོགས་འཁྲུལ་བ་སོགས་མི་མངའ་བས་དེ་རྣམས་ཀྱིས་གླགས་མེད་པ་ཉིད་ཀྱིས་མི་འཕྲོགས་བ་སྟེ། ཐུབ་པར་མི་ནུས་པ་དེའི་ཕྱིར་རོ། །

許佛不共法有十八種，以不被他奪爲自相。由佛無有不共法之所治品誤失等事，無隙可乘，不能映奪，不能屈伏故。

མ་འདྲེས་པ་བཅོ་བརྒྱད་ནི་དྲུག་ཚན་གསུམ་སྟེ། སྐུ་ལ་འཁྲུལ་པ་དང་། གསུང་ལ་ཅ་ཅོ་དང་། ཐུགས་ལ་བསྙེལ་བ་དང་མཉམ་བར་མ་བཞག་པ་དང་། འཁོར་འདས་ཐ་དད་དུ་འཛིན་པའི་རྟོག་པ་དང་སོ་སོར་མ་བརྟགས་པའི་བཏང་སྙོམས་མི་མངའ་བ་དྲུག་ནི་དང་པོའོ།

十八不共法，有三六聚：身常無誤失、語無粗暴音、意無忘失念、無不定心、生死涅槃無種種想、無不釋捨，是初六聚。

འདུན་པ་དང་བརྩོན་འགྲུས་དང་དྲན་པ་དང་ཏིང་ངེ་འཛིན་དང་། ཤེས་རབ་དང་རྣམ་པར་གྲོལ་བ་ཉམས་པ་མི་མངའ་བ་ནི་གཉིས་པའོ། །

卷十三

志欲、精進、意念、等持、般若、解脫，皆無退失，是第二六聚。

ལུས་ཀྱི་ལས་དང་ངག་གི་ལས་དང་། ཡིད་ཀྱི་ལས་ཐམས་ཅད་ཡེ་ཤེས་སྔོན་དུ་འགྲོ་ཞིང་། ཡེ་ཤེས་ཀྱི་རྗེས་སུ་འབྲང་བ་དང་། འདས་མ་འོངས་ད་ལྟར་གྱི་དུས་ལ་མ་ཆགས་པ་དང་མ་ཐོགས་པའི་ཡེ་ཤེས་ཀྱི་གཟིགས་པ་འཇུག་པ་ནི་གསུམ་པའོ། །

一切事業、語業、意業，智爲前導隨智而轉，於過去世、未來世、現在世，無著無礙正智見轉，是第三六聚。

མ་འདྲེས་པའི་ངེས་ཚིག་ནི་ཆོས་དེ་རྣམས་སངས་རྒྱས་ཁོ་ནའི་རྟེན་ལ་ཡོད་ཀྱི་རྟེན་གཞན་ལ་མེད་པས་རྟེན་མ་འདྲེས་པའོ། །

「不共」之訓詁，謂彼諸法，唯佛身乃有，餘身非有，故身不共。

འདི་དག་གི་རྒྱས་པ་ནི་འགྲེལ་བར་གཟུངས་ཀྱི་དབང་ཕྱུག་རྒྱལ་པོས་ཞུས་པའི་མདོ་དྲངས་པ་ལས་ཤེས་པར་བྱའོ། །

此等廣釋，如釋論中引《陀羅尼自在王請問經》，應當了知。

རྣམ་པ་ཀུན་མཁྱེན་པ་ཉིད་ཀྱི་ཡེ་ཤེས་ནི། ཤེས་བྱ་ཐམས་ཅད་མངོན་སུམ་དུ་མཁྱེན་པའི་མཚན་ཉིད་ཅན་དུ་འདོད་དེ། རྣམ་མཁྱེན་དེ་ལས་གཞན་པའི་ཤེས་པ་ཐམས་ཅད་ནི་ཡུལ་ཉི་ཚེ་བ་ཙམ་ལ་འཇུག་པ་ཉིད་ཀྱིས། །ཤེས་བྱ་

ཐམས་ཅད་མངོན་སུམ་དུ་མཁྱེན་པ་ཞེས་བྱ་བར་མི་འདོད་དོ། །

一切種智智，以現見一切所知爲自相。一切餘智，唯於少分境轉，故不許爲現見一切所知也。

དེ་ལྟར་གཟུགས་ནས་རྣམ་མཁྱེན་གྱི་བར་གྱི་མཚན་ཉིད་རྣམས་ནི། དེ་རྣམས་མཚོན་བྱེད་ཀྱི་རང་གི་ངོ་བོ་ཙམ་ཡིན་པས། རྟགས་ཀྱི་དགག་བྱའི་རང་གི་མཚན་ཉིད་ཀྱིས་གྲུབ་པ་དང་ཁྱད་པར་ཤིན་ཏུ་ཆེའོ། །

如是所說，從色乃至一切種智所有諸相，唯是能表彼諸法之自體，與所破之自相，有大差別。

གསུམ་པ་ནི།

卯三、總結

གང་ཞིག་འདུས་བྱས་མཚན་ཉིད་དང་། །འདུས་མ་བྱས་པའི་མཚན་ཉིད་གང་། །
རེ་རེ་ཁོ་ནས་སྟོང་པ་ཉིད། །དེ་ནི་རང་མཚན་སྟོང་པ་ཉིད། །

若有爲自相，及無爲自相，
彼由彼性空，是爲自相空。

གང་ཞིག་འདུས་བྱས་ཀྱི་ཆོས་རྣམས་ཀྱི་མཚན་ཉིད་དང་། འདུས་མ་བྱས་ཀྱི་ཆོས་རྣམས་ཀྱི་རང་མཚོན་བྱེད་ཀྱི་མཚན་ཉིད་གང་ཡིན་པ་དེ་རྣམས། དེའི་རང་བཞིན་གྱིས་གྲུབ་པ་དེ་ཁོ་ནས་སྟོང་པ་ཉིད་དེ་ནི་རང་གི་མཚན་ཉིད་སྟོང་པ་ཉིད་དོ། །

若有爲法之自相，及無爲法之自相。彼等自相即由彼自性空，是爲自相空。

གསུམ་པ་ནི།

寅三、不可得空與無性自性空

ད་ལྟ་བ་འདི་མི་གནས་ཤིང་། །འདས་དང་མ་འོངས་ཡོད་མ་ཡིན། །
གང་དུ་དེ་དག་མི་དམིགས་པ། །དེ་ལ་མི་དམིགས་པ་ཞེས་བརྗོད། །

現在此不住，去來皆非有，

彼中都無得，說名不可得。

མི་དམིགས་པ་དེ་རང་ངོ་བོ། །དེ་ཡིས་དབེན་པ་ཉིད་གང་དེ། །

ཐེར་ཟུག་གནས་མིན་འཇིག་མིན་པས། །མི་དམིགས་ཞེས་བྱའི་སྟོང་ཉིད་དོ། །

即彼不可得，由彼自性離，

非常亦非壞[①]，是不可得空。

དེ་ལྟར་བྱུང་བ་འདི་རང་གྲུབ་པའི་དུས་ཕན་ཆད་དུ་མི་གནས་ཤིང་། བྱུང་ཟིན་འདས་པ་ནི་བྱུང་བ་དེ་ཞིག་པ་ཡིན་པ་དང་འབྱུང་འགྱུར་མ་འོངས་པ་ནི་འབྱུང་འགྱུར་དེ་ད་ལྟར་མ་སྐྱེས་པའི་ཕྱིར། གསུམ་པོ་དེར་ཡོད་པ་མ་ཡིན་ནོ། །

此現在法，自生以後不能安住。過去已生，其生已滅。未來當生，現尚未生。故三世中皆非是有。

བྱུང་ཟིན་དང་འབྱུང་འགྱུར་དང་ད་ལྟར་བ་དེ་དག་རིམ་པ་བཞིན་དུ་ཞིག་པ་དང་མ་སྐྱེས་པའི་དུས་གཉིས་དང་། རང་གྲུབ་པའི་འོག་གང་དུ་མི་དམིགས་པ་དེ་ལ་ནི་མི་དམིགས་པ་ཞེས་བརྗོད་དོ། །

已生、當生，及現在法，如其次第於已滅時，未生時，及自生以後，都無可得，故說名不可得。

མི་དམིགས་པ་དེ་རང་གི་ངོ་བོ་ཉིད་ཀྱིས་གྲུབ་པ་དེ་ཡིས་དབེན་པ་ཉིད་གང་ཡིན་པ་དེ་ནི། ཐེར་ཟུག་ཏུ་གནས་པ་མིན་པ་དང་། འཇིག་པ་མིན་པས་ན་མི་དམིགས་པ་ཞེས་བྱ་བའི་སྟོང་པ་ཉིད་དོ།

彼不可得，由彼自性遠離，非常非壞，故名不可得空。頌曰：

རྐྱེན་ལས་བྱུང་ཕྱིར་དངོས་རྣམས་ལ། །འདུས་པ་ལ་ཡི་ངོ་བོ་མེད། །

འདུས་པ་ལ་ནི་དེ་ཉིད་ཀྱིས། །སྟོང་ཉིད་དངོས་མེད་སྟོང་ཉིད་དོ། །

諸法從緣生，無有和合性，

和合由彼空，是爲無性空。

---

①「壞」，頌作「斷」。

རྒྱུ་དང་རྐྱེན་ལས་བྱུང་བའི་ཕྱིར་ན། དངོས་པོ་རྣམས་ལ་འདུས་པ་པ་སྟེ་རྒྱུ་རྐྱེན་འདུས་པ་ལས་བྱུང་བའི་ངོ་བོ་རང་བཞིན་གྱིས་གྲུབ་པ་མེད་པས། དེ་རྣམས་ལ་དངོས་པོ་མེད་པ་ཞེས་བྱ་ལ། འདུས་པ་ལས་བྱུང་བ་དེ་ཉིད་ཀྱི་ངོ་བོ་ཉིད་ཀྱིས་གྲུབ་པས་སྟོང་པ་ཉིད་ནི། དངོས་པོ་མེད་པའི་ངོ་བོ་ཉིད་ཀྱི་སྟོང་པ་ཉིད་དོ། །

諸法由是因緣生故，無有因緣和合所生之自性，即說彼等名曰無性。此和合生法，由自性空，是爲無性自性空。

དེ་ལྟར་བཅུ་དྲུག་ཏུ་བཤད་པ་ནི་བདེན་གྲུབ་འགོག་པའི་རིགས་པ་མི་འདྲ་བའི་སྒོ་ནས་ནི་མིན་ཏེ། ཐམས་ཅད་ལ་ཡང་ཐེར་ཟུག་ཏུ་གནས་པ་དང་འཇིག་པ་མེད་པའི་རིགས་པས་བསྒྲུབས་པའི་ཕྱིར་རོ། །

如是所說之十六空，非因破除實執之正理不同而分。以彼一切，皆由非常非壞之正理而成立故。

གང་ཟག་གཅིག་ལ་སྦྱོར་བདེན་མེད་དུ་སྒྲུབ་པ་ཡང་མིན་ཏེ། གཞི་མིག་སོགས་ནང་གི་ཆོས་རྣམས་ཀྱི་སྟེང་དུ་བདེན་མེད་ཚད་མས་གྲུབ་ན་གཞི་གཞན་ལ་བློ་ཁ་ཕྱོགས་པའི་ཚེ། གཞན་གྱིས་སྒྲུབ་བྱེད་བཀོད་པ་ལ་མི་ལྟོས་པར་རང་གིས་རྟགས་ལ་བརྟེན་ནས་ཐེ་ཚོམ་ཆོད་པར་འགྱུར་བའི་ཕྱིར་རོ། །

亦非由一補特加羅，成立無實而分。以於眼等內法之上，若以正量成立爲無實，則觀餘法時，不須更立別因，即依自因便能斷疑故。

དེའི་ཕྱིར་གང་ཟག་གཅིག་གི་དབང་དུ་བྱས་པ་དང་། གཞི་སོ་སོ་ལ་བདེན་ཞེན་ཤེས་ཆེ་བའི་གང་ཟག་སོ་སོའི་དབང་དུ་བྱས་པ་གཉིས་ཀ་ཤེས་པར་བྱའོ། །

以是當知，是依一補特伽羅，及依於各別法實執偏盛之各別補特伽羅而分也。

入中論善顯密意疏

གཉིས་པ་ནི།

子二、廣釋四空

དངོས་པོའི་སྒྲས་ནི་མདོར་བསྡུས་ན། །ཕུང་པོ་ལྔ་རྣམས་བརྗོད་པ་ཡིན། །
དེ་རྣམས་དེ་ཡིས་སྟོང་ཉིད་གང་། །དེ་དངོས་སྟོང་པ་ཉིད་དུ་བཤད། །

應知有性言，是總說五蘊，
彼由彼性空，說名有性空。

དངོས་པོ་སྟོང་པ་ཉིད་ཅེས་བྱ་བའི་དངོས་པོའི་སྒྲས་ནི་ཕུང་པོ་ལྔ་རྣམས་བརྗོད་པ་ཡིན་ཏེ། དེ་ཡང་སོ་སོར་མ་ཕྱེ་བར་མདོར་བསྡུས་ནས་སྤྱིར་བརྗོད་དོ། །

應知有性空之有性言，是說五蘊。非分別說，是總略而說。

ཕུང་པོ་ལྔ་པོ་དེ་རྣམས་དེ་ཡི་རང་བཞིན་གྱིས་སྟོང་པ་ཉིད་གང་ཡིན་པ་དེ་ནི། དངོས་པོ་སྟོང་པ་ཉིད་དུ་མདོར་བཤད་དོ། །

即彼五蘊，由彼自性空，經說名有性空。頌曰：

མདོར་བསྡུས་ན་ནི་དངོས་མེད་པ། །འདུས་མ་བྱས་ཆོས་རྣམས་ལ་བརྗོད། །
དེ་ཉིད་དངོས་མེད་དེས་སྟོང་ཉིད། །དངོས་པོ་མེད་པ་སྟོང་ཉིད་དོ། །

總言無性者，是說無爲法，
彼由無性空，名爲無性空。

སོ་སོར་མ་ཕྱེ་བར་མདོར་བསྡུས་ན་ནི་དངོས་པོ་མེད་པ་ནི་འདུས་མ་བྱས་ནམ་མཁའ་ལ་སོགས་པ་དང་མྱང་འདས་རྣམས་ལ་བརྗོད་དོ། །

若不分別，總言無性者，是說虛空與涅槃等諸無爲法。

འདུས་མ་བྱས་དེ་ཉིད་དངོས་པོར་མེད་པ་དེའི་རང་བཞིན་གྱིས་སྟོང་པ་ཉིད་ནི། དངོས་པོ་མེད་པ་སྟོང་པ་ཉིད་དོ་ཞེས་བྱའོ། །

即彼無爲法，由無性之自性空，名爲無性空。

頌曰：

རང་བཞིན་ངོ་བོ་ཉིད་མེད་ནི། །རང་བཞིན་ཞེས་བྱའི་སྟོང་ཉིད་དེ། །
འདི་ལྟར་རང་བཞིན་མ་བྱས་པས། །རང་བཞིན་ཞེས་ནི་བྱ་བར་བསྙད། །

自性無有性，說名自性空，
此性非所作，故說名自性。

རང་བཞིན་ནི་ཆོས་ཉིད་ཀྱི་རང་བཞིན་ལ་བྱ་སྟེ། འདི་ལྟར་རང་བཞིན་དེ་ནི་ཉན་ཐོས་ལ་སོགས་པས་མ་བྱས་

པར་དངོས་པོའི་གཤིས་ལུགས་སུ་གནས་པའི་ཕྱིར་རོ། །

言自性者謂諸法之本性。由此自性非聲聞等所作，諸法本性如是住故。

རང་བཞིན་ཆོས་ཉིད་དེ་རང་བཞིན་གྱིས་གྲུབ་པ་མེད་པ་ནི་རང་བཞིན་སྟོང་པ་ཉིད་དོ་ཞེས་བྱ་བར་སྦྱར་རོ། །

由此法性自性，無有自性，說名自性空。頌曰：

སངས་རྒྱས་རྣམས་ནི་འབྱུང་བའམ། །མ་བྱུང་ཡང་རུང་དངོས་སུ་ནི། །
དངོས་པོ་ཀུན་གྱི་སྟོང་པ་ཉིད། །གཞན་གྱི་དངོས་པོར་རབ་ཏུ་བསྒྲགས། །
若諸佛出世，若佛不出世，
一切法空性，說名爲他性。

ཡང་དག་མཐའ་དང་དེ་བཞིན་ཉིད། །དེ་བཞིན་དངོས་པོའི་སྟོང་ཉིད་དོ། །
ཤེས་རབ་ཕ་རོལ་ཕྱིན་ཚུལ་ལས། །དེ་དག་དེ་སྐད་རབ་ཏུ་བསྒྲགས། །
實際與真如，是爲他性空，
般若波羅蜜，廣作如是說。

སངས་རྒྱས་རྣམས་ནི་བྱུང་བའམ་སྟེ་འཇིག་རྟེན་དུ་འབྱུང་ཡང་རུང་། མ་བྱུང་ཡང་རུང་སྟེ་དངོས་པོ་ཀུན་གྱི་རང་བཞིན་སྟོང་པ་ཉིད་ནི། གཞན་གྱི་དངོས་པོ་སྟེ་ངོ་བོར་རབ་ཏུ་བསྒྲགས་སོ། །

若諸佛出現世間，若佛不出世間，一切法之自性空，即說名爲他性。

འདིར་ནག་ཚོའི་འགྱུར་ལས། མ་བྱུང་ཡང་ནི་རང་བཞིན་ཉིད། ཅེས་པ་དང་། གཞན་གྱི་ངོ་བོ་སྟོང་པར་བསྒྲགས། ཞེས་འབྱུང་བ་ལྟར་བདེའོ། །

གཞན་གྱི་ངོ་བོའི་སྐད་དོད་ནི་མཆོག་དང་གཞན་དང་ཕ་རོལ་གསུམ་ལ་འཇུག་པས། དང་པོ་ལྟར་ན་མཆོག་ཏུ་གྱུར་པའི་དེ་ཁོ་ན་ཉིད་དོ། །

「他性」梵語，可通三義，謂勝、他、彼岸。初謂勝真實義。

མཆོག་ཏུ་གྱུར་པའི་དོན་ནི་རྟག་ཏུ་དེ་ཁོ་ན་ཉིད་ཀྱི་མཚན་ཉིད་ལས་མི་འདའ་བར་ཡོད་པའོ། །

殊勝之義，謂常不違越真實義之自相。

གཉིས་པ་ལྟར་ན་གཞན་ནི་འཇིག་རྟེན་པ་ལས་གཞན་འཇིག་རྟེན་ལས་འདས་པའི་ཡེ་ཤེས་ཡུལ་དུ་གྱུར་པ་རྣམ་

པར་མི་རྟོག་པའི་ཡེ་ཤེས་སོ། །དངོས་པོ་སྣེ་ངོ་བོ་ནི་ཡེ་ཤེས་དེས་རྟོགས་པར་བྱ་བའོ། །

第二他者，謂除世間，是他出世無分別智。性謂此智所證。

གསུམ་པ་ལྷར་ན་ཕ་རོལ་ན་ཡོད་པ་ནི་གཞན་གྱི་ངོ་བོའོ། །

第三彼岸所有，名為他性。

དེ་ཡང་འཁོར་བ་ལས་འདས་པའི་ཕྱིར་འཁོར་བའི་ཕ་རོལ་ནི་ཡང་དག་པའི་མཐའ་སྟེ་མཐའ་ནི་འདིར་འཁོར་བ་ཟད་པའི་མྱང་འདས་སོ། །

由超出生死，故名彼岸，即是實際。此中實際①者謂永盡生死之涅槃。

དེ་ཁོ་ན་ཉིད་ཀྱི་མཚན་ཉིད་ལས་རྣམ་པ་གཞན་དུ་འགྱུར་བ་མེད་པས་དེ་བཞིན་ཉིད་དོ། །

由不改變真實義之自相，故名真如。

དེ་ཉིད་ནི་དེ་ཉིད་ཀྱི་རང་བཞིན་གྱིས་སྟོང་པའི་མཚན་ཉིད་ཅན་གྱི་སྟོང་པ་ཉིད་དེ་ནི། གཞན་གྱི་དངོས་པོ་སྟེ་ངོ་བོའི་སྟོང་པ་ཉིད་ཅེས་བྱའོ། །

即此他性，由他性之自性空故②，是為他性空。

རང་བཞིན་སྟོང་པ་ཉིད་ལ་སོགས་པ་སྔར་བཤད་ཀྱང་འདིར་བཤད་པ་མི་ཟློས་པ་ནི། འདིར་དབྱེ་སྒོ་འབྲིང་པོའི་དབང་དུ་མཛད་པའོ། །

自性空等前雖已說，此中復說亦無重複之過。以此是依中分而說。

བཤད་པ་ཕྱི་མ་གཉིས་རྒྱས་འབྲིང་གཉིས་ཀའི་སྐབས་སུ་ཡང་ཡང་འབྱུང་བ་ནི། ཆོས་ཉིད་དེ་དངོས་པོའི་གཤིས་ཡིན་པ་དང་། རྟག་ཏུ་ཡོད་པ་དང་། མི་རྟོག་ཡེ་ཤེས་ཀྱི་གཞལ་བྱར་ཡོད་པར་ཁས་ལེན་ན་བདེན་པར་གྲུབ་བོ་སྙམ་པའི་དོགས་པ་གཅད་པའི་དོན་ཡིན་པས་དེ་རྣམས་མི་འགལ་བར་ཤེས་པར་བྱའོ། །

此後二空，廣中二時數數宣說者，因有疑云：若許法性是諸法本性，常時而有，是無分別智之所量，則應實有。為除彼疑而說，故不相違。

དེ་འདྲ་བའི་སྟོང་པ་ཉིད་དེ་དག་ནི་ཤེས་རབ་ཀྱི་ཕ་རོལ་ཏུ་ཕྱིན་པའི་རྒྱལ་བའི་ཡུམ་ལས་དབྱེ་བ་དང་སྟོང་ཚུལ་དེ་དག་འདིར་བཤད་པ་དེ་སྐད་དུ་རབ་ཏུ་བསྒྲགས་པ་སྟེ་བཤད་དོ། །

此中所說空性之差別，與空性之道理，是如《般若波羅蜜多經》中廣作如是宣說也。

① 「實際」，上海本、校正本、廣化本、PDF作「際」。
② 「空故」，民族本作「故空」。

བཞི་པ་ནི།

庚四、結述此地功德

དེ་ནི་ཤེར་ཕྱིན་ལ་ལྷག་པར་མོས་པའི་བྱང་སེམས་ཀྱི་ཐུན་མོང་མ་ཡིན་པའི་ཡོན་ཏན་བརྗོད་པའི་སྒོ་ནས། ཤེར་ཕྱིན་གྱི་སྐབས་རྫོགས་པར་བྱ་བའི་ཕྱིར་དུ་བཤད་པ་

今當宣說信解般若波羅蜜多菩薩不共功德，結述般若波羅密多品。頌曰：

དེ་ལྟར་བློ་གྲོས་ཟེར་གྱིས་སྣང་བ་གསལ་བྱས་པ། །རང་གི་ལག་ན་གནས་པའི་སྐྱུ་རུ་ར་བཞིན་དུ། །

སྲིད་གསུམ་འདི་དག་མ་ལུས་གདོད་ནས་སྐྱེ་མེད་པར། །རྟོགས་ཏེ་ཐ་སྙད་བདེན་པའི་སྟོབས་ཀྱིས་འགོག་པར་འགྲོ། །

如是慧光放光明，遍達三有本無生，

如觀掌中庵[①]摩勒，由名言諦入滅定。

སྔར་བཤད་པའི་རྣམ་པ་དེ་ལྟར་རྣམ་པར་དཔྱད་པ་ལས་བྱུང་བའི་བློ་གྲོས་ཀྱི་འོད་ཟེར་གྱིས་དེ་ཁོ་ན་ཉིད་མཐོང་བ་ལ་སྒྲིབ་བྱེད་པའི་མུན་པ་འཇོམས་པའི་སྣང་བ་གསལ་བར་བྱས་པའི་བྱང་སེམས་རང་གི་ལག་ན་གནས་པའི་སྐྱུ་རུ་ར་སྔོན་པའི་འབྲས་བུ་བཞིན་དུ། སྲིད་པ་གསུམ་པོ་འདི་དག་མ་ལུས་པ་གདོད་མ་ནས་རང་བཞིན་གྱིས་སྐྱེ་བ་མེད་པར་མངོན་སུམ་དུ་རྟོགས་པ་དེ་ཡང་ནི། ཐ་སྙད་པ་ཀུན་རྫོབ་བདེན་པའི་སྟོབས་ཀྱིས་ཏེ་ཀུན་རྫོབ་ཏུ་འགོག་པར་འགྲོ་བ་སྟེ་དེ་ལ་སྙོམས་པར་འཇུག་གོ།

此地菩薩以如前所說行相如是觀察，發生慧光[②]，放大光明，灼破障蔽見真實義所有黑暗。遍達三有本來自性無生。如觀掌中庵摩勒果。復以名言世俗諦力，入滅盡定。

འགོག་པའི་ངོ་བོར་སོན་ཀྱང་འགྲོ་བ་སྐྱོབ་པའི་བསམ་པ་འདོར་བ་ཡང་མ་ཡིན་ནོ་ཞེས་བཤད་པ།

如是雖能入滅盡定，然不棄捨救眾生心。頌曰：

རྟག་ཏུ་འགོག་པར་གཏོགས་པའི་བསམ་གཏན་ཡིན་མོད་ཀྱི། །

འགྲོ་བ་མགོན་མེད་པ་ལ་སྙིང་རྗེའང་སྐྱེད་པར་བྱེད། །

① 「庵」，校正本作「菴」。
② 「慧光」，校正本作「智慧光」。

དེ་གོང་བདེ་གཤེགས་གསུང་སྐྱེས་སངས་རྒྱས་འབྲིང་བཅས་ཏེ། །
མ་ལུས་པ་རྣམས་བློ་ཡིས་ཕམ་པར་བྱེད་པའང་ཡིན། །

雖常具足滅定心，然恆悲念苦眾生，
此上復能以慧力，勝過聲聞及獨覺。

བྱང་སེམས་ས་དྲུག་པ་བ་དེ་རྟག་ཏུ་འགོག་པ་འོད་གསལ་དུ་གཏོགས་པའི་བསམ་པ་དང་ལྡན་པ་ཡིན་མོད་ཀྱི། འགྲོ་བ་མགོན་མེད་པ་རྣམས་ལ་འདི་ཡི་སྙིང་རྗེའང་སྐྱེད་པར་བྱེད་པ་སྟེ་འཕེལ་བར་འགྱུར་རོ། །

第六地菩薩雖常具足滅定光明意樂，然於無依苦惱眾生，悲心轉增。

དེའི་ཕྱིར་འདིའི་སྦྱོར་བ་ནི་འཁོར་བར་གཏོགས་པ་དང་། བསམ་པ་ནི་མྱ་ངན་ལས་འདས་པར་གཏོགས་སོ། །

由是當知此菩薩之加行，是生死攝。意樂則是涅槃所攝。

ས་དྲུག་པ་བ་འདིས་ས་དྲུག་པ་དེའི་གོང་དུ་སྟེ་ཕྱི་ནས་བདེར་གཤེགས་གསུང་སྐྱེས་ཉན་ཐོས་རྣམས་སངས་རྒྱས་འབྲིང་པོ་རང་རྒྱལ་དང་བཅས་པ་མ་ལུས་པ་རྣམས་ནི་བློ་ཡི་སྟོབས་ཀྱིས་ཕམ་པར་བྱེད་པ་སྟེ་ཟིལ་གྱིས་གནོན་པའང་ཡིན་ནོ། །

又此第六地菩薩，從此以上復能以智慧之力，勝過一切如來語生之聲聞，及中佛獨覺。又頌曰：

卷十三

ཀུན་རྫོབ་དེ་ཉིད་གཤོག་ཡངས་དཀར་པོ་རྒྱས་གྱུར་པ། །ངང་པའི་རྒྱལ་པོ་དེ་ནི་སྐྱེ་བོའི་ངང་པ་ཡིས། །
མདུན་དུ་བདར་ནས་དགེ་བའི་རླུང་གི་ཤུགས་སྟོབས་ཀྱིས། །རྒྱལ་བའི་ཡོན་ཏན་རྒྱ་མཚོའི་ཕ་རོལ་མཆོག་ཏུ་འགྲོ། །

世俗真實廣白翼，鵝王引導眾生鵝，
復承善力風雲勢，飛度諸佛德海岸。

ཀུན་རྫོབ་རྒྱ་ཆེ་བའི་ལམ་གྱི་རིམ་པ་དང་། དེ་ཁོ་ན་ཉིད་ཟབ་མོའི་ལམ་གྱི་རིམ་པའི་གཡས་གཡོན་གྱི་གཤོག་པ་ཡངས་པ་དཀར་པོ་རྒྱས་པར་གྱུར་པའི་ངང་པའི་རྒྱལ་པོ་ས་དྲུག་པ་བ་དེ་ནི། གདུལ་བྱའི་སྐྱེ་བོའི་ངང་པ་ཁྱུལ་དུ་བྱུང་བ་སྐྱེད་པ་རྣམས་ཀྱིས་མདུན་དུ་བདར་ནས། སྔོན་ལན་མང་དུ་བསགས་པའི་དགེ་བའི་རླུང་གི་ཤུགས་ཆེན་པོའི་སྟོབས་ཀྱིས། །རྒྱལ་བ་སངས་རྒྱས་ཀྱི་ཡོན་ཏན་གྱི་རྒྱ་མཚོ་ཆེན་པོའི་ཕ་རོལ་མཆོག་ཏུ་འགྲོ་བར་འགྱུར་བས།

第六地菩薩猶如鵝王，成就世俗廣大道次第與真實義甚深道次第，如同雙翼，潔白豐廣，引導所化眾生猶如群鵝。復承往昔所修善根之力，勢如風雲，即能飛度諸菩薩[1]功德大海之彼岸也。

དེའི་རྗེས་སུ་སློབ་པར་འདོད་པ་རྣམས་ཀྱིས་ཀྱང་ལམ་རིམ་པ་གཉིས་ཀའི་གཤོག་པས་བགྲོད་དགོས་ཀྱི། གཤོག་པ་གཉིས་གང་ཡང་མེད་པ་དང་། ཕྱོགས་རེ་བའི་ལམ་གཤོག་པ་གཅིག་ཆག་པ་ལྟ་བུས་མི་ཆོག་པར།

ཐབས་དང་ཤེས་རབ་གཉིས་ཀ་ཚང་བའི་ལམ་གྱིས་སངས་རྒྱས་ཀྱི་སར་བགྲོད་པར་བྱའོ། །

是故欲學此菩薩者，亦須具備二種道次第之雙翅。若全無翅，或僅一翅，安能成飛？故不應自滿，當修具足方便智慧二品之道而趣佛地。

དབུ་མ་ལ་འཇུག་པའི་རྒྱ་ཆེར་བཤད་པ་དགོངས་པ་རབ་ཏུ་གསལ་བ་ལས། དོན་དམ་པའི་སེམས་བསྐྱེད་པ་དྲུག་པའི་བཤད་པའོ། ། ༈ ། །

釋第七勝義菩提心

གསུམ་པ་རིང་དུ་སོང་བ་སོགས་ས་བཞི་བཤད་པ་ལ་བཞི། ས་བདུན་པ་དང་། ས་བརྒྱད་པ་དང་། ས་དགུ་པ་དང་། ས་བཅུ་པ་བཤད་པའོ། །

己三、釋遠行等四地分四：庚一、第七地，庚二、第八地，庚三、第九地，庚四、第十地。

རིང་དུ་སོང་འདིར་འདི་ནི་སྐད་ཅིག་དང་། །སྐད་ཅིག་ལ་ནི་འགོག་པར་འཇུག་འགྱུར་ཞིང་། །

ཐབས་ཀྱི་ཕ་རོལ་ཕྱིན་ལེགས་འབར་བའང་འཐོབ། །

此遠行地於滅定，剎那剎那能起入，亦善熾然方便度。

དང་པོ་ནི། ས་བདུན་པ་རིང་དུ་སོང་བ་འདིར་ནི། ས་དྲུག་པར་ཐོབ་པའི་འགོག་པ་དེ་ལ་སྐད་ཅིག་དང་། སྐད་ཅིག་སྔེ་སྐད་ཅིག་རེ་རེ་ལ་བྱང་སེམས་འདི་སློམ་པར་འཇུག་པར་འགྱུར་ཏེ། འགོག་པ་ལ་འཇུག་པ་ནི་ཡང་དག་པའི་མཐའ་ལ་སྙོམས་པར་འཇུག་པ་ཡིན་པས། དེ་བཞིན་ཉིད་ལ་འགོག་པ་ཞེས་བརྗོད་དེ། འཕགས་པའི་མཉམ་གཞག་གི་སྐབས་སུ་དེ་བཞིན་ཉིད་འདིར་གཉིས་སྣང་གི་སྤྲོས་པ་ཐམས་ཅད་འགོག་པར་འགྱུར་བའི་ཕྱིར་རོ། །

今初，住第七遠行地菩薩，於第六地所得滅定，此時剎那剎那能入能起。入滅定者謂入實際。此說真如名爲滅定。以聖根本定時，能於此真如，滅盡一

---

① 「菩薩」，民族本作「佛」。

入中論善顯密意疏

切戲論相故。

དེ་སྐད་དུ་ས་བཅུ་བ་ལས། ཀྱེ་རྒྱལ་བའི་སྲས་དག་བྱང་ཆུབ་སེམས་དཔའི་ས་དྲུག་པ་ཡན་ཆད། བྱང་ཆུབ་སེམས་དཔའི་འགོག་པ་ལ་སྙོམས་པར་འཇུག་པ་སྟེ། བྱང་ཆུབ་སེམས་དཔའི་ས་བདུན་པ་འདི་ལ་གནས་པའི་བྱང་ཆུབ་སེམས་དཔའ་ནི། སེམས་ཀྱི་སྐད་ཅིག་སེམས་ཀྱི་སྐད་ཅིག་ལ་ཡང་འགོག་པ་ལ་སྙོམས་པར་འཇུག་ཅིང་ལྡང་སྟེ། འགོག་པ་མངོན་སུམ་དུ་བྱས་ཞེས་ནི་མི་བྱའོ་ཞེས་རྒྱས་པར་གསུངས་སོ། །

如《十地經》云：「佛子！菩薩從第六地來，能入滅定。今住此定，能念念入，亦念念起，而不作證。」

ས་འདིར་ཐབས་མཁས་ཀྱི་ཕ་རོལ་ཏུ་ཕྱིན་པ་ལེགས་པར་འབར་བ་སྟེ་ཤིན་ཏུ་ཡོངས་སུ་དག་པར་ཡང་འགྱུར་ཏེ། དག་ཚུལ་ནི་སྔར་ས་གཞན་ལ་བསྟན་པའི་རིགས་པས་ཤེས་པར་བྱའོ། །

又此地中方便善巧波羅蜜多亦善熾然，最極清淨。清淨之理，如前諸地所說道理，應當了知。

ཤེར་ཕྱིན་ཉིད་རྣམ་པ་ཁྱད་པར་ཅན་དུ་ཞུགས་པ་ལ་ཕར་ཕྱིན་ཕྱི་མ་བཞིར་བཞག་གོ །

唯由般若波羅蜜多行相差別，安立後四波羅蜜多。

ཆོས་རབ་ཏུ་རྣམ་པར་འབྱེད་པའི་གནས་སྐབས་ཉིད་ནི་ཤེར་ཕྱིན་ཞེས་བརྗོད་ཀྱི་རྣམ་པ་གཞན་ནི་མ་ཡིན་ནོ། །

以擇法時，即是慧度，非餘相故。

卷十三

ཐབས་མཁས་ཀྱི་ཕར་ཕྱིན་དུ་འཇོག་པའི་ཐབས་ལ་མཁས་པ་ནི་བྱང་ས་ལས། དྲུག་ཚན་གཉིས་གསུངས་པའི་དང་པོ་ནང་གི་སངས་རྒྱས་ཀྱི་ཆོས་འགྲུབ་པ་ལས་བརྩམས་པའི་ཐབས་མཁས་པ་དྲུག་ནི།

安立爲方便善巧波羅蜜多之方便善巧，《菩薩地》中說二六種，初謂依內修證佛法六種方便善巧：

བྱང་སེམས་ཀྱིས་སེམས་ཅན་ཐམས་ཅད་ལ་སྙིང་རྗེ་དང་ལྡན་པར་ལྟ་བ་དང་། འདུ་བྱེད་ཐམས་ཅད་ཀྱི་རང་བཞིན་ཡང་དག་པ་ཇི་ལྟ་བ་བཞིན་དུ་ཤེས་པ་དང་། བླ་ན་མེད་པའི་བྱང་ཆུབ་ཀྱི་ཡེ་ཤེས་འདོད་པ་དང་།

一者，菩薩於諸有情悲心俱行顧戀不捨。二者，菩薩於一切行，如是遍知。三者，菩薩恒於無上正等菩提所有妙智，深心欣樂。

སེམས་ཅན་ལ་ལྟ་བ་ལ་བརྟེན་ནས་འཁོར་བ་མི་གཏོང་བ་དང་། འདུ་བྱེད་ཇི་ལྟ་བ་བཞིན་ཤེས་པ་ལ་བརྟེན་ནས་ཉོན་མོངས་པ་ཅན་མ་ཡིན་པའི་སེམས་ཀྱིས་འཁོར་བར་འཁོར་བ་དང་། སངས་རྒྱས་འདོད་པ་ལ་བརྟེན་ནས་བརྩོན་འགྲུས་འབར་བའོ། །

四者，菩薩顧戀有情爲依止故，不捨生死。五者，菩薩於一切行如實遍知爲依止故，輪轉生死而心不染。六者，菩薩欣樂佛智，爲依止故，熾然精進。

ཕྱིའི་སེམས་ཅན་སྨིན་པར་བྱ་བ་ལས་བརྩམས་པའི་ཐབས་མཁས་དྲུག་ནི། བྱང་སེམས་རྣམས་ཀྱིས་སེམས་ཅན་གྱི་དགེ་བའི་རྩ་བ་ཆུང་ངུ་རྣམས་འབྲས་བུ་ཚད་མེད་པར་སྒྱུར་བར་བྱེད་པ་དང་། དེ་བཞིན་དུ་ཚོགས་ཆུང་ངུས་དགེ་རྩ་ཆེ་བ་དག་སྒྲུབ་པར་བྱེད་པ་དང་། བསྟན་པ་ལ་ཞེ་འགྲས་པ་རྣམས་ཀྱི་ཁོང་ཁྲོ་སེལ་བར་བྱེད་པ་དང་།

次謂依外成熟有情六種方便善巧：一者，菩薩方便善巧，能令有情以少善根感無量果。二者，菩薩方便善巧，能令有情少用功力引攝廣大無量善根。三者，菩薩方便善巧，於佛聖教憎背有情，除其恚惱。

བསྟན་པ་ལ་ཡིད་བར་མར་གནས་པ་རྣམས་དེ་ལ་འཇུག་པ་དང་། ཞུགས་པ་རྣམས་སྨིན་པར་བྱེད་པ་དང་། སྨིན་པ་རྣམས་གྲོལ་བར་བྱེད་པ་སྟེ་ཐབས་ལ་མཁས་པ་བཅུ་གཉིས་སོ། །

四者，菩薩方便善巧，於佛聖教處中有情，令其趣入。五者，菩薩方便善巧，於佛聖教已趣入者，令其成熟。六者，菩薩方便善巧，於佛聖教已成熟者，令得解脫。共有十二方便善巧。

དབུ་མ་ལ་འཇུག་པའི་རྒྱ་ཆེར་བཤད་པ་དགོངས་པ་རབ་ཏུ་གསལ་བ་ལས། དོན་དམ་པའི་སེམས་བསྐྱེད་པ་བདུན་པའི་བཤད་པའོ། ། ༈ ། །

釋第八勝義菩提心

གཉིས་པ་ལ་གསུམ། ས་འདིར་སྨོན་ལམ་ལྷག་ཅིང་འགོག་པ་ལས་སློང་ཚུལ། ཉོན་མོངས་ཐམས་ཅད་ཟད་པར་བསྟན་པ། དབང་བཅུ་ཐོབ་པར་བསྟན་པའོ། །

庚二、第八地分三：辛一、明此地願增勝及起滅定之相，辛二、永盡一切煩惱，辛三、證得十種自在。

ཡང་ཡང་སྔར་དགེ་ལས་ལྷག་ཐོབ་བྱའི་ཕྱིར། །གང་དུ་ཕྱིར་མི་ལྡོག་པ་ཉིད་འགྱུར་བ། །
མི་གཡོ་དེ་ལ་བདག་ཉིད་ཆེ་དེ་འཇུག །འདི་ཡི་སྨོན་ལམ་ཤིན་ཏུ་དག་འགྱུར་ཞིང་། །
རྒྱལ་བ་རྣམས་ཀྱིས་འགོག་ལས་སློང་བར་མཛད། །

數求勝前善根故，大士當得不退轉，

入於第八不動地，此地大願極清淨，

諸佛勸導起滅定。

དང་པོ་ནི། བྱང་སེམས་ས་བདུན་པ་བ་དེ་ནི་ཡང་དང་ཡང་དུ་སྔར་གྱི་དགེ་བ་ལས་ལྷག་པ་ཐོབ་པར་བྱ་བའི་ཕྱིར་དུ། ས་གང་དུ་བྱང་སེམས་དེ་ཕྱིར་མི་ལྡོག་པ་ཉིད་དུ་འགྱུར་བས་བརྒྱད་པ་མི་གཡོ་བ་དེ་ལ། བྱང་སེམས་བདག་ཉིད་ཆེན་པོ་དེ་འཇུག་གོ །

今初，第七地菩薩，數數爲求勝前善根故，當得不退轉，入第八不動地。

དེ་ལ་ཡང་དང་ཡང་དུ་སྔར་ས་བདུན་པ་མན་ཆད་ཀྱི་དགེ་བ་ལས་ལྷག་པ་ཐོབ་ལུགས་ནི། ས་བཅུ་བ་ལས། ཀྱེ་རྒྱལ་བའི་སྲས་འདི་ལྟ་སྟེ། དཔེར་ན་རྒྱ་མཚོ་ཆེན་པོར་འགྲོ་བའི་གྲུ་བོ་ཆེ་ནི། རྒྱ་མཚོ་ཆེན་པོ་ལ་མ་ཐུག་གི་བར་དུ་ཆེད་དུ་བསྐྱོད་ཅིང་འགྲོ་བར་བྱ་བ་ཡིན་ཏེ། གང་གི་ཚེ་རྒྱ་མཚོ་ཆེན་པོ་ལ་ཕྱིན་མ་ཐག་ཏུ་རླུང་གི་དཀྱིལ་འཁོར་གྱིས་བསྐྱོད་ནས། ཆེད་དུ་བསྐྱོད་མི་དགོས་པར་འགྲོ་སྟེ། དེས་རྒྱ་མཚོ་ཆེན་པོ་ལ་ཉིན་གཅིག་ཆོད་པ་དེ་ནི་སྔོན་ཆེད་དུ་བསྐྱོད་ཅིང་འགྲོ་བས། ལོ་བརྒྱར་ཡང་དེ་སྲིད་དུ་ཚད་མེད་པར་ཕྱིན་པར་མི་ནུས་སོ། །

此地勝過七地以下眾善之理，如《十地經》云：「佛子！譬如乘船欲入大海，未至於海，多用功力排牽而去。若至海已但隨風去，不假人力。以至大海一日所行，視未至時，設經百歲亦不能及。

卷十三

ཀྱེ་རྒྱལ་བའི་སྲས་དེ་བཞིན་དུ་བྱང་ཆུབ་སེམས་དཔའ་དགེ་བའི་རྩ་བའི་ཚོགས་ཤིན་ཏུ་བསགས་པ། ཐེག་པ་ཆེན་པོ་ཡང་དག་པར་བསྒྲུབ་པ་ཡང་། བྱང་ཆུབ་སེམས་དཔའི་སྤྱོད་པའི་རྒྱ་མཚོར་ཕྱིན་ནས་ལྷུན་གྱིས་གྲུབ་པའི་ཡེ་ཤེས་ཀྱིས་ཡུད་ཙམ་ཞིག་ལ། ཐམས་ཅད་མཁྱེན་པའི་ཡེ་ཤེས་ཇི་ཙམ་གནོན་པ་དེ་ནི། སྔོན་གྱི་ཆེད་དུ་བྱ་བའི་ལས་ཀྱིས་བསྐལ་པ་འབུམ་དུ་ཡང་། དེ་སྙེད་དུ་དཔག་ཏུ་མེད་པ་གནོན་པར་མི་ནུས་སོ། །ཞེས་གསུངས་པ་ལྟ་བུའོ། །

佛子，菩薩摩訶薩亦復如是，積集廣大善根資糧，乘大乘船，到菩薩行海，於一念頃以無功用智，入一切智智境界。本有功用行，經於無量百千億那由他劫，所不能及。」

དེ་ལ་རྒྱ་མཚོར་མ་ཕྱིན་པའི་བར་ནི་ས་བདུན་པ་མན་ཆད་ཀྱི་དཔེའོ། །

此中未到大海，喻七地以下。

རྒྱ་མཚོར་ཞུགས་ནས་འགྲོ་བ་ནི་ས་བརྒྱད་པ་ཐོབ་ནས་ལམ་བགྲོད་པའི་དཔེའོ། །

到大海已，喻得八地所行之道。

ས་བརྒྱད་པ་བ་འདི་ཡི་སྨོན་ལམ་སྔོན་འཇིག་རྟེན་ལས་འདས་པའི་སེམས་དང་པོ་བསྐྱེད་པ་ན། སྨོན་ལམ་ཆེན་པོ་བཅུ་ལ་སོགས་པའི་སྨོན་ལམ་འབུམ་ཕྲག་གྲངས་མེད་པ་ཕྲག་བཅུ་བཏབ་པ་དེ་དག །ས་འདི་ལ་ཤིན་ཏུ་དག་པ་སྟེ་སྨོན་ལམ་གྱི་ཕར་ཕྱིན་ས་འདིར་ཆེས་ལྷག་པར་འགྱུར་རོ། །

昔生第一出世心時，廣發百萬阿僧祇等十種大願，至此地中皆得清淨，故此地中願波羅蜜多最爲增上。

ས་འདི་ནི་གཞོན་ནུའི་སར་གཞག་སྟེ། དགུ་པར་རྒྱལ་ཚབ་འཐོབ་ལ། བཅུ་པར་ནི་འཁོར་ལོས་སྒྱུར་བ་ལྟར་རྒྱལ་བ་རྣམས་ཀྱིས་དབང་བསྐུར་རོ། །

又立此地名童真地，第九地時名法王子位。第十地時得佛灌頂，如轉輪王。

ས་མི་གཡོ་བར་འགོག་པ་ཆོས་ཉིད་ལ་ཞུགས་པ་ན། རྒྱལ་བ་རྣམས་ཀྱིས་འགོག་པ་ལ་ཞུགས་པ་དེ་ལས་སློང་བར་ཡང་མཛད་དེ།

又不動地入法性滅定時，諸佛勸導令起滅定。

ས་བཅུ་པ་ལས། ཀྱེ་རྒྱལ་བའི་སྲས་དག་དེ་ལྟར་བྱང་ཆུབ་སེམས་དཔའི་ས་མི་གཡོ་བ་འདི་ལ་གནས་པའི་བྱང་ཆུབ་སེམས་དཔའ་སྔོན་གྱི་སྨོན་ལམ་གྱི་སྟོབས་བསྐྱེད་པ་དང་། ཆོས་ཀྱི་སྒོའི་རྒྱུན་དེ་ལ་གནས་པ་དེ་ལ་སངས་རྒྱས་བཅོམ་ལྡན་འདས་རྣམས་དེ་བཞིན་གཤེགས་པའི་ཡེ་ཤེས་ཉེ་བར་སྒྲུབ་པར་མཛད་དེ། དེ་ལ་འདི་སྐད་ཅེས་ཀྱང་བཀའ་སྩལ་ཏོ། །རིགས་ཀྱི་བུ་ལེགས་སོ་ལེགས་སོ། །སངས་རྒྱས་ཀྱི་ཆོས་རྗེས་སུ་རྟོགས་པར་བྱ་བ་ལ་འདི་ནི་དོན་དམ་པའི་བཟོད་པ་ཡང་ཡིན་ནོ།

如《十地經》云：「佛子！此住不動地菩薩，由本願力故，住此法門流。諸佛世尊，與彼起如來智，作如是言：善哉，善哉！善男子！此勝義忍隨順佛法。

འོན་ཀྱང་རིགས་ཀྱི་བུ་གང་ངེད་ཀྱི་སྟོབས་བཅུ་དང་། མི་འཇིགས་པ་བཞི་ལ་སོགས་པ་སངས་རྒྱས་ཀྱི་ཆོས་མ་འདྲེས་པ་ཕུན་སུམ་ཚོགས་པ་དེ་ཁྱོད་ལ་མེད་ཀྱི། སངས་རྒྱས་ཀྱི་ཆོས་ཕུན་སུམ་ཚོགས་པ་དེ་ཡོངས་སུ་བཙལ་བའི་ཕྱིར་སྦྱོར་བ་བྱོས་ཤིག །བརྩོན་འགྲུས་རྩོམས་ཤིག །བཟོད་པའི་སྒོ་འདི་ཉིད་ཀྱང་མ་འདོར་ཅིག །

然善男子，我等所有十力、四無畏等不共佛法，汝今未得，汝應爲欲成就此法，勤加精進，勿復放棄如此忍門。

རིགས་ཀྱི་བུ་ཁྱོད་ཀྱིས་དེ་ལྟར་ཞི་བའི་རྣམ་པར་ཐར་པ་ལ་གནས་པ་ཐོབ་ཀྱང་། བྱིས་པ་སོ་སོའི་སྐྱེ་བོ་མ་ཞི་བ་རབ་ཏུ་མ་ཞིག་པ། ཉོན་མོངས་པ་སྣ་ཚོགས་ཀུན་ཏུ་བྱུང་བར་གྱུར་པ། རྣམ་པར་རྟོག་པ་སྣ་ཚོགས་ཀྱིས་ཡིད་གཡོན་སྐྱོ་བ་འདི་དག་ལ་སེམས་ཤིག །

又善男子，汝雖得是寂滅解脫，然諸凡夫未能證得，種種煩惱常現在前，種種尋伺常相侵害。汝得愍念如是衆生。

གཞན་ཡང་རིགས་ཀྱི་བུ་སྨོན་གྱི་སྨོན་ལམ་དང་། སེམས་ཅན་གྱི་དོན་ཐོབ་པར་བྱ་བ་དང་། ཡེ་ཤེས་ཀྱི་སྒོ་བསམ་གྱིས་མི་ཁྱབ་པ་དྲན་པར་གྱིས་ཤིག །

又善男子，汝當憶念本所誓願，普大饒益一切衆生，皆令得入不可思議智慧之門。

ཡང་རིགས་ཀྱི་བུ་འདི་ནི་ཆོས་རྣམས་ཀྱི་ཆོས་ཉིད་དོ། །དེ་བཞིན་གཤེགས་པ་རྣམས་བྱུང་ཡང་རུང་མ་བྱུང་ཡང་རུང་ཆོས་ཀྱི་དབྱིངས་འདི་ནི་གནས་པ་ཉིད་དོ།

又善男子，此諸法法性，若佛出世若不出世，法界常住，

འདི་ལྟར་ཆོས་ཐམས་ཅད་སྟོང་པ་ཉིད་དང་། ཆོས་ཐམས་ཅད་དམིགས་སུ་མེད་པའོ། །འདིས་ནི་དེ་བཞིན་གཤེགས་པ་རྣམས་ཉི་ཚེ་རབ་ཏུ་དབྱེ་བར་བྱ་བ་མ་ཡིན་གྱི། ཉན་ཐོས་དང་རང་སངས་རྒྱས་ཐམས་ཅད་ཀྱིས་ཀྱང་རྣམ་པར་མི་རྟོག་པའི་ཆོས་ཉིད་འདི་འཐོབ་བོ། །ཞེས་དང་།

所謂一切法空無所得。諸佛不以得此法故名爲如來。一切聲聞、獨覺亦皆得此無分別法性。」

གལ་ཏེ་སངས་རྒྱས་བཅོམ་ལྡན་འདས་དེ་དག་གིས་བྱང་ཆུབ་སེམས་དཔའ་དེ་ལ་ཐམས་ཅད་མཁྱེན་པའི་ཡེ་ཤེས་མངོན་པར་སྒྲུབ་པའི་སྒོ་རྣམས་སུ་གཞུག་པ་མ་མཛད་དུ་ཟིན་ན། དེ་དེ་ཉིད་ཀྱི་ཚེ་ཡོངས་སུ་མྱ་ངན་ལས་འདའ་བར་འགྱུར་ཏེ། སེམས་ཅན་ཐམས་ཅད་ཀྱི་དོན་བྱ་བ་ཡང་རྒྱུན་ཆད་པར་འགྱུར་རོ། །ཞེས་གསུངས་སོ། །

又云：「若諸佛世尊，不與此菩薩起一切智智門者，彼時即入究竟涅槃，棄捨一切利衆生業。」

དེ་དག་གིས་ནི་ས་བརྒྱད་པར་རྣམ་པར་མི་རྟོག་པའི་ཡེ་ཤེས་ལ་དབང་སྒྱུར་ཐོབ་ནས། དེ་ཙམ་ལ་མཉམ་པར་བཞག་པ་ན། དེ་ལས་བསླངས་ནས་སངས་རྒྱས་ཀྱི་སྟོབས་ལ་སོགས་པ་ཐོབ་པའི་རྒྱུར་རྗེས་ཐོབ་ཏུ་ཚོགས་གསོག་པ་ལ་བསྐུལ་ཞིང་། ཆོས་ཉིད་མངོན་སུམ་དུ་རྟོགས་པའི་མི་རྟོག་ཡེ་ཤེས་ཉན་རང་གིས་ཀྱང་འཐོབ་པར་གསུངས་པས། དེ་ཁོ་ན་ཉིད་ཀྱི་རྟོགས་པ་ཡོད་ན་ཚོགས་གཞན་གསོག་པ་ལ་འབད་པ་མི་དགོས་ཀྱི། དེ་ཉིད་ལ་གོམས་པས་ཆོག་གོ་ཞེས་པ་ནི་མི་མཁས་པའི་བབ་ཅོལ་དུ་སྨྲ་བའོ།

此說八地菩薩於無分別智獲得自在住彼定時，勸令起定，爲得諸佛十力等因，於後得位修集資糧，即二乘人亦得親證法性之無分別智。有說通達真實義已，不須修餘資糧，可專修真實義者，是愚人妄說也。

གཉིས་པ་ནི།

辛二、永盡一切煩惱

ཆགས་པ་མེད་པའི་བློ་ནི་སྐྱོན་རྣམས་དག་དང་ལྷན་ཅིག་མི་གནས་ཕྱིར། །
ས་བརྒྱད་པ་ལ་དྲི་མ་དེ་དག་རྩ་བཅས་ཉེ་བར་ཞི་འགྱུར་ཞིང་། །
ཉོན་མོངས་ཟད་ཅིང་ས་གསུམ་བླ་མར་གྱུར་ཀྱང་སངས་རྒྱས་རྣམས་ཀྱི་ནི། །
འབྱོར་པ་མཁའ་ལྟར་མཐའ་ཡས་ཐམས་ཅད་འཐོབ་པར་ནུས་མ་ཡིན། །

淨慧諸過不共故，八地滅垢及根本，

已盡[1]煩惱三界師，不能得佛無邊德。

གང་གི་ཕྱིར་ས་བརྒྱད་པ་འདིར་རྒྱལ་བ་རྣམས་ཀྱིས་འགོག་པ་ལས་སློང་བ་དེའི་ཕྱིར་ས་འདིར། ཆགས་པ་མེད་པའི་བློ་སྟེ་ཡེ་ཤེས་ནི་ཆགས་སོགས་ཉོན་མོངས་པའི་སྐྱོན་རྣམས་དག་དང་ལྷན་ཅིག་ཏུ་མི་གནས་པའི་ཕྱིར། ས་བརྒྱད་པ་ལ་ནི་རྣམ་པར་མི་རྟོག་པའི་ཡེ་ཤེས་ཀྱི་ཉི་མ་ཤར་བས།

八地菩薩爲諸佛勸起滅定已，由無著淨智與貪等煩惱不共存故，八地菩薩無分別智如同日光。

མུན་པ་ལྟ་བུའི་དྲི་མ་སྟེ་ཉོན་མོངས་པ་ སྡུག་བསྔལ་ ...

其如黑暗三界所行能招生死諸煩惱垢，及彼根本種子，皆悉消滅。如是菩薩雖已永盡一切煩惱，成爲三界之師範。然當其盡煩惱時，猶不能得諸佛無量無邊如同虛空之功德，爲求證得彼功德故，八地菩薩更當勤加精進也。

[1]「盡」，頌作「淨」。

འོ་ན་ས་འདིར་ཉོན་མོངས་ཐམས་ཅད་ཟད་པར་ཅིས་ཤེས་ཤེ་ན། ས་བཅུ་པ་ལས། འདིར་དེ་ཉིད་ཀྱི་ཚེ་ཡོངས་སུ་མྱ་ངན་ལས་འདའ་བར་འགྱུར་ཏེ། ཞེས་གསུངས་པའི་ཕྱིར། ས་འདིར་ཁམས་གསུམ་ལས་སེམས་འདོད་ཆགས་དང་བྲལ་བ་ཉིད་ཡོད་པ་ཡིན་ཏེ། ཉོན་མོངས་ཆད་པའི་འདོད་ཆགས་དང་མ་བྲལ་བ་ལ་མྱ་ངན་ལས་འདས་པ་མངོན་དུ་བྱེད་ནུས་པ་མེད་པའི་ཕྱིར་རོ། །

如何得知此地菩薩已盡一切煩惱？《十地經》說：「彼時即入究竟涅槃。」故知此地已離三界欲。若未離欲，定不能證究竟涅槃故。

གསུམ་པ་ནི།

辛三、證得十種自在

གལ་ཏེ་ས་འདིར་ཁམས་གསུམ་ལ་འདོད་ཆགས་དང་བྲལ་ན་འཁོར་བར་སྐྱེ་བ་འགག་པས། ཇི་ལྟར་ན་འདི་ཡིས་སངས་རྒྱས་ཀྱི་རྒྱུའི་ཚོགས་མ་ལུས་པ་ཡོངས་སུ་རྫོགས་པ་བྱེད་པར་འགྱུར་ཞེ་ན།

此地菩薩，已離三界欲，則生死永滅。如何能圓滿一切成佛之因耶？頌曰：

འཁོར་བ་འགགས་ཀྱང་དབང་རྣམས་བཅུ་པོ་ཐོབ་པར་འགྱུར་ཞིང་དེ་དག་གིས། །
སྲིད་པའི་འགྲོ་བར་རང་གི་བདག་ཉིད་སྣ་ཚོགས་སྟོན་པར་བྱེད་པར་འགྱུར། །
滅生而得十自在，能於三有普現身。

ས་བརྒྱད་པ་བ་འདི་ཡི་ལས་ཉོན་གྱི་དབང་གིས་འཁོར་བར་འཁོར་བ་ནི་འགགས་མོད་ཀྱང༌། ས་འདི་ཐོབ་པ་ན་ཡེ་ཤེས་ལ་དབང་བ་སོགས་ཀྱི་དབང་རྣམ་པ་བཅུ་པོ་ཐོབ་པར་འགྱུར་ཞིང༌། དབང་བཅུ་པོ་དེ་དག་གིས་བྱང་སེམས་འདིས་དཔལ་འཕྲེང་གི་མདོ་ལས་བཤད་པ་ལྟར་གྱི་ཡིད་ཀྱི་རང་བཞིན་གྱི་ལུས་ཀྱི་སྒོ་ནས། སྲིད་པའི་འགྲོ་བ་རྣམས་སུ་རང་གི་བདག་ཉིད་ཀྱི་ལུས་སྣ་ཚོགས་པ་སྟོན་པར་བྱེད་པར་འགྱུར་བས། འདིའི་ཚོགས་ཡོངས་སུ་རྫོགས་པར་འགྱུར་བ་མི་འགལ་ལོ། །

此八地菩薩，既已永滅由煩惱業力流轉生死。當其證此地時，即得智自在等十種自在。故此菩薩，能如《勝鬘經》說受意生身，普於三有一切眾生之前，現種種身。故此菩薩圓滿資糧，都不相違。

དབང་བཅུ་ནི་བསྐལ་པ་བརྗོད་དུ་མེད་པའི་ཡང་བརྗོད་དུ་མེད་པར་ཚེའི་ཚད་བྱིན་གྱིས་རློབ་པས་ཚེ་ལ་དབང་བ་འཐོབ་པོ། །

十自在者，一、得壽自在，於不可說不可說劫加持壽量故。

ཉིད་དེ་འཛིན་ངེས་པར་སེམས་པ་དཔག་ཏུ་མེད་པའི་ཡེ་ཤེས་ཀྱི་འཇུག་པས་སེམས་ལ་དབང་བ་འཐོབ་བོ། །

二、得心自在，已於無量無數等持，智觀入故。

འཇིག་རྟེན་གྱི་ཁམས་ཐམས་ཅད་རྒྱན་བཀོད་པ་དུ་མས་རབ་ཏུ་བརྒྱན་པའི་བྱིན་གྱིས་བརླབས་ཀུན་ཏུ་སྟོན་པས་ཡོ་བྱད་ལ་དབང་བ་འཐོབ་བོ། །

三、得財自在，已能示現一切世界無量莊嚴具，莊飾加持故。

ལས་ཀྱི་རྣམ་པར་སྨིན་པ་བྱིན་གྱིས་བརླབས་ཀྱིས་དུས་ཇི་ལྟ་བ་བཞིན་དུ་སྟོན་པས་ལས་ལ་དབང་བ་འཐོབ་བོ། །

四、得業自在，應時能現，業果加持故。

འཇིག་རྟེན་གྱི་ཁམས་ཐམས་ཅད་དུ་སྐྱེ་བ་ཀུན་ཏུ་སྟོན་པས་སྐྱེ་བ་ལ་དབང་བ་འཐོབ་བོ། །

五、得生自在，於一切世界示現受生故。

སངས་རྒྱས་ཀྱི་ཞིང་དང་། དུས་གང་དུ་ཅི་དགའ་བར་མངོན་པར་རྫོགས་པར་བྱང་ཆུབ་པ་ཀུན་ཏུ་སྟོན་པས་སྨོན་ལམ་ལ་དབང་བ་འཐོབ་བོ། །

六、得願自在，於隨所欲佛刹時分，示現成佛故。

འཇིག་རྟེན་གྱི་ཁམས་ཐམས་ཅད་སངས་རྒྱས་ཀྱིས་རབ་ཏུ་གང་བ་ཀུན་ཏུ་སྟོན་པས་མོས་པ་ལ་དབང་བ་འཐོབ་བོ། །

七、得勝解自在，已能示現一切世界佛充滿故。

སངས་རྒྱས་ཀྱི་ཞིང་ཐམས་ཅད་དུ་རྫུ་འཕྲུལ་གྱི་རྣམ་པར་འཕྲུལ་བ་ཀུན་ཏུ་སྟོན་པས་རྫུ་འཕྲུལ་ལ་དབང་བ་འཐོབ་བོ། །

八、得神通自在，諸佛刹中皆能示現神通游戲故。

དེ་བཞིན་གཤེགས་པའི་སྟོབས་དང་། མི་འཇིགས་པ་དང་། སངས་རྒྱས་ཀྱི་ཆོས་མ་འདྲེས་པ་དང་། མཚན་དང་། དཔེ་བྱད་བཟང་པོ་དང་། མངོན་པར་རྫོགས་པར་བྱང་ཆུབ་པ་ཀུན་ཏུ་སྟོན་པས་ཡེ་ཤེས་ལ་དབང་བ་འཐོབ་བོ། །

九、得智自在，已能示現，佛力，無畏，不共佛法，相好，正等覺故。

མཐའ་དང་དབུས་མེད་པའི་ཆོས་ཀྱི་སྒོ་སྣང་བ་ཀུན་ཏུ་སྟོན་པས་ཆོས་ལ་དབང་བ་འཐོབ་བོ། །ཞེས་ས་བཅུ་པ་ལས་རྒྱ་ཆེར་གསུངས་པ་ལྟ་བུའོ། །

十、得法自在，已能示現無邊無中，法門明故。如《十地經》廣說。

དབུ་མ་ལ་འཇུག་པའི་རྒྱ་ཆེར་བཤད་པ་དགོངས་པ་རབ་ཏུ་གསལ་བ་ལས། དོན་དམ་པའི་སེམས་བསྐྱེད་པ་བརྒྱད་པའི་བཤད་པའོ། ། ༔ ། །

釋第九勝義菩提心

གསུམ་པ་ནི།

庚三、第九地

དགུ་པ་ལ་ནི་དེའི་སྟོབས་ལྟ་ཞིག་མཐའ་དག་རྫོགས་པར་དག་འགྱུར་ཞིང་། །
དེ་བཞིན་ཡང་དག་རིག་ཆོས་རང་གི་ཡོན་ཏན་ཡོངས་སུ་དག་པའང་འཐོབ། །

第九圓淨一切力，亦得淨德無礙解。

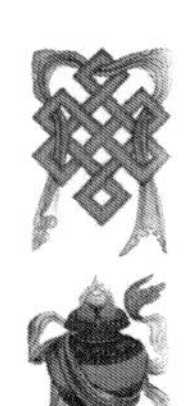

ས་དགུ་པ་ལ་ནི་བྱང་སེམས་དེའི་སྟོབས་ལྟ་ཞིག་སྟེ་སྟོབས་ཀྱི་ཕ་རོལ་ཕྱིན་པ་མཐའ་དག་རྫོགས་པར་དག་པར་འགྱུར་རོ། །

第九地菩薩，一切力波羅蜜多皆得圓滿清淨。

སྟོབས་ཀྱི་ཕར་ཕྱིན་ལ་སྟོབས་བཅུ་བཤད་པ་ནི་ཐུབ་པ་དགོངས་རྒྱན་ལས། དེ་ལ་བསམ་པའི་སྟོབས་ནི་ཉོན་མོངས་པ་ཀུན་ཏུ་སྤྱོད་པ་མེད་པའི་ཕྱིར་རོ། །ལྷག་པའི་བསམ་པའི་སྟོབས་ནི་ས་འི་ཡེ་ཤེས་ཡོངས་སུ་སྤྱངས་བ་ཉིད་ཀྱི་ཕྱིར་རོ། །

力波羅蜜多中說有十力。如經[1]云：「得善住意樂力，遠離一切煩惱現行故。

得善住增上意樂力，不離於道故。

གཟུངས་ཀྱི་སྟོབས་ནི་ཆོས་མི་བརྗེད་པ་ཉིད་ཀྱི་ཕྱིར་རོ། ། ཏིང་ངེ་འཛིན་གྱི་སྟོབས་ནི་རྟག་ཏུ་རྣམ་པར་གཡེངས་པ་མེད་པ་ཉིད་ཀྱི་ཕྱིར་རོ། །ཡང་དག་པར་འགྲོར་བའི་སྟོབས་ནི་མཐའ་ཡས་ཤིང་སྤྱུར་ཐུག་པ་མེད་པའི་

---

① 「經」，民族本、PDF及校正本作「十地經」。《大方廣佛華嚴經》：「佛子！菩薩住此地，1得善住深心力，一切煩惱不行故；2得善住勝心力，不離於道故；3得善住大悲力，不捨利益眾生故；4得善住大慈力，救護一切世間故；5得善住陀羅尼力，不忘於法故；6得善住辯才力，善觀察分別一切法故；7得善住神通力，普往無邊世界故；8得善住大願力，不捨一切菩薩所作故；9得善住波羅蜜力，成就一切佛法故；10得如來護念力，一切種、一切智智現前故。此菩薩得如是智力，能現一切諸所作事，於諸事中無有過咎」。
藏文論中所引次序不同：ཐུབ་པ་དགོངས་རྒྱན་ལས། 1དེ་ལ་བསམ་པའི་སྟོབས་ནི་ཉོན་མོངས་པ་ཀུན་ཏུ་སྤྱོད་པ་མེད་པའི་ཕྱིར་རོ། །2ལྷག་པའི་བསམ་པའི་སྟོབས་ནི་ས་འི་ཡེ་ཤེས་ཡོངས་སུ་སྤྱངས་བ་ཉིད་ཀྱི་ཕྱིར་རོ། །5གཟུངས་ཀྱི་སྟོབས་ནི་ཆོས་མི་བརྗེད་པ་ཉིད་ཀྱི་ཕྱིར་རོ། །ཏིང་ངེ་འཛིན་གྱི་སྟོབས་ནི་རྟག་ཏུ་རྣམ་པར་གཡེངས་པ་མེད་པ་ཉིད་ཀྱི་ཕྱིར་རོ། །7ཡང་དག་པར་འགྲོར་བའི་སྟོབས་ནི་མཐའ་ཡས་ཤིང་སྤྱུར་ཐུག་པ་མེད་པའི་འཇིག་རྟེན་གྱི་ཁམས་ཀྱི་སྤྱོད་པ་རྣམ་པར་དབྱེ་བ་ལ་མཁས་པ་ཉིད་ཀྱི་ཕྱིར་རོ། །དབང་གི་སྟོབས་ནི་ཡིད་ལ་རེ་བ་ཐམས་ཅད་ཡོངས་སུ་རྫོགས་པ་ཐོབ་པའི་ཕྱིར་རོ། །6སྤོབས་པའི་སྟོབས་ནི་སངས་རྒྱས་ཀྱི་ཆོས་ཐམས་ཅད་རྣམ་པར་སྤྱོད་པ་རྣམ་པར་དབྱེ་བ་ལ་མཁས་པ་ཉིད་ཀྱི་ཕྱིར་རོ། །8སྨོན་ལམ་གྱི་སྟོབས་ནི་སངས་རྒྱས་ཐམས་ཅད་ཀྱི་སྤྱོད་པ་ལ་སྤྱོར་བ་མི་གཏོང་བའི་ཕྱིར་རོ། །9ཕ་རོལ་ཏུ་ཕྱིན་པའི་སྟོབས་ནི་བདག་ཉིད་ཀྱིས་སངས་རྒྱས་ཀྱི་ཆོས་ཡོངས་སུ་སྨིན་པར་བྱེད་པ་དང་། སེམས་ཅན་ཡོངས་སུ་སྨིན་པར་བྱེད་པ་དང་། སེམས་ཅན་ཐམས་ཅད་ལ་ཕན་པའི་སྤྱོད་པ་མི་གཏོང་བའི་ཕྱིར་རོ། །4བྱམས་པ་ཆེན་པོའི་སྟོབས་ནི་སེམས་ཅན་ཐམས་ཅད་བསྐྱབ་པ་ལ་མཆོག་ཏུ་སྦྱོར་བ་མི་གཏོང་བའི་ཕྱིར་རོ། །3སྙིང་རྗེ་ཆེན་པོའི་སྟོབས་ནི་སེམས་ཅན་ཐམས་ཅད་ཀྱི་སྡུག་བསྔལ་ཐམས་ཅད་སེལ་བར་བྱེད་པའི་ཕྱིར་རོ། །ཆོས་ཉིད་ཀྱི་སྟོབས་ནི་སྒྱུ་མ་ལྟ་བུ་ལ་སོགས་པའི་ཆོས་ཉིད་མངོན་དུ་བྱེད་པའི་ཕྱིར་རོ། །10དེ་བཞིན་གཤེགས་པ་ཐམས་ཅད་ཀྱིས་བྱིན་གྱིས་རློབ་པའི་སྟོབས་ནི་རྣམ་པ་ཐམས་ཅད་པའི་ཐམས་ཅད་མཁྱེན་པའི་ཡེ་ཤེས་ལ་མངོན་དུ་ཕྱོགས་པར་གྱུར་པ་ཉིད་ཀྱི་ཕྱིར་རོ། །ཞེས་པ་མདོ་སྡེར་བསྟན་པའི་སྟོབས་རྣམས་སོ། །ཞེས་གསུངས་པ་ལྟར་རོ། །

卷十三

འཇིག་རྟེན་གྱི་ཁམས་ཀྱི་སྤྱོད་པ་རྣམ་པར་དབྱེ་བ་ལ་མཁས་པ་ཉིད་ཀྱི་ཕྱིར་རོ། །དབང་གི་སྟོབས་ནི་ཡིད་ལ་རེ་བ་ཐམས་ཅད་ཡོངས་སུ་རྫོགས་པ་ཐོབ་པའི་ཕྱིར་རོ། །སྤོབས་པའི་སྟོབས་ནི་སངས་རྒྱས་ཀྱི་ཆོས་ཐམས་ཅད་རྣམ་པར་སྤྱོད་པ་རྣམ་པར་དབྱེ་བ་ལ་མཁས་པ་ཉིད་ཀྱི་ཕྱིར་རོ། ། སྨོན་ལམ་གྱི་སྟོབས་ནི་སངས་རྒྱས་ཐམས་ཅད་ཀྱི་སྤྱོད་པ་ལ་སྦྱོར་བ་མི་གཏོང་བའི་ཕྱིར་རོ། །ཕ་རོལ་ཏུ་ཕྱིན་པའི་སྟོབས་ནི་བདག་ཉིད་ཀྱིས་སངས་རྒྱས་ཀྱི་ཆོས་ཡོངས་སུ་སྨིན་པར་བྱེད་པ་དང་། སེམས་ཅན་ཡོངས་སུ་སྨིན་པར་བྱེད་པ་དང་། སེམས་ཅན་ཐམས་ཅད་ལ་ཕན་པའི་སྤྱོད་པ་མི་གཏོང་བའི་ཕྱིར་རོ། །བྱམས་པ་ཆེན་པོའི་སྟོབས་ནི་སེམས་ཅན་ཐམས་ཅད་བསྐྱབ་པ་ལ་མཆོག་ཏུ་སྦྱོར་བ་མི་གཏོང་བའི་ཕྱིར་རོ། །སྙིང་རྗེ་ཆེན་པོའི་སྟོབས་ནི་སེམས་ཅན་ཐམས་ཅད་ཀྱི་སྡུག་བསྔལ་ཐམས་ཅད་སེལ་བར་བྱེད་པའི་ཕྱིར་རོ། །ཆོས་ཉིད་ཀྱི་སྟོབས་ནི་སྒྱུ་མ་ལྟ་བུ་ལ་སོགས་པའི་ཆོས་ཉིད་མངོན་དུ་བྱེད་པའི་ཕྱིར་རོ། །

དེ་བཞིན་གཤེགས་པ་ཐམས་ཅད་ཀྱིས་བྱིན་གྱིས་རློབ་པའི་སྟོབས་ནི་རྣམ་པ་ཐམས་ཅད་པའི་ཐམས་ཅད་མཁྱེན་པའི་ཡེ་ཤེས་ལ་མངོན་དུ་ཕྱོགས་པར་གྱུར་པ་ཉིད་ཀྱི་ཕྱིར་རོ། །ཞེས་པ་མདོ་སྡེར་བསྟན་པའི་སྟོབས་རྣམས་སོ། །ཞེས་གསུངས་པ་ལྟར་རོ། །

得善住大悲力，不捨利益有情事故。得善住大慈力，能救一切諸世間故。得善住總持力，無忘失法故。得善住辯才力，於一切佛法選釋分別得善巧故。得善住神通力，於無邊際諸世界中，行善差別處得善巧故。得善住大願力，不捨一切菩薩所作故。得善住到彼岸力，普集一切諸法故。得善住如來加持力，一切種一切智智現在前故。」（原論轉引《莊嚴能仁密意論》中經文，條文有誤，今依經改正。）

入中論善顯密意疏

སྟོབས་ཀྱི་ཕར་ཕྱིན་རྫོགས་པ་དེ་བཞིན་དུ་སོ་སོ་ཡང་དག་པར་རིག་པའི་ཆོས་ཀྱི་རང་གི་ཡོན་ཏན་ཡོངས་སུ་དག་པ་བཞིའང་འཐོབ་སྟེ། ཆོས་དང་། དོན་དང་། ངེས་པའི་ཚིག་དང་། སྤོབས་པ་སོ་སོ་ཡང་དག་པར་རིག་པ་བཞིའོ། །

如已圓滿力波羅蜜多，如是亦得四無礙解清淨功德。所謂法、義、詞、辯四無礙解。

དེ་ལ་དང་པོས་ནི་ཆོས་རྣམས་ཀྱི་རང་རང་སོ་སོའི་མཚན་ཉིད་རབ་ཏུ་ཤེས་སོ། །གཉིས་པས་ནི་ཆོས་ཐམས་ཅད་ཀྱི་རྣམ་པའི་དབྱེ་བ་ཤེས་སོ། །གསུམ་པས་ནི་ཆོས་རྣམས་མ་འདྲེས་པར་སོ་སོར་སྟོན་པ་ཤེས་སོ། བཞི་བས་ནི་ཆོས་རྣམས་ཀྱི་མཐུན་པའི་རྒྱུ་རྒྱུན་ཆད་པ་མེད་པ་རབ་ཏུ་ཤེས་པར་རང་འགྲེལ་ལས་གསུངས་སོ། །

釋論云：「以法無礙解，了知一切諸法自相。以義無礙解，了知一切諸法差別。以詞無礙解，善能無雜演說諸法。以辯無礙解，能知諸法次第相續無間斷性。」

གཞུང་གཞན་ལས་མིང་གི་རྣམ་གྲངས་ཀྱི་ཆོས་དང༌། བརྗོད་བྱའི་དོན་དང༌། སྐད་ངེས་པའི་ཚིག་དང༌། སྤོབས་པ་མི་ཟད་པ་རིག་པ་ལ་བཤད་དོ། །

餘處則說，法謂了知諸法異名，義謂①了知所詮諸義，詞謂了知訓詁，辯謂辯說無盡。

དབུ་མ་ལ་འཇུག་པའི་རྒྱ་ཆེར་བཤད་པ་དགོངས་པ་རབ་ཏུ་གསལ་བ་ལས། དོན་དམ་པའི་སེམས་བསྐྱེད་པ་དགུ་པའི་བཤད་པའོ། ། ༔ ། །

釋第十勝義菩提心

བཞི་པ་ནི།

庚四、第十地

བཅུ་པའི་ས་ལ་དེ་ཡིས་ཀུན་ནས་སངས་རྒྱས་རྣམས་ལས་དབང་བསྐུར་བ། །
དམ་པ་འཐོབ་ཅིང་ཡེ་ཤེས་ལྷག་པར་མཆོག་ཏུ་འབྱུང་བར་འགྱུར་པའང་ཡིན། །
ཆར་སྤྲིན་རྣམས་ལས་ཆུ་ཆར་འབབ་པ་ཇི་ལྟར་དེ་བཞིན་འགྲོ་རྣམས་ཀྱི། །
དགེ་བའི་ལོ་ཏོག་ཆེད་དུ་རྒྱལ་སྲས་ལས་ཀྱང་ལྷུན་གྲུབ་ཆོས་ཆར་འབབ། །
十地從於十方佛，得妙灌頂智增上，
佛子任運澍法雨，生長眾善如大云。

ས་བཅུ་བ་ལ་གནས་པའི་བྱང་སེམས་དེ་ཡིས་ཕྱོགས་བཅུ་ཀུན་ནས། སངས་རྒྱས་རྣམས་ལས་འོད་ཟེར་ཆེན་པོའི་དབང་བསྐུར་བ་དམ་པ་སྟེ་མཆོག་འཐོབ་བོ། །

十地菩薩，從十方諸佛，得大光明勝妙灌頂。

འཐོབ་ཚུལ་ནི་བྱང་སེམས་འདིས་ཏིང་ངེ་འཛིན་གྲངས་མེད་པ་འབུམ་ཕྲག་བཅུ་ཐོབ་པའི་ཐ་མ་ལ། ཐམས་ཅད་མཁྱེན་པའི་ཡེ་ཤེས་དང་ཁྱད་པར་མེད་པར་དབང་བསྐུར་བ་དང་ལྡན་པ་ཞེས་བྱ་བའི་ཏིང་ངེ་འཛིན་མངོན་དུ་འགྱུར་རོ། །

① 「謂」，上海本、PDF作「相」。

謂此菩薩證得百萬阿僧祇三摩地已，最後名爲一切智智最勝灌頂大三摩地而現在前。

དེ་ནས་དེ་མ་ཐག་ཏུ་སྟོང་གསུམ་འབུམ་ཕྲག་བཅུའི་གཏོས་དང་མཉམ་པའི་རིན་པོ་ཆེ་ཆེན་པོའི་པདྨ་རིན་པོ་ཆེ་རྣམ་པ་ཐམས་ཅད་ཀྱི་མཆོག་དང་ལྡན་པ་ཞེས་བྱ་བ་ནས། རྒྱས་པར་སྟོང་གསུམ་འབུམ་ཕྲག་བཅུར་ཚད་པའི་རྡུལ་ཕྲ་རབ་ཀྱི་རྡུལ་སྙེད་ཀྱི་པདྨའི་འཁོར་དང་ལྡན་པ་འབྱུང་བར་འགྱུར་ཏེ། བྱང་སེམས་དེའི་ལུས་ཀྱང་དེ་དང་འཚམ་པར་གནས་སོ། །

此三摩地纔現前時，有大寶王蓮花出現。其花量等百萬三千大千世界，以滿百萬三千大千世界極微塵數蓮花而爲眷屬。菩薩身相，與其蓮花，正等相稱。

ཏིང་ངེ་འཛིན་དེ་ཐོབ་མ་ཐག་ཏུ་པདྨ་དེ་ལ་འདུག་པར་ཀུན་ཏུ་སྣང་ངོ་། །དེ་དེ་ལ་འདུག་པ་དང་། སངས་རྒྱས་སངས་རྒྱས་ཀྱི་ཞིང་ཀུན་ནས་གདན་འཛོམ་པ་རྣམས་ཀྱི་མཛོད་སྤུ་ནས། འོད་ཟེར་བྱུང་ནས་བྱང་སེམས་དེ་ལ་དབང་བསྐུར་བར་མཛད་དོ། །ཞེས་བྱ་བའི་བར་དུ་ས་བཅུ་བ་ལས་གསུངས་པ་ལྟ་བུའོ། །

此三摩地現在前故，示坐寶王蓮花座上。適坐已，十方一切佛剎諸佛眾會，皆從眉間白毫相中，出大光明，入此菩薩而爲灌頂，廣如《十地經》說。

བྱང་སེམས་འདི་ལ་ཕར་ཕྱིན་བཅུའི་ནང་ནས་ཡེ་ཤེས་ཀྱི་ཕར་ཕྱིན་ལྷག་པར་མཆོག་ཏུ་བྱུང་བ་སྟེ་དག་པར་འགྱུར་བའང་ཡིན་ནོ། །

又此菩薩十波羅蜜多中，智波羅蜜多最爲增上。

ཡེ་ཤེས་ཀྱི་ངོས་འཛིན་དང་དེ་དང་ཤེས་རབ་ཀྱི་ཕར་ཕྱིན་གྱི་ཁྱད་པར་ནི། །བྱང་ས་ལས། ཆོས་ཐམས་ཅད་ལ་ཇི་ལྟ་བ་བཞིན་དུ་རྣམ་པར་བཞག་པ་ཤེས་པ་ནི། ཡེ་ཤེས་ཀྱི་ཕ་རོལ་ཏུ་ཕྱིན་པའོ། །

智波羅蜜多與慧波羅蜜多之差別，如《菩薩地》云：「於一切法如實安立清淨妙智，當知名智波羅蜜多。

དེ་ལ་དོན་དམ་པ་འཛིན་པ་ལ་ཞུགས་པའི་ཤེས་རབ་ནི། ཤེས་རབ་ཀྱི་ཕ་རོལ་ཏུ་ཕྱིན་པའོ། །

今於此中，能取勝義無分別轉清淨妙慧，當知名慧波羅蜜多。

ཀུན་རྫོབ་འཛིན་པ་ལ་ཞུགས་པ་ནི་ཡེ་ཤེས་ཀྱི་ཕ་རོལ་ཏུ་ཕྱིན་པ་སྟེ། འདི་གཉིས་ཀྱི་བྱེ་བྲག་ནི་དེ་ཡིན་ནོ། །ཞེས་གསུངས་སོ། །

能取世俗有分別轉清淨妙智，當知名智波羅蜜多。如是名爲二種差別。」

ཆར་སྤྲིན་རྣམས་ལས་འཇིག་རྟེན་པ་རྣམས་ཀྱི་ལོ་ཏོག་སྤེལ་བའི་སླད་དུ་ཆུ་ཆར་འབབ་པ་ཇི་ལྟ་བ་དེ་བཞིན་དུ། གདུལ་བྱའི་འགྲོ་བ་རྣམས་ཀྱི་དགེ་བའི་ལོ་ཏོག་སྤེལ་བའི་ཆེད་དུ། རྒྱལ་སྲས་ས་བཅུ་བ་བ་འདི་ལས་ཀྱང་ལྷུན་གྱིས་གྲུབ་པར་དམ་པའི་ཆོས་ཀྱི་ཆར་མངོན་པར་འབབ་པ་སྐྱེ་འབེབས་སོ། །དེའི་ཕྱིར་ས་འདི་ལ་ཆོས་ཀྱི་སྤྲིན་ཞེས་གསུངས་སོ།།

如雲降雨，生長世間一切稼穡。如是十地菩薩，亦爲生長所化衆生善根稼穡，任運澍濡法雨，是故此地，名法雲地。

དབུ་མ་ལ་འཇུག་པའི་རྒྱ་ཆེར་བཤད་པ་དགོངས་པ་རབ་ཏུ་གསལ་བ་ལས། དོན་དམ་པའི་སེམས་བསྐྱེད་པ་བཅུ་པའི་བཤད་པའོ།། །།

卷十三

卷十四

གསུམ་པ་ས་བཅུའི་ཡོན་ཏན་བསྟན་པ་ལ་གསུམ། ས་དང་པོའི་ཡོན་ཏན་བཤད་པ། ས་གཉིས་པ་ནས་བདུན་པའི་བར་གྱི་ཡོན་ཏན་བཤད་པ། དག་པ་ས་གསུམ་གྱི་ཡོན་ཏན་བཤད་པའོ། །

戊三、明十地功德分三：己一、明初地功德，己二、明二地至七地功德，己三、明三淨地功德。

དེ་ཚེ་འདིས་ནི་སངས་རྒྱས་བརྒྱ་མཐོང་ཞིང་། །དེ་དག་བྱིན་གྱི་བརླབས་ཀྱང་འདི་ཡིས་རྟོགས། །
དེ་ཉིད་ཚེ་ན་བསྐལ་པ་བརྒྱར་གནས་ཤིང་། །སྔོན་དང་ཕྱི་མའི་མཐར་ཡང་ཡང་དག་འཇུག །
菩薩時能見百佛，得佛加持亦能知，
此時住壽經百劫，亦能正①入前後際，

བློ་ལྡན་ཉིད་འཛིན་བརྒྱ་ཕྲག་སྙོམས་པར་འཇུག་ཅིང་གཏོང་བྱེད་དེ། །
འཇིག་རྟེན་ཁམས་བརྒྱ་འདི་ཡིས་ཀུན་ནས་གཡོ་ཞིང་སྣང་བར་ནུས། །
དེ་བཞིན་རྫུ་འཕྲུལ་གྱིས་དེ་སེམས་ཅན་བརྒྱ་ཕྲག་སྨིན་བྱེད་ཅིང་། །
བརྒྱ་ཕྲག་གྲངས་དང་རྗེས་འབྲེལ་ཞིང་དག་ཏུ་ཡང་འགྲོ་བར་འགྱུར། །
智能入起百三昧，能動能照百世界，
神通教化百有情，復能往游百佛土，

དེས་ནི་ཆོས་ཀྱི་སྒོ་རྣམས་ཡང་དག་འབྱེད་བྱེད་ཐུབ་དབང་སྲས། །
རང་གི་ལུས་ལ་ལུས་རྣམས་ཀུན་ནས་སྟོན་པར་བྱེད་པའང་ཡིན། །
རང་གི་འཁོར་དང་བཅས་པས་མཛེས་འགྱུར་ལུས་ནི་རེ་རེ་ཞིང་། །
རྒྱལ་བའི་སྲས་པོ་བརྒྱ་ཕྲག་དག་དང་རྗེས་སུ་འབྲེལ་པའང་སྟོན། །
能正思擇百法門，佛子自身現百身，
一一身有百菩薩，莊嚴圍繞爲眷屬。

①「正」，頌作「證」。

དང་པོ་ནི། དོན་དམ་པའི་སེམས་བསྐྱེད་པ་ས་དང་པོ་ཐོབ་པ་དེའི་ཚེ་ས་དང་པོ་བ་འདིས་ནི། །སྐད་ཅིག་ཐང་ཅིག་ཡུད་ཙམ་ཅིག་ལ་སངས་རྒྱས་བརྒྱ་མཐོང་བ་དང་། སངས་རྒྱས་བརྒྱ་པོ་དེ་དག་གིས་རང་བྱིན་གྱིས་བརླབས་ཀྱང་སྟེ་བརླབས་པ་ཡང་བྱང་སེམས་འདི་ཡིས་རྟོགས་པ་དང་། ས་དང་པོ་ལ་གནས་པ་དེ་ཉིད་ཀྱི་ཚེ་ན་བསྐལ་པ་བརྒྱར་གནས་པར་བྱེད་པ་དང་། བསྐལ་པ་བརྒྱ་ལ་སྔོན་དང་ཕྱི་མའི་མཐར་ཡང་ཡང་དག་པར་འཇུག་གོ །

今初，菩薩發勝義菩提心得初地時，一刹那頃，能見百佛，得彼百佛加持皆能了知。又住初地時，能住壽百劫，亦能正入前際、後際各至百劫。

དེའི་དོན་ནི་སྔོན་དང་ཕྱི་མའི་མཐའི་བསྐལ་པ་བརྒྱར་ཡང་ཡེ་ཤེས་ཀྱི་མཐོང་བ་འཇུག་པའོ། །

此義謂智見能入前際、後際百劫之事。

བློ་ལྡན་ཏེ་བྱང་སེམས་འདིས་ཏིང་ངེ་འཛིན་བརྒྱ་ཕྲག་གཅིག་ལ་སྙོམས་པར་འཇུག་ཅིང་གཏོང་བ་སྟེ་ལྡང་བར་ཡང་བྱེད་དོ། །

又此大智菩薩，能入起百三摩地。

བྱང་སེམས་འདི་ཡིས་འཇིག་རྟེན་གྱི་ཁམས་བརྒྱ་ཀུན་ནས་གཡོ་བར་བྱེད་པ་དང་། འཇིག་རྟེན་གྱི་ཁམས་བརྒྱ་སྣང་བར་བྱེད་ནུས་པ་དང་།

又能動百世界，及能照百世界。

དེ་བཞིན་དུ་རྫུ་འཕྲུལ་གྱིས་བྱང་སེམས་དེས་སེམས་ཅན་བརྒྱ་ཕྲག་གཅིག་སྨིན་པར་བྱེད་པ་དང་། བརྒྱ་ཕྲག་གི་གྲངས་དང་རྗེས་སུ་འབྲེལ་བ་སྟེ་གྲངས་དང་ལྡན་པའི་སངས་རྒྱས་ཀྱི་ཞིང་དག་ཏུ་ཡང་འགྲོ་བར་འགྱུར་བ་དང་།

又此菩薩能以神通教化成熟百有情，復能往游百佛世界。

བྱང་སེམས་དེས་ནི་ཆོས་ཀྱི་སྒོ་རྣམས་ཏེ་བརྒྱ་ཡང་དག་པར་འབྱེད་པར་བྱེད་པ་དང་།

又能正思擇百種法門。

ཐུབ་དབང་གི་སྲས་པོ་འདིས་རང་གི་ལུས་ལ་ལུས་བརྒྱ་རྣམས་ཀུན་ནས་སྟོན་པར་བྱེད་པའང་ཡིན་པ་དང་། ལུས་ནི་བརྒྱ་པོ་རེ་རེ་ཞིང་ཡང་རྒྱལ་བའི་སྲས་པོ་བརྒྱ་ཕྲག་རེ་རེ་དག་དང་རྗེས་སུ་འབྲེལ་བའང་སྟོན་པའི་རང་གི་འཁོར་དང་བཅས་པས་མཛེས་ཤིང་འཁོར་བའོ། །

又此佛子，自身復能示現百身，於一一身，有百菩薩莊嚴圍繞而為眷屬。

གཉིས་པ་ནི།

己二、明二地至七地功德

བློ་ལྡན་རབ་ཏུ་དགའ་བར་གནས་པས་ཡོན་ཏན་དེ་དག་ནི། །
ཐོབ་པར་གྱུར་ནས་དེ་བཞིན་ཁོ་ནར་དྲི་མ་མེད་གནས་པས། །
དེ་དག་སྟོང་ནི་ཡང་དག་འཐོབ་པར་འགྱུར་ཏེ་ས་ལྔ་པོ། །
འདི་དག་རྣམས་ལ་བྱང་ཆུབ་སེམས་དཔའ་ཡིས་ནི་འབུམ་ཕྲག་དང་། །
如極喜地諸功德，如是住於無垢地，
當得功德各千種。餘五菩薩得百千，

བྱེ་བ་ཕྲག་བརྒྱ་འཐོབ་ཅིང་དེ་ཡིས་བྱེ་བ་སྟོང་འགྱུར་འཐོབ། །
དེ་ནས་བྱེ་བ་བརྒྱ་ཕྲག་སྟོང་འགྱུར་ཡང་འཐོབ་བྱེ་བ་ཕྲག །
ཁྲག་ཁྲིག་ཕྲག་བརྒྱར་རྫོགས་པར་བསྒྲུབ་དང་སྐྱར་ཡང་སྟོང་ཕྲག་ཏུ། །
ཡང་དག་པར་ནི་བསྒྱུར་བ་མཐའ་དག་རབ་ཏུ་འཐོབ་པར་འགྱུར། །
得百俱胝千俱胝，次得百千俱胝量，
後得俱胝那由他，百轉千轉諸功德。

བློ་ལྡན་ས་རབ་ཏུ་དགའ་བར་གནས་པས་ཡོན་ཏན་བརྒྱ་ཕྲག་བཅུ་གཉིས་པོ་དེ་དག་ནི་ཐོབ་པར་གྱུར་ནས། ས་གཉིས་པར་འཕོས་པ་ན་ས་དང་པོ་ལ་བཤད་པ་དེ་བཞིན་ཁོ་ནར་ས་དྲི་མ་མེད་པ་ལ་གནས་པས། ཡོན་ཏན་སྡེ་ཚན་བཅུ་གཉིས་པོ་དེ་དག་ནི་སྟོང་དུ་གྲངས་པ་ཡང་དག་པར་འཐོབ་པར་འགྱུར་རོ། །

如極喜地菩薩所得十二類功德，各有一百。轉入第二無垢地時，彼十二類功德，當得一千。

ཡོན་ཏན་སྡེ་ཚན་བཅུ་གཉིས་པོ་དེ་དག་ཉིད་ས་གསུམ་པ། བཞི་པ་ལྔ་པ་དྲུག་པ་བདུན་པ་སྟེ་ས་ལྔ་པོ་འདི་དག་རྣམས་ལ་བྱང་ཆུབ་སེམས་དཔའ་ལྔ་པོ་ཡིས་ནི། རིམ་པ་བཞིན་དུ་འབུམ་ཕྲག་བཅུ་གཉིས་དང་། བྱེ་བ་ཕྲག་བརྒྱ་པ་བཅུ་གཉིས་དང་། བྱེ་བ་ཕྲག་སྟོང་བཅུ་གཉིས་དང་། བྱེ་བ་བརྒྱ་ཕྲག་སྟོང་བཅུ་གཉིས་དང་། བྱེ་བ་ཕྲག་ཁྲག་ཁྲིག་ཕྲག་བརྒྱར་རྫོགས་པར་བསྒྱུར་བ་སྟེ་བྱེ་བ་འབུམ་པ་བཅུ་གཉིས་དང་། སྐྱར་ཡང་སྟོང་ཕྲག་ཏུ་ཡང་དག་པར་ནི་

བསྒྱུར་བ་མཐའ་དག་སྟེ་ཁྲག་ཁྲིག་འབུམ་ཕྲག་བཅུ་གཉིས་རབ་ཏུ་འཐོབ་པར་འགྱུར་རོ། །

其餘三地、四地、五地、六地、七地菩薩，如其次第，則得百千、百俱胝、千俱胝、百千俱胝、俱胝那由他百轉千轉，即百千俱胝那由他十二類功德也。

གསུམ་པ་ནི།

己三、明三淨地功德

ས་བརྒྱད་པ་ནས་ཡོན་ཏན་དེ་རྣམས་གྲངས་ཀྱི་གནས་ཀྱིས་བགྲང་བར་མི་ནུས་པས། རྡུལ་ཕྲ་རབ་རྣམས་ཀྱིས་ཡོངས་སུ་བགྲང་བར་བཤད་པ།

八地以上所得功德，計算俱窮，當以微塵而數。頌曰：

མི་གཡོའི་སར་གནས་རྣམ་རྟོག་མེད་པ་དེས། །སྟོང་གསུམ་བརྒྱ་ཕྲག་སྟོང་བསྡོམས་འཇིག་རྟེན་ན། །
རྡུལ་ཚད་ཇི་སྙེད་ཡོད་པ་དེ་རྣམས་དང་། །གྲངས་མཉམ་ཡོན་ཏན་དག་ནི་འཐོབ་པར་འགྱུར། །

住不動地無分別，證得量等百千轉，
三千大千佛世界，極微塵數諸功德。

卷十四

མི་གཡོ་བའི་ས་ས་བརྒྱད་པ་ལ་གནས་པ། གང་ཟག་དང་ཆོས་ལ་བདེན་འཛིན་གྱི་རྣམ་རྟོག་མེད་པ་དེས་སྟོང་གསུམ་བརྒྱ་ཕྲག་སྟོང་བསྡོམས་པ་སྟེ། སྟོང་གསུམ་གྱི་འཇིག་རྟེན་གྱི་ཁམས་གསུམ་གྱི་འཇིག་རྟེན་ན་རྡུལ་གྱི་གྲངས་པ་ཚད་ཇི་སྙེད་ཡོད་པ་དེ་རྣམས་དང་གྲངས་མཉམ་པའི་ཡོན་ཏན་སྡེ་ཚན་དག་ནི་འཐོབ་པར་འགྱུར་རོ། །

住第八不動地菩薩，於人及法都無實執分別。證得百千三千大千世界極微塵數十二類功德。頌曰：

ལེགས་པའི་བློ་གྲོས་ས་ལ་གནས་པ་ཡི། །བྱང་ཆུབ་སེམས་དེས་སྔར་བསྟན་ཡོན་ཏན་དག །
གྲངས་མེད་བརྒྱ་ཕྲག་སྟོང་དུ་ཡང་དག་པར། །བསྡོམས་པ་ཕྲག་བཅུའི་རྡུལ་ཚད་ཐོབ་པར་འགྱུར། །

菩薩住於善慧地，證得前說諸功德，
量等百萬阿僧祇，大千世界微塵數。

ས་དགུ་པ་ལེགས་པའི་བློ་གྲོས་ཀྱི་ས་ལ་གནས་པའི་བྱང་ཆུབ་སེམས་དཔའ་དེས། །ཡོན་ཏན་སྔར་བསྟན་པའི་སྡེ་བཅུ་གཉིས་དག་གྲངས་མེད་བརྒྱ་ཕྲག་སྟོང་དུ་ཡང་དག་པར་བསྡོམས་པ་ཕྲག་བཅུ་སྟེ། །སྟོང་གསུམ་གྱི་འཇིག་རྟེན་གྱི་ཁམས་གྲངས་མེད་པ་འབུམ་ཕྲག་བཅུའི་རྡུལ་ཕྲ་རབ་ཀྱི་གྲངས་ཀྱི་ཚད་དང་མཉམ་པ་ཐོབ་པར་འགྱུར་རོ། །

菩薩住於第九善慧地，證得如前所說十二類功德，量等百萬阿僧祇三千大千世界極微塵數。頌曰：

རེ་ཞིག་བཅུ་པ་འདིར་དེའི་ཡོན་ཏན་དག །ངག་གི་སྤྱོད་ཡུལ་ལས་ཆེས་འདས་འགྱུར་ཞིང་། །
ངག་གི་སྤྱོད་ཡུལ་མ་ཡིན་བསྡོམས་རྣམས་ཉི། །རྡུལ་དག་ཇི་སྙེད་ཡོད་པ་དེ་སྙེད་འགྱུར། །

且說於此第十地，所得一切諸功德，

量等超過言說境，非言說境微塵數。

ས་བཅུ་པ་འདིར་ས་དེའི་ཡོན་ཏན་ནི། སྔར་བཤད་པའི་སྡེ་ཚན་བཅུ་གཉིས་པོ་དག་གི་སྤྱོད་ཡུལ་ལས་ཆེས་འདས་པར་འགྱུར་ཞིང་། དག་གི་སྤྱོད་ཡུལ་མ་ཡིན་པ་བསྡོམས་པ་སྟེ་སངས་རྒྱས་ཀྱི་ཞིང་བརྗོད་དུ་མེད་པའི་ཡང་བརྗོད་དུ་མེད་པའི་རྡུལ་གྱི་གྲངས་དག་ཇི་སྙེད་ཡོད་པ་དེ་སྙེད་ཀྱི་གྲངས་དང་མཉམ་པ་འཐོབ་པར་འགྱུར་རོ། །

於此第十地中，所得如前所說之十二類功德，量等超過言說境，非言說境，即不可說不可說轉佛刹極微塵數也。

རེ་ཞིག་གི་སྒྲས་ནི་ས་བཅུ་པ་པ་ལ་ཡོན་ཏན་འདིར་བརྗོད་པ་དེ་ཙམ་དུ་ཟད་པ་མིན་ནོ། །ཞེས་རེ་ཞིག་སྟོན་ལ་འདི་བརྗོད་ཅེས་འོག་ནས་ཡོན་ཏན་གཞན་སྟོན་པའི་གོ་རིམ་བརྗོད་པའོ། །

言「且說」者，謂十地菩薩之功德，猶不止如此所說者。故下文更述諸餘功德。頌曰：

བ་སྤུའི་ཁུང་བུར་བྱང་ཆུབ་སེམས་རྣམས་དང་། །ལྷན་ཅིག་རྫོགས་སངས་རྒྱས་སྐུ་བགྲང་འདས་དང་། །
དེ་བཞིན་ལྷ་དང་ལྷ་མིན་མི་དག་ཀྱང་། །སྐད་ཅིག་སྐད་ཅིག་ལ་ནི་སྟོན་པར་ནུས། །

一一毛孔皆能現，無量諸佛與菩薩，

如是刹那刹那頃，亦現天人阿修羅。

入中論善顯密意疏

གཞན་ཡང་བྱང་སེམས་འདིས་ནི་སྤྲུལ་པ་སྟོན་པ་ལ་རྟོག་པའི་ཀུན་སློང་རྒྱུ་བ་མེད་པར་རང་གི་ལུས་ཀྱི་བ་སྤུའི་ཁུང་བུ་རེ་རེར་བྱང་ཆུབ་སེམས་དཔའ་རྣམས་དང་རྫོགས་པའི་སངས་རྒྱས་ཀྱི་སྐུ་གྲངས་ལས་འདས་པ་རེ་རེ་ཞིང་། བྱང་སེམས་གཞལ་གྱིས་མི་ལང་བའི་འཁོར་རྣམས་དང་ལྡན་ཅིག་པ་རྣམས་དང་སྐད་ཅིག་སྐད་ཅིག་ལ་ནི་རྣམ་པ་གཞན་དང་གཞན་དུ་ཡང་སྟོན་པར་ནུས་ལ། དེ་བཞིན་དུ་དེ་དག་ལས་གཞན་འགྲོ་བ་ལྔའི་འཁོར་བ་ལྷ་དང་ལྷ་མིན་དང་མི་ལ་སོགས་པའི་དབྱེ་བས་ཐ་དད་པ་ཡང་མ་འདྲེས་པར་བ་སྤུའི་ཁུང་བུ་རེ་རེར་སྐད་ཅིག་རེ་རེ་ལ་སྟོན་པར་ནུས་སོ། །

又此菩薩，能無分別示現化身，於自身一一毛孔，刹那刹那能各別示現無量諸佛菩薩，各有無量菩薩而爲眷屬。如是一一刹那頃，亦能於一一毛孔示現其餘天人阿修羅等，不相雜亂。

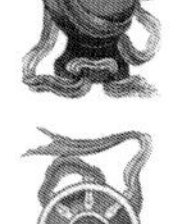

ཀྱང་གི་སྒྲ་ནི་མ་སྨོས་པ་བསྡུ་བའི་དོན་དུ་སྟེ། མ་སྨོས་པ་གང་སྟེང་ན་བརྒྱ་བྱིན་དང་། ཚངས་པ་དང་། འཇིག་རྟེན་སྐྱོང་བ་དང་། མིའི་རྒྱལ་པོ་དང་། ཉན་ཐོས་དང་། རང་སངས་རྒྱས་དང་། དེ་བཞིན་གཤེགས་པས་གདུལ་བའི་སེམས་ཅན་རྣམས་ལ་བརྒྱ་བྱིན་ལ་སོགས་པའི་གཟུགས་བཟུང་ནས་ལྷུན་གྱིས་གྲུབ་པར་ཆོས་སྟོན་པར་ནུས་སོ། །ཞེས་བྱ་བ་ལ་སོགས་པའི་བར་གྱི་དོན་སྟུད་པའོ། །རྒྱས་པར་ནི་ས་བཅུ་པ་ལས་ཤེས་པར་བྱའོ། །

「亦」字攝未說者，謂應以帝釋、梵王、護世、人王、聲聞、獨覺、如來等身教化之有情，即能任運示現帝釋等身而爲說法。廣如《十地經》說應當了知。

卷十四

གཉིས་པ་འབྲས་བུའི་ས་ལ་ལྔ། དང་པོར་སངས་རྒྱས་པའི་ཚུལ། སྐུ་དང་ཡོན་ཏན་གྱི་རྣམ་གཞག། སྤྲུལ་པའི་སྐུ་བསྟན་པ། ཐེག་པ་གཅིག་ཏུ་བསྒྲུབ་པ། མངོན་པར་བྱང་ཆུབ་པ་དང་བཞུགས་པའི་དུས་ཀྱི་བཤད་པའོ། །

丙二、果地分五：丁一、初成正覺之相，丁二、建立身與功德，丁三、明變化身，丁四、成立一乘，丁五、成佛與住世。

དང་པོ་ལ་གཉིས། དངོས་ཀྱི་དོན་དང་། རྩོད་པ་སྤང་བའོ། །

初又分二：戊一、正義，戊二、釋難。

གང་ཕྱིར་ནམ་མཁའ་དྲི་མ་མེད་ལ་ཟླ་སྣང་གསལ་བར་གྱུར་བའི་ཕྱིར། །

སྟོན་ཆེ་སྟོབས་བཅུ་བསྐྱེད་པའི་ས་ལ་ཁྱོད་ཀྱིས་སྐར་ཡང་འབད་གྱུར་ཞིང་། །

འོག་མིན་དུ་ནི་གང་གི་དོན་དུ་འབད་གྱུར་གོ་འཕང་མཆོག་ཞི་བ། །

ཡོན་ཏན་མཐའ་དག་མཐར་ཐུག་མཚུངས་པ་མེད་དེ་ཁྱོད་ཀྱིས་བརྙེས། །

如淨虛空月光照，生十力地復勤行，

於色界頂證靜位，衆德究竟無與等。

དང་པོ་ནི། ཇི་ལྟར་ཏེ་དཔེར་ན་ཟླ་བའི་སྣང་བས་ནམ་མཁའ་དྲི་མ་མེད་པ་ལ་འགྲོ་བ་མ་ལུས་པ་གསལ་བར་ནུས་པ་དེ་བཞིན་དུ། སངས་རྒྱས་ཀྱི་ཆོས་རྣམས་འཐོབ་པ་ལ་གེགས་བྱེད་པའི་མུན་པ་སྦྱོང་བར་མཛད་པ་ཐུགས་བསྐྱེད་པ་བཅུ་པ་བརྙེས་པས། རང་གིས་སངས་རྒྱས་ཀྱི་ཆོས་རྣམས་བརྙེས་ནུས་པར་མཁྱེན་ནས།

今初，譬如月光於淨虛空中能照耀一切衆生，如是已得第十菩提心之菩薩，淨治能障佛法之冥暗，了知自身能得佛法。

སླར་ཡང་སྟོབས་བཅུ་བ་སངས་རྒྱས་ཀྱི་ས་བསྐྱེད་པའི་སྔོན་གྱི་ས་བཅུ་བ་དེར་སངས་རྒྱས་ཀྱི་ས་འཐོབ་པ་ལ་འབད་པ་མཛད་པའམ་བརྩམས་པར་གྱུར་ཅིང་། གང་གི་དོན་དུ་འབད་པ་འདི་བརྩམས་པར་གྱུར་པའི་གོ་འཕང་མཆོག་ཞི་བ་བླ་ན་མེད་པའི་ཡེ་ཤེས་དེ་ཡང་། བཅོམ་ལྡན་འདས་ཀྱིས་འོག་མིན་དུ་ནི་སྟེ་གནས་དེ་ཁོ་ནར་ཁྱོད་ཀྱིས་བརྙེས་པར་གྱུར་ཏོ། །

於能生十力佛地之前第十地時，爲得佛地故，復更精勤修行。爾時世尊唯於①色界頂摩醯首羅天宮，證得最極寂靜無上智位。

ཡེ་ཤེས་དེ་ནི་ཡོན་ཏན་མཐའ་དག་གི་མཐར་ཐུག་པ་སྟེ། དྲན་པ་ཉེར་གཞག་ལ་སོགས་པའི་ཡོན་ཏན་མཐའ་དག་འདིར་མཐར་ཐུག་ཅིང་ཕུལ་དུ་བྱུང་བའི་ཕྱིར་རོ། །

此位一切功德皆到究竟，以念住等一切功德，至此爲極最勝妙故。

དེ་ནི་མཚུངས་པ་མེད་པ་ཡང་ཡིན་ཏེ། དེ་དང་འདྲ་བ་མེད་པའི་ཕྱིར་དང་། གོང་ན་མེད་པའི་ཕྱིར་རོ། །

此智復無與等，以無同此者故，更無過上者故。

ཚིག་རྐང་དང་པོའི་འགྱུར་ནི་འགྲེལ་བ་དང་བསྟུན་ན་སྔར་བཤད་པ་ལྟར་འོང་དགོས་ལ། ཚིག་རྐང་གཉིས་པ་ལ་ནག་ཚོའི་འགྱུར་ལས། སླར་ཡང་སྟོབས་བཅུ་བསྐྱེད་པའི་སྔོན་གྱིས་དེར་འབད་པ་མཛད་གྱུར་པ། ཞེས་འབྱུང་བ་ལྟར་ལེགས་སོ། །

言唯於色界頂者，顯先未成佛，最初成佛者，必是色究竟天身。

འོག་མིན་ཁོ་ནར་ཞེས་གསུངས་པས་ནི་སྔར་སངས་མ་རྒྱས་པ་གསར་དུ་འཚང་རྒྱ་བའི་རྟེན་ལ་འོག་མིན་པ་དགོས་པར་སྟོན་ལ། སྔོན་སངས་རྒྱས་ཟིན་གསར་དུ་འཚང་རྒྱ་བའི་ཚུལ་སྟོན་པ་འདོད་པ་ཁམས་སུ་མཛད་པ་ཡིན་ཏེ། ཕ་རོལ་ཏུ་ཕྱིན་པའི་ཐེག་པའི་ལུགས་སོ། །

①「世尊唯於」：校正本、廣化本作「世尊曰：『汝唯於……』」。

若先已成佛，後示現成佛者，則欲界身亦可。此是波羅蜜多大乘規。

འོག་མིན་དུ་དང་པོར་འཚང་རྒྱ་བ་ན། བཅོམ་ལྡན་འདས་ཀྱིས་སྐད་ཅིག་གཅིག་ཁོ་ན་ལ་ཐམས་ཅད་མཁྱེན་པའི་ཡེ་ཤེས་བརྙེས་པར་སྟོན་པ་ནི།

諸佛世尊於色界頂初成佛時，唯於一刹那頃得一切種智。頌曰：

ཇི་ལྟར་སྣོད་ཀྱི་དབྱེ་བས་མཁའ་ལ་དབྱེ་བ་མེད་དེ་ལྟར། །
དངོས་བྱས་དབྱེ་བ་འགའ་ཡང་དེ་ཉིད་ལ་མེད་དེ་ཡི་ཕྱིར། །
རོ་མཉམ་ཉིད་དུ་ཡང་དག་ཐུགས་སུ་ཆུད་པར་མཛད་གྱུར་ན། །
མཁྱེན་བཟང་ཁྱོད་ཀྱིས་སྐད་ཅིག་གིས་ནི་ཤེས་བྱ་ཐུགས་སུ་ཆུད། །

如器有異空無別，諸法雖別性無差，
是故正知①同一味，妙智刹那達所知。

ཇི་ལྟར་ཏེ་དཔེར་ན་བུམ་པ་དང་འཁར་གཞོང་ལ་སོགས་པའི་སྣོད་ཀྱི་མི་འདྲ་བའི་དབྱེ་བ་དུ་མ་ཡོད་ཀྱང་། མི་འདྲ་བའི་དབྱེ་བ་དེ་ཡིས་སྣོད་དེ་དག་ཏུ་གཏོགས་པ་སྟེ་དེར་ཁྱབ་པའི་ནམ་མཁའ་ལ་ནི། སྒྲིབ་པ་ཐམས་ཅད་བཀག་ཙམ་དུ་མཚུངས་པའི་ཕྱིར། དེ་ལས་གཞན་པའི་དབྱེ་བ་མེད་པ་དེ་ལྟར་དུ་གཟུགས་དང་ཚོར་བ་ལ་སོགས་པ་ལ་དངོས་པོ་སྟེ་རང་གི་རྒྱུ་རྐྱེན་གྱིས་བྱས་པའི་དབྱེ་བ་མི་འདྲ་བ་དུ་མ་ཡོད་ཀྱང་། དེ་དག་ཏུ་གཏོགས་པ་དེ་རང་བཞིན་གྱིས་གྲུབ་པའི་སྐྱེ་བ་མེད་པའི་དེ་ཁོ་ན་ཉིད་ལ། དངོས་པོས་བྱས་པའི་དབྱེ་བ་འགའ་ཡང་མེད་པ་དེའི་ཕྱིར་དེ་ཁོ་ན་ཉིད་ནི་རོ་མཉམ་པ་སྟེ་རོ་གཅིག་ཁོ་ནར་ཤེས་པར་བྱའོ། །

如瓶盤等器雖有無量差別，然遍於一切器皿之虛空，同是遣除障礙之所顯故，無餘差別。如是色受等法從因緣生，雖有無量差別不同。然彼等上自性不生之真實義，則無少許差異。是故當知此真實義唯是一味。

རོ་མཉམ་དེ་ཡང་མཁྱེན་པའི་སྐད་ཅིག་གཅིག་ཁོ་ནས་ཡང་དག་པར་ཐུགས་སུ་ཆུད་པར་མཛད་པར་གྱུར་པས་ན། མཁྱེན་པ་བཟང་པོ་ཅན་ཁྱོད་ཀྱིས་སྐད་ཅིག་གིས་ནི་ཤེས་བྱ་ཐམས་ཅད་ཐུགས་སུ་ཆུད་པའི་ཡེ་ཤེས་བརྙེས་སོ། །

此一味真實義，唯以一刹那智而正了知，故妙智世尊一刹那頃證得，通達一切所知之妙智也。

---

①「知」，頌作「智」。

གཉིས་པ་ལ་གཉིས། ཕྱོགས་སྔ་མ་དགོད་པ་དང་། ལུགས་དེ་དགག་པའོ། །

戊二、釋難分二：己一、敘難，己二、解釋。

གང་ཚེ་ཞི་བ་དེ་ཉིད་ཡིན་ན་དེ་ལ་བློ་གྲོས་འཇུག་མི་འགྱུར། །
བློ་མ་ཞུགས་པར་ཤེས་བྱའི་ཡུལ་ཅན་ངེས་པར་རིགས་པའང་མ་ཡིན་ལ། །
ཀུན་ནས་ཤེས་མེད་པ་ནི་ཤེས་པར་ཇི་ལྟར་འགྱུར་ཏེ་འགལ་བར་འགྱུར། །
མཁྱེན་པོ་མེད་པར་ཁྱེད་ཀྱིས་གཞན་ལ་འདི་ལྟའོ་ཞེས་སུ་ཞིག་སྟོན། །

若靜是實慧不轉，不轉而知亦非理，
不知寧知成相違，無知者誰爲他說。

དང་པོ་ནི། རང་བཞིན་གྱིས་སྐྱེ་བ་མེད་པ་ནི་གཟུགས་ལ་སོགས་པ་རྣམས་ཀྱི་དེ་ཁོ་ན་ཉིད་དོ། །ཞེས་རྣམ་པར་འཇོག་ཅིང་དེ་ཡང་བློས་ཤེས་པ་ཡིན་ནོ་ཞེས་འཇོག་ན། གང་གི་ཚེ་རང་བཞིན་གྱིས་སྐྱེ་བ་ཞི་བ་ནི། དེ་ཁོ་ན་ཉིད་དོ་ཞེས་རྣམ་པར་འཇོག་པ་དེའི་ཚེ། ཡུལ་དེ་ལ་རྣམ་པ་ཐམས་ཅད་དུ་བློ་གྲོས་ཏེ་ཤེས་རབ་མི་འཇུག་པར་ཁས་བླང་དགོས་ཏེ། འདི་ལྟར་རང་བཞིན་གྱིས་སྐྱེ་བ་མེད་པའི་དེ་ཁོ་ན་ཉིད་ལ་བློ་དེ་འཇུག་པ་ན། བློ་དེ་ཡུལ་ཅིའི་རྣམ་པ་ཅན་ཞིག་ཏུ་འགྱུར་ཏེ་མི་འགྱུར་རོ། །

今初，汝既安立自性不生爲色等之真實義，又安立智慧能知於彼。若時安立自性不生之寂靜是真實義者，則於彼境應許智慧不轉。若於自性不生之真實義，智慧能轉，則彼智慧爲見彼境是何行相。

དེའི་ཕྱིར་ཡུལ་གྱི་རྣམ་པ་གང་ཡང་འཆར་བ་མེད་པས་དེ་ཁོ་ན་ཉིད་ལ་བློ་མི་འཇུག་གོ །

由全不見境之行相，故於真實義智慧不轉。

ཡུལ་ཅན་གྱི་བློ་ཡུལ་ལ་མ་ཞུགས་པར་ནི་ཤེས་བྱའི་ཡུལ་བློས་ངེས་པར་རིགས་པའང་མ་ཡིན་པས། དེ་ཁོ་ན་ཉིད་ཀྱི་དོན་འདི་ཡོངས་སུ་ཤེས་པར་འགྱུར་བར་ཇི་ལྟར་འོས། ཡོངས་སུ་ཤེས་པ་མེད་པ་ནི་དེ་ཁོ་ན་ཉིད་ཤེས་པའོ། །ཞེས་བྱ་བར་མི་རིགས་པའི་ཕྱིར་ཏེ།

若時智慧於境不轉，則說智慧知所知境亦不應理。何能遍知此真實義。由不遍知云知真義，不應道理。

ཡུལ་ཀུན་ནས་ཤེས་པ་མེད་པར་ནི་ཤེས་པར་ཇི་ལྟར་འགྱུར་ཏེ་འགལ་བར་འགྱུར་བའི་ཕྱིར་རོ། །

故不遍知境者寧是能知，成相違故。

དེ་ཁོ་ན་ཉིད་ལ་འཇུག་པའི་སེམས་སྐྱེ་བ་སྲི་འབྱུང་བ་མེད་ན་ཡང་། དེ་ཁོ་ན་ཉིད་མཁྱེན་པ་པོ་མེད་པར་འདི་ལྟ་བུའི་མཚན་ཉིད་ཅན་གྱི་དེ་ཁོ་ན་ཉིད་ངས་ཐུགས་སུ་ཆུད་དོ་ཞེས་ཁྱེད་ཀྱིས་གདུལ་བྱ་གཞན་དག་ལ་སུ་ཞིག་གིས་སྟོན་པར་བྱེད་པ་རིགས་ཏེ་མི་རིགས་སོ་ཞེ་ན

若能知真實義之心都無有生，則亦無有能知真實義之人，誰復爲他所化，說我了知真實義行相如是耶？

གཉིས་པ་ལ་གཉིས། དེ་ཁོ་ན་ཉིད་རྟོགས་པ་མི་འཐད་པའི་རྩོད་པ་སྤང་བ། མཁྱེན་པ་པོ་མི་འཐད་པའི་རྩོད་པ་སྤང་བའོ། །

己二、解釋分二：庚一、釋不證真實義難，庚二、釋無能知者難。

གང་ཚེ་སྐྱེ་མེད་དེ་ཉིད་ཡིན་ཞིང་བློ་ཡང་སྐྱེ་བ་དང་བྲལ་བ། །
དེ་ཚེ་དེ་རྣམས་སྟེན་ལས་དེ་ཡིས་དེ་ཉིད་རྟོགས་པ་ལྟ་བུ་སྟེ། །
ཇི་ལྟར་སེམས་ནི་གང་གི་རྣམ་པ་ཅན་དུ་འགྱུར་བ་དེ་ཡིས་ཡུལ། །
དེ་ཡོངས་ཤེས་པ་དེ་བཞིན་ཐ་སྙད་བརྟེན་ནས་རིག་པ་ཡིན། །

不生是實慧離生，此緣彼相證實義，
如心有相知彼境，依名言諦說爲知。

དང་པོ་ནི། འཇིག་རྟེན་འདི་ན་ཤེས་པ་ཡུལ་དེའི་རྣམ་པའི་རྗེས་སུ་བྱེད་པ་ཉིད་འཛིན་པ་ན། ཤེས་པ་དེས་ཡུལ་དེ་རིག་པར་བརྗོད་དེ། །ཇི་ལྟར་ཏེ་དཔེར་ན་སེམས་ནི་ཡུལ་སྔོན་པོ་གང་གི་རྣམ་པ་ཅན་དུ་སྐྱེ་བར་འགྱུར་བ་ན། སེམས་དེ་ཡིས་ཡུལ་སྔོན་པོ་དེ་ཡོངས་སུ་ཤེས་སོ་ཞེས་བརྗོད་པ་དེ་བཞིན་དུ་ཡུལ་ཅན་གྱི་ཤེས་པ་ཡུལ་དེ་ཁོ་ན་ཉིད་ཇི་འདྲ་བ་དེ་འདྲ་བའི་རྣམ་པ་ཅན་དུ་སྐྱེ་བ་ན། ཐ་སྙད་ཀྱི་བདེན་པ་ལ་བརྟེན་ནས་དེ་ཁོ་ན་ཉིད་རིག་པ་ཡིན་ནོ་ཞེས་ཉེ་བར་བཏགས་སོ། །

今初，於此世間，若識隨彼境相而緣，即說此識了知彼境。如心生時具青境相，即說此心了知青境。如是若能緣智生，具真實義之行相，依名言諦亦可說爲了知真實義。

ཤེས་པ་དེ་ཁོ་ན་ཉིད་ཀྱི་རྣམ་པའི་རྗེས་སུ་བྱེད་ཚུལ་ནི། གང་གི་ཚེ་རང་བཞིན་གྱིས་སྐྱེ་བ་མེད་པ་ཡུལ་གྱི་དེ་ཁོ་ན་ཉིད་ཡིན་ཞིང་སྟེ་ཡིན་པ་བཞིན་དུ། དེའི་ཡུལ་ཅན་གྱི་བློ་ཡང་རང་བཞིན་གྱིས་སྐྱེ་བ་དང་བྲལ་བའི་རྣམ་པ་ཅན་དུ

ཆུ་ལ་ཆུ་བཞག་པ་བཞིན་དུ་ཞུགས་པ་དེའི་ཚེ། ཡུལ་དེའི་རྣམ་པ་སྟེན་པ་སྟེ་འཛིན་པ་ཉིད་ལས། དེ་ཁོ་ན་ཉིད་རྟོགས་པར་འཛོག་པའི་ཕྱིར་སྨྲར་གྱི་རྩོད་པའི་སྐྱོན་མེད་དོ། །ནག་ཚོའི་འགྱུར་ལས། དེ་ཚེ་དེའི་དེ་ཉིད་རྟོགས་པ་དེའི་རྣམ་པ་འཛིན་པ་ཉིད་ཡིན་ཏེ། ཞེས་འབྱུང་བ་ལྟར་ལྟ་བུ་མེད་པ་དག་པ་ཡིན་ནོ། །

內識隨緣真實義行相之理，謂如自性不生是境之真實義，其能緣慧亦具離自性生之行相，如水注水中。由緣彼境之行相，立爲證真實義，故無所難之過失。

འདིར་རང་འགྲེལ་ལས། དེའི་ཕྱིར་བཏགས་པ་ལས་དེ་ཁོ་ན་ཉིད་རྟོགས་སོ་ཞེས་རྣམ་པར་བཞག་གི །དངོས་སུ་ན་འགའ་ཞིག་འགའ་ཞིག་གིས་ཤེས་པ་ནི་མ་ཡིན་ཏེ། ཤེས་པ་དང་ཤེས་བྱ་གཉིས་ཀ་ཡང་མ་སྐྱེས་པ་ཉིད་ཀྱི་ཕྱིར་རོ། །

釋論云：「故由假名立爲通達真實義，實無少法能知少法，能知所知俱不生故。」

ཞེས་གསུངས་པའི་བཏགས་པ་ལས་ཞེས་གསུངས་པའི་དོན་ནི། ཐ་སྙད་བདེན་ནས་རིག་པ་ཡིན། ཞེས་གསུངས་པ་ལྟར་རང་གི་ངོ་བོ་ཉིད་ཀྱིས་རིག་པ་མིན་པར་བཏགས་པ་ཙམ་ལས་རིག་པར་འཛོག་པའི་དོན་ཡིན་གྱི། དེ་ཁོ་ན་ཉིད་རིག་པ་བཏགས་པ་བར་འཛོག་པ་མིན་ནོ། །

假名之義，如頌云：「依名言諦說爲知。」謂非由自性說爲了知，是由假名立爲了知。非說了知真實義，唯是假說也。

དངོས་སུ་ན་ཞེས་སོགས་ཀྱི་དོན་ནི་སྤྲོས་བྲལ་གྱི་རྣམ་པ་ཤར་བ་ཙམ་ལས་རིག་པ་མིན་པར་སྔོ་སེར་སོགས་ཀྱི་རྣམ་པ་འདྲ་བ་ཞིག་ཤར་ནས་རིག་པ་མིན་ཏེ། ཡུལ་དེ་ཁོ་ན་ཉིད་མ་སྐྱེས་པ་ཡིན་པ་བཞིན་དུ། ཡུལ་ཅན་ཡང་རང་བཞིན་གྱིས་མ་སྐྱེས་པའི་རྣམ་པ་ཅན་ཡིན་པས་སོ་ཞེས་པའི་དོན་ནོ། །

言「實無少法」等，義謂：若唯現離戲論相不立爲知，要現如青黃等相乃立爲知，則定非有。如所緣境真實義是不生，其能緣慧亦具自性不生之行相也。

དེ་ལྟར་ན་ཕྱོགས་སྔ་མ་སྨྲ་བ་པོས་བློ་ལ་དེ་ཁོ་ན་ཉིད་ཀྱི་རྣམ་པ་འཆར་རྒྱུ་མེད་པ་དང་། ཡུལ་དེའི་རྣམ་པ་མ་ཤར་ན་བློ་ཡུལ་ལ་མི་འཇུག་པ་དང་། མ་ཞུགས་ན་ཡུལ་དེ་མི་ཤེས་པ་དང་། མ་ཤེས་ན་ཡུལ་ཅན་དེ་ཤེས་པར་འགལ་ལོ་ཞེས་སྨྲ་བའི་ཡུལ་གྱི་རྣམ་པ་མ་ཤར་ན་བློ་མི་འཇུག་པ་ལ་སོགས་པ་རྣམས་རང་ཡང་དེ་ལྟར་འདོད་པས།

如敵者說：「慧不能現真實義之行相。若慧不現境相，則不於境轉。若不於境轉，則不知彼境。若不知境，則說心能知彼，成相違失。」

དེ་ལ་ལན་མི་འདེབས་པས་བློ་ལ་དོན་དམ་བདེན་པའི་རྣམ་པ་འཆར་རྒྱུ་མེད་པ་བཀག་ནས། དེའི་རྣམ་པ་བློ་ལ་འཆར་བ་དང་། དེ་ཤར་བ་ལས་ཡུལ་དེ་རྟོགས་པར་འཛོག་ཅེས་དཔེ་དང་བཅས་པར་གསུངས་པས།

入中論善顯密意疏

其慧不現境相則不轉等，自宗亦許，不須解答。故唯破其慧不能現勝義諦相。說彼行相慧能現起，由現彼相，立爲通達彼境，並舉喻爲證。

ལུགས་འདི་ལ་དོན་དམ་བདེན་པ་རྟོགས་པའི་མི་རྟོག་ཡེ་ཤེས་མེད་པར་སྨྲ་བ་ནི། འཕགས་པའི་རྟོགས་པ་མཆོག་ལ་སྐུར་བ་འདེབས་པ་ཡིན་ནོ། །

有說此宗，無有通達勝義諦之無分別智者，當知是謗最勝聖智。

འདིར་སྐད་ཅིག་གིས་ནི་ཤེས་བྱ་ཁྱབ་སུ་ཆུད། ཅེས་སྐད་ཅིག་གཅིག་པོ་ནས་ཐམས་ཅད་མཁྱེན་པའི་ཡེ་ཤེས་བརྙེས་པ་དང་། ཇི་ལྟ་བ་མཁྱེན་པའི་ཡེ་ཤེས་ཀྱིས་རིག་བྱ་རིག་བྱེད་དངོས་སུ་ཐ་དད་པའི་ཚུལ་དུ་སྣང་ནས་མི་མཁྱེན་པར་གསུངས་པ་རྣམས་ལ། སངས་རྒྱས་ཀྱིས་ཇི་ལྟ་བ་དང་ཇི་སྙེད་པ་མཁྱེན་ཚུལ་ལེགས་པར་ཤེས་དགོས་པར་སྣང་བས། མདོར་བསྡུས་པ་ཞིག་བརྗོད་པར་བྱའོ། །

此云：「剎那達所知。」說證得一剎那頃能達一切所得之智。又說如所有智不現能知、所知各別二相而知，故於諸佛了達如所有性與盡所有性之理，應善了解。茲當略說。

འདི་ལ་སངས་རྒྱས་མ་ཐོབ་པར་དུ་བློ་གཅིག་གིས་སྐད་ཅིག་མ་གཅིག་ལ་ཆོས་ཅན་སོ་སོར་སྣང་བ་དང་། ཆོས་ཉིད་གཉིས་ཀ་དངོས་སུ་མཁྱེན་པ་མི་འོང་བས་དེ་གཉིས་མཁྱེན་པ་རེས་འཇོག་ཏུ་འོང་ངོ། །

未成正覺，一剎那慧，不能雙達各別有法與彼法性，彼二必須各別了達。

བདེན་འཛིན་གྱི་བག་ཆགས་མ་ལུས་པ་ཟད་དེ་སངས་རྒྱས་པ་ནས་དུས་རྟག་ཏུ་དོན་དམ་བདེན་པ་མངོན་སུམ་དུ་རྟོགས་པའི་མཉམ་གཞག་ལ་བཞུགས་པས། དེ་ལས་བཞེངས་པའི་མཉམ་རྗེས་རེས་འཇོག་མེད་པའི་ཕྱིར་དང་།

若已斷盡實執習氣成正等覺，恆常安住親證勝義諦之根本定中，永不起定。根本後得不復別起。

བདེན་གཉིས་རང་འགྲེལ་ལས། མཁྱེན་པའི་སྐད་ཅིག་གཅིག་གིས་ནི། །ཤེས་བྱའི་དཀྱིལ་འཁོར་ཀུན་ཁྱབ་ཅན། །ཞེས་གསུངས་པ་ལྟར་ཡིན་པས་མཉམ་གཞག་གི་ཡེ་ཤེས་དེ་ལས་ངོ་བོ་ཐ་དད་པའི་ཇི་སྙེད་པ་མཁྱེན་པའི་རྗེས་ཐོབ་ཀྱི་ཡེ་ཤེས་མེད་པའི་ཕྱིར་ན། ཡེ་ཤེས་གཅིག་གིས་བདེན་པ་གཉིས་ཀྱི་ཤེས་བྱ་ཐམས་ཅད་མཁྱེན་པར་འདོད་དགོས་སོ། །

如《二諦論釋》云：「以一剎那智，周遍所知輪。」離根本智，更無異體知盡所有性之後得智，是故當許唯以一智能知二諦一切所知。

གང་གི་ཚེ་ཆོས་ཉིད་ལ་ལྟོས་ཏེ་ཇི་ལྟ་བ་མཁྱེན་པའི་ཡེ་ཤེས་སུ་སོང་བ་དེའི་ཚེ་བློ་དེའི་ངོར་གཉིས་སུ་སྣང་བ་ཐམས་ཅད་ཉེ་བར་ཞི་བས་ཡེ་ཤེས་དེ་ཆུ་ལ་ཆུ་བཞག་པ་བཞིན་དུ་རོ་གཅིག་ཏུ་ཞུགས་པ་ཡིན་ལ། གང་གི་ཚེ་

ཆོས་ཅན་ལ་ལྟོས་ཏེ་ཇི་སྙེད་པ་མཁྱེན་པར་སོང་བ་དེའི་ཚེ། ཡུལ་ཡུལ་ཅན་སོ་སོར་སྣང་བའི་གཉིས་སྣང་ཡོད་ཀྱང་། གཉིས་སྣང་འཁྲུལ་བའི་བག་ཆགས་དྲུངས་ཕྱུང་བས་སྣང་ཡུལ་ལ་མ་འཁྲུལ་བའི་གཉིས་སྣང་ཡིན་གྱི་འཁྲུལ་བའི་གཉིས་སྣང་མིན་ཏེ། འདི་མ་འཁྲུལ་བའི་ཚུལ་གཞན་དུ་ལེགས་པར་བཤད་ཟིན་ཏོ། །

若時觀待法性成如所有智，則此智前一切二相皆悉寂滅。是故此智如水注水一味而轉。若時觀待有法成盡所有智，則有心境二相顯現。由已拔除錯亂二相之習氣，故是於所見境不錯亂之二相，非錯亂二相。此不錯亂之理，餘處已廣說。

སངས་རྒྱས་ཀྱི་སར་མཉམ་གཞག་དང་རྗེས་ཐོབ་ཀྱི་ཡེ་ཤེས་གཉིས་ཀ་ཡོད་པར་ནི་རྒྱུད་བླ་མ་ལས། ཤེས་རབ་ཡེ་ཤེས་རྣམ་གྲོལ་རྣམས། །གསལ་དང་འཕྲོ་དང་དག་ཕྱིར་དང་། །ཐ་དད་མེད་ཕྱིར་འོད་དང་ཟེར། །ཉི་མའི་དཀྱིལ་འཁོར་རྣམས་དང་མཚུངས། །ཞེས་པའི་

又佛地中具有根本後得二智，如《寶性論》云：「慧智及解脫，光明照耀淨，無異故如日，光明照耀等。」

འགྲེལ་བར་དེ་ལ་སངས་རྒྱས་ཀྱི་རྒྱུད་ལ་མངའ་བའི་འཇིག་རྟེན་ལས་འདས་པ་རྣམ་པར་མི་རྟོག་པའི་ཤེས་རབ་ནི། ཤེས་བྱའི་དེ་ཁོ་ན་ཉིད་དམ་པའི་མུན་པ་སེལ་བར་ཉེ་བར་གནས་པའི་ཕྱིར། །འོད་གསལ་བ་དང་ཆོས་མཚུངས་སོ། །དེའི་རྗེས་ལ་ཐོབ་པ་ཤེས་བྱ་ཐམས་ཅད་ཀྱི་ཡེ་ཤེས་ནི་ཤེས་བྱའི་དངོས་པོ་མ་ལུས་པ་རྣམ་པ་ཐམས་ཅད་ལ་འཇུག་པས་ནི་འོད་ཟེར་གྱི་དྲ་བ་འཕྲོ་བ་དང་ཆོས་མཚུངས་སོ། །ཞེས་གསུངས་སོ། །

疏云：「佛身出世無分別慧，能破除所知勝真實義之黑暗故，如同光明。其後得見一切所知之智，遍一切種所知事轉故，如同照耀。」

འཇིག་རྟེན་ལས་འདས་པ་རྣམ་པར་མི་རྟོག་པ་ནི་མཉམ་གཞག་ཡིན་ལ། དེ་ཡང་དེ་ཁོ་ན་ཉིད་ལ་ལྟོས་ནས་འཇོག་པ་ནི་དེ་ཁོ་ན་ཉིད་དམ་པ་ཞེས་སོགས་ཀྱི་དོན་ནོ། །

出世無分別慧即根本智。彼是觀待真實義而立，即破除等義。

རྗེས་ལ་ཐོབ་པ་ཞེས་པའི་རྗེས་ཀྱི་དོན་ནི། མཉམ་བཞག་ལས་ལངས་པའི་རྗེས་ཞེས་དུས་སྔ་ཕྱིའི་རྗེས་མིན་གྱི། མཉམ་གཞག་དེའི་སྟོབས་ཀྱིས་ཐོབ་པའམ་བྱུང་བའི་དོན་ནོ། །

言後得之後，非從根本定起，時間前後之後。是由根本定力所得或所生之義。

ཤེས་བྱ་ཞེས་སོགས་ཀྱི་དོན་ནི་རྗེས་ཐོབ་ཀྱི་ཡེ་ཤེས་དེ་ཤེས་བྱ་ཇི་སྙེད་པ་ཐམས་ཅད་ལ་འཇུག་པའི་སྒོ་ནས་འཇོག་པའོ། །

言「遍一切種所知」等義，謂彼後得智，是由遍緣一切盡所有性而立也。

དེས་ན་ཆོས་ཅན་ལ་ལྟོས་ཏེ་ཇི་ལྟ་བ་མཁྱེན་པ་མིན་ལ། ཆོས་ཉིད་ལ་ལྟོས་ཏེ་ཇི་སྙེད་པ་མཁྱེན་པ་མིན་ནོ། །

故觀待有法則非如所有智，觀待法性則非盡所有智。

དོན་འདི་ལེགས་པར་ཤེས་ན་བདེན་གཉིས་ལས།བརྟགས་པའི་ངོ་བོས་དབེན་པ་ཡིས། །ཇི་ལྟར་སྣང་བ་འདི་ཀོ་ན། །བརྟེན་ཏེ་སྐྱེས་པ་ཐམས་ཅད་ནི། །ཐམས་ཅད་མཁྱེན་པས་མངོན་སུམ་གཟིགས། །ཞེས་དང་།

若能善解此義，則於《二諦論》云：「由離遍計性，所現唯緣生，一切種妙智，現見此一切。」

གང་ཚེ་ཤེས་དང་ཤེས་བྱ་དང་། །བདག་ཉིད་རྗེས་སུ་མི་མཐོང་བ། །དེ་ཚེ་མཚན་མ་མི་འབྱུང་ཕྱིར། །གནས་པ་བརྟན་ཕྱིར་མི་བཞེངས་སོ། །ཞེས་སངས་རྒྱས་ཀྱིས་སྣང་བ་ཇི་སྙེད་པ་ཐམས་ཅད་མངོན་སུམ་དུ་མཁྱེན་པ་དང་།

又云：「若能知所知，自體皆不見，爾時相不生，堅住故不起。」此說諸佛現見一切盡所有性，

ཡང་གཉིས་སུ་སྣང་བའི་ཚུལ་གྱིས་ཤེས་པ་དང་ཤེས་བྱ་གང་ཡང་མི་མཐོང་བར་གསུངས་པ་དང་། ཆེན་པོ་གཞན་དག་གིས་ཀྱང་དེ་དང་འདྲ་བར་གསུངས་པ་རྣམས་ལ།

又說能知所知以二相理皆無所見。餘諸大論師亦多作是說。

ཤེས་པ་དང་ཤེས་བྱ་གང་ཡང་མི་མཐོང་བ་སངས་རྒྱས་རང་སྣང་གི་དབང་དུ་བྱས་ཤིང་། ཤེས་བྱ་ཐམས་ཅད་མངོན་སུམ་དུ་གཟིགས་པ་གདུལ་བྱ་གཞན་སྣང་གི་མཁྱེན་ཚུལ་ཡིན་པས། སངས་རྒྱས་ཀྱི་སས་བསྡུས་པའི་ཡེ་ཤེས་མེད་ཅེས་ཟེར་མི་དགོས་པར་ཡེ་ཤེས་གཅིག་ཉིད་ཡུལ་གཉིས་ལ་ལྟོས་ཏེ། མཁྱེན་ཚུལ་མི་འདྲ་བ་གཉིས་འོང་བ་ལ་འགལ་བ་ཅུང་ཟད་ཀྱང་མེད་པར་ཤེས་པའི་ཕྱིར་རོ། །

不須強解謂：「能知所知都無所見，是依佛本分而說。現見一切所知，是就眾生分上而說，無有佛地所攝之智。」即佛一智觀待二境，有二了達之相，無少相違也。

འོ་ན་དངོས་ཀུན་ཡང་དག་བརྫུན་པ་མཐོང་བ་ཡིས། །ཞེས་སོགས་ཀྱིས་བདེན་པ་གཉིས་ཀྱི་མཚན་ཉིད་བསྟན་པ་དང་། རྣམ་གཞག་འདི་གཉིས་འགལ་བར་འགྱུར་རོ་སྙམ་ན། མི་འགལ་ཏེ་བདེན་གཉིས་ཀྱི་མཚན་ཉིད་སྤྱིར་བཤད་པ་ནི་སྤྱིར་བཏང་ལ་དགོངས་ལ། སངས་རྒྱས་ཀྱི་ཡེ་ཤེས་ཀྱི་མཁྱེན་ཚུལ་ནི་ས་བཅུ་པ་མན་ཆད་དང་། ཐུན་མོང་མ་ཡིན་པ་དམིགས་བསལ་གྱི་དབང་དུ་བྱས་པ་ཡིན་པའི་ཕྱིར་རོ། །

若爾前云：「由於諸法見真妄，」等所明二諦之相，與此建立應成相違。曰：無違。前說二諦相，是依總義而立。此說佛智見境之相，與十地以下皆悉不共，是依別義而立也。

དེའི་ཕྱིར་སངས་རྒྱས་ཀྱི་མཁྱེན་ཚུལ་ཡང་བསྡུས་པའི་དབང་དུ་བྱེད་ན་ནི་ཡང་དག་པ་མཐོང་བའི་རིགས་ཤེས་ཚད་མས་རྙེད་པ་དང་། ཡུལ་དེ་ལ་རིགས་ཤེས་ཚད་མ་ཡིན་པ་ནི། དོན་དམ་བདེན་པའི་མཚན་ཉིད་ཡིན་ལ། དེས་ཀུན་རྫོབ་བདེན་པའི་མཚན་ཉིད་ཀྱང་ཤེས་པར་བྱའོ། །

諸佛見境之相，總略言之，若是見真理智正量所得，要待彼境方成理智正量者，是勝義諦相。世俗諦相由此可知。

དེ་བཞིན་དུ་ཇི་ལྟ་བ་མཁྱེན་པའི་ཡེ་ཤེས་ཀྱིས་རྙེད་ཅིང་ཡུལ་དེ་ལ་ཇི་ལྟ་བ་མཁྱེན་པའི་ཡེ་ཤེས་སུ་སོང་བ་དང་། ཇི་སྙེད་པ་མཁྱེན་པའི་ཡེ་ཤེས་ཀྱིས་རྙེད་ཅིང་ཡུལ་དེ་ལ་ཇི་སྙེད་པ་མཁྱེན་པར་སོང་བའི་སྒོ་ནས། ཡུལ་སོ་སོ་ལ་ལྟོས་ནས་ཀུན་རྫོབ་དང་དོན་དམ་མཁྱེན་ཚུལ་ཡང་ཤེས་པར་བྱའོ། །

若是如所有智所得，要待彼境方成如所有智，及是盡所有智所得要待彼境方成盡所有智。如是觀待各別境界，立為見勝義世俗之相，亦當了知。

འདིར་སྔར་རང་རིག་འཐད་མི་འཐད་དཔྱད་པ་བྱས་པའི་རང་ལུགས་ཀྱང་དྲན་པར་བྱའོ། །

復當憶念，前文觀察自證分，應不應理之自宗也。

གཉིས་པ་ལ་གཉིས། དངོས་ཀྱི་དོན་དང་། དེའི་འཐད་པ་དངོས་བསྟན་པའོ། །

庚二、釋無能知者難分二：辛一、正義，辛二、明理。

དང་པོ་ནི། གང་ཡང་ཁྱོད་ཀྱི་ལུགས་ལྟར་ན་མཁྱེན་པ་པོ་མེད་པར་གདུལ་བྱ་གཞན་ལ་དེ་ཁོ་ན་ཉིད་ནི་འདི་ལྟ་བུའོ་ཞེས་སུ་ཞིག་གིས་སྟོན་ཞེས་བརྗོད་པ་དེ་ལ་ཡང་ལན་བརྗོད་པར་བྱ་སྟེ། སངས་རྒྱས་ཀྱི་སའི་དེ་ཁོ་ན་ཉིད་འཇལ་བའི་ཤེས་པ་འདི་ཡུལ་རང་བཞིན་གྱིས་སྐྱེ་བ་མེད་པའི་དོན་དམ་དང་རོ་གཅིག་ཏུ་ཞུགས་པ་བདེན་མོད་ཀྱང་། །འཇིག་རྟེན་ན་དེ་ཁོ་ན་ཉིད་རྟོགས་པ་མི་སྲིད་པ་ཡང་མིན་ནོ། །

今初，又汝說云：「若無知者，誰復為他說真實義行相如是耶？」今當解釋。佛地親證真實義智，與境自性不生勝義，雖是一味而轉。然諸世間亦非不能了知真實。

དེ་ཇི་ལྟར་ཞེ་ན། རྩོད་པ་འདིའི་དོན་ནི་དེ་ཁོ་ན་ཉིད་ལ་རོ་གཅིག་པའི་ཚུལ་གྱིས་རྟག་ཏུ་བཞུགས་པ་ཡིན་ན། ཆོས་སྟོན་པའི་ཀུན་སློང་གི་རྣམ་རྟོག་དང་བཅས་པའི་སྟོན་པ་པོ་མེད་ལ། དེ་མེད་ན་ཆོས་སྟོན་པ་མེད་ཅེས་པའི་དོན་ཡིན་ཏེ། འདིའི་འོག་ཉིད་ནས་རྣམ་རྟོག་མེད་ཀྱང་ཆོས་སྟོན་པ་འཐད་པའི་ལན་གསུངས་པའི་ཕྱིར། རྩོད་པ་འདི་ལ་ལན་བརྗོད་པར་བྱ་སྟེ།

此中難義，是謂智與真實恆一味轉，則無具說法分別之說者，既無說者，則不說法。下文答云：「雖無分別，說法亦應理故。」爲答此難，頌曰：

དེ་ཡི་ལོངས་སྤྱོད་རྫོགས་སྐུ་བསོད་ནམས་ཀྱིས། །ཟིན་དང་སྤྲུལ་པ་མཁའ་གཞན་ལས་དེའི་མཐུས། །
སྒྲ་གང་ཆོས་ཀྱི་དེ་ཉིད་སྟོན་འབྱུང་བ། །དེ་ལས་འཇིག་རྟེན་གྱིས་ཀྱང་དེ་ཉིད་རིག །

百福所感受用身，化身虛空及餘物，

彼力發音說法性，世間由彼亦了真。

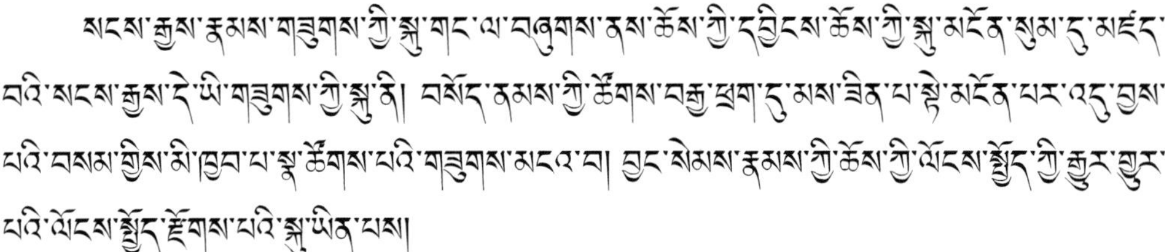

སངས་རྒྱས་རྣམས་གཟུགས་ཀྱི་སྐུ་གང་ལ་བཞུགས་ནས་ཆོས་ཀྱི་དབྱིངས་ཆོས་ཀྱི་སྐུ་མངོན་སུམ་དུ་མཛད་པའི་སངས་རྒྱས་དེ་ཡི་གཟུགས་ཀྱི་སྐུ་ནི། བསོད་ནམས་ཀྱི་ཚོགས་བརྒྱ་ཕྲག་དུ་མས་ཟིན་པ་སྔེ་མངོན་པར་འདུ་བྱས་པའི་བསམ་གྱིས་མི་ཁྱབ་པ་སྣ་ཚོགས་པའི་གཟུགས་མངའ་བ། བྱང་སེམས་རྣམས་ཀྱི་ཆོས་ཀྱི་ལོངས་སྤྱོད་ཀྱི་རྒྱུར་གྱུར་པའི་ལོངས་སྤྱོད་རྫོགས་པའི་སྐུ་ཡིན་པས།

諸佛住何色身親證法界法身？佛此色身，是由無量福德資糧之所感得，具足不可思義[①]種種妙色。是諸菩薩受用法樂之因，名受用身。

སྐུ་དེ་ལས་སྒྲ་གང་ཞིག་འབྱུང་བ་ཆོས་ཀྱི་དེ་ཁོ་ན་ཉིད་སྟོན་པ་དེ་ལས་འཇིག་རྟེན་ཏེ་གདུལ་བྱ་ཆོས་དེ་ལྟ་བུ་ཉན་པའི་སྣོད་དུ་གྱུར་པས་ཀྱང་དེ་ཁོ་ན་ཉིད་ཕྱིན་ཅི་མ་ལོག་པར་རིག་པར་འགྱུར་རོ། །

由此色身發出法音演說諸法真實義。世間衆生是聞法之法器，即能無倒了知真實也。

བསོད་ནམས་བརྒྱས་བསྐྱེད་པའི་སྐུ་ལས་དེ་ལྟར་འབྱུང་བ་ལྟ་ཞོག །ལོངས་སྐུ་དེའི་བྱིན་རླབས་ཀྱིས་སྤྲུལ་པ་དང་། དེ་ཙམ་དུ་མ་ཟད་ཀྱི་གཞན་ཡང་སྤྲུལ་པ་དེ་ཡི་མཐུས་ནམ་མཁའ་དང་། གཞན་རྩྭ་དང་ཤིང་དང་རྩིག་པ་དང་བྲག་ལ་སོགས་པ་སེམས་མེད་པ་ལས་སྒྲ་གང་ཞིག་ཆོས་ཀྱི་དེ་ཉིད་སྟོན་པ་འབྱུང་བ་དེ་ལས་ཀྱང་གདུལ་བྱ་རྣམས་ཀྱིས་དེ་ཁོ་ན་ཉིད་རིག་པར་འགྱུར་རོ། །

不但百福所感之報身能作是事，即此報身加持之化身，及由化身之力，從虛空中及餘草木、壁崖等無心之物，亦能發出法音演說諸法真實，今[②]諸衆生了知真實義也。

---

①「不可思義」，民族本作「不可思議」。
②「今」，民族本、校正本作「令」。

གཉིས་པ་ནི།

辛二、明理

ཡང་ཇི་ལྟར་སེམས་དང་སེམས་བྱུང་གི་རྣམ་རྟོག་མེད་པ་ནི། དེ་ལྟར་སྟོན་པའི་དུས་ད་ལྟ་ཀུན་སློང་གི་བྱ་བ་མི་སྲིད་ཀྱང་། ཆོས་སྟོན་པའི་བྱ་བ་འབྱུང་བའི་རྒྱུར་འགྱུར་སྙམ་ན། དེ་བསྟན་པའི་ཕྱིར་དཔེ་དགོད་པ་ནི།

諸無分別心、心所法，於說法時現前即[1]無發起作用，云何能爲說法作用之因？當舉外喻以明此義。頌曰：

ཇི་ལྟར་རྫ་མཁན་སྟོབས་ཆེན་ལྡན་པས་འདིར། །ཡུན་རིང་ཆེས་འབད་པས་བསྐོར་འཁོར་ལོ་ནི། །
དེའི་རྩོལ་དེ་ལྟར་སྐྱེས་པ་མེད་བཞིན་དུའང་། །འཁོར་ཞིང་བུམ་པ་ལ་སོགས་རྒྱུར་མཐོང་ལྟར། །
如具強力諸陶師，經久極力轉機輪，
現前雖無功用力，旋轉仍爲瓶等因。

དེ་བཞིན་ད་ལྟ་སྐྱེས་རྩོལ་མེད་བཞིན་དུ། །ཆོས་ཀྱི་བདག་ཅན་སྐུ་ཉིད་ལ་བཞུགས་དེའི། །
འཇུག་པ་སྐྱེ་བོའི་དགེ་དང་སྨོན་ལམ་གྱི། །ཁྱད་པར་གྱིས་འཕངས་ལས་ཆེས་བསམ་མི་ཁྱབ། །
如是佛住法性身，現前雖然無功用，
由眾生善與願力，事業恆轉不思議。

ཇི་ལྟར་ཏེ་དཔེར་ན་འཇིག་རྟེན་འདིར་རྫ་མཁན་སྟོབས་ཆེན་པོ་དང་ལྡན་པས་འབད་པ་ཆེན་པོས་བསྐོར་བའི་འཁོར་ལོ་ནི། དེ་འདས་ནས་ཡུན་རིང་དུ་སོང་བས་རྫ་མཁན་དེའི་འཁོར་ལོ་བསྐོར་བའི་འབད་རྩོལ་ད་ལྟ་སྐྱེས་པ་མེད་བཞིན་དུའང་། འཁོར་ལོ་དེ་འཁོར་ཞིང་རྫ་བུམ་ལ་སོགས་པའི་རྒྱུར་མཐོང་བ་ལྟར།

譬如世間具有強力之陶師，由經久時極力旋轉其機輪。次彼陶師雖現前不起轉動機輪之功力，亦見彼輪旋轉不停成爲瓶等之因。

དེ་བཞིན་དུ་སངས་རྒྱས་པའི་ཚེ་ད་ལྟ་སྐྱེས་པའི་འབད་རྩོལ་གྱི་རྟོག་པ་མེད་བཞིན་དུ། ཆོས་ཀྱི་སྐུའི་བདག་ཉིད་ཅན་ཉིད་ལ་བཞུགས་པའི་སངས་རྒྱས་དེའི་འཕྲིན་ལས་འཇུག་པ་ནི། ཡིད་བཞིན་གྱི་ནོར་བུ་དང་དཔག་བསམ་གྱི་ཤིང་དང་འདྲ་བར། སངས་རྒྱས་ལས་དེ་འདྲ་བའི་ཆོས་ཐོས་པར་འགྱུར་བའི་ལས་ཡོངས་སུ་སྨིན་པའི་དགེ་བ་གདུལ་

[1]「即」，民族本作「既」。

བྱའི་སྐྱེ་བོས་བསགས་པ་དང་། སངས་རྒྱས་ཀྱིས་སྔོན་བྱང་སེམས་ཀྱི་སྐབས་སུ་སྨོན་ལམ་ཁྱད་པར་ཅན་བཏབ་པའི་མཐུས་འཕངས་པ་སྟེ་ཤུགས་ལས་ཡིན་པས། ཆེས་ཤིན་ཏུ་བསམ་གྱིས་མི་ཁྱབ་པ་ཡིན་ནོ། །

如是諸佛住法性身成正覺時，如摩尼珠及如意樹，現前雖無分別功用，然由眾生善根成熟應從佛所聽聞是法，及由諸佛昔爲菩薩時發廣大願牽引之力。故佛事業恆轉不息極不可思議也。

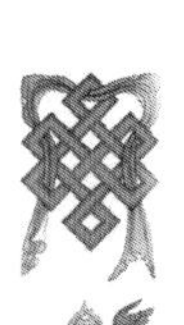

སྨོན་ལམ་ཇི་ལྟ་བུ་ཞེ་ན། ཇི་ལྟར་འཚམ་པར་སེམས་ཅན་གྱི་དོན་སྒྲུབ་པ་ལྷུར་མཛད་ཅིང་། ཆོས་ཀྱི་དབྱིངས་ལས་སྐད་ཅིག་ཀྱང་མི་བསྐྱོད་ལ། སེམས་ཅན་གདུལ་བའི་དུས་ལས་ཀྱང་མི་འདའ་བ་དེ་འདྲ་བར་བདག་ཀྱང་གྱུར་ཅིག །ཅེས་པའོ། །འདིར་དེའི་ཤེས་བྱེད་ཀྱི་མདོ་དྲངས་པ་ནག་ཚོའི་འགྱུར་ལས་འབྱུང་ངོ་། །

發願之相，謂如諸佛，隨順機宜，利益眾生，安住法界，刹那不動，調伏眾生而不失時，願我亦當能如是也。拏錯譯本中於此處引有經證。

གཉིས་པ་ལ་གཉིས། སྐུའི་རྣམ་གཞག་དང་། སྟོབས་ཀྱི་ཡོན་ཏན་གྱི་རྣམ་གཞག་གོ །

丁二、建立身與功德分二：戊一、建立身，戊二、建立十力功德。

དང་པོ་ལ་གསུམ། ཆོས་ཀྱི་སྐུ་དང་། ལོངས་སྤྱོད་རྫོགས་པའི་སྐུ་དང་། རྒྱུ་མཐུན་པའི་སྐུ་བཤད་པའོ། །

初又分三：己一、法身，己二、受用身，己三、等流身。

དང་པོ་ནི། དེ་ནི་ཆོས་ཀྱི་སྐུའི་དབང་དུ་བྱས་ནས་བཤད་པ།

今初，今當說法身。頌曰：

ཤེས་བྱའི་བུད་ཤིང་སྐམ་པོ་མ་ལུས་པ། །བསྲེགས་པས་ཞི་དེ་རྒྱལ་རྣམས་ཆོས་སྐུ་སྟེ། །

དེ་ཚེ་སྐྱེ་བ་མེད་ཅིང་འགག་པ་མེད། །སེམས་འགགས་པས་དེ་སྐུ་ཡིས་མངོན་སུམ་མཛད། །

盡焚所知如乾薪，諸佛法身最寂滅，

爾時不生亦不滅，由心滅故唯身證。

ཡུལ་ཅན་ཡེ་ཤེས་ཀྱི་རང་བཞིན་ཏེ་བདག་ཉིད་ཅན་གྱི་སྐུ་གཉིས་སུ་སྣང་བའི་ཤེས་བྱའི་ཡུལ་བུད་ཤིང་སྐམ་པོ་དང་འདྲ་བ་མ་ལུས་པ། ཡེ་ཤེས་མེ་དང་འདྲ་བས་བསྲེགས་པ་ལས། ཤེས་བྱ་རང་བཞིན་གྱིས་སྐྱེ་བ་མེད་པ་ཇི་འདྲ་བ་དེ་འདྲ་བའི་རྣམ་པ་ཅན་དུ་ཞུགས་པས། ཤེས་པ་རང་བཞིན་གྱིས་མ་སྐྱེས་པ་དེའི་རྣམ་པ་ཅན་དང་ལྡན་པར་གྱུར་

བའི་དེ་ཁོ་ན་ཉིད་ཞི་བ་དེ་ནི་རྒྱལ་བ་རྣམས་ཀྱི་ཆོས་ཀྱི་སྐུའོ། །

佛智本性身由智慧火，盡焚一切如同乾薪之二相所知境，即如所知自性不生行相而轉，故智慧自性不生行相之寂滅真實義即是諸佛之法身。

འདི་ཉིད་ཀྱི་དབང་དུ་མཛད་ནས་རྡོ་རྗེ་གཅོད་པ་ལས། སངས་རྒྱས་རྣམས་ནི་ཆོས་ཉིད་ལྟ། །འདྲེན་པ་རྣམས་ནི་ཆོས་ཀྱི་སྐུ། །ཆོས་ཉིད་ཤེས་བྱ་མ་ཡིན་ཏེ། །དེ་ནི་ཤེས་པར་ནུས་མ་ཡིན། །ཞེས་སངས་རྒྱས་རྣམས་ནི་དུས་ཀུན་ཏུ་ཆོས་ཉིད་ལ་ལྟ་བ་སྟེ་དེ་ལ་མཉམ་པར་བཞག་པ་དང་། འདྲེན་པ་རྣམས་ཀྱི་དོན་དམ་པའི་སྐུ་ནི་ཆོས་ཀྱི་སྐུ་དང་། ཆོས་ཉིད་དེ་མཁྱེན་པ་ནའང་གཉིས་སུ་སྣང་བའི་ཚུལ་གྱིས་ཤེས་པར་བྱ་བ་མིན་པར་གསུངས་སོ། །

《能斷金剛經》依此義云：「應觀佛法性，即導師法身，法性非所識，故彼不能了。」此說諸佛於一切時安住法性，即是導師之勝義法身，又此法性，亦非二相之理所能識也。

དེ་ཁོ་ན་ཉིད་ཀྱི་ཆོས་ཀྱི་སྐུ་འདི་ནི། དེའི་ཚེ་སྐྱེ་བ་མེད་ཅིང་འགག་པ་མེད་པ་སྟེ་འདིའི་དབང་དུ་མཛད་ནས། འཇམ་དཔལ་སྐྱེ་བ་མེད་ཅིང་འགག་པ་མེད་པ་ཞེས་བྱ་བ་འདི་ནི། དེ་བཞིན་གཤེགས་པའི་ཚིག་བླ་དྭགས་སོ་ཞེས་མདོ་སྡེ་ལས་གསུངས་སོ། །

爾時此真實義法身，不生不滅。經依如是義云：「曼殊室利，當知不生不滅，即是如來增語。」

དེ་ལྟར་ན་སངས་རྒྱས་ཀྱི་སའི་ཡེ་ཤེས་ཀྱི་ཡུལ་དེ་ཁོ་ན་ཉིད་ཀྱི་དོན་ལ། རྣམ་པ་ཐམས་ཅད་དུ་དེའི་ཡུལ་ཅན་གྱི་སེམས་དང་སེམས་ལས་བྱུང་བའི་རྣམ་རྟོག་འགགས་ཤིང་མི་འཇུག་པས། རྣམ་པར་མི་རྟོག་པའི་ཡེ་ཤེས་དང་དེ་ཁོ་ན་ཉིད་གཉིས་ཆུ་ལ་ཆུ་བཞག་པ་བཞིན་དུ་དབྱེར་མེད་པར་ཞུགས་སོ། །

如是佛地妙智所緣真實義中，分別心、心所畢竟息滅不轉。無分別智與真實義，如水注水無可分別。

དེའི་ཕྱིར་གོ་འཕང་དེ་ནི་དང་པོར་ལོངས་སྤྱོད་རྫོགས་པའི་སྐུ་ཡིས་མངོན་སུམ་དུ་མཛད་པ་སྟེ་བརྙེས་པར་ཀུན་རྫོབ་ཏུ་རྣམ་པར་བཞག་གོ །ནག་ཚོའི་འགྱུར་ལས། དེའི་ཤེས་བྱེད་དུ་ཕྱིར་མི་ལྡོག་པའི་འཁོར་ལོའི་མདོ་དྲངས་པ་སྣང་ངོ། །

故世俗安立，唯由報身證彼佛果也。拏錯譯本，引《不退轉輪經》。

སེམས་འགགས་པ་ཞེས་གསུངས་པའི་དོན་ནི། ཚིག་གསལ་ལས། མདོ་ལས། དོན་དམ་པའི་བདེན་པ་གང་ཞེ་ན། གང་ལ་སེམས་ཀྱི་རྒྱུ་བ་ཡང་མེད་ན། །ཡི་གེ་རྣམས་ལྟ་སྨོས་ཀྱང་ཅི་དགོས། །ཞེས་གསུངས་སོ། །དེ་ལྟར་ན་རྣམ་པར

རྟོག་པ་མེད་པ་ཡིན་ནོ། །ཞེས་སེམས་ཀྱི་རྒྱུ་བ་རྣམ་རྟོག་མེད་པ་ལ་གསུངས་པ་དང་།

心滅之義，《顯句論》云：「經云：云何勝義諦，謂尚非心所行，況諸文字，此謂無分別。」此說無心之行爲無分別。

འདིར་རང་འགྲེལ་ལས་ཀྱང་། ཞི་བའི་དོན་སེམས་སེམས་བྱུང་དང་བྲལ་བ་ལ་བཤད་ནས། ཞི་བ་དེ་ཡིན་ཡང་སེམས་ཅན་གྱི་དོན་མཛད་ནུས་པ་གསལ་བར་བྱེད་པའི་དཔེར། དཔག་བསམ་གྱི་ཤིང་དང་ཡིད་བཞིན་གྱི་ནོར་བུ་བཀོད་པའི་མཐར།

此處釋論解寂滅義謂離心、心所已，雖是寂滅然亦能作利眾生事，舉如意樹及摩尼珠喻。

འདི་རྣམ་པར་མི་རྟོག་པ་ཡིན་དུ་ཟིན་ཀྱང་། དཔག་བསམ་གྱི་ཤིང་དང་ཡིད་བཞིན་གྱི་ནོར་བུ་ལྟར། །ཞེས་རྣམ་རྟོག་གི་སེམས་སེམས་བྱུང་དང་བྲལ་བ་ལ་གསལ་བར་གསུངས་པས། སངས་རྒྱས་ལ་ཡེ་ཤེས་མེད་པའི་ཁུངས་སུ་འདྲེན་པ་ནི་གཞུང་གི་དོན་མ་རྟོགས་པའི་སྐུར་འདེབས་ཆེན་པོའོ། །

其後又云：「此身雖無分別，如如意樹及摩尼珠。」亦明顯說是離分別心、心所法。故引此文證佛無智慧。實乃未達論義，妄興毀謗也。

གཉིས་པ་ནི།

己二、受用身

ཞི་སྐུ་དཔག་བསམ་ཤིང་ལྟར་གསལ་ཟུར་ཞིང་། །ཡིད་བཞིན་ནོར་བུ་ཇི་བཞིན་རྣམ་མི་རྟོག །
འགྲོ་གྲོལ་བར་དུ་འཇིག་རྟེན་འབྱོར་སླད་རྟག །འདི་ནི་སྤྲོས་དང་བྲལ་ལ་སྣང་བར་འགྱུར། །

此寂滅身無分別，如如意樹摩尼珠，
眾生未空常利世，離戲論者始能見。

སྐུ་གང་གིས་ཆོས་སྐུ་མངོན་དུ་མཛད་པའི་ལོངས་སྐུ་འདི་ནི། སེམས་སེམས་བྱུང་གི་རྟོག་པ་དང་བྲལ་བས་ན་ཞི་བའི་སྐུའོ། །

此親證法身之受用身，由離別心、心所故，是寂滅身。

དེ་ལྟར་རྣམ་པར་མི་རྟོག་པ་ཡིན་ཡང་སེམས་ཅན་གྱི་དོན་མཛད་པར་ནུས་པ་གསལ་བར་བྱེད་པ་ནི། དཔག་བསམ་གྱི་ཤིང་ལྟ་བུ་དང་། ཡིད་བཞིན་གྱི་ནོར་བུ་ཇི་བཞིན་དུ་རྣམ་པར་མི་རྟོག་པར་གདུལ་བྱའི་འདོད་པའི་དོན་

སྒྲུབ་པའི་རྒྱུ་ཉིད་དུ་འགྱུར་རོ། །

此身雖無分別，然亦能作利眾生事。如如意樹及摩尼珠，雖無分別亦爲成辦眾生欲樂之因。

སྐུ་འདི་ནི་འགྲོ་བ་ཐམས་ཅད་གྲོལ་གྲོལ་གྱི་བར་དུ་གདུལ་བྱའི་འཇིག་རྟེན་གྱི་འཁོར་བའི་སླད་དུ། རྟག་ཏུ་ཡུན་རིང་པོར་གནས་པ་ཡིན་ནོ། །

又此報身，爲利一切眾生故，盡未來際常久住世。

དེའི་ཕྱིར་འཇིག་རྟེན་ཇི་སྲིད་པ་དང་ནམ་མཁའ་ཇི་སྲིད་པ་དེ་སྲིད་དུ་སངས་རྒྱས་རྣམས་ཚུལ་འདིས། །སེམས་ཅན་གྱི་དོན་ཁོ་ན་མཛད་ཅིང་རྣམ་པར་བཞུགས་སོ། །

是故當知世界未空，虛空未盡，諸佛唯爲饒益有情安住世間。

ལོངས་སྐུ་འདི་ནི་བྱང་སེམས་སྦྱོར་པ་དང་བྲལ་བ་སྟེ། རང་གི་ཚོགས་གཉིས་ལས་ཤེས་རབ་དྲི་མ་མེད་པའི་མེ་ལོང་ཐོབ་པའི་ས་ཐོབ་པ་རྣམས་ཁོ་ན་ལ་སྣང་བར་འགྱུར་གྱི། སྤྲོས་པ་དང་བཅས་པ་སོ་སྐྱེ་རྣམས་ལ་ནི་དངོས་སུ་སྣང་བ་མ་ཡིན་ནོ། །

又此報身，唯諸久修二種資糧已得離諸戲論無垢慧鏡之地上菩薩，始能現見。餘有戲論諸異生類則不能見。

སྐྱབས་འགྲོ་བདུན་ཅུ་པ་ལས་ཀྱང་། སངས་རྒྱས་ཉིད་ཀྱི་གཟུགས་ཀྱི་སྐུ། །མཚན་དང་དཔེ་བྱད་དག་གིས་འབར། །འགྲོ་བ་རང་གི་མོས་པ་ཡིས། །དབང་གིས་སྣ་ཚོགས་སྐུ་འཛིན་གང་། །བསོད་ནམས་ཚོགས་ནི་ཚད་མེད་ལས། །འབྱུངས་པ་དེ་ནི་རྒྱལ་བའི་སྲས། །ས་བཅུ་ལ་ནི་གནས་རྣམས་ཀྱིས། །མཐོང་བར་གྱུར་ན་སྐུ་དེ་ཡིས། །ཆོས་ཀྱི་རྫོགས་ལོངས་སྤྱོད་འདི་ནི། །རྒྱལ་བ་རྣམས་ཀྱི་སྤྱོད་པ་ཡིན། །ཞེས་གསུངས་སོ། །

《歸依七十頌》云：「諸佛妙色身，相好極熾然，眾生隨自解，執爲種種身。無量福資糧，所生彼色身，十地諸佛子，始能快先睹，此身受法樂，則是諸佛行。」

གསུམ་པ་ལ་གསུམ། སྐུ་དང་བ་སྤུའི་ཁུང་བུ་གཅིག་ཏུ་རང་གི་སྤྱོད་པ་ཀུན་སྟོན་ཚུལ་དང་། གནས་དེར་གཞན་གྱི་སྤྱོད་པ་ཀུན་སྟོན་ཚུལ་དང་། བཞེད་པ་ལ་མངའ་བརྙེར་བ་ཕུན་སུམ་ཚོགས་པ་བཤད་པའོ། །

己三、等流身分三：庚一、於一身及一毛孔示現自一切行，庚二、於彼示現他一切行。庚三、隨欲自在圓滿。

དང་པོ་ནི། ཆོས་ཀྱི་སྐུ་འམ་སྔར་བཤད་པའི་གཟུགས་སྐུའི་མཐུ་ལས་བྱུང་བ་ཡང་རུང་སྟེ། སྔར་བཤད་པའི་ལོངས་སྐུ་ལས་གཞན་དུ་གྱུར་པ་སྤྲུལ་པའི་སྐུའི་ངོ་བོ་ཉིད་ཆོས་ལོངས་ཀྱི་རྒྱུ་མཐུན་པ་སྟེ་འབྲས་བུའི་སྐུ་གང་དག །སེམས་ཅན་འདུལ་བའི་རྒྱུས་བྱུང་བ་དེ་དག་ལ་ཡང་མཐུའི་ཁྱད་པར་བསམ་གྱིས་མི་ཁྱབ་པ་བརྗོད་པའི་ཕྱིར་བཤད་པ།

今初，由佛法身，或由上述色身之力，離前受用身外，起餘化身，即是法報等流果身。此身唯以調伏眾生因緣而起，爲顯此身威力差別亦不可思議。頌曰：

ཐུབ་དབང་དུས་གཅིག་ཁོ་ནར་དེའི་རྒྱུ་མཐུན། །གཟུགས་སྐུ་གཅིག་ལ་རང་གི་སྐྱེ་གནས་སྐབས། །
སྔར་འགགས་གསལ་དང་མ་འཆོལ་བྱུང་ཚུལ་ནི། །མ་ལུས་ཀྱིས་བཀྲ་མཐའ་དག་སྟོན་པར་མཛད། །
能仁於一等流身，同時現諸本生事，
自身[1]雖已久遷滅，明瞭無雜現一切。

ཐུབ་པའི་དབང་པོས་ཆོས་ལོངས་ཀྱི་སྐུ་དེའི་རྒྱུ་མཐུན་པའི་གཟུགས་སྐུ་གཅིག་ལ། འཁོར་བ་ཐོག་མ་མེད་པ་ནས་ཀྱི་རང་གི་སྐྱེ་བའི་གནས་སྐབས་ད་ལྟ་འགགས་ཟིན་པ་སྔོན་གྱི་བྱུང་བའི་མཐའ་མ་ལུས་པ་བསྟན་པའི་ཕྱིར། གསལ་བ་དང་མ་འཆོལ་བ་སྟེ་ཕན་ཚུན་མ་འདྲེས་པར། སྔར་གྱི་བྱུང་ཚུལ་ནི་མ་ལུས་པས་བཀྲ་བ་མཐའ་དག། མེ་ལོང་ཤིན་ཏུ་དག་པ་ལ་གཟུགས་བརྙན་ལྟར་དུས་གཅིག་ཁོ་ནར་ལྷུན་གྱིས་གྲུབ་པར་སྟོན་པར་མཛད་དོ། །

卷十四

能仁於一法報等流色身，爲欲示現無始生死以來一切本生事故，自本生事雖久已遷滅。然能同時明瞭無雜，任運示現一切本事，如明鏡中現眾色像。頌曰：

སངས་རྒྱས་ཞིང་ཇི་འདྲར་ཐུབ་དབང་དེ་དང་། །དེ་དག་སྐུ་སྤྱོད་མཐུ་སྟོབས་ཇི་འདྲ་དང་། །
ཉན་ཐོས་དགེ་འདུན་ཇི་སྙེད་ཇི་ལྟ་དང་། །བྱང་ཆུབ་སེམས་རྣམས་དེར་གཟུགས་ཇི་འདྲ་དང་། །
何佛何刹能仁相，諸佛身行威力等，
聲聞僧量如何行，諸菩薩身若何等，

① 「身」，頌作「生」。

ཇི་འདྲའི་ཆོས་དང་དེར་བདག་ཇི་འདྲ་དང་། །ཆོས་ཐོས་སྤྱོད་པ་གང་ལ་སྤྱད་པ་དང་། །
སྦྱིན་གང་ཇི་ཙམ་དེ་དག་ལ་ཕུལ་བ། །དེ་ནི་མ་ལུས་སྐུ་གཅིག་ལ་སྟོན་མཛད། །
演說何法自若何，如何聞法修何行，
作何布施供佛等，於一身中能普現。

དེ་བཞིན་ཚུལ་ཁྲིམས་བཟོད་བརྩོན་ཏིང་འཛིན་དང་། །ཤེས་རབ་སྤྱོད་ཚེ་སྔར་ཀྱི་གནས་སྐབས་གང་། །
མ་ཚང་མེད་དེ་དག་ཉིད་སྤྱོད་པ་ཀུན། །སྐུ་ཡི་བ་སྤུའི་ཁུང་བུར་འང་གསལ་བར་སྟོན། །
如是持戒修忍進，禪定智慧昔諸生，
彼等無餘一切行，於一毛孔亦能現。

བཅོམ་ལྡན་འདས་ཀྱིས་སྔོན་སྦྱིན་པའི་ཕར་ཕྱིན་ལ་སྤྱོད་པ་ན། སངས་རྒྱས་གང་ལ་བསྙེན་བཀུར་གང་མཛད་པ་དང་། སངས་རྒྱས་ཀྱི་ཞིང་བཻཌཱུརྱ་ལ་སོགས་པའི་རིན་པོ་ཆེའི་རང་བཞིན་ཅན་ཆུ་ཞེང་ཀུན་ནས་སྙམ་པ་དང་། དེ་ལ་བརྟེན་པའི་བཅུད་ཀྱི་སེམས་ཅན་གྱིས་མཛེས་པ་ཇི་འདྲ་བ་ཞིག་ན། ཐུབ་པའི་དབང་པོ་བལྟམས་པ་སོགས་སྟོན་པར་མཛད་པ་དང་།

又佛世尊昔行布施波羅蜜多時，爲於何佛所，作何供事？於何等佛刹，如吠琉璃寶等爲地，縱橫相等，其土有情如何莊嚴？能仁於彼如何示現出胎等相？

སངས་རྒྱས་དེ་དག་གི་སྐུ་དང་སྤྱོད་པའི་མཐུ་དང་སྟོབས་ཕུལ་དུ་བྱུང་བ་ཇི་འདྲ་བ་དང་། དེ་དག་གི་འཁོར་ཉན་ཐོས་ཀྱི་དགེ་འདུན་འདུས་པ་ཇི་སྙེད་པ་དང་། ཆོས་ལ་ནན་ཏན་གང་བྱས་པས་དགེ་འདུན་དེར་གྱུར་པ་ཇི་ལྟ་བ་སྟེ་ཇི་འདྲ་བ་དང་།

諸佛身相、勝行、勢力，復若何等？諸佛眷屬聲聞僧伽若干數量，彼於正法如何修行成爲僧伽？

སངས་རྒྱས་ཀྱི་ཞིང་དེར་བྱང་ཆུབ་སེམས་དཔའ་རྣམས་གཟུགས་མཚན་དཔེས་སྤྲས་པ་དང་། ཆོས་གོས་དང་ཟས་དང་གནས་ལ་སོགས་པ་ཉེ་བར་སྤྱོད་པ་དང་ལྡན་པ་ཇི་འདྲ་བ་དང་།

又彼佛土諸菩薩眾相好嚴身，如何受用衣服、飲食、房舍等事？

ཐེག་པ་གཅིག་དང་གསུམ་ལ་བརྟམས་ནས་ཆོས་ཇི་འདྲ་བ་བསྟན་པ་དང་། ཞིང་དེར་བདག་ཉིད་བྲམ་ཟེ་ལ་སོགས་པའི་རིགས་སུ་སྐྱེས་པ་བློ་དང་ལྡན་པ་ཁྱིམ་པ་དང་། རབ་བྱུང་དུ་གྱུར་པ་ཇི་འདྲ་བ་དང་། ཆོས་ཐོས་ནས་བསླབ་པའི་གཞི་མ་རྫོགས་པ་དང་རྫོགས་པའི་བསླབ་པ་ཁས་བླངས་ཏེ། བྱང་སེམས་ཀྱི་སྤྱོད་པ་གང་ལ་སྤྱད་པ་དང་།

སངས་རྒྱས་དང་བྱང་སེམས་དང་ཉན་ཐོས་དེ་དག་ལ་བཟའ་བ་དང་ཆོས་གོས་དང་རིན་པོ་ཆེའི་རྒྱན་ལ་སོགས་པའི་སྦྱིན་པ་གང་དུས་ཇི་ཙམ་ཞིག་ཏུ་དང་། ཚད་ཇི་ཙམ་ཞིག་ཕུལ་བ་དེ་ནི་མ་ལུས་པར་སྐུ་གཅིག་ལ་སྟོན་པར་མཛད་དོ། །

演說何法，為說三乘，抑說一乘？自於彼土，為生婆羅門等何等種姓？成就智慧，在家、出家，復若何等？聞正法已，受何學處，若滿非滿，修習何種菩薩大行？於諸佛所，及諸菩薩、聲聞等所，衣服、飲食、珍寶等物，作何布施？經幾許時，供何數量？如是一切，於一身中，能普示現。

དེ་ལྟར་སྦྱིན་པའི་ཕར་ཕྱིན་ལས་བརྩམས་པའི་བྱུང་བའི་མཐའ་སྟོན་པར་མཛད་པ་དེ་བཞིན་དུ། ཚུལ་ཁྲིམས་དང་བཟོད་པ་དང་། བརྩོན་འགྲུས་དང་བསམ་གཏན་གྱི་ཏིང་ངེ་འཛིན་དང་། ཤེས་རབ་ཀྱི་ཕར་ཕྱིན་ལ་སྦྱོང་སྤྱོད་པའི་ཚེའི་སྔར་གྱི་གནས་སྐབས་གང་མ་ཚང་བ་མེད་པ་དེ་དག་སྐུ་གཅིག་ལ་སྟོན་པར་མཛད་དོ། །ཞེས་གོང་དུ་སྦྱིན་པ་ལ་བཤད་པ་དང་སྦྱར་བར་བྱའོ། །

如現修行布施波羅蜜多本事，如是往昔修學持戒、忍辱、精進、禪定、智慧波羅蜜多時。昔諸本生事，一切無餘，於一身中亦能普現。

སྐུ་གཅིག་ལ་ཅིག་ཅར་དུ་གནས་སྐབས་ཐམས་ཅད་སྟོན་པ་ལྟ་ཞོག་གི །འོན་ཀྱང་སྟོན་གྱི་ཉིད་ཀྱི་སྤྱོད་པ་ཀུན་སྐུ་ཡི་བ་སྤུའི་ཁུང་བུར་ཡང་གསལ་བར་སྟོན་པར་མཛད་དོ། །

又非但能於一身普現一切本生事跡，即於一毛孔中亦能普現一切諸行也。

卷十四

གཉིས་པ་ནི།

庚二、於彼示現他一切行

སངས་རྒྱས་གང་དག་འདས་དང་འབྱུང་འགྱུར་གང་། །གང་དག་ད་ལྟར་ནམ་མཁའི་མཐར་ཐུག་པར། །
གདངས་མཐོན་ཆོས་སྟོན་སྡུག་བསྔལ་གྱིས་བཟུང་བའི། །འགྲོ་དབུགས་འབྱིན་ཞིང་འཇིག་རྟེན་བཞུགས་པ་དང་། །
諸佛過去及未來，現在盡於虛空際，
安住世間說正法，救濟苦惱眾生者，

དང་པོའི་ཐུགས་བསྐྱེད་བྱང་ཆུབ་སྙིང་པོའི་བར། །དེ་དག་སྤྱོད་ཀུན་དངོས་རྣམས་མིག་འཕྲུལ་གྱི། །
རང་བཞིན་མཁྱེན་ནས་བདག་བཞིན་བ་སྤུ་ཡི། །ཁུང་བུར་དུས་གཅིག་ལ་ནི་གསལ་བར་སྟོན། །

從初發心至菩提，一切諸行如已①行，

由知諸法同幻性，於一毛孔能頓現。

སངས་རྒྱས་གང་དག་སྔར་འདས་པ་དང་། མ་འོངས་པ་ན་འབྱུང་བར་འགྱུར་བ་གང་དང་། སངས་རྒྱས་གང་དག་ད་ལྟར་ནམ་མཁའི་མཐར་ཐུག་པར་གསུང་གི་གདངས་མཐོན་པོས་ཆོས་སྟོན་པས། སྡུག་བསྔལ་གྱིས་བཟུང་བ་སྐྱེ་གཟིར་པའི་འགྲོ་བ་རྣམས་དབུགས་འབྱིན་ཞིང་འཇིག་རྟེན་ན་བཞུགས་པ་དང་། དང་པོའི་ཐུགས་བསྐྱེད་པ་བཟུང་བ་ནས་བྱང་ཆུབ་ཀྱི་སྙིང་པོའི་བར་དུས་གསུམ་གྱི་རྒྱལ་བ་དེ་དག་གི་སྤྱོད་པ་ཀུན། བདག་གི་སྤྱོད་ཚུལ་ཀུན་སྟོན་པ་དེ་བཞིན་དུ། བ་སྤུ་ཡི་ཁུང་བུ་གཅིག་ཏུ་དུས་གཅིག་ལ་ནི་གསལ་བར་སྟོན་པར་ནུས་ཏེ།

諸佛世尊，若已過去，若尚未來，若現在世，盡虛空際，安住世間演說正法，救濟苦惱諸眾生者，從初發心，至證菩提，三世諸佛一切諸行，如已②所行，於一毛孔皆能頓現。

མིག་འཕྲུལ་མཁན་ཐ་མལ་པ་འགའ་ཞིག་གིས་སྔགས་དང་རྫས་ཀྱི་མཐུ་ཙམ་ཞིག་གིས་ཀྱང་། རང་གི་ལུས་ལ་སྣོད་བཅུད་ཀྱི་རྣམ་པ་སྣ་ཚོགས་པ་སྟོན་པར་ནུས་ན། སངས་རྒྱས་དང་བྱང་སེམས་དཔའ་པོ་རྣམས་ཀྱི་རང་བཞིན་མིག་འཕྲུལ་གྱི་རང་བཞིན་དང་བདེན་བརྫུན་ཁྱད་པར་མེད་པར་མཁྱེན་ནས་དེ་བསྐལ་པ་དུ་མར་གོམས་པར་མཛད་པ་རྣམས་ཀྱིས། རྣམ་འཕྲུལ་དེ་རྣམས་མཛད་མི་ནུས་པར་འགྱུར་རམ་སྐྱེ་མི་འགྱུར་རོ། །

通常幻師以咒藥力，尚能於自身中示現情器種種行相，何況諸佛菩薩，已知諸法本性與幻事性全無差別，復經多劫修習彼義，豈不能現彼諸幻事?

དེའི་ཕྱིར་མཁས་པ་སུ་ཞིག་དེ་འདྲ་བ་དེ་མི་རྟོགས་པ་དང་། རྟོགས་ཀྱང་ཐེ་ཚོམ་ཟ་བར་འགྱུར་ཏེ་མི་འགྱུར་ཏེ། དཔེ་འདིའི་སྒོ་ནས་ལྷག་པར་མོས་པར་བྱའོ། །

是故智者，誰仍不了是義，或似了知而反生疑。當由此喻增上信解。

ཇི་ལྟར་ཉིད་ཀྱི་སྤྱོད་པ་དང་སངས་རྒྱས་གཞན་གྱི་སྤྱོད་པ་རྣམས་དུས་གཅིག་ཏུ་བ་སྤུའི་ཁུང་བུར་སྟོན་པར་མཛད་པ་དེ་བཞིན་དུ།

如自諸行與諸佛行，於一毛孔皆能頓現。頌曰：

---

①「已」，民族本作「己」。頌作「己」。
②「已」，民族本作「己」。

དེ་བཞིན་དུས་གསུམ་བྱང་ཆུབ་སེམས་དཔའ་དང་། །རང་རྒྱལ་འཕགས་པ་ཉན་ཐོས་མ་ལུས་ཀྱི། །
སྤྱོད་དང་དེ་ལྷག་སྐྱེ་བོའི་གནས་སྐབས་ནི། །ཐམས་ཅད་བ་སྤུའི་ཁུང་བུར་གཅིག་ཚེ་སྟོན། །

如是三世諸菩薩，獨覺聲聞一切行，
及餘一切異生位，一毛孔中皆頓現。

དུས་གསུམ་གྱི་བྱང་ཆུབ་སེམས་དཔའ་དང་། དུས་གསུམ་གྱི་རང་རྒྱལ་འཕགས་པ་དང་ཉན་ཐོས་མ་ལུས་པའི་སྤྱོད་པ་དང་། དེ་རྣམས་ཀྱི་ལྷག་མ་སོ་སོ་སྐྱེ་བོའི་གནས་སྐབས་ཀྱི་སྤྱོད་པ་ཐམས་ཅད་ནི། བ་སྤུའི་ཁུང་བུ་གཅིག་ཏུ་དུས་གཅིག་གི་ཚེ་སྟོན་པར་ནུས་སོ། །

如是三世菩薩、獨覺、聲聞一切諸行，及餘異生位一切諸行，於一毛孔中亦皆能頓現。

གསུམ་པ་ནི།

庚三、隨欲自在圓滿

དེ་ལྟར་སྐུ་གསུམ་ཕུན་སུམ་ཚོགས་པ་བརྗོད་ནས་རྣམ་རྟོག་མི་མངའ་ཡང་བཞེད་པ་ལ་མངའ་འམ་དབང་བསྒྱུར་བ་ཕུན་སུམ་ཚོགས་པར་བསྟན་པའི་ཕྱིར་བཤད་པ།

已說三身圓滿，次顯雖無分別而得隨欲自在圓滿。頌曰：

卷十四

དག་པ་འདི་ནི་བཞེད་པ་འཇུག་པ་ཡིས། །རྡུལ་གཅིག་ཡུལ་ལ་མཁའ་གཏུགས་འཇིག་རྟེན་དང་། །
འཇིག་རྟེན་མཐའ་ཡས་ཕྱོགས་ཁྱབ་རྡུལ་སྟོན་མོད། །རྡུལ་རགས་མི་འགྱུར་འཇིག་རྟེན་ཕྲ་མི་འགྱུར། །

此清淨行隨欲轉，盡空世界現一塵，
一塵遍於無邊界，世界不細塵不粗。

དྲི་མ་མ་ལུས་པས་དག་པའི་སངས་རྒྱས་ཀྱི་མཛད་པ་འདི་ནི། བཞེད་པ་ཙམ་གྱི་འཇུག་པ་ཡིས་ཏེ་དེའི་སྒོ་ནས་ནམ་མཁའ་ཡི་མཐས་གཏུགས་པའི་འཇིག་རྟེན་རྣམས་རྡུལ་ཕྲ་རབ་གཅིག་གི་ཡུལ་གྱི་ཁྱོན་ལ་སྟོན་པར་ནུས་ལ། འཇིག་རྟེན་མཐའ་ཡས་པ་སྟེ་མ་ལུས་པའི་རྟེན་གྱི་ཁྱོན། རྡུལ་ཕྲ་རབ་གཅིག་གིས་ཁྱབ་པ་ཡང་སྟོན་པར་མཛད་པ་ན། རྡུལ་གཅིག་པོ་དེ་རགས་པ་ཆེ་བར་ཡང་མི་འགྱུར་ལ། འཇིག་རྟེན་ཕྲ་བ་སྟེ་ཆུང་བར་ཡང་མི་འགྱུར་རོ། །

佛離一切垢清淨妙行隨欲而轉，能於一微塵境上，示現盡虛空際一切世界，及現一微塵遍於無邊一切世界。然彼一塵亦不加大，一切世界亦不減小。頌曰：

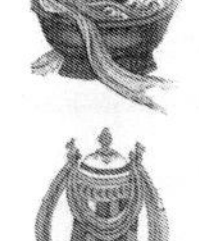

རྣམ་རྟོག་མི་མངའ་ཁྱོད་ཀྱིས་སྲིད་མཐའི་བར། །སྐད་ཅིག་དེ་རེ་རེ་ལ་སྤྱོད་སྣ་ཚོགས། །
ཛམ་གླིང་རྡུལ་ཕྲན་ཇི་སྙེད་ཡོད་པ་དེ་སྙེད་ཀྱི། །མ་ལུས་རྩལ་གང་དེ་སྙེད་ལ་གྲངས་མེད། །

佛無分別盡來際，一一刹那現眾行，

盡贍①部洲一切塵，猶不能及彼行數。

དེ་བཞིན་དུ་རྣམ་པར་རྟོག་པ་མི་མངའ་བ་ཁྱོད་ཀྱིས་སྲིད་པ་འཁོར་བའི་མཐའི་བར་དུ། སྐད་ཅིག་དེ་རེ་རེ་ལ་སྤྱོད་པ་སྣ་ཚོགས་པ་ཇི་སྙེད་སྟོན་པ་དེ་སྙེད་ཀྱི་གྲངས་ནི། འཛམ་བུ་གླིང་མ་ལུས་པ་ན་རྡུལ་ཕྲ་རབ་ཀྱི་གྲངས་གང་ཇི་སྙེད་ཡོད་པ་དེ་སྙེད་ཀྱི་གྲངས་ལ་མེད་དོ། །

佛無分別盡未來際，於一一刹那示現種種妙行。盡贍部洲所有一切微塵數量，猶不能及彼一刹那諸行數量。

སྔ་མ་ནི་ཡུལ་གྱི་དབང་དུ་བྱས་ལ། འདི་ནི་དུས་ཀྱི་དབང་དུ་བྱས་པའོ། །

前頌依處增上說，此頌依時增上說。

གཉིས་པ་ལ་བཞི། སྟོབས་བཅུ་མདོར་བསྟན་པ།དེ་རྣམས་རྒྱས་པར་བཤད། ཡོན་ཏན་ཀུན་བརྗོད་མི་ནུས་པའི་ཚུལ། །ཡོན་ཏན་གཉིས་ཤེས་པའི་ཕན་ཡོན་བསྟན་པའོ། །

戊二、建立十力功德分四：己一、略標十力，己二、廣釋十力，己三、一切功德說不能盡，己四、知深廣功德之勝利。

དང་པོ་ནི། སངས་རྒྱས་ཀྱི་ས་ནི་སྟོབས་བཅུས་རབ་ཏུ་ཕྱེ་བའི་ཕྱིར་ན། དེའི་རྣམ་པར་དབྱེ་བ་ཆ་ཙམ་ཞིག་བསྟན་པའི་ཕྱིར་བཤད་པ།

今初，佛地是由十力所顯，故當略說少分差別。頌曰：

---

①「贍」，頌作「贍」。

གནས་དང་གནས་མིན་མཁྱེན་སྟོབས་དང་། །དེ་བཞིན་ལས་རྣམ་སྨིན་བློ་དང་། །
མོས་པ་སྣ་ཚོགས་ཐུགས་ཆུད་དང་། །སྣ་ཚོགས་ཁམས་ནི་མཁྱེན་སྟོབས་དང་། །
處非處智力，如是業報智，
知種種勝解，種種界智力，

དེ་བཞིན་དབང་མཆོག་མཆོག་མ་ཡིན། །མཁྱེན་དང་ཐམས་ཅད་དུ་འགྲོ་དང་། །
བསམ་གཏན་རྣམ་ཐར་ཏིང་འཛིན་དང་། །སྙོམས་པར་འཇུག་སོགས་བློ་སྟོབས་དང་། །
知根勝劣智，及知遍趣行，
靜慮解脫定，等至等智力，

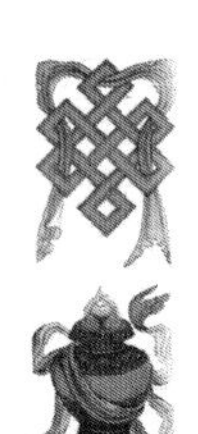

སྔོན་གནས་དྲན་པ་མཁྱེན་པ་དང་། །དེ་བཞིན་འཆི་འཕོ་སྐྱེ་བློ་དང་། །
ཟག་རྣམས་ཟད་པ་མཁྱེན་སྟོབས་ཏེ། །སྟོབས་ནི་བཅུ་པོ་འདི་དག་གོ །
宿住隨念智，如是死生智，
諸漏盡智力，是謂十種力。

卷十四

ཐུབ་པའི་སྟོབས་ལ་ནི། གནས་དང་གནས་མིན་མཁྱེན་པའི་སྟོབས་དང་། དེ་བཞིན་དུ་ལས་ཀྱི་རྣམ་པར་སྨིན་པ་བློ་སྟེ་མཁྱེན་པའི་སྟོབས་དང་། མོས་པ་སྣ་ཚོགས་པ་ཐུགས་སུ་ཆུད་པའི་སྟོབས་དང་། ཁམས་ནི་སྣ་ཚོགས་པ་མཁྱེན་པའི་སྟོབས་དང་། དེ་བཞིན་དུ་དབང་པོ་མཆོག་དང་། མཆོག་མ་ཡིན་པ་མཁྱེན་པའི་སྟོབས་དང་། ཐམས་ཅད་དུ་འགྲོ་བའི་ལམ་མཁྱེན་པའི་སྟོབས་དང་། བསམ་གཏན་དང་རྣམ་པར་ཐར་པ་དང་ཏིང་ངེ་འཛིན་དང་སྙོམས་པར་འཇུག་པ་སོགས་བློ་སྟེ་མཁྱེན་པའི་སྟོབས་དང་། སྔོན་གྱི་གནས་རྗེས་སུ་དྲན་པ་མཁྱེན་པའི་སྟོབས་དང་། དེ་བཞིན་དུ་འཆི་འཕོ་བ་དང་སྐྱེ་བ་དང་གནས་པ་བློ་སྟེ་མཁྱེན་པའི་སྟོབས་དང་། ཟག་པ་རྣམས་ཟད་པ་མཁྱེན་པའི་སྟོབས་སྟེ། སྟོབས་ནི་བཅུ་པོ་འདི་དག་ཏུ་ཡོད་དོ། །

能仁十力，謂處非處智力、如是知業異熟智力、了知種種勝解智力、種種界智力、如是了知根勝劣智力、遍趣行智力、靜慮解脫等持等至等智力、宿住隨念智力、如是死生智力、漏盡智力，是謂十力。

གཉིས་པ་ལ་གཉིས། གནས་དང་གནས་མིན་མཁྱེན་པ་སོགས་ཀྱི་སྟོབས་ལྔ་བཤད་པ་དང་། ཐམས་ཅད་དུ་འགྲོ་བའི་ལམ་མཁྱེན་པ་སོགས་ཀྱི་སྟོབས་ལྔ་བཤད་པའོ། །

己二、廣釋十力分二：庚一、釋處非處智等五力，庚二、釋遍趣行智等五力。

རྒྱུ་གང་ཞིག་ལས་གང་ཞིག་ངེས་པར་སྐྱེ་འགྱུར་བ། །དེ་ནི་དེ་ཡི་གནས་སུ་དེ་མཁྱེན་རྣམས་ཀྱིས་གསུངས། །

བཤད་པ་ལས་བཟློག་གནས་མིན་ཤེས་བྱ་མཐའ་ཡས་པ། །མཁྱེན་པ་ཐོགས་པ་སྤངས་པ་དེ་ནི་སྟོབས་སུ་བཤད། །

彼法定從此因生，知[①]者說此爲彼處，

違上非處無邊境，智無礙著說名力。

དང་པོ་ནི། རྒྱུ་གང་ཞིག་ལས་འབྲས་བུ་གང་ཞིག་ངེས་པར་སྐྱེ་བར་འགྱུར་བའི་རྒྱུ་དེ་ནི་འབྲས་བུ་དེ་ཡི་གནས་སུ་དེ་ལྟར་མཁྱེན་པའི་སངས་རྒྱས་རྣམས་ཀྱིས་གསུངས་ཏེ། དཔེར་ན་མི་དགེ་བ་ལས་རྣམ་སྨིན་ཡིད་དུ་མི་འོང་བ་འབྱུང་བ་དང་། འཕགས་པ་སློབ་པའི་ལམ་ལས་མྱང་འདས་འཐོབ་པ་ལ་སོགས་པའོ། །

今初，若彼果法定從此因法生，知[②]者諸佛，即說此因爲彼果之處。如從不善業生不可愛果，從聖有學道得涅槃等。

དེ་ལྟར་བཤད་པ་ལས་བཟློག་པ་ནི་གནས་མིན་པ་ཞེས་བྱ་སྟེ། དཔེར་ན་དགེ་བ་ལས་རྣམ་སྨིན་ཡིད་དུ་མི་འོང་བ་འབྱུང་བ་དང་། མཐོང་ལམ་ཐོབ་པས་ལས་དབང་གིས་སྲིད་པ་བརྒྱད་པ་འགྲུབ་པ་ནི་གནས་མ་ཡིན་ཞིང་གོ་སྐབས་མེད་པ་ལྟ་བུའོ། །

若與上說相違，名爲非處。如從善業生不可愛果，已得見道猶隨業力受第八生，皆無是處。

དེ་འདྲ་བའི་གནས་དང་གནས་མ་ཡིན་པའི་ཤེས་བྱ་མཐའ་ཡས་པ་མཁྱེན་པ་ལ་ཐོགས་པ་སྤངས་པ་སྟེ་ཐོགས་པ་མེད་པ་དེ་ནི་གནས་དང་གནས་མ་ཡིན་པ་མཁྱེན་པའི་སྟོབས་སུ་བཤད་དོ། །

如是處非處境無量無邊，佛智無礙著轉，說名處非處智力。頌曰：

①「知」，民族本作「智」。
②「知」，民族本作「智」。

འདོད་དང་མི་འདོད་དེ་ལས་བཟློག་དང་ཟད་དངོས་ཀྱི། །
ལས་དང་དེ་ཡི་རྣམ་སྨིན་ཤིན་ཏུ་སྣ་ཚོགས་ལའང་། །
མཁྱེན་པ་ནུས་མཐུ་ཐོགས་མེད་སོ་སོར་འཇུག་འགྱུར་བ། །
དུས་གསུམ་ཤེས་བྱ་ཁྱབ་མཛད་དེ་ནི་སྟོབས་སུ་འདོད། །
愛與非愛達上相，盡業及彼種種果，
智力無礙別別轉，遍三世境是爲力。

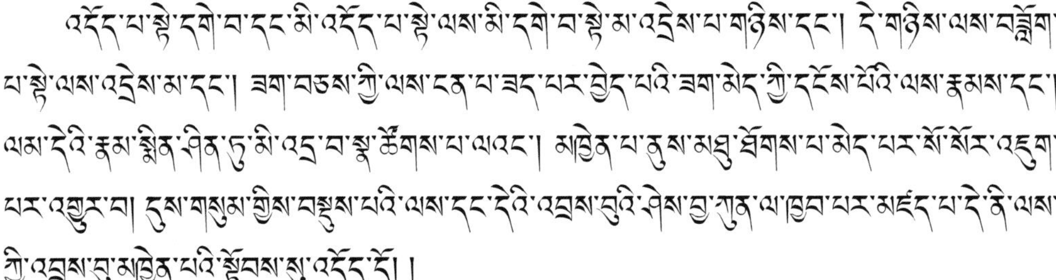

འདོད་པ་སྟེ་དགེ་བ་དང་མི་འདོད་པ་སྟེ་ལས་མི་དགེ་བ་སྟེ་མ་འདྲེས་པ་གཉིས་དང་། དེ་གཉིས་ལས་བཟློག་པ་སྟེ་ལས་འདྲེས་མ་དང་། ཟག་བཅས་ཀྱི་ལས་ངན་པ་ཟད་པར་བྱེད་པའི་ཟག་མེད་ཀྱི་དངོས་པོའི་ལས་རྣམས་དང་། ལས་དེའི་རྣམ་སྨིན་ཤིན་ཏུ་མི་འདྲ་བ་སྣ་ཚོགས་པ་ལའང་། མཁྱེན་པ་ནུས་མཐུ་ཐོགས་པ་མེད་པར་སོ་སོར་འཇུག་པར་འགྱུར་བ། དུས་གསུམ་གྱིས་བསྡུས་པའི་ལས་དང་དེའི་འབྲས་བུའི་ཤེས་བྱ་ཀུན་ལ་ཁྱབ་པར་མཛད་པ་དེ་ནི་ལས་ཀྱི་འབྲས་བུ་མཁྱེན་པའི་སྟོབས་སུ་འདོད་དོ། །

愛謂善業，非愛謂不善業，是爲不雜二業，與上相違謂諸雜業。能盡有漏業者，謂無漏業及彼諸業種種果報，智無礙著，別別而轉，遍於三世所攝一切業果等境，是爲業異熟智力。頌曰：

卷十四

འདོད་ཆགས་སོགས་ཀྱིས་འབྱུང་བའི་སྟོབས་ཀྱིས་འདོད་པ་ནི། །
ཤིན་ཏུ་སྣ་ཚོགས་དམན་འབྲིང་གང་ཡང་ཁྱད་འཕགས་འདོད། །
དེ་ལས་གཞན་རྣམས་ཀྱིས་གཡོགས་མོས་ལ་མཁྱེན་པ་ནི། །
དུས་གསུམ་འགྲོ་བ་མ་ལུས་ཁྱབ་པ་སྟོབས་ཤེས་བྱ། །
貪等生力之所發，有劣中勝種種欲，
餘法所覆諸勝解，智遍三世名爲力。

འདོད་ཆགས་དང་དེས་མཚོན་ནས་ཞེ་སྡང་ལ་སོགས་པའི་ཉོན་མོངས་དང་། སོགས་ཀྱིས་བསྡུས་པ་དད་པ་ལ་སོགས་པ་རྣམས་ཀྱི་འབྱུང་བ་སྟེ་ས་བོན་གྱི་སྟོབས་ཀྱིས་བསྐྱེད་པའི་འདོད་པ་ནི། ཤིན་ཏུ་མི་འདྲ་བ་སྣ་ཚོགས་པ་དམན་པ་དང་། འབྲིང་དང་གང་ཡང་ཁྱད་པར་དུ་འཕགས་པའི་འདོད་པ་དང་།

「貪」字亦表瞋等煩惱，「等」字等取信等諸法，「生」即種子，由彼種子之力，所發欲解，此有下劣、中等、殊勝極不相同之種種欲解。

མོས་པ་དེ་ལས་གཞན་པའི་ཆོས་ཀུན་ཏུ་སྤྱོད་པ་རྣམས་ཀྱིས་སྟར་བཤད་པའི་མོས་པའི་ས་བོན་གཡོགས་པ་སྟེ་བསྒྲིབས་པའི་མོས་པ་ལའང་། མཁྱེན་པ་དུས་གསུམ་དུ་འགྲོ་བ་སྟེ་འཇུག་པས་མོས་པའི་ཤེས་བྱ་མ་ལུས་པ་ཁྱབ་པ་ནི། མོས་པ་སྣ་ཚོགས་པ་མཁྱེན་པའི་སྟོབས་ཞེས་བྱའོ། །

又彼欲解種子雖被餘法諸行之所覆蔽，然佛妙智遍三世轉，了達一切欲解，名爲種種勝解智力。頌曰：

སངས་རྒྱས་ཁམས་ཀྱི་རྣམ་པར་དབྱེ་ལ་མཁས་རྣམས་ཀྱིས། །
མིག་སོགས་རྣམས་ཀྱི་རང་བཞིན་གང་དེ་ཁམས་སུ་གསུངས། །
རྫོགས་པའི་སངས་རྒྱས་རྣམས་ཀྱི་མཁྱེན་པ་མཐའ་ཡས་ཤིང་། །
རྣམ་ཀུན་ཁམས་ཀྱི་ཁྱད་པར་ལ་འཇུག་སྟོབས་སུ་འདོད། །

諸佛善巧界差別，眼等本性說名界，
正等覺智無邊際，遍諸界別說名力。

སངས་རྒྱས་ཁམས་མཐའ་དག་གི་རྣམ་པར་དབྱེ་བ་ལ་མཁས་པ་རྣམས་ཀྱིས། མིག་དང་སོགས་ཀྱིས་བསྡུས་པ་རྣ་བ་ནས་ཡིད་ཀྱི་བར་དྲུག་དང་། གཟུགས་ནས་ཆོས་ཀྱི་བར་དྲུག་དང་། མིག་གི་རྣམ་ཤེས་ནས་ཡིད་ཀྱི་རྣམ་ཤེས་ཀྱི་བར་དྲུག་དང་། དེ་དག་རྣམས་ཀྱི་རང་བཞིན་ནང་སྟོང་པ་ཉིད་ལ་སོགས་པ་གང་ཡིན་པ་དེ་ཁམས་སུ་གསུངས་པའི་ཁམས་ཀྱི་རབ་དབྱེ་རྣམ་པ་ཀུན་གྱི་ཁྱད་པར་རྣམས་ལ་རྫོགས་པའི་སངས་རྒྱས་རྣམས་ཀྱི་མཁྱེན་པ་མཐའ་ཡས་པ་འཇུག་པ་ནི། ཁམས་སྣ་ཚོགས་པ་མཁྱེན་པའི་སྟོབས་སུ་འདོད་དོ། །

諸佛善巧一切界之差別，謂眼根等。「等」攝耳至意爲六根，色至法六塵，眼識至意識六識。說彼之內空等本性名界。正等覺智遍於一切界差別轉，說名四種界智力①。頌曰：

---

①「四種界智力」，民族本作「種種界智力」。

ཀུན་ཏུ་རྟོག་སོགས་ཆེས་རྣོ་ཉིད་ནི་མཆོག་བཞེད་ལ། །

འབྲིང་གནས་སྐབས་དང་རྟུལ་ཉིད་མཆོག་མིན་པར་བཤད་དང་། །

མིག་ལ་སོགས་དང་ཕན་ཚུན་སྒྲུབ་ནུས་ཚུད་པ་ལ། །

རྣམ་པ་ཐམས་ཅད་མཁྱེན་པ་ཆགས་མེད་སྟོབས་སུ་གསུངས། །

遍計等利說名勝，處中鈍下名爲劣，

眼等互生偕①了達，種智無礙說爲力。

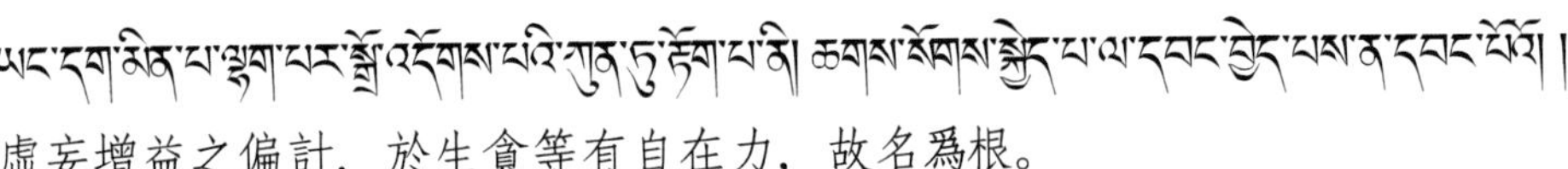
ཡང་དག་མིན་པ་ལྷག་པར་སྒྲོ་འདོགས་པའི་ཀུན་ཏུ་རྟོག་པ་ནི། ཆགས་སོགས་སྐྱེད་པ་ལ་དབང་བྱེད་པས་ན་དབང་པོའོ། །

虛妄增益之偏計，於生貪等有自在力，故名爲根。

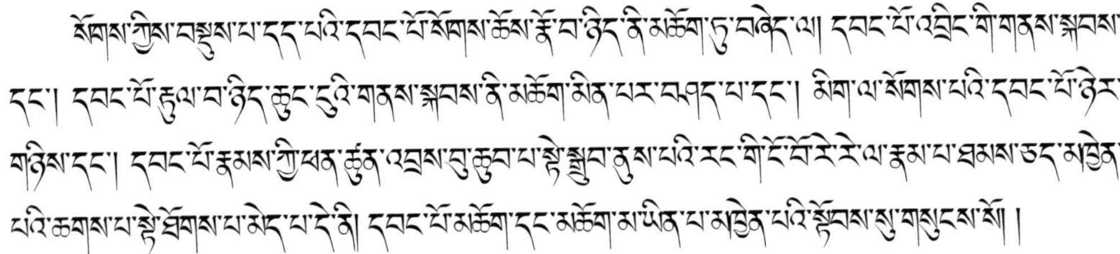
སོགས་ཀྱིས་བསྡུས་པ་དད་པའི་དབང་པོ་སོགས་ཆེས་རྣོ་བ་ཉིད་ནི་མཆོག་ཏུ་བཞེད་ལ། དབང་པོ་འབྲིང་གི་གནས་སྐབས་དང་། དབང་པོ་རྟུལ་བ་ཉིད་ཆུང་ངུའི་གནས་སྐབས་ནི་མཆོག་མིན་པར་བཤད་པ་དང་། མིག་ལ་སོགས་པའི་དབང་པོ་ཉེར་གཉིས་དང་། དབང་པོ་རྣམས་ཀྱི་ཕན་ཚུན་འབྲས་བུ་ཀུབ་པ་སྐྱེ་སྒྲུབ་ནུས་པའི་རང་གི་ངོ་བོ་རེ་རེ་ལ་རྣམ་པ་ཐམས་ཅད་མཁྱེན་པའི་ཆགས་པ་སྟེ་ཐོགས་པ་མེད་པ་དེ་ནི། དབང་པོ་མཆོག་དང་མཆོག་མ་ཡིན་པ་མཁྱེན་པའི་སྟོབས་སུ་གསུངས་སོ། །

「等」攝信等諸根。其最利者說名勝根，其處中根與鈍下根說名劣根。眼等二十二根及諸根，互能生果。一切種智於彼一一根性皆甚了達，無礙著轉，說爲根勝劣智力。

གཉིས་པ་ནི།

庚二、釋遍處②行智等五力

ལམ་འགའ་རྒྱལ་བ་ཉིད་དང་འགའ་ཞིག་རང་རྒྱལ་གྱི། །བྱང་ཆུབ་དང་ནི་ཉན་ཐོས་བྱང་ཆུབ་ཡི་དྭགས་དང་། །

དུད་འགྲོ་ལྷ་མི་རྣམས་དང་དམྱལ་བ་སོགས་འགྲོ་བ། །དེ་ལ་མཁྱེན་པ་ཆགས་མེད་མཐའ་ཡས་སྟོབས་སུ་འདོད། །

有行趣佛亦有趣，獨覺聲聞二菩提，

天人鬼畜地獄等，智無障礙說爲③力。

①「偕」，民族本作「皆」。頌作「皆」。
②「遍處」，民族本作「遍趣」。與後文「說爲遍趣行智力」一致。
③「爲」，頌作「名」。

ལམ་འགའ་ཞིག་རྒྱལ་བ་ཉིད་དུ་འགྲོ་བ་དང་། ལམ་འགའ་ཞིག་རང་རྒྱལ་གྱི་བྱང་ཆུབ་དང་། འགའ་ཞིག་ཉན་ཐོས་ཀྱི་བྱང་ཆུབ་ཏུ་འགྲོ་བ་དང་། ཡི་དྭགས་དང་དུད་འགྲོ་དང་ལྷ་དང་མི་དང་དམྱལ་བ་རྣམས་སུ་འགྲོ་བ་དང་།

頗有行道能趣佛果，有行能趣獨覺菩提，有行能趣聲聞菩提，有行能趣天、人、餓鬼、畜生、地獄諸趣。

སོགས་ཀྱིས་ནི་ཡང་དག་པ་དང་ལོག་པར་ངེས་པའི་ལམ་ལ་སོགས་པ་རྣམ་པ་སྣ་ཚོགས་པ་སྟོན་ཏེ། དེ་རྣམས་ལ་མཁྱེན་པ་ཆགས་ཐོགས་མེད་པ་ནི་མཐའ་ཡས་པ་སྟེ་ཐམས་ཅད་དུ་འགྲོ་བའི་ལམ་མཁྱེན་པའི་སྟོབས་སུ་འདོད་དོ། །

「等」字顯示，正定、邪定等種種諸行。於彼一切智無障礙，說爲遍趣行智力。頌曰：

འཇིག་རྟེན་མཐའ་ཡས་རྣལ་འབྱོར་བྱེ་བྲག་ལ་ཐ་དད། །
བསམ་གཏན་རྣམ་ཐར་བརྒྱད་ཀ་བཞི་གནས་གང་དག་དང་། །
སྙོམས་འཇུག་ཁྱད་པར་གང་དག་གཅིག་པར་བརྒྱད་ཨུར་པ། །
དེ་ལ་མཁྱེན་པ་ཐོགས་མེད་འདི་ནི་སྟོབས་སུ་བཤད། །
無邊世界行者別，靜慮解脫奢摩他，
及九等至諸差別，智無障礙說爲力。

འཇིག་རྟེན་མཐའ་ཡས་པ་ན་ཡོད་པའི་རྣལ་འབྱོར་པའི་བྱེ་བྲག་ལ་སྟེ་ཁྱད་པར་གྱིས་རབ་ཏུ་དབྱེ་བ་ཐ་དད་པ་མཐའ་ཡས་པ་བསམ་གཏན་བཞི་དང་། རྣམ་པར་ཐར་པ་བརྒྱད་དང་། གང་ཞི་གནས་གང་དག་སྟེ་ཏིང་ངེ་འཛིན་དང་། སྙོམས་འཇུག་གི་ཁྱད་པར་གང་དག་གཅིག་དང་བརྒྱད་དུ་གྱུར་པ་སྟེ་མཐར་གྱིས་གནས་པའི་སྙོམས་པར་འཇུག་པ་དགུ་དང་། ཀུན་བྱང་དེ་དག་ལ་མཁྱེན་པ་ཐོགས་པ་མེད་པ་འདི་ནི། ཀུན་ནས་ཉོན་མོངས་པ་དང་རྣམ་པར་བྱང་བ་མཁྱེན་པའི་སྟོབས་སུ་བཤད་དོ། །

無邊世界中，行者各差別。如四靜慮、八解脫、奢摩他等持，及九次第等至，與雜染清淨無邊差別。佛智於彼一切均無滯礙，說名雜染清淨智力。頌曰：

ཇི་སྲིད་གཏི་མུག་དེ་སྲིད་སྲིད་གནས་འདས་བདག་དང་། །
སེམས་ཅན་གཞན་རེ་རེ་ཡི་སྲིད་པ་སེམས་ཅན་ནི། །

入中論善顯密意疏

ཇི་སྙེད་དེ་སྙེད་མཐའ་ཡས་གཞིར་བཅས་ཡུལ་ཕྱོགས་དང་།།
བཅས་རྣམས་ལ་བློ་གང་དང་གང་ཡིན་སྟོབས་སུ་བཤད།།
過去從癡住三有，自他一一有情生，
盡情無邊並因處，彼彼智慧說爲力。

ཇི་སྲིད་གཏི་མུག་དེ་སྲིད་པ་སྟེ་གཅིག་ནས་གཅིག་ཏུ་བརྒྱུད་པ་ཐོག་མ་མེད་པའི་སྲིད་པར་གནས་པ་ན། འདས་པའི་དུས་སུ་བདག་དང་སེམས་ཅན་གཞན་རེ་རེ་ཡི་སྲིད་པའི་སེམས་ཅན་ནི། ཇི་སྙེད་པ་དེ་སྙེད་ཀྱི་སེམས་ཅན་མཐའ་ཡས་པ། གཞི་སྟེ་རྒྱུ་དང་བཅས་པར་དྲན་པ་དང་། རང་དང་གཞན་རྣམས་ཁ་དོག་འདི་འདྲ་བར་གྱུར་ཞེས་དྲན་པ་ནི་རྣམ་པ་དང་བཅས་པར་དྲན་པ་དང་། འདི་འདྲ་ཞིག་ནས་འདི་འདྲ་ཞིག་ཏུ་སྐྱེས་སོ་ཞེས་དྲན་པ་ནི། ཡུལ་ཕྱོགས་དང་བཅས་པར་དྲན་པ་སྟེ་དྲན་པའི་ཡུལ་དེ་རྣམས་ལ་བློ་ཐོགས་པ་མེད་པ་གང་དང་གང་ཡིན་པ་དེ་ནི། སྔོན་གྱི་གནས་རྗེས་སུ་དྲན་པ་མཁྱེན་པའི་སྟོབས་སུ་བཤད་དོ།།

始從愚癡輾轉傳來，於過去世住三有中，隨念自他一一有情一切生事盡有情數無有邊際。並念其因，並念相貌，謂念自他如是色類。並念處所，謂念從彼處沒來生此處。於彼一切隨念境上，所有彼彼無障礙智，說爲宿住隨念智力。頌曰：

卷十四

སེམས་ཅན་རྣམས་ཀྱི་སེམས་ཅན་རེ་རེའི་འཆི་འཕོ་དང་།།
སྐྱེ་གང་འཇིག་རྟེན་ལ་གནས་ནམ་མཁའ་མཐར་ཐུག་དང་།།
བགྲ་མང་དེ་ལ་མཁྱེན་པ་དུས་དེར་འཇུག་པ་ཡིས།།
མ་ཆགས་རྣམ་ཀུན་ཡོངས་དག་མཐའ་ཡས་སྟོབས་སུ་འདོད།།
盡虛空際世界中，一一有情死生時，
於彼多境智遍轉，清淨無礙說名力。

སེམས་ཅན་རྣམས་ཀྱི་སེམས་ཅན་རེ་རེའི་འཆི་འཕོ་བ་དང་། ཕུང་པོ་ཉིང་མཚམས་སྦྱོར་བའི་སྐྱེ་བ་གང་ནམ་མཁའི་མཐར་ཐུག་པའི་འཇིག་རྟེན་ལ་གནས་པ་སྣ་ཚོགས་པའི་ལས་ཀྱི་བཟློ་བོས་བགྲ་བར་བྱས་པ་མང་པོ་དེ་ལ་དུས་དེར་མཁྱེན་པ་རྣམ་པ་ཀུན་ཡོངས་སུ་དག་པས་མ་ཆགས་པ་སྟེ་མ་ཐོགས་པར་འཇུག་པ་ཡིས། ཡུལ་མཐའ་ཡས་པ་

མཁྱེན་པ་འཆི་འཕོ་བ་དང་སྐྱེ་བ་མཁྱེན་པའི་སྟོབས་སུ་འདོད་དོ། །

盡虛空邊際諸世界中，諸有情類，一一有情死時、生時，由種種業感種種果。佛清淨智於彼眾多境界，無障礙轉，說名死生智力。頌曰：

རྣམ་ཀུན་མཁྱེན་པའི་སྟོབས་ཀྱིས་མྱུར་དུ་རྒྱལ་རྣམས་ཀྱི། །
ཉོན་མོངས་དག་ནི་བག་ཆགས་དང་བཅས་འཇིག་འགྱུར་དང་། །
སློབ་མ་ལ་སོགས་ཉོན་མོངས་བློ་ཡིས་འགོག་པ་གང་། །
དེ་ལ་མཁྱེན་པ་ཆགས་མེད་མཐའ་ཡས་སྟོབས་སུ་འདོད། །

諸佛一切種智力，速斷煩惱及習氣，

弟子等慧滅煩惱，於彼無礙智名力。

རྣམ་པ་ཀུན་མཁྱེན་པའི་རྒྱལ་བ་རྣམས་ཀྱི་སྟོབས་ཀྱིས་ཆགས་སོགས་ཉོན་མོངས་པ་དག་ནི། བག་ཆགས་དང་བཅས་པ་ཐམས་ཅད་འཇིག་པ་སྟེ་བཅོམ་པའི་འགྱུར་བ་དང་། སློབ་མ་ཉན་ཐོས་དང་ལ་སོགས་པས་བསྡུས་པ་རང་རྒྱལ་བ་རྣམས་ཀྱིས་ཉོན་མོངས་པ་རྣམས་བློ་སྟེ་ཟག་མེད་ཀྱི་ཤེས་རབ་ཀྱིས་འགོག་པ་སྟེ་སྤངས་པ་གང་ཡིན་པ་དེ་ལ་མཁྱེན་པ་ཆགས་པ་སྟེ་ཐོགས་པ་མེད་པ་ནི། མཐའ་ཡས་པ་ཟག་པ་ཟད་པ་མཁྱེན་པའི་སྟོབས་སུ་འདོད་དོ། །

諸佛由得[①]一切種智之力，永斷貪等一切煩惱及諸習氣。聲聞弟子與獨覺輩，以無漏慧滅諸煩惱。佛智於彼無障無礙，是名漏盡智力。

མྱུར་དུ་ཞེས་པ་ནི་བག་ཆགས་ལྷག་མ་ཤིན་ཏུ་ཕྲ་བ་སངས་རྒྱས་ཀྱི་ཡེ་ཤེས་སྐད་ཅིག་མ་གཅིག་གིས་སྤངས་པར་སྟོན་པའོ། །

言「速」者，顯示佛智一剎那頃，最細習氣盡皆斷除。

འདིར་ཉོན་མོངས་པའི་བག་ཆགས་ནི། འགྲེལ་བ་ལས། གང་གིས་སེམས་ཀྱི་རྒྱུད་འབགས་པར་བྱེད་ཅིང་བསྒོ་བར་བྱེད་ལ། རྗེས་སུ་བསྒྲོད་པར་བྱེད་པ་དེ་ནི་བག་ཆགས་ཏེ། ཉོན་མོངས་པའི་མཐར་ཐུག་པ་དང་། གོམས་པ་དང་། རྩ་བ་དང་། བག་ཆགས་ཞེས་བྱ་བ་ནི་རྣམ་གྲངས་དག་གོ །ཞེས་གསུངས་ཤིང་། ཉན་རང་དགྲ་བཅོམ་པས་ཉོན་མོངས་སྤངས་ཀྱང་བག་ཆགས་དེ་སྤོང་མི་ནུས་པར་གསུངས་ལ།

此中所言煩惱習氣，釋論云：「若法於心染著、熏習，隨逐而轉，是名習

① 「得」，民族本作「行」。

氣。煩惱邊際，熏習根本、習氣，是諸異名」聲聞、獨覺雖斷煩惱，然不能斷除習氣。

ཡང་དེ་ཉིད་ལས། དེ་ལ་མ་རིག་པའི་བག་ཆགས་ནི་ཤེས་བྱ་ཡོངས་སུ་གཅོད་པའི་གེགས་སུ་གྱུར་པ་ཡིན་ལ། ཞེས་ཤེས་སྒྲིབ་ཏུ་ཡང་གསུངས་སོ། །

釋論云：「無明習氣，能障了達所知。」此說習氣是所知障。

ལུགས་འདི་ལ་ཆོས་ཀྱི་བདག་འཛིན་ནི་ཉོན་མོངས་སུ་བཞེད་པས། ཤེས་སྒྲིབ་ཀྱི་གཙོ་བོ་ནི་གཉིས་སྣང་འཁྲུལ་པའི་བག་ཆགས་ལ་བྱ་དགོས་ཏེ། འདི་ནི་འཕགས་པ་ཡབ་སྲས་ཀྱིས་གཞན་དུ་ཤེས་སྒྲིབ་ཀྱི་ངོས་འཛིན་གསལ་བར་མ་གསུངས་པས། འདིར་གསུངས་པ་ཉིད་ལ་བརྟེན་པར་བྱའོ། །

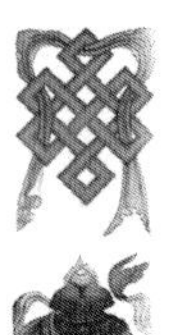

此宗許法我執是煩惱障。故所知障當是二取錯亂習氣。龍猛師徒於餘論中皆未明說何為所知障，故當依止此論所說也。

ཡང་འགྲེལ་བ་ལས། མ་རིག་པ་དང་། འདོད་ཆགས་ལ་སོགས་པའི་བག་ཆགས་དེ་ཡང་རྣམ་པ་ཐམས་ཅད་མཁྱེན་པ་དང་། སངས་རྒྱས་ཁོ་ན་ལ་ལྡོག་པར་འགྱུར་གྱི། གཞན་དག་ལ་ནི་མ་ཡིན་ནོ། །ཞེས་གསུངས་པས་ཉན་རང་དགྲ་བཅོམ་པ་དང་། ས་བརྒྱད་པ་ནས་ཉོན་མོངས་ཀྱི་ས་བོན་ཟད་པར་གསུངས་པའི་ཉོན་མོངས་ཀྱི་ས་བོན་ནི། འདིར་བཤད་པའི་ཉོན་མོངས་ཀྱི་བག་ཆགས་དང་མི་གཅིག་གོ །

釋論又云：「無明與貪等習氣，唯一切種智於成佛時，始得永斷，非餘能斷。」故餘處說二乘阿羅漢與八地菩薩，斷盡一切煩惱種子。當知彼煩惱種子與此處所說煩惱習氣，亦非一事。

བག་ཆགས་འདི་ཤིན་ཏུ་ཕྲ་བ་ནི་ས་བཅུ་རྒྱུན་གྱི་ཐ་མའི་བར་ཆད་མེད་ལམ་སྐྱེ་བ་ལ་ཕྱོགས་པ་དང་།

ཤིན་ཏུ་ཕྲ་བ་འགག་པ་ལ་ཕྱོགས་པ་གཉིས་དུས་མཉམ་ལ། དེ་ཐོག་མར་སྐྱེས་པའི་རྣམ་གྲོལ་ལམ་ནི་སངས་རྒྱས་ཀྱི་ཡེ་ཤེས་སྐད་ཅིག་མ་དང་པོ་ཡིན་ནོ། །དེའི་ཕྱིར་རྣམ་པ་ཀུན་མཁྱེན་པའི་སྟོབས་ཀྱིས་འཇིག་པར་གསུངས་སོ། །

又此習氣係最微細之品，十地最後心無間道現起，同時息滅，而成最初解脫道時，即是佛智第一刹那。故說以一切種智力斷除習氣也。

དེ་ལྟར་སྟོབས་རྣམས་ཀྱིས་ཤེས་བྱ་མཐའ་དག་མཁྱེན་པར་གསུངས་པ་ནི་མངོན་གྱུར་དུ་ཡིན་ལ། སངས་རྒྱས་ཀྱི་མངོན་སུམ་ལ་ཤུགས་རྟོགས་མི་རུང་བས་སྣང་ནས་མཁྱེན་དགོས་སོ། །

如是說此諸力知一切所知者，是現前知。以佛之現量，不現而知，不應道理，故是現起而知。

དེ་ཡང་རྣམ་པ་མ་ཤར་བར་མཁྱེན་པ་འདིའི་ལུགས་མིན་པ་ནི་རིགས་པ་དྲུག་ཅུ་པའི་འགྲེལ་པ་ལས་གསལ་བར་བཤད་དོ།།

又不現行相而知，非此宗義。《六十正理論釋》中已明了宣說。

དེའི་ཕྱིར་ད་ལྟར་བ་མངོན་སུམ་དུ་འཛལ་བའི་ཤུགས་ལ་འདས་མ་འོངས་གཉིས་འཛལ་བ་ཡང་མིན་ནོ།།

故亦非是由現見現在之力，而兼知去來也。

འདི་ཡང་ཉི་མ་དེ་རིང་ལྟ་བུའི་དུས་ད་ལྟ་བ་འདིའི་དུས་སུ། དེ་ལ་ལྟོས་པའི་འདས་མ་འོངས་གཉིས་མེད་པས་དུས་དེར་དེ་གཉིས་མ་གཞལ་ཡང་། དེ་རིང་གི་དུས་མཁྱེན་པའི་ཡེ་ཤེས་དེ་ཉིད་ཀྱིས་འདས་མ་འོངས་ཐམས་ཅད་མཁྱེན་པ་མི་འགལ་ཏེ། དཔེར་ན་ས་བོན་གྱི་དུས་ཀྱི་མྱུ་གུ་ས་བོན་གྱིས་མི་སྐྱེད་ཀྱང་། ས་བོན་གྱིས་མྱུ་གུ་སྐྱེད་པ་མི་འགལ་བ་བཞིན་ནོ།།

例如今日於現在時，觀待此時之去來非有。雖於此時不量去來，然了知今日智，即能了知去來一切亦不相違。譬如種子，雖不生種子時之芽，然種子生芽全不相違也。

གསུམ་པ་ནི།

己三、一切功德說不能盡

སངས་རྒྱས་ཀྱི་ཡོན་ཏན་མཐའ་དག་པ་ནི། སངས་རྒྱས་ཉིད་ཀྱིས་བསྐལ་པ་གྲངས་མེད་པར་སྐུ་ཚེ་བྱིན་གྱིས་བརླབས་ཤིང་། འཕྲིན་ལས་གཞན་མི་འདའ་བར་སྙེན་པ་སྙེན་པར་གསུངས་ཀྱང་། ཡོན་ཏན་རྫོགས་པར་མི་འགྱུར་ན། བྱང་སེམས་རྣམས་ཀྱིས་ཅི་ཞིག་སྨོས། དེས་ན་རང་སངས་རྒྱས་དང་ཉན་ཐོས་རྣམས་ཀྱིས་ཡོན་ཏན་མཐར་ཕྱིན་པར་ཤེས་པའམ་བརྗོད་པར་ནུས་པ་ལྟ་སྨོས་ཀྱང་ཅི་ཞིག་དགོས། དོན་འདི་ཉིད་དཔེའི་སྒོ་ནས་བཤད་པ།

諸佛所有一切功德，假使諸佛加持壽量，經無數劫不作餘事，專一汲汲演說功德，猶不能盡。況諸菩薩，尤況二乘，豈能了知宣說，諸佛所有一切功德？當以譬喻顯示此義，頌曰：

ནམ་མཁའ་མེད་པས་འདབ་ཆགས་ཟློག་པར་མི་འགྱུར་གྱི། །
འདི་ནི་རང་མཐུ་ཟད་པས་ཟློག་པར་འགྱུར་དེ་བཞིན། །
སློབ་མ་དང་བཅས་སངས་རྒྱས་སྲས་རྣམས་སངས་རྒྱས་ཀྱི། །
ཡོན་ཏན་མཁའ་ལྟར་མཐའ་ཡས་མ་བརྗོད་ཟློག་པར་འགྱུར། །

妙翅飛還非空盡，由自力盡而迴轉，

佛德無邊若虛空，弟子菩薩莫能宣。

དེ་ཕྱིར་བདག་འདྲས་ཁྱོད་ཡོན་འདི་དག་ཅི། །ཤེས་པ་དང་ནི་བརྗོད་པར་ནུས་འགྱུར་རམ། །

འོན་ཀྱང་དེ་དག་འཕགས་པ་ཀླུ་སྒྲུབ་ཀྱིས། །བཤད་ཕྱིར་དོགས་སྤངས་ཅུང་ཞིག་ཙམ་ཞིག་སྨྲས། །

如我於佛眾功德，豈能了知而讚言，

然由龍猛已宣說，故我無疑述少分。

འདི་ལྟར་ནམ་མཁའ་ལྡིང་འདབ་གཤོག་པའི་རླུང་གི་ཤུགས་ཀྱིས། ཕ་རོལ་གནོན་པ་ཡང་ནམ་མཁའ་ལ་འཕུར་བ་ན། ནམ་མཁའ་མེད་པ་སྟེ་ཟད་པས་འདབ་ཆགས་ཀྱི་དབང་པོ་དེ་ལྡོག་པར་མི་འགྱུར་གྱི་འདིར་ནི་འཕུར་འཕུར་བས་ནམ་ཞིག་ན་རང་གི་མཐུ་སྟོབས་ཟད་པས་ལྡོག་པར་འགྱུར་བ་དེ་བཞིན་དུ། སློབ་མ་ཉན་ཐོས་དང་དེ་དང་བཅས་པའི་རང་སངས་རྒྱས་དང་། སངས་རྒྱས་ཀྱི་སྲས་ས་ཆེན་པོ་ལ་བཞུགས་པ་རྣམས་ཀྱིས་ཀྱང་སངས་རྒྱས་ཀྱི་ཡོན་ཏན་ནམ་མཁའ་ལྟར་མཐའ་ཡས་པ་མ་བརྗོད་པར་ལྡོག་པར་འགྱུར་བ་ནི། ཡོན་ཏན་རྫོགས་པས་མ་ཡིན་གྱི་རང་གི་བློའི་སྟོབས་ཉམས་པས་ཡིན་ནོ། །

如妙翅鳥王，翅翎豐廣，仗承風力，善能致遠。彼向虛空，極力飛去。後飛還時，非緣虛空已盡而還，是由彼久飛自力用盡而迴轉。如是諸佛功德無量無邊，廣如虛空，聲聞弟子及諸獨覺，並入大地諸菩薩眾，不能盡說而自退止。此亦非由佛德已盡故止，是因自己慧力已盡而止也。

སངས་རྒྱས་ཀྱི་ཡོན་ཏན་རྫོགས་པར་བརྗོད་མི་ནུས་པ་དེའི་ཕྱིར་འགྲེལ་བ་མཛད་པ་བདག་འདྲ་བས་སངས་རྒྱས་ཁྱོད་ཀྱི་ཡོན་ཏན་འདི་དག་ནི་ཅི་ཤེས་པ་དང་ནི་བརྗོད་པར་ནུས་པར་འགྱུར་རམ་ཅི་སྟེ་མི་ནུས་སོ། །

由佛功德說不能盡，如我作釋者，於佛功德，豈能了知而讚說耶?

དེ་ལྟར་བདག་ལ་རང་སྟོབས་ཀྱིས་སངས་རྒྱས་ཀྱི་ཡོན་ཏན་ཤེས་ཙམ་ཞིག་ཤེས་པའང་མེད་པ་འོན་ཀྱང་། བདག་གིས་དོགས་པ་སྤངས་པ་སྟེ་ཚམ་ཚོམ་མེད་པར་ཡོན་ཏན་ཅུང་ཟད་ཙམ་ཞིག་སྨྲས་པ་ནི། ཡོན་ཏན་དེ་དག་འཕགས་པ་ཀླུ་སྒྲུབ་ཀྱིས་བཤད་པའི་ཕྱིར་ཏེ་དེ་ལ་བརྟེན་ནས་ཡིན་ནོ། །

我以自力雖全不知諸佛功德，然我無疑竟能略說少分功德者，是因龍猛菩薩已說此等功德，我是依彼而說。

བཞི་པ་ནི།

己四、知深廣功德之勝利

ཟབ་མོ་སྟོང་པ་ཉིད་ཡིན་ཏེ། །ཡོན་ཏན་གཞན་རྣམས་རྒྱ་ཆེ་བའོ། །
ཟབ་དང་རྒྱ་ཆེའི་ཚུལ་ཤེས་པས། །ཡོན་ཏན་འདི་དག་འཐོབ་པར་འགྱུར། །

甚深謂空性①，餘德即廣大，
了知深廣理，當得此功德。

མདོར་བསྡུས་ན་བསྟན་བཅོས་འདི་ལས་སངས་རྒྱས་ཀྱི་ཡོན་ཏན་ཟབ་པ་དང་རྒྱ་ཆེ་བ་གཉིས་བསྟན་པའི་ཟབ་མོ་ནི་སྟོང་པ་ཉིད་ཆོས་ཀྱི་སྐུ་དང་། གཞི་དང་ལམ་གྱི་སྟོང་པ་ཉིད་དོ། །

總此論中顯示諸佛甚深廣大二種德②。甚深者，謂空性法身，及因位行位之空性。

དེ་ལས་གཞན་པ་ས་བཅུ་གཅིག་གི་ཡོན་ཏན་དང་སྟོབས་ལ་སོགས་པ་བཤད་པ་རྣམས་ནི་རྒྱ་ཆེ་བའི་ཡོན་ཏན་ནོ། །

其餘十一地之功德及所說十力等，即廣大功德。

དེ་འདྲ་བའི་ཟབ་པ་དང་རྒྱ་ཆེ་བའི་ཡོན་ཏན་གྱི་ཚུལ་ལེགས་པར་ཤེས་པས་ནི། དོན་དེ་གཉིས་ཤེས་ནས་བསྒོམས་པས་སངས་རྒྱས་ཀྱི་ཡོན་ཏན་གཉིས་པོ་འདི་དག་འཐོབ་པར་འགྱུར་རོ། །

若善了知如斯甚深廣大功德之理，依義修習，當能證得此二種功德。

གསུམ་པ་ནི།

丁三、明變化身

ད་ནི་སྤྲུལ་པའི་སྐུ་ཉན་རང་དང་བྱང་སེམས་རྣམས་ཀྱི་དོན་དང་ཐབས་ཐུན་མོང་བ་འབྱུང་ཞིང་། སོ་སྐྱེ་རྣམས་ཀྱི་དོན་ཡང་ཅི་རིགས་པར་འབྱུང་བ། བདེ་འགྲོ་ལ་སོགས་པའི་སྒྲུབ་བྱེད་དུ་གྱུར་པའི་དབང་དུ་བྱས་ནས་བཤད་པ།

諸佛化身，是諸聲聞、獨覺、菩薩共同境界，共同方便。隨其所應，亦是諸異生境界，是能成辦善趣等因。頌曰：

---

①「空性」，頌作「性空」。
②「種德」，民族本作「功德」。

སླར་ཡང་མི་གཡོ་སྐུ་མངའ་ཁྱོད་ཀྱིས་སྲིད་གསུམ་བྱོན་ནས་སྤྲུལ་རྣམས་ཀྱིས། །

གཤེགས་པ་དང་ནི་བལྟམས་དང་བྱང་ཆུབ་ཞི་བའི་འཁོར་ལོའང་སྟོན་པར་མཛད། །

དེ་ལྟར་ཁྱོད་ཀྱིས་འཇིག་རྟེན་གཡོ་བག་སྤྱོད་ཅན་རེ་བའི་ཞགས་པ་ནི། །

མང་པོས་བཅིངས་པ་མ་ལུས་ཐུགས་རྗེས་མྱ་ངན་འདས་པར་བཀྲི་བར་མཛད། །

佛得不動身，化重來三有，

示天降出胎，菩提轉靜輪，

世有種種行，爲多愛索縛，

佛以大悲心，咸導至涅槃。（原文四句六十字）

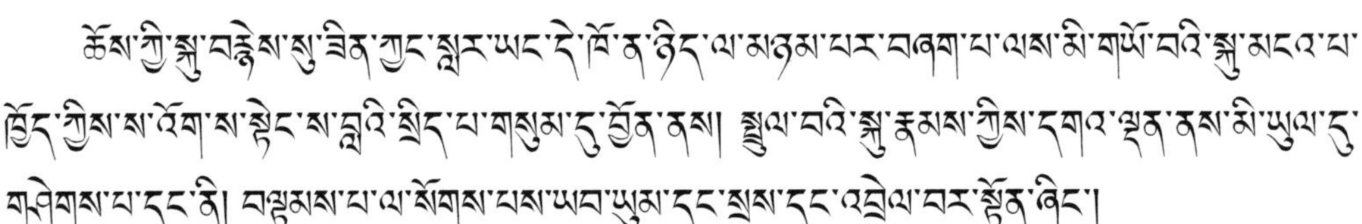

ཆོས་ཀྱི་སྐུ་བརྙེས་སུ་ཟིན་ཀྱང་སླར་ཡང་དེ་ཁོ་ན་ཉིད་ལ་མཉམ་པར་བཞག་པ་ལས་མི་གཡོ་བའི་སྐུ་མངའ་བ་ཁྱོད་ཀྱིས་ས་འོག་ས་སྟེང་ས་བླའི་སྲིད་པ་གསུམ་དུ་བྱོན་ནས། སྤྲུལ་པའི་སྐུ་རྣམས་ཀྱིས་དགའ་ལྡན་ནས་མི་ཡུལ་དུ་གཤེགས་པ་དང་ནི། བལྟམས་པ་ལ་སོགས་པས་ཡབ་ཡུམ་དང་སྲས་དང་འབྲེལ་བར་སྟོན་ཞིང་།

諸佛已得安住真實永無動搖之法身，現諸化身重來三有，示現從兜率天降，及出胎等，父母妻子係屬之相。

བྱང་ཆུབ་པ་ཞི་བ་མྱང་འདས་ཀྱི་གྲོང་ཁྱེར་དུ་འཇུག་པའི་ཆོས་ཀྱི་འཁོར་ལོའང་དབང་པོ་དང་འཚམ་པར་སྟོན་པར་མཛད་དོ། །

又現證大菩提，適應諸根，轉妙法輪，令往寂靜涅槃大城。

དེ་ལྟར་ཁྱོད་ཀྱིས་འཇིག་རྟེན་ཏེ་སེམས་ཅན་གྱི་ཁམས་སྤྱོད་པ་སྣ་ཚོགས་པ་ཅན་རེ་བ་སྲེད་པའི་ཞགས་པ་ནི་མང་པོས་བཅིངས་པ་མ་ལུས་པ་གྲགས་པ་དང་ཕན་ལན་བཞེད་པ་སོགས་ལ་མི་ལྟོས་པའི་ཐུགས་རྗེ་ཆེན་པོས་མྱ་ངན་ལས་འདས་པར་བཀྲི་བ་སྟེ་འགོད་པར་མཛད་དོ། །གཡོ་བག་སྤྱོད་ཅན་ཞེས་པ་ལ་འགྲེལ་བཤད་ཀྱི་འགྱུར་ལ། སྣ་ཚོགས་སྤྱོད་ཅན་ཞེས་འབྱུང་བ་འགྲེལ་བ་དང་མཐུན་ནོ། །

世界有情，有種種界行，復爲眾多愛索所縛。佛以大悲心，不顧名利等，盡行引導安立於大般涅槃。

བཞི་པ་ནི།

丁四、成立一乘

དེ་ལྟར་སྐུ་གསུམ་གྱི་རྣམ་གཞག་བཤད་ནས། ཐེག་པ་གཅིག་ལ་ཐེག་པ་གསུམ་དུ་བསྟན་པ་དགོངས་པ་ཅན་དུ་བཤད་པ།
已說三身建立，次明於一乘中，佛說三乘是密意教。頌曰：

གང་ཕྱིར་འདི་ན་དེ་ཉིད་ཤེས་ལས་དྲི་མ་མཐའ་དག་སེལ་བ་ནི། །
ལྷུར་བྱེད་གཞན་མེད་ཆོས་རྣམས་དེ་ཉིད་རྣམ་འགྱུར་དབྱེ་ལའང་བསྟེན་མིན་ཞིང་། །
དེ་ཉིད་ཡུལ་ཅན་བློ་གྲོས་འདི་ཡང་ཐ་དད་འགྱུར་བ་མ་ཡིན་ལ། །
དེ་ཡི་ཕྱིར་ན་ཁྱོད་ཀྱིས་འགྲོ་ལ་ཐེག་པ་མི་མཉམ་དབྱེར་མེད་བསྟན། །

離知真實義，餘無除衆垢，
諸法真實義，無變異差別。
此證真實慧，亦非有別異，
故佛爲衆說，無等無別乘。（原文四句）

རྒྱུ་མཚན་གང་གི་ཕྱིར་ན་འདི་ན་ཆོས་རྣམས་ཀྱི་དེ་ཁོ་ན་ཉིད་ཤེས་པ་ལས་གཞན་སྒྲིབ་གཉིས་ཀྱི་དྲི་མ་མཐའ་དག་སེལ་བ་ནི། ལྷུར་བྱེད་པ་སྟེ་གཙོ་བོར་གྱུར་པ་མེད་ལ། ཆོས་རྣམས་ཀྱི་དེ་ཁོ་ན་ཉིད་ཀྱང་མི་འདྲ་བའི་རྣམ་འགྱུར་གྱི་དབྱེ་བ་སྟེན་པའང་མིན་ཞིང་སྟེ་མིན་པས། དེ་ཁོ་ན་ཉིད་ཀྱི་ཡུལ་ཅན་གྱི་བློ་གྲོས་ཏེ་ཡེ་ཤེས་འདི་ཡང་ཡུལ་འཛིན་པའི་རྣམ་པ་ཐ་དད་པ་མི་འདྲ་བར་འགྱུར་བ་ཡང་མ་ཡིན་པ་དེ་ཡི་ཕྱིར་ན།

離了知諸法真實義，更無餘法能除一切二障垢染。諸法真實義亦無不同之變異差別。故此證真實義之智慧，緣境行相亦無別異。

ཐུབ་པ་ཁྱོད་ཀྱིས་གདུལ་བྱའི་འགྲོ་བ་ལ་ཐེག་པ་གཞན་གང་དང་ཡང་མི་མཉམ་པ་དབྱེར་མེད་པའི་ཐེག་པ་གཅིག་བསྟན་ཏེ། ཇི་སྐད་དུ། འོད་སྲུངས་ཆོས་ཐམས་ཅད་མཉམ་པ་ཉིད་དུ་རྟོགས་ན་མྱ་ངན་ལས་འདའ་བ་ཡིན་ལ། དེ་ཡང་གཅིག་ཡིན་གྱི་གཉིས་དང་གསུམ་ནི་མ་ཡིན་ནོ། །ཞེས་འབྱུང་བའི་ཕྱིར་རོ། །

故佛能仁，爲諸衆生，宣說無餘能等全無差別之一乘。經云：「迦葉，由知一切法平等性故而般涅槃。此唯有一無二無三。」

འཕགས་པས་ཀྱང་། ཆོས་ཀྱི་དབྱིངས་ལ་དབྱེར་མེད་ཕྱིར། །ཁྱོད་ལ་ཐེག་པའི་དབྱེ་བ་མེད། །ཐེག་པ་གསུམ་དུ་

བསྟན་པ་ནི། །སེམས་ཅན་རྣམས་ནི་གཞུག་ཕྱིར་རོ། །ཞེས་འཇུག་པ་དང་མཐུན་པར་གསུངས་སོ། །

龍猛菩薩亦云：「由法界無別，故乘無差別，佛說三乘者，為導諸有情。」

དེ་དག་གིས་ནི་དེ་ཁོ་ན་ཉིད་མ་རྟོགས་པར་ཉོན་མོངས་ཐམས་ཅད་ཟད་པར་མི་ནུས་པ་ལ། ཆོས་རྣམས་ཀྱི་དེ་ཁོ་ན་ཉིད་ལ་མི་མཐུན་པ་ཆེན་པོ་མེད་པའི་ཕྱིར་ན། མྱ་ངན་ལས་འདས་པར་བགྲོད་དང་ལ། དེ་ཁོ་ན་ཉིད་རྟོགས་མ་རྟོགས་ཀྱི་རྒྱུའི་ཐེག་པ་མི་འདྲ་བ་བཤད་པ་དང་། ཉོན་མོངས་ཟད་པའི་མྱང་འདས་ཙམ་ཐོབ་ནས། ཐེག་པ་གཞན་དུ་མི་འགྲོ་བའི་འབྲས་བུའམ་ཐེག་པ་འགའ་ཞིག་བཤད་པ་ནི། གདུལ་བྱ་རེ་ཞིག་དྲང་བའི་ཕྱིར་གསུངས་པར་བསྟན་པ་འདི། ལེགས་པར་རྟོགས་ན་ཐེག་དམན་ལ་ཆོས་ཀྱི་བདག་མེད་རྟོགས་པ་མེད་པར་བཤད་པ་རྣམས་ཀྱི་དགོངས་པ་རྟོགས་པར་འགྱུར་རོ། །

此說：若不通達真實義，則不能盡斷一切煩惱。諸法真實義復無最大差殊。故有處說，往涅槃城，有達不達真實義之因乘差別。及說斷盡煩惱證涅槃已，不復更學餘乘之果乘，有多乘者。當知是為引導眾生而說。若能善解此義，則經說二乘不證法無我之密意，亦能了解。

གལ་ཏེ་གང་ཐོབ་ནས་ལམ་གཞན་དུ་འགྲོ་མི་དགོས་པའི་མྱ་ངན་ལས་འདས་པ་གཅིག་ཁོ་ན་ཡིན་ལ། ཉན་རང་གི་ཐེག་པས་ཀྱང་མྱ་ངན་ལས་འདའ་བར་བསྟན་པ་ཇི་ལྟར་ཡིན་ཞེ་ན། དེ་ལྟར་བསྟན་པ་འདི་དགོངས་པ་ཅན་དུ་བཤད་པ།

若得涅槃後，不復更學餘乘。此大涅槃唯有一乘。云何經說二乘亦能般涅槃耶？曰：此是密意語言。頌曰：

གང་ཕྱིར་འགྲོ་ལ་ཉེས་པ་སྐྱེད་བྱེད་སྙིགས་མ་འདི་དག་ཡོད་གྱུར་པ། །
དེ་ཕྱིར་འཇིག་རྟེན་སངས་རྒྱས་སྤྱོད་ཡུལ་གཏིང་ཟབ་ལ་འཇུག་མི་འགྱུར་ཞིང་། །
བདེ་གཤེགས་གང་ཕྱིར་ཁྱོད་ལ་མཁྱེན་རབ་ཐུགས་རྗེ་ཐབས་དང་ལྡན་ཅིག་པ། །
མངའ་དང་གང་ཕྱིར་བདག་གིས་སེམས་ཅན་དགྲོལ་ཞེས་ཁྱོད་ཀྱིས་ཞལ་བཞེས་ཏེ། །

眾生有五濁，能生諸過失，
故世界不入，甚深佛行境。
然由[1]佛善逝，具智悲方便，
昔曾發誓願，度盡諸有情。（原文四句）

[1]「由」，頌作「有」。

གང་གི་ཕྱིར་འགྲོ་བ་རྣམས་ལ་ཉེས་པ་སྟེ་ཉོན་མོངས་ཤས་ཆེན་པོ་སྐྱེད་པར་བྱེད་པའི་རྒྱུར་གྱུར་པ་ལུས་སེམས་ལས་སུ་མི་རུང་བར་བྱེད་པའི་སེམས་ཅན་དང་བསྐལ་པ་དང་ཉོན་མོངས་པ་དང་ལྟ་བ་དང་ཚེའི་སྙིགས་མ་ལྔ་པོ་འདི་དག་ནི་ཡོད་པར་འགྱུར་བ།

由諸衆生，有劫濁、見濁、煩惱濁、衆生濁、壽命濁等五濁，能爲發生諸大煩惱過失之因，使其身心都無堪能。

དེ་དག་གིས་ལྷག་པར་མོས་པ་ཁྱད་པར་དུ་འཕགས་པ་འཇོམས་པར་བྱེད་པས། སངས་རྒྱས་ཀྱི་ཡེ་ཤེས་ལ་དོན་གཉེར་བྱེད་པ་འགོག་པར་བྱེད་པ་དེའི་ཕྱིར་འཇིག་རྟེན་ཏེ་གདུལ་བྱ་སངས་རྒྱས་ཀྱི་སྤྱོད་ཡུལ་ཟབ་པས་གཏིང་དཔག་དཀའ་བ་ལ་འཇུག་པར་མི་འགྱུར་ཞིང་།

由此能壞勝上勝解，障求佛智。是故世界衆生，於佛甚深難測行境，不能趣入。

གང་གི་ཕྱིར་བདེ་བར་གཤེགས་པ་ཁྱོད་ལ་གདུལ་བྱ་འདུལ་བའི་ཐབས་ལ་མཁས་པའི་མཁྱེན་རབ་དང་། དེ་དག་གི་དོན་ལ་བསྙེལ་བ་མི་མངའ་བའི་ཐུགས་རྗེའི་ཐབས་དང་ལྷན་ཅིག་པ་མངའ་བ་དང་། གང་གི་ཕྱིར་སྔོན་བྱང་སེམས་ཀྱི་དུས་སུ་བདག་གིས་སེམས་ཅན་ཐམས་ཅད་དགྲོལ་བར་བྱའོ་ཞེས་ཁྱེད་ཀྱིས་ཞལ་གྱིས་བཞེས་པ་དེ་ཉིད་ཐབས་ཀྱི་རྣམ་པ་གཞན་གྱིས་ངེས་པར་བསྒྲུབ་དགོས་སོ།།

然由諸佛善逝，具足調伏衆生之巧便妙智，及不忘失利益衆生之大悲方便。復由往昔行菩薩道時，曾發誓願，願我度盡一切有情。決定當以他種方便，成滿斯願也。

གང་གི་ཕྱིར་འགྲོ་བ་རྣམས་ཐེག་ཆེན་ལ་འཇུག་པ་ལ་གེགས་མང་པོ་ཡོད་ཅིང་། འགྲོ་བ་རྣམས་ཀྱང་མྱང་འདས་ལ་ངེས་པར་དགོད་དགོས་པ་དེའི་ཕྱིར།

由諸衆生有多障緣障入大乘。復應令①諸衆生，安立涅槃。頌曰：

དེ་ཕྱིར་མཁས་པ་རིན་པོ་ཆེ་ཡི་གླིང་དུ་ཆས་པའི་སྐྱེ་ཚོགས་ཀྱི།།
ངལ་བ་ཉེར་སེལ་གྲོང་ཁྱེར་ཡིད་འོང་བར་དུ་རྣམ་པར་བཀོད་པ་ལྟར།།
ཁྱོད་ཀྱིས་ཐེག་པ་འདི་ནི་སློབ་མ་ཉེ་བར་ཞི་བའི་ཚུལ་ལ་ཡིད།།
སྦྱར་ཞིང་རྣམ་པར་དབེན་ལ་འདང་བློ་སྦྱངས་རྣམས་ལ་ལོགས་སུ་གསུངས།།

以是如智者，導衆赴寶洲，
爲除衆疲乏，化作可愛城。

① 「令」，民族本「大乘」。

佛令諸弟子，意①趣寂滅樂，

心修遠離已，次乃說一乘。（原文四句）

པད་དཀར་ལས་གསུངས་པ་ལྟར་དེད་དཔོན་མཁས་པས་རྒྱ་མཚོ་ན་གནས་པའི་རིན་པོ་ཆེའི་གླིང་དུ་ཆས་པའི་ཚེ་སྐྱེ་བོའི་ཚོགས་ཀྱིས། ཡུན་རིང་པོར་བགྲོད་པའི་ངལ་བ་ཉེ་བར་སེལ་བའི་ཕྱིར་དུ་རིན་པོ་ཆེའི་གླིང་དུ་མ་སླེབས་པའི་བར་དུ་གྲོང་ཁྱེར་ཡིད་དུ་འོང་བ་རྣམ་པར་བཀོད་པ་སྟེ་སྤྲུལ་པ་ལྟར་དུ། བཅོམ་ལྡན་འདས་ཁྱོད་ཀྱིས་ཀྱང་ཐེག་པ་ཆེན་པོའི་ཚུ་རོལ་ཏུ་ཐེག་ཆེན་དེ་ཐོབ་པའི་ཐབས་སུ་སྒྱུར་པ་འདི་ནི། ཉེ་བར་ཞི་བའི་ཚུལ་གྱི་བདེ་བ་ལ་ཡིད་སྦྱར་བའི་ཕྱིར་དུ། སློབ་མ་ཉན་ཐོས་དང་དེས་མཚོན་པའི་རང་རྒྱལ་ལ་ཉན་རང་གི་ཐེག་པ་གཉིས་གསུངས་ཤིང་།

《法華經》說，如大商主具足智慧，引導衆人赴大海寶洲之時，爲除衆人行久之疲乏故，於未到寶洲之中間，化作可愛城邑，令衆休息。如是諸佛世尊，於未到大乘之此岸，示以能得大乘之方便，令聲聞弟子及獨覺人，心意暫趣寂滅樂故，宣說二乘。

དེ་ནས་འཁོར་བའི་ཉོན་མོངས་ཀྱིས་རྣམ་པར་དབེན་པའི་བློ་སྦྱངས་པ་རྣམས་ལ་ལོགས་སུ་སྟེ་ཕྱི་ནས་ཐེག་པ་ཆེན་པོ་ཁོ་ན་གསུངས་ལ། དེ་རྣམས་ཀྱིས་ཀྱང་སངས་རྒྱས་རྣམས་ལྟར་ཚོགས་རྫོགས་པར་བྱས་ནས། གདོན་མི་ཟ་བར་སངས་རྒྱས་ཐོབ་པར་བྱ་དགོས་སོ། །

待彼修心，已能遠離生死煩惱，次乃宣說唯一大乘。彼等亦當如佛世尊，圓滿資糧而得佛果。

ཐེག་པ་གཅིག་ཏུ་སྒྲུབ་པ་འདི་མདོ་ཀུན་ལས་བཏུས་པ་ལས། ཐེག་པ་གཅིག་ཏུ་ཟད་པར་ནི་མདོ་སྡེ་དུ་མ་ལས་གསུངས་པའི་ཕྱིར་རོ། །ཞེས་སོགས་ཀྱིས་གསུངས་པ་ལས་ཤེས་པར་བྱའོ། །

成立一乘，《集經論》云：「唯有一乘，無量經中皆宣說故。」如彼應知。

卷十四

① 「意」，頌作「念」。

ལྔ་པ་ལ་གཉིས། མངོན་པར་བྱང་ཆུབ་པའི་དུས་ཀྱི་དབང་དུ་བྱས་པའི་བཤད་པ་དང་། བཞུགས་པའི་དུས་ཀྱི་དབང་དུ་བྱས་པའི་བཤད་པའོ། །

丁五、成佛與住世分二：戊一、釋成佛時，戊二、釋住世時。

བདེ་བར་གཤེགས་པ་མ་ལུས་ཕྱོགས་ཞིང་སངས་རྒྱས་ཡུལ་དག་ན། །
ཕྲ་རབ་རྡུལ་གྱི་རྡུལ་རྣམས་བགྲོག་པར་གྱུར་པ་ཇི་སྙེད་པ། །
བྱང་ཆུབ་མཆོག་རབ་དམ་པར་གཤེགས་པའི་སྐལ་བ་དེ་སྙེད་དེ། །
འོན་ཀྱང་ཁྱོད་ཀྱི་གསང་བ་འདི་ནི་བསྙད་བགྱི་མ་ལགས་སོ། །

十方世界佛行境，如其所有微塵數，
佛證菩提劫亦爾，然此秘密未嘗說。

དང་པོ་ནི། ཕྱོགས་བཅུའི་ཞིང་མ་ལུས་པ་སངས་རྒྱས་ཀྱི་ཡུལ་དུ་གྱུར་པ་དག་ཇི་སྙེད་པ་དེ་ན། རྡུལ་ཕྲ་རབ་ཀྱི་གྲངས་རྣམས་བགྲོག་པར་གྱུར་པ་ཇི་སྙེད་པ་བདེ་བར་གཤེགས་པ་ཁྱོད་བྱང་ཆུབ་ཀྱི་མཆོག་རབ་དམ་པར་གཤེགས་པའི་བསྐལ་པ་ཡང་དེ་སྙེད་དོ།

今初，十方所有一切世界，唯是佛所行境。如其中所有一切微塵之數量，佛證最殊勝大菩提之劫數亦有爾許。

དེ་ལྟར་ཡིན་པ་འོན་ཀྱང་སྔོན་དགེ་རྩ་མ་བསགས་པ་རྣམས་མོས་པར་དཀའ་བའི་ཕྱིར། ཁྱོད་ཀྱི་གསང་བ་འདི་ནི་བསྙད་པར་བགྱི་བ་མ་ལགས་སོ། །

雖然，昔未集善根者，極難信解，故佛於此秘密，未嘗宣說。

དེ་ལ་ལྷག་པར་མོས་པ་རྣམས་ལ་ནི་བསོད་ནམས་གཞལ་དུ་མེད་པ་བསག་པར་བྱ་བའི་ཕྱིར་འདིར་བཤད་དོ། །

若能增上信解，即得無量福德資糧，故此言之。

འདི་ལ་འགྲེལ་བཤད་བྱེད་པས་འདི་ཡང་སངས་རྒྱས་ཐམས་ཅད་ཀྱི་ཆོས་ཀྱི་སྐུ་གཅིག་ཡིན་པས་དེ་ལྟར་བརྗོད་པ་ཡིན་གྱི། གཞན་དུ་ན་སངས་རྒྱས་གཞན་འབྱུང་བར་མི་འགྱུར་བས་སོ། །ཞེས་འཆད་པ་ནི་མི་འཐད་དེ། འགྲེལ་བ་ལས་སྤྲུལ་པའི་སྐུ་འབྱུང་བའི་དབང་དུ་བྱས་པར་གསུངས་པའི་ཕྱིར་རོ། །

疏云：「此因一切諸佛同一法身，故作是說。若不爾者，則無餘佛出世矣。」此說非理，釋論說是依示現化身說故。

སྤྲུལ་པའི་སྐུ་འབྱུང་བའི་རྒྱུ་ཞེས་པ་ཆོས་ཀྱི་སྐུ་ལ་དགོངས་ཞེས་འཆད་པ་ཡང་མི་རིགས་ཏེ། ཆོས་ཀྱི་སྐུར་གཤེགས་པའི་ཚད་དེ་ཙམ་དུ་འདོད་ན་གང་ཟག་གཞན་སངས་རྒྱ་བའི་སྐབས་མེད་པའི་སྐྱོན་དེར་ཡང་འདུག་པའི་ཕྱིར་དང་། སངས་རྒྱས་ཐམས་ཅད་ཀྱི་ཆོས་སྐུ་གཅིག་ཡིན་ན་སངས་རྒྱས་སྔ་མ་རྣམས་སངས་རྒྱས་པའི་ཚེ། ཕྱིར་སངས་མ་རྒྱས་པ་དང་འཚང་རྒྱ་རྒྱུའི་ཆོས་སྐུ་ཡང་སྔོན་དུ་ཐོབ་ཟིན་པ་ཤིན་ཏུ་འགལ་བའི་ཕྱིར་རོ། །

疏又云：「言[①]現化身因，意說法身。」此亦非理。若許證法身之量，有爾許時，亦犯無餘佛出世之過失。若一切佛同一法身，則前佛成佛時，其未成佛者，於成佛時所當得之法身，應已先得。極相違故。

དེས་ན་བྱང་ཆུབ་ཀྱི་སྙིང་པོར་གཤེགས་པའི་ཚད་སྟོན་པ་ཡིན་ལ། དེ་ཡང་སྟོན་དུ་སངས་རྒྱས་ནས་ཀྱི་ཡུན་ཚད་སྟོན་པ་མ་ཡིན་པས། སངས་རྒྱས་ནས་སླར་ཡང་བྱང་ཆུབ་ཀྱི་སྙིང་པོར་སྤྲུལ་སྐུའི་འཚང་རྒྱ་ཚུལ་སྟོན་པའི་གྲངས་ཚད་སྟོན་པ་ཡིན་ནོ། །

以是當知，此是說證菩提之數量。然非說成佛後之時量，是說成佛以[②]後，化身重現成菩提之數量。

དེ་ལྟར་ནག་ཚོའི་འགྱུར་ལས། སངས་རྒྱས་ཡུལ་གྱུར་ཞིང་རྣམས་ཕྱོགས་བཅུ་མ་ལུས་ན། །ཕྲ་རབ་རྡུལ་ནི་ཇི་སྙེད་ཡོད་པ་དེ་སྙེད་དུ། །བདེ་བར་གཤེགས་པ་མཆོག་གྱུར་ཁྱོད་ཀྱི་བྱང་ཆུབ་ཀྱང་། །འབྱུང་འགྱུར་ཞེས་འབྱུང་བ་ལྟར་ལེགས་སོ། །

拏錯譯為：「佛境諸剎遍十方，如彼所有微塵數，佛亦當成大菩提」較為妥善。

དེ་ལྟར་མ་བྱས་པར་འགྲེལ་བཤད་ལྟར་བཤད་ན། རྩ་བ་ལས་གསང་བ་འདི་བཤད་པར་མི་བྱ་བར་གསུངས་པའི་ཡུལ་དུ་འགྲོ་བ་ཡིན་ནོ། །

若不作是解，而照疏中所說，正是本論所指不可說此秘密之機也。

གཉིས་པ་ནི།

戊二、釋住世時

རྒྱལ་བ་ཇི་སྲིད་འཇིག་རྟེན་མཐའ་དག་མཆོག་ཏུ་རབ་ཞི་བར། །

འགྲོ་བ་མིན་ཞིང་ནམ་མཁའ་རྣམ་འཇིག་འབྱུང་མིན་དེ་སྲིད་དུ། །

---

①「言」，民族本無「言」字。

②「以」，校正本作「已」。

ཤེས་རབ་ཡུམ་གྱིས་བསྐྱེད་པ་ཁྱོད་ལ་ཐུགས་བརྩེ་མ་མ་ཡིས། །
ཚུལ་ལུགས་བྱེད་པས་རབ་ཏུ་ཞི་བར་འགྱུར་བ་གང་ལ་མངའ། །

直至虛空未變壞，世間未證最寂滅，
慧母所生悲乳育，佛豈入於寂滅處。

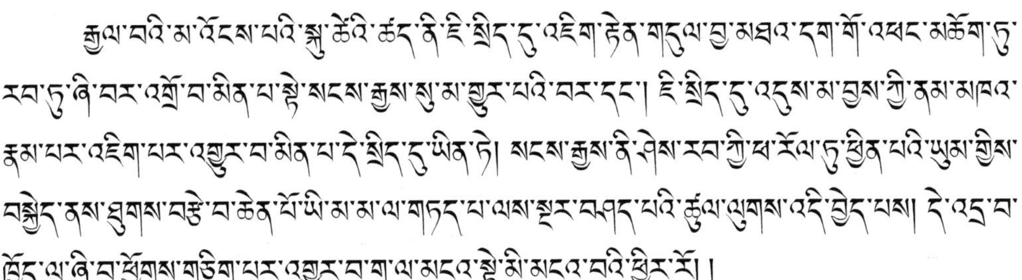
རྒྱལ་བའི་མ་འོངས་པའི་སྐུ་ཚེའི་ཚད་ནི་ཇི་སྲིད་དུ་འཇིག་རྟེན་གདུལ་བྱ་མཐའ་དག་གོ་འཕང་མཆོག་ཏུ་རབ་ཏུ་ཞི་བར་འགྲོ་བ་མིན་པ་སྟེ་སངས་རྒྱས་སུ་མ་གྱུར་པའི་བར་དང་། ཇི་སྲིད་དུ་འདུས་མ་བྱས་ཀྱི་ནམ་མཁའ་རྣམ་པར་འཇིག་པར་འགྱུར་བ་མིན་པ་དེ་སྲིད་དུ་ཡིན་ཏེ། སངས་རྒྱས་ནི་ཤེས་རབ་ཀྱི་ཕ་རོལ་ཏུ་ཕྱིན་པའི་ཡུམ་གྱིས་བསྐྱེད་ནས་ཐུགས་བརྩེ་བ་ཆེན་པོ་ཡི་མ་མ་ལ་གཏད་པ་ལས་སྦྱར་བཤད་པའི་ཚུལ་ལུགས་འདི་བྱེད་པས། དེ་འདྲ་བ་ཁྱོད་ལ་ཞི་བ་ཕྱོགས་གཅིག་པར་འགྱུར་བ་ག་ལ་མངའ་སྟེ་མི་མངའ་བའི་ཕྱིར་རོ། །

諸佛未來之壽量。直至虛空無爲未曾變壞，一切世間眾生未證最寂滅之佛果，而無盡期。蓋諸佛系從般若波羅蜜多佛母所生，由大悲乳母之所養育，豈能入於一向寂滅處耶?

གང་གིས་སེམས་ཅན་ཐམས་ཅད་ཀྱི་དོན་བསྒྲུབ་པར་བྱ་བའི་ཕྱིར་དུ་མུ་མཐའ་མེད་པར་སེམས་ཅན་འདི་དག་གསོ་བར་བྱེད་པ་སངས་རྒྱས་རྣམས་ཀྱི་ཐུགས་རྗེ་དེ་ཇི་འདྲ་བ་ཞིག་ཅེ་ན།

諸佛爲利濟無邊無際一切有情其大悲心，行相云何? 頌曰：

གཏི་མུག་སྐྱོན་གྱིས་འཇིག་རྟེན་ཁ་ཟས་དུག་བཅས་ཟ་བ་ཡི། །
སྐྱེ་བོ་ཉིད་ཀྱི་ནང་མི་དེ་ལ་ཁྱོད་བརྩེ་ཇི་ལྟ་བ། །
དེ་ལྟར་དུག་ཟོས་ཉེན་པའི་བུ་ལ་མ་ཡི་སྡུག་བསྔལ་མིན། །
དེས་ན་མགོན་པོ་མཆོག་ཏུ་རབ་ཞིར་གཤེགས་པར་འགྱུར་མ་ལགས། །

世間由癡噉毒食，如佛哀愍彼眾生，
子毒母痛亦不及，以是勝依不入滅。

བདེན་འཛིན་གྱི་གཏི་མུག་གི་སྐྱོན་གྱི་དབང་གིས་འཇིག་རྟེན་པ་རྣམས་ཁ་ཟས་ཏེ་འདོད་ཡོན་ལྔ་ལ་མངོན་པར་ཞེན་པས་ཟོས་པས། སྡུག་བསྔལ་རྒྱ་ཆེན་པོའི་རྒྱུ་བྱེད་པའི་ཕྱིར་དུག་དང་བཅས་པ་ཟ་བ་པོ་ཡི་སྐྱེ་བོ་ཉིད་ཀྱི་ནང་མི་

སྟེ་བདག་གི་བར་བྱས་པ་དེ་རྣམས་ལ་ཁྱོད་བརྩེ་བ་སྐྱེ་བ་ཇི་ལྟ་བ་དེ་ལྟར་དུ་དུག་ཟོས་ནས་ཉེན་པའི་བུ་གཅིག་བུ་ལ་མ་ཡི་སྡུག་བསྔལ་གྱི་ཡིད་སྐྱེ་བ་མིན་ནོ།

諸世間人，由愚癡過失增上力故，貪著五欲，如噉毒食。以是能生大苦之因，名雜毒食。如佛哀愍彼食毒衆生之量，設使慈母，見自愛子誤噉毒食，所生之悲痛，亦不能及佛也。

དེ་བས་ན་མགོན་པོ་སངས་རྒྱས་རྣམས་མཆོག་ཏུ་རབ་ཏུ་ཞི་བ་ཕྱོགས་གཅིག་པར་གཤེགས་པར་འགྱུར་བ་མ་ལགས་སོ།།

是如①諸佛爲最勝依怙，終不入於一向寂滅。頌曰：

གང་གི་ཕྱིར་ན་མི་མཁས་དངོས་དང་དངོས་མེད་པར་ཞེན་པ་ཡི་བློ་ཅན་གྱིས།།
སྐྱེ་དང་འཇིག་གནས་སྐབས་དང་སྡུག་དང་མི་སྡུག་བྲལ་ཕྲད་ཀྱིས་བསྐྱེད་སྡུག་བསྔལ་དང་།།
སྡིག་ཅན་འགྲོ་བ་འཐོབ་པ་དེ་ཕྱིར་འཇིག་རྟེན་ཐུགས་བརྩེའི་ཡུལ་དུ་རབ་དོང་བས།།
བཅོམ་ལྡན་ཐུགས་རྗེས་ཁྱོད་ཐུགས་ཞི་ལས་བཟློག་པས་ཁྱོད་ལ་མྱ་ངན་འདས་མི་མངའ།།

由諸不智人，執有事無事，
當受生死位，愛離怨會苦，
並得罪惡趣，故世成悲境，
大悲遮心滅，故佛不涅槃。（原文四句）

གང་གི་ཕྱིར་ན་དེ་ཁོ་ན་ཉིད་ཀྱི་དོན་ལ་མི་མཁས་པས་དངོས་པོ་ལ་བདེན་པར་མངོན་པར་ཞེན་པའི་བློ་ཅན་ལས་འབྲས་ལ་ཡིད་ཆེས་པས་ལྷ་དང་མིར་སྐྱེ་བ་ཡོད་པར་ལྟ་བ་རྣམས་ཀྱིས་ནི། སྐྱེ་བ་དང་འཇིག་པའི་གནས་སྐབས་ཏེ་འཆི་བའི་སྡུག་བསྔལ་ངེས་པར་འཐོབ་ཅིང་། ཡུལ་སྡུག་པ་དང་བྲལ་བ་དང་། མི་སྡུག་པ་དང་ཕྲད་པ་ཡིས་བསྐྱེད་པའི་སྡུག་བསྔལ་མྱོང་བར་འགྱུར་ལ།

由諸世人不知真實義，凡執有實事，深信業果，能生人天者，決定當受生死位苦，亦定當受愛别離苦，怨憎會苦。

རྒྱུ་འབྲས་ཀྱི་དངོས་པོ་མེད་པར་ཞེན་པའི་བློ་ཅན་ལོག་པར་ལྟ་བ་དང་ལྡན་པས་ནི། སྡིག་ཏོ་ཅན་གྱི་འགྲོ་བ་

① 「是如」，校正本作「如是」。

དམྱལ་བ་ལ་སོགས་པའི་ངན་འགྲོ་དང་། སྔར་བཤད་པའི་སྡུག་བསྔལ་ཡང་འཐོབ་པ་དེའི་ཕྱིར་དང་། འཇིག་རྟེན་གྱི་སྐྱེ་བོ་དེ་རྣམས་ཐུགས་བརྩེ་བ་ཆེན་པོའི་ཡུལ་དུ་རབ་ཏུ་དོང་བ་སྟེ་སོང་བས་ན།

其執無因果事成就邪見者，則當墮於諸罪惡趣地獄等中，亦定當受前說眾苦。故諸世人成爲大悲所愍之境。

ཐུགས་རྗེ་ཆེན་པོས་བཅོམ་ལྡན་འདས་ཁྱོད་ཀྱི་ཐུགས་ཞི་བ་ཕྱོགས་གཅིག་པ་ལ་གནོལ་བ་ལས་བཟློག་པས་ཁྱོད་ལ་ཞི་བ་ཕྱོགས་གཅིག་པའི་མྱ་ངན་ལས་འདས་པ་མི་མངའ་བར་འཇིག་རྟེན་དུ་བཞུགས་སོ། །

由大悲力遮世尊心不趣寂滅。是故世尊常住世間不般涅槃。

གསུམ་པ་བསྟན་བཅོས་ཇི་ལྟར་བརྩམས་པའི་ཚུལ་ནི།

乙三、如何造論之理

ལུགས་འདི་དགེ་སློང་ཟླ་གྲགས་ཀྱིས། །དབུ་མའི་བསྟན་བཅོས་ལས་བཏུས་ནས། །

ལུང་ཇི་བཞིན་དང་མན་ངག་ནི། །ཇི་ལྟ་བ་བཞིན་བརྗོད་པ་ཡིན། །

月稱聖①比丘，廣集中論義，

如聖教教授，宣說此論義。

མགོན་པོ་ཀླུ་སྒྲུབ་ཀྱི་དགོངས་པ་ཕྱིན་ཅི་མ་ལོག་པར་འགྲེལ་པའི་ལུགས་འདི་དགེ་སློང་དཔལ་ལྡན་ཟླ་གྲགས་ཀྱིས། དབུ་མའི་བསྟན་བཅོས་རྩ་བ་ཤེས་རབ་སོགས་ལས་བཏུས་ནས། ངེས་དོན་གྱི་མདོ་སྡེ་རྣམས་ལུང་ཇི་ལྟ་བ་བཞིན་དང་། འཕགས་པ་ཀླུ་སྒྲུབ་ཀྱི་མན་ངག་ནི་ཇི་ལྟ་བ་བཞིན་དུ་བརྗོད་པ་ཡིན་ནོ། །

如是無倒解釋②龍猛菩薩意趣之論義，是月稱比丘，廣集《中觀論》義，如了義諸經聖教，及龍猛菩薩之教授而解說也。頌曰：

འདི་ལས་གཞན་ན་ཆོས་འདི་ནི། །ཇི་ལྟར་མེད་པ་དེ་བཞིན་དུ། །

འདིར་འབྱུང་ལུགས་ཀྱང་གཞན་ན་ནི། །མེད་ཅེས་མཁས་རྣམས་ངེས་པར་མཛོད། །

① 「聖」，頌作「勝」。
② 「解釋」，校正本作「解說」。

如離於本論，餘論無此法，

智者定當知，此義非餘有。

ཇི་ལྟར་དབུ་མའི་གཞུང་ལུགས་འདི་ལས་མ་གཏོགས་པར་བསྟན་བཅོས་གཞན་ན་སྟོང་པ་ཉིད་ཅེས་བྱ་བའི་ཆོས་འདི་ནི། ཕྱིན་ཅི་མ་ལོག་པར་བརྗོད་པ་མེད་པ་དེ་བཞིན་དུ། ཁོ་བོ་ཅག་གིས་འདིར་ལུགས་གང་ཞིག་བརྒལ་ལན་དང་བཅས་པར་བསྙད་པ་འདིར་འབྱུང་བའི་ལུགས་ཀྱང་། སྟོང་པ་ཉིད་ཀྱི་ཆོས་ལྟར་བསྟན་བཅོས་གཞན་ན་ནི་མེད་དོ་ཞེས་མཁས་པ་རྣམས་ཀྱིས་ངེས་པར་མཛོད་དུ་གསོལ་ལོ། །

如離中觀諸論，餘論典中未有無倒宣說此空性法者。如是智者決定當知，我等此中所說論義，如空性法，亦是餘論所未有者。

དེའི་ཕྱིར་དབུ་མ་པ་ཁ་ཅིག་གིས་མདོ་སྡེ་པ་རྣམས་དང་། བྱེ་བྲག་ཏུ་སྨྲ་བ་རྣམས་ཀྱིས་གང་དོན་དམ་པར་སྨྲས་པ་དེ་ཉིད། དབུ་མ་པ་རྣམས་ཀྱིས་ཀུན་རྫོབ་ཏུ་འདོད་དོ་ཞེས་སྨྲས་པ་དེ་ནི། དབུ་མའི་བསྟན་བཅོས་ཀྱི་དེ་ཁོ་ན་ཉིད་མ་ཤེས་པས་སྨྲས་པ་ཡིན་ཏེ། འཇིག་རྟེན་ལས་འདས་པའི་ཆོས་ནི་འཇིག་རྟེན་པའི་ཆོས་དང་མཚུངས་པར་མི་རིགས་པའི་ཕྱིར་རོ། །ཞེས་རང་འགྲེལ་ལས་གསུངས་སོ། །

釋論云：「是故有中觀師，謂經部與薩婆多部所說勝義，諸中觀師許爲世俗。當知此說是未了知《中論》之真實義。以出世法與世間法相同，不應理故。」

卷十四

འདིས་ནི་རང་གིས་ཐ་སྙད་དུ་རྣམ་པར་བཞག་པ་ཁས་བླངས་པ་ཐམས་ཅད་རང་མཚན་གྱིས་གྲུབ་པ་མེད་པ་ཉིད་ལ་འཇོག་པས། རང་གི་མཚན་ཉིད་ཀྱིས་གྲུབ་པ་ཁོ་ནའི་སྟེང་ནས་རྣམ་གཞག་བྱས་པའི་དོན་སྨྲ་གཉིས་ལ་སོགས་པའི་གྲུབ་མཐའ་རྣམས་རང་ལུགས་ཀྱི་དོན་དམ་དུ་མ་ཟད་ཐ་སྙད་དུ་ཡང་གྲུབ་པ་མེད་པར་འདོད་པའི་ལུགས་སོ། །

此顯自宗許爲名言有者，皆是無自相法。故小乘二部於許有自相上一切建立。自宗非但勝義中不許有，即名言中亦不許有。

དེས་ན་རང་གི་ལུགས་འདི་སེམས་ཙམ་པ་དང་ཡང་ཐུན་མོང་མ་ཡིན་པར་མ་ཟད། མགོན་པོ་ཀླུ་སྒྲུབ་དང་འཕགས་པ་ལྷའི་དགོངས་པ་འགྲེལ་བའི་དབུ་མ་པ་གཞན་གྱི་ལུགས་དང་ཡང་ཐུན་མོང་མ་ཡིན་པར་ཤེས་པར་བྱིས་ཤིག་ཅེས་འདོམས་པའོ། །

於是當知此宗非但不共唯識，即與解釋龍猛、提婆意趣之餘中觀師宗亦不相共。

དེ་ལ་སློབ་དཔོན་སངས་རྒྱས་བསྐྱངས་ཀྱི་འགྲེལ་པ་ནི་ཚད་མར་སློབ་དཔོན་འདི་བཞེད་པས། དེ་ལ་ཟུར་ཟ་བ་མིན་ལ། རྒྱལ་སྲས་ཞི་བ་ལྷའི་ལུགས་དང་ཡང་སློབ་དཔོན་འདིའི་ལུགས་གཉིས་ཤིན་ཏུ་མཐུན་པར་སྣང་ངོ། །

然此論師許佛護釋堪爲定①量，故非譏彼。靜天菩薩與此師宗極相符順。

ཐ་སྙད་དུ་ཡང་རང་གི་མཚན་ཉིད་ཀྱིས་གྲུབ་པ་མེད་པའི་སྟེང་ནས། བདེན་གཉིས་ཀྱི་རྣམ་གཞག་མཛད་པ་འདི་ལ་བརྟེན་ནས་རང་རྒྱུད་ཀྱི་གྲུབ་མཐའ་དང་། ཀུན་གཞི་མི་བཞེད་པ་སོགས་ཀྱི་བཤད་སྲོལ་ཐུན་མོང་མ་ཡིན་པ་མང་དུ་ཡོད་པ་ནི། དྲང་ངེས་རྣམ་འབྱེད་ལ་སོགས་པར་རྒྱས་པར་བཤད་པས་འདིར་མ་སྨོས་སོ། །

由此，於名言中亦不許有自相，而能安立二諦。故有多種不共善說，如不許自續及阿賴耶識等。《辨了不了義》等論中皆已廣說，此不煩贅。

ཁ་ཅིག་འཇིག་རྟེན་ལས་འདས་པ་ནི་འཇིག་རྟེན་གྱི་ཐ་སྙད་ལས་འདས་པ་གཞན་ལུགས་དང་། འཇིག་རྟེན་པ་ནི་རང་གི་ལུགས་སོ་ཞེས་ཟེར་བ་ནི།

有說出世法，爲越出世間名言之他宗，世間法爲自宗者，與釋論相違。

འགྲེལ་པ་ལས་འཇིག་རྟེན་ལས་འདས་པའི་ཆོས་འདི་ཡོངས་སུ་སྤངས་པས་ཞེས་གསུངས་པ་དང་འགལ་བས་ན། བཟློག་སྟེ་བྱ་དགོས་ལ་འཇིག་རྟེན་པ་དང་དེ་ལས་འདས་པའི་དོན་ནི། དེ་ཁོ་ན་ཉིད་ཇི་བཞིན་མ་རྟོགས་པ་དང་རྟོགས་པའི་ལུགས་སོ། །

釋論說：「棄捨此出世法，故當反上面說。」世間與出世之義，是如實知不知真實義也。

འཕགས་པའི་དགོངས་པ་འཆད་ལུགས་འདི་ནི་ཐུན་མོང་མ་ཡིན་པ་ཡིན་པའི་ཕྱིར། འཕགས་པའི་ཐུགས་དགོངས་མི་ཤེས་ཤིང་། གསུང་རབ་ཀྱི་དེ་ཁོ་ན་ཉིད་ངེས་པ་མེད་པར། སྟོང་པ་ཉིད་སྟོན་པ་རྣམས་ཀྱི་ཡི་གེ་ཙམ་ལ་འཇིགས་པ་རྣམས་ཀྱིས། འཇིག་རྟེན་ལས་འདས་པའི་ཆོས་འདི་སྤངས་པས། དེའི་ཕྱིར་དབུ་མའི་བསྟན་བཅོས་ཀྱི་དོན་གྱི་དེ་ཁོ་ན་ཉིད་ཕྱིན་ཅི་མ་ལོག་པར་བསྟན་པར་བྱ་བའི་ཕྱིར། དབུ་མ་ལ་འཇུག་པ་འདི་སྦྱར་བ་ཡིན་ནོ་ཞེས་བཤད་པ

由此解釋龍猛菩薩意趣不共他故。其不知菩薩意趣，不解經論真實義者。但聞宣說空性之文字，便深生怖畏，遂即棄捨此出世法。今爲無倒顯示《中論》之真義，故造此《入中論》。頌曰：

① 「定」，民族本、校正本作「完」。

ཀླུ་སྒྲུབ་བློ་མཚོ་ཤིན་ཏུ་རྒྱ་ཆེའི་ཁ་དོག་གིས་འཇིགས་པས། །
སྐྱེ་བོས་ལུགས་བཟང་གང་དག་རྒྱང་རིང་སྤངས་པས་དེ་ཡི་ཚིག །
ལེའུར་བྱས་པའི་ཁ་འབུས་ཀུ་མུ་ད་ཁ་ཕྱེ་བའི་ཚུལ། །
ད་ལྟ་ཟླ་བ་གྲགས་པ་རེ་རྣམས་རབ་ཏུ་སྐོང་བར་བྱེད། །

由怖龍猛慧海色，眾生棄此賢善宗，
開彼頌蕾拘摩陀，望月稱者心願滿。

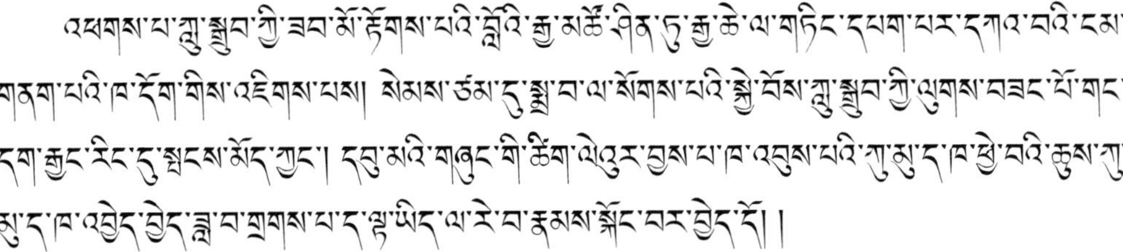

འཕགས་པ་ཀླུ་སྒྲུབ་ཀྱི་ཟབ་མོ་རྟོགས་པའི་བློའི་རྒྱ་མཚོ་ཤིན་ཏུ་རྒྱ་ཆེ་ལ་གཏིང་དཔག་པར་དཀའ་བའི་དམ་གནག་པའི་ཁ་དོག་གིས་འཇིགས་པས། སེམས་ཙམ་དུ་སྨྲ་བ་ལ་སོགས་པའི་སྐྱེ་བོས་ཀླུ་སྒྲུབ་ཀྱི་ལུགས་བཟང་པོ་གང་དག་རྒྱང་རིང་དུ་སྤངས་མོད་ཀྱང་། དབུ་མའི་གཞུང་གི་ཚིག་ལེའུར་བྱས་པ་ཁ་འབུས་པའི་ཀུ་མུ་ད་ཁ་ཕྱེ་བའི་ཚུལ་ཀུ་མུ་ད་ཁ་འབྱེད་བྱེད་ཟླ་བ་གྲགས་པ་ད་ལྟ་ཡིད་ལ་རེ་བ་རྣམས་སྐོང་བར་བྱེད་དོ། །

龍猛菩薩通達甚深空性之慧海，極廣難測顏色黝黑，見者恐怖，故唯識師等眾生，皆遠棄龍猛此賢善宗義。然《中觀論》如拘摩陀花之蓓蕾，諸企望月稱開放彼花者，今皆滿其心願矣。

གལ་ཏེ་དེ་ལྟ་ཡིན་ན་གནས་བརྟན་དབྱིག་གཉེན་དང་། ཕྱོགས་ཀྱི་གླང་པོ་དང་། ཆོས་སྐྱོང་ལ་སོགས་པ་བསྟན་བཅོས་རྣམས་ཀྱི་མཛད་པ་པོ་ཐོན་ཟིན་པར་གྱུར་པ་དེ་དག་གིས་ཀྱང་ཡི་གེ་ཙམ་ཐོས་པས་འཇིགས་ཏེ། རྟེན་ཅིང་འབྲེལ་བར་འབྱུང་བའི་དོན་ཕྱིན་ཅི་མ་ལོག་པར་སྟོན་པ་འདི་ཡོངས་སུ་སྤང་སམ་ཞེ་ན། དེ་སྐད་དུ་སྨྲོ། །

釋論云：「若謂上座世親、陳那、護法等諸造論者，彼等是否聞文生怖，棄捨無倒顯示緣起義耶？即作是答。」

དེ་ལྟར་གསུངས་པ་ལ་དབྱིག་གཉེན་དང་ཕྱོགས་གླང་གི་གཞུང་རྩོད་མེད་རྣམས་ནས་ནི། རྣམ་པར་རིག་པ་ཙམ་གྱི་ལུགས་སུ་བཀྲལ་མོད་ཀྱང་། སློབ་དཔོན་དེ་དག་གི་བཞེད་པ་ཇི་ལྟར་ཡིན་པ་ནི་བདག་ཅག་འདྲ་བ་རྣམས་ཀྱིས་ཤིན་ཏུ་རྟོགས་པར་དཀའ་འོ། །

世親、陳那等論中，雖皆是解釋唯識宗義，然彼諸師究竟何所許，如我等凡愚，實難揣測也。

ཡང་ཟབ་མོའི་དོན་འདི་སུ་ཞིག་གིས་རྟོགས་པར་འགྱུར་ཞེ་ན།

又此甚深空義，誰能通達？頌曰：

དེ་ཉིད་བཤད་ཟིན་ཟབ་མོ་འཇིགས་རུང་འདི་ནི་སྔོན་གོམས་ཉིད་ལས་སྐྱེ་བོ་ཡིས། །
ངེས་པར་རྟོགས་འགྱུར་འདི་ནི་གསན་རྒྱ་ཆེ་ཡང་གཞན་གྱིས་ཐུགས་སུ་ཆུད་མི་འགྱུར། །
དེ་ཕྱིར་རྩལ་ལུགས་རང་བློས་སྦྱར་བ་འདི་དག་མཐོང་ནས་བདག་ཏུ་བརྗོད་པ་ཡི། །
གཞུང་ལུགས་རྣམས་ལྟར་གཞན་ལུགས་བཞེད་གཞུང་འདི་ལས་གཞན་ལ་དགའ་བློ་དོར་བར་གྱིས། །

前說深可怖，多聞亦難解，

唯諸宿習者，乃能善通達，

由見臆造宗，如說有我教，

故離此宗外，莫樂他宗論。（原文四句）

ཡང་ཟབ་མོའི་དོན་འདི་སུ་ཞིག་གིས་རྟོགས་པར་འགྱུར་ཞེ་ན། དེ་ཁོ་ན་ཉིད་ཀྱི་དོན་ཟབ་མོ་སྔར་བཤད་ཟིན་པ་འཇིགས་སུ་རུང་བ་འདི་ནི་སྐྱེ་བོ་ཡིས། །སྔོན་ཆེ་རབས་གཞན་དུ་སྟོང་པ་ཉིད་ལ་ལྷག་པར་མོས་པའི་བག་ཆགས་གོམས་པ་ཉིད་ལས་ངེས་པར་རྟོགས་པར་འགྱུར་བ་སྟོང་ངོ་། །

如前所說甚深真實義，極可恐怖，唯諸眾生曾於宿世樹殖增上勝解空性之習氣者，由久修習故，乃能決[1]定通達。

འདིར་ནག་ཚོའི་འགྱུར་ལས། མུ་སྟེགས་ཀྱི་གཞུང་ལུགས་དམན་པར་གྱུར་པ་འདི་བདེན་པར་ལྟ་བ་ཅན་དག་ལས་ཀྱང་། རྒྱུའི་སྟོབས་ཀྱིས་སྟོང་པ་ཉིད་རྟོགས་པར་གྱུར་པ་མཐོང་བ་ཡིན་ནོ། །ཞེས་འབྱུང་བ་པ་ཚབ་ཀྱི་འགྱུར་ལས་ལེགས་པར་སྣང་ངོ་། །

此處拏錯譯云：「現見於外道惡論執為真實者，由宿因力故亦能通達空性。」較跋曹所譯為善。

ཇི་ལྟར་གཞན་སྡེ་སྔོན་སེམས་རྒྱུད་ལ་སྟོང་ཉིད་ལ་ལྷག་པར་མོས་པའི་བག་ཆགས་མ་བཞག་པ་རྣམས་ཀྱིས་མངོན་པ་ནས་བཤད་པ་ལྟར་སྲིད་རྩེ་མ་གཏོགས་པའི་ཁམས་གསུམ་གྱི་ཉོན་མོངས་མངོན་གྱུར་རེ་ཞིག་སྤངས་ཤིང་། གྲུབ་པའི་མཐའ་གཞན་ཉེ་བར་སྦྱོར་ནུས་པར་མཐོང་ཡང་། སངས་རྒྱས་ཀྱིས་གསུངས་པའི་དོན་དམ་པ་སྟོང་པ་ཉིད་སྟོན་པ་ལ་ལྷག་པར་མོས་མི་ནུས་པ་དེ་བཞིན་དུ། སློབ་དཔོན་དེ་དག་ལ་གསུང་རབ་མང་དུ་གསན་པ་རྒྱ་ཆེ་བ་མངའ་བ་ཡིན་ཡང་། ཟབ་མོའི་དོན་འདི་ནི་གཞན་གྱིས་ཐུགས་སུ་ཆུད་པར་མི་འགྱུར་རོ། །

如諸外道若昔無信解空性之習氣，即使暫斷對法所說，唯除有頂，其餘三

① 「決」，廣化本作「擇」。

界之煩惱現行，能別創立宗派者，然於佛說勝義空性不能信解。如是彼諸論師，多聞聖教，終難了解此甚深義。

དེའི་ཕྱིར་དབུ་མའི་ལུགས་ལས་གཞན་པའི་དོན་དམ་པ་སྟོན་པའི་ཚུལ་ལུགས་སངས་རྒྱས་ཀྱི་དགོངས་པར་མ་སོང་བས་རང་གི་བློས་སྦྱར་བ་འདི་དག་མཐོང་བ་སྟེ་བལྟས་ནས། གང་ཟག་གི་བདག་ཏུ་བརྗོད་པ་སྟེ་དེ་གསལ་བར་བྱེད་པའི་གཞུང་ལུགས་རྣམས་ལ་བྱ་བ་ལྟར།

除中觀宗，由見他宗解說勝義之理，未得佛意，唯由臆造，如同宣說有人我之邪教。

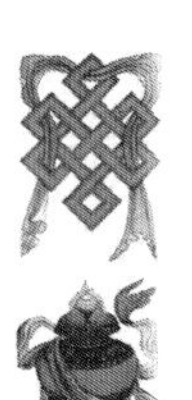

སློབ་དཔོན་གཞན་གྱི་ལུགས་ཀྱི་བཞེད་པའི་གཞུང་དབུ་མའི་ལུགས་འདི་ལས་གཞན་པ་རྣམས་ལ་དགའ་བའི་བློ་དོར་བར་བྱ་བ་སྟེ། ལུགས་གཞན་རང་གི་བློས་སྦྱར་བ་ལ་ཡ་མཚན་པར་མི་བྱའི། རང་གི་སྟོང་པ་ཉིད་ཀྱི་ལྟ་བ་ལ་ལྷག་པར་མོས་པ་ཁོ་ན་ལ་ཡ་མཚན་པར་བྱའོ། །

故離此中觀宗外，於他論師所許論宗，當捨歡喜之心。以他隨意所創宗義不足爲奇。唯自能增上信解空性正見，最爲希有。

བཞི་བ་བསྟན་བཅོས་བརྩམས་པའི་དགེ་བ་བསྔོ་བ་ནི།

乙四、迴向造論之善

སློབ་དཔོན་ཀླུ་སྒྲུབ་ལུགས་བཟང་བསྙད་ལས་བདག་གིས་བསོད་ནམས་ཕྱོགས་ཀྱི་མཐར། །
ཁྱབ་ཅིང་ཡིད་མཁའ་ཉོན་མོངས་ཀྱིས་སྔོར་སྟོན་ཀའི་རྒྱུ་སྐར་ལྟར་དཀར་བའམ། །
སེམས་ཀྱི་སྦྲུལ་ལ་གདེངས་ཀའི་ནོར་བུ་དང་འདྲ་གང་ཞིག་ཐོབ་པ་དེས། །
འཇིག་རྟེན་མ་ལུས་དེ་ཉིད་རྟོགས་ནས་མྱུར་དུ་བདེ་གཤེགས་སར་འགྲོད་ཤོག །

我釋龍猛宗，獲福遍十方，
惑染意藍空，皎潔若秋星，
或如心蛇頂，所有摩尼珠，
願普世有情，證真速成佛。（原文四句）

卷十四

སློབ་དཔོན་ཆེན་པོ་འཕགས་པ་ཀླུ་སྒྲུབ་ཀྱི་དབུ་མའི་ལུགས་བཟང་པོ་ལུང་དང་རིགས་པའི་ཚོགས་ཤིན་ཏུ་གསལ་བས། བསྙད་པ་སྙེ་བཤད་པ་ལས་བྱུང་བའི་བདག་གིས་ཕྱོགས་ཀྱི་མཐར་ཁྱབ་པའི་རྒྱ་ཆེ་བའི་བསོད་ནམས་བསགས་པ། ཡིད་ཀྱི་ནམ་མཁའི་ཉོན་མོངས་པའི་ཚོགས་ཀྱིས་སྔོ་ཞིང་གནག་པར་བྱས་པའི་དཀྱིལ་དུ། སྟོན་ཀའི་རྒྱུ་སྐར་ལྟར་ཤིན་ཏུ་དཀར་བའམ།

我以教理顯釋龍猛大阿闍黎之賢善宗義，所獲廣大福德，遍十方際，此於煩惱所染心意如蔚藍色之虛空中，最爲皎潔，如同秋星。

ཇོམ་པ་པོའི་སེམས་ཀྱི་སྦྲུལ་ལ་སྙེ་གྱི་གདེངས་ཀའི་ནོར་བུ་དང་འདྲ་བ་གང་ཞིག་ཐོབ་པ་དེ་ཡི་མཐུས། སེམས་ཅན་གྱི་འཇིག་རྟེན་མ་ལུས་པས་ཟབ་མོའི་དེ་ཁོ་ན་ཉིད་ཇི་ལྟ་བ་བཞིན་དུ་རྟོགས་ནས། མྱུར་དུ་བདེ་བར་གཤེགས་པའི་ས་ཀུན་ཏུ་འོད་ཅེས་བྱ་བར་བགྲོད་པར་ཤོག་ཅིག །

或如造者心蛇頂上之摩尼寶珠。今仗此力，唯願一切世間有情，如實通達甚深真理，速趣如來普光明地。

ནག་ཚོའི་འགྱུར་ལས། ཀླུ་སྒྲུབ་ལུགས་མཛེས་ཕྱོགས་སུ་གྲགས་པ་བརྗོད་ལས་ཐོབ་པའི་བསོད་ནམས་གང་། ཞེས་འགྱུར་ངོ་། །

如拏錯譯師译爲，诠釋普称十方之莊嚴龙猛宗，由此獲得一切福。①

བཞི་བ་མཇུག་གི་དོན་ལ་གཉིས། སློབ་དཔོན་གང་གིས་མཛད་པ་དང་། ལོ་པཎ་གང་གིས་བསྒྱུར་བའོ། །

甲四、結義分二：乙一、何師所造，乙二、何人所譯。

དང་པོ་ནི། དབུ་མ་ལ་འཇུག་པ་ཀླུའི་ལུགས་ཀྱི་ཟབ་པ་དང་རྒྱ་ཆེ་བའི་ཚུལ་གསལ་བར་བྱེད་པ་ཡུལ་ས་མནྟར་སྐུ་འཁྲུངས་པའི་སློབ་དཔོན་ཆེན་པོ་དཔལ་ལྡན་ཟླ་བ་གྲགས་པ་རིག་པ་འཛིན་པ་དང་། སྒྱུ་མ་ལྟ་བུའི་ཏིང་ངེ་འཛིན་བརྙེས་པར་གྲགས་པ་ཐེག་པ་བླ་ན་མེད་པའི་མཆོག་ལ་ཐུགས་རང་དུ་གཞོལ་བ། མི་མཐུན་པའི་ཕྱོགས་ཀྱིས་མི་འཕྲོགས་པའི་མཁྱེན་རབ་དང་ཐུགས་རྗེ་ཕུལ་དུ་བྱུང་བ་མངའ་བ། རི་མོར་བྲིས་པའི་བ་དྲུས་མ་ལ་འོ་མ་བཞོས་པས་སེམས་ཅན་གྱི་བདེན་པར་ཞེན་པ་ཟློག་པར་མཛད་པས་སྦྱར་བ་རྫོགས་སོ། །

今初，《入中論頌》是薩曼達國，光顯龍猛深廣理趣，證持明位，得如幻定，住無上乘，成就逆品不可奪之殊勝智悲，能於所畫乳牛殻犂②乳，破除有情實執之月稱大阿闍黎，著作圓滿。

---

①此句諸漢譯本皆無，由編輯者根據藏文翻譯。此句指對於頌文「我釋龍猛宗，獲福遍十方」一句，拏錯譯師有不同之理解。

②「犂」，校正本作「搆」。

གཉིས་པ་ནི།

乙二、何人所譯

ཁ་ཆེའི་ཡུལ་གྱི་གྲོང་ཁྱེར་དཔེ་མེད་ཀྱི་དབུང་སྡེ་དབུས། རིན་ཆེན་སྦས་པའི་གཙུག་ལག་ཁང་དུ་ཁ་ཆེའི་རྒྱལ་པོ་དཔལ་འཕགས་པ་ལྷའི་སྐུ་རིང་ལ། རྒྱ་གར་གྱི་མཁན་པོ་ཏི་ལ་ཀ་ཀ་ལ་ཤ་སྡེ་ཐིག་ལེ་བུམ་པ་དང་། བོད་ཀྱི་ལོ་ཙཱ་བ་པ་ཚབ་ཉི་མ་གྲགས་ཀྱིས་ཁ་ཆེའི་དཔེ་དང་མཐུན་པར་བསྒྱུར། ཕྱིས་ར་ས་ར་མོ་ཆེར་རྒྱ་གར་གྱི་མཁན་པོ་ཀ་ན་ཀ་ཝརྨ་སྟེ་གསེར་གྱི་གོ་ཆ་དང་། ལོ་ཙཱ་བ་དེ་ཉིད་ཀྱིས་ནི་འོག་ཤར་ཕྱོགས་པའི་དཔེ་དང་གཏུགས་ཤིང་། ལེགས་པར་བཅོས་ནས་འཆད་ཉན་གྱིས་གཏན་ལ་ཕབ་པའོ། །༈

迦濕彌羅聖天王時，印度底拉迦迦拉沙論師，與西藏跋曹日稱譯師，於迦濕彌羅國無比大城寶密寺中，依迦濕彌羅本翻譯。後於拉薩惹摩伽寺，印度金鎧論師序與前譯師，依照東印度本，善加校改，講聞抉擇。

འདིར་འགྲེལ་པའི་མཛད་བྱང་དང་། འགྱུར་བྱང་གི་སྟེང་ནས་ཐུན་མོང་བ་རྣམས་བཀོད་པ་ནི། རྩ་བ་ལོགས་སུ་བསྒྱུར་བ་དང་འགྲེལ་པའི་ནང་གི་རྩ་བ་གཉིས་སྦྱར་ནས་ཞུས་དག་བྱས་པའི་དབང་དུ་བྱས་པ་ཡིན་ནོ། །

此中所列，與釋論中，造論序翻譯序相同者，是將別譯本頌與釋論中之本頌，合並校對而序也。

རྒྱལ་བའི་གསུང་རབ་ཀུན་གྱི་སྙིང་པོ་མཆོག །ཟབ་མོ་དབུ་མ་མཐའ་བྲལ་རྟེན་འབྱུང་ལམ། །
མཐའ་གཉིས་སྤངས་ཏེ་སྟོན་པར་ལུང་བསྟན་བཞིན། །ཇི་བཞིན་འགྲེལ་མཛད་འཕགས་མཆོག་ཀླུ་སྒྲུབ་ཞབས། །

一切佛①經心要義，離邊中道深緣起，遠離二邊如實解，謂佛授記聖龍猛。

དེ་ཡི་རིང་ལུགས་དམ་པ་འཕགས་པ་ལྷའི། །དགོངས་པ་འགྲེལ་བའི་མཁས་པའི་ལུགས་མང་ཡང་། །
ཡོངས་རྫོགས་འགྲེལ་མཛད་དཔལ་ལྡན་སངས་རྒྱས་བསྐྱངས། །ཟླ་བའི་ཞབས་དང་ཞི་བ་ལྷ་ཡི་ལུགས། །

彼最勝宗聖天意，智者造釋有多種，圓滿釋者謂佛護，月稱論師與靜天。

གྲུབ་པའི་དབང་ཕྱུག་གསུམ་གྱི་བཞེད་པའི་སྒོ། གཅིག་ཏུ་དྲིལ་ནས་གནད་རྣམས་མཐའ་ཆོད་པར། །
ཚིག་ཟུར་ཕྱིན་པར་ལེགས་པར་བཤད་པ་ཡིས། །ཐལ་འགྱུར་ལུགས་མཆོག་དྲི་མ་མེད་པར་བྱས། །

合三大士所許門，要義盡決文句到，以此善說今應成，最勝宗義淨無垢。

བྱང་ཕྱོགས་འདི་ན་ལུགས་འདིར་མོས་རྣམས་ཀྱང་། །ཤིན་ཏུ་ཐྲ་བའི་རིགས་ལམ་མི་བྱེད་ཅིང་། །

① 「佛」，民族本、校正本作「尊」。

ཟབ་མོའི་དོན་ལ་སྐལ་བ་དམན་པ་རྣམས། །རང་གིས་མ་རྟོགས་ལུགས་མཆོག་འདིར་སྨོད་པ། །

北方雖多信此宗，然不能分清微理，無福信解深義者，反謗此宗自不解。

མང་དུ་མཐོང་བའི་དྲི་མ་བསལ་ཕྱིར་དང་། །སྐལ་བཟང་འགའ་ལ་ཟབ་ལམ་གསལ་ཕྱིར་དང་། །

བདག་ཀྱང་སྐྱེ་བ་ཀུན་ཏུ་ལམ་གྱི་མཆོག །འདི་དང་མི་འབྲལ་ཕྱིར་དུ་འཆད་པ་བྱས། །

爲除所見諸垢染，爲善根者顯深道，並願我於一切生，不離此道故解釋。

དེར་ངལ་བ་ལས་བྱུང་བའི་དགེ་བ་ཡིས། །འགྲོ་ཀུན་ཟབ་མོའི་གནད་རྣམས་ཀུན་རྟོགས་ནས། །

ཉིན་མཚན་ཀུན་ཏུ་སྒྲུབ་པ་ལྷུར་ལེན་པས། །རྟག་ཏུ་སྲས་བཅས་རྒྱལ་བ་མཉེས་བྱེད་ཤོག །

由此勤勞所生善，普願眾生達深義，一切晝夜勤修習，諸佛菩薩常歡喜。

དབུ་མ་ལ་འཇུག་པའི་རྒྱ་ཆེར་བཤད་པ་དགོངས་པ་རབ་གསལ་ཞེས་བྱ་བ་འདི་ནི། དགེ་བའི་བཤེས་གཉེན་ལྷུ་ལ་དཀའ་བཅུ་བ་ལེགས་པ་དཔལ་གྱིས་དངུལ་སྲང་བཞི་བཅུའི་མཎྜལ་ཕུལ་ཏེ་ནན་ཆེར་བསྐུལ་བ་དང་།

《入中論善顯密意疏》，初由善吉祥大善知識，供四十兩銀曼荼①羅殷勤勸請②。

གཞན་ཡང་དགེ་བའི་བཤེས་གཉེན་ཆོས་འདི་ལ་ཤིན་ཏུ་མོས་ཤིང་། དོན་རྟོགས་པའི་བློའི་ནུས་པ་མི་དམན་པ་མང་པོ་ཞིག་གིས་འགྲེལ་པའི་དཀའ་གནད་རྣམས་ཀྱི་བཤད་པ་རྣམས་ཚང་བ། ཚིག་དོན་གསལ་ཞིང་སྤྱི་དོན་གྱི་མཐའ་གཅོད་པ་རྒྱས་པ་ཞིག་གྱིས་ཤིག་ཅེས་ནན་ཏན་གྱིས་བསྐུལ་བའི་དོན་དུ།

復由眾多信解此法、慧力殊勝之大善知識，殷誠勸請造一文義明顯、總義決斷、廣解釋論諸難處之大疏。

དབུ་མ་ཆེན་པོའི་རྣལ་འབྱོར་པ་མང་དུ་ཐོས་པའི་དགེ་སློང་ཤར་ཙོང་ཁ་པ་བློ་བཟང་གྲགས་པའི་དཔལ་གྱིས། འབྲོག་རི་བོ་ཆེ་དགེ་ལྡན་རྣམ་པར་རྒྱལ་བའི་གླིང་དུ་སྦྱར་བའོ།། །།

大中觀行者、多聞比丘東宗喀巴善慧稱吉祥，造於格敦寺尊勝洲。

入中論善顯密意疏卷十四終

一九四二年三月三十日譯於縉雲山編譯處

法鏡編輯2014年4月

---

①「茶」，上海本作「茶」。
②「殷勤勸請」，民族本、PDF、校正本無此四字。

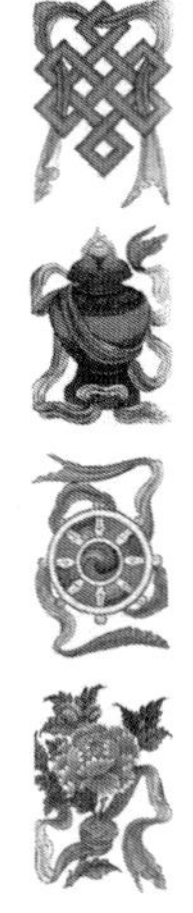

卷十四

後記

古人迻譯經論，悉皆以國王之力，檀那資助，以僧團之力而成辦，方有傳於現世之殊勝法寶。此等偉業，實爲稀有，吾人實乃望塵莫及，豈不讚嘆！然於今日豈能有如此盛事，只能心生慚愧，勤修三業，積集善緣，求得不造惡業，安身修道也。

今時藏傳佛教盛行，我等隨行敏公上師學習漢地格魯教法，有緣略聞藏傳佛教。然所學皆爲古德先賢所譯之漢文單行本，學習之時，因未諳原文，頗難獲得密意。故而發心學習藏語，思以當代科技之方便，將《菩提道次第廣論》《入中論善顯密意疏》等典籍編輯爲藏漢對照，一者自己學修方便，二者亦堪能利益有緣在藏地學習者，有助漢地透徹通達藏傳佛教之精髓。如是學習可得無數利益，其妙不可言矣。

此之《入中論善顯密意疏》藏漢對照版本，其漢語譯文根據上海佛學書局所出前後兩個版本、青海民族出版社、福建廣化寺版本以及網絡流傳之電子版進行校勘，其不同之處用腳註形式予以說明。

整理工作得到法镜善信的大力支持，前后有文願、加樣三培、益西尖措等法師和清涼、沈強、明璨、文瀚、文起、菩提、善慧、妙音、吉祥子、寂青、中觀、紮西群佩、修正、法光等居士發心參與原文錄入、編輯、校對。同時，香港心一堂有限公司潘國森先生爲本書的出版亦付出甚多，在此一併致以謝意！

法鏡工作團隊成員雖懷揣良願，盡心竭力，但囿於學力有限，教理未達幽微，藏文亦屬初學，故疏漏錯謬，在所難免，在此敬請各方大德知識予以指正，淨除瑕疵，使先賢祖師之甘露教典能裨益群生，以稱能仁示現之本懷。

修改意見和建議，懇請註明頁碼行數，發送至電子郵箱：weichenshi@hotmail.com，我們會非常感謝您的參與支持。

法鏡編譯組

2015.10.5